國家『十二五』重點圖書出版規劃項目

新編元稹集 八

[唐]元稹 原著

吳偉斌 輯佚 編年 箋注

陝西新華出版傳媒集團

三秦出版社

新編元積集第八册目録

元和十年乙未(815)　三十七歲(續)

◎ 山枇杷①

山枇杷，花似牡丹殷潑血②。往年乘傳過青山，正值山花好時節③。壓枝凝艷已全開，映葉香芭綻半裂④。緊縛紅袖欲支頤(一)，慢解絳囊初破結⑤。金綫叢飄繁蕊亂，珊瑚朵重纖莖折⑥。因風旋落裙片飛，帶日斜看目精熱⑦。亞水依巖半傾側，籠雲隱霧多愁絶⑧。綠珠語盡身欲投，漢武眼穿神漸滅⑨。穠姿秀色人皆愛，怨媚羞容我偏別⑩。説向閑人人不聽，曾向樂天時一説(二)⑪。昨來谷口先相問，及到山前已消歇⑫。左降通州十日遲，又與幽花一年別⑬。山枇杷，爾託深山何太拙(三)⑭！天高萬里看不精，帝在九重聲不徹⑮。園中杏樹良人醉，陌上柳枝年少折⑯。因爾幽芳喻昔賢，磻溪冷坐權門咽⑰。

録自《元氏長慶集》卷二六

[校記]

（一）緊縛紅袖欲支頤：原本作"緊搏紅袖欲支頤"，楊本、叢刊本、《全芳備祖集》、《全蜀藝文志》、《全詩》同，語義不佳，據《全詩》注改。《佩文齋廣群芳譜》作"緊搏紅袖欲支頤"，語義也不佳，不從。

（二）曾向樂天時一説：錢校、叢刊本、《全詩》、《全蜀藝文志》同，蘭雪堂本作"曾向樂天詩一説"，不通，不改。楊本作"曾向樂天詩人説”,語義不佳,也不改。《元稹集》誤叢刊本爲“曾向樂天詩一説”,應該更正。

（三）爾託深山何太拙：宋蜀本、蘭雪堂本、叢刊本、《全詩》、《全蜀藝文志》同,楊本作“爾記深山何太拙”,語義不佳,不改。

［箋注］

① 山枇杷:野枇杷。枇杷爲果木名,薔薇科,常緑小喬木,葉長圓形,花白色,冬花夏熟。實球形或橢圓形,味甜美,供生食,或製罐頭食品,葉可入藥。白居易《山枇杷》詩對山枇杷的吟詠最爲形象生動:“深山老去惜年華,況對東溪野枇杷。火樹風來翻絳焰,瓊枝日出曬紅紗。回看桃李都無色,映得芙蓉不是花。爭奈結根深石底,無因移得到人家。”司馬相如《上林賦》:“於是乎盧橘夏熟,黄甘橙榛,枇杷橪柿,亭奈厚樸。”白居易《山枇杷花二首》二:“葉如裙色碧綃淺,花似芙蓉紅粉輕。若使此花兼解語,推因御史定違程。”

② 牡丹:花名,著名的觀賞植物,落葉小灌木,初夏開花,有紅色、白色、紫色等多種顏色。王建《賞牡丹》:“此花名價别,開艷益皇都。香遍苓菱死,紅燒躑躅枯。”陸游《天彭牡丹譜·花品序第一》:“牡丹在中州,洛陽爲第一。在蜀,天彭爲第一。” 殷潑血:意謂山枇杷的花色紅得如血一般。白居易《山枇杷》有具體的描寫:“深山老去惜年華,況對東溪野枇杷。火樹風來翻絳焰,瓊枝日出曬紅紗。回看桃李都無色,映得芙蓉不是花。”可作參考。

③ 往年:以往的年頭,從前。劉長卿《過蕭尚書故居見李花感而成詠》:“手植已芳菲,心傷故徑微。往年啼鳥至,今日主人非。”元結《漫酬賈沔州》:“往年壯心在,嘗欲濟時難。”元稹這裏是指元和四年三月一日奉命,三月七日從長安出發,前往東川“詳覆瀘川監官任敬仲贓犯”,有元稹的《彈奏劍南東川節度使狀》爲證。 乘傳:乘坐驛車,傳指驛站的馬車。《史記·田儋列傳》:“田橫迺與其客二人乘傳

詣雒陽。"裴駰集解引如淳曰:"四馬下足爲乘傳。"《漢書·京房傳》:
"臣出之後,恐必爲用事所蔽,身死而功不成,故願歲盡乘傳奏事。"在
唐代,一驛一般是"三十里",根據所奉使命的緊急情形,有"乘傳"與
"乘驛"的區別,"乘傳者日四驛,乘驛者六驛"。宋之問《軍中人日登
高贈房明府》:"長安昨夜寄春衣,短翮登茲一望歸。聞道凱旋乘傳
入,看君走馬見芳菲。"張繼《送竇十九判官使江南》:"遊客淹星紀,裁
詩鍊土風。今看乘傳去,那與問津同!"《編年箋注》:"乘傳,即乘驛
馬。"這樣的解釋恐怕是不合適的。　　青山:驛站名,在長安前往漢中
的驛道上。元稹元和四年按御東川,先後兩次經由其地。元稹《使東
川·郵亭月》:"於駱口驛見崔二十二題名處,數夜後於青山驛翫月。"
元稹《望雲騅馬歌》:"橐駝山上斧刃堆,望秦嶺下垂頭石。五六百里
真符縣,八十四盤青山驛。"六年之後,元稹再次經由青山驛,其《紫躑
躅》:"去年春別湘水頭,今年夏見青山曲(青山,驛名)。"　　正值:適
逢。宋玉《諷賦》:"臣嘗出行,僕饑馬疲,正值主人門開。"王昌齡《從
軍行二首》二:"去爲龍城戰,正值胡兵襲。"　　山花:山間野花。庾信
《詠畫屏風詩》:"水流平澗下,山花滿谷開。"杜甫《早花》:"臘日巴江
曲,山花已自開。"這裏是指山枇杷花。　　時節:節令,季節。《管子·
君臣》:"故能飾大義,審時節,上以禮神明,下以義輔佐者,明君之
道。"楊萬里《黃菊》:"比他紅紫開差晚,時節來時畢竟開。"時光,時
候。孔融《論盛孝章書》:"歲月不居,時節如流。"《朱子語類》卷六九:
"那時節無可做,只得恐懼。"

　　④壓枝:謂花朵或果實太多,以至於把樹枝都壓低了。劉長卿
《晦日陪辛大夫宴南亭》:"早鶯留客醉,春日爲人遲。萲草全無葉,梅
花遍壓枝。"杜甫《江畔獨步尋花七絕句》六:"黃四娘家花滿蹊,千朵
萬朵壓枝低。留連戲蝶時時舞,自在嬌鶯恰恰啼。"　　凝艷:異常鮮
艷。劉禹錫《和鄆州令狐相公春晚對花》:"含芳朝競發,凝艷晚相宜。
人意殷勤惜,狂風豈得知?"李紳《北樓櫻桃花》:"開花占得春光早,雪

綴雲裝萬蕚輕。凝艷拆時初照日,落英頻處乍聞鶯。" 全開:全部開
放。韓愈《感春五首》五:"辛夷花房忽全開,將衰正盛須頻來。清晨
輝輝燭霞日,薄暮耿耿和烟埃。"周朴《春日遊北園寄韓侍郎》:"冷酒
梧中宜泛灔,暖風林下自氤氲。仙桃不肯全開拆,應借餘芳待使君。"
映葉:花葉互爲襯托。歐陽詹《汝川行》:"輕綃裙露紅羅襪,半蹋金梯
倚枝歇。垂空玉腕若無骨,映葉朱唇似花發。"白居易《新樂府·牡丹
芳》:"紅紫二色間深淺,向背萬態隨低昂。映葉多情隱羞面,卧叢無
力含醉妝。" 香苞:芳香的花苞。李商隱《自喜》:"緑筠遺粉籜,紅藥
綻香苞。"孔武仲《館中桃花》:"相重朱户人稀到,半掩香苞蝶未知。"
半裂:似開未開之間。裂指綻開,龜裂。左思《蜀都賦》:"蒲陶亂潰,
若榴競裂。"韓愈《嘲鼾睡》一:"木枕十字裂,鏡面生痱瘰。"

　　⑤縛:束,捆綁。《史記·淮陰侯列傳》:"於是有縛廣武君而致
戲下者。"杜甫《縛雞行》:"小奴縛雞向市賣,雞被縛急相喧争。" 紅
袖:女子的紅色衣袖。杜牧《書情》:"摘蓮紅袖濕,窺淥翠蛾頻。"歐陽
炯《南鄉子》:"紅袖女郎相引去,遊南浦,笑倚春風相對語。" 支頤:
以手托著下巴。白居易《除夜》:"薄晚支頤坐,中宵枕臂眠。"蘇軾《十
八大阿羅漢頌》:"第六尊者右手支頤,左手拊稗師子,顧視侍者擇瓜
而剖之。"這裏將山枇杷擬人化,以少女之美來借喻山枇杷之麗。
慢解:緩緩解開,喻花苞綻放貌。 解:開,開放。《文子·上德》:"雷
之動也萬物啓,雨之潤也萬物解。"歐陽修《錢相中伏日池亭宴會分
韵》:"粉籜春苞解,紅榴夏實初。" 絳囊:喻草木之紅色花果。皮日
休《病中庭際海石榴花盛發感而有寄》:"一夜春工綻絳囊,碧油枝上
晝煌煌。"蔡襄《荔枝譜》第三:"暑雨初霽,晚日照曜,絳囊翠葉,鮮明
蔽映,數里之間,焜如星火。" 破結:解結,喻花朵慢慢開放之態。
結:植物長出果實或種子。傅玄《桃賦》:"華落實結,與時剛柔。"杜甫
《少年行二首》一:"巢燕養雛渾已盡,江花結子已無多。"

　　⑥金綫:金絲綫。秦韜玉《貧女》:"苦恨年年壓金綫,爲他人作

嫁衣裳。"歐陽炯《賀明朝》:"輕轉石榴裙帶,故將纖纖玉指,偷撚雙鳳金綫。"這裏比喻山枇杷花的柱狀花蕊。　　珊瑚:由珊瑚蟲分泌的石灰質骨骼聚結而成的東西,狀如樹枝,多爲紅色,也有白色或黑色的,這裏狀山枇杷花之色之美。李時珍《本草綱目·珊瑚》:"珊瑚生海底,五七株成林,謂之珊瑚林。居水中直而軟,見風日則曲而硬,變紅色者爲上,漢趙佗謂之火樹是也。亦有黑色者,不佳。碧色者,亦良。昔人謂碧者爲青琅玕,俱可作珠。許慎《説文》云:'珊瑚色赤,或生於海,或生於山。'據此説,則生於海者爲珊瑚,生於山者爲琅玕,尤可徵矣!"李白《詠鄰女東窗海石榴》:"魯女東窗下,海榴世所稀。珊瑚映綠水,未足比光輝。"齊澣《長門怨》:"宮殿沈沈月欲分,昭陽更漏不堪聞。珊瑚枕上千行泪,不是思君是恨君。"

⑦ "因風旋落裙片飛"兩句:意謂春風吹拂,花片四處旋轉飄落,在陽光下,遠遠看去,漫山遍野到處是紅彤彤一片,像女孩的紅色裙片一般。　　旋落:旋轉飄落。李遠《與碧溪上人別》:"欲入鳳城遊,西溪別惠休。色隨花旋落,年共水爭流。"翁洮《贈進士李德新接海棠梨》:"高軒日午爭濃艷,小徑風移旋落英。一種呈妍今得地,劍峰梨嶺謾縱橫。"　帶日:在日光中。蘇味道《詠霜》:"帶日浮寒影,乘風盡曉威。自有貞筠質,寧將衆草腓。"蘇頲《送吏部李侍郎東歸得歸字》:"泉溜含風急,山烟帶日微。茂曹今去矣!人物喜東歸。"　斜看:不從正面看。沈佺期《長安道》:"綠柳開復合,紅塵聚還散。日晚鬬雞回,經過狹斜看。"李遠《贈潼關不下山僧》:"窗中遥指三千界,枕上斜看百二關。香茗一甌從此別,轉蓬流水幾時還?"　精:甚,極。《呂氏春秋·至忠》:"夫惡聞忠言,乃自伐之精者也。"高誘注:"精,猶甚。"《後漢書·蔡倫傳》:"莫不精工堅密,爲後世法。"

⑧ 亞水:貼近水面。孟郊《南浦篇》:"南浦桃花亞水紅,水邊柳絮由春風。鳥鳴喈喈烟濛濛,自從遠送對悲翁。"方干《胡中丞早梅》:"不獨閑花不共時,一株寒艷尚參差。凌晨未噴含霜朵,應候先開亞

水枝。" 依巖：靠近山巖。杜甫《夜二首》二："暗樹依巖落，明河繞塞微。斗斜人更望，月細鵲休飛。"李德裕《似鹿石》："林中有奇石，彷彿獸潛行。乍似依巖桂，還疑食野蘋。" 傾側：偏斜，傾斜。嚴忌《哀時命》："肩傾側而不容兮，固陜腹而不得息。"杜甫《虎牙行》："洞庭揚波江漢迴，虎牙銅柱皆傾側。" 愁絕：極端憂愁。戴叔倫《轉應詞》："明月。明月。胡笳一聲愁絕。"王沂孫《慶宮春·水仙》："國香到此誰憐？烟冷沙昏，頓成愁絕。"

⑨ 綠珠語盡身欲投：《太平廣記·綠珠井》："綠珠井在白州雙角山下，昔梁氏之女有容貌，石季倫爲交趾採訪使，以圓珠三斛買之，梁氏之居舊井存焉！《耆老傳》云：汲飲此水者誕女必多美麗，里閭有識者以美色無益於時，遂以巨石填之，邇後雖時有産女端嚴，則七竅四肢多不完全，異哉！" 綠珠：人名。晉代石崇愛妾，相傳本白州（今廣西壯族自治區博白縣）梁氏女，美而艷，善吹笛，後爲孫秀所逼，痛罵之後墜樓而死。後詩文中多泛指美女，這裏以美女暗喻山枇杷花。陳叔寶《東飛伯勞歌》："池側鴛鴦春日鶯，綠珠絳樹相逢迎。"蘇軾《水龍吟》："聞道嶺南太守，後堂深、綠珠嬌小。" 漢武眼穿神漸滅：《漢書·孝武李夫人傳》："孝武李夫人，本以倡進。初，夫人兄延年性知音善歌舞，武帝愛之，每爲新聲變曲，聞者莫不感動。延年侍上起舞，歌曰：'北方有佳人，絕世而獨立。一顧傾人城，再顧傾人國。寧不知傾城與傾國，佳人難再得。'上嘆息曰：'善！世豈有此人乎？'平陽主因言：'延年有女弟……'上乃召見之，實妙麗善舞，由是得幸，生一男，是爲昌邑哀王。李夫人少而蚤卒，上憐憫焉！圖畫其形於甘泉宮。" 漢武：漢武帝劉徹的省稱。郭璞《遊仙詩七首》六："燕昭無靈氣，漢武非仙才。"劉希夷《公子行》："傾國傾城漢武帝，爲雲爲雨楚襄王。古來容光人所羨，況復今日遙相見！" 眼穿：猶言望眼欲穿，形容殷切盼望。韓愈《酒中留上襄陽李相公》："眼穿常訝雙魚斷，耳熱何辭數爵頻！"梅堯臣《獨酌偶作》："眼穿南去翼，耳冷北來音。" 神：

精神,心神。《史記·太史公自序》:"凡人所生者神也,所託者形也,神大用則竭,形大用則敝,形神離則死。"李山甫《下第卧疾盧員外召游曲江》:"眼前何事不傷神,忍向江頭更弄春?"神韵,韵味。李肇《唐國史補》卷上:"始吾見公主擔夫爭路而得筆法之意,後見公孫氏舞劍器而得其神。"表情,神色。寶泉《述書賦》上:"長玉靡慢,神閑態穠。"

⑩ 穠姿:艷麗的姿態。楊巨源《贈陳判官求子花詩》:"油地輕綃碧且紅,須憐纖手是良工。能生麗思千花外,善點穠姿五彩中。"朱松《牡丹酴醾各一首呈周宰》一:"誰憐曲肱人? 一笑遣穠姿。不言意可了,君醉當勿疑。" 秀色:秀美的容色。張衡《七辯》:"淑性窈窕,秀色美艷。"李白《古风》二六:"秀色空絕世,馨香誰爲傳?" 怨媚:嫵媚中的怨恨。《吕氏春秋·侈樂》:"樂不樂者,其民必怨,其生必傷。"高誘注:"怨,悲。"白居易《長恨歌》:"迴眸一笑百媚生,六宫粉黛無顏色。" 羞容:害羞貌。班婕妤《搗素賦》:"弱態含羞,妖風靡麗。"辛弃疾《水龙吟·登建康賞心亭》:"求田問舍,怕應羞見,劉郎才氣。"

⑪ 閑人:不相干的人。韓愈《遊城南十六首·賽神》:"白布長衫紫領巾,差科未動是閑人。麥苗含穟桑生葚,共向田頭樂社神。"元稹《酬樂天頻夢微之》:"我今因病魂顛倒,唯夢閑人不夢君。" 説:叙説,講述。《易·咸》:"咸其輔頰舌,滕口説也。"高亨注:"滕口説,謂翻騰其口談,即所謂'口若懸河'。"劉義慶《世説新語·德行》:"有人向張華説此事,張曰:'王之學華,皆是形骸之外,去之所以更遠。'"

⑫ 昨來:昨日,近來。岑参《河西春暮憶秦中》:"別後鄉夢數,昨來家信稀。"《續資治通鑒·宋神宗元豐四年》:"臣聞昨來西師出界,中綴而還,將下師徒,頗有飢凍潰散。" 谷口:山谷的出入口。《六韜·分險》:"衢道谷口,以武衝絶之。"王維《歸輞川作》:"谷口疏鐘動,漁樵稍欲稀。"這裏的"谷"是指由長安進入漢中的褒斜谷。 相問:詢問,質問。宋之問《陸渾山莊》:"野人相問姓,山鳥自呼名。去去獨吾樂,無然愧此生。"崔顥《江畔老人愁》:"人生貴賤各有時,莫見

赢老相輕欺。感君相問爲君說,說罷不覺令人悲。" 消歇:消失,止歇。鮑照《行藥至城東橋》:"容華坐消歇,端爲誰苦辛?"孟郊《讀張碧集》:"天寶太白歿,六義已消歇。"

⑬ 左降通州十日遲:這裏指元稹元和十年三月三十日離開長安的澧西,向貶謫之地通州慢慢進發,估計其途經青山驛的時候,應該在四月中旬,與元稹元和四年三月七日乘傳從長安出發趕赴東川,在季節上晚了不少,所謂的"十日遲"應該僅僅是概略的說法,早出發二十多天,又是乘傳,自然比晚走而又不太計較速度的貶赴任所,時間相差自然更多,僅僅"十日遲"是不可能的,或者是年份不同,季節前後有所不同。 左降:貶官,多指京官降職到州郡。《晉書·王羲之傳》:"或可左降,令在疆塞極難之地。"白居易《舟中雨夜》:"船中有病客,左降向江州。"又稱"左遷",《漢書·朱博傳》:"〔朱博〕遷爲大司農。歲餘,坐小法,左遷犍爲太守。"柳宗元《送李渭赴京師序》:"過洞庭,上湘江,非有罪左遷者罕至。" 又與幽花一年別:意謂又不得不再推遲一年重睹山枇杷的芳姿。杜甫《過南鄰朱山人水亭》:"相近竹參差,相過人不知。幽花欹滿樹,小水細通池。"王建《曉思》:"林間栖鳥散,遠念征人起。幽花宿含彩,早蝶寒弄翅。" 幽花:義同"幽芳",指香花。張九齡《南還贈京都舊僚》:"欲贈幽芳歇,行悲舊賞移。"歐陽修《豐樂亭記》:"日與滁人仰而望山,俯而聽泉,掇幽芳而蔭喬木。"

⑭ 託:寄託,寄寓。《左傳·襄公二十七年》:"〔子鮮〕託於木門。"《晉書·徐邈傳》:"託社之鼠,政之甚害。" 深山:與山外距離遠的、人不常到的山嶺。《左傳·襄公二十一年》:"深山大澤實生龍蛇。"東方朔《非有先生論》:"遂居深山之間,積土爲室,編蓬爲户。"拙:困窮,倒霉。銀雀山漢墓竹簡《十陣》:"若從天下,若從地出,徒來而不屈,終日不拙。"杜甫《北征》:"緬思桃源内,益嘆身世拙。"

⑮ 天:古人以天爲萬物主宰者。《論語·八佾》:"獲罪於天,無所禱也。"《左傳·宣公四年》:"君,天也,天可逃乎?" 萬里:極言距

離之遠之高,非確數。張説《送岳州李十從軍桂州》:“送客之江上,其人美且才。風波萬里闊,故舊十年來。”沈佺期《被試出塞》:“十年通大漠,萬里出長平。寒日生戈劍,陰雲拂斾旌。”　帝:天子,古代國家的最高統治者。《史記・秦始皇本紀》:“秦故王國,始皇君天下,故稱帝。”李白《永王東巡歌十一首》五:“二帝巡遊俱未回,五陵松柏使人哀。”王琦注:“時玄宗在蜀,肅宗即位靈武。”這裏指唐憲宗,元稹的當今皇上。　九重:指宮禁,朝廷。盧綸《秋夜即事》:“九重深鎖禁城秋,月過南宮漸映樓。”杜甫《奉和賈至舍人早朝大明宮》:“五夜漏聲催曉箭,九重春色醉仙桃。”

⑯杏樹:即杏花樹,落葉喬木,葉寬卵形,花粉紅色或白色。王維《田園樂七首》三:“采菱渡頭風急,策杖林西日斜。杏樹壇邊漁父,桃花源裏人家。”竇鞏《遊仙詞》:“海上神山綠,溪邊杏樹紅。不知何處去?月照玉樓空。”　良人:平民,百姓。《後漢書・董宣傳》:“陛下聖德中興,而縱奴殺良人,將何以理天下乎?”白居易《道州民》:“父兄子弟始相保,從此得作良人身。”　陌:田間東西或南北小路,亦泛指田間小路。《史記・秦本紀》:“爲田開阡陌,東地渡洛。”司馬貞索隱引應劭《風俗通》:“南北曰阡,東西曰陌。河東以東西爲阡,南北爲陌。”韓愈《唐正議大夫尚書左丞孔公墓誌銘》:“愈又曰:古之老於鄉者,將自佚,非自苦,閭井田宅具在,親戚之不仕,與倦而歸者,不在東阡在北陌,可杖屨來往也。”　柳枝:柳樹的枝條。郭震《子夜四時歌六首・春歌》:“陌頭楊柳枝,已被春風吹。妾心正斷絶,君懷那得知?”岑參《送懷州吳別駕》:“灞上柳枝黃,壚頭酒正香。”　年少:猶少年。《三國志・先主傳》:“好交結豪傑,年少爭附之。”王讜《唐語林・政事》:“其後補署,悉用年少。”

⑰昔賢:已往的聖賢。劉長卿《經漂母墓》:“昔賢懷一飯,茲事已千秋。古墓樵人識,前朝楚水流。”王禹偁《量移自解》:“商山五百五十日,若比昔賢非滯留。試看江陵元相國,四年移得向通州(元稹

自江陵士曹，四年移通州司馬）。” 磻溪：水名，在今陝西省寶雞市東南，傳說爲周代呂尚未遇文王時垂釣處。《韓詩外傳》卷八：“太公望少爲人婿，老而見去，屠牛朝歌，賃於棘津，釣於磻溪。”《陳書·高祖紀》：“是以文武之佐，磻磎蘊其玉璜；堯舜之臣，榮河鏤其金版。” 冷坐：猶獨坐。梅堯臣《逢曾子固》：“冷坐對寒流，蕭然未知倦。”蘇軾《汪覃秀才久留山中以詩見寄次其韻》：“中秋冷坐無因醉，半月長齋未肯辭。” 權門：權貴，豪門。《東觀漢記·陽球傳》：“於是權門惶怖股慄，莫不雀目鼠步。”劉得仁《贈敬晊助教二首》二：“街西静觀求居處，不到權門到寺頻。”

［編年］

《年譜》編年本詩於元和十年，并列舉本詩“往年乘傳過青山，正值山花好時節……昨來谷口先相問，及到山前已消歇。左降通州十日遲，又與幽花一年別”六句之外，又舉元稹《望雲騅馬歌》中“橐它山上斧刃堆，望秦嶺下錐頭石。五六百里真符縣，八十四盤青山驛”四句，但并没有説明本詩編年於何時的具體時間。《編年箋注》編年：“《山枇杷》……作於元和十年（八一五）。是年元稹奉詔離江陵士曹任回朝，旋出爲通州司馬。詩作於赴通州途中。見卞《譜》。”《年譜新編》舉出“左降通州十日遲，又與幽花一年別”作爲理由，編年本詩於“離京赴通州途中作”。《年譜》的“元和十年”過於寬泛，元和十年元稹奔波於江陵、西京、通州、興元之間，本詩究竟賦成於何時何地？《編年箋注》、《年譜新編》的“途中”之説也過於籠統，因爲元稹這次貶赴通州，前後一共走了兩個多月。

元稹出貶通州在元和十年的三月三十日，按照《年譜》列舉的“左降通州十日遲”的理由，認爲本詩應該作於元和十年四月十日。但如果參照元稹元和四年三月七日離開長安，乘傳而往，據傳白行簡所撰的《三夢記》，時經半月，元稹才於三月二十一日到達興元的情況，晚出發二十多天的元稹經由青山驛的時間無論如何應該晚於四月十日，大約應該在四月間。還有一個情況也可以作爲參考：元和四年三月初出發，前往東川，辦案時近一月，五六月間已經回到長安；而元和十年元稹出貶通州，六月間才到達通州。兩次相比，一快一慢，原因無他，一是奉詔乘傳，必須星夜兼程；一是因故出貶，可以慢慢赴任。

◎ 紫蹢躅①

　　紫蹢躅，滅紫攏裙倚山腹(一)②。文君新寡乍歸來，羞怨春風不能哭③。我從相識便相憐，但是花叢不迴目(二)④。去年春別湘水頭，今年夏見青山曲(青山，驛名)(三)⑤。迢迢遠在青山上，山高水闊難容足⑥。願爲朝日早相曝，願作輕風暗相觸⑦。紫蹢躅(四)，我向通川爾幽獨⑧。可憐今夜宿青山，何年卻向青山宿(五)⑨？山花漸暗月漸明，月照空山滿山綠⑩。山空月午夜無人，何處知我顏如玉(六)⑪？

錄自《元氏長慶集》卷二六

［校記］

　　（一）滅紫攏裙倚山腹：原本作“滅紫櫳裙倚山腹”，《佩文齋廣群芳譜》、《全芳備祖前集》同，楊本作“滅紫櫳裙倚山腹”，據宋蜀本、蘭雪堂本、叢刊本、《全詩》、《全蜀藝文志》改。

　　（二）但是花叢不迴目：楊本、叢刊本、《佩文齋廣群芳譜》、《全詩》、《全芳備祖前集》同，《全蜀藝文志》作“似是花叢不迴目”，語義不同，不改。

　　（三）今年夏見青山曲(青山，驛名)：楊本、叢刊本、《全詩》同，《佩文齋廣群芳譜》、《全蜀藝文志》無“青山，驛名”之注文。

（四）紫躑躅：原本作“爾躑躅”，楊本、叢刊本、《全蜀藝文志》、《全詩》同，語義與下句“我向通川爾幽獨”重複，據《佩文齋廣群芳譜》改。

（五）何年却向青山宿：楊本、叢刊本、《佩文齋廣群芳譜》、《全蜀藝文志》、《全詩》同，宋蜀本作“何年却歸青山宿”，語義相類，不改。

（六）何處知我顔如玉：楊本、叢刊本、《全詩》、《佩文齋廣群芳譜》、《全蜀藝文志》同，《全芳備祖集》作“何處嬌顔映紅玉”，語義不同，不改。

［箋注］

① 紫躑躅：白居易《山石榴寄元九》：“山石榴，一名山躑躅，一名杜鵑花，杜鵑啼時花撲撲。九江三月杜鵑來，一聲催得一枝開。江城上佐閑無事，山下斸得廳前栽。爛漫一欄十八樹，根株有數花無數。千房萬葉一時新，嫩紫殷紅鮮麴塵。泪痕裛損臙脂臉，剪刀裁破紅綃巾。謫仙初墮愁在世，姹女新嫁嬌泥春。日射血珠將滴地，風翻焰火欲燒人。閑折兩枝持在手，細看不似人間有。花中此物是西施，芙蓉芍藥皆嫫母。奇芳絶艷别者誰？通州遷客元拾遺。拾遺初貶江陵去，去時正值青春暮。商山秦嶺愁殺人，山石榴花紅夾路。題詩報我何所云？若云色似石榴裙。當時叢畔唯思我，今日欄前只憶君。憶君不見坐銷落，日西風起紅紛紛。”白居易此詩是不是與元稹本詩有前後對應的唱酬關係，尚待智者認定，但兩詩同詠躑躅，亦即山石榴、杜鵑花，對理解本詩有一定的借鑒意義。　紫：藍和紅合成的顔色。《論語·陽貨》：“惡紫之奪朱也。”何晏集解：“朱，正色；紫，間色之好者。”陳叔達《詠菊》：“霜間開紫蒂，露下發金英。但令逢採摘，寧辭獨晚榮！”　躑躅：杜鵑花的别名，又名映山红。韋應物《送黎六郎赴陽翟少府》：“試吏向嵩陽，春山躑躅芳。腰垂新綬色，衣滿舊芸香。”白居易《題元十八溪居》：“晚葉尚開紅躑躅，秋房初結白芙蓉。”《唐音癸

籤·唐人樂府不盡譜樂》:"古人詩即是樂,其後詩自詩,樂府自樂府……而樂府古題作者以其唱和重複,沿襲可厭,於是又改六朝擬題之舊,別創時事新題,杜甫始之,元白繼之。杜如《哀王孫》、《哀江頭》、《兵車》、《麗人》等,白如《七德舞》、《海漫漫》、《華原磬》、《上陽白髮人》諷諫等,元如《田家》、《捉捕》、《紫躑躅》、《山枇杷》諸作,各自命篇。"愛新覺羅·弘曆對本詩也有評價,其《紫躑躅》:"花開殷七訝稱神,閬苑根歸誕或真。却是微之饒逸趣,山空月午句清新。"《四庫全書總目提要·永昌二芳記》:"其論躑躅、山榴、杜鵑之名,自唐已無別。謂'杜鵑但可名山石榴,不可名躑躅。躑躅爲杜鵑別種,其花攢爲大朵,非若杜鵑小朵各開,俗名映山紅,無所謂黃紫碧者,韓愈、元稹、梅堯臣詩並誤。'其考證亦不苟也。"

②　攏:聚合在一起,梳理到一塊兒。郭璞《江賦》:"聿經始於洛沬,攏萬川乎巴梁。"韓偓《信筆》:"睡髻休頻攏,春眉忍更長。"　裙:古謂下裳,男女同用,後專指婦女的裙子。《後漢書·明德馬皇后》:"常衣大練,裙不加緣。"馬縞《中華古今注·裙》:"古之前制,衣裳相連,至周文王令女人服裙,裙上加翟衣,皆以絹爲之。"　山腹:山腰。皇甫曾《遇風雨作》:"陰雲擁巖端,霑雨當山腹。"錢起《過沈氏山居》:"喬木出雲心,閑門掩山腹。"

③　文君:指卓文君,漢代臨邛富翁卓王孫之女,貌美,有才學。司馬相如飲於卓氏,文君新寡,相如以琴曲挑之,文君遂夜奔相如。後以指代美女,這裏比喻紫躑躅。溫庭筠《錦城曲》:"巴水漾情情不盡,文君織得春機紅。"沈端節《薄倖》:"念少年孤負芳音,多時不見文君面。"　羞怨:又羞又恨。高觀國《留春令·梅》:"歷盡冰霜空羞怨。怨粉香消減。江北江南舊情多,奈笛裏、關山遠。"劉弇《內家嬌》:"應念故園桃李,羞怨春工。"　春風:春天的風。戴叔倫《和李相公勉晦日蓬池遊宴同字》:"高會吹臺中,新年月桂空。貂蟬臨野水,旌旆引春風。"盧綸《春日題杜叟山下別業》:"白鳥群飛山半晴,渚田相接有

泉聲。園中曉露青蕪合,橋上春風綠野明。"這裏的春風多指男女之間的歡愛,兩字與卓文君的新寡暗暗相切,想讀者從中也不難理解。

④ 相識:彼此認識。《荀子·君道》:"以爲故耶?則未嘗相識也。"崔融《西征軍行遇風》:"北風卷塵沙,左右不相識。颯颯吹萬里,昏昏同一色。"顧況《行路難三首》二:"一生肝膽向人盡,相識不如不相識。" 相憐:相互憐愛,互相憐惜。《列子·楊朱》:"古語有之:'生相憐,死相捐。'"王安石《酬宋廷評請序經解》:"未曾相識已相憐,香火靈山亦有緣。" 花叢:叢集的群花。謝朓《和王主簿季哲怨情》:"花叢亂數蝶,風簾入雙燕。"元稹《雜憶五首》三:"寒輕夜淺繞回廊,不辨花叢暗辨香。" 迴目:轉動眼睛,流盼。傅玄《秋胡行》:"羅衣翳玉體,迴目流采章。"四顧,四看。張望《正月七日登高作詩》:"熙哉陵岡娛,眺盼肆迴目。"

⑤ 去年春別湘水頭:這裏指元和九年春天元稹奉命出使潭州,拜訪湖南觀察使張正甫一事,有元稹自己《陪張湖南宴望岳樓稹爲監察御史張中丞知雜事》詩"觀象樓前奉末班,絳峰只似殿庭間。今日高樓重陪宴,雨籠衡岳是南山"可證。 去年:剛過去的一年。宋之問《寒食江州滿塘驛》:"去年上巳洛橋邊,今年寒食廬山曲。遙憐鞏樹花應滿,復見吳洲草新綠。"張說《巡邊在河北作》:"去年六月西河西,今年六月北河北。沙場磧路何爲爾?重氣輕生知許國。" 湘水:即湘江。東方朔《七諫·哀命》:"測汨羅之湘水兮,知時固而不反。"杜甫《建都十二韵》:"永負漢庭哭,遙憐湘水魂。" 夏:夏季,四季中的第二季,陰曆四月至六月。《書·洪範》:"日月之行,則有冬有夏。"韓愈《送孟東野序》:"以鳥鳴春,以雷鳴夏,以蟲鳴秋,以風鳴冬。"這裏"夏"的具體含義是元和十年的四月,時元稹在自長安謫赴通州司馬途中。

⑥ 迢迢:高貌。陸機《擬西北有高樓》:"高樓一何峻!迢迢峻而安。"司馬光《次韵和宋復古春日五絕句》五:"殘春舉目多愁思,休上迢迢百尺樓。"道路遙遠貌。潘岳《內顧詩二首》一:"漫漫三千里,迢

迢遠行客。"姜夔《除夜自石湖歸苕溪》:"細草穿沙雪半銷,吳宮烟冷水迢迢。"　青山:青葱的山嶺。《管子·地員》:"青山十六施,百一十二尺而至於泉。"徐凝《別白公》:"青山舊路在,白首醉還鄉。"　容足:僅能立足,形容所處之地極狹小。《莊子·外物》:"地非不廣且大也,人之所用容足耳!"劉商《與于中丞》:"萬頃荒林不敢看,買山容足擬求安。"

⑦ "願爲朝日早相暾"兩句:流露詩人對紫躑躅的愛惜之情。朝日:早晨初升的太陽。《藝文類聚》卷一八引蔡邕《協初賦》:"面若明月,輝似朝日。"謝朓《始出尚書省》:"紛虹亂朝日,濁河穢清濟。"暾:和暖,溫暖。元稹《酬獨孤二十六送歸道州》:"寧愛寒切烈,不愛暘溫暾。"寒山《詩三百三首》一七六:"午時庵内坐,始覺日頭暾。"輕風:輕捷的風,微風。張協《雜詩十首》三:"輕風摧勁草,凝霜竦高木。"杜牧《早春閣下寓直蕭九舍人亦直内署因寄書懷四韵》:"玉漏輕風順,金莖淡日殘。"　觸:接觸,撫摸。《莊子·養生主》:"手之所觸,肩之所倚,足之所履,膝之所踦。"蘇軾《定惠院海棠》:"明朝酒醒還獨來,雪落紛紛那忍觸!"

⑧ 通川:即通州。《舊唐書·地理志》:"通州,隋通川郡,武德元年改爲通州,領通川、宣漢、三岡、石鼓、東鄉五縣……天寶元年改爲通川郡,乾元元年復爲通州,舊領縣七,户七千八百九十八,口三萬八千一百二十三……在京師西南二千三百里,去東都二千八百七十五里。"元稹《蟲豸詩序》:"又數年,司馬通川郡。"元稹《見人詠韓舍人新律詩因有戲贈》:"七字排居敬,千詞敵樂天(侍御八兄,能爲七言絶句;贊善白君,好作百韵律詩)。殷勤閑太祝(張君籍),好去老通川(自謂)。"　幽獨:静寂孤獨,亦指静寂孤獨的人。《楚辭·九章·涉江》:"哀吾生之無樂兮,幽獨處乎山中。"杜甫《久雨期王將軍不至》:"天雨蕭蕭滯茅屋,空山無以慰幽獨。"

⑨ "可憐今夜宿青山"兩句:意謂我在貶赴通州途中,可憐今天晚上我在青山驛留宿,又不知何年何月,我能够結束貶謫生涯,回歸

京師的途中,再次留宿在青山驛中。　　可憐:值得憐憫。《莊子·庚桑楚》:"汝欲返性情而無由入,可憐哉!"成玄英疏:"深可哀湣也。"白居易《賣炭翁》:"可憐身上衣正單,心憂炭賤願天寒。"　　何年:哪一年。崔湜《寄天臺司馬先生》:"尚惜金芝晚,仍攀琪樹榮。何年緱嶺上,一謝洛陽城?"崔滌《望韓公堆》:"韓公堆上望秦川,渺渺關山西接連。孤客一身千里外,未知歸日是何年?"

⑩ 山花:山間野花,這裏自然也包括紫躑躅在内。羅隱《燕昭王墓》:"戰國蒼茫難重尋,此中蹤迹想知音。强停別騎山花曉,欲吊遺魂野草深。"唐彥謙《過浩然先生墓》:"山花不語如聽講,溪水無情自薦哀。猶勝黄金買碑碣,百年名字已烟埃。"　　空山:幽深少人的山林。韋應物《寄全椒山中道士》:"落葉滿空山,何處尋行迹?"李幼卿《遊爛柯山四首》四:"石室過雲外,二僧儼禪寂。不語對空山,無心向來客。"　　滿山:漫山遍野。崔國輔《從軍行》:"刀光照塞月,陣色明如晝。傳聞賊滿山,已共前鋒鬥。"王維《冬晚對雪憶胡居士家》:"寒更傳曉箭,清鏡覽衰顏。隔牖風驚竹,開門雪滿山。"

⑪ 月午:月至午夜,即半夜。劉禹錫《送惟良上人》:"燈明香滿室,月午霜凝地。"蘇軾《減字木蘭花·花》:"春庭月午,搖蕩香醪光欲舞。"　　無人:没有人,没人在。《史記·范雎蔡澤列傳》:"秦王屏左右,宮中虛無人。"柳永《鬥百花》:"深院無人,黄昏乍拆鞦韆,空鎖滿庭花雨。"　　何處:哪里,什麼地方。《漢書·司馬遷傳》:"且勇者不必死節,怯夫慕義,何處不勉焉!"王昌齡《梁苑》:"萬乘旌旗何處在?平臺賓客有誰憐?"　　玉:温潤而有光澤的美石。《詩·小雅·鶴鳴》:"它山之石,可以攻玉。"郭震《蓮花》:"臉膩香薰似有情,世間何物比輕盈?湘妃雨後來池看,碧玉盤中弄水晶。"

[編年]

《年譜》編年本詩於元和十年,理由是:"詩云:'今年夏見青山曲

（青山，驛名）。’又云：‘我向通州爾幽獨。’”《編年箋注》編年：“此詩……作於元和十年（八一五）。是年元稹奉詔離江陵士曹任回朝，旋出爲通州司馬。詩作於赴通州途中。見下《譜》。”《年譜新編》舉出《山枇杷》的“左降通州十日遲，又與幽花一年別”作爲理由，編年本詩於“離京赴通州途中作。”《年譜》編年本詩於“元和十年”則過於寬泛，元和十年元稹奔波於江陵、西京、通州、興元等地，本詩究竟賦成於何時何地？《編年箋注》、《年譜新編》編年本詩於“途中”則過於籠統，因爲元稹這次貶赴通州，前後一共走了二個多月。

　　我們認爲《山枇杷》作於元和十年四月間，理由已經在《山枇杷》的編年闡述。我們認爲《紫躑躅》與《山枇杷》雖然作於同時，都在元和十年四月間，但兩者仍然有先後的區別：《山枇杷》：“往年乘傳過青山，正值山花好時節……昨來谷口先相問，及到山前已消歇。”而《紫躑躅》：“去年春別湘水頭，今年夏見青山曲（青山，驛名）……可憐今夜宿青山，何年却向青山宿？”前者是白天，後者是晚上。

◎ 褒城驛二首①

　　容州詩句在褒城，幾度經過眼暫明^(一)②。今日重看滿衫泪，可憐名字已前生③。
　　憶昔萬株梨映竹，遇逢黃令醉殘春④。梨枯竹盡黃令死，今日再來衰病身^(二)⑤。

録自《元氏長慶集》卷八

[校記]
　　（一）幾度經過眼暫明：楊本、叢刊本、《全詩》、《古詩鏡·唐詩鏡》同，《萬首唐人絕句》作“幾度經過眼漸明”，語義不佳，不從不改。

（二）今日再來衰病身：楊本、叢刊本、《全詩》、《古詩鏡·唐詩鏡》同，《萬首唐人絕句》、《全詩》注作"今日載來衰病身"，語義不佳，不從不改。

［箋注］

① 褒城驛：當時的驛站名，在興元府，地當今天的漢中市北郊褒水西岸處。元和十年三月三十日，元稹出貶通州司馬，四五月間途經褒城驛，賦詠本詩回憶往事。羊士諤《褒城驛池塘翫月》："夜長秋始半，圓景麗銀河。北渚清光溢，西山爽氣多。"元稹《遣行十首》七："七過褒城驛，回回各爲情。八年身世夢，一種水風聲。"

② 容州：原來是地名，《舊唐書·地理志》："容州下都督府：隋合浦郡之北流縣。武德四年平蕭銑，置銅州，領北流、豪石、宕昌、渭龍、南流、陵城、普寧、新安八縣。貞觀元年改爲容州，以容山爲名。十一年省新安縣，開元中升爲都督府。天寶元年改爲普寧郡，乾元元年復爲容州都督府，仍舊置防禦經略招討等使，以刺史領之，刺史充經略軍使，管鎮兵一千一百人，衣糧稅本管自給。舊領縣七，戶八千八百九十，天寶後領縣五，戶四千九百七十，口一萬七千八十七。至京師五千九百一十里，至東都五千四百八十五里。東至藤州二百五十九里，南至竇州二百里，西至禺州十五里，北至龔州二百里，西至隋建縣一百九十里，西北至黨州一百五十里，東北接義州界。"郎士元《送崔侍御往容州宣慰》："秦原獨立望湘川，擊隼南飛向楚天。奉詔不言空問俗，清時因得訪遺賢。"竇群《容州》："何事到容州？臨池照白頭。興隨年已往，愁與水長流。"這裏是指代元和八年四月自開州刺史改任容管經略使的竇群。 詩句：這裏指代竇群經過褒城驛時題在驛站牆壁上的詩篇，竇群長期出貶外任，這些詩篇何時題在褒城驛，題的又是什麼詩篇，今天已經無從考證。但元稹數次經由褒城驛，時間又與竇群前後同時，因此定然看到，故有"幾度經過眼暫明"的感嘆。

經過：行程所過，通過。《淮南子‧時則訓》："日月之所道。"高誘注：
"日月照其所經過之道。"元稹《盧頭陀》："還來舊日經過處，似隔前身
夢寐遊。"　明：眼力好，視覺敏銳。《孟子‧離婁》："離婁之明，公輸
子之巧，不以規矩，不能成方圓。"《史記‧淮南衡山列傳》："臣聞聰者
聽於無聲，明者見於未形。"

　　③ "今日重看滿衫淚"兩句：今日是指元和十年元稹出貶通州司
馬途經褒城驛之時：元稹元和十年三月三十日離開長安，六月達到通
州，計其行程，詩人再次來到褒城驛當在四月底五月初。竇群病故於
元和九年，故有"可憐名字已前生"之哀嘆。《舊唐書‧竇群傳》："竇
群字丹列，扶風平陵人……出爲湖南觀察使，數日改黔州刺史、黔州
觀察使。在黔中屬大水壞其城郭，復築其城，征督溪洞諸蠻，程作頗
急。於是辰錦生蠻乘險作亂，群討之，不能定，六年九月貶開州刺史。
在郡二年，改容州刺史容管經略觀察使。九年詔還朝，至衡州病卒，
時年五十。"　重看：再次看到。楊嗣復《贈毛仙翁》："天上玉郎騎白
鶴，肘後金壺盛妙藥。暫遊下界傲五侯，重看當時舊城郭。"張祜《喜
王子載話舊》："相逢青眼日，相嘆白頭時。累話三朝事，重看一局
棋。"　可憐：可惜。盧綸《早春歸盩厔別業却寄耿拾遺》："可憐芳歲
青山裏，惟有松枝好寄君。"韓愈《贈崔立之評事》："可憐無益費精神，
有似黃金擲虛牝。"　名字：人的名與字。《禮記‧檀弓》："幼名，冠
字。"孔穎達疏："始生三月而加名……年二十，有爲人父之道，朋友等
類不可復呼其名，故冠而加字。"指姓名。竇梁賓《喜盧郎及第》："手
把紅箋書一紙，上頭名字有郎君。"名稱，名號。《東觀漢記‧馬援
傳》："天下反覆自盜名字者，不可勝數。"　前生：原爲佛教語，謂前一
輩子，對今生而言。呂溫《送文暢上人東遊》："到時爲彼岸，過處即前
生。今日臨岐別，吾徒自有情。"白居易《愛詠詩》："辭章諷詠成千首，
心行歸依向一乘。坐倚繩床閑自念，前生應是一詩僧。"

　　④ 憶昔萬株梨映竹：元稹元和四年以監察御史按御東川，經過

3743

褒城驛,有《褒城驛(軍大夫嚴秦修)》紀事:"嚴秦修此驛,兼漲驛前池。已種千竿竹,又栽千樹梨。四年三月半,新笋晚花時。悵望東川去,等閑題作詩。"這是本句提及的歷史背景。　遇逢黃令醉殘春:元和四年三月底,元稹以監察御史出使東川時途經褒城驛,遇到少年時代的朋友黃明府即"黃令",同游褒水,有詩《黃明府詩》紀實:"因饋酒一槽,艤舟請予同載。予不免其意,與之盡歡。遍問褒陽山水,則褒姒所奔之城在其左,諸葛所征之路在其右。感今懷古,作《黃明府詩》云。"詩云:"少年曾痛飲,黃令困飛觥。席上當時走,馬前今日迎。依稀迷姓氏,積漸識平生。故友身皆遠,他鄉眼暫明。便邀連榻坐,兼共榻船行。酒思臨風亂,霜棱掃地平。不堪深淺酌,貪惜古今情。邐迤七盤路,坡陀數丈城。花疑褒女笑,棧想武侯征。一種埋幽石,老閑千載名。"　殘春:指春天將盡的時節。賈島《寄胡遇》:"一自殘春別,經炎復到凉。"李清照《慶清朝慢》:"禁幄低張,彤闌巧護,就中獨占殘春。"元稹經由褒城驛在"四年三月半","殘春"云云恰如其分地點明本句所涉及的時間。

⑤ "梨枯竹盡黃令死"兩句:令詩人頗爲意外也十分不快的是:時間僅僅過去了六年,當年的"萬竹與千梨"已經不復存在,而元稹自己飽受打擊,一貶江陵,再貶通州,境況頗爲淒慘。晚唐詩人薛能與元稹並無直接的交往,他在褒城驛撰詩回憶元稹之坎坷遭遇,其《褒城驛有故元相公舊題詩因仰嘆而作》詩云:"鄂相頃題應好池,題云萬竹與千梨。我來已變當初地,前過應無繼此詩。敢嘆臨行殊舊境,惟愁後事劣今時。閑吟四壁堪搔首,頻見青蘋白鷺鷥。"孫樵《書褒城驛》也揭示了褒城驛前面雄壯後來破敗的真正原因,文云:"褒城驛號天下第一,及得寓目,視其沼則淺混而茅,視其舟則離敗而膠,庭除甚蕪,堂廡甚殘,烏覩其所謂宏麗者? 訊於驛吏,則曰:'忠穆公嘗牧梁州,以褒城控二節度治所。龍節虎旗馳驛奔輈以去以來,轂交蹄劘,由是崇侈其驛,以示雄大,蓋當時視他驛爲

壯。且一歲賓至者不下數百輩，苟夕得其庇，饑得其飽，皆暮至朝去者，寧有顧惜心邪？至如棹舟則必折篙破舷碎鷁而後止，漁釣則必枯泉汩泥盡魚而後止，至有飼馬於軒，宿隼於堂……凡所以污敗室廬，糜毀器用，官小者，其下雖氣猛，可制；官大者，其下益暴橫，難禁。由是日益碎破，不與曩類。某曹八九輩，雖以供饋之隙，再三力治之，其能補數十百人殘暴乎……'語未，既有老甿笑於旁，且曰：'舉今州縣，皆驛也。吾聞開元中天下富蕃，號爲治平，踵千里者不裹糧，長子孫者不知兵。今者天下無金革之聲而户口日益破，疆場無侵削之虞而墾田日益寡，生民日益困財力，日益竭其故，何哉？凡舉天子共治天下者，刺史、縣令而已，以耳目接於民而政令速於行也。今朝廷命官，既已輕任刺史、縣令，而人促數于更易。且刺史、縣令，遠者三歲再更。故州縣之政，苟有不利於民可以出意革去者，其在刺史則曰：我即去，何用如此？當愁醉醲，當饑飽鮮，囊帛匱金，笑與秩終。嗚呼！州縣者，真驛邪？刓更代之隙，黠吏因緣恣爲奸欺，以賣州縣者乎？如此而欲望生民不困，財力不竭，户口不破，墾田不寡，難哉？'予既揖退老甿，條其言，書於褒城驛屋壁。"可與這兩句並讀。　　令：指受任爲縣令。韓愈《唐故朝散大夫越州刺史薛公墓誌銘》："愈既與公諸昆弟善，又嘗代公令河南，公之葬也，故公弟集賢殿學士尚書刑部侍郎放屬余以銘。"曾鞏《漢武都太守漢陽阿陽李翕西狹頌》："又稱翕嘗令黽池，治崤嶔之道，有黃龍白鹿之瑞。"

[編年]

《年譜》編年本詩"元和十年，元稹赴通州，經褒城驛，作此詩"，含糊其詞，沒有説明具體時間。《編年箋注》編年："此詩作於元和十年（八一五）由長安赴通州途中。元稹經褒城驛在四五月間。見卞《譜》。"《年譜新編》編年本詩元和十年"離京赴通州途中作"，並有譜文"至襃城,又見竇群題詩,復憶襃城黄令,感慨係之"説明,但没有説明具體時間。

我們以爲,計其出貶路綫以及出貶行程,元稹三月底出貶通州,六月到達通州,其經由襃城驛當在元和十年的四五月間,本詩即作於其時,元稹當時是尚未到任的通州司馬。

◎ 嘉陵水(古時應是山頭水

此後並通州詩)(一)①

古時應是山頭水,自古流來江路深②。若使江流會人意,也應知我遠來心③。

録自《元氏長慶集》卷二〇

[校記]

（一）嘉陵水(此後並通州詩)：楊本、叢刊本、《全詩》同,《萬首唐人絶句》作"嘉陵水",無"此後並通州詩"六字。《記纂淵海》作"題嘉陵江",僅僅引述本詩前兩句。

[箋注]

① 嘉陵水：即嘉陵江,長江第三支流,源出陝西鳳縣嘉陵谷,流經略陽、廣元、蒼溪、閬中、南部等縣市,最後在重慶流入長江。韋應物《聽嘉陵江水聲寄深上人》："鑿崖泄奔湍,稱古神禹迹。夜喧山門店,獨宿不安席。"元稹《使東川·江樓月》："嘉陵江岸驛樓中,江在樓前月在空。月色滿床兼滿地,江聲如鼓復如風。"

② 古時：昔時,過往已久的時代。鮑照《擬行路難十八首》一："不見柏梁銅雀上,寧聞古時清吹音。"白居易《登村東古塚》："高低古

時塚,上有牛羊道。”　山頭:山的上部,山頂。《三國志·任城威王彰傳》:“黃鬚兒竟大奇也。”裴松之注引魚豢《魏略》:“太祖在漢中,而劉備栖於山頭,使劉封下挑戰。”陳與義《岸幘》:“岸幘立清曉,山頭生薄陰。”　自古:從古以來。曹丕《典論·論文》:“文人相輕,自古而然。”楊炯《西陵峽》:“自古天地闢,流爲峽中水。行旅相贈言,風濤無極已。”　江路:江河航道或航程。謝朓《之宣城郡出新林浦向板橋》:“江路西南永,歸流東北騖。”王勃《上巳浮江宴韵得遙字》:“遽悲春望遠,江路積波潮。”

　③ 若使:假使,假如,如果。《晏子春秋·外篇》:“若使古之王者毋知有死,自昔先君太公至今尚在,而君亦安得此國而哀之?”李咸用《贈來進士鵬》:“若使無良遇,虛言有至公。”　江流:流動的江水。柳宗元《登柳州城樓寄漳汀封連四州》:“嶺樹重遮千里目,江流曲似九迴腸。共來百越文身地,猶自音書滯一鄉。”劉禹錫《西塞山懷古》:“人世幾回傷往事?山形依舊枕江流。今逢四海爲家日,故壘蕭蕭蘆荻秋。”　會:領悟,理解。《韓非子·解老》:“其智深則其會遠。”于濆《擬古諷》:“余心甘至愚,不會皇天意。”　人意:人的意願、情緒。《三國志·秦宓傳》:“上當天心,下合人意。”嚴羽《滄浪詩話·詩評》:“唐人好詩,多是征戍、遷謫、行旅、離別之作,往往能感動激發人意。”遠來心:詩人從江陵被召回,離開平叛前綫唐州,接著又出貶通州,一個打擊連著另一個打擊,身心俱疲,從長安不遠萬里,跋涉千山萬水來到這裏,江流也應該理會我心中的哀苦與委屈。蘇轍《江上看山》:“前山更遠色更深,誰知可愛信如今?惟有巫山最穠秀,依然不負遠來心。”義近“遠來人”。許棠《失題》:“獨夜長城下,孤吟近北辰。半天初去雁,窮磧遠來人。”

[編年]

　《年譜》編年本詩於元和十二年,理由是:“題下注:‘此後並通州詩。'"結論是:"以上詩,離興元、返通州途中作。"《編年箋注》同意《年譜》意見:"此詩作於元和十二年(八一七)由興元返通州途中。"理由是:"見下《譜》。"《年譜新編》漏繫本詩。

我們以爲,這首《嘉陵水》詩,不是作於元稹自興元返回通州途中之作。詩云:"若使江流會人意,也應知我遠來心。"興元與嘉陵江近在咫尺,而詩中明言"遠來心",應該是元稹自長安貶赴通州之時,而不是自興元返回通州之時,具體時間在元和十年的四月至五月間。詩中流露的欲語還休的情感,也十分切合元稹貶任通州司馬時有理無處訴説的痛苦心態。

順便説一句,即使按照《年譜》、《編年箋注》的編年意見,由於元稹返回通州在元和十二年五月,而不是元和十二年九月,《年譜》、《編年箋注》對這詩的編年仍然是錯誤的。

◎ 嘉陵水(爾是無心水)(一)①

爾是無心水,東流有恨無②? 我心無説處,也共爾何殊③!

録自《元氏長慶集》卷一五

[校記]

(一)嘉陵水:本詩存世各本,包括楊本、叢刊本、《全詩》、《萬首唐人絶句》等,均無異文。

[箋注]

① 嘉陵水:即嘉陵江,古稱閬水、渝水,長江第三支流。源出陝西省鳳縣嘉陵谷,西南流到略陽縣北納西漢水,到四川廣元納白龍

江,南流經蒼溪、閬中、南部、蓬安、南充、武勝,在重慶北匯合渠江、涪江之後流入長江。長一千多公里,流域面積十六萬平方公里。杜甫《閬水歌》:"嘉陵江色何所似? 石黛碧玉相因依。正憐日破浪花出,更復春從沙際歸。"歐陽詹《與林蘊同之蜀途次嘉陵江認得越鳥聲呈林林亦閩中人也》:"正是閩中越鳥聲,幾回留聽暗沾纓。傷心激念君深淺,共有離鄉萬里情。"

　② 無心:猶無意,沒有打算。陶潛《歸去來辭》:"雲無心以出岫,鳥倦飛而知還。"杜甫《畏人》:"門徑從榛草,無心走馬蹄。"佛教語,指解脫邪念的真心。修雅《聞誦法華經歌》:"我亦當年學空寂,一得無心便休息。"齊己《送略禪者歸南岳》:"勞生有願應回首,忍著無心與物違。"　東流:流向東方。《孟子·告子》:"性猶湍水也,決諸東方則東流,決諸西方則西流。"杜甫《別贊上人》:"百川日東流,客去亦不息。"東去的流水,亦比喻事物消逝,不可復返。《莊子·徐無鬼》:"故海不辭東流,大之至也。"李白《金陵歌送別范宣》:"四十餘帝三百秋,功名事迹隨東流。"　無:副詞,用於句末,表示疑問,相當於"否"。白居易《問劉十九》:"晚來天欲雪,能飲一杯無?"楊巨源《寄江州白司馬》:"江州司馬平安否? 惠遠東林住得無?"

　③ "我心無説處"兩句:意謂我心中無數的苦悶與冤屈,沒有地方訴說也沒有人理會,這樣的處境,與你不能申訴又有什麼兩樣? 心:思想、意念、感情的通稱。《易·繫辭》:"二人同心,其利斷金。"杜甫《秋興八首》一:"叢菊兩開他日淚,孤舟一繫故園心。"　殊:區分,區別。《史記·太史公自序》:"法家不別親疏,不殊貴賤,一斷於法。"袁宏《後漢紀·安帝紀》:"別親疏,殊適庶,尊國體,重繼嗣,防淫篡,絕奸謀,百王不易之道。"差異,不同。《易·繫辭》:"天下同歸而殊塗。"《孟子·告子》:"富歲子弟多賴,凶歲子弟多暴,非天之降才爾殊也,其所以陷溺其心者然也。"

[編年]

《年譜》編年本詩於元和十二年,理由是:"參閱《讀史方輿紀要》卷六十六《四川》一《嘉陵江》。"結論是:"以上詩,離興元、返通州途中作。"《編年箋注》採納《年譜》意見:"作於元和十二年(八一七)由興元返通州途中。"理由是:"見卞《譜》。"《年譜新編》沒有列舉編年理由,結論是:"自興元回通州途中作。"

我們以爲,這首《嘉陵水》詩,不是作於元稹自興元返回通州途中之作,而是作於元稹自長安出貶通州經由嘉陵江之時,具體時間在元和十年的四月至五月間。詩中流露有冤誣無處説的情感,顯然不是元和十二年五月元稹在興元結婚生女、病癒歸來的歡快情緒,而應該是元稹元和十年被召回京城、接著又莫名其妙地出貶通州的苦悶心緒,抒發了詩人有理無處訴説的苦悶感情。

還要説明的是:即使按照《年譜》、《編年箋注》、《年譜新編》的編年意見,由於元稹返回通州在元和十二年五月,而不是元和十二年九月,《年譜》對這首詩歌的編年仍然是錯誤的。

◎ 長灘夢李紳⁽⁻⁾①

孤吟獨寢意千般,合眼逢君一夜歡②。慚愧夢魂無遠近,不辭風雨到長灘③。

録自《元氏長慶集》卷一九

[校記]

(一) 長灘夢李紳:本詩存世各本,包括楊本、叢刊本、《萬首唐人絕句》、《石倉歷代詩選》、《全詩》在內,未見異文。

［箋注］

① 長灘:水灘名,據《中國地方誌集成‧四川府縣誌輯》,流江內
有毛家灘、長灘等,而流江正是元稹前往通州經由的水路。錢起《江
行無題一百首》一○○:"遠謫歲時晏,暮江風雨寒。仍愁繫舟處,驚
夢近長灘。"呂陶《清風閣晚景》:"野燒順風穿絕頂,漁舟隨浪轉長灘。
故鄉回首七百里,歸去不辭行路難。"　夢:睡眠時局部大腦皮質還沒
有完全停止活動而引起的腦中的表像活動。李澄之《秋庭夜月有
懷》:"遊客三江外,單栖百慮違。山川憶處近,形影夢中歸。"杜甫《夢
李白二首》一:"故人入我夢,明我長相憶。"　李紳:《舊唐書‧李紳
傳》:"李紳,字公垂,潤州無錫人……紳六歲而孤,母盧氏教以經義。
紳形狀渺小,而精悍能爲歌詩,鄉賦之年,諷誦多在人口。"貞元十八
年九月,元稹撰寫名篇《鶯鶯傳》之時,李紳作爲第一個讀者,"公垂卓
然稱異,遂爲《鶯鶯歌》以傳之。崔氏小名鶯鶯,公垂以命篇。"其後李
紳以校書郎身份遊宦各地。《舊唐書‧李紳傳》又云:"元和初登進士
第,釋褐國子助教,非其好也,東歸金陵。觀察使李錡愛其才,辟爲從
事。紳以錡所爲專恣,不受其書幣,錡怒,將殺紳,遁而獲免。錡誅,
朝廷嘉之,召拜右拾遺。元和十年春天,元稹與白居易、李紳等人歡
聚京城之南,有編集詩集之議。白居易《與元九書》:"如今年春遊城
南時,與足下馬上相戲,因各誦新艷小律,不雜他篇,自皇子陂歸昭國
里,迭吟遞唱,不絕聲者二十里餘。樊、李在旁,無所措口……當此之
時,足下興有餘力,且與僕悉索還往中詩,取其尤長者,如張十八古樂
府、李二十新歌行、盧楊二秘書律詩、竇七元八絕句,博搜精掇,編而
次之,號《元白往還詩集》。衆君子得擬議於此者,莫不踊躍欣喜,以
爲盛事。"又白居易《遊城南留元九李二十晚歸》:"老遊春飲莫相違,
不獨花稀人亦稀。更勸殘杯看日影,猶應趁得鼓聲歸。"本詩賦詠之
時,李紳正在長安,故有"慚愧夢魂無遠近,不辭風雨到長灘"之感嘆。
元和末、長慶初歲餘,李紳再次入京,受到重用。《舊唐書‧李紳傳》:

"穆宗召爲翰林學士,與李德裕、元稹同在禁署,時稱三俊,情意相善。"元稹李紳兩人的親密關係,由此可見。

②孤吟:獨自吟詠。韓愈《感春五首》二:"孤吟屢闋莫與和,寸恨至短誰能裁?"鄭巢《泊靈溪館》:"孤吟疏雨絕,荒館亂峰前。" 獨寢:獨自一人臥床休息。李端《晚春過夏侯校書值其沉醉戲贈》:"欹冠枕如意,獨寢落花前。姚馥清時醉,邊韶白日眠。"白居易《春眠》:"新浴肢體暢,獨寢神魂安。況因夜深坐,遂成日高眠。"本詩是指元稹獨自一人橫臥船中,不知不覺夢到了朝思暮想的好朋友李紳。千般:多種多樣。王維《聽百舌鳥》:"入春解作千般語,拂曙能先百鳥啼。"《敦煌曲子詞·菩薩蠻》:"枕前發盡千般願,要休且待青山爛。"合眼:閉目,睡眠。白居易《寄行簡》:"渴人多夢飲,飢人多夢餐。春來夢何處? 合眼到東川。"徐凝《荆巫夢思》:"楚水白波風嫋嫋,荆門暮色雨蕭蕭。相思合眼夢何處? 十二峰高巴字遙。" 一夜:一個夜晚,一整夜。江淹《哀千里賦》:"魂終朝以三奪,心一夜而九摧。"李白《子夜四時歌四首》四:"明朝驛使發,一夜絮征袍。"

③慚愧:感幸之詞,意爲多謝、難得、僥倖。王績《過酒家五首》五:"來時長道賞,慚愧酒家胡。"蘇軾《浣溪沙》:"慚愧今年二麥豐,千畦翠浪舞晴空。" 夢魂:古人以爲人的靈魂在睡夢中會離開肉體,故稱"夢魂"。劉希夷《巫山懷古》:"頹想臥瑤席,夢魂何翩翩!"晏幾道《鷓鴣天》:"春悄悄。夜迢迢。碧雲天共楚宮遙。夢魂慣得無拘檢,又踏楊花過謝橋。" 遠近:遠方和近處。《易·繫辭》:"其受命也如響,無有遠近幽深,遂知來物。"《後漢書·劉虞傳》:"虞雖爲上公,天性節約,敝衣繩履,食無兼肉,遠近豪俊夙僭奢者莫不改操而歸心焉!" 不辭:不辭讓,不推辭。《莊子·天下》:"惠施不辭而應,不慮而對,遍爲説萬物,説而不休,多而無已。"成玄英疏:"不辭謝而應機,不思慮而對答。"司馬相如《喻巴蜀檄》:"是以賢人君子,肝腦塗中原膏液潤野草而不辭也。" 風雨:風和雨。蘇軾《次韻黃魯直見贈古風

二首》一：“嘉穀卧風雨，稂莠登我場。”颮風下雨。《書·洪範》：“月之
從星，則以風雨。”干寶《搜神記》卷一四：“王悲思之，遣往視覓，天輒
風雨，嶺震雲晦，往者莫至。”

[編年]

　　《年譜》編年本詩於元和十年“離西京，赴通州途中作”，理由是：
“《長灘夢李紳》云：‘孤吟獨寢意千般。’”《編年箋注》編年：“此詩作於
元和十年(八一五)赴通州司馬任途中。見下《譜》。”《年譜新編》編年
元和十年“離京赴通州途中作”，没有説明理由，不過有譜文强調元稹
於赴任通州途中南下，“至涪州，與裴淑結婚”。

　　我們已經在拙稿《元稹考論》與《元稹評傳》中對《年譜》的這一説
法進行了反反復復的駁正，因論證過長，再次引用要浪費篇幅，故不
再重複，拜請讀者參閲。《年譜新編》的説法同樣是一個無法成立的
錯誤結論，不過需要説明一點：《年譜》認爲元稹元和十一年“春，元稹
請假赴涪州，與裴淑結婚。五月，同歸通州。”而《年譜新編》認爲：元
和十年“自新政縣向東，經蓬州，至通州，地屬低山丘陵，本有便捷之
路，如無其他原因，元稹取此道當是首選。元稹不走捷徑而迂迴渠
州，原因是要到涪州娶親。”將元稹與裴淑結婚時間提前到元稹到達
通州之前，迂迴到涪州進行。但有一點《年譜》與《年譜新編》都無法
改變，當時裴淑的父親裴鄖已經不在涪州，據郁賢皓先生《唐刺史考》
考證，裴鄖爲涪州刺史在“貞元中”，離開元和十年至少有十年至十五年
的時間，未見唐代刺史在同一州郡滯留有十五年之久的記載。據此，裴
鄖離開涪州刺史任時，裴淑應該是一個兒童或者是一個小姑娘，爲什麽
在裴鄖離開涪州之後裴淑還留在那裏？如果裴淑不在涪州，元稹跋涉
前往涪州，又準備與誰結婚？而且，元稹當時是貶職通州，按照當時的
規定，他可以先不去貶地報到而隨隨便便到第三地娶親結婚嗎？《年
譜》還算“穩重”，編排了“請假”的情節，《年譜新編》竟然連“請假”也省

略了。而且如果要"請假",在途中跋涉的元稹又能向誰請假呢?另外,我們也要回答《年譜新編》所謂"迂迴渠州"的問題,原因有二,但都與"娶親"無關,一、長途跋涉的元稹,進入"難於上青天"的蜀道之後,爲減少勞頓,儘量借助水路,從蓬州經流水先達渠州,再轉入東關水到達通州,並無故意"迂迴"。二、當時渠州的刺史是元稹的姨兄吳士則,有元稹自己的《贈吳渠州從姨兄士則》爲證,順路探望,叙叙別情,也是順理成章的事情,不同於遠涉涪州"迂迴"結婚。

我們雖然同意《年譜》、《編年箋注》、《年譜新編》作於"赴任通州途中作"的編年意見,但必須補充編年的理由。不錯,元稹貶赴通州之時,"孤吟獨寢意千般",詩人流露的正是這種孤眠獨宿的感受。但是同年十月元稹北上興元求醫治病之時也是孤身一人前往的,因此僅憑這點是不能確定本詩即作於元稹"赴通州途中作"的。《南昌灘》云:"畬餘宿麥黄山腹。"所述物候是五月前後冬小麥成熟之時,也正是在元稹元和十年(三月出發,六月到達)貶赴通州之途中。《蜀中廣記》卷二三:"巴渠江在石鼓縣南四十步,流入通州界江中,有南昌灘。"本詩所云:"不辭風雨到長灘。"而元稹元和十年五六月間赴任通州之時正值連綿大雨,元稹《酬樂天雨後見憶》云:"雨滑危梁性命愁,差池一步一生休。黄泉便是通州郡,漸入深泥漸到州。"兩兩對比兩相符合,故本詩作於元稹赴任通州司馬途中,具體時間應該在元和十年五月間。

◎ 南昌灘①

渠江明净峽逶迤,船到明灘拽筊遲(一)②。櫓窾動摇妨作夢(二),巴童指點笑吟詩③。畬餘宿麥黄山腹,日背殘花白水湄④。物色可憐心莫恨,此行都是獨行時⑤。

錄自《元氏長慶集》卷二〇

[校記]

（一）船到明灘拽筊遲：楊本、叢刊本、《石倉歷代詩選》、《全詩》同，《方輿勝覽》作"船過名灘拽筊遲"，《蜀中廣記》、《錦繡萬花谷》、《全蜀藝文志》作"船到名灘拽筊遲"，語義不同，不改。

（二）櫓竅動搖妨作夢：楊本、叢刊本、《方輿勝覽》、《蜀中廣記》、《石倉歷代詩選》、《全詩》同，《錦繡萬花谷》作"櫓竅動搖妨作夢"，兩字語義相類，不改。《全蜀藝文志》作"櫓叟動搖妨作夢"，語義不通，不從。

[箋注]

① 南昌灘：灘名，在通州。《蜀中廣記》卷二三《夔州府·達州》："陳昇翠《玉軒序》：通川之境東瀉巴渠，西峙鐵嶺，南對戞雲，北望鳳山。《寰宇記》云：巴渠江在石鼓縣南四十步，流入通州界，江中有南昌灘。元微之《南昌灘》詩云：'……'"又卷二八："江中沱磧，有若鸂鶒，若龜蛇，若繫綵，若張繳，有如明月之團圓，有如神仙之遊戲，皆以形似得名。名賢韻士每過其處，為之流連題詠。唐元積詩云：'……'宋張無盡詩：'濃洄江水瀉高灘，中有神龍久屈蟠。眾樂妙音時響亮，雙娃長袖忽斕珊。世間變化無非幻，閣上登臨正好歡。觀幻見真真亦幻，谷花巖草謾憑欄。'"本詩《全唐詩》卷三一七又作武元衡詩，除"名灘"與本詩"明灘"不同外，其他悉同。考《舊唐書·武元衡傳》，武元衡曾以宰相的身份出使劍南西川節度使，但未見其履職渠州以及山南東道。而元積既有貶任通州的經歷，元和十年前往通州又是單身一人，元積《澧西別樂天博載樊宗憲李景信兩秀才侄谷三月三十日相餞送》："忽到澧西總回去，一身騎馬向通州。"與本詩"此行都是獨行時"相合，可以歸屬為元積之詩。

② 渠江：嘉陵江支流，因流經渠州，故稱渠江。起自渠州，至合

州進入嘉陵江。鄭谷《渠江旅思》："故楚春田廢，窮巴瘴雨多。引人鄉淚盡，夜夜竹枝歌。"袁說友《渡嘉陵江宿什邡驛》："山程十日不見江，前日初逢黎渡水。牽車又到渠江畔，漾漾翻波意尤美。" **明净**：明麗而潔净。鮑照《學古》："凝膚皎若雪，明净色如神。"元稹《遣春十首》四："低迷籠樹烟，明净當霞日。陽焰波春空，平湖漫疑溢。" **逶迤**：曲折綿延貌。《淮南子·泰族訓》："河以逶蛇故能遠，山以陵遲故能高。"盧綸《與從弟瑾同下第後出關言別》："雜花飛盡柳陰陰，官路逶迤綠草深。" **明灘**：謂湍激的濁流將澄清的地方。《宋史·河渠志》："水猛驟移，其將澄處，望之明白，謂之'拽白'，亦謂之'明灘'。"**拽**：同"曳"，牽引，拖，拉。李商隱《韓碑》："長繩百尺拽碑倒，粗砂大石相磨治。"歐陽修《御帶花》："拽香搖翠，稱執手行歌，錦街天陌。"**笭**：拉船的竹繩索。白居易《初入峽有感》："苒蒻竹篾笭，敧危檣師趾。一跌無完舟，吾生繫於此。"白居易《夜入瞿塘峽》："逆風驚浪起，拔笭暗船來。欲識愁多少，高於灩澦堆。"

③ **櫓**：比槳較長大的划船工具，安在船尾或船旁。白居易《河亭晴望》："晴虹橋影出，秋雁櫓聲來。"劉禹錫《步出武陵東亭臨江寓望》："戍搖旗影動，津晚櫓聲促。月上彩霞收，漁歌遠相續。" **竅**：櫓上的淺孔，俗稱櫓臍。《五代詩話》卷二："唐人有以俗字入詩中用者，如張祜詩銀注紫衣擎，許渾詩橘邊沽酒半壜空，元微之詩櫓竅動搖妨客夢……"馮念祖《三潭采莼聯句》："幾番誠漁童，百過迴櫓竅。" **動搖**：來回左右擺動。元稹《西齋小松二首》一："松樹短於我，清風亦已多。況乃枝上雪，動搖微月波。"劉方平《折楊枝》："官渡初楊柳，風來亦動搖。武昌行路好，應爲最長條。" **妨**：阻礙，妨礙。王維《燕支行》："報讎只是聞嘗膽，飲酒不曾妨刮骨。"韓愈《岳陽樓別竇司直》："軒然大波起，宇宙隘而妨。" **作夢**：做夢。元稹《酬友封話舊叙懷十二韻》："身名判作夢，杯盞莫相違！草館同床宿，沙頭待月歸。"拾得《詩》三〇："常飲三毒酒，昏昏都不知。將錢作夢事，夢事成鐵圍。"

巴童:巴渝之童,善歌舞。《文選·鮑照〈舞鶴賦〉》:"燕姬色沮,巴童心耻。"劉良注:"巴童、燕姬,並善歌者。"岑參《赴犍爲經龍閣道》:"屢聞羌兒笛,厭聽巴童歌。"　指點:以手指或其他物點示。李白《相逢行》:"金鞭遙指點,玉勒近遲回。"姜夔《虞美人》:"而今指點來時路,却是冥濛處。"　吟詩:作詩,吟誦詩歌。王維《聞裴秀才迪吟詩因戲贈》:"猿吟一何苦!愁朝復悲夕。莫作巫峽聲,腸斷秋江客!"韓翃《贈長洲何主簿》:"殘春過楚縣,夜雨宿吳洲。野寺吟詩入,溪橋折笋遊。"

④ 畬:焚燒田地裏的草木,用草木灰做肥料的原始耕作方法。元結《謝上表》:"臣見招輯流亡,率勸貧弱,保守城邑,畬種山林,冀望秋後少可全活。"指粗放耕種的田地。劉長卿《贈元容州》:"海徼長無成,湘山獨種畬。"　宿麥:隔年成熟的麥,即冬麥。《漢書·武帝紀》:"遣謁者勸有水災郡種宿麥。"顏師古注:"秋冬種之,經歲乃熟,故云宿麥。"賈思勰《齊民要術·大小麥》:"夏至後七十日,可種宿麥。早種則蟲而有節,晚種則穗小而少實。"　黄:黄熟。庾信《奉和夏日應令》:"麥隨風裏熟,梅逐雨中黄。"蘇舜欽《暑景》:"風多應秀麥,雨密不黄梅。"　山腹:山腰。錢起《過沈氏山居》:"雞鳴孤烟起,静者能卜築。喬木出雲心,閑門掩山腹。"皇甫曾《遇風雨作》:"陰雲擁巖端,霑雨當山腹。"　日背:即"背日",背著陽光。盧照鄰《酬楊比部員外暮宿琴堂朝躋書閣率爾見贈之作》:"空谷歸人少,青山背日寒。羨君栖隱處,遙望在雲端。"李頻《尋華陽隱者》:"日背林光冷,潭澄嶽影虚。長聞得藥力,此説復何如?"　殘花:將謝的花,未落盡的花。庾信《和宇文内史入重陽閣》:"舊蘭憔悴長,殘花爛漫舒。"劉長卿《感懷》:"秋風落葉正堪悲,黄菊殘花欲待誰?"　水湄:水邊。《詩·秦風·蒹葭》:"蒹葭淒淒,白露未晞。所謂伊人,在水之湄。"李珣《巫山一段雲》一:"有客經巫峽,停橈向水湄。"

⑤ 物色:景色,景象。鮑照《秋日示休上人》:"物色延暮思,霜露

逼朝榮。"蘇舜欽《寄王幾道同年》:"新安道中物色佳,山昏雲澹晚雨斜。" 可憐:可愛。《玉臺新詠·無名氏古詩〈爲焦仲卿妻作〉》:"東家有賢女,自名秦羅敷。可憐體無比,阿母爲汝求。"杜甫《韋諷録事宅觀曹將軍畫馬圖歌》:"可憐九馬爭神駿,顧視清高氣深穩。" 恨:失悔,遺憾。《史記·商君列傳》:"梁惠王曰:'寡人恨不用公叔座之言也。'"杜甫《復愁十二首》一一:"每恨陶彭澤,無錢對菊花。" 獨行:一人行路,獨自行走。《莊子·盜跖》:"内周樓疏,外不敢獨行,可謂畏矣!"《史記·陳丞相世家》:"渡河,船人見其美丈夫獨行,疑其亡將,要中當有金玉寶器,目之,欲殺平。"

[編年]

《年譜》編年本詩於元和十年"離西京,赴通州途中作",理由是:"《通典·州郡·古梁州·南充郡(果州)》云:'南充郡東至潾山郡二百八十里……北至閬中郡三百里,東南到潾山郡二百八十六里。'""《蜀中名勝記》卷二十八《川北道》《順慶府》二《廣安州》云:'渠江有三十六灘,水之灌輸其間者,渦澪渠別,莫知其幾。中兩渠相距二尺,廣深半之,可受流觴,天巧致然,非人力疏鑿。'"又引"江中沱磧……唐元稹詩云"一段,并本詩《全文》,我們在前面已經引述,爲避繁複,爲筆者略去,特此説明。《編年箋注》編年:"此詩作於元和(八一五)作者由京師赴通州司馬任途中。見下《譜》。"《年譜新編》編年本詩於元和十年"離京赴通州途中作",編年詩題下没有説明理由。

我們以爲,《年譜》列舉了一大推材料,似乎與本詩的編年没有什麼關係。另外需要説明:《蜀中名勝記》並非是單獨書名,而衹是《蜀中廣記》的十二"目"之一而已,《四庫全書·提要》:"臣等謹按:《蜀中廣記》一百八卷,明曹學佺撰……學佺嘗官四川右參政,遷按察使,是書蓋成於其時。目凡十二:曰名勝,曰邊防,曰通釋,曰人物,曰方物,曰仙,曰釋,曰游宦,曰風俗,曰著作,曰詩話,曰畫苑,搜採宏富,頗不愧廣記之名。"《年譜》將《蜀中名勝記》作爲單獨書名,不能算是對讀者負責任的態度吧?

　　我們以爲,一、《蜀中廣記》卷二三《夔州府·達州》:"巴渠江在石鼓縣南四十步,流入通州界,江中有南昌灘。元微之《南昌灘》詩云……"説明南昌灘在通州境內。二、本詩云:"渠江明浄峽逶迤,船到明灘拽篓遲。"從渠州向通州,是逆水上行,故需要"拽篓";如果是從渠州向合州,是順水下行,無需"拽篓"。三、本詩又云:"畬餘宿麥黃山腹。"冬天種下的麥子已經"黃熟",説明時序已經到了夏季收割麥子的季節,而這既與元稹《灃西別樂天博載樊宗憲李景信兩秀才仨谷三月三十日相餞送》"今朝相送自同遊,酒語詩情替別愁"的出發時間相合,同時也與同年六月到達通州的時間相符,元稹《酬樂天東南行詩一百韵》"我病方吟越,君行已過湖(元和十年閏六月至通州,染瘴危重。八月,聞樂天司馬江州)"就是最有力的證明,不過元和十年沒有"閏六月",當是元稹病後誤記。據此,我們以爲本詩當作于元和十年六月間,具體地點是在離開渠州一二天之後,到達通州一二天之前。

◎ 見樂天詩[①]

　　通州到日日平西,江館無人虎印泥[②]。忽向破檐殘漏處,見君詩在柱心題[(一)][③]。

錄自《元氏長慶集》卷二〇

[校記]

　　(一)見君詩在柱心題:楊本、叢刊本、《全詩》、《全唐詩録》、《萬首唐人絶句》、《石倉歷代詩選》同,《錦繡萬花谷》作"見君詩在柱中題",語義相類,不改。

[箋注]

① 見樂天詩:白居易在接到元稹本詩之後,有《微之到通州日授館未安見塵壁間有數行字讀之即僕舊詩其落句云綠水紅蓮一朵開千花百草無顏色然不知題者何人也微之吟嘆不足因綴一章兼錄僕詩本同寄省其詩乃是十五年前初及第時贈長安妓人阿軟絶句緬思往事杳若夢中懷舊感今因酬長句》酬和,詩云:"十五年前似夢遊,曾將詩句結風流。偶助笑歌嘲阿軟,可知傳誦到通州? 昔教紅袖佳人唱,今遣青衫司馬愁。惆悵又聞題處所,雨淋江館破牆頭。"請讀者注意,白居易酬和的是八句而不是四句,不僅沒有次韵,而且也不同韵,屬於隨興酬和,不受一般詩歌酬唱的束縛。這種情況,其他時段還有,在元白酬唱中應該不難見到。《蜀中廣記·達州》:"州以元微之左遷司馬著名,《方輿勝覽》有勝江亭,在州西三里,乃郡守王蕃《讀白樂天寄微之詩》云:'達州猶似勝江州。'因以名亭也。《長慶集·微之到通州日授館未安塵壁間有數行字乃是僕十五年前初及第時贈長安妓阿軟絶句緬思往事杳若夢中懷舊感今因酬長句》,白居易詩云:'十五年前似夢遊,曾將詩句結風流。昔教紅袖佳人唱,今遣青衫司馬愁。'又《見樂天詩》云:'……'其間酬唱甚多,未可殫述。"

② 日平西:太陽在西方將落。劉商《春日行營即事》:"風引雙旌馬首齊,曹南戰勝日平西。爲儒不解從戎事,花落春深聞鼓鼙。"白居易《北樓送客歸上都》:"憑高眺遠一悽悽,却下朱闌即解携。京路人歸天直北,江樓客散日平西。" 江館:江邊客舍。王昌齡《送譚八之桂林》:"客心仍在楚,江館復臨湘。別意猿鳥外,天寒桂水長。"王建《江館》:"水面細風生,菱歌慢慢聲。客亭臨小市,燈火夜妝明。"這裏指通州州府接待客人的驛館。 虎印泥:留在泥地上的老虎爪印。

唐宋及其前難覓書證，但唐宋之後，不乏詩人吟及。王沂《寶雞驛詩二首》二：“路入褒斜虎印泥，天連蜀棧子規啼。今宵却是中原客，行盡青山到寶雞。”孫嵩《竹枝歌八首》三：“汹湧砰雷蛇飲溪，陰崖暗天虎印泥。萬里中原那有此？憐君更過鬼門西。”施閏章《同藥公及諸子遊青》：“暗穴熊留館，荒陂虎印泥。杳冥忘去住，曲折失端倪。”義近“虎印”，陸游《有懷梁益舊遊》：“虎印雪泥餘過迹，樹經野火有空腔。四方行役男兒事，常笑韓公賦下瀧。”

③ 破檐：破敗的屋檐。李新《詠晴》：“帳玉屏開風，摩團碧陰雲。破檐倒斜紅，晚景來蟻陣。”曹確《題季子墓》：“人間不記吳王事，江上今存季子宮。壞壁亂飄青蘚雨，破檐時蕩白榆風。”　檐：屋檐，屋瓦邊滴水的部分。陶潛《歸園田居六首》一：“榆柳蔭後檐，桃李羅堂前。”韓愈《苦寒》：“懸乳零落墮，晨光入前檐。”　殘漏處：屋頂破敗不能遮擋風雨之處。錢起《宿畢侍御宅》：“薄寒燈影外，殘漏雨聲中。明發南昌去，迴看御史驄。”皮日休《病中書情寄上崔諫議》：“馬足歇從殘漏外，魚須抛在亂書中。殷勤莫怪求醫切，只爲山櫻欲放紅。”柱心：柱子的正中。《營造法式·飛昂》：“二曰上昂頭向外留六分，其昂頭外出，昂身斜收向裏，並通過柱心。”《錦繡萬花谷·劍》：“楚王夫人常夏納涼抱鐵柱心，有所感，遂孕，生產一鐵。楚王命鏌邪鑄此鐵爲雙劍，三年乃成，一雌一雄。”

[編年]

《年譜》編年本詩於元和十年“通州作”。除引述白居易和詩詩題以及元稹本詩的《全文》外，沒有説明編年的理由。《編年箋注》編年：“元稹此詩作於元和十年(八一五)初到通州司馬任時。見下《譜》。”《年譜新編》亦編年元和十年，以元稹《酬樂天東南行一百韵》序“到通州後，予又寄一篇”以及白居易《與元九書》“又足下書云：到通州日，見江館柱間，有題僕詩者”爲理由。

我們以爲,本詩確實作於元稹初到通州之時,但這樣認定仍然是不够的,應該指明具體的時間。元稹初到通州在元和十年六月,元稹《酬樂天東南行一百韻》"我病方吟越,君行已過湖"下自注"元和十年閏六月至通州,染瘴危重,八月聞樂天司馬江州"云云,但其"閏"字是衍字,據《舊唐書·憲宗紀》、陳垣《二十四史朔閏表》、方詩銘《中國史曆日和中西曆日對照表》、王詠剛《兩千年中西曆速查》,元和十年並無"閏六月",屬元稹病後誤記所致。因此,我們可以斷定,元稹到達通州在元和十年六月,本詩即作於其時。至於《年譜》、《編年箋注》籠統云"元和十年"顯然是不合適的。《年譜新編》雖然指出初到通州時作,但没有具體時間,仍然有欠妥之處。

■ 巴南道中佚失詩四十一首^{(一)①}

據元稹《叙詩寄樂天書》

[校記]

(一)巴南道中佚失詩四十一首:本佚失書所據元稹《叙詩寄樂天書》,又見《唐詩紀事》、《唐文粹》、《文章辨體彙選》、《蜀中廣記》,有關文字相同,未見異文。

[箋注]

① 巴南道中佚失詩四十一首:元稹《叙詩寄樂天書》:"昨行巴南道中,又有詩五十一首。"今點檢我們《新編元稹集》的"編年目録",却祇有《灃西别樂天》、《山枇杷》、《紫躑躅》、《褒城驛二首》、《嘉陵水(古時應是山頭水)》、《嘉陵水(爾是無心水)》、《長灘夢李紳》、《南昌灘》、《見樂天詩》十首,并没有元稹自己認定的"五十一首",其中的四十一

首詩篇顯然是佚失了,據補。原因不難解釋,一、元稹南行巴南,是跋涉於蜀道之中,景狀頗爲險惡,元稹《酬樂天雨後見憶》"雨滑危梁性命愁,差池一步一生休。黄泉便是通州郡,漸入深泥漸到州"就是這種狀況的具體描繪。二、元稹到通州之後,隨即病倒,元稹《酬樂天東南行詩一百韻序》"予時瘴病將死,一見外不復記憶"云云,是佚失這四十一首詩篇的又一個原因。　　巴南:即今四川一帶,古時屬巴國。元和十年三月至六月間,元稹正在從長安前往通州的途中。楊凌《送客之蜀》:"西蜀三千里,巴南水一方。曉雲天際斷,夜月峽中長。"元稹《贈吳渠州從姨兄士則》:"憶昔分襟童子郎,白頭抛擲又他鄉。三千里外巴南恨,二十年前城裏狂。"　道中:路上。《後漢書・許楊傳》:"即夜出楊,遣歸。時天大陰晦,道中若有火光照之,時人異焉!"張繼《秋日道中》:"齊魯西風草樹秋,川原高下過東州。道邊白鶴来華表,陌上蒼麟卧古丘。"

[編年]

未見《元稹集》採録,也未見《年譜》、《編年箋注》、《年譜新編》採録與編年。

元稹南行巴南道中始於元和十年三月三十日,有元稹《灃西別樂天博載樊宗憲李景信兩秀才侄谷三月三十日相餞送》"今朝相送自同遊,酒語詩情替別愁。忽到灃西總回去,一身騎馬向通州"爲證。元稹到達通州應該在六月間,隨即病倒,元稹《感夢》:"十月初二日,我行蓬州西。三十里有館,有館名芳溪……我病百日餘,肌體頗若刲。"據"百日餘"從"十月初二日"逆推,元稹到達通州應該在六月間。據此,元稹賦成於巴南道中的四十一篇詩歌即作於這一時期,亦即元和十年四月至六月間,地點在巴南道中,元稹時爲通州司馬,但尚未到任。

■ 初到通州寄樂天書^{(一)①}

據白居易《與元九書》、《得微之到官後
書備知通州之事悵然有感因成四章》

［校記］

（一）初到通州寄樂天書：本佚失書所據白居易《與元九書》、《得
微之到官後書備知通州之事悵然有感因成四章》，見《白氏長慶集》、
《白香山詩集》、《全詩》、《全文》等，有關文字相同。

［箋注］

① 初到通州寄樂天書：白居易《與元九書》："又足下書云：到通
州日，見江館柱間有題僕詩者，復何人哉？"白居易《得微之到官後書
備知通州之事悵然有感因成四章》，其一："來書子細說通州，州在山
根峽岸頭。四面千重火雲合，中心一道瘴江流。蟲蛇白晝攔官道，蚊
蚋黃昏撲郡樓。何罪遣君居此地？天高無處問來由。"其二："匼匝巉
山萬仞餘，人家應似甑中居。寅年籬下多逢虎，亥日沙頭始賣魚。衣
斑梅雨長須熨，米澀畲田不解鉏。努力安心過三考，已曾愁殺李尚
書。"其三："人稀地僻醫巫少，夏旱秋霖瘴瘧多。老去一身須愛惜，別
來四體得如何？侏儒飽笑東方朔，薏苡讒憂馬伏波。莫遣沈愁結成
病，時時一唱濯纓歌。"其四："通州海內恓惶地，司馬人間冗長官。傷
鳥有弦驚不定，卧龍無水動應難。劍埋獄底誰深掘？松偃霜中盡冷
看。舉目爭能不惆悵？高車大馬滿長安。"白居易《與元九書》："又足
下書云：到通州日，見江館柱間有題僕詩者，復何人哉？"白居易《得微
之到官後書備知通州之事悵然有感因成四章》涉及的内容，均不見於

元稹《叙詩寄樂天書》涉及,故元稹本佚失之書,不是元稹的《叙詩寄樂天書》,希望讀者注意區別。元稹收到白居易的《得微之到官後書備知通州之事悵然有感因成四章》之詩,立即有《酬樂天得微之詩知通州事因成四首》酬和。請讀者注意,白居易説元稹的是"來書",而元稹自己却説是"得微之詩",兩者説法不一。古人常常不把書信與詩篇區分得非常嚴格,有的時候常常以詩代書,如白居易的《代書詩一百韵寄微之》、元稹的《酬翰林白學士代書一百韵》就是有力的證據。由於元稹詩文的佚失,元稹初到通州寄給白居易的有可能是"書",也有可能是"以詩代書",或者既有"詩",也有"書",今天已經難知究竟,特此説明,今據此補。　　初到:剛剛到達。宋之問《初到陸渾山莊》:"授衣感窮節,策馬凌伊關。歸齊逸人趣,日覺秋琴閑。"劉長卿《初到碧澗招明契上人》:"猿護窗前樹,泉澆谷口田。沃洲能共隱,不用道林錢。"　　通州:州郡名,屬山南西道,地當今四川達州市。楊巨源《奉寄通州元九侍御》:"大明宫殿鬱蒼蒼,紫禁龍樓直署香。九陌華軒爭道路,一枝寒玉任烟霜。"元稹《酬獨孤二十六送歸通州》:"再拜捧兄贈,拜兄珍重言。我有平生志,臨别將具論。"

[編年]

　　未見《元稹集》採録,也未見《編年箋注》、《年譜新編》採録與編年。《年譜》編年於元和十年"佚文"欄内。

　　據白居易《與元九書》、《得微之到官後書備知通州之事悵然有感因成四章》表述,元稹佚失之書毫無疑問應該作於元和十年剛剛到達通州之時。那末元稹究竟於何時到達通州?元稹《酬樂天東南行詩一百韵》:"我病方吟越,君行已過湖(元和十年閏六月,至通州,染瘴危重。八月,聞樂天司馬江州)。"據《舊唐書·憲宗紀》、陳垣《二十四史朔閏表》、方詩銘《中國史曆日和中西曆日對照表》、王詠剛《兩千年中西曆速查》,元和十年並無閏六月,當是元稹大病之後誤記。如此,元稹到達通州應該在元和十年六月,元稹佚失之書,當撰成於元和十年六月,因爲其後元稹大病"百日餘",亦即六月下旬及七月、八月、九月三個月,期間元稹"一見外不復記憶",不可能給白居易撰寫"來書子細説通州"的書信。而"十月初二日",元稹已經在北上興元的途中。元稹撰寫佚失之書的地點在通州,元稹剛剛到達通州還没有病倒之時,亦即元和十年六月中旬之時,而不是如《年譜》、《年譜新編》籠統認定的"元和十年"。

■ 元和七年至元和十年間 佚失詩文二十五篇^{(一)①}

據元稹《叙詩寄樂天書》

[校記]

(一)元和七年至元和十年間佚失詩文二十五篇:本佚失書所據元稹《叙詩寄樂天書》,又見《唐詩紀事》、《唐文粹》、《文章辨體彙選》、《蜀中廣記》,有關文字相同,未見異文。

[箋注]

① 元和七年至元和十年間佚失詩文二十五篇:元稹《叙詩寄樂天書》:"文書中得七年已後所爲,向二百篇。"今點檢我們編著《新編元稹集》之"編年目録",元和七年以後至元和十年繕寫《叙事寄樂天書》之間元稹詩文,包括詩歌、文篇,同時也包括散佚、散失的詩文在内,前後計有一七五篇,尚有二十五篇詩文佚失,據此補入元稹佚失詩文之中。佚失:散失,失落。周維新《宋文紀序》:"後世綴文之士代有之,若夫整齊古今,網羅佚失,粲然成不刊之書,蓋亦罕矣!"《欽定四庫全書提要·

蘆川歸來集》:"此篇考胡仔《苕溪漁隱叢話》,稱嘗錄元幹之詩一卷。而
元幹不自憶,則當時已不自收拾。疑欽臣所錄,本有佚失。然鈔本但五
言律詩一卷,七言律詩一卷,而無古體及絕句,知非完書。"

[編年]

　　未見《元稹集》採錄,也未見《年譜》、《編年箋注》、《年譜新編》採
錄與編年。

　　據元稹《叙事寄樂天書》所述,這二十五篇佚失的詩文,應該撰成
於元和八年至元和十年六月間,今暫時安排在元和十年六月前。地
點前期在江陵,中期在京城,後期在通州,官職前期是江陵士曹參軍,
後期是通州司馬。

◎ 叙詩寄樂天書①

　　稹九歲學賦詩,長者往往驚其可教。年十五六,粗識聲
病②。時貞元十年已後,德宗皇帝春秋高,理務因人(一),最不
欲文法吏生天下罪過③。外間節將,動十餘年不許朝覲,死
於其地不易者十八九④。而又將豪卒愎之處,因喪負衆,橫
相賊殺,告變駱驛,使者迭窺。旋以狀聞天子曰:"某邑將某
能遏亂(二),亂衆寧附,願爲帥。"名爲衆情,其實逼詐,因而可
之者又十八九⑤。前置介倅,因緣交授者,亦十四五⑥。由是
諸侯敢自爲旨意,有羅列兒孫以自固者(三),有開導蠻夷以自
重者⑦。省寺符篆固於几閣,甚者擬詔旨(四),視一境如一室,
刑殺其下,不啻僕畜⑧。厚加剝奪,名爲進奉,其實貢入之數
百一焉⑨!京城之中亭第邸店以曲巷斷,侯甸之內水陸腴沃

以鄉里計，其餘奴婢資財生生之備稱之^(五)⑩。朝廷大臣以謹慎不言爲朴雅^(六)，以時進見者不過一二親信，直臣義士往往抑塞⑪。禁省之間，時或繕完隤墜⑫。豪家大帥，乘聲相扇。延及老佛，土木妖熾^(七)，習俗不怪⑬。上不欲令有司備宮闈中小碎須求^(八)，往往持幣帛以易餅餌，吏緣其端，剝奪百貨勢，不可禁⑭。

僕時孩騃，不慣聞見。獨於書傳中，初習理亂萌漸。心體悸震，若不可活，思欲發之久矣⑮！適有人以陳子昂《感遇詩》相示，吟翫激烈，即日爲《寄思玄子詩二十首》⑯。故鄭京兆於僕爲外諸翁，深賜憐獎，因以所賦呈獻⑰。京兆翁深相駭異，秘書少監王表在座，顧謂表曰："使此兒五十不死，其志義何如哉！惜吾輩不見其成就！"⑱因召諸子訓責泣下^(九)，僕亦竊不自得，由是勇於爲文⑲。

又久之，得杜甫詩數百首，愛其浩蕩津涯，處處臻到，始病沈、宋之不存寄興，而訝子昂之未暇旁備矣⑳！不數年，與詩人楊巨源友善，日課爲詩。性復僻懶，人事常有閒暇，間則有作。識足下時，有詩數百篇矣㉑！

習慣性靈，遂成病蔽，每公私感憤，道義激揚，朋友切磨，古今成敗，日月遷逝，光景慘舒，山川勝勢，風雲景色^(一〇)，當花對酒，樂罷哀餘，通滯屈伸，悲歡合散，至於疾恙躬身^(一一)，悼懷惜逝^(一二)，凡所對遇異於常者，則欲賦詩㉒。

又不幸年三十二時有罪譴棄，今三十七矣！五六年之間，是丈夫心力壯時，常在閒處，無所役用㉓。性不近道，未能淡然忘懷，又復懶於他欲，全盛之氣注射語言，雜糅精粗，遂成多大，然亦未嘗繕寫㉔。

　　適值河東李明府景儉在江陵時,僻好僕詩章,謂爲能解,欲得盡取觀覽,僕因撰成卷軸㉕。其中有旨意可觀而詞近古往者,爲古諷。意亦可觀而流在樂府者,爲樂諷。詞雖近古而止於吟寫性情者,爲古體。詞實樂流而止於模象物色者,爲新題樂府㉖。聲勢沿順屬對穩切者,爲律詩,仍以七言、五言爲兩體㉗。其中有稍存寄興與諷爲流者,爲律諷㉘。不幸少有伉儷之悲,撫存感往,成數十詩,取潘子悼亡爲題㉙。又有以干教化者,近世婦人暈淡眉目,縮約頭鬢,衣服修廣之度及匹配色澤,尤劇怪艷,因爲艷詩百餘首,詞有今古,又兩體㉚。自十六時至是元和七年,已有詩八百餘首,色類相從,共成十體,凡二十卷㉛。自笑冗亂,亦不復置之於行李,昨來京師,偶在筐篋,及通(司馬通州)行,盡置足下㉜。

　　僕亦有説:僕聞上士立德,其次立事,不遇立言㉝。凡人急位,其次急利,下急食㉞。僕天與不厚,既乏全然之德。命與不遇,未遭可爲之事。性與不惠,復無垂範之言㉟。兀兀狂痴,行近四十,徼名取位。不過於第八品,而冒憲已六七年㊱。

　　授通之初,有習通之俗者曰:“通之地,濕墊卑褊,人士稀少,近荒札(一三),死亡過半。邑無吏,市無貨,百姓茹草木,刺史以下計粒而食。大有虎、貘(一四)、蛇、虺之患,小有蟆蚭、浮塵、蜘蛛、蛞蜂之類,皆能鑽嚙肌膚,使人瘡痏。夏多陰霪,秋爲痢瘧。地無醫巫,藥石萬里,病者有百死一生之慮。”㊲夫何以僕之命不厚也如此!智不足也又如此!其所詣之憂險也又復如此㊳!則安能保持萬全與足下必復京輦,以須他日立言事之驗耶㊴!但恐一旦與急食相扶而終(一五),使足下受天下友不如己之誚(一六),是用悉所爲文,留穭箱笥,比夫格弈椌塞之戲,猶曰愈於飽食,僕所爲不又愈於格弈樗塞之戲乎⑩?

　　昨行巴南道中,又有詩五十一首,文書中得七年已後所爲,向二百篇,繁亂冗雜,不復置之執事⑪。前所爲《寄思玄子》者,小歲云爲,文不能自足其意,貴其起予之始,且志京兆翁見遇之由,今亦寫爲古諷之一,移諸左右⑫。僕少時授吹噓之術於鄭先生,病懶不就。今在閑處,思欲怡神保和以救其病,異日亦不復費詞於無用之文矣!省視之煩,庶亦已於是乎⑬!

　　　　　　　　　　　　　　録自《元氏長慶集》卷三〇

[校記]

　　(一)理務因人:楊本、叢刊本、《文章辨體彙選》、《唐詩紀事》、《蜀中廣記》同,《唐文粹》作"理務用人",可備一説。

　　(二)某邑將某能遏亂:宋蜀本、《全唐文》、《文章辨體彙選》、《蜀中廣記》同,楊本、叢刊本、《唐詩紀事》作"某色將某能遏亂",語義不佳,不從不改。

　　(三)有羅列兒孫以自固者:原本作"有羅列兒孩以自固者",楊本、叢刊本、《唐詩紀事》同,語義不佳,據《全唐文》、《文章辨體彙選》、《蜀中廣記》改。

　　(四)甚者擬詔旨:《唐文粹》同,楊本、叢刊本、《文章辨體彙選》作"甚者礙詔旨",可備一説。《唐詩紀事》脱"擬詔旨"三字,《蜀中廣記》作"礙違詔旨",不從不改。

　　(五)其餘奴婢資財生生之備稱之:楊本、叢刊本、《文章辨體彙選》、《蜀中廣記》同,宋蜀本、《唐文粹》、《唐詩紀事》作"其餘奴婢資財生生之備稱是",可備一説。

　　(六)朝廷大臣以謹慎不言爲朴雅:宋蜀本、叢刊本、《唐文粹》、

《全唐文》、《文章辨體彙選》、《唐詩紀事》、《蜀中廣記》同，楊本作“朝廷大臣以謹慎不言爲科雅”，不從不改。

（七）土木妖熾：宋蜀本、叢刊本、《唐文粹》、《全唐文》、《文章辨體彙選》、《唐詩紀事》、《蜀中廣記》同，楊本作“土不妖熾”，語義難通，不從不改。

（八）上不欲令有司備宮闈中小碎須求：宋蜀本、叢刊本、《唐文粹》、《文章辨體彙選》、《全唐文》、《唐詩紀事》、《蜀中廣記》同，楊本作“上不欲今有司備宮闈中小碎須求”，語義不佳，不從不改。

（九）因召諸子訓責泣下：宋蜀本、叢刊本、《唐文粹》、《文章辨體彙選》、《唐詩紀事》同，楊本作“因召諸子訓貴泣下”，明顯是個誤字，不從不改。《蜀中廣記》作“因召諸子訓責之”，語義相類，不改。

（一〇）風雲景色：楊本、叢刊本、《文章辨體彙選》、《唐詩紀事》、《蜀中廣記》同，《唐文粹》作“風雲氣色”，可備一説。

（一一）至於疾恙躬身：楊本、叢刊本、《文章辨體彙選》、《蜀中廣記》同，《唐文粹》、《唐詩紀事》作“至於疾恙其身”，可備一説。

（一二）悼懷惜逝：楊本、叢刊本、《文章辨體彙選》同，《唐文粹》、《唐詩紀事》作“悼懷昔遊”，《蜀中廣記》作“悼懷惜遊”，“悼懷”與“惜逝”語義相連，與“昔遊”語義不接，“惜遊”語義不通，不從不改。

（一三）近荒札：楊本、叢刊本、《文章辨體彙選》、《蜀中廣記》同，《唐文粹》、《唐詩紀事》作“近歲荒札”，可備一説。

（一四）貘：楊本、叢刊本、《文章辨體彙選》、《蜀中廣記》同，《唐文粹》、《唐詩紀事》、《全唐文》作“豹”，兩字有語義相通處，可備一説。

（一五）但恐一旦與急食相扶而終：楊本、叢刊本、《唐詩紀事》、《蜀中廣記》同，《唐文粹》、《文章辨體彙選》作“但恐一旦與急食者相扶而終”，原本語義通暢，不必改。

（一六）使足下受天下友不如己之誚：叢刊本、《唐文粹》、《唐詩紀事》、《全唐文》、《文章辨體彙選》、《蜀中廣記》同，楊本作“使足下受天下友不如己之謂",語義不佳,不改。

［箋注］

① 叙詩寄樂天書:元稹在這裏向白居易叙述自己詩歌創作的經歷、感慨,兼有委託白居易異日代爲整理自己詩文集之意。這是瞭解元稹前期創作思想的重要文獻,值得讀者重視。明人宋濂《答章秀才論詩書》綜論唐宋之間詩人,也論及元稹詩文對後世的影響,同樣值得重視:"韓、柳起於元和之間,韓初效建安,晚自成家,勢若掀雷抉電,撐決於天地之垠。柳斟酌陶、謝之中,而措辭窈眇清妍,應物而下,亦一人而已。元、白近於輕俗,王、張過於浮麗,要皆同師於古樂府。賈浪仙獨變,入僻以矯豔於元、白。劉夢得步驟少陵,而氣韵不足。杜牧之沈酣靈運,而句意尚奇。孟東野陰祖沈、謝,而流於蹇澀。盧仝則又自出新意,而涉於怪詭。至於李長吉、溫飛卿、李商隱、段成式,專誇靡曼,雖人人各有所師,而詩之變又極矣! 比之大曆,尚有所不逮,況厕之開元哉! 過此以往,若朱慶餘、項子遷、李文山、鄭守愚、桂彦之、吳子華輩,則又駁乎不足議也! 宋初,襲晚唐五季之弊。天聖以來,晏同叔、錢希聖、劉子儀、楊大年數人,亦思有以革之,第皆師於義山,全乖古雅之風。迨王元之以邁世之豪,俯就繩尺,以樂天爲法;歐陽永叔痛矯西昆,以退之爲宗。蘇子美梅聖俞介乎其間,梅之覃思精微,學孟東野,蘇之筆力橫絶,宗杜子美,亦頗號爲詩道中興。至若王禹玉之踵微之,盛公量之祖應物,石延年之效牧之,王介甫之原三謝,雖不絶,似皆嘗得其髣髴者。" 叙:陳述,記述。《國語·晉語》:"紀言以叙之,述意以導之。"韋昭注:"叙,述也。"《三國志·臧洪傳》:"前日不遺,比辱雅貺,述叙禍福,公私切至。"也指發抒,叙談。王羲之《蘭亭集序》:"雖無絲竹管弦之盛,一觴一詠,亦足以暢叙幽情。" 詩:文學體裁的一種,通過有節奏、韵律的語言反映生活,抒發情感,最初詩可以唱詠。《書·金縢》:"於後公乃爲詩以貽王,名之曰

‘鵁鶄’。”《文心雕龍·樂府》：“凡樂辭曰詩，詩聲曰歌。”　樂天：元稹的吏部乙科和才識兼茂名於體用科的同年白居易，字樂天。元稹與白居易的友誼，是中國文學史上極爲罕見的美談，白居易在《祭微之文》文中以“死生契闊者三十載，歌詩唱和者九百章”來概括。爲了讓讀者進一步瞭解元稹白居易的交往情誼以及他們互相支持共同鬥爭的細情，我們特地將白居易的史傳《舊唐書·白居易傳》抄録在下面，以供讀者研讀：“白居易，字樂天，太原人，北齊五兵尚書建之仍孫。建生士通，皇朝利州都督。士通生志善，尚衣奉御。志善生温，檢校都官郎中。温生鍠，歷酸棗、鞏二縣令。鍠生季庚，建中初爲彭城令，時李正己據河南十餘州叛，正己宗人洧爲徐州刺史，季庚説洧以彭門歸國，因授朝散大夫、大理少卿、徐州別駕，賜緋魚袋，兼徐泗觀察判官。歷衢州、襄州別駕。自鍠至季庚，世敦儒業，皆以明經出身。季庚生居易。初，建立功於高齊，賜田於韓城，子孫家焉！遂移籍同州。至温，徙於下邽，今爲下邽人焉！居易幼聰慧絶人，襟懷宏放。年十五六時，袖文一編，投著作郎吳人顧況。況能文，而性浮薄，後進文章無可意者。覽居易文，不覺迎門禮遇曰：‘吾謂斯文遂絶，復得吾子矣！’貞元十四年，始以進士就試，禮部侍郎高郢擢昇甲科，吏部判入等，授秘書省校書郎。元和元年四月，憲宗策試制舉人，應才識兼茂明於體用科，策入第四等，授盩厔縣尉、集賢校理。居易文辭富豔，尤精於詩筆。自讎校至結綬畿甸。所著歌詩數十百篇。皆意存諷賦。箴時之病。補政之缺。而士君子多之。而往往流聞禁中。章武皇帝納諫思理，渴聞讜言，二年十一月，召入翰林爲學士。三年五月，拜左拾遺。居易自以逢好文之主，非次拔擢，欲以生平所貯，仰酬恩造。拜命之日，獻疏言事曰：‘蒙恩授臣左拾遺，依前翰林學士，已與崔群同狀陳謝。但言忝冒，未吐衷誠。今再瀆宸嚴，伏惟重賜詳覽。臣謹按《六典》，左右拾遺，掌供奉諷諫，凡發令舉事，有不便於時、不合於道者，小則上封，大則廷諍。其選甚重，其秩甚卑，所以然者，抑有由也。大凡人之情，位高則惜其位，身貴則愛其身；惜位則偷合而不言，愛身則苟容而不諫，此必然之理也。故拾遺之置，所以卑其秩者，使位未足惜，身未足愛也；所以重其選者，使下不忍負心，上不忍負恩也。夫位不足惜，恩不忍負，然後能有闕必規，有違必諫。朝廷得失無不察，天下利病無不言，此國朝置拾遺之本意也。由是而言，豈小臣愚劣暗懦所宜居之哉？況臣本鄉校豎儒、府縣走吏，委心泥滓，絕望烟霄。豈意聖慈，擢居近職，每宴飲無不先預，每慶賜無不先霑。中廄之馬代其勞，內厨之膳給其食。朝慚夕惕，已逾半年，塵曠漸深，憂愧彌劇。未申微效，又擢清班。臣所以授官已來僅經十日，食不知味，寢不遑安，唯思粉身以答殊寵，但未獲粉身之所耳！今陛下肇臨皇極，初受鴻名，夙夜憂勤，以求致理。每施一政、舉一事，無不合於道、便於時者。萬一事有不便於時者，陛下豈不欲聞之乎？萬一政有不合於道者，陛下豈不欲知之乎？儻陛下言動之際，詔令之間，小有闕遺，稍關損益，臣必密陳所見，潛獻所聞，但在聖心裁斷而已。臣又職在禁中，不同外司，欲竭愚誠，合先陳露，伏希天鑒，深察赤誠。居易與河南元稹相善，同年登制舉，交情隆厚。稹自監察御史謫為江陵府士曹掾，翰林學士李絳、崔群上前面論稹無罪，居易累疏切諫曰：‘臣昨緣元稹左降，頻已奏聞。臣內察事情，外聽眾議，元稹左降有不可者三。何者？元稹守官正直，人所共知。自受御史已來，舉奏不避權勢，秪如奏李佐公等事，多是朝廷親情。人誰無私？因以挾恨，或假公議，將報私嫌，遂使誣謗之聲，上聞天聽。臣恐元稹左降已後，凡在位者，每欲舉職，必先以稹為誡，無人肯為陛下當官守法，無人肯為陛下嫉惡繩愆。內外權貴親黨，縱有大過大罪者，必相容隱而已，陛下從此無由得知，此其不可者一也。昨元稹所追勘房式之事，心雖徇公，事稍過當。既從重罰，足以懲違，況經謝恩，旋又左降。雖引前事以為責辭，然外議喧喧，皆以為稹與中使劉士元爭廳，因此獲罪。至於爭廳事理，已具前狀奏陳。況聞士元蹋破驛門，奪將鞍馬，仍索弓箭,嚇辱朝官,承前已来,未有此事。今中官有罪,未聞處置;御史無過,却先貶官。遠近聞知,實損聖德。臣恐從今已後,中官出使,縱暴益甚,朝官受辱,必不敢言。縱有被凌辱毆打者,亦以元積爲戒,但吞聲而已。陛下從此無由得聞,此其不可二也。臣又訪聞元積自去年已來,舉奏嚴礪在東川日枉法没入平人資産八十餘家;又奏王紹違法給券,令監軍押柩及家口入驛;又奏裴玢違敕,徵百姓草;又奏韓皋使軍將封杖,打殺縣令。如此之事,前後甚多,屬朝廷法行,悉有懲罰。計天下方鎮,皆怒元積守官。今貶爲江陵判司,即是送與方鎮,從此方便報怨,朝廷何由得知?臣伏聞德宗時有崔善貞者,告李錡必反,德宗不信,送與李錡,錡掘坑熾火,燒殺善貞。曾未數年,李錡果反,至今天下爲之痛心。臣恐元積貶官,方鎮有過,無人敢言,陛下無由得知不法之事,此其不可者三也。若無此三不可,假如朝廷誤左降一御史,盖是小事,臣安敢煩瀆聖聽,至於再三。誠以所損者深,所關者大,以此思慮,敢不極言。'疏入不報。又淄青節度使李師道進絹爲魏徵子孫贖宅,居易諫曰:'徵是陛下先朝宰相,太宗嘗賜殿材成其正室,尤與諸家第宅不同。子孫典貼,其錢不多,自可官中爲之收贖,而令師道掠美,事實非宜。'憲宗深然之。上又欲加河東王鍔平章事,居易諫曰:'宰相是陛下輔臣,非賢良不可當此位。鍔誅剝民財,以市恩澤,不可使四方之人謂陛下得王鍔進奉,而與之宰相,深無益於聖朝。'乃止。王承宗拒命,上令神策中尉吐突承璀爲招討使,諫官上章者十七八,居易面論,辭情切至。既而又請罷河北用兵,凡數千百言,皆人之難言者,上多聽納。唯諫承璀事切,上頗不悦,謂李絳曰:'白居易小子,是朕拔擢致名位而,無禮於朕,朕實難奈。'絳對曰:'居易所以不避死亡之誅,事無巨細必言者,盖酬陛下特力拔擢耳!非輕言也。陛下欲開諫諍之路,不宜阻居易言。'上曰:'卿言是也。'繇是多見聽納。五年,當改官,上謂崔群曰:'居易官卑俸薄,拘於資地,不能超等,其官可聽自便奏來!'居易奏曰:'臣聞姜公輔爲内職,爲京府判

司,爲奉親也。臣有老母,家貧養薄,乞如公輔例。'於是除京兆府户
曹參軍。六年四月,丁母陳夫人之喪,退居下邽。九年冬入朝,授太
子左贊善大夫。十年七月,盜殺宰相武元衡,居易首上疏論其冤,急
請捕賊,以雪國恥。宰相以宫官非諫職,不當先諫官言事。會有素惡
居易者,掎摭居易,言浮華無行,其母因看花墮井而死,而居易作《賞
花》及《新井》詩,甚傷名教,不宜置彼周行。執政方惡其言事,奏貶爲
江表刺史。詔出,中書舍人王涯上疏論之,言居易所犯狀迹,不宜治
郡,追詔授江州司馬。居易儒學之外,尤通釋典,常以忘懷處順爲事,
都不以遷謫介意。在潯城,立隱舍於廬山遺愛寺,嘗與人書言之曰:
'予去年秋始遊廬山,到東西二林間香鑪峰下,見雲木泉石,勝絶第
一。愛不能捨,因立草堂。前有喬松十數株,修竹千餘竿。青蘿爲墻
援,白石爲橋道,流水周於舍下,飛泉落於檐間,紅榴白蓮,羅生池
砌。'居易與湊、滿、朗、晦四禪師,追永遠宗雷之迹,爲人外之交。每
相攜遊詠,躋危登險,極林泉之幽邃。至於翛然順適之際,幾欲忘其
形骸。或經時不歸,或踰月而返,郡守以朝貴遇之,不之責。時元稹
在通州,篇詠贈答往來,不以數千里爲遠。嘗與稹書,因論作文之大
旨,曰:'……'"此處略去之文,即是白居易名篇《與元九書》,洋洋灑
灑近四千言,它在我國文學批評史上佔有不可替代的重要地位,我們
已經在附錄部份引述,此處不再複述。《舊唐書·白居易傳》接著又
云:"居易自叙如此,文士以爲信然。十三年冬,量移忠州刺史,自潯陽
浮江上峽。十四年三月,元稹會居易於峽口,停舟夷陵三日。時季弟
行簡從行,三人於峽州西二十里黄牛硤口石洞中,置酒賦詩,戀戀不
能訣。南賓郡當峽路之深險處也,花木多奇,居易在郡,爲《木蓮荔枝
圖》寄朝中親友,各記其狀曰:'荔枝生巴、峽間,形圓如帷蓋;葉如桂,
冬青;華如橘,春榮;實如丹,夏熟;朵如蒲萄,核如枇杷,殼如紅繒,膜
如紫綃,瓤肉瑩白如雪,漿液甘酸如醴酪……大略如此,其實過之。
若離本枝,一日而色變,二日而香變,三日而味變,四五日外色香味盡

去矣！''木蓮大者高四五丈,巴民呼爲黃心樹,經冬不凋。身如青楊,
有白文。葉如桂,厚大無脊。花如蓮,香色豔膩皆同,獨房蕊有異。
四月初始開,自開迨謝,僅二十日。元和十四年夏,命道士毋丘元志
寫之,惜其遐僻,因以三絕賦之',有'天教抛擲在深山'之句,咸傳於
都下,好事者喧然模寫。其年冬,召還京師,拜司門員外郎。明年轉
主客郎中、知制誥,加朝散大夫,始著緋。"據白居易《荔枝圖序》記載:
"元和十五年夏,南賓守樂天命工史圖而書之。"《舊唐書·白居易傳》
在這裏時間記載有誤,應該是元和十五年夏,而非元和十四年夏。
《舊唐書·穆宗紀》:"(元和十五年)十二月己巳朔……丙申,以司門
員外郎白居易爲主客郎中、知制誥。"亦即元和十五年十二月二十八
日,白居易拜爲主客郎中、知制誥,李商隱《刑部尚書致仕贈尚書右僕
射太原白公墓碑銘》:"(白居易)移忠州刺史,穆宗用爲司門員外。四
月,知制誥,加秩主客,直守中書舍人。"李商隱的叙述含混不清,似乎
在"四月"任職司門員外郎,或者歷任司門員外郎共四個月時間,但這
都難於與《舊唐書·穆宗紀》的記載符合。《舊唐書·白居易傳》接着
又云:"時元稹亦徵還爲尚書郎、知制誥,同在綸閣。長慶元年四月,
受詔與中書舍人王起覆試禮部侍郎錢徽下及第人鄭朗等一十四人。
十月,轉中書舍人。十一月,穆宗親試制舉人,又與賈餗、陳岵爲考策
官。凡朝廷文字之職,無不首居其選,然多爲排擯,不得用其才。時
天子荒縱不法,執政非其人,制御乖方,河朔復亂。居易累上疏論其
事,天子不能用,乃求外任。七月,除杭州刺史。俄而元稹罷相,自馮
翊轉浙東觀察使。交契素深,杭、越鄰境,篇詠往來,不間旬浹。嘗會
於境上,數日而別。秩滿,除太子左庶子,分司東都。寶曆中,復出爲
蘇州刺史。文宗即位,徵拜秘書監,賜金紫。九月上誕節,召居易與
僧惟澄、道士趙常盈對御講論於麟德殿,居易論難鋒起,辭辨泉注,上
疑宿構,深嗟挹之。太和二年正月,轉刑部侍郎,封晋陽縣男,食邑三
伯户。三年,稱病東歸,求爲分司官,尋除太子賓客。居易初對策高

第,擢入翰林,蒙英主特達顧遇,頗欲奮厲效報,苟致身於訐謨之地,則兼濟生靈。蓄意未果,望風爲當路者所擠,流徙江湖,四五年間,幾淪蠻瘴。自是宦情衰落,無意於出處,唯以逍遥自得,吟詠情性爲事。大和已後,李宗閔、李德裕朋黨事起、是非排陷、朝昇暮黜、天子亦無如之何楊穎士、楊虞卿與宗閔善,居易妻,穎士從父妹也。居易愈不自安,懼以黨人見斥,乃求致身散地,冀於遠害。凡所居官,未嘗終秩,率以病免,固求分務,識者多之。五年,除河南尹。七年,復授太子賓客分司。初,居易罷杭州,歸洛陽,於履道里得故散騎常侍楊馮宅,竹木池舘,有林泉之致。家妓樊素、蠻子者,能歌善舞。居易既以尹正罷歸,每獨酌賦詠於舟中,因爲《池上篇》曰:'東都風土水木之勝在東南偏,東南之勝在履道里,里之勝在西北隅,西閈北垣第一第,即白氏叟樂天退老之地。地方十七畝,屋室三之一,水五之一,竹九之一,而島樹橋道間之。初樂天既爲主,喜且曰:'雖有池臺,無粟不能守也。'乃作池東粟廩。又曰:'雖有子弟,無書不能訓也。'乃作池北書庫。又曰:'雖有賓朋,無琴酒不能娛也。'乃作池西琴亭,加石樽焉!樂天罷杭州刺史,得天竺石一。華亭鶴二以歸。始作西平橋,開環池路。罷蘇州刺史時,得太湖石五、白蓮、折腰菱、青板舫以歸,又作中高橋,通三島逕。罷刑部侍郎時,有粟千斛、書一車,泊臧獲之習管磬絃歌者指百以歸。先是穎川陳孝仙與釀酒法,味其佳;博陵崔晦叔與琴,韵甚清;蜀客姜發授《秋思》,聲甚澹;弘農楊貞一與青石三,方長平滑,可以坐臥。大和三年夏,樂天始得請爲太子賓客,分秩於洛下,息躬於池上。凡三任所得,四人所與,泊吾不才身,今率爲池中物。每至池風春、池月秋、水香蓮開之旦、露清鶴唳之夕,拂楊石,舉陳酒,援崔琴,彈秋思,頹然自適,不知其他。酒酣琴罷,又命樂童登中島亭,合奏《霓裳散序》,聲隨風飄,或凝或散,悠揚於竹烟波月之際者久之。曲未竟,而樂天陶然石上矣!睡起偶詠,非詩非賦,阿龜握筆,因題石間。視其粗成韵章,命爲《池上篇》云:十畝之宅,五畝之園,有水一池,有竹千竿。勿謂土狹,勿謂地偏,足以容膝,足以息肩。
有堂有亭,有橋有船,有書有酒,有歌有絃。有叟在中,白鬚飄然,識
分知足,外無求焉！如鳥擇木,姑務巢安;如蛙作坎,不知海寬。靈鵲
怪石,紫菱白蓮,皆吾所好,盡在我前。時引一杯,或吟一篇。妻孥熙
熙,雞犬閑閑。優哉游哉！吾將老乎其間。又效陶潛《五柳先生傳》,
作《醉吟先生傳》以自況。文章曠達,皆此類也。大和末,李訓構禍,
衣冠塗地,士林傷感,居易愈無宦情。開成元年,除同州刺史,辭疾不
拜。尋授太子少傅,進封馮翊縣開國侯。四年冬,得風病,伏枕者累
月,乃放諸妓女樊、蠻等,仍自爲墓志,病中吟詠不輟。自言曰:'予年
六十有八,始患風痺之疾,體癢首眩,左足不支。蓋老病相乘,有時而
至耳。予栖心釋梵,浪迹老、莊,因疾觀身,果有所得。何則? 外形骸
而內忘憂患,先禪觀而後順醫治。旬月以還,厥疾少間,杜門高枕,澹
然安閑。吟詠興來,亦不能遏,遂爲《病中詩》十五篇以自諭。'會昌
中,請罷太子少傅,以刑部尚書致仕。與香山僧如滿結香火社,每肩
輿往來,白衣鳩杖,自稱'香山居士'。大中元年卒,時年七十六,贈尚
書右僕射。有文集七十五卷,《經史事類》三十卷,並行於世。長慶
末,浙東觀察使元稹爲居易集序曰:'……'"所略引者,即元稹《白氏
長慶集序》,文字基本相同,本拙稿中已經引錄、箋注並且編年,此不
重複。《舊唐書・白居易傳》隨後云:"人以爲稹序盡其能事。居易嘗
寫其文集,送江州東西二林寺、洛城香山聖善等寺,如佛書雜傳例流
行之。無子,以其侄孫嗣。遺命不歸下邽,可葬於香山如滿師塔之
側,家人從命而葬焉……"然後引錄史臣對元稹、白居易諸人的評價,
值得讀者審讀:"史臣曰:舉才選士之法,尚矣！自漢策賢良,隋加詩
賦,罷中正之法,委銓舉之司。繇是爭務雕蟲,罕趨函丈,矯首皆希於
屈、宋,駕肩並擬於《風》、《騷》。或俟箴闕之篇,或效補亡之句。咸欲
錙銖《採葛》,糠粃《懷沙》,較麗藻於碧雞,鬥新奇於白鳳。暨編之簡
牘,播在管絃,未逃季緒之詆訶,孰望《子虚》之稱賞? 迨今千載,不乏

辭人，統論六義之源，較其三變之體，如二班者蓋寡，類七子者幾何？至潘、陸情致之文，鮑、謝清便之作，迨於徐、庾，踵麗增華篡組成而耀以珠璣，瑤臺構而間之金碧。國初開文館，高宗禮茂才。虞、許擅價於前，蘇、李馳聲於後。或位升臺鼎，學際天人，潤色之文，咸布編集。然而向古者傷於太僻，徇華者或至不經，齷齪者局於宮商，放縱者流於鄭衛。若品調律度，揚榷古今，賢不肖皆賞其文，未如元、白之盛也。昔建安才子，始定霸於曹、劉；永明詞宗，先讓功於沈、謝；元和主盟，微之、樂天而已。臣觀元之制策，白之奏議，極文章之壼奧，盡治亂之根荄。非徒謠頌之片言，盤盂之小說。就文觀行，居易爲優，放心於自得之場，置器於必安之地，優游卒歲，不亦賢乎？贊曰：文章新體，建安、永明。沈、謝既往，元白挺生。但留金石，長有《莖》、《英》。不習孫、吳，焉知用兵？" 書：指書信。《左傳·昭公六年》："叔向詒子產書……復書曰：若吾子之言。僑不才，不能及子孫，吾以救世也。"杜甫《春望》："烽火連三月，家書抵萬金。"

②九歲學賦詩：元稹八歲喪父，九歲應該在長安家中守喪，由母親親自教之：白居易《唐河南元府君夫人滎陽鄭氏墓誌銘》："夫人爲母時，府君既没。積與積方龆亂，家貧無師以授業，夫人親執書，誨而不倦。四五年間，二子皆以通經入仕。"《舊唐書·元稹傳》："稹八歲喪父，其母鄭夫人，賢明婦人也，家貧爲稹自授書，教之書學。稹九歲能屬文，十五兩經擢第。"元稹《同州刺史謝上表》："臣八歲喪父，家貧無業，母兄乞丐以供資養。衣不布體，食不充腸。幼學之年，不蒙師訓，因感鄰里兒稚有父兄爲開學校，涕咽發憤，願知《詩》、《書》，慈母哀臣，親爲教授。年十有五，得明經出身，自是苦心爲文，夙夜强學。"《年譜》在論述元稹這一時段的家庭之後"辯證"："元稹所撰《元秬志》云：'貞元初，蝗且儉，我先太君白府君：貨女奴以足食。君泣曰：太夫人專門户，不宜乏使令，取新婦氏媵婢以給貨。'又云'雖遊千里，貿費毫厘，未嘗不疏之於書，還啓先太君，下示仲叔季，且曰：尊夫人慈不

我責,不如是,自束陷不義矣.'這些話,非實錄。假如元稹這樣孝敬鄭氏,怎能讓鄭氏、元積、元稹遠赴鳳翔呢?"《年譜》隨後又説:"自元寬卒後,元沂、元稹不肯養活鄭氏以及元積、元稹,當然也不肯養活元積的二姐。她做尼姑,很可能是爲生活所迫,以減輕寡母的負擔。"這純粹是毫無根據的想當然語,我們將在後面再一一加以駁斥。　長者:年紀大或輩分高的人。《孟子·告子》:"徐行後長者謂之弟,疾行先長者謂之不弟。"《後漢書·馬援傳》:"〔援〕閑於進對,尤善述前世行事。每言及三輔長者,下至閭里少年,皆可觀聽。"指德高望重的人。《韓非子·詭使》:"重厚自尊謂之長者。"《史記·項羽本紀》:"陳嬰者,故東陽令史,居縣中,素信謹,稱爲長者。"　年十五六:元稹十五歲明經及第,在"五十老明經"的當時,應該屬於少年得志之列。聲病:指詩文聲律上的毛病,做詩講求韻律,探討聲病,始自南朝梁沈約等,至唐乃有此稱。唐時以詩賦取士,常以此決定優劣取捨。《新唐書·沈佺期傳》:"沈佺期,字雲卿,相州內黃人……建安後迄江左,詩律屢變,至沈約、庾信,以音韵相婉附,屬對精密。及佺期與宋之問,尤加靡麗,回忌聲病,約句準篇,如錦繡成文,學者宗之,號爲'沈宋'。語曰:'蘇李居前,沈宋比肩。'"《資治通鑑·唐代宗廣德元年》:"考文者以聲病爲是非。"胡三省注:"聲病,謂以平、上、去、入四聲輯而成文,音從聲順謂之聲,反是則謂之病。"

③ 德宗:即唐德宗李适,終年六十四歲,前後在位二十六年,《舊唐書·德宗紀》:"德宗神武孝文皇帝,諱适,代宗長子。母曰睿貞皇后沈氏,天寶元年四月癸巳生於長安大內之東宮……(貞元二十一年正月)癸巳,會群臣於宣政殿,宣遺詔:'皇太子宜於柩前即位。'是日上崩於會寧殿,享壽六十四。"韓愈《釋言》:"元和元年六月十日,愈自江陵法曹詔拜國子博士,始進見今相國鄭公……愈爲御史,得罪德宗朝,同遷于南者凡三人。"劉禹錫《夔州刺史謝上表》:"貞元年中,三忝科第。德宗皇帝記其姓名,知無黨援,擢爲御史。"　理務:處理政務。

《宋書·柳元景傳》:"元景起自將帥,及當朝理務,雖非所長,而有弘雅之美。"《周書·樂遜傳》:"孝閔帝踐阼,以遜有理務材,除秋官府上士。" 因人:依託人,憑藉人,没有一定的原則法理。李嶠《皇帝上禮撫事述懷》:"恭己忘自逸,因人體至公。垂旒滄海晏,解網法星空。"駱賓王《春日離長安客中言懷》:"意氣一言合,風期萬里親。自惟安直道,守拙忌因人。"因,依託,憑藉《孟子·離婁》:"爲高必因丘陵,爲下必因川澤。"《後漢書·矯慎傳》:"隱遯山谷,因穴爲室。" 春秋:這裏指年紀,年數。《戰國策·楚策》:"今楚王之春秋高矣!而君之封地不可不早定也。"楊衒之《洛陽伽藍記·永寧寺》:"皇帝晏駕,春秋十九。" 文法吏:通曉法令、執法嚴峻的官吏。《漢書·元帝紀》:"〔元帝〕見宣帝所用多文法吏,以刑名繩下……嘗侍燕從容言:'陛下持刑太深,宜用儒生。'"《新唐書·王世充傳》:"世充文法吏,安知兵?吾今生縛之,鼓行下江都矣!" 罪過:罪行,過失。《周禮·秋官·大司寇》:"凡萬民之有罪過而未麗於法,而害於州里者,桎梏而坐諸嘉石,役諸司空。"《史記·蒙恬列傳》:"〔趙高〕日夜毀惡蒙氏,求其罪過,舉劾之。"德宗初登位之時,事事都有主見,難聽他人之言;及遭奉天之亂,接受消極的教訓,事事姑息,這就是德宗末年施政的歷史背景。

④ 外閫:郭門之外,借指京城以外的武將或文官。陸機《至洛與成都王穎箋》:"機以駑暗,文武寡施,猥蒙橫授,委任外閫,輒承嚴教。"周密《齊東野語·洪君疇》:"外閫朝紳,多出門下。" 節將:持節的大將、節帥,泛指總軍戎者。《陳書·高祖紀》:"若樂隨臨川王及節將立效者,悉皆聽許。"孔平仲《續世說·企羨》:"唐初選尚,多於貴戚,或武臣節將之家。" 朝覲:謂臣子朝見君主。《禮記·樂記》:"朝覲,然後諸侯知所以臣;耕藉,然後諸侯知所以敬。"《文選·曹植〈應詔詩〉》:"嘉詔未賜,朝覲莫從。"李善注:"毛萇《詩傳》曰:覲,見也。"李肇《唐國史補》卷上:"淮西賊將僭竊,問儀注于魯公。公答曰:'老

夫所記,唯諸侯朝覲之禮耳!'"

　　⑤　豪:這裏指桀驁,强横。蘇舜欽《太子太保韓公行狀》:"郡有公校李甲者,豪於里中,誣其兄之子爲他姓。"　戾:任性,執拗,背戾。《左傳·哀公二十六年》:"君戾而虐,少待之,必毒於民,乃睦於子矣!"王禹偁《並諂》:"汝率我化,從我教,我其賞;戾我政,違我道,我其刑。"　負:依,倚靠,依恃,憑藉。《左傳·襄公十八年》:"齊環怙恃其險,負其衆庶。"杜預注;"負,依也。"韓愈《燕河南府秀才得生字》:"群儒負己才,相賀簡擇精。"　賊殺:殺害。《周禮·夏官·大司馬》:"賊殺其親則正之,放弒其君則殘之。"蘇軾《狄咨劉定各降一官制》:"使民無所致其忿,至欲賊殺官吏。"　告變:報告發生變故。《北史·隋煬帝紀》:"戊辰,突厥始畢可汗率騎數十萬,謀襲乘輿,義成公主遣使告變。"《舊唐書·狄仁傑傳》:"仁傑求守者得筆硯,拆被頭帛書冤……仁傑子光遠得書,持以告變,則天召見。"　駱驛:連續不斷。《漢書·王莽傳》:"莽乃博徵天下工匠諸圖畫,以望法度算,及吏民以義入錢谷助作者,駱驛道路。"駱賓王《疇昔篇》:"潘陸辭鋒駱驛飛,張曹翰苑縱橫起。"　使者:奉命出使的人。《史記·鄭世家》:"簡公欲與晉平,楚又囚鄭使者。"鮑照《代出自薊北門行》:"天子按劍怒,使者遙相望。"　窺:伺機圖謀,覬覦。賈誼《過秦論》:"秦孝公據崤函之固,擁雍州之地,君臣固守,以窺周室。"蘇軾《上皇帝書》:"冶户皆大家,藏鏹巨萬,常爲盜賊所窺。"

　　⑥　介倅:副手,辅佐者。張方平《辟署之制》:"皇朝興國初,始罷假攝而重臣近職出臨方面,自介倅、賓佐逮諸掾吏得自王官請辟。"曹彥約《蕭景淵墓誌銘》:"公之直,不可以復加矣! 鄉人往往舉似深言其介倅,公以介得名如此。"　交授:授與,交付。胡天游《送侄胡文章修江舘》:"白酒春風席,紅燈夜雨樓。生徒交授受,賓主迭賡酬。"《續資治通鑑長編·宋真宗大中祥符八年》:"所降御寶,不得轉付所司,每遇遷轉,遞相交授。"

⑦ 諸侯：古代帝王所分封的各國君主，在其統轄區域內，世代掌握軍政大權，但按禮要服從王命，定期向帝王朝貢述職，並有出軍賦和服役的義務。《史記·五帝本紀》："於是軒轅乃慣用干戈，以征不享，諸侯咸來賓從。"這裏喻指掌握軍政大權的地方長官。諸葛亮《前出師表》："臣本布衣，躬耕於南陽，苟全性命於亂世，不求聞達于諸侯。" 旨意：主旨，意圖。《後漢書·魯丕傳》："覽詩人之旨意，察《雅》《頌》之終始……觀乎人文，化成天下。"李商隱《與白秀才狀》："杜秀才翶至，奉傳旨意，以遠追先德，思耀來昆。"這裏作聖旨解。陳夔龍《夢蕉亭雜記》卷一："一日，端邸忽矯傳旨意，命榮文忠公以紅衣大將軍進取。" 羅列：分佈，排列。《樂府詩集·雞鳴》："鴛鴦七十二，羅列自成行。"來鵠《賣花謠》："紫艷紅苞價不同，匝街羅列起香風。" 自固：鞏固自身的地位，確保自己的安全。揚雄《州箴·執金吾箴》："國以自固，獸以自保。"羅大經《鶴林玉露》卷九："將帥之臣，玩寇以自安，養寇以自固，譽寇以自重也。" 蠻夷：古代對四方邊遠地區少數民族的泛稱，亦專指南方少數民族。《史記·武帝本紀》："天下名山八，而三在蠻夷，五在中國。"韓愈《潮州刺史謝上表》："單立一身，朝無親党，居蠻夷之地，與魑魅爲群。" 自重：抬高自己的身價或地位。《三國志·華佗傳》："太祖曰：'佗能愈此，小人養吾病，欲以自重，然吾不殺此子，亦終當不爲我斷此根原耳！'"姚合《感時》："君今纔出身，颯爽鞍馬春。逢人話天命，自重如千鈞。"此句暗喻邊帥如韋皋輩，元稹詩文中多次提及加以諷刺。

⑧ 省寺：古代朝廷"省"、"寺"兩類官署的並稱，亦泛指中央政府官署。杜甫《送顧八分文學適洪吉州》："高歌卿相宅，文翰飛省寺。"元稹《告贈皇祖祖妣文》："始兵部賜第于靖安里，下及天寶，五世其居，冕昇駢比，羅列省寺。" 符篆：加有官府印信的文書。曾鞏《隆平集·夏國》："自爲蕃書十二卷，文類符篆。"夏竦《上仁宗乞斷祆巫》："及其稍長，則傳習祆法，驅爲僮隸。民之有病，則門施符篆，禁絕往

還,斥遠至親。" 几閣:櫥架。《漢書·刑法志》:"文書盈于几閣,典者不能遍睹。"韋應物《燕居即事》:"几閣積群書,時來北窗閱。"這裏意謂許多文書被擱置一邊,沒有人理睬與執行。 擬:效法,摹擬。潘岳《寡婦賦序》:"昔阮瑀既殁,魏文悼之,並命知舊作寡婦之賦,余遂擬之,以叙其孤寡之心焉!"劉禹錫《代表相公進東封圖狀》:"山川氣象,悉擬真形。" 詔旨:詔書、聖旨。《後漢書·周舉傳》:"群臣議者多謂宜如詔旨。"俞文豹《吹劍四錄》:"任法不如任人,苟非其人,雖法令昭昭,視如不見;詔旨切切,聽如不聞。" 刑殺:處以死刑。《周禮·秋官·掌囚》:"及刑殺,告刑于王,奉而適朝士,加明梏,以適市而刑殺之。" 啻:但,僅,止,常用在表示疑問或否定的字後,組成"不啻"、"匪啻"、"何啻"、"奚啻"等詞,在句中起連接或比況作用。《書·多士》:"爾不啻不有爾土,予亦致天之罰於爾躬。"陸游《桐廬縣泛舟東歸》:"宦游何啻路九折,歸卧恨無山萬重。"

⑨ 剝奪:巧立名目,强行奪取。陳子昂《上蜀川安危事》:"蜀中諸州百姓所以逃亡者,實緣官人貪暴,不奉國法,典吏遊客因此侵漁剝奪……"元稹《錢貨議狀》:"黎庶之重困,不在於賦税之暗加,患在於剝奪之不已。錢貨之輕重,不在於議論之不當,患在於號令之不行。" 進奉:猶進獻。《舊唐書·裴度傳》:"王稷家二奴告稷换父遺表,隱没進奉物。"《舊唐書·食貨志》:"先是興元克復京師後,府藏盡虛,諸道初有進奉,以資經費,復時有宣索。"

⑩ 亭:秦漢時鄉以下里以上的行政機構。《漢書·百官公卿表》:"大率十里一亭,亭有長。十亭一鄉,鄉有三老、有秩、嗇夫、遊徼。"秦漢亭所設的供旅客宿食的處所,後指驛亭。《漢書·高帝紀》:"及壯,試吏,爲泗上亭長。"顏師古注:"亭謂停留行旅宿食之館。"杜甫《巴西驛亭觀江漲呈竇十五使君》:"孤亭凌噴薄,萬井逼春容。"第:官邸,大的住宅。《史記·孟子荀卿列傳》:"齊王嘉之,自如淳於髠以下,皆命曰列大夫,爲開第康莊之衢,高門大屋,尊寵之。"封演

《封氏聞見記·第宅》:"太子太師魏徵,當朝重臣也,所居室宇卑陋,太宗欲爲營第,輒謙讓不受。" 邸店:古代兼具貨棧、商店、客舍性質的處所。《隋書·食貨志》:"而給事黄門侍郎顔之推奏:'請立關市邸店之税。'"《唐律疏議·平贓者》:"邸店者,居物之處爲邸,沽賣之所爲店。" 曲巷:偏僻的小巷。蕭統《相逢狹路間》:"京華有曲巷,巷曲不通輿。"李白《宴陶家亭子》:"曲巷幽人宅,高門大士家。" 侯甸:侯服與甸服,古代王畿週邊千里以内的區域。《後漢書·王暢傳》:"郡爲舊都侯甸之國,園廟出於章陵,三后生自新野。"李賢注:"五百里甸服,千里侯服。"過去有"九服"的説法,即王畿以外分九等地區。《周禮·夏官·職方氏》:"乃辨九服之邦國:方千里曰王畿,其外方五百里曰侯服,又其外方五百里曰甸服,又其外方五百里曰男服,又其外方五百里曰采服,又其外方五百里曰衛服,又其外方五百里曰蠻服,又其外方五百里曰夷服,又其外方五百里曰鎮服,又其外方五百里曰藩服。" 水陸:這裏指水田與旱田。《隋書·新羅傳》:"田甚良沃,水陸兼種。"張謂《送李著作倅杭州》:"水陸風烟隔,秦吳道路長。佇聞敷善政,邦國詠惟康。" 腴沃:肥沃,富饒。朱長文《吳郡圖經續記》卷上:"垂髫之兒皆知翰墨,戴白之老不識戈矛,所利必興所害,必去原田腴沃,常獲豐穰澤地。"高啓《白田耕舍記》:"相率築堤以防其外,畚土以培其中,爲勤累年而免於水,今乃遂成腴沃。" 鄉里:周制,王及諸侯國都郊内置鄉,民衆聚居之處曰里,因以"鄉里"泛指鄉民聚居的基層單位。《周禮·地官·遺人》:"掌邦之委積以待惠施,鄉里之委積以恤民之囏阨。"鄭玄注:"鄉里,鄉所居也。"《吳子·治兵》:"鄉里相比,什伍相保。" 奴婢:舊時指喪失自由、爲主人無償服勞役的人,其來源有罪人、俘虜及其家屬,亦有從貧民家購得者。通常男稱奴,女稱婢,後亦用爲男女僕人的泛稱。《史記·汲鄭列傳》:"臣愚以爲陛下得胡人,皆以爲奴婢以賜從軍死事者家。"韓愈《柳子厚墓誌銘》:"其俗以男女質錢,約不時贖,子本相侔,則没爲奴婢。" 資財:

錢財物資。《管子·輕重》:"功臣之家皆爭發其積藏,出其資財,以予其遠近兄弟。"《後漢書·周燮黃憲等傳序》:"資財千萬,父越卒,悉散與九族。"　生生:孳生不絕,繁衍不已,世世代代。《易·繫辭》:"生生之謂易。"孔穎達疏:"生生,不絕之辭。陰陽變轉,後生次於前生,是萬物恒生謂之易也。"俞文豹《吹劍四錄》:"因思在天壤間生生而不窮者,皆農與牛之功,其功與天地等。"

⑪ 謹慎:言行慎重小心,以免發生有害或不幸的事情。《穀梁傳·桓公三年》:"父戒之曰:'謹慎從爾舅之言。'母戒之曰:'謹慎從爾姑之言。'"韓愈《瀧吏》:"官不自謹慎,宜即引分往。胡爲此水邊,神色久懙慌?"　朴雅:樸素雅致。同恕《王子宜八十》:"佳氣葱葱日,先生笑舉觴。衣冠瞻朴雅,步履羡康强。"《佩文齋書畫譜·王超傳》:"王超,字景升,宜興人。衣冠朴雅,風致可並古人,善畫,適意處輒題寫,人爭求之。(《毗陵人品記》)"　親信:這裏指被親近被信任的人。《百喻經·願爲王剃須喻》:"昔者有王,有一親信,于軍陣中,殁命救王,使得安全。"《周書·劉雄傳》:"少機辯,慷慨有大志。大統中,起家爲太祖親信。"　直臣:直言諫諍之臣。杜甫《折檻行》:"千載少似朱雲人,至今折檻空嶙峋。婁公不語宋公語,尚憶先皇容直臣。"陸贄《冬至大禮大赦制》:"暴亂之後,仍彰烈士之功;憂危之中,方見直臣之節。"　義士:恪守大義、篤行不苟的人,亦指指俠義之士。司空圖《馮燕歌》:"魏中義士有馮燕,遊俠幽並最少年。"蘇軾《大臣論上》:"天下不幸而無明君,使小人執其權。當此之時,天下之忠臣義士莫不欲奮臂而擊之。"　抑塞:壓抑,阻塞,抑鬱,鬱悶。杜甫《短歌行贈王郎司直》:"王郎酒酣拔劍斫地歌莫哀,我能拔爾抑塞磊落之奇才。"元稹《祈雨九龍神文》:"凡天降疵厲,必因於人……或予政之抑塞和令開泄閉藏耶?"

⑫ 禁省:禁中,省中,指皇宮。《文選·潘岳〈西征賦〉》:"禁省鞠爲茂草,金狄遷於灞川。"李善注引如淳《漢書注》:"本名禁中,《漢儀

注》：'孝元皇后父名禁，避之，故曰省。'"皇甫曾《和謝舍人雪夜寓直》："禁省夜沉沉，春風雪滿林。" 繕完：修繕墻垣，完，通"院"。《左傳·襄公三十一年》："以敝邑之爲盟主，繕完葺墻，以待賓客。"楊伯峻注："完借爲院……《廣雅·釋宮》云：'院，垣也。'"也泛指修繕。元稹《代諭淮西書》："蓄聚糗糧，繕完城壘。"蘇洵《上韓樞密書》："往年詔天下繕完城池。" 隤墜：墜落。《文選·馬融〈長笛賦〉》："鐓硐隤墜，程表朱裏。"李善注："《説文》曰：隤，墜也……《爾雅》曰：墜，落也。"這裏意謂皇宫大院大興土木，不停修繕。

⑬ 豪家：指有錢有勢的人家。韋應物《酒肆行》："豪家沽酒長安陌，一旦起樓高百尺。碧疏玲瓏含春風，銀題彩幟邀上客。"封演《封氏聞見記·除蠹》："蜀漢風俗，縣官初臨，豪家必先饋餉，令丞以下皆與之平交。" 大帥：統軍的主帥、主將。張九齡《敕西南蠻大首領蒙歸義書》："敕西南蠻大帥特進蒙歸義及諸酋首領等：卿近在邊境，不比諸蕃，率種歸誠，累代如此。"韓愈《鄭公神道碑文》："公之爲司馬，用寬廉平正，得吏士心，及升大帥，持是道不變。" 乘聲：乘著聲勢。《資治通鑑·南朝宋孝武帝大明元年》："秋七月辛未，詔并雍州三郡十六縣爲一郡。郡縣流民不願屬籍，訛言玄謨欲反。時柳元景宗强群從多爲雍部二千石，乘聲皆欲討玄謨。玄謨令内外晏然以解衆惑，馳使啓上，具陳本末。"范仲淹《太子右衛率府率田公墓誌銘》："時龍水郡蠻寇大擾，戍兵屢履峽口溪洞，亦乘聲嘯聚。" 相扇：鼓動。獨孤及《答楊賁處士書》："竊料動摇不安以遁逃相扇者，不過以規避之户與寄客耳！"陸贄《收河中後請罷兵狀》："往以河朔、青齊同惡相扇，擁戎據土，易代不庭，陛下耻王化之。" 老佛：指道教與佛教。韓愈《山南鄭相公樊員外酬答爲詩其末咸有見及語樊封以示愈依賦十四韵以獻》："樊子坐賓署，演孔刮老佛。金春撼玉應，厥臭劇薰鬱。"陸龜蒙《奉酬襲美先輩吳中苦雨一百韵》："文壇如命將，可以持玉鉞。不獨宬義軒，便當城老佛。" 土木：土木工程，建築工程。杜甫《舟出

江陵南浦奉寄鄭少尹》："更欲投何處？ 飄然去此都。形骸元土木，舟
檝復江湖。"吳兢《貞觀政要·論務農》："若兵戈屢動，土木不息，而欲
不奪農時，其可得乎！" 習俗：習慣風俗、流俗。高適《餞宋八充彭中
丞判官之嶺外》："彼邦本倔强，習俗多驕矜。"殷堯藩《端午日》："少年
佳節倍多情，老去誰知感慨生？ 不效艾符趨習俗，但祈蒲酒話昇平。"

⑭ 上：君主，皇帝。《國語·齊語》："於子之鄉，有不慈於父
母……不用上令者，有則以告。"韋昭注："上，君長也。"韓愈《試大理
評事王君墓誌銘》："上初即位，以四科募天下士。"這裏應該指唐德
宗。 有司：官吏，古代設官分職，各有專司，故稱。桓寬《鹽鐵論·
疾貪》："今一二則責之有司，有司豈能縛其手足而使之無爲非哉？"柳
宗元《與太學諸生喜詣闕留陽城司業書》："〔太學生〕有凌傲長上，而
誶罵有司者。""有"是助詞，無義，作名詞詞頭。陳子昂《率府錄事孫
君墓誌銘并序》："嗚呼！ 君諱虔禮，字過庭，有唐之人也。"陳子昂《燕
然軍人畫像銘并序》："龍集丙戌，有唐制匈奴五十六載。蓋署其君
長，以郡縣畜之。" 宮闈：皇宮的門，亦借指宮中。《後漢書·謝弼
傳》："伏惟皇太后定策宮闈，援立聖明。"《新唐書·陸贄傳》："陛下窮
用甲兵，竭取財賦，變生京師，盜據宮闈。" 小碎：短小零碎。元稹
《小碎》："小碎詩篇取次書，等閑題柱意何如？"田況《皇祐會計錄序》：
"不急土木，一切停罷。"自注："臣以斲鏤小碎之材，毀所無用，願粗修
補，不使壞可也。" 須求：求取。《顏氏家訓·省事》："須求趨競，不
顧羞慚。"白居易《慕巢尚書書云室人欲爲置一歌者非所安也以詩相
報因而和之》："東川已過二三春，南國須求一兩人。富貴大都多老
大，歡娛太半爲親賓。" 幣帛：繒帛，古代用於祭祀、進貢、饋贈的禮
物。封演《封氏聞見記·紙錢》："按古者享祀鬼神，有圭璧、幣帛，事
畢則埋之。後代既寶錢貨，遂以錢送死。"這裏泛指財物。《左傳·襄
公八年》："敬共幣帛，以待來者，小國之道也。" 餅餌：餅類食品的總
稱，語本《急就篇》卷一〇："餅餌麥飯甘豆羹。"顏師古注："溲面而蒸

熟之則爲餅,餅之言並也,相合併也;溲米而蒸之則爲餌,餌之言而也,相黏而也。"《顏氏家訓·名實》:"凡遣兵役,握手送離,或齎梨棗餅餌,人人贈別。"白居易《渭村退居寄禮部崔侍郎翰林錢舍人詩一百韻》:"朝晡頒餅餌,寒暑賜衣裳。" 剽奪:擄掠。《後漢書·劉盆子傳》:"三輔郡縣營長遣使貢獻,兵士輒剽奪之。"鄭獬《虔州信豐縣令鄭晉獲盜可大理評事制》:"群盜剽奪,伏於林谷間,汝親帥吏士以搗其巢穴,績效明著,合於甲令。" 百貨:各種貨物。韓愈《錢重物輕狀》:"出綿絲百貨之鄉,租賦悉以綿絲百貨。"梅堯臣《汴之水二章送淮南提刑李舍人》:"大船來兮小船過,百貨將集王都那。"這是德宗時期盛行的"宮市",韓愈《順宗實錄》有詳細記載:"貞元末,以宦者爲使,抑買人物,稍不如本估。末年不復行文書,置'白望'數百人於兩市并要鬧坊,閱人所賣物,但稱宮市,即斂手付與,真偽不復可辨,無敢問所從來、其論價之高下者,率用百錢物買人直數千錢物。仍索進奉'門戶'并'腳價'錢,將物詣市,至有空手而歸者,名爲宮市而實奪之。常有農夫以驢負柴至城賣,遇宦者稱宮市取之,纔與絹數尺,又就索門戶,仍邀以驢送至內。農夫涕泣,以所得絹付之,不肯受,曰:'須汝驢送柴至內!'農夫曰:'我有父母妻子,待此然後食。今以柴與汝,不取直而歸,汝尚不肯,我有死而已。'遂毆宦者,街吏擒以聞,詔黜此宦者而賜農夫絹十匹,然宮市亦不爲之改易,諫官、御史數奏疏諫,不聽。"

⑮ 僕:自稱的謙詞。《史記·滑稽列傳》:"使張儀、蘇秦與僕並生於今之世,曾不能得掌故,安敢望常侍侍郎乎?"柳宗元《與太學諸生喜詣闕留陽城司業書》:"僕時通籍光範門,就職書府,聞之愓然不喜。" 孩駿:年幼孩子不懂事貌。 駿:愚,呆。《漢書·息夫躬傳》:"左將軍公孫祿、司隸鮑宣皆外有直項之名,內實駿不曉政事。"顏師古注:"駿,愚也。"韓愈《答劉秀才論史書》:"僕雖駿,亦粗知自愛。" 聞見:聽到和看見。《戰國策·秦策》:"群臣聞見者畢賀,陳軫後見,

獨不賀。"洪邁《夷堅丙志·黃法師醮》:"自寢至覺僅數刻,而所經歷聞見,連日言之不能盡。"所聞所見。《荀子·非十二子》:"略法先王而不知其統,猶然而材劇志大,聞見雜博。"牛僧孺《玄怪錄·張左》:"小生寡昧,願先生賜言以廣聞見,然豈所敢望。"　書傳:著作,典籍。《史記·廉頗藺相如列傳》:"括徒能讀其父書傳,不知合變也。"《後漢書·班超傳》:"〔班超〕有口辯,而涉獵書傳。"　理亂:治理動亂與紛亂,治與亂。李白《經亂離後天恩流夜郎憶舊遊書懷贈江夏韋太守良宰》:"誤逐世間樂,頗窮理亂情。"貫休《擬君子有所思二首》一:"我愛正考甫,思賢作商頌。我愛揚子雲,理亂皆如鳳。"　心體:這裏指思想,也指精神與肉體。白居易《松聲》:"竟夕遂不昧,心體俱翛然。南陌車馬動,西鄰歌吹繁。"白居易《酬李少府曹長官舍見贈》:"低腰復斂手,心體不遑安。一路風塵下,方知爲吏難。"　悸:驚懼。王逸《九思·悼亂》:"惶悸兮失氣,踴躍兮距跳。"韓愈《南海神廟碑》:"又當祀時,海常多大風,將往皆憂戚。既進,觀顧怖悸,故常以疾爲解。"　震:驚懼或使驚懼。《史記·白起王翦列傳》:"前後斬首虜四十五萬人,趙人大震。"曾鞏《福州鱔溪禱雨文》:"我畜以柔,亦震以威。"　思欲發之久矣:一個年僅十多歲的少年,對社會的認識竟然如此深刻,首要的是當時的社會現實本來就是如此黑暗如此腐敗,客觀的存在是認知社會的根本與基礎;但年幼的詩人能夠比他的同齡人更深刻地認識到這些,不能不說受到了周圍親朋的影響。以"宮市"和反對宰相作惡爲例,我們以爲是吳湊的觀點深深地影響了少年元稹的思維。《新唐書·吳湊傳》云:"貞元十四年夏大旱,穀貴,人流亡,帝以過京兆尹韓皋,罷之。即召湊代皋,已謝,督視事,明日詔乃下。湊爲人強力劬儉,矻矻未嘗擾民,上下愛向。京師苦宮市強估取物,而有司附媚中官,率阿從無敢爭。湊見便殿,因言:'中人所市,不便宵民,徒紛紛流議。宮中所須責臣可辦,若不欲外吏與聞禁中事,宜料中官高年謹信者爲宮市令,平賈和售,以息眾歡。'又言:'掌閑、驥騎、飛龍、内園、芙蓉園、禁兵諸司雜供役手，資課太繁，宜有蠲省。'帝輒順可。"吴湊不僅以如此鮮明的態度反對宦官，對專權驕横的宰相元載也毫不手軟。元載是德宗朝專横無比的宰相，勾結宦官，把持朝政，可謂惡貫滿盈。吴湊一旦奉命，果斷除惡。《新唐書·元載傳》文云："帝積怒，大曆十二年三月庚辰仗下，帝御延英殿，遣左金吾大將軍吴湊收載及王縉繫政事堂，分捕親吏諸子下獄。詔吏部尚書劉晏、御史大夫李涵、散騎常侍蕭昕、兵部侍郎袁傪、禮部侍郎常袞、諫議大夫杜亞訊狀，而責辨端目皆出禁中。遣中使臨詰陰事，皆服。乃下詔賜載自盡，妻王及子揚州兵曹參軍伯和、祠部員外郎仲武、校書郎季能並賜死。發其祖、父冢，斫棺棄屍，毀私廟主及大寧安仁里二第以賜百官署舍，披東都第助治禁苑。王氏，河西節度使忠嗣女，悍驕戾遝，載厄禁。而諸子牟賊，聚斂無涯藝，輕浮者奔走，爭蓄妓妾，爲倡優褻戲，親族環觀不愧也，及死行路無嗟隱者。籍其家，鐘乳五百兩，詔分賜中書、門下臺省官。胡椒至八百石，它物稱是。"而《新唐書·吴湊傳》有類似的記載："元載當國久，復狀日肆，帝陰欲誅，未發也，顧左右無可與計，即召湊圖之。俄而收載賜死，於是王縉、楊炎、王昂、韓會、包佶等皆當坐，湊建言：'法有首從，從不應死，一用極刑，虧德傷仁。'縉等繇是得減死。"《資治通鑑》也云："中書侍郎同平章事元載專横，黄門侍郎同平章事王縉附之，二人俱貪。載妻王氏及子伯和、仲武，縉弟妹及尼出入者爭納賄賂。又以政事委群吏，士之求進者，不結其子弟及主書卓英倩等無由自達。上含容累年，載、縉不悛。上欲誅之，恐左右漏泄，無可與言者，獨與左金吾大將軍吴湊謀之。湊，上之舅也。會有告載、縉夜醮圖爲不軌者，庚辰上御延英殿，命湊收載、縉於政事堂，又收仲武及卓英倩等繫獄。命吏部尚書劉晏與御史大夫李涵等同鞫之，問端皆出禁中，仍遣中使詰以陰事，載、縉皆伏罪。是日先杖殺左衛將軍知内侍省事董秀於禁中，乃賜載自盡於萬年縣。載請主者：'願得快死！'主者曰：'相公須受少污辱，勿怪！'乃脱穢襪塞其口而殺之。王縉初亦賜自盡，劉晏謂李涵等曰：‘故事，重刑覆奏，況大臣乎！且法有首從，宜更稟進止。’涵等從之。上乃貶縉括州刺史。載妻王氏，忠嗣之女也，及子伯和、仲武、季能皆伏誅。有司籍載家財，胡椒至八百石，它物稱是……貶吏部侍郎楊炎、諫議大夫韓洄、包佶、起居舍人韓會等十餘人，皆載黨也。炎，鳳翔人，載常引有文學才望者一人親厚之，異日欲以代己，故炎及於貶。洄，滉之弟。會，南陽人也。上初欲盡誅炎等，吳湊諫救百端，始貶官。”據《舊唐書·章敬皇后傳》、《新唐書·吳湊傳》，吳溆吳湊都是章敬皇后的親弟弟，代宗皇帝的親老舅。而吳溆吳湊的兒子吳士矩和吳士則是元稹的從姨兄，元稹幼年的部分時光，就是在與吳士矩吳士則的嬉戲中度過的。元稹後來與他們來往密切，屢見於元稹的詩歌之中，例如《開元觀閑居酬吳士矩侍御三十韻》、《與吳侍御春遊》、《清都春霽寄胡三吳十一》、《寄吳士矩端公五十韻》、《贈吳渠州從姨兄士則》、《元和五年予官不了罰俸西歸三月六日至陝府與吳十一兄端公崔二十二院長思愴曩遊因投五十韻》即是其中的一些例子。相信吳溆吳湊的所作所為，在潛移默化中應該對元稹早年的思想有所影響。

⑯ 陳子昂：元稹敬仰的詩人之一，元稹的詩歌創作受到陳子昂《感遇詩三十八首》的積極影響。《全唐詩·陳子昂傳》根據《舊唐書·陳子昂傳》歸納云：“陳子昂，字伯玉，梓州射洪人。少以富家子，尚氣決，好弋博。後遊鄉校，乃感悔修飭。初舉進士入京，不爲人知。有賣胡琴者，價百萬，子昂顧左右，輦千緡市之，眾驚問，子昂曰：‘余善此。’曰：‘可得聞乎？’曰：‘明日可入宣陽里。’如期偕往，則酒肴畢具，奉琴語曰：‘蜀人陳子昂，有文百軸，不爲人知，此賤工之伎，豈宜留心？’舉而碎之，以其文百軸遍贈會者。一日之內，名滿都下，擢進士第。武后朝爲麟臺正字，數上書言事，遷右拾遺。武攸宜北討，表爲管記，軍中文翰皆委之。子昂父爲縣令段簡所辱，子昂聞之，遽還鄉里，簡乃因事收繫獄中，憂憤而卒。唐興，文章承徐、庾餘風，駢麗

穠縟，子昂橫制頹波，始歸雅正。李、杜以下，咸推宗之。” 《感遇詩》：即陳子昂的著名詩篇《感遇詩三十八首》，對他人對唐代對後世影響頗爲深遠。《全唐詩録》引録云：“朱晦庵曰：‘予讀陳子昂《感遇詩》，愛其詞旨幽邃，音節豪宕，非當世詞人所及。如丹砂空青，金膏水碧，雖近乏世用，而實物外難得自然之奇寶，然亦恨其不精於理而自託於仙佛之間以爲高也。’劉後村曰：‘唐初王、楊、沈、宋擅名，然不脱齊、梁之體，獨陳拾遺首倡，高雅冲澹之音一掃六代之纖弱，超於黄初建安矣！’太白、韋、柳繼出，皆自子昂發之。及觀《感遇詩》數篇，皆蟬脱翰墨畦徑，讀之使人有眼空四海、神遊八極之興也！’僧皎然云：‘子昂《感遇三十首》出自阮公《詠懷》，《詠懷》之作難以爲儔。’高棅云：‘唐興，文章承陳、隋之弊，子昂始變雅正，复然獨立，超邁時髦。初爲《感遇詩》，王適見之曰：是必爲海内文宗！’” 吟翫：吟詠玩賞。林逋《送長吉上人》：“淮流遲新月，吟玩想忘眠。”辛文房《唐才子傳·高適》：“每一篇已，好事者輒傳播吟玩。” 《寄思玄子詩二十首》：詩人自認的處女作，元稹多處提及，但今已散失。其實，元稹的處女作並非此篇，應該是同樣佚失的《答時務策三道》。

　⑰ 故鄭京兆：即鄭雲逵，元稹外祖父一輩的長者，對元稹影響甚大，元稹反對藩鎮的態度顯然受到了鄭雲逵的深刻影響。鄭雲逵是一個爲反對叛亂藩鎮不惜抛妻別子的直臣，《舊唐書·鄭雲逵傳》：“鄭雲逵，滎陽人。大曆初舉進士，性果誕敢言。客遊兩河，以畫干于朱泚。泚悦，乃表爲節度掌書記，檢校祠部員外郎，仍以弟滔女妻之。泚將入覲，先令雲逵入奏。及泚至京，以事怒雲逵，奏貶莫州參軍。滔代泚後，請爲判官。滔助田悦爲逆，雲逵諭之不從，遂棄妻、子馳歸長安。帝嘉其來，留於客省，超拜諫議大夫。奉天之難，雲逵奔赴行在，李晟以爲行軍司馬，戎略多以咨之。歷秘書少監、給事中，尋拜大理卿，遷刑部、兵部二侍郎，遷御史中丞，充順宗山陵橋道置頓使……雲逵元和元年拜右金吾衛大將軍，歲中改京兆尹，五年五月卒。” 外

諸翁：即外祖父一輩。白居易《談氏小外孫玉童》："外翁七十孫三歲，笑指琴書欲遣傳?"洪邁《夷堅丁志·陳通判女》："外翁嫁我與大王作小妻，受聘財金釵兩雙。"

⑱ 駭異：驚異。干寶《搜神記》卷一："猛乃以手中白羽扇畫江水，橫流，遂成陸路，徐行而過。過訖，水復，觀者駭異。"《舊唐書·杜讓能傳》："雖知深奧，罕測津涯，亦聞駭異群情，頗是喧騰眾口。"　秘書少監：從第四品上階，清望官。《舊唐書·職官志》："從第四品上階：秘書少監。"張九齡《酬周判官巡至始興會改秘書少監見貽之作兼呈耿廣州》："惟昔遷樂土，迨今已重世。陰慶荷先德。素風慚後裔。"杜甫《故秘書少監蘇公源明》："武功少也孤，徒步客徐兗。讀書東岳中，十載考墳典。"　王表：時任秘書少監，《全唐詩·王表傳》："大曆十四年登進士第，官至秘書少監，詩三首。"餘不見記載。　志義：猶志節。《禮記·樂記》："君子聽琴瑟之聲，則思志義之臣。"張祐《寄遷客》："瘴海須求藥，貪泉莫舉瓢。但能堅志義，白日甚昭昭。"

⑲ 諸子：眾兒。《史記·平原君虞卿列傳》："諸子中勝最賢，喜賓客，賓客蓋至者數千人。"《宋史·吳奎傳》："没之日，家無餘資，諸子至無屋以居，當時稱之。"　訓責：教訓、責備。蕭子良《淨住子淨行法門·檢覆三業門七》："如上檢察，自救無功，何有時間，議人善惡?故須三業，自相訓責，知我所作，幾善幾惡。"李白《上安州李長史書》："敢沐芳負荊，請罪門下，儻免以訓責，恤其愚蒙……"　自得：自己感到得意或舒適。《史記·管晏列傳》："其夫爲相御，擁大蓋，策駟馬，意氣揚揚，甚自得也。"嵇康《與山巨源絕交書》："所謂達能兼善而不渝，窮則自得而無悶。以此觀之，故堯舜之君世，許由之岩栖，子房之佐漢，接輿之行歌，其揆一也。"

⑳ 杜甫：元稹崇拜的詩人，在中國文學批評史上，是元稹第一個對杜甫與杜詩作出了前所未有的高度評價，並且得到後世一致的認同，今日對杜甫的各種評價，就是在元稹評論杜甫與杜詩的基礎上發

展起來的,元稹的貢獻功不可沒,今有元稹《唐工部員外郎杜甫墓誌銘》存世。《全唐詩‧杜甫傳》綜合有關史料,表述云:"杜甫,字子美,其先襄陽人。曾祖依藝爲鞏令,因居鞏。甫天寶初應進士,不第。後獻三大禮賦,明皇奇之,召試文章,授京兆府兵曹參軍。安禄山陷京師,肅宗即位靈武,甫自賊中遯赴行在,拜左拾遺。以論救房琯,出爲華州司功參軍。關輔饑亂,寓居同州同谷縣,身自負薪采梠,餔糒不給。久之召補京兆府功曹,道阻不赴。嚴武鎮成都,奏爲參謀檢校工部員外郎,賜緋。武與甫世舊,待遇甚厚,乃于成都浣花里種竹植樹,枕江結廬,縱酒嘯歌其中。武卒,甫無所依,乃之東蜀就高適,既至而適卒。是歲蜀帥相攻殺,蜀大擾,甫携家避亂荊楚,扁舟下峽,未維舟而江陵亦亂,乃泝沿湘流,遊衡山,寓居耒陽,卒年五十九。元和中歸葬偃師首陽山,元稹志其墓。天寶間,甫與李白齊名,時稱李杜。然元稹之言曰:李白壯浪縱恣,擺去拘束,誠亦差肩子美矣!至若鋪陳終始,排比聲韻,大或千言,次猶數百,詞氣豪邁而風調清深,屬對律切而脫棄凡近,則李尚不能歷其藩翰,況堂奧乎!白居易亦云:杜詩貫穿古今,盡工盡善,殆過於李。元白之論如此,蓋其出處勞佚,喜樂悲憤,好賢惡惡,一見之於詩,而又以忠君憂國傷時念亂爲本旨,讀其詩可以知其世,故當時謂之'詩史'。"李白《戲贈杜甫》:"飯顆山頭逢杜甫,頂戴笠子日卓午。借問別來太瘦生,總爲從前作詩苦。"楊巨源《贈從弟茂卿》:"扣寂由來在淵思,搜奇本自通禪智。王維證時符水月,杜甫狂處遺天地。" 浩蕩:水壯闊貌,這裏以水之壯闊形容文章的氣勢。司馬光《留別東郡諸僚友》:"津涯浩蕩雖難測,不見驚瀾曾覆舟。"也作廣大曠遠。杜甫《贈虞十五司馬》:"淒涼憐筆勢,浩蕩問詞源。"仇兆鰲注:"浩蕩,曠遠也。" 津涯:岸,水邊。《書‧微子》:"今殷其淪喪,若涉大水,其無津涯。"孔傳:"言殷將没亡,如涉大水無涯際,無所依就。"李綱《小字華嚴經合論後序》:"如泛巨海,浩無津涯,必觀星斗乃辨方所。"這裏仍然以此形容文章的氣勢。 臻到:猶臻至。朱翌《猗覺寮雜記》："又《與樂天書》云：'得杜詩數百首，愛其浩蕩津涯，處處臻到，始病沈宋之才不存寄興，而訝子昂之未暇旁修。'乃不及太白，何也？"《大藏經·法鏡經》："以道臻到爲正方便，以不忘忽爲正志，一切敏智之臻到爲正定。"　沈宋：即沈佺期與宋之問，兩人對唐代律詩的形成有他們獨特的貢獻，在初唐詩壇上號稱"沈宋"，與始創五言的蘇武、李陵相提並論，可見影響不小。他們熱衷於宮廷詩的寫作，宋之問還因爲應制詩寫得好，受到武則天"奪袍以賜"的恩寵。他們在詩歌的創作上繼承六朝沈約傳統："夫五色相宜，八音協暢，由乎玄黃律呂，各適物宜，欲使宮羽相變，低昂互節。若前有浮聲，則後須切響。一簡之内，音韵盡殊；兩句之中，輕重悉異。妙達此旨，始可言文。"講究音韵和對仗，力求形式工致。大致沈佺期以七律見長，宋之問以五律當行。《全唐詩·沈佺期傳》云："沈佺期，字雲卿，相州内黃人。善屬文，尤長七言之作。擢進士第，長安中，累遷通事舍人，預修《三教珠英》，轉考功郎給事中。坐交張易之，流驩州。稍遷台州録事參軍，神龍中召見，拜起居郎、修文館直學士，歷中書舍人、太子少詹事，開元初卒。建安後訖江左，詩律屢變，至沈約、庾信以音韵相婉附，屬對精密，及佺期與宋之問尤加靡麗，回忌聲病，約句準篇，如錦繡成文，學者宗之，號爲'沈宋'，語曰：'蘇李居前，沈宋比肩。'"《全唐詩·宋之問傳》："宋之問，一名少連，字延清。虢州弘農人。弱冠知名，初征，令與楊炯分直内教，俄授雒州參軍，累轉尚方監丞，預修《三教珠英》。後坐附張易之，左遷瀧州參軍。武三思用事，起爲鴻臚丞。景龍中再轉考功員外郎，時中宗增置修文館學士，之問與薛稷杜審言首膺其選，轉越州長史。睿宗即位，徙欽州，尋賜死。"　寄興：猶興寄，指文藝作品的深刻寓意。李華《春行寄興》："宜陽城下草萋萋，澗水東流復向西。芳樹無人花自落，春山一路鳥空啼。"劉禹錫《令狐相公見示贈竹二十韵仍命繼和》："高人必愛竹，寄興良有以。峻節可臨戎，虚心宜待士。"　旁備：完備。義近"甚備”,很齊全,很周到。《漢書·藝文志》:“後世爍金爲刃,割革爲甲,器械甚備。”《東觀漢記·班超傳》:“鄯善王廣禮敬甚備,後更疏懈。”

㉑ 不數年:計其時間,應該在元稹明經及第的貞元九年(793)之後不久。元稹“九歲解賦詩”,十五歲登明經科,雖然不是難度更大的進士及第,但年僅十五就登科及第,説明元稹還是個文才橫溢的少年才子。登第之後元稹有了揭褐入仕的資格,元稹後來的《酬鄭從事四年九月宴望海亭》詩云:“憶年十五學構廈,有意蓋覆天下窮。”白居易後來的《唐河南元府君夫人鄭氏墓誌銘》云:“稹與積方齠齔……四五年間二子皆以通經入仕。”指的就都是元稹十五歲揭褐入仕這件事情。根據唐代的制度,詩人明經及第之後還不能直接躋身於統治集團的官吏行列,還必須通過“揭褐入仕”的方式,亦即在基層的衙門謀一份普通的差事作爲過渡。元稹大約是通過其姐夫、夏陽縣令陸翰的關係,在夏陽縣附近的西河縣謀到一份差事,據《夏陽縣令陸翰妻河南元氏墓誌銘》的記載,元稹的大姐夫陸翰當時正在夏陽縣爲縣令,元稹在大姐夫的幫助下,曾到汾州的西河縣(今山西汾陽縣)擔任過録事一類的小吏。《元和郡縣志·汾州》:“西河縣本漢兹氏縣也,曹魏於此置西河郡,晉改爲國,仍改兹氏縣爲隰城縣,(唐肅宗)上元元年改爲西河縣。”兩《唐書·地理志·隰州》所云大致相同。元稹入仕西河之年,大約在貞元九年(793)稍後不久。西河縣,其地在唐代長安東北一千零九十里和洛陽西北九百三十里處,亦即今天山西省的汾陽縣地,離元稹青少年時期的生活地區——長安、洛陽不遠,又在同州夏陽縣旁汾水的上游,故青少年時期的元稹前往西河縣揭褐初仕是極有可能也是十分自然的事情。元稹《悟禪三首寄胡杲》:“春遊晉祠水,晴上霍山岑。”詩中提到的“晉祠”、“霍山”,據《元和郡縣志》記載,一在唐代太原府晉陽縣西南十二里,在西河縣東北僅百餘里處。一在唐代沁州沁源縣西南七十八里處,亦即在西河縣正南百餘里處。從詩人對晉祠與霍山如此熟悉如此留戀的情況以及多年之

後仍然提及來看,兩地應當當是元積年輕時的遊樂之地。值得一提的是,詩人在西河縣與當時的著名詩人楊巨源相逢,兩人相交相遊,形影不離,感情十分融洽,元積《贈別楊員外巨源》:"憶昔西河縣下時,青衫憔悴宦名卑。揄揚陶令緣求酒,結托蕭娘只在詩。""青衫憔悴宦名卑"云云正符合"揭褐入仕"的情景。元積年歲雖小,也許受到祖先昭成皇帝什翼犍"身長八尺,隆準龍顏。立髮委地,臥則乳垂至席"的遺傳基因的影響,元積長得也十分偉岸英俊,據後來的白居易詩歌所云:貌美,精通書法,熟悉音樂,尤長於詩。而"結托蕭娘只在詩"云云,說明他已開始在當時的風月場裏走動。這倒不是元積的墮落,唐代的社會風氣本來就是這樣。《山西通志》評云:"元積《贈別楊員外巨源》詩……可備隰城故事。"元積舅族中的吳湊曾爲陝虢觀察使,《舊唐書·德宗紀》:"(貞元七年)十一月乙丑……丁酉,以前福建觀察使吳湊爲陝州長史、陝虢觀察使……(貞元八年)二月……己卯,以陝虢觀察使吳湊爲汴州刺史、宣武軍節度、汴宋等州觀察使。"也許是元積借助於吳湊這一層關係,曾經到過陝虢兩州的地鄰河中府的解縣、虞鄉縣(今山西運城、永濟縣境)一帶遊宦,在那兒結識了不少詩朋文友縣吏府役,以期擴大自己的視野,取得爲宦爲吏的從政經驗。　　楊巨源:元積早年的朋友,交往密切,詩酬不斷,兩人的友誼一直持續到楊巨源謝世之時。《全唐詩·楊巨源傳》綜合有關史料,概括云:"楊巨源,字景山,河中人。貞元五年擢進士第,爲張弘靖從事,由秘書郎擢太常博士、禮部員外郎,出爲鳳翔少尹,復召除國子司業。年七十致仕,歸時宰白以爲河中少尹,食其祿終身。"關於楊巨源,傅璇琮先生《唐才子傳校箋·楊巨源》有詳盡考證,文長不錄,敬請參閱。　　日課:每天的功課。《舊五代史·韓建傳》:"建比不知書,治郡之暇,日課學習。遣人於器皿、床榻之上,各題其名,建視之既熟,乃漸通文字。"陸游《悶極有作》:"老人無日課,有興即題詩。"　人事:這裏指仕途。陶潛《歸去來兮辭序》:"嘗從人事,皆口腹自役。"王瑤注:

"人事,指仕途。"也指説情請托,交際應酬。陶潛《歸田園居六首》二:"野外罕人事,窮巷寡輪鞅。" 足下:古代下稱上或同輩相稱的敬詞。岑參《送周子落第遊荆南》:"足下復不第,家貧尋故人。且傾湘南酒,羞對關西塵。"韓愈《與孟東野書》:"與足下別久矣!以吾心之思足下,知足下懸懸於吾也。"

㉒ 性靈:内心世界,泛指精神、思想、情感等。孟郊《怨別》:"沉憂損性靈,服藥亦枯槁。"也指性情。元稹《有鳥二十章》二:"有鳥有鳥毛似鶴,行步雖遲性靈惡。" 病蔽:猶病癖。楊簡《慈湖遺書·家記》:"孟子曰:仁,人心也。通之病蔽,甚著。"傅若金《傅與礪文集·送純上人序》:"徵諸一身,放諸六合,達之萬世,人病蔽且盡爾,求之則不遠履之。" 感憤:憤慨。歐陽詹《送蔡沼孝廉及第後歸閩觀省序》:"昔人論別有賦,論恨有賦,狀佖離陳感憤……"曾鞏《上歐蔡書》:"公然欺誣,駭天下之耳目,令人感憤痛切。" 道義:道德義理。荀悦《漢紀·高祖紀》:"夫立典有五志焉:一曰達道義,二曰彰法式,三曰通古今,四曰著功勛,五曰表賢能。"李山甫《酬劉書記一二知己見寄》:"自喜幽栖僻,唯慚道義虧。" 激揚:激動振奮。《漢書·張山傳》:"近事,大司空朱邑,右扶風翁歸德茂夭年,孝宣皇帝潛册厚賜,贊命之臣靡不激揚。"杜甫《沈東美除膳部員外郎》:"未暇申安慰,含情空激揚。"激勵宣揚。《後漢書·黨錮傳序》:"故匹夫抗憤,處士橫議,遂乃激揚名聲,互相題拂。"封演《封氏聞見記·聲韵》:"以古之爲詩,取其宣道情致,激揚政化。" 切磨:摩擦,摩搓。王充《論衡·定賢》:"今又但取刀、劍,恒銅鈎之屬,切磨以嚮日,亦得火焉!"切磋相正。蘇洵《與歐陽内翰第三書》:"非徒援之於貧賤之中,乃與切磨議論共爲不朽之計。"本詩應該是後者。 成敗:成功與失敗。《戰國策·秦策》:"良醫知病人之死生,聖主明於成敗之事。"《舊唐書·李密傳贊》:"及偃師失律,猶存麾下數萬衆,苟去猜忌,疾趣黎陽,任世績爲將臣,信魏徵爲謀主,成敗之勢,或未可知。" 日月:時光。韓愈

《與崔群書》："僕自少至今，從事于往還朋友間，一十七年矣！日月不爲不久。"岳飛《贈方逢辰》："日月却從閑裏過，功名不向懶中求。"遷逝：消逝，流失。潘岳《悼亡詩三首》三："曜靈運天機，四節代遷逝。"辛文房《唐才子傳序》："唐與尚文……擅美於詩，當復千家。歲月苒苒，遷逝淪落，亦且多矣！"　光景：光陰，時光。沈約《休沐寄懷》："來往既云倦，光景爲誰留？"李白《相逢行》："光景不待人，須臾成發絲。"　慘舒：張衡《西京賦》："夫人在陽時則舒，在陰時則慘，此牽乎天者也。"後以"慘舒"指憂樂、寬嚴、盛衰等。鄭處誨《明皇雜錄》卷上："國忠恃勢倨貴，使人之慘舒，出於咄嗟。"　山川：山嶽，江河。沈佺期《興慶池侍宴應制》："漢家城闕疑天上，秦地山川似鏡中。"也借指景色。杜甫《陪鄭廣文游何將軍山林十首》六："祇疑淳樸處，自有一山川。"　風雲：風和雲，借指自然景色。《史記·老子韓非列傳》："至於龍，吾不能知其乘風雲而上天。"王勃《上巳浮江宴序》："林壑清其顧盼，風雲蕩其懷抱。"　景色：景致。李嶠《人日侍宴大明宮恩賜綵縷人勝應制》："鳳城景色已含韶，人日風光倍覺饒。桂吐半輪迎此夜，蓂開七葉應今朝。"宋之問《夜飲東亭》："春泉鳴大壑，皓月吐層岑。岑壑景色佳，慰我遠遊心。"　對酒：面對著酒。曹操《短歌行》："對酒當歌，人生幾何？"《北史·李孝貞傳》："每暇日，輒引賓客，弦歌對酒，終日爲歡。"　屈伸：屈曲與伸舒。《禮記·樂記》："屈伸俯仰，綴兆舒疾，樂之文也。"《後漢書·張奐傳》："蛇能屈申，配龍騰蟄。"進退。《荀子·不苟》："與時屈伸，柔從若蒲葦，非懦怯也。"魏歸仁《宴居賦》："屈伸委運，行用隨時。"　悲歡：悲哀與歡樂。劉長卿《初貶南巴至鄱陽題李嘉佑江亭》："流落還相見，悲歡話所思。"竇群《初入諫司喜家室全》："一旦悲歡見孟光，十年辛苦伴滄浪。"　合散：聚合消散，聚集分離。《文選·賈誼〈鵩鳥賦〉》："合散消息兮，安有常則？"李善注引《鶡冠子》："同合消散，孰識其時？"焦贛《易林·解之咸》："登几上車，駕駟南遊。合散從橫，燕秦以强。"　"疾恙躬身"兩句:意謂遇到疾病纏身的時候,遇到懷念死去親人的時候,不免賦詩抒情。 　疾恙:泛指疾病。杜牧《祭周相公文》:"牧守吳興,繼奉手示,但思休退,不言疾恙。"陸游《壽考如富貴》:"予少多疾恙,五十已遽衰。" 　躬身:自身,自己。《國語·越語》:"王若行之,將妨於國家,靡王躬身。"韓愈《袁州祭神文》一:"刺史雖得罪,百姓何辜? 宜降疾咎於某躬身,無令鰥寡蒙兹濫罰。"

　　㉓ "又不幸年三十二時有罪譴棄"兩句:這是詩人對過去貶謫歲月的回憶:元稹元和五年出貶江陵士曹參軍,詩人那年三十二歲;貶謫五個年頭,至元和九年年底被詔回京,至元和十年三月二十五日又被無故貶爲通州司馬。六月到通州之後,元稹向白居易寄出自己的這封書信,詩人時年三十七歲,前後歷時五年。 　有罪:有犯法的行爲或有過錯,亦指有犯法行爲或有過錯的人,這裏是詩人内心不願承認而嘴上不得不説的違心話。《國語·晉語》:"臣聞絳之志,有事不避難,有罪不避刑。"《漢書·宣帝紀》:"蓋聞有功不賞,有罪不誅,雖唐虞猶不能化天下。" 　譴棄:遭譴謫而被棄置。元稹《上令狐相公詩啓》:"某啓:某初不好文章,徒以仕無他技,強由科試。及有罪譴棄之後,自以爲廢滯潦倒,不復以文字有聞於人矣!"《册府元龜·公正》:"孔坦爲尚書郎,典客令萬默領諸胡。胡人相誣,朝廷疑默有所偏助,將加大辟。坦獨不署,由是被譴棄官歸會稽。" 　五六年之間:指元稹元和五年出貶江陵至元稹撰寫本文的元和十年,前後時間正應該是"五六年"。 　丈夫:這裏猶言大丈夫,指有所作爲的人。盧照鄰《詠史四首》一:"處身孤且直,遭時坦而平。丈夫當如此,唯唯何足榮?"孟郊《答姚怤見寄》:"君有丈夫淚,泣人不泣身。" 　心力:心思和能力。杜甫《西閣曝日》:"胡爲將暮年,憂世心力弱?"也指精神與體力。張居正《答宣大王巡撫言薊邊要務》:"僕十餘年來,經營薊事,心力俱竭。" 　役用:役使,使用。柳宗元《與友人論爲文書》:"其間耗費簡札,役用心神者,其可數乎?"吕祖謙《舍人官箴》:"故設心處事,戒之

在初,不可不察。借使役用權智,百端補治,幸而得免,所損已多,不若初不爲之。”

㉔ 性:人的本性。《易·繫辭》:“一陰一陽之謂道,繼之者善也,成之者性也。”孔穎達疏:“若能成就此道者,是人之本性。”韓愈《原性》:“性也者,與生俱生也。”也指性情,脾氣。《國語·周語》:“先王之於民也,懋正其德,而厚其性。”韋昭注:“性,情性也。”陶潛《歸園田居》:“少無適俗韵,性本愛丘山。” 道:宇宙萬物的本原、本體。《老子》:“有物混成,先天地生……吾不知其名,字之曰道,强爲之名曰大。”《韓非子·解老》:“道者,萬物之所然者,萬理之所稽也。”這裏指道教。陶宗儀《輟耕録·三教》:“上問曰:‘三教何者爲貴?’對曰:‘釋如黄金,道如白璧,儒如五穀。’”韋莊《婺州和陸諫議將赴闕懷陽羨山居》:“道開燒藥鼎,僧寄卧雲衣。” 淡然:猶漠然,淡漠。《大戴禮記·哀公問五義》:“若天之司,莫之能職,百姓淡然,不知其善。”也作淡泊,不趨名利。《南史·王峻傳》:“峻爲侍中已後,雖不退身,亦淡然自守,無所營務。”吴筠《黔婁先生》:“淡然常有怡,與物固無瑕。”忘懷:不介意,不放在心上。陶潛《五柳先生傳》:“忘懷得失,以此自終。”辛棄疾《水調歌頭·題張晉英提舉玉峰樓》:“君看莊生達者,猶對山林皋壤,哀樂未忘懷。” “又復懶於他欲”兩句:意謂自己没有别的愛好别的追求,祇能把全部精力用到自己的詩文創作之中。 注射:傾瀉,噴射,這裏比喻流暢地出言。李紳《悲善才》:“塞泉注射隴水開,胡雁翻飛向天没。”《新唐書·李泌傳》:“有員俶者,九歲升坐,詞辯注射,坐人皆屈。” 語言:指書面語,詩文的句子。韓愈《短燈檠歌》:“太學儒生東魯客,二十辭家來射策。夜書細字綴語言,兩目眵昏頭雪白。”王福娘《題孫棨詩後》:“苦把文章邀勸人,吟看好個語言新。雖然不及相如賦,也直黄金一二斤。” 雜糅:混雜糅合。《國語·楚語》:“民神雜糅,不可方物。”《漢書·劉向傳》:“今賢不肖渾殽,白黑不分,邪正雜糅,忠讒並進。”顔師古注:“糅,和也。” 精粗:

細微和粗大,精密和粗疏,精良和粗劣。《莊子·秋水》:"夫精粗者,期於有形者也……可以言論者,物之粗也,可以意致者,物之精也。言之所不能論,意之所不能察致者,不期精粗焉!"韓愈《示兒》:"來過亦無事,考評道精粗。" 多大:多麼,多麼大,詩人自謙之語。韋應物《送李十四山東遊》:"東遊無復繫,梁楚多大藩。高論動侯伯,疏懷脫塵喧。"崔祐甫《衛尉卿洪州都督張公遺愛碑頌》:"我皆用之於愛人活國也,於是阜蕃之望崇,多大之儀備矣!" 繕寫:謄寫,編錄。劉向《戰國策序》:"其事繼春秋以後,訖楚漢之起,二百四十五年間之事皆定以殺青,書可繕寫。"李白《與韓荊州書》:"然後退掃閑軒,繕寫呈上。"王琦注引《韻會》:"編錄文字謂之繕寫。"

　　㉕ 河東:黃河流經陝西、山西兩省交界處,自北而南,故稱山西省境內黃河以東的地區爲"河東"。《左傳·僖公十五年》:"於是秦始征晉河東,置官司焉!"《孟子·梁惠王》:"河內凶,則移其民於河東,移其粟於河內,河東凶亦然。"趙岐注:"魏舊在河東,後爲強國兼得河內也。" 李明府景儉:即李景儉,本文稿多處涉及,這裏不再重複。明府:猶言大府、官府,漢魏以來對郡守牧尹的尊稱,又稱明府君。《後漢書·張湛傳》:"明府位尊德重,不宜自輕。"李賢注:"郡守所居曰府,明者,尊高之稱。"漢亦有以"明府"稱縣令,唐以後多用以專稱縣令。《後漢書·吳佑傳》:"國家制法,囚身犯之。明府雖加哀矜,恩無所施。"王先謙集解引沈欽韓曰:"縣令爲明府,始見於此。"杜甫《北鄰》:"明府豈辭滿? 藏身方告勞。" 詩章:詩篇。《晉書·徐邈傳》:"帝宴集酣樂之後,好爲手詔詩章以賜侍臣。"韓愈《送諸葛覺往隨州讀書》:"勉爲新詩章,月寄三四幅。" 觀覽:觀賞,觀看,閱覽。司空曙《御製雨後出城觀覽敕朝臣已下屬和》:"上上開靈野,師師出鳳城。因知聖主念,得遂老農情。"韓愈《南山詩》:"崎嶇上軒昂,始得觀覽富。" 卷軸:這裏指裱好有軸可卷舒的書籍或字畫等。《南齊書·陸澄傳》:"僕年少來無事,唯以讀書爲業……令君少便執掌王務,

雖復一覽便諳，然見卷軸未必多僕。"葉德輝《書林清話·書之稱卷》："《舊唐書·經籍志》：'集賢院御書，經庫皆鈿白牙軸，朱帶，白牙籤。'蓋隋唐間簡册已亡，存者止卷軸，故一書又謂之幾軸。韓愈詩：'鄴侯家多書，插架三萬軸。——懸牙籤，新若手未觸。'三萬軸即三萬卷也。"

　㉖ 旨意：主旨，意圖。《後漢書·魯丕傳》："覽詩人之旨意，察《雅》《頌》之終始……觀乎人文，化成天下。"李商隱《與白秀才狀》："杜秀才翩至，奉傳旨意，以遠追先德，思耀來昆。"　古往：往昔。李頎《行路難》："薄俗嗟嗟難重陳，深山麋鹿下爲鄰。魯連所以蹈滄海，古往今來稱達人。"貫休《行路難五首》五："君不見山高海深人不測，古往今來轉青碧。"　性情：人的稟性和氣質、思想感情。杜甫《贈王二十四侍御契四十韻》："由來意氣合，直取性情真。"元稹《遣行十首》九："見説巴風俗，都無漢性情。"　古體：即古體詩，詩體名，對近體詩而言，形式有四言、五言、七言、雜言等，不要求對仗，平仄與用韻比較自由，後世使用五言、七言者較多。杜甫《暮冬送蘇四郎徯兵曹適桂州》："早作諸侯客，兼工古體詩。"馬永卿《懶真子》卷一："舊説皎然欲見韋蘇州，恐詩體不合，遂作古詩投之。"　樂府：古代主管音樂的官署，起於漢代，漢惠帝時已有樂府令，武帝時定郊祀禮，始立樂府，掌管宮廷、巡行、祭祀所用的音樂，兼采民歌配以樂曲，以李延年爲協律都尉，樂府之名始此。這裏指詩體名，初指樂府官署所採制的詩歌，後將魏晉至唐可以入樂的詩歌，以及仿樂府古題的作品統稱樂府。宋郭茂倩搜輯漢魏以迄唐、五代合樂或不合樂以及摹擬之作的樂府歌辭，總成一書，題作《樂府詩集》。謝偃《樂府新歌應教》："青樓綺閣已含春，凝妝艷粉復如神。細細輕裾全漏影，離離薄扇詎障塵？"張説《舞馬千秋萬歲樂府三首》一："金天誕聖千秋節，玉醴還分萬壽觴。試聽紫騮歌樂府，何如騄驥舞華岡！"　新題樂府：元和初年，李紳元稹白居易對原有樂府進行改造、發展，元稹他們自命爲新題樂府。元

稹《和李校書新題樂府十二首序》:"余友李公垂貺余樂府新題二十首,雅有所謂,不虛爲文。余取其病時之尤急者,列而和之,蓋十二而已。"《鈍吟雜録·正俗》:"杜子美創爲新題樂府,至元白而盛。指論時事,頌美刺惡,合於詩人之旨。忠志遠謀,方爲百代鑒戒,誠傑作絶思也!"

㉗ 聲勢:特指文章的聲韵氣勢。陸龜蒙《大子夜歌二首》二:"絲竹發歌響,假器揚清音。不知歌謡妙,聲勢出口心。"章碣《寄江東道友》:"夜潮分卷三江月,曉騎齊驅九陌塵。可惜人間好聲勢,片帆羸馬不相親。" 屬對:謂詩文對仗。元稹《酬竇校書二十韵》:"調笑風流劇,論文屬對全。"《新唐書·宋之問傳》:"魏建安後汔江左,詩律屢變,至沈約、庾信,以音韵相婉附,屬對精密。" 穩切:穩妥帖切。黄庭堅《跋劉夢得淮陰行》:"《淮陰行》情調殊麗,語氣尤穩切。"周紫芝《竹坡詩話》:"詩中用雙疊字易得句,如:'水田飛白鷺,夏木囀黄鸝。'此李嘉祐詩也。王摩詰乃云:'漠漠水田飛白鷺,陰陰夏木囀黄鸝。'摩詰四字下得最爲穩切。" 律詩:詩體名,近體詩的一種,起源於南北朝,成熟於唐初,格律要求嚴格,分五言、七言兩種,簡稱五律、七律,以八句爲定格。每句有一定的平仄格式,雙句押韵,以押平聲爲常,首句可押可不押,中間四句除特殊情況外必須對偶。亦偶有六律,其句數在八句以上者稱排律。元稹《見人詠韓舍人新律詩因有戲贈》:"喜聞韓古調,兼愛近詩篇。玉磬聲聲徹,金鈴箇箇圓。"《新唐書·杜甫傳贊》:"唐興,詩人承陳隋風流,浮靡相矜。至宋之問、沈佺期等,研揣聲音,浮切不差,而號'律詩',競相襲沿。" 七言:指七字詩句,七言詩。《文心雕龍·章句》:"六言七言,雜出《詩》、《騷》。"嚴羽《滄浪詩話·詩體》:"七言起於漢武柏梁。" 五言:即五言詩,每句皆五字的詩體,形成於漢代,爲古典詩歌主要形式之一,其類别有五言古詩、五言律詩、五言絶句和五言排律。李顧《放歌行答從弟墨卿》:"吾家令弟才不羈,五言破的人共推。興來逸氣如濤湧,千里長

江歸海時。”韓愈《薦士》：“五言出漢時，蘇李首更號。”

㉘ 寄興：猶興寄，也指文藝作品的深刻寓意。李華《春行寄興》：“宜陽城下草萋萋，澗水東流復向西。芳樹無人花自落，春山一路鳥空啼。”劉禹錫《令狐相公見示贈竹二十韻仍命繼和》：“高人必愛竹，寄興良有以。峻節可臨戎，虛心宜待士。”　律諷：指律詩中的諷喻詩。洪適《元氏長慶集原跋》：“聲勢沿順，屬對穩切者爲律詩，以七言、五言爲兩體。稍存寄興，與諷爲流者，爲律諷。”　律：詩的格律，也指格律詩。杜甫《又示宗武》：“覓句新知律，攤書解滿床。”張表臣《珊瑚鉤詩話》卷三：“沈宋而下，法律精切，謂之律。”　諷：用委婉的語言暗示、勸告或譏刺、指責。《韓非子・八經》：“故使之諷，諷定而怒。”王先慎集解：“諷，勸諫。”陳奇猷集釋：“不以正言謂之諷。”《舊唐書・肅宗紀》：“明年六月，哥舒翰爲賊所敗，關門不守，國忠諷玄宗幸蜀。”

㉙ 少有伉儷之悲：這裏指元和四年七月九日元稹三十一歲時其原配的妻子韋叢病故，年僅二十七歲。元和六年年初元稹在江陵續娶的小妾安仙嬪，不幸又於去年秋亦即元和九年秋病故。　伉儷：有妻子、配偶、夫婦多種含義。《國語・周語》：“今陳侯不念胤續之常，棄其伉儷妃嬪，而帥其卿佐以淫於夏氏。”韋昭注：“伉，對也。儷，偶也。”《文選・左思〈詠史〉七》：“買臣因采樵，伉儷不安宅。”張銑注：“伉儷，謂妻也。”　撫存：安撫，撫慰，撫慰死者的親屬，這裏指撫育安慰自己的子女。顏延之《宋文皇帝元皇后哀策文》：“撫存悼亡，感今懷昔，嗚呼哀哉！”杜正倫《彈將軍李子和文》：“況天倫長逝，伉儷不終。共被同車之歡，遂隔今古；撫存悼亡之痛，有傷心目。”　潘子：即潘岳，他有《悼亡詩三首》傳名後世。李嶠《橘》：“萬里盤根植，千秋布葉繁。既榮潘子賦，方重陸生言。”岑參《春尋河陽陶處士別業》：“風暖日暾暾，黃鸝飛近村。花明潘子縣，柳暗陶公門。”

㉚ 教化：政教風化。《詩・周南・關雎序》：“美教化，移風俗。”

元稹《驃國樂》："教化從來有原委，必將泳海先泳河。" 暈淡：謂施粉黛漸次濃淡。荊浩《筆法記》："筆者雖依法則運轉變通，不質不形，如飛如動，墨者高低暈淡，品物淺深，文彩自然。"郭若虛《圖畫見聞志》卷四："(徐)熙自撰《翠微堂記》云：'落筆之際，未嘗以傅色暈淡細碎爲功。'此真無愧於前賢之作，當時已爲難得。" 綰約：猶"綰髻"，亦作"綰結"，謂盤繞髮髻。黃庭堅《雨中登岳陽樓望君山二首》二："滿川風雨獨憑欄，綰結湘娥十二鬟。"范成大《攬轡錄》："惟婦人之飾不甚改，而戴冠者甚少，多綰髻。" 修廣：長度和寬度。李覯《明堂定制圖序》："必謂明堂、宗廟、路寢同爲五室，三代皆然，但修廣之度因時而變。" 匹配：搭配。李涉《春山三朅來》："小男學語便分別，已辨君臣知匹配。"鍾離權《贈呂洞賓》："五行匹配自刀圭，執取龜蛇顛倒訣。" 艷詩：艷體詩，指以男女愛情爲題材的詩歌。盧綸《古艷詩》："殘妝色淺髻鬟開，笑映朱簾覷客來。推醉唯知弄花鈿，潘郎不敢使人催。"許顗《許彥周詩話》："高秀實又云：'元氏艷詩，麗而有骨；韓偓《香奩集》，麗而無骨。'"

㉛ "自十六時至是元和七年"兩句：元稹貞元九年十五歲明經登第，開始登上政治舞臺。自貞元九年亦即元稹十五歲，至元和七年亦即元稹三十四歲，歷經二十年的光陰，元稹已經有詩篇"八百餘首"，可見其創作之富。而自此至元稹大和五年謝世，時間又過去了十九年，其創作的詩篇至少也應該接近"八百餘首"，但現在元稹存世的全部詩篇僅僅也祇有"八百餘首"。據我們初步輯佚與考證，元稹應該有詩篇在二千五百六十八以上，可見元稹詩歌散佚散失之多了。但就是散佚散失過半而留存下來的詩篇，其次序已經遠離原來的編次，顛顛倒倒，前後並不相續相連。而且，就是這僅存十分之四的詩文，也並不是所有古典文學的研究者都認認真真研究過的，不少人祇是抱著人云亦云的態度，隨隨便便貶誹元稹的詩歌。這是元稹的悲哀，也是元稹研究的悲哀，更是中國古代文學的悲哀，這也就是我們決意

對元稹詩文進行細緻編年認真箋注的動因之一。我們力求通過現存元稹詩文的認真研讀,盡最大可能恢復元稹詩文的本來面貌,盡最大可能真實地再現元稹詩文創作的年、季、月、日,盡最大可能科學地恢復元稹詩文創作連貫有序的路綫圖。　色類:種類,類別。謝偃《愚夫哲婦論》:"夫玉石異體,珠目珠狀,雖色類相似,而明潤懸絶,但子愚昧未詳耳。"封演《封氏聞見記・蜀無兔鴿》:"又有酢菜似慎火,苦菜似苣胡,芹渾提葱之屬,並自西域而來,色類甚衆。"　相從:相交往,相合併。《漢書・食貨志》:"冬,民既入,婦人同巷,相從夜績,女工一月得四十五日。"蘇軾《岐亭詩序》:"凡余在黄四年,三往見季常,而季常七來見餘,蓋相從百餘日也。"　體:指體裁,詩文的風格。曹丕《典論・論文》:"夫人善於自見,而文非一體,鮮能備善,是以各以所長相輕所短。"《文心雕龍・體性》:"若總其歸塗,則數窮八體,一曰典雅,二曰遠奥,三曰精約,四曰顯附,五曰繁縟,六曰壯麗,七曰新奇,八曰輕靡。"　卷:書籍或字畫的卷軸。蕭繹《金樓子・雜記》:"有人讀書握卷而輒睡者,梁朝有名士呼書卷爲黄奶,此蓋見其美神養性如奶媪也。"韓愈《與陳給事書》:"並獻近所爲《復志賦》已下十首爲一卷,卷有標軸。"

　㉜ 冗亂:蕪雜失次,這是詩人的自謙之詞。義近"冒亂",混雜,混亂。劉向《説苑・指武》:"分爲五選,異其旗章,勿使冒亂。"《後漢書・郎顗傳》:"《易》内傳曰:'久陰不雨,亂氣也,《蒙》之《比》也。蒙者,君臣上下相冒亂也。'"　行李:這裏指出行所帶的東西。宋之問《送李侍御》:"行李戀庭闈,乘軺振綵衣。南登指吳服,北走出秦畿。"杜甫《奉寄李十五秘書二首》二:"行李千金贈,衣冠八尺身。"　昨來京師:指元和十年初元稹奉詔從唐州平叛前綫回到西京長安事。京師:《詩・大雅・公劉》:"京師之野,於時處處。"馬瑞辰通釋:"京爲豳國之地名……吳斗南曰:'京者,地名;師者,都邑之稱,如洛邑亦稱洛師之類。'其説是也。""京師"之稱始此,後世因以泛稱國都。杜審

言《送和西蕃使》:"使出鳳皇池,京師陽春晚。聖朝尚邊策,詔諭兵戈偃。"劉希夷《將軍行》:"乘我廟堂運,坐使干戈戢。獻凱歸京師,軍容何翕習!" 筐篋:用竹枝等編製的狹長形箱子。《南史·劉苞傳》:"少好學,能屬文,家有舊書,例皆殘蠹,手自編輯,筐篋盈滿。"韋應物《過昭國里故第》:"殘工委筐篋,餘素經刀尺。收此還我家,將還復愁惕。" 通:即通州,馬本注云:"司馬通州。"亦即指元和十年元稹司馬通州之事。楊巨源《奉寄通州元九侍御》:"須聽瑞雪傳心語,莫被啼猨續淚行。共說聖朝容直氣,期君新歲奉恩光。"元稹《酬獨孤二十六送歸通州》:"長歌莫長嘆,飲斛莫飲樽。生爲醉鄉客,死作達士魂。"足下:古代稱同輩或上輩的敬詞。李頎《送劉四赴夏縣》:"劉侯致身能若此,天骨自然多嘆美。聲名播揚二十年,足下長途幾千里。"岑參《送周子落第遊荆南》:"足下復不第,家貧尋故人。且傾湘南酒,羞對關西塵。"

㉝ 上士:道德高尚的人。《老子》:"上士聞道,勤而行之。"《顏氏家訓·名實》:"上士忘名,中士立名,下士竊名。" 立德:樹立德業。《左傳·襄公二十四年》:"大上有立德,其次有立功,其次有立言。雖久不廢,此之謂不朽。"孔穎達疏:"立德,謂創制垂法,博施濟衆,聖德立于上代,惠澤被於無窮……立言,謂言得其要,理足可傳,其身既没,其言尚存。"李康《運命論》:"若夫立德必須貴乎?則幽厲之爲天子,不如仲尼之爲陪臣也。" 立事:建功立業。《管子·版法》:"凡將立事,正彼天植。"尹知章注:"立經國之事。"羊士諤《永寧里園亭休沐悵然成詠》:"勞形非立事,瀟灑愧頭簪。" 立言:著書立說。蕭穎士《仰答韋司業垂訪五首》三:"晉代有儒臣,當年富詞藻。立言寄青史,將以贊王道。"于頔《和丘員外題湛長史舊居》:"湛生久已没,丘也亦同恥。立言咸不朽,何必在青史!"

㉞ "凡人急位"三句:意謂人們首先追求的是人的社會地位也就是官職名位,其次是經濟利益,最後也是必不可少的是人的生存也就

是解决饑餓問題。　位：職位，地位。《詩·小雅·小明》：“靖共爾位，正直是與。”《吕氏春秋·勸學》：“故爲師之務，在於勝理，在於行義，理勝義立，則位尊矣！”　利：利益，好處。《書·秦誓》：“以保我子孫黎民亦職有利哉！”陳子昂《諫靈駕入京書》：“實以爲殺身之害小，存國之利大。”　食：吃飯，進餐。《文心雕龍·神思》：“阮瑀據案而制書，禰衡當食而草奏。”韓愈《送石洪處士赴河陽參謀序》：“先生居嵩邙、瀍穀之間，冬一裘，夏一葛，食朝夕，飯一盂，蔬一盤。”

　㉟ 天：天意。《孟子·梁惠王》：“吾之不遇魯侯，天也。”韓愈《送湖南李正宗序》：“離十三年，幸而集處得燕而舉一觴相屬，此天也，非人力也。”　厚：敦厚，厚道。《書·君陳》：“惟民生厚，因物有遷。”孔傳：“言人自然之性敦厚。”元稹《説劍》：“此劍何太奇！此心何太厚！”全然：完備，完美。韓愈《祭馬僕射文》：“惟公弘大温恭，全然德備。”權德輿《醉説》：“予既醉，客有問文者。漬筆以應之云：嘗聞於師曰，尚氣尚理，有簡有通。能者得之以是，不能者失之亦以是。四者皆得之於全然，則得之矣！”　命：命運。《易·乾》：“乾道變化，各正性命。”孔穎達疏：“命者，人所禀受若貴賤夭壽之屬是也。”朱熹本義：“物所受爲性，天所賦爲命。”嵇康《釋難宅無吉凶攝生論》：“夫命者，所禀之分也。”　遇：際遇，機會。《吕氏春秋·長攻》：“凡治亂存亡、安危强弱，必有其遇，然後可成，各一則不設。”韋昭《博弈論》：“設程試之科，垂金爵之賞；誠千載之嘉會，百世之良遇也。”　爲：治理。《論語·子路》：“善人爲邦百年，亦可以勝殘去殺矣！”皇侃疏：“爲者，治也。”《國語·周語》：“是故爲川者，決之使導；爲民者，宣之使言。”性：人的本性。《易·繫辭》：“一陰一陽之謂道，繼之者善也，成之者性也。”孔穎達疏：“若能成就此道者，是人之本性。”韓愈《原性》：“性也者，與生俱生也。”泛指天賦，天性。王安石《上執政書》：“鳥獸、魚鱉、昆蟲、草木，下所以養之，皆各得盡其性而不失也。”　惠：柔順，順從。《詩·邶風·燕燕》：“終温且惠，淑慎其身。”毛傳：“惠，順也。”

《國語·晉語》:"若惠於父,而遠於死,惠於衆,而利社稷,其可以圖之乎!"韋昭注:"惠,順也。" 垂範:垂示範例。《文心雕龍·詔策》:"〔漢武帝〕策封三王,文同訓典;勸戒淵雅,垂範後代;及制誥嚴助,即雲厭承明廬,蓋寵才之恩也。"韓愈《奇盧仝》:"假如不在陳力列,立言垂範亦足恃。"

㊱ 兀兀:渾沌無知貌。寒山《詩三百三首》二三四:"兀兀過朝夕,都不别賢良。好惡總不識,猶如豬及羊。"痴呆貌。洪邁《夷堅丙志·徐世英兄弟》:"忽得惑疾,兀兀如白痴。"昏沉貌。韓愈《答張徹》:"觥秋縱兀兀,獵旦馳駉駉。"范成大《次韵徐廷獻機宜送自釀石室酒三首》三:"百年兀兀同渠住,何處能生半點愁?" 狂痴:癲狂痴呆,愚魯無知,有時也用爲謙詞。陸賈《新語·慎微》:"視之無優遊之容,聽之無仁義之辭,忽忽若狂痴,推之不往,引之不來。"蔡琰《悲憤詩》:"見此崩五内,恍惚生狂痴。" 行近四十:元稹元和十年三十七歲,已經接近四十歲,故言。 行:副詞,將,將要。《商君書·算地》:"民勝其地務開。地勝其民者事徠。開則行倍。"高亨注:"行,將也。"吴曾《能改齋漫録·記事》:"〔旁舍生〕乃謀於妻,以女鬻於商人,得錢四十萬,行與父母訣,此所以泣之悲也。" 近:接近,靠近。《韓非子·難》:"景公過晏子曰:'子宫小,近市,請徙子家豫章之圃。'"李商隱《樂遊原》:"向晚意不適,驅車登古原。夕陽無限好,只是近黄昏。"四十:四十歲。李頎《别梁鍠》:"雖云四十無禄位,曾與大軍掌書記。抗辭請刃誅部曲,作色論兵犯二帥。"王昌齡《河上老人歌》:"河上老人坐古槎,合丹只用青蓮花。至今八十如四十,口道滄溟是我家。"徼名:謀求名聲。《漢書·揚雄傳》:"不修廉隅以徼名當世。"王安石《王子直挽辭》:"太史有書能叙事,子雲於世不徼名。" "不過於第八品"兩句:這是指元稹元和四年出任監察御史之事,自元和四年至元和十年,時間已經過去了六七年。 第八品:元稹貶職之前任職監察御史,官職八品,《舊唐書·職官志》:"監察御史十員(正八品上)。監

察掌分察巡按郡縣、屯田、鑄錢、嶺南選補、知太府、司農出納,監決囚徒。監祭祀則閱牲牢,省器服,不敬則劾祭官。尚書省有會議,亦監其過謬。凡百官宴會、習射,亦如之。"杜牧《洛中送冀處士東遊》:"我作八品吏,洛中如繫囚。忽遭冀處士,豁若登高樓。"唐彥謙《咸通中始聞褚河南歸葬陽翟是歲上平徐方大肆慶賞又詔八品錫其裔孫追敘風概因成二十韵》:"册府藏餘烈,皇綱正本朝。不聽還笏諫,幾覆綴旒袘。"　憲:亦即憲臺,也指司刑獄、彈劾中央、地方機構或官員,如唐代稱刑部爲憲部,宋代的提點刑獄司及提刑別稱憲。駱賓王《憲臺出縶寒夜有懷》:"獨坐懷明發,長謡苦未安。自應迷北叟,誰肯問南冠?"周必大《二老堂雜誌·憲臺》:"憲部,刑部也;憲臺,御史臺也,今直以諸路刑獄爲憲。"

　　㊲ 濕墊:潮濕。元稹《蟲豸詩序》:"洲渚濕墊,其動物宜介。"祝穆《方輿勝覽·達州》:"風俗:地濕墊卑褊(《唐詩紀事》:元稹受通之初,有習通之熟者曰云云:'人士稀少,邑無吏,市無貨,百姓茹草木,刺史以下計粒而食。大有虎豹蛇虺之患,小有蟆蚋浮塵蜘蛛之類,皆能鑽嚙肌膚,使人瘡痏。夏多陰霪,秋爲痢瘧。'《元微之集》:'通之地,叢穢卑褊,蒸瘴陰鬱。')土地肥美(《地理志》云云:'有江水沃野、山林蔬食果實之饒。')任俠尚氣(《通川志》:山高水深,民俗秀野云云,有楚公黄歇之風。)質樸無文(《隋志》云云不甚趨利。)俗不耕桑(《九域志》:男女不耕桑,貨賣用雜物以代錢。)地無醫藥(《圖經》),夏秋多瘴(白居易詩:'人稀地僻醫巫少,夏旱秋霖瘴瘧多。'又《酬元刺史詩》:'來時子細説通州,州在山根峽岸頭。四面千重雲火合,中心一道瘴江流。'又云:'匜匜巓山萬仞餘,人間恰似甑中居。'元稹《酬樂大詩》:'君避海鯨驚浪裏,我隨巴蟒瘴烟中。一樹梅花數升酒,醉尋江岸笑春風。'又云:'三冬有電連春雨,九月無霜盡火雲。並與巴南終歲熱,四時誰道各平分?')茅舍竹籬(元稹《酬樂天詩》:'茅苫屋舍竹籬州,虎怕偏蹄蛇兩頭。暗蠱有時迷酒影,浮塵終日似波流。沙含

水弩多傷骨，田仰畬刀少用牛。知得共君相見否？近來魂夢轉悠悠。'白居易詩：'蛇蟲白日攔官道，蚊蟆黃昏撲郡樓。'）父罷母嫛（楊晨云：齊人呼母爲嫛，今巴俗亦然，呼父爲罷，山中人亦呼爲罷，故詩云：'結網嫛教女，采舟罷詬男。'）　茹：這裏作吃、吞咽解。《漢書·董仲舒傳》："食於舍而茹葵。"顏師古注："食菜曰茹。"司馬光《玉城縣君楊氏墓誌銘》："年三十九而喪韓公，三年不茹葷。"　貘：古籍中的獸名，其狀似熊，相傳爲食鐵之獸，一説是豹的別名。《爾雅·釋獸》："貘，白豹。"郭璞注："似熊，小頭庳脚，黑白駁，能舐食銅、鐵及竹骨，骨節强直，中實少髓，皮辟濕。或曰豹白色者別名貘。"郝懿行義疏："《説文》：'貘，似熊而黃黑色，出蜀中。'《釋文》引《字林》云：'似熊而白黃，出蜀郡。'《王會》篇云：'不令支，玄貘。'是貘兼黑、白、黃三色。《神異經》云：'南方有獸，名曰齧鐵，其糞可爲兵器，毛黑如漆。'按此即《王會》所云'玄貘'者也。《白帖》引《廣志》云：'貘，大如驢，色蒼白，舐鐵消千斤，其皮温煖。'"揚雄《蜀都賦》："獸則麢羊野麋，罷犛貘貒。"王引之《經義述聞·爾雅下》"貘白豹"："豹與熊殊類，似熊則不得謂之豹，當以後説爲長……《列子·天瑞》篇：'青甯生程，程生馬。'《釋文》引《尸子》云：'程，中國謂之豹，越人謂之貘。'又引《山海經》云：'南山多貘豹。'郭注云：'貘是豹之白者。'此皆《爾雅》所謂貘也。"蛇虺：泛指蛇類，亦用以比喻凶殘狠毒的人。顏之推《顏氏家訓·文章》："〔陳琳〕在魏製檄，則目（袁）紹爲蛇虺。"高適《東征賦》："寄腹心於梟獍，任手足於蛇虺。"　蟆：小蚊。元積《蟲豸詩·蟆子三首序》："蟆，蚊類也。其實黑而小，不礙紗縠，夜伏而晝飛，聞柏烟與麝香輒去。"《蟲豸詩·浮塵子三首序》："浮塵，蟆類也。"　蚋：蚊類害蟲，體形似蠅而小，吸人畜血液。韋應物《詠琥珀》："曾爲老茯神，本是寒松液。蚊蚋落其中，千年猶可覿。"韓愈《送陸暢歸江南》："我實門下士，力薄蚋與蚊。"　浮塵：即浮塵子，昆蟲名，體形似蟬而小，黃綠色或黃褐色，具有刺吸式口器，吸稻、棉、果樹等汁液，是農業害蟲，亦省稱

"浮塵"。元稹《蟲豸詩七篇·浮塵子三首》一:"可嘆浮塵子,纖埃喻此微。"原詩序:"浮塵,蟆類也,其實微不可見,與塵相浮而上下。"元稹《蟆子》詩序:"蚊蟆與浮塵,皆巴蛇鱗中之細蟲耳!"　蛒:毒蜂。元稹《蟲豸詩七篇·蛒蜂序》:"蛒,蜂類而大,巢在塞鼻蛇穴下,故毒螫倍諸蜂蠆。中手足輒斷落,及心胸則圮裂,用他蜂中人之方療之,不能愈。"《詩傳名物集覽·蟲豸》:"又蛒蠮,出巴中,在塞鼻蛇穴内,其毒非方藥可療。"　蜂:膜翅類昆蟲,多有毒刺,喜群居,種類甚多。《資治通鑑·周威烈王二十三年》:"蝝、蟻、蜂、蠆,皆能害人。"胡三省注:"蜂,細腰而能螫人。"蜂螫,亦作"蠭螫",以蜂尾刺人,比喻毒害。《管子·輕重戊》:"桓公曰:'魯梁之于齊也,千穀也,蠭螫也。'"尹知章注:"'蠭',古'蜂'字,言魯梁二國常有齊患也。"　蠚:咬,啃。《管子·戒》:"東郭有狗嘷嘷,旦暮欲蠚我,猳而不使也。"拾得《詩》四一:"蟻子蠚大樹,焉知氣力微?"　瘡痏:瘡瘍,傷痕,使生瘡痏。葛洪《抱朴子·擢才》:"乃有播埃塵于白珪,生瘡痏於玉肌。"《舊唐書·僖宗紀》:"豺狼貽朝市之憂,瘡痏及腹心之痛。"　陰霪:連綿不斷的雨。賈島《望山》:"陰霪一以掃,浩翠寫國門。長安百萬家,家家張屏新。"蘇轍《文氏外孫入村收麥》:"欲收新麥繼陳穀,賴有諸孫替老人。三夜陰霪敗場圃,一竿晴日舞比鄰。"　痢:泄瀉,亦指腸道傳染病赤白痢。《舊唐書·陸德明傳》:"王世充子入,跪床前,對之遺痢,竟不與語。"沈括《夢溪筆談·異事》:"日食飯一石米,隨即痢之,饑復如故。"也作"痢疾",由痢疾桿菌或阿米巴原蟲所引起的腸道傳染病。權德輿《賈相公陳乞表》:"近染痢疾,綿歷旬時。"　瘧:病名,瘧疾。元稹《晨起送使病不行因過王十一館居二首》一:"自笑今朝誤夙興,逢他御史瘧相仍。"瘧也作瘧疾,以瘧蚊爲媒介,由瘧原蟲引起的週期性發作的急性傳染病。《禮記·月令》:"〔孟秋之月〕寒熱不節,民多瘧疾。"鄭玄注:"瘧疾,寒熱所爲也。"杜甫《寄彭州高使君適虢州岑長史參三十韵》:"三年猶瘧疾,一鬼不銷亡。"　醫巫:治病的人,古代醫生往往兼用巫術治病,故稱。《漢書·晁錯傳》:"爲置醫巫,以救疾病。"白居易《得微之到官後書備知通州之事悵然有感因成四章》三:"人稀地僻醫巫少,夏旱秋霖瘴瘧多。老去一身須愛惜,別來四體得如何?" 藥石:藥劑和砭石,泛指藥物。《列子·楊朱》:"及其病也,無藥石之儲;及其死也,無瘞埋之資。"蘇軾《答子由頌》:"病根何處容他住?日夜還將藥石攻。" 百死一生:形容生命極其危險,處於死亡的邊緣。《北齊書·杜弼傳》:"諸勛人身觸鋒刃,百死一生,縱其貪鄙,所取處大,不可同之循常例也。"義同"九死一生"、"萬死一生",形容處於極其危險的境地。《文選·屈原〈離騷〉》:"雖九死其猶未悔。"劉良注:"雖九死無一生,未足悔恨。"《漢書·司馬遷傳》:"夫人臣出萬死不顧一生之計,赴公家之難,斯以奇矣!"

㊳ 命:生命,壽命。《論語·雍也》:"有顏回者好學,不遷怒,不貳過,不幸短命死矣!"韓愈《歐陽生哀辭》:"命雖云短兮其存者長,終要必死兮願不永傷。" 智:智慧,聰明。賈誼《治安策》:"凡人之智,能見已然,不能見將然。"戎昱《送僧法和》:"問經翻貝葉,論法指蓮花。欲契眞空義,先開智慧芽。" 憂險:憂患險惡,或謂心中憂危。《荀子·榮辱》:"安利者常樂易,危害者常憂險,樂易者常壽長,憂險者常夭折,是安危利害之常體也。"王念孫《讀書雜誌·荀子》:"險以心言,非以境言,憂險猶憂危,謂中心憂危之也。"《記纂淵海·趨向不同》:"材愨者常安利,蕩悍者常危害。安利者常樂易,危害者常憂險。樂易者(常)長壽,憂險者常夭折。"

㊴ 萬全:萬無一失,絕對安全。《史記·黥布列傳》:"夫大王發兵而倍楚,項王必留;留數月,漢之取天下可以萬全。"蘇軾《論給田募役狀》:"若用買田募役,譬如私家變金銀爲田產,乃是長久萬全之策。" 京輦:指國都。戴叔倫《和河南羅主簿送校書兄歸江南》:"京輦辭芸閣,蘅芳憶草堂。"劉敞《雨過前軒偶記》:"忽驚謝去塵中游,不知正自居京輦。"這裏指唐代的西京。

　　⑩“但恐一旦與急食相扶而終”兩句：意謂一旦自己生命垂危，白居易您就要被不知內情的他人譏笑：“委託最親密的朋友，還不如依靠自己的好！”　急食：意謂吃不下飯，義近“輟食”，停止飯食。《史記·袁盎晁錯列傳》：“淮南王至雍，病死，聞，上輟食，哭甚哀。”陸機《思歸賦》：“晝輟食而發憤，宵假寐而興言。”　留穢：污濁他人，骯髒他人，這是作者的謙辭。　穢：污濁，骯髒。《楚辭·離騷》：“不撫壯而棄穢兮，何不改乎此度也？”《尸子·恕》：“農夫之耨去害苗者也，賢者之法去害義者也。慮之無益於義而慮之，此心之穢也；道之無益於義而道之，此言之穢也；為之無益於義而為之，此行之穢也。”　箱笥：藏放物件的器具。《宋史·徐應鑣傳》：“應鑣乃與其子女入梯雲樓，積諸房書籍箱笥，四周縱火自焚。”《南唐近事》卷二：“韓寅亮，偓之子也。嘗為予言：偓捐館之日，溫陵帥聞其家藏箱笥頗多而緘鐍甚密，人罕見者，意其必有珍玩，使親信發觀，惟得燒殘龍鳳燭、金縷紅巾百餘條……”　格：棋類博戲“格五”的省稱，古代博戲名。《漢書·吾丘壽王傳》：“吾丘壽王字子贛，趙人也，年少，以善格五召待詔。”顏師古注：“劉德曰：‘格五，棋行。’《簺法》曰：‘簺白乘五，至五格不得行，故云格五。’”《後漢書·梁冀傳》：“〔梁冀〕性嗜酒，能挽滿、彈棋、格五、六博、蹴鞠、意錢之戲，又好臂鷹走狗，馳馬鬥雞。”　弈：圍棋。《論語·陽貨》：“不有博弈者乎？為之，猶賢乎已。”也指下棋。《左傳·襄公二十五年》：“弈者舉棋不定，不勝其耦。”《孟子·告子》：“弈秋，通國之善弈者也。”　樗：樗蒲戲的省稱，亦古代博戲的一種。《陝西通志》卷九八：“唐貞元中，有乞者解如海，其手自墮，足自脛而脫。善擊球、樗蒲戲，又善劍舞、丹丸挾二。妻生子數人，至元和末猶在長安戲場中，日集數千人觀之（《獨異志》）。”　塞：通“簺”，古代的一種棋戲，亦用以賭博。《管子·四稱》：“昔者無道之君……進其諛優，繁其鐘鼓，流於博塞，戲其工瞽。”《莊子·駢拇》：“臧與穀，二人相與牧羊而俱亡其羊。問臧奚事，則挾策讀書；問穀奚事，則博塞以遊。”成玄

英疏：“行五道而投瓊曰博，不投瓊曰塞。”《吕氏春秋·察賢》：“今夫塞者，勇力時日卜筮禱祠無事焉！善者必勝。”畢沅注：“塞亦作簺。”杜甫《今夕行》：“咸陽客舍一事無，相與博塞爲歡娛。”

㊶　“昨行巴南道中”六句：昨行巴南道中，指元稹元和十年司馬通州途中，“有詩五十一首”；而“文書中得七年已後所爲”，從“文書中”、“繁亂冗雜，不復置之執事前”的語氣上看，“向二百篇”應該不包括“昨行巴南道中”所賦。如此，自李景儉元和七年賞閱元稹詩篇之後，元稹又創作了詩篇二百五十多首。元和八年至元和十年的六月，時間僅僅兩年半，元稹的創作數量已經達到二百五十一首。加上爲了李景儉的要求而編集的“八百首”，已經有詩一千〇五十一首。而從十五歲算起，至元稹五十三歲謝世，元稹一生的創作時間共有三十九年。以元和八年至元和十年六月之間的創作速度計算，元稹一生創作詩篇應該在三千首上下。當然，事實上是否如此，又當別論。從現存元稹詩篇僅僅祇有不到千首來看，我們可以進一步推論，元稹散佚散失詩歌之多，根據我們最後編定的《新編元稹集》之“編年目錄”來看，《元氏長慶集》原有的詩文九百七十八點五篇，散佚在《元氏長慶集》外面的完整作品二百四十一點五篇，斷篇殘句五十三首，我們輯佚的元稹詩文計有一千二百九十三首，合計二千五百六十六篇，但這應該不是元稹詩文的全部，而祇能説是大部而已。　繁亂：繁雜混亂。杜牧《九日》：“金英繁亂拂闌香，明府辭官酒滿缸。還有玉樓輕薄女，笑他寒燕一雙雙。”蘇洵《養才》：“及其不幸，一旦有邊境之患、繁亂難治之事，而後優詔以召之，豐爵重禄以結之，則彼已憾矣！”執事：這裏指對對方的敬稱。《左傳·僖公二十六年》：“寡君聞君親舉玉趾，將辱於敝邑，使下臣犒執事。”杜預注：“言執事，不敢斥尊。”韋應物《答裴丞説歸京所獻》：“執事頗勤久，行去亦傷乖。家貧無僮僕，吏卒升寢齋。”

㊷　《寄思玄子》：即元稹早年處女作之一《寄思玄子二十首》，元

積自己非常看重，但現在已經散失，非常可惜。　　寄：特指把思想感情、理想、希望放在某人或某事物上。《晉書·謝朗傳》：“新婦少遭艱難，一生所寄唯在此兒。”陳子昂《與東方左史修竹篇并序》：“僕嘗暇時觀齊梁間詩，彩麗競繁而興寄都絕，每以永歎，竊思古人常恐逶迤頹靡風雅不作以耿耿也。”　　思：懷念，想望。《史記·魏世家》：“家貧則思良妻，國亂則思良相。”李白《静夜思》：“床前看月光，疑是地上霜。舉頭望明月，低頭思故鄉。”　　玄子：即道教所稱神仙元君。葛洪《抱朴子·金丹》：“黃帝以傳玄子，戒之曰：‘此道至重，必以授賢。’”王明校釋：“玄子即元君，雲合服九鼎神丹得道，著經九卷。見《洞仙傳》。”李德裕《玄真子漁歌記》：“德裕頃在内庭，伏覩憲宗皇帝寫真，求訪真玄子漁歌，嘆不能致。”　　小歲：這裏指少年時。祝堯《古賦辯體·李太白》：“太白小歲通詩書，蘇頲異之曰：‘是子天才英特，少益以學，可比相如。’”義近“少年”。辛棄疾《醜奴兒·書博山道中壁》：“少年不識愁滋味，愛上層樓。愛上層樓。爲賦新詞强説愁。”　　京兆翁：即京兆尹鄭雲逵，《舊唐書·鄭雲逵傳》有記載：“（朱）滔助田悦爲逆，雲逵諭之不從，遂棄妻子，馳歸長安，帝嘉其來，留於客省，超拜諫議大夫。奉天之難，雲逵奔赴行在，李晟以爲行軍司馬，戎略多以咨之……元和元年拜右金吾衛大將軍，歲中改京兆尹，五年五月卒。”京兆：官名，漢代管轄京兆地區的行政長官，職權相當於郡太守，後因以稱京都地區的行政長官。《漢書·百官公卿表》：“内史，周官，秦因之，掌治京師。景帝二年分置左〔右〕内史。右内史武帝太初元年更名京兆尹。”韓愈《司徒許國公神道碑銘》：“其葬物，有司官給之，京兆尹監護。”亦省稱“京兆”。《漢書·張敞傳》：“敞爲京兆，朝廷每有大議，引古今，處便宜，公卿皆服，天了數從之。”韓愈《與祠部陸員外書》：“有韋群玉者，京兆之從子，其文有可取者，其進而未止者也。”左右：不直稱對方，而稱其執事者，表示尊敬。《史記·張儀列傳》：“是故不敢匿意隱情，先以聞於左右。”唐無名氏《秀師言記》：“小僧有情曲,欲陳露左右。"又信札亦常用以稱呼對方。司馬遷《報任少卿書》:"是僕終已不得舒憤懣以曉左右。"

㊽ 少時:年輕時,年幼時。《史記·管晏列傳》:"管仲夷吾者,穎上人也,少時常與鮑叔牙遊。"《孔子家語·致思》:"吾少時好學。"鄭先生:據《宋史·藝文志》,有《不傳氣經》一卷。結合下文"怡神保和"云云,以及元稹終生信奉佛教與道教、儒教來看,應該算是道教方面的人士,餘不詳。 怡神:怡養或怡悦心神。《隋書·劉炫傳》:"玩文史以怡神,閲魚鳥以散慮。"《舊唐書·順宗紀》:"而積疾未復,至於經時,怡神保和,常所不暇。" 保和:謂保持心志和順,身體安適。《魏書·崔浩傳》:"願陛下遣諸憂虞,恬神保和,納御嘉福,無以暗昧之説,致損聖思。"韓愈《順宗實錄》:"居惟保和,動必循道。" 省視:察看,探望。《左傳·僖公二十四年》:"鄭伯與孔將鉏、石甲父、侯宣多省視官具於氾,而後聽其私政,禮也。"王禹偁《前賦春居雜興詩二首間半歲不復省視因長男嘉祐讀杜工部集見語意頗有相類者咨於予且意予竊之也予喜而作詩聊以自賀》:"命屈由來道日新,詩家權柄敵陶鈞。任無功業調金鼎,且有篇章到古人。"

[編年]

《年譜》編年本文於元和十年,理由是"《書》云:'今三十七矣。'"《編年箋注》編年:"此《書》中有'今三十七矣'之語,據以推斷,此《書》作於元和十年(八一五),元稹時在通州司馬任。"《年譜新編》亦編年本文於元和十年,理由亦是:"今三十七矣。"

我們以爲,《年譜》、《編年箋注》與《年譜新編》對本文的編年過於籠統。元稹本文確實作於元和十年,但應該進一步明確具體的時間具體的地點。元和十年三月前,元稹先自唐州奉詔回京,接著於三月二十五日接到出貶通州的詔令,三月三十日出發,六月到達通州,接著大病"百日餘",元稹《酬樂天東南行詩一百韵》:"元和十年三月二十五日,予司馬通州。二十九日,與樂天於鄂東蒲池村別,各賦一絕。到通州後,予又寄一篇。尋而樂天賭予八首,予時瘧病將死,一見外不復記憶。"然後北上興元,據其《感夢》詩所云,"十月初二日"已經在"蓬州西""三十里"之"芳溪",年底到達興元,與裴淑結婚,直到元和十二年五月才回到通州。據此以及本文所提及的內容,我們以爲元稹本文應該作於元稹剛到通州還沒有病倒之時,才有精力撰寫本文,本文亦即《酬樂天東南行詩一百韻》詩序中的"到通州後,予又寄一篇"。據此,本文應該撰成於元和十年六月元稹剛剛到達通州之時,身份是通州司馬。

◎ 聞樂天授江州司馬⁽一⁾①

殘燈無焰影幢幢⁽二⁾,此夕聞君謫九江②。垂死病中驚坐起⁽三⁾,暗風吹雨入寒窗⁽四⁾③。

錄自《元氏長慶集》卷二○

[校記]

(一)聞樂天授江州司馬:楊本、叢刊本、《全詩》、《全唐詩録》、《英華》、《萬首唐人絕句》、《石倉歷代詩選》、《古詩鏡·唐詩鏡》同,《唐音》、《唐宋詩醇》作"聞樂天左降江州",《唐詩品彙》、《古今詩删》作"聞白樂天左降江州司馬",《萬首唐人絕句》作"聞樂天受江州司馬",語義相類,不改。

(二)殘燈無焰影幢幢:《容齋隨筆》、《説郛》、《淵鑑類函》、《英華》、《唐音》、《唐詩品彙》、《萬首唐人絕句》、《古今詩删》、《石倉歷代詩選》、《文章辨體彙選》、《古詩鏡·唐詩鏡》、《全詩》、《全唐詩録》、《唐宋詩醇》、《碧溪詩話》、《詩人玉屑》、《竹莊詩話》同,楊本、叢刊本、白居易《與微之書》作"殘燈無焰影憧憧",語義相類,不改。

（三）垂死病中驚坐起:《全詩》、《唐詩品彙》、《石倉歷代詩選》、《古今詩删》、《全唐詩録》同,楊本、叢刊本、《萬首唐人絶句》、《古詩鏡·唐詩鏡》、《全詩》注作"垂死病中仍悵望",白居易《與微之書》、《英華》、《唐音》、《文章辨體彙選》、《唐宋詩醇》、《容齋隨筆》、《説郛》、《淵鑑類函》、《碧溪詩話》、《詩人玉屑》、《竹莊詩話》、《江西通志》作"垂死病中驚起坐",語義相類,不改。

（四）暗風吹雨入寒窗:楊本、叢刊本、《全詩》、《全唐詩録》、白居易《與微之書》、《英華》、《萬首唐人絶句》、《唐音》、《唐詩品彙》、《石倉歷代詩選》、《古詩鏡·唐詩鏡》、《文章辨體彙選》、《唐宋詩醇》、《古今詩删》、《容齋隨筆》、《説郛》、《淵鑑類函》、《碧溪詩話》、《詩人玉屑》、《竹莊詩話》同,《全詩》注作"暗風吹面入寒窗",張校宋本作"暗風吹雨入疏窗",《江西通志》作"暗風吹雨入船窗",語義相類,不改。

［箋注］

① 聞樂天授江州司馬:白居易因盜殺宰相武元衡,刺傷御史中丞裴度,上疏急請捕賊,這本來是伸張正義之舉,應該得到褒獎,結果反而招致貶職江州刺史,繼而又被追改爲江州司馬,《舊唐書·白居易傳》:"(元和)十年七月,盜殺宰相武元衡,居易首上疏論其冤,急請捕賊以雪國恥。宰相以宮官非諫職,不當先諫官言事。會有素惡居易者,掎摭居易,言浮華無行。其母因看花墮井而死,而居易作《賞花》及《新井》詩,甚傷名教,不宜實彼周行。執政方惡其言事,奏貶爲江表刺史。詔出,中書舍人王涯上疏論之,言居易所犯狀迹,不宜治郡,追詔授江州司馬。"而同樣是上疏急請捕賊,許孟容却得照準,時議其"有大臣風采",《唐會要》卷五九:"(元和)十年六月,盜殺宰相武元衡,並傷議臣裴度。時淮夷逆命,凶威方熾,王師問罪,未有成功。言事者繼上章疏請罷,及盜賊竊發,人情愈惑。兵部侍郎許孟容詣中

書,流涕而言曰:'昔漢廷有一汲黯耳!奸臣尚爲寢謀。今主上英聖,
朝廷未有過失,而狂賊敢爾無狀,寧謂國有人乎?然轉禍爲福,此其
時也!莫若上聞,起裴中丞爲相,令主兵柄,大索賊黨,窮其奸源。'後
數日,度果爲相而下詔行誅,時謂孟容議論有大臣風采。"白居易與許
孟容兩相對照,啟奏相同而不公如此,這就是元稹撰寫本詩的歷史背
景。對本詩,前人評價甚高:白居易《與微之書》:"又睹所寄聞僕左降
詩云:'……'此句他人尚不可聞,況僕心哉!至今每吟,猶惻惻耳!"
洪邁《容齋隨筆·長歌之哀》:"嬉笑之怒,甚於裂眥;長歌之哀,過於
慟哭。此語誠然!元微之在江陵,病中聞白樂天左降江州,作絕句
云:'……'"白居易所言,確爲親身體驗之感,而洪邁所評誠爲精到之
言,然"元微之在江陵"云云,失考,應該是"元微之在通州"之誤。

　　② 殘燈:將熄滅的燈。白居易《秋房夜》:"水窗席冷未能臥,挑
盡殘燈秋夜長。"陸游《東關》:"三更酒醒殘燈在,臥聽蕭蕭雨打篷。"
無焰:火焰極低貌,行將熄滅貌。羅隱《村橋》"心寒已分灰無焰,事往
曾將水共流。除卻思量太平在,肯拋疏散換公侯?"方干《牡丹》:"凌
霜烈火吹無焰,裹露陰霞曬不乾。莫道嬌紅怕風雨,經時猶自未凋
殘。"　幢幢:迴旋貌,晃動貌。《三國志·管輅傳》:"有飄風高三尺
餘,從申上來,在庭中幢幢回轉,息以復起,良久乃止。"鮑溶《途中旅
思》:"天光見地色,上路車幢幢。"　謫:特指古代官吏因罪而被降職
或流放。賈誼《吊屈原賦序》:"誼爲長沙王太傅,既以謫去,意不自
得。"宋敏求《春明退朝錄》卷中:"徐常侍謫邠州時,柳仲塗開爲守。"
九江:即江州,《舊唐書·地理志》:"江州:隋九江郡,武德四年平林士
弘置江州,領溢城、潯陽、彭澤三縣……天寶戶二萬九千二十五,口十
五萬五千七百四十四。在京師東南二千九百四十八里,至東都二千
一百九十七里。"王昌齡《九江口作》:"漭漭江勢闊,雨開潯陽秋。驛
門是高岸,望盡黃蘆洲。"白居易《琵琶引序》:"元和十年,予左遷九江
郡司馬。"

③ 垂死：接近死亡。《後漢書·董祀妻傳》：“明公廄馬萬匹，虎士成林，何惜疾足一騎，而不濟垂死之命乎！”蘇軾《登州謝上表》二：“願忍垂死之年，以待維新之政。” 暗風：黑夜的風。陳子昂《落第西還別魏四懍》：“離亭暗風雨，征路入雲烟。還因北山徑，歸守東坡田。”盧仝《酬願公雪中見寄》：“春鳩報春歸，苦寒生暗風。檐乳墮懸玉，日脚浮輕紅。” 吹雨：風勁雨斜，歪斜而來。劉長卿《硃石遇雨宴前主簿從兄子英宅》：“縣城蒼翠裏，客路兩崖開。硃石雲漠漠，東風吹雨來。”張萬頃《東溪待蘇户曹不至》：“臺上柳枝臨岸低，門前荷葉與橋齊。日暮待君君不見，長風吹雨過青溪。” 寒窗：寒冷的視窗，常用以形容寂寞艱苦的讀書生活。錢起《冬夜題旅館》：“嚴冬北風急，中夜哀鴻去。孤燭思何深！寒窗坐難曙。”戴叔倫《口號》：“白髮千莖雪，寒窗懶著書。最憐吟苜蓿，不及向桑榆。”

[編年]

《年譜》編年本詩於元和十年，理由是：“元稹《酬東南行》自注：‘元和十年……八月，聞樂天司馬江州。’”《編年箋注》編年：“元稹《酬東南行》自注：‘元和十年……八月，聞樂天司馬江州。’則此詩作於其時。見下《譜》。”《年譜新編》亦編年本詩於元和十年，並有譜文“八月，聞樂天貶江州司馬，作詩以傷之”的説明。

元稹《酬樂天東南行詩一百韵》在“我病方吟越，君行已過湖”下注：“元和十年閏六月，至通州，染瘴危重，八月，聞樂天司馬江州。”不過其中的“閏”爲衍字，是年無閏月。又在“通川誠有咎，溢口定無辜”下注：“三月稹之通州，八月樂天之江州。”據此，本詩應該作於元和十年八月，時元稹正在大病之中，與死神爲伴，與元稹詩中所云——相符。

▲ 寄白二十二郎書^{(一)①}

他日送達白二十二郎,便請以代書^②。

據白居易《與微之書》

[校記]

(一)寄白二十二郎:白居易《與微之書》引用元稹之語,見《白氏長慶集》、《英華》、《文章辨體彙選》、《淵鑑類函》、《江西通志》、《全文》,未見異文。《年譜》在引用白居易之文時,誤《與微之書》爲《與元微之書》,沒有版本根據,想來是誤筆。

[箋注]

① 寄白二十二郎:白居易《與微之書》:"僕初到潯陽時,有熊孺登來,得足下前年病甚時一札:上報疾狀,次序病心,終論平生交分。且云:危惙之際,不暇及他,唯收數帙文章,封題其上曰:'他日送達白二十二郎,便請以代書。'"今元稹詩文集中未見,據補。　白二十二:即白居易,排行二十二,故言。韓愈《同水部張員外籍曲江春遊寄白二十二舍人》:"漠漠輕陰晚自開,青天白日映樓臺。曲江水滿花千樹,有底忙時不肯來。"劉禹錫《翰林白二十二學士見寄詩一百篇因以答貺》:"吟君遺我百篇詩,使我獨坐形神馳。玉琴清夜人不語,琪樹春朝風正吹。"　郎:對男子的敬稱。李白《橫江詞六首》五:"橫江館前津吏迎,向余東指海雲生。郎今欲渡緣何事?如此風波不可行!"戴叔倫《酬別劉九郎評事傳經同泉字》:"舉袂掩離弦,枉君愁思篇。忽驚池上鷺,下咽隴頭泉。"

② 他日:過些天,日後,將來的某一天或某一時期。《孟子·滕

文公》："墨者夷之因徐辟而求見孟子,孟子曰:'吾固願見,今吾尚病……'他日又求見孟子。"林逋《先生將終之歲自作壽堂因書一絕以志之》："茂陵他日求遺稿,猶喜曾無封禪書。"　送達:送到。李嶠《攀龍臺碑》："敍命史官書之,追贈禮部尚書,配食太上皇廟,贈物八百段,米粟八百石,官造靈轝,送達故鄉。"歐陽修《與杜訢論祁公墓誌書》："所示誌文,今已撰了。爲無得力人,遂託李學士送達。"　代書:謂代替原來要撰寫的書信。張説《代書寄薛四》:"遠見故人心,一言重千金。答之綵毛翰,繼以瑶華音。"沈佺期《答魑魅代書寄家人》:"魑魅來相問,君何失帝鄉? 龍鍾辭北闕,蹭蹬守南荒。"

[編年]

　　未見《元稹集》採録,也未見《編年箋注》、《年譜新編》採録與編年,《年譜》編年元和十年"佚文"欄内。

　　元稹本散佚之書,當撰成於元和十年元稹大病"百日餘"之時,亦即六月下旬及七月、八月、九月三個月,期間元稹"一見外不復記憶",認爲自己不可能活著離開通州。正在生死綫挣扎與交待後事之時,元稹與白居易的好朋友熊士登來到通州看望元稹,元稹隨即將自己的身後之事——整理文稿——託付給白居易,通過熊士登向白居易轉交文稿。元稹撰寫散佚之書的地點在通州,亦即元和十年六月下旬至九月之間,以剛剛聞知白居易出貶江州司馬的八月最爲可能,而不是如《年譜》、《年譜新編》籠統認定的"元和十年"。

◎ 贈吳渠州從姨兄士則^{(一)①}

憶昔分襟童子郎^(二)，白頭拋擲又他鄉^②。三千里外巴南恨，二十年前城裏狂^③。竇氏舅甥俱寂寞，荀家兄弟半淪亡^④。淚因生別兼懷舊^(三)，迴首江山欲萬行^⑤。

錄自《元氏長慶集》卷一九

［校記］

（一）贈吳渠州從姨兄士則：楊本、叢刊本、《全詩》同，《全蜀藝文志》作“贈吳士則”，語義相似，不改。

（二）憶昔分襟童子郎：《全詩》、《全蜀藝文志》同，楊本、叢刊本作“憶惜分襟童子郎”，“惜”字語義不通，應該是個錯字，不從不改。

（三）淚因生別兼懷舊：楊本、叢刊本、《全詩》同，《全蜀藝文志》作“淚因生別兼行舊”，語義難通，不從不改。

［箋注］

① 吳渠州：即當時的渠州刺史吳士則，元稹的從姨兄。而吳士矩吳士則兄弟的父輩吳湊與吳溆，是章敬皇后的親弟弟，而章敬皇后是唐代宗的親母親。而吳湊與吳溆，敢作敢為，是唐代宗倚靠的朝廷重臣。參閱兩《唐書》各人本傳，我們已經在元稹有關吳士矩、吳士則的詩文中給予介紹，此不重複。元稹少年時代在鳳翔，與吳士矩、吳士則等兄長們相從相遊，故詩人有“憶昔分襟童了郎”的感慨。青年時代他們又在京城相聚相遊，詩人有“二十年前城裏狂”的感嘆。從：堂房親屬。韓愈《上襄陽于相公書》：“伏蒙示《文武順聖樂辭》、《天保樂詩》、《讀蔡琰〈胡笳辭〉詩》、《移族從並與京兆書》。”曾鞏《夫

人曾氏墓誌銘》："夫人，吾從女兄也。" 姨兄：姨表兄。《三國志·潘濬傳》："權假濬節，督諸軍討之。"裴松之注引虞溥《江表傳》："濬姨兄零陵蔣琬爲蜀大將軍。"元稹《答姨兄胡靈之見寄五十韻序》："九歲解賦詩，飲酒至斗餘乃醉。時方依倚舅族，舅憐，不以禮數檢，故得與姨兄胡靈之之輩十數人爲晝夜遊。"

② 憶昔：回憶往日。詹琲《永嘉亂衣冠南渡流落南泉作憶昔吟》："憶昔永嘉際，中原板蕩年。衣冠墜塗炭，輿輅染腥膻。"洛中舉子《贈妓茂英》："憶昔當初過柳樓，茂英年小尚嬌羞。隔窗未省聞高語，對鏡曾窺學上頭。" 分襟：猶離別，分袂。王勃《春夜桑泉別王少府序》："他鄉握手，自傷關塞之春；異縣分襟，竟切悽愴之路。"駱賓王《秋日送侯四得彈字》："我留安豹隱，君去學鵬搏。岐路分襟易，風雲促膝難。" 童子郎：漢魏時授予通曉儒經的年幼者的稱號。《後漢書·臧洪傳》："洪年十五，以父功拜童子郎，知名太學。"李賢注："漢法，孝廉試經者爲郎。洪以年幼才俊，故拜童子郎也。"王維《送李員外賢郎》："少年何處去？負米上銅梁。借問阿戎父，知爲童子郎。"元稹十五歲明兩經登第，正屬於"童子郎"之列。 白頭：猶白髮，形容年老、衰老。杜甫《春望》："烽火連三月，家書抵萬金。白頭搔更短，渾欲不勝簪。"竇群《北地》："何事到容州？臨池照白頭。興隨年已往，愁與水長流。" 拋擲：丟棄，棄置。顏師古《隋遺錄》卷上："帝飲之甚歡，因請麗華舞《玉樹後庭花》。麗華辭以拋擲歲久，自幷中出來，腰肢依拒，無復往時姿態。"劉禹錫《楊柳枝詞九首》五："花萼樓前初種時，美人樓上鬥腰肢。如今拋擲長街裏，露葉如啼欲向誰？" 他鄉：異鄉，家鄉以外的地方。《樂府詩集·飲馬長城窟行》："夢見在我傍，忽覺在他鄉。"杜甫《江亭王閬州筵餞蕭遂州》："離亭非舊國，春色是他鄉。"

③ 三千里外：意謂通州在京師三千里之外的荒僻之地。《舊唐書·地理志》："通州……在京師西南二千三百里，去東都二千八百七

十五里。”“三千里”是約數,詩歌中常常採用。元稹《酬樂天見寄》:
“三千里外巴蛇穴,四十年來司馬官。瘴色滿身治不盡,瘡痕刮骨洗
應難。”張籍《酬浙東元尚書見寄綾素》:“應念此官同棄置,獨能相賀
更殷勤。三千里外無由見,海上東風又一春。”　巴南:即通州及其周
圍地區,這裏代稱通州。王勃《江亭夜月送別二首》一:“江送巴南水,
山橫塞北雲。津亭秋月夜,誰見泣離群?”岑參《送縣州李司馬秩滿歸
京因呈李兵部》:“劍北山居小,巴南音信稀。因君報兵部,愁泪日沾
衣。”　巴:古族名,國名,其族主要分佈在今川東、鄂西一帶,周初封
爲子國,稱巴子國。蘇頲《利州北佛龕前重于去歲題處作》:“重巖載
看美,分塔起層標。蜀守經塗處,巴人作禮朝。”劉長卿《赴巴南書情
寄故人》:“南過三湘去,巴人此路偏。謫居秋瘴裏,歸處夕陽邊。”
二十年前:從本詩賦詠的元和十年(815)前推二十年,爲貞元十年十
一年(794—795)間,當時元稹十六七歲,正在長安,元稹在清都觀、胡
靈芝在永壽寺分別讀書,共同嬉戲,元稹有《清都春霽寄胡三吳十
一》、《清都夜境》諸詩紀實,有“蜂憐宿露攢芳久,燕得新泥拂户忙。
時節催年春不住,武陵花謝憶諸郎”之句描述,這是他們在“城裏”亦
即長安縱情遊樂之情景。　狂:放蕩,狂放。《晉書·五行志》:“惠帝
元康中,貴遊子弟相與爲散髮保身之飲,對弄婢妾……其後遂有二胡
之亂,此又失在狂也。”劉知幾《史通·史官建置》:“嗣宗沈湎麴蘗,酒
徒之狂者也。”

④“甯氏舅甥俱寂寞”兩句:在這裏有兩個典故:“甯氏舅甥”之
典見《晉書·魏舒傳》,說魏舒少孤,爲舅家甯氏所養。甯氏起宅,相
宅者認爲該宅當有貴甥出將入相,外祖母即以魏舒小而慧,隨手指
之。魏舒上前隨口應道:“當不負所望,爲外祖母出將入相。”後來的
事實果如魏舒所言。元稹幼年情況也是少孤而家貧,有與母親一起
投奔舅族的經歷,與魏舒故事十分相類,故詩人委婉道及。但當時元
稹既未入相也未出將,正在落魄之時,祇能說此典用對了一半。可後

來元稹也同魏舒一樣既入相又出將,這裏自然不能説是元稹有先見之明,衹能説是一種偶然的巧合罷了。"荀家兄弟"之典見於《後漢書·荀淑傳》,説的是荀淑有子八人,都有賢名於世,當時之人謂之"八龍"。元稹在這裏提及,僅僅是哀嘆外祖母家的兄弟雖然有德有才,但可惜一半已經作了古人,令人婉惜不已。既稱讚了吳氏兄弟的才德,又寄託了自己對表兄弟們謝世的哀悼,更委婉道及自己生死難料的明天。兩個典故用得十分貼切非常巧妙,出於真情實感,真不愧是"元才子"的手筆。 寂寞:這裏指辭世。王夢周《故白巖禪師院》:"能師還世名還在,空閉禪堂滿院苔。花樹不隨人寂寞,數株猶自出牆來。"韋鑰《經望湖驛》:"遙憶代王城,俯臨恒山後。纍纍多古墓,寂寞爲墟久。" 淪亡:滅亡,喪亡。陳子昂《感遇三十八首》二七:"豈茲越鄉感,憶昔楚襄王。朝雲無處所,荆國亦淪亡。"曾鞏《祭晁少卿文》:"不意今者,公遽淪亡,得訃歔欷,涕隨聲發。"

⑤ 生別:謂生生別離。沈佺期《擬古別離》:"奈何生別者,戚戚懷遠遊。"杜甫《夢李白二首》一:"死別已吞聲,生別常惻惻。" 懷舊:怀念往事或故人。班固《西都賦》:"願賓攄懷舊之蓄念,發思古之幽情。"錢起《過溫逸人舊居》:"返真難合道,懷舊仍無弔。浮俗漸澆淳,斯人誰繼妙?" 迴首:回頭,回头看。沈約《登高望春》:"迴首望長安,城闕鬱盤桓。"韓愈《別盈上人》:"祝融峰下一迴首,即是此生長別離。" 江山:江河山嶽。《莊子·山木》:"彼其道遠而險,又有江山,我無舟車,奈何?"郭璞《江賦》:"蘆人漁子,擯落江山。"杜甫《宿鑿石浦》:"早宿賓從勞,仲春江山麗。" 萬行:意謂熱泪萬行,感傷國家前途,感嘆自己的明天,與上句的"泪"呼應。駱賓王《送費六還蜀》:"星樓望蜀道,月峽指吳門。萬行流別泪,九折切驚魂。"沈佺期《答魑魅代書寄家人》:"龍鍾辭北闕,蹭蹬守南荒。覽鏡憐雙鬢,沾衣惜萬行。"

[編年]

《年譜》編年本詩於元和十年,理由是:"詩云:'三千里外巴南恨,二十年前城裏狂。'"接著又云:"《通典·州郡·古梁州·潾山郡(渠州)》云:'北至通川郡六百里,東南到涪陵郡二百七十里。'元和十年元稹出西京赴通州司馬任,十一年離通州赴涪州與裴淑結婚以及赴興元府醫病,十二年由興元返通州,都可以到渠州看吳士則。"結論是:"以上詩,離西京、赴通州途中作。"《編年箋注》同意《年譜》編年:"元稹此詩作於元和十年(八一五)。"理由是:"見下《譜》。"《年譜新編》結論與《年譜》同,認爲本詩"離京赴通州途中作",沒有列舉理由。

我們實在不明白《年譜》列舉的四種可以與吳士則見面的理由,究竟想説明什麽。而所引《通典》的文字,又與此詩編年沒有任何必然關係,可以放在一邊不予理會。據《年譜》的叙述,似乎本詩有可能作於四個時候,讀者反而不明白:本詩究竟作於何年何月?《年譜》雖最後框定本詩作於"離西京、赴通州途中",但並沒有否定其他三個時間,其邏輯是混亂的。

我們在這裏不得不指出:所謂"十一年赴涪州結婚"是根本不存在的,可以排除;所謂"十一年北上興元治病"的時間也是錯誤的,其實元稹是元和十年十月北上興元治病,説詳拙稿《元稹考論·元稹裴淑結婚時間地點考略》。因元稹與裴淑結婚時間地點的問題牽涉到元稹在興元活動的一系列詩篇的編年,尤爲重要,不得不認真對待,今略引如下:

一、《年譜》關於元稹裴淑結婚時間地點的第三種説法:關於元稹與裴淑結婚的時間與地點,《年譜》有自己不同於前人的新見解,其在元和十一年條下云:"春,元稹請假赴涪州,與裴淑結婚。五月,同歸通州。"《年譜》雖然沒有列舉任何證據,但在緊接其後的"辨證"欄下云:"元稹於何年、何地與裴淑結婚? 舊有二説,皆誤。(甲)元和九年前在江陵結婚説。元稹《初除浙東妻有阻色因以四韵曉之》云:'嫁時五月歸巴地。'宋邦綏云:'當是參軍江陵時所娶,蓋裴氏也。江陵有巴東縣,縣有巴山,故曰"巴地"。'(《才調集補注》卷五)陳寅恪云:'宋氏之誤不待言。'(乙)元和十二年五月在通州結婚説。元稹《祭禮部庾侍郎太夫人文》云:'稹也幼婦,時惟外孫。合姓異縣,謫任遐藩。'陳寅恪云:'微之繼娶裴氏之時必須具備下列之兩條件:(一)在權通州刺史任内。(二)在通州而又是五月間。'結論是:'微之於元和十年三月尾由長安獨行赴通州,是年閏六月到通州,而大病幾死。故元和十年五月決無娶裴氏之理。元和十三年四月則裴氏已在微之之旁,則元和十三年五月亦無娶裴氏之事。惟元和十一年五月微之雖在病中,或不甚劇,似亦可娶裴氏。但是年無權知州務之明證。終不及元和十二年之能滿足條件。故假定微之之娶裴氏在元和十二年五月。'(《元微之遣悲懷詩之原題及其次序》)先看陳氏所提出的'兩條件'能否成立?(一)陳氏誤讀元稹《祭禮部庾侍郎太夫人文》之'謫任遐藩'爲'謫守遐藩',既非'守藩',則'在權通州刺史任内'之'條件'不能成立。(二)元稹《祭禮部庾侍郎太夫人文》説'合姓異縣,謫任遐藩','遐藩'與'異縣'並非一地,而陳氏誤以爲皆是通州。聯繫到元稹《初除浙東妻有阻色因以四韵曉之》所云'嫁時五月歸巴地',是説在'異縣'結婚後,於五月同歸通州,而陳氏誤解爲五月在通州結婚。可見,陳氏所提出的'在通州而又是五月間'的條件,又不能成立。再看陳氏所提出的'微之之娶裴氏在元和十二年五月'的結論是否有據?陳氏誤讀元稹《報三陽神文》之'維元和十三年九月十五日,文林郎、守通州司馬、權知州務元稹'爲'維元和十二年……',元稹既非'元和十二年''權知州務',則陳氏所得到的'終不及元和十二年之能滿足條件'的結論,就成爲空話,毫無根據。"卞孝萱在指出兩種説法的錯誤之後"今重行考證如下":在羅列"結婚時間"、"結婚地點"的證據之後,提出了(元和十一年)"春,元稹請假赴涪州,與裴淑結婚。五月,同歸通州"的第三種意見。我們經過考證以後認爲卞孝萱的第三種意見也是站不住脚的錯誤結論,下面讓我們來一一剖析其錯誤。

二、《年譜》所示元稹與裴淑的結婚時間是錯誤的:關於元稹與裴淑的結婚時間,卞孝萱在《四川師院學報》一九八〇年第三期《元稹·薛濤·裴淑》和《年譜》都認爲:"結婚時間　白居易《寄蘄州簟與元九因題六韵(時元九鰥居)》云:'通州炎瘴地,此物最關身。'元稹《酬樂天寄蘄州簟》云:'蘄簟未經春,君先試翠筠。知爲熱時物,預與瘴中人。'元和十年秋白居易爲江州司馬。江州距蘄州不足三百里(據《元和郡縣誌》卷二十八《江南道》四《江州》)。從'蘄簟未經春'的句子看出,是元和十年末,白居易買到蘄州簟,托人帶給元稹。元和十一年初,元稹收到蘄州簟時,氣候尚未炎熱,所以説'預與瘴中人'。這兩首詩證明元和十一年初元稹尚未與裴淑結婚。元稹《景申秋八首》第一首云:'啼兒冷秋簟,思婦問寒衣。'第四首云:'婢報樵蘇竭,妻愁院落通。'詩中之'婦'、'妻',指裴淑,可見元和十一年(丙申)秋元稹已與裴淑結婚。"

我們認爲這種説法也是不能成立的錯誤結論,理由如下:卞孝萱對其所引《景申秋八首》中的"婦"、"妻"指實即是裴淑,這無疑是正確的;但同詩中的"啼兒",卞孝萱卻没有指實爲何人。據白居易《十四年三月二十一日夜遇微之於峽中》詩和元稹《同州刺史謝上表》,元稹元和十四年三四月間至同年年底在虢州長史任,當時有《哭女樊四十韵(虢州長史任)》詩哀悼其幼女夭折,詩云:"四年巴養育。"由此逆推,元樊當生於元和十一年(丙申,即景申,亦即公元 816 年),也就是元稹撰寫《景申秋八首》詩之年。這一年,元稹原配韋叢辭世已八年,韋叢留下的唯一女兒保子已十歲左右(據韓愈《監察御史元君妻京兆韋氏夫人墓誌銘》、白居易《唐故武昌軍節度處置等使正議大夫檢校户部尚書鄂州刺史兼御史大夫賜紫金魚袋尚書右僕射河南元公墓誌銘并序》推得);據元稹《葬安氏志》,元稹小妾安仙嬪亡過亦已三年,安仙嬪留下的兒子元荊時年七歲,都不會作"啼兒"也不該稱"啼兒"。元稹《景申秋八首》之三云:"喚魘兒難覺。"正是指保子和元荊。而裴淑之女元樊這時剛剛降生人間,正在繈褓之中,堪稱"啼兒"。從"啼兒冷秋簟,思婦問寒衣"兩句可知,這時已是暮秋季節。從元和十一年暮秋時節元稹裴淑已有了他們的"啼兒"的情況以及"十月懷胎"的自然法則來逆推,元稹裴淑結婚時間的下限不應遲於元和十年年底。

我們以爲元稹裴淑結婚時間的上限也不應早於元和十年十月,理由是:元稹於元和十年三月二十五日接奉司馬通州的詔命,其《酬樂天東南行詩一百韻并序》云:"元和十年三月二十五日予司馬通州,二十九日與樂天於鄂東蒲池村別,各賦一絶。"三月二十九日夜白居易等人於城西設宴送別,戀戀之友情臨別更加難舍,挑燈夜飲直至三十日清晨才送元稹起程,白居易《城西別元九》詩云:"通州獨去又如何?"元稹酬詩《灃西別樂天三月三十日相餞送》詩云:"一身騎馬向通州。"元稹途中詩《南昌灘》云:"此行都是獨行時。"從"獨去"、"一身"、"獨行"的詩句,説明元稹在司馬通州途中時並沒有家室陪伴在旁,證明這時元稹沒有第三次結婚。白居易元和十年六月之後詩《得微之到官後書》云:"老去一身須愛惜。"元和十年冬天至次年春天詩《寄蘄州簟與元九》又云:"織成雙鎖簟,寄與獨眠人。"可見在白居易的眼中,元稹元和十年六月到通州任後仍然是單身一人,沒有結婚。

元稹六月到通州後,據元稹《酬樂天東南行詩》注,不久即"染瘴危重"。大病百餘日之後,於十月初二日西行蓬州,北上興元就醫,元稹《感夢》詩云:"十月初二日,我行蓬州西……我病百日餘,肌體顧若刲……覺來身體汗,坐卧心骨悲。閃閃燈背壁,膠膠雞去塒。倦童顛倒寢,我淚縱橫垂。淚垂啼不止,不止啼且聲。啼聲覺僮僕,僮僕撩亂驚。問我何所苦,問我何所思。我亦不能語,慘慘即路岐。"這首途中詩夢感裴坦,夢後傷感悲啼驚醒的僅僅是僮僕而已;重病在身的元稹在夜晚"啼且聲",但詩中卻不見妻子裴淑出來照料,似乎有點違背生活常理。這充分説明元稹十年十月赴興元途中,祇有童僕一人貼身跟隨,並無家室陪伴在旁,證明其時元稹還没有與裴淑結婚。

　　需要指出的是:卞孝萱將《感夢》詩繫於"離興元,返通州途中作"肯定是説不通的,因爲上面所引元稹《感夢》詩的内容向讀者揭示:"我病百日餘,肌體顧若刲"的元稹,與裴淑一起回歸通州的途中,在夢到裴垍之後因感傷而"啼且聲"的時候,同行又同床的妻子裴淑竟然毫無反映,倒是跟隨的童僕驚慌不已,擅自撞入元稹夫婦睡覺的卧房,關切元稹的病情:"啼聲覺僮僕,僮僕撩亂驚。問我何所苦,問我何所思。我亦不能語,慘慘即路岐。"這是不是違背生活常識的非常滑稽的荒唐笑話?

　　順便還應該指出,《年譜》將《感夢》詩繫於元稹元和十二年十月自興元回歸通州途中;我們以爲《感夢》詩當繫於元稹元和十年十月自通州赴興元途中,理由是:一、裴垍卒於元和六年,白居易有《夢裴相公》詩,云:"五年生死隔,一夕魂夢通。"白居易詩作於元和十年,元稹白居易同時受知遇於裴垍,元稹白居易交往又十分密切頻繁,所以元稹的《感夢》詩似乎也應作於元和十年。如果白居易《夢裴相公》作於元和十年三月三十日之前,或者同意朱金城《白居易集箋校》將白居易《夢裴相公》詩繫於元和九年的話,元稹與白居易元和九年年末至十年春天曾在長安相會數月,元稹顯然讀過白居易的《夢裴相公》詩,因此在通州赴興元途中因夢而賦詩的可能性就更大了。而元稹《感夢》詩"宛見顔如圭"之語,與白居易《夢裴相公》詩"夢中如往日"語意相似相同,兩者之間顯然有承接關係。二、元稹《感夢》詩有"十月初二日,我行蓬州西……我病百日餘,肌體顧若刲"之語,從元和十年六月元稹到達通州至其幾月底十月初北上興元,計其時日正是"百日餘"之期。而如果如《年譜》所言《感夢》作於詩人元和十二年十月自興元返回通州途中,當時困擾元稹的瘴癘已基本痊癒,詩人不當有"我病百日餘,肌體顧若刲"之語。如果是詩人病體仍然没有痊癒,那麼從"元和十年六月至通州,染瘴危重"(元稹《酬樂天東南行詩一百韻》注)的元稹,瘴病延續已三個年頭二十八個月,詩人不當云"我病百日餘"。三、如果如《年譜》所言《感夢》是詩人元和十二年十月自興元返回通州途中詩,即使按照《年譜》的説法,元稹與裴淑已結婚,並且一起回歸通州,那末元稹在蓬州之西三十里的"芳溪"館夢見裴垍後覺醒悲啼之時,裴淑理應在旁,驚醒的不當僅僅祇是"僮僕"而已,而《感夢》詩所描述的卻祇有"僮僕"一人在旁。四、據《感夢》詩,元稹是在蓬州以西"三十里"的"芳溪"館夢見裴垍的,夢醒之後的前行路綫是:"前經新政縣,今夕復明辰。"在新政縣經由"趙明府"介紹,元稹與"北來僧""言前夕夢"。由此可知元稹是由蓬州以西三十里的芳溪館前往新政縣的。據《中國歷史地圖集》第五册,新政縣屬閬州,在其東南,有嘉陵江經南部縣與其相連接,縣治在嘉陵江之東岸。蓬州又在新政縣之東,更在閬州之東南,旁有流江,州府在流江之西岸。蓬州與新政縣之間,一在流江東岸,一在嘉陵江西岸,但無水路可通,需要陸路跋涉。如需從通州、渠州北上興元,必須從蓬州西行新政縣,逆嘉陵江北上;如需從興元南下渠州、通州,則經嘉陵江南下,在新政縣東行蓬州,然後從流江順水抵達渠州,再由巴水、東關水到達通州。由此我們可以推知:元稹於元和十年的九月末由通州的東關水乘船入巴水,達渠州(據元稹《贈吳渠州從姨兄士則》詩,吳士則時爲渠州刺史),再由流江至蓬州,然後由蓬州棄舟就車,西行"三十里"達芳溪館,夢見裴垍,然後經過"今夕復明辰"(元稹《感夢》詩語)的艱苦跋涉,終於到達新政縣,在新政縣再上船,逆水嘉陵江北上,經閬州、百牢關而至興元。《感夢》詩即作於詩人到達新政縣之後,記述詩人由蓬州西行芳溪館、新政縣的經過,抒發自己對裴垍的思念之情。這既符合《感夢》詩的敘事與抒情,又符合當時之地理。如果認爲《感夢》詩作於元稹返回通州途中,就不好解釋元稹順嘉陵江南下,在新政縣上岸後先東行至芳溪館,再由芳溪館西行至嘉陵江邊的新政縣,復由新政縣東行經芳溪館、蓬州、渠州至通州的路綫。

　　需要指出的還有:《年譜》把元稹酬唱白居易《寄蘄州簟與元九》的詩歌《酬樂天寄蘄州簟》的寫作時間定爲元和十年年底和十一年年初也是欠妥的。這是因爲元稹白居易這段時間中斷了聯繫,元稹没有收到白居易的寄酬詩歌,因而也就没有了回酬詩歌。白居易元和十年六月司馬江州,元稹八月才知道這個消息,元稹《酬樂天東南行詩》詩注云:"元和十年閏六月至通州,染瘴危重,八月聞樂天司馬江州。"筆者按:"閏"字衍。十月初元稹離開通州前往興元治病,元稹與白居易從此音訊不通,失去了聯繫,所以白居易在元和十二年四月十日寫的《與微之書》云:"微之,微之! 不見足下面已三年矣! 不得足下書欲二年矣!"從元和十年三月三十日元稹白居易長安分手至白居易寫信的十二年四月十日,確實已是"已三年"不見面;而從元和十二年四月十日逆推"欲二年",白居易不得元稹詩文當從元和十年十月間開始。由此可知白居易大約在元稹離開通州以後,就再也没有收到過元稹的詩歌和書信。又如元稹元和十年六月至九月間的大病,白居易是在元和十一年的夏天,亦即時隔近一年的時間才知道的;白居易隨即修書問候,而元稹竟然無書作答。白居易元和十二年的《東南行詩》詩云:"去夏微之瘧,今春席八殂。天涯書達否? 泉下哭知無(去年聞元九瘴瘧,書去竟未報。今春聞席八殁,久與往還,能無慟矣)。"而元稹《酬樂天東南行詩一百韵》云:"别猶多夢寐,情尚感凋枯。近喜司戎健,尋傷掌誥徂(今日得樂天書,六年聞席八殁)。"白居易詩作於元和十二年,詩云:"今春席八殂。"知席八卒在元和十二年的春天。元稹酬詩作於元和十三年的四月十三日之前不久,詩注中的"六年"當爲"去年"之刊誤。請大家特别注意白居易詩注中的"聞"字,元稹元和十年夏秋之際大病不已,但白居易卻直到元和十一年夏天才聽説。這正説明元稹白居易從元和十年冬天至十二年初夏,因元稹北上興元易地就醫而中斷了聯繫,兩人並無詩歌酬唱贈答。所以我們認爲白居易寄蘄州簟事並贈詩雖然發生在元和十年冬天至十一年春天之間，但元稹的酬詩卻是元和十三年年初與其他三十一首詩歌一次性追和的。拙作《元稹白居易通江唱和真相考略》已一一辯明，拜請參閱。但元稹後來追和時用的還是當時的口氣，因爲白居易的蘄州簟是在夏天之前提前寄達通州的，所以元稹在酬詩中解嘲云："知爲熱時物，預與瘴中人。"但有一點請讀者注意，儘管白居易詩題下注明："時元九鰥居。"詩中又説："織成雙鎖簟，寄與獨眠人。"但元稹的酬詩對此話題極力回避，因爲元稹十三年酬和之時，裴淑正在自己身邊，不能再提"鰥居"、"獨眠"的話題，元稹祇能選擇回避，故其《酬樂天寄蘄州簟》全詩云："蘄簟未經春，君先拭翠筠。知爲熱時物，預與瘴中人。碾玉連心潤，編牙小片珍。霜凝青汗簡，冰透碧遊鱗。水魄輕涵黛，琉璃薄帶塵。夢成傷冷滑，驚臥老龍身。"

文章寫到這兒，還有一首元稹詩歌我們也不應該忽略：它既是《年譜》的又一個錯誤，也是我們的又一個新證據。元稹詩《初除浙東妻有阻色因以四韵曉之》所云"嫁時五月歸巴地，今日雙旌上越州"中的"五月"雖然既可以上讀爲"嫁時五月"，也可以下讀爲"五月歸巴地"，但前面我們已證明：元稹與裴淑結婚時間在元和十年十月稍後元稹到達興元之後至同年年底之前，這段時間並不包含"五月"，所以"五月"就不應看作元稹與裴淑結婚的具體月份，而應是元稹在興元結婚、養病之後與裴淑一起返回通州的實際時間。元稹這一詩作於長慶三年暮秋，時距元稹裴淑結婚已有八九年的時間，故他在回憶這段時隔已久的往事時，概以"今日"與"嫁時"作時間對舉是完全可以理解的。兩句意即：回想當初你我在興元嫁娶之時，我們是在五月裏返回巴地通州的，那時我貶職在外又瘴病纏身，境況頗爲凄涼；且看今日我身爲浙東觀察使，你亦貴爲"百婦之首"的郡君，官船上又插著兩面旌旗赴任越州，情景十分榮耀已大不同於"嫁時"，勸你就不要爲

不能留在京城而感傷了吧！這樣看來,元稹的《初除浙東妻有阻色因
以四韻曉之》又爲我們的説法提供了新的佐證。

三、《年譜》所示元稹與裴淑的結婚地點也是錯誤的:關於元稹
裴淑的結婚地點,卞孝萱既然反對江陵説,也不同意通州説,自然就
不得不另闢蹊徑,認爲元稹與裴淑在涪州結婚,理由如下:"結婚地點
細讀元稹《祭禮部庾侍郎太夫人文》中'稹也幼婦,時惟外孫。合姓異
縣,讁任退藩'四語,'退藩'指通州,'異縣'指涪州。元稹由通州赴涪
州,與裴淑結婚。據《新唐書》卷六十九《方鎮表》六:元和三年,'黔州
觀察使增領涪州'。'嫁時五月歸巴地'者,裴淑在涪州與元稹結婚
後,同歸通州,由黔歸巴也。"

我們認爲涪州結婚説也應該商榷。爲説清問題,必須將元稹元
和十年十月前後的行蹤簡述於後:元稹元和十年三月司馬通州,六月
到達,隨後大病"百餘日",十月初即北上興元就醫。此後元稹在興元
治病,前後共有三個年頭。元稹《獻滎陽公詩五十韻》注云:"稹病瘧
二年,求醫在此。滎陽公不忍歸之瘴鄉。"據《舊唐書·鄭餘慶傳》和
《憲宗紀》,滎陽公即鄭餘慶,元和九年三月至十一年十月在山南西道
節度使任,興元是山南西道節度使的治府,"瘴鄉"就是元稹"染瘴危
重"的通州。詩注既云"二年"不歸瘴鄉通州,説明元稹元和十年十月
到達興元之後,於十年、十一年這"二年"内得到鄭餘慶的照顧,一直
在興元"求醫"治病。而元稹《上興元權尚書啓》又云:"某實爲環内之
州司馬,而又移族謁醫在閣下治所。"據《舊唐書·權德輿傳》、《鄭餘
慶傳》、《憲宗紀》,元稹文中的"權尚書"即權德輿,元和十一年十月代
鄭餘慶爲山南西道節度使。元稹則有《奉和權相公行次臨關驛逢鄭
僕射相公歸朝俄頃分途因以奉贈詩十四韻》詩,並在其後向權德輿獻
詩五十首、文四篇,同時呈上《上興元權尚書啓》,這説明元和十一年
十月鄭餘慶卸任以後,元稹在權德輿的關照下,繼續留在興元"求醫"
治病。

　　根據現有資料,元稹返回通州在元和十二年的五月,元稹詩《百牢關》云:"那堪九年内,五度百牢關?"百牢關在今天陝西四川交界處,是唐代從長安至東川西川的必經之路。考元稹曾於元和四年以監察御史身份按御東川,來回兩次經由百牢關。元稹元和四年詩《百牢關(奉使推小吏任敬仲)》云:"嘉陵江上萬重山,何事臨江一破顏?自笑只緣任敬仲,等閒身度百牢關。"即是他初度百牢關留下的作品。同年五六月間元稹返回長安,第二次度越百牢關;元和十年三月稍後元稹司馬通州,第三次度越百牢關;元和十年十月或稍後元稹自通州北上興元治病,第四次度越百牢關;元稹第五次度越百牢關,應當是他與裴淑從興元返回通州那一次。從元和四年元稹第一次度越百牢關下推"九年内",無疑當是元和十二年。結合上文已證明的元稹裴淑回歸通州在"五月"的情況,我們可認定元稹裴淑回歸通州在元和十二年五月無疑。

　　那末是否存在元稹元和十年十月北上興元之後,又於元和十一年先後跋涉蜀道,從興元南下涪州與裴淑結婚,然後再北上興元治病的可能呢? 我們的回答是這絕對不可能。因爲如果真是這樣的話,元稹爲這次結婚來回必須兩次經由百牢關,那末元稹《百牢關》詩當云"那堪九年内,七度百牢關"了。而且據《元和郡縣誌》,興元至涪州一千五百八十里,重病在身的元稹又焉能來回跋涉三千多里奔波於"蜀道之難難於上青天"的山山嶺嶺之間? 還有唐代的謫官如果沒有得到事先允許,能够這麼隨隨便便地離開自己的謫地前往他地結婚嗎?

　　作爲此説的一個有力證據,元稹的《紅荆》向後人揭示:元稹一家從來沒有在蜀地度過十月,詩云:"庭中栽得紅荆樹,十月花開不待春。直到孩提盡驚怪,一家同是北來人。"紅荆十月開花,本來是蜀地的正常物候,根本不值得大驚小怪。但元稹女兒保子兒子元荆因爲從來沒有到過蜀地,元稹本人此前雖兩次來過蜀地但時間都不在十

月：元和四年按御東川在春夏間，沒有“十月”；元和十年三月司馬通
州，六月到達，十月初即離開蜀地北上，也沒有“十月”。《紅荊》詩應
爲元稹在蜀地度過第一個“十月”時所寫，即元稹一家元和十二年五
月從興元返回通州之後的元和十二年十月時，所以“一家”“直到孩提
盡驚怪”。“驚怪”的“一家”人中，自然也應包括裴淑在內。裴淑的
“驚怪”清楚無疑地告訴我們：她元和十二年十月之前也沒有見過蜀
地紅荊十月開花的特殊景象，這說明裴淑此前沒有來過蜀地，因此也
就談不上元和十一年在蜀地涪州與元稹結婚的問題了。

　　事實上，涪州祇是裴淑父親裴鄖曾經的任職之地而已。據郁賢
皓先生《唐刺史考》的考證，裴鄖任職涪州刺史在“貞元中”，如以“貞
元”中期即貞元十年(794)裴鄖任職涪州刺史推算，元和十年(815)裴
淑與元稹結婚之時，按照我國婚姻習俗，裴淑至多二十歲左右吧！那
麼貞元十年裴淑可能還沒有出生呢！我們以爲裴淑本人並沒有到過
涪州，祇是聽自己的父母提及涪州而已。

　　卞孝萱涪州結婚說提供的三個證據之一是元稹《祭禮部庾侍郎
太夫人文》的“稹也幼婦，時惟外孫。合姓異縣，謫任遠藩”四語，前面
“稹也幼婦，時惟外孫”二語，卞孝萱祇是引用，並沒有作爲證據展開，
而他卻把“遠藩”、“異縣”分別解釋爲通州與涪州。他的結論是：元稹
由通州赴涪州與裴淑結婚。我們以爲這樣的解釋是不合適的。“遠
藩”，根據《漢語大詞典》的解釋是“遠方的藩國”。而通州在歷史上是
周朝的“子國”——巴國之地域，在唐代則被視爲邊遠荒僻之地，元稹
《叙詩寄樂天書》云：“授通之初有習通之熟者曰：‘通之地濕墊卑褊，
人士稀少，近荒札，死亡過半。邑無吏市無貨，百姓茹草木，刺史以下
計粒而食。大有虎、豹、蛇、虺之患，小有蟆蚋、浮塵、蜘蛛、蝲蜂之類，
皆能鑽齧肌膚使人瘡痏。夏多陰霪，秋爲痢瘧，地無醫巫，藥石萬里，
病者有百死一生之慮。’”元稹來到這樣荒僻的通州任職有職無權的
司馬，故有“謫任遠藩”之語。“異縣”，根據《漢語大詞典》的解釋是

"指異地、外地"，北齊顏之推《顏氏家訓·慕賢》："他鄉異縣，微藉風聲，延頸企踵，甚於饑渴。"對元稹和裴淑來說，除了他們的家鄉長安、洛陽和河東之外，其他所有的地方都是"異縣"、"他鄉"，在沒有其他證據的情況下，將元稹與裴淑眼中許許多多的"異縣"特定指爲僅僅祗是涪州一地是武斷的。

至於《年譜》的第二條證據："據《新唐書》卷六十九《方鎮表》六：元和三年，'黔州觀察使增領涪州'"云云，與"涪州結婚説"沒有任何直接的關係。而第三條證據"'嫁時五月歸巴地'者，裴淑在涪州與元稹結婚後，同歸通州，由黔歸巴也"云云，我們已在多篇文章中反復證明"五月"非元稹與裴淑結婚之月，而是他們回歸通州之時，這裏就不再重複了。而"由黔歸巴"祗是卞孝萱先生的想像之詞，"嫁時五月歸巴地"一句能够證明的是元稹裴淑五月從結婚的"異縣"回歸通州，而卞孝萱先生對"異縣"的解釋顯然缺乏起碼的證據。

關於裴淑的籍貫，白居易《唐故武昌軍節度處置等使正議大夫檢校户部尚書鄂州刺史兼御史大夫賜紫金魚袋尚書右僕射河南元公墓誌銘并序》云："今夫人河東裴氏。"元稹《唐故福建等州都團練觀察處置等使中大夫使持節都督福州諸軍事守福州刺史兼御史中丞上柱國賜紫金魚袋贈左散騎常侍裴公墓志銘》文云："公諱某，字某。河東聞喜，其望也⋯⋯予與公姻懿相習熟，及予來東，自謂與公會於途，晨涉淮而夕聞其訃。"據此可知裴淑是河東聞喜人。據《新唐書·宰相世系表》，知裴郧曾任職涪州刺史。具體的時間究竟在何時？是元和十一年還是元和十四年，仰或是其他時間？還有三首詩歌我們必須在這裏多説幾句，以求進一步破解《年譜》的元稹與裴淑在涪州結婚説之錯誤。元稹《黄草峽聽柔之琴二首》，其一詩云："胡笳夜奏塞聲寒，是我鄉音聽漸難。料得小來辛苦學，又因知向峽中彈。"其二詩云："別鶴淒清覺露寒，離聲漸咽命雛難。憐君伴我涪州宿，猶有心情徹夜彈。"其《書劍》詩云："渝工劍刃皆歐冶，巴吏書蹤盡子雲。唯我心

知有來處,泊船黃草夜思君。"《年譜》在"元和十四年""詩編年"條下
將這三首編入元稹自通州赴虢州途中,這應是沒有問題的;但我們以
爲這不應得出"鄙意元稹由通州赴虢州,繞道涪州,陪裴淑回娘家一
趟"的結論。而且按照卞孝萱先生《年譜》涪州結婚説框定的時間以
及"元稹由通州赴虢州,繞道涪州,陪裴淑回娘家一趟"的説法,裴鄖
任職涪州刺史至少應包括元和十一年春天至元和十四年冬天這一時
段,而按照郁賢皓先生《唐刺史考‧山南西道‧涪州》云:"裴鄖"出任
涪州刺史的時間"約貞元中",其下云:"《新(唐書‧宰相)表一上》'中
眷裴氏':'鄖,涪州刺史。'乃元和、長慶間福建觀察使裴乂伯父。"而
《唐刺史考》又云:"宋君平"出任涪州刺史在"元和十五年",根據是:
《册府元龜》卷七○○:"宋君平爲涪州刺史,元和十五年坐贓削官一
任。"《年譜》的説法與《唐刺史考》的結論兩相矛盾,也無法與《册府元
龜》的記載相一致。《唐刺史考》爲全面排比考證唐人任職刺史時間
與地點的權威著作,理應信從。我們以爲《黃草峽聽柔之琴二首》和
《書劍》三首詩歌雖作於元和十四年元稹自通州赴虢州途中,但這並
不等於説是元稹"陪裴淑回娘家一趟",因爲其時裴鄖並不在涪州刺
史任上。《黃草峽聽柔之琴二首》是元稹他們乘船途經涪州附近的長
江水道時,他們在涪州附近船上過夜而已,也許裴鄖已赴任他地,也
許裴鄖已離開人世,但裴淑卻仍在思念曾在涪州任職的裴鄖而彈琴,
元稹爲此寫下了這兩首詩歌而已。至於《書劍》雖與《黃草峽聽柔之
琴二首》作於同一時間,但與裴淑可能沒有多少關係。

　　由此可知元和十年十月至十二年五月元稹離開通州北上興元,
一直在興元治病,並沒有去過涪州,因此元稹裴淑結婚的地點自然也
就衹能是在興元了。正因爲如此,所以元稹才在《祭禮部庾侍郎太夫
人文》中云"合姓異縣",明言元稹裴淑兩人結婚地點既不在元稹的家
鄉長安、祖籍洛陽,也不在裴淑的家鄉河東,更不在元稹的任所通州
和裴淑之父裴鄖曾經的任所涪州,而是在"異縣"興元,元稹《哭女樊

四十韵》中稱興元爲"他鄉",意與此同。

通過以上的論證,我們的結論是:元稹與裴淑結婚時間在元和十年冬天,地點在興元。元稹裴淑結婚時間地點的問題本來應是微不足道的小問題,不值得如此撰文加以澄清;但因爲這個小小的問題卻牽涉到元稹的行蹤以及許多詩歌的編年問題:如卞孝萱先生《年譜》將元稹赴興元的時間從元和十年十月誤延至元和十一年夏天之後,啓程返回通州又由元和十二年五月誤延至十二年九月。《年譜》又承襲了元稹白居易在通州江州四年中詩歌書信往來不斷的錯誤說法,忽視了兩人曾因元稹的易地興元就醫而聯繫中斷的事實。由於以上疏忽,必然牽涉到元稹在興元以及來回途中所寫的數十首詩歌的寫作時間地點問題,也涉及元稹白居易通江唱和中部分元稹詩歌的編年問題。因此在這裏提出極不成熟也許是錯誤的意見,目的衹在於實事求是地澄清元稹的生平行蹤。

在其他可選擇元稹路經渠州的三個時間裏:元和十年六月赴任通州司馬、元和十年十月北上興元謁醫治病和元和十二年五月大病初愈南返通州,還需要我們認真鑒別。據本詩,有"二十年前城裏狂"之句,而元稹"十八時作"的《開元觀閑居酬吳士矩侍御三十韵》"靜習狂心盡,幽居道氣添"云云,正是"城裏狂"的具體描述。《年譜》在貞元十二年(796),亦即元和十年的"二十年前"條下云:"在西京。仍寓開元觀。與吳士矩唱和。"所引作爲證據的詩篇,正是"元稹《開元觀閑居酬吳士矩侍御三十韵》"。吳士矩與吳士則是兄弟,是元稹的從姨兄,當時他們都在京城,下推"二十年",正是元和十年,本詩既云"二十年前城裏狂",因此元和十二年五月元稹南返通州途經渠州所作也可以排除。

而元稹元和十年六月前從西京貶任通州司馬,從"三千里外"來到近在咫尺的渠州,來到與通州相鄰的渠州,從某種意義上講,與姨兄吳士則相聚,應是一件高興的事情,而不是什麼"生別"。而本詩所云“淚因生別兼懷舊”,有一種生離死別的淒慘之感,因而赴任通州途經渠州所作也可以排除。

　　本詩最大的可能應作於元稹元和十年十月前北上興元治病之時,前幾個月元稹大病不起,已委託他人向白居易交待後事。現在雖然沒死,但生死未卜,詩云“生別”,實際就是“死別”。聯繫前句“甯氏舅甥俱寂寞,苟家兄弟半淪亡”,元稹這種生離死別的情感更爲明確。因此我們斷定本詩作於元和十年“十月二日”之前,亦即九月下旬元稹離開通州北上興元途經渠州之時所作。

◎ 新政縣(一)①

　　新政縣前逢月夜,嘉陵江底看星辰②。已聞城上三更鼓,不見心中一個人③。鬢鬢暗添巴路雪,衣裳無復帝鄉塵④。曾沾幾許名兼利,勞動生涯涉苦辛⑤。

録自《元氏長慶集》卷二〇

[校記]

　　(一)新政縣:本詩存世各本,包括楊本、叢刊本、《全詩》等,未見異文。

[箋注]

　　① 新政縣:地名,在今四川南部縣與蓬安縣之間。樂史《太平寰宇記·新政縣》:“本漢充國縣地,唐武德四年割相如、南部二縣置新城縣,後以隱太子諱改名新政。”《蜀中廣記·南部縣》:“歐陽修《集古録》云:新政縣《磨厓記》,唐顏真卿撰併書,以寶應年立碑。有魯公祠,宋馬存記云:上元中,顏真卿爲建州長史,過新政,作《離堆記》四

百餘言,書而刻之石壁上。字徑三寸,雖頹壞剝裂之餘,而典刑具在,使人凛然。元符三年,予友强叔來尹是邑,始爲公作祠堂於其側,求予文以爲記。"又:"《輿地紀勝》云:新政縣大曆碑在江岸之次,顔魯公書碑傍有佛、老、孔子像,像傍又有二小記,皆大曆中物,按此所謂三教院也。《碑目》云:鮮于氏兩神道碑,一在三教院厓上,一在墓田,其文與書皆出顔魯公,又有獎諭仲通碑,亦在墓田。"《編年箋注》注云:"新政縣:《元和郡縣圖志·閬州》:'新政縣,本漢充國縣地,皇朝武德四年割相如、南部二縣立新城縣,以隱太子建成諱,改名新政縣。'"但我們查閱中華書局版《元和郡縣志》,這一部份已經缺失,《四庫全書·元和郡縣志》同,不知《編年箋注》引用的文獻是否來自《元和郡縣志》? 希望《編年箋注》的著者能夠給予被矇騙讀者一個實實在在的解釋。

　　②　月夜:有月光的夜晚。《魏書·李諧傳》:"座有清談之客,門交好事之車,或林嬉於月夜,或水宴於景斜。"張説《和朱使欣道峽似巫山之作》:"楚客思歸路,秦人謫異鄉。猿鳴孤月夜,再使泪沾裳。"　嘉陵江:古稱閬水、渝水,長江上游支流,源出陝西鳳縣嘉陵谷,在四川廣元納白龍江,流經蒼溪、閬中、南部、蓬安等縣在重慶附近匯合渠江、涪江進入長江,全長一千多公里,流域十五萬平方公里,是長江的第三大支流。杜甫《閬水歌》:"嘉陵江山何所似? 石黛碧玉相因依。正憐日破閬山出,更復春從沙際歸。"元稹《使東川·江樓月》:"嘉陵江岸驛樓中,江在樓前月在空。月色滿床兼滿地,江聲如鼓復如風。"　星辰:星的通稱。李白《留别金陵諸公》:"香爐紫烟滅,瀑布落太清。若攀星辰去,揮手緬含情。"皇甫冉《温泉即事》:"天仗星辰轉,霜冬景氣和。樹含温液潤,山入繚垣多。"

　　③　三更:指半夜十一時至翌晨一時。《樂府詩集·子夜變歌》:"三更開門去,始知子夜變。"崔顥《七夕詞》:"班姬此夕愁無限,河漢三更看斗牛。"　鼓:古代計時單位,因擊鼓報時,故稱。《晉書·鄧攸

傳》:"統如打五鼓,鷄鳴天欲曙。"韓愈《南海神廟碑》:"五鼓既作,牽牛正中,公乃盛服執笏以入即事。"　心中:心裏。《國語·晉語》:"使百姓莫不有藏惡於其心中。"歐陽建《臨終詩》:"下顧所憐女,惻惻心中酸。"

　　④"鬚鬢暗添巴路雪"兩句:意謂自己的鬚鬚與鬢髮都已經發白,好像在南來巴蜀與北往興元的途中染上了霜雪一般。經過病魔無情的折磨,自己從裏到外、自上而下的衣服已經没有一點京城長安的塵土。　鬚鬢:鬚鬚和鬢髮。《晉書·王獻之傳》:"魏時陵雲殿榜未題,而匠者誤釘之,不可下,乃使韋仲將懸橙書之。比訖,鬚鬢盡白。"孔平仲《送謝仲規致仕》:"公年五十餘,鬚鬢黑如漆。"　暗添:不知不覺中增添上去。元稹《別李十一五絶》五:"聞君欲去潛銷骨,一夜暗添新白頭。明朝別後應腸斷,獨櫂破船歸到州。"許棠《遣懷》:"飛塵長滿眼,衰髮暗添頭。章句非經濟,終難動五侯。"　巴路:蜀地之路。常袞《逢南中使寄嶺外故人》:"巴路緣雲出,蠻鄉入洞深。信回人自老,夢到月應沉。"王建《江陵使至汝州》:"回看巴路在雲間,寒食離家麥熟還。日暮數峰青似染,商人説是汝州山。"　雪:雪花。元稹元和十年年初從江陵回到京城長安,渾身上下沾滿了北方的雪花,元稹《西歸絶句十二首》一一:"雲覆藍橋雪滿溪,須臾便與碧峰齊。風回麵市連天合,凍壓花枝着水低。"又一二:"寒花帶雪滿山腰,着柳冰珠滿碧條。天色漸明回一望,玉塵隨馬度藍橋。"這個時候已經十月,而蜀地的十月是没有雪花,有的祇是"十月開花"的紅荆,元稹《紅荆》:"庭中栽得紅荆樹,十月花開不待春。直到孩提盡驚怪,一家同是北來人。"既然如此,詩人强調的"雪"又是什麽呢? 原來是某些白色事物的代稱,這裏代稱白髮。韋莊《清河縣樓作》:"千里戰塵連上苑,九江歸路隔東周。故人此地揚帆去,何處相思雪滿頭?"楊萬里《病起覽鏡》:"筆硯今都廢,尊罍久屢空。又將數莖雪,顋領見西風。"衣裳:古時衣指上衣,裳指下裙,後亦泛指衣服。李白《清平調詞三

首》一：“雲想衣裳花想容，春風拂檻露華濃。若非群玉山頭見，會向瑤臺月下逢。”包佶《同李吏部伏日口號呈元庶子路中丞》：“火炎逢六月，金伏過三庚。幾度衣裳汗，誰家枕簟清？” 無復：指不再有，沒有。葛洪《抱朴子・對俗》：“不死之事已定，無復奄忽之慮。”蕭繹《金樓子・雜記》：“少來搜集書史，頗得諸遺書，無復首尾，或失名，凡百餘卷。” 帝鄉：京城，皇帝居住的地方。李嶠《雁》：“往還倦南北，朝夕苦風霜。寄語能鳴侶，相隨入帝鄉。”杜甫《承聞河北諸道節度入朝歡喜口號》：“衣冠是日朝天子，草奏何時入帝鄉？” 塵：細小的灰塵《左传・成公十六年》：“甚囂，且塵上矣！”韓愈《春雪映早梅》：“誰令香滿座，獨使净無塵？芳意饒呈瑞，寒光助照人。”詩人這裏將“雪”與“塵”對比，更見出元稹出貶蜀地的凄慘心情。

⑤ 幾許：多少，若干。《古詩十九首・迢迢牽牛星》：“河漢清且淺，相去復幾許？”楊萬里《題興甯縣東文嶺瀑泉在夜明場驛之東》：“不知落處深幾許？但聞井底碎玉聲。” 名利：名位與利禄，名聲與利益。《尹文子・大道》：“故曰禮義成君子，君子未必須禮義；名利治小人，小人不可無名利。”《後漢書・種暠傳》：“其有進趣名利，皆不與交通。” 勞動：操作，活動。《莊子・讓王》：“春耕種，形足以勞動。”《三國志・華佗傳》：“人體欲得勞動，但不當使極爾。”煩勞，勞累。曹植《陳審舉表》：“陛下可得雍容都城，何事勞動鑾駕暴露於邊境哉！”生涯：語本《莊子・養生主》：“吾生也有涯，而知也無涯。”原謂生命有邊際、限度，後指生命、人生。沈烱《獨酌謠》：“生涯本漫漫，神理暫超超。”劉禹錫《代裴相公讓官第三表》：“聖日難逢，生涯漸短。體羸無拜舞之望，心在有涕戀之悲。” 苦辛：猶辛苦，勞苦艱辛。《古詩十九首・今日良宴會》：“無爲守窮賤，轗軻長苦辛。”《後漢書・孔奮傳》：“奮力行清絜，爲衆人所笑，或以爲身處脂膏，不能以自潤，徒益苦辛耳！”

[編年]

《年譜》編年本詩於元和十年“離西京,赴通州途中作”,理由是:“新政縣屬閬州。詩云:‘鬢髮暗添巴路雪,衣裳無復帝鄉塵。’”《編年箋注》編年:“此詩作於元和十年(八一五)由京師赴通州司馬任途中。”沒有説明理由。《年譜新編》編年本詩於元和十年“離西京,赴通州途中作”,詩題下也沒有説明理由。

我們認爲,本詩雖然作於元和十年,但不是元稹“離西京,赴通州途中作”,而是作於元稹元和十年離開通州北上興元途中經由新政縣時所作,“衣裳無復帝鄉塵”云云即透露了其中的消息,説明賦詩之時,元稹不是剛剛來自“帝鄉”,還在途中,還沒有到達自己的目的地通州,還穿著沾有“帝鄉塵”的衣服。而是已經在“瘴鄉”通州經過了“百日”九死一生的拼搏,自己是從鬼門關上挣扎回來的。在這樣的惡劣境況下,衣服還能有一點一滴的“帝鄉塵”嗎?

我們以爲,本詩應該與《感夢》時作於同時,據《感夢》詩所述,元稹是在蓬州西三十里的“芳溪”夢見裴垍的,元稹夢醒後的路綫是:“前經新政縣,今夕復明辰。”可見元稹是由蓬州之“芳溪”前往“新政縣”的。因爲據《感夢》詩,“芳溪”在蓬州西三十里;據《通典》,蓬州“西至閬中郡三百里”,新政縣屬閬州,可見新政縣是在芳溪之西,自然更在蓬州之西。《感夢》詩中元稹由“芳溪”而“新政縣”,這是一條自通州向興元進發的路綫,而不是自興元回歸通州的路綫。祇要翻閱中華地圖學社出版的《中國歷史地圖集·隋唐五代十國時期》,就可得到較爲明確的答案。我們參照元稹自長安赴通州司馬任的路綫,他這次大約是反向北上,是由通州順渠江至渠州,賦詩《贈吳渠州從姨兄士則》,向吳士則訣別:“竇氏舅甥俱寂寞,荀家兄弟半淪亡。淚因生別兼懷舊,迴首江山欲萬行。”提到“竇氏舅甥俱寂寞,荀家兄弟半淪亡”,寓意非常明確而又委婉:自己大病在身,已經向白居易委託了後事,《與微之書》:“僕初到潯陽時,有熊孺登來,得足下前年病甚時一札，上報疾狀，次序病心，終論平生交分。且云危惙之際，不暇及他，唯收數帙文章，封題其上曰：'他日送達白二十二郎，便請以代書！'悲哉！微之於我也，其若是乎？"這次挣扎著北上興元，生死未知，存亡未卜，現在與兄長"生別"，也許就是他日的"死別"。讀詩至此，不能不令人潸然淚下。元稹告別吳士則，然後溯渠江支流（今四川流江）至蓬州，由芳溪西行經新政縣，北上嘉陵、百牢，最後到達興元。本詩即作於離開渠州之後北上興元途中，時間在"十月初二日"之後的"今夕復明辰"之時，亦即十月四日間，地點在新政縣。

◎ 感夢（夢故兵部裴尚書相公）①

十月初二日，我行蓬州西②。三十里有館，有館名芳溪③。荒郵屋舍壞，新雨田地泥④。我病百日餘(一)，肌體顧若刲⑤。氣填暮不食，早早掩寰圭⑥。陰寒筋骨病，夜久燈火低⑦。忽然寢成夢，宛見顏如珪⑧。似嘆久離別，嗟嗟復悽悽⑨。問我何病痛？又嘆何栖栖⑩？答云痰滯久，與世復相暌⑪。重云痰小疾，良藥固易擠(二)⑫。前時奉橘丸，攻疾有神功⑬。何不善和療？豈獨頭有風（予頃患痰，頭風逾月不差。裴公教服橘皮朴硝丸，數月而愈。今夢中復微前說，故盡記往復之詞）⑭！殷勤平生事，款曲無不終⑮。悲歡兩相極，以是半日中⑯。言罷相與行，行行古城裏⑰。同行復一人，不識誰氏子⑱。逡巡急吏來，喚呼顧且止(三)⑲。馳至相君前，再拜復再起⑳。啓云吏有奉，奉命傳所旨㉑。事有大驚忙，非君不能理㉒。答云久就閑，不願見勞使㉓。多謝致勤勤，未敢相唯唯㉔。我因前獻言，此事愚可料㉕。亂熱由靜消，理繁在知要㉖。君如冬月陽,奔走不必召[27]。君如銅鏡明,萬物自可照[28]。願君許蒼生,勿復高體調[29]。相君不我言,顧我再三笑[30]。行行及城戶,黯黯餘日輝[31]。相君握我手(四),命我從此歸[32]。不省別時語,但省涕淋漓[33]。覺來身體汗,坐臥心骨悲[34]。閃閃燈背壁,膠膠雞去塒[35]。倦童顛倒寢,我淚縱橫垂[36]。淚垂啼不止,不止啼且聲[37]。啼聲覺僮僕。僮僕撩亂驚[38]。問我何所苦,問我何所思[39]。我亦不能語,慘慘即路岐[40]。前經新政縣,今夕復明辰[41]。填填滿心氣,不得說向人[42]。奇哉趙明府,怪我眉不伸[43]。云有北來僧,住此月與旬[44]。自言辨貴骨,謂若識天真(五)[45]。談游費閱景(六),何不與逡巡[46]?僧來爲予語,語及昔所知[47]。自言有奇中,裴相未相時[48]。讀書靈山寺,住處接園籬[49]。指言他日貴,晷刻似不移[50]。我聞僧此語,不覺淚歔欷[51]。因言前夕夢,無人一相謂[52]。無乃裴相君,念我胸中氣[53]。遣師及此言,使我盡前事[54]。僧云彼何親,言下涕不已[55]?我云知我深,不幸先我死[56]。僧云裴相君,如君恩有幾[57]?我云滔滔衆,好直者皆是[58]。唯我與白生,感遇同所以[59]。官學不同時,生小異鄉里[60]。拔我塵土中,使我名字美[61]。美名何足多!深分從此治[62]。吹噓莫我先,頑陋不我鄙[63]。往往裴相門,終年不曾履[64]。相門多衆流,多譽亦多毀[65]。如聞風過塵,不動井中水[66]。前時予搉荆,公在期復起[67]。自從裴公無,吾道甘已矣[68]!白生道亦孤,讒謗銷骨髓[69]。司馬九江城,無人一言理[70]。爲師陳苦言,揮涕滿十指[71]。未死終報恩,師聽此男子[72]。

錄自《元氏長慶集》卷七

[校記]

（一）我病百日餘：楊本、叢刊本、《全詩》同，《全詩》注作"我病百餘日"，語義相類，不改。

（二）良藥固易擠：原本作"良藥固宜擠"，《全詩》同，據楊本、叢刊本改。

（三）喚呼願且止：楊本、叢刊本同，《全詩》作"呼喚願且止"，語義相類，不改。

（四）相君握我手：原本作"相君不我言"，楊本、叢刊本、《全詩》同，據原本注、楊本注、叢刊本注、《全詩》注改。

（五）謂若識天真：楊本、叢刊本、《全詩》同，盧校宋本作"謂我識天真"，語義不同，可備一說。

（六）談游費閟景：《全詩》同，楊本、叢刊本作"談游費閟景"，語義不同，不改。

[箋注]

① 感夢：因感而夢，因夢而感。韋應物《感夢》："歲月轉蕪漫，形影長寂寥。彷彿覩微夢，感嘆起中宵。"元稹《感夢》："行吟坐嘆知何極？影絕魂銷動隔年。今夜商山館中夢，分明同在後堂前。" 故兵部裴尚書相公：即裴垍，他生前曾經任職宰相，提携元稹白居易等人，元和五年因病改拜兵部尚書，卒贈太子太傅。《舊唐書·裴垍傳》："憲宗知垍好直，信任彌厚。其年（元和三年）秋，李吉甫出鎮淮南，遂以垍代爲中書侍郎同平章事。明年，加集賢院大學士，監修國史……元和五年中風病，憲宗甚嗟惜，中使旁午致問，至於藥膳進退，皆令疏陳。疾益痼，罷爲兵部尚書，仍進階銀青。明年，改太子賓客，卒。廢朝，賻禮有加，贈太子少傅。"白居易《夢裴相公》："五年生死隔，一夕魂夢通。夢中如往日，同直金鑾宮。彷彿金紫色，分明冰玉容。勤勤

相眷意,亦與平生同。既寤知是夢,憫然情未終。追想當時事,何殊昨夜中!自我學心法,萬緣成一空。今朝爲君子,流涕一霑胸。"裴垍病故於元和六年,白居易詩云"五年生死隔",白居易《夢裴相公》應該賦成於元和九年白居易回到京城之時。元稹對裴垍感恩戴德,元稹回歸京城途中,有《西歸絕句十二首》五抒發其思念裴垍之情:"白頭歸舍意如何?賀處無窮吊亦多。左降去時裴相宅(裴相公垍),舊來車馬幾人過?"即是這一類詩作。元稹與白居易元和十年在京城會面,元稹本詩,即是與白居易詩一樣,同爲吊念裴垍之作。不過白居易的詩作作於元和九年在長安之時,元稹指使賦成於元稹自通州北上興元途中,亦即途經蓬州之時。

②　十月初二日:這裏是指元和十年的十月初二日,元稹正在自通州北上興元、謁醫治病的途中。　蓬州:據《舊唐書·地理志》、《通典》記載,唐武德元年所置,治所大寅,在今四川儀隴縣南、南部縣東,"東至通川郡四百四十里……西至閬中郡三百里"。令狐峘《顏魯公集神道碑》:"御史中丞敬羽,詐佞取恩,惡公剛直,以謗語陰中之。天威赫然,責命斯極,貶蓬州長史。"杜甫《行次鹽亭縣聊題四韵奉簡嚴遂州蓬州兩使君諮議諸昆季(嚴震及弟礪皆梓州鹽亭人)》:"全蜀多名士,嚴家聚德星。長歌意無極,好爲老夫聽。"

③　三十里:與上句"我行蓬州西"連讀,此"三十里"的具體地點芳溪應該在蓬州之西。三十里,即距離三十里。丘爲《尋西山隱者不遇》:"絕頂一茅茨,直下三十里。扣關無僮僕,窺室唯案几。"白居易《舟行(江州路上作)》:"帆影日漸高,閑眠猶未起。起問鼓枻人,已行三十里。"　館:這裏指非通途大道設的驛站的房舍。李白《經亂離後天恩流夜郎憶舊遊書懷贈江夏韋太守良宰》:"徵樂昌樂館,開筵列壺觴。"王琦注:"《元和郡縣志》:'魏州有昌樂縣。'《通典》:'三十里置一驛,其非通途大路,則曰館。'"裴潾《請罷內官復充館驛使疏》:"驛館之務,每驛皆有專知官。畿內有京兆尹,外道有觀察使刺史,迭相監

臨。臺中又有御史充館驛使，專察過闕。” 芳溪：地名，當地有驛館，名芳溪館，傍水而建。《四川通志·蓬州》：“芳溪館：在州西，唐元稹《感夢》詩：‘……’”《蜀中廣記·順慶府》：“酈道元注《水經》云：縣有漢車騎將軍馮緄、桂陽太守李溫冢，二子之靈，常以二月還，則漢水暴長，郡俗于水上祭之。有雞卸神祠，《益州記》云：雞卸祠在相如縣，以神在雞卸溪側，故爲祠號。有芳溪館，元稹《感夢》詩云：‘……’已上三則，俱在水傍。”《大清一統志》卷三〇〇：“芳溪館：在儀隴縣南。唐元稹《感夢》詩：‘……’”

④ 荒：偏僻，荒涼。《北史·魏孝文帝紀》：“庚寅，詔雍州士人百年以上，假華郡太守；九十以上，假荒郡。”盧象《送祖詠》：“田家宜伏臘，歲晏子言歸。石路雪初下，荒村雞共飛。” 郵：驛站，古時設在沿途，供出巡的官員、傳送文書的小吏和旅客歇宿的館舍，馬傳曰置，步傳曰郵。《孟子·公孫丑》：“孔子曰：‘德之流行，速於置郵而傳命。’”孫奭疏：“郵，驛名。”韓愈《請上尊號表》：“置郵傳命，未足以諭。以非常之功，襲尋常之號。” 屋舍：房屋。陶潛《桃花源記》：“土地平曠，屋舍儼然。”陸龜蒙《奉酬襲美先輩吳中苦雨一百韵》：“先誇屋舍好，又恃頭角凸。” 新雨：剛下過雨，亦指剛下的雨。江總《侍宴玄武觀》：“詰曉三春暮，新雨百花朝。”韓愈《山石》：“昇堂坐階新雨足，芭蕉葉大支子肥。” 田地：耕種用的土地。《史記·蕭相國世家》：“今君胡不多買田地，賤貰貸以自污？”元稹《景申秋八首》六：“經雨籬落壞，入秋田地荒。”地方，處所。陸龜蒙《奉酬苦雨見寄》：“不如驅入醉鄉中，只恐醉鄉田地窄。”路程，道路。白居易《昭國閑居》：“槐花滿田地，僅絕人行迹。獨在一床眠，清涼風雨夕。”

⑤ 百日餘：元稹自六月到達通州之後，至“十月初二日”，正是“百日餘”之期。元稹《直臺》：“廩入神羊隊，烏驚海鷺眠。仍教百餘日，迎送直廳前。”王十朋《別周德遠諸友》：“旅食百日餘，故人情已周。論文有深味，惜別添牢愁。” 肌體：猶身體，肌膚。歐陽修《辭免

青州第一札子》：“臣累年痟渴，衆所具知。肌體瘦削，精神昏耗。”蘇
洵《議法》：“彼罪疑者，雖或非其辜，而法亦不至殘潰其肌體。”　刲：
刺，割。《易·歸妹》：“上六，女承筐無實，士刲羊無血。”陸德明釋文
引馬融曰：“刲，刺也。”曾鞏《題禱雨文後》：“就壇壝，刲鵝祭龍。”

　⑥　氣填：胸滿氣脹狀。李白《秋夜板橋浦泛月獨酌懷謝朓》：“獨
酌板橋浦，古人誰可徵？玄暉難再得，灑酒氣填膺。”高適《餞宋八充
彭中丞判官之嶺南》：“覿君濟時略，使我氣填膺。長策竟不用，高才
徒見稱。”　填：塞滿，充滿。《新唐書·崔仁師傳》：“時青州有男子謀
逆，有司捕支黨，纍係填獄，詔仁師按覆。”王安石《寄吳沖卿》：“歸來
污省舍，又繼故人躅。相逢祇數步，吏桉常填目。”　早早：比常時爲
早，很早。杜甫《南楚》：“南楚青春異，暄寒早早分。”及早，趁早。姜
夔《長亭怨慢》：“第一是早早歸來，怕紅萼無人爲主。”　竇圭：即圭
竇，門旁小户、簡陋門户。圭一般爲長方形，這裏形容門狀。薛能《送
李倍秀才》：“書劍伴身離泗上，雪風吹面立船中。家園棗熟歸圭竇，
會府槐疏試射弓。”陸龜蒙《讀襄陽耆舊傳因作詩五百言寄皮襲美》：
“伊余抱沈疾，顓頷守圭竇。方推洪範疇，更念大玄首。”

　⑦　陰寒：寒冷，天陰而寒冷。《後漢書·魯恭傳》：“自三月以來，
陰寒不暖，物當化變而不被和氣。”白居易《新樂府·新豐折臂翁》：
“此臂折來六十年，一肢雖廢一身全。至今風雨陰寒夜，直到天明痛
不眠。”　筋骨：韌帶及骨骼，亦引申指身體。《荀子·勸學》：“蚓無爪
牙之利，筋骨之强，上食埃土，下飲黃泉，用心一也。”《孟子·告子》：
“故天將降大任於是人也，必先苦其心志，勞其筋骨，餓其體膚，空乏
其身。”　夜久：夜深。鄭谷《長安夜坐寄懷湖外嵇處士》：“萬里念江
海，浩然天地秋。風高群木落，夜久數星流。”韓偓《夏夜》：“猛風飄電
黑雲生，霎霎高林簇雨聲。夜久雨休風又定，斷雲流月却斜明。”　燈
火：燃燒著的燈燭等照明物，亦指照明物的火光。葛洪《抱朴子·極
言》：“夫損之者，如燈火之消脂，莫之見也，而忽盡矣！”蘇軾《水調歌

頭》：“昵昵兒女語，燈火夜微明。” 低：与“高”相对，谓由下至上距离小。白居易《和劉郎中學士題集賢閣》：“傍聞大内笙歌近，下視諸司屋舍低。”元稹《表夏十首》九：“西山夏雪消，江勢東南瀉。風波高若天，灩澦低於馬。”

⑧ 忽然：俄頃，一會兒。《莊子·知北遊》：“人生天地之間，若白駒之過郤，忽然而已。”李白《上元夫人》：“手提嬴女兒，閑與鳳吹簫。眉語兩自笑，忽然隨風飄。” 寢成夢：即“寢夢”，猶睡夢。《南齊書·王子良傳》：“若此，每至寢夢，脱有異見，不覺身心立就燋爛。”陳玄祐《離魂記》：“〔倩娘〕泣曰：‘君厚意如此，寢夢相感。’” 宛見：猶“宛如”，好像，仿佛。元稹《青雲驛》：“纔及青雲驛，忽遇蓬蒿妻。延我開蓽户，鑿寶宛如圭。”何薳《春渚紀聞·瓦缶冰花》：“既覆缶出水，而有餘水留缶，凝結成冰，視之，桃花一枝也。衆人觀，異之，以爲偶然。明日用之，則又成開雙頭牡丹一枝。次日又成寒林滿缶，水村竹屋，斷鴻翹鷺，宛如圖畫遠近景者。” 珪：瑞玉。《荀子·大略》：“聘人以珪，問士以璧。”謝惠連《雪賦》：“既因方而爲珪，亦遇圓而成璧。”這裏用來形容裴坰的面容。

⑨ 離別：比較長久地跟人或地方分開。《楚辭·離騷》：“余既不難夫離別兮，傷靈修之數化。”陸龜蒙《離別》：“丈夫非無淚，不灑離別間。” 嗟嗟：嘆詞，表示感慨。《楚辭·九章》：“曾歔欷之嗟嗟兮，獨隱伏而思慮。”李頎《行路難》：“薄俗嗟嗟難重陳，深山麋鹿可爲鄰。” 悽悽：悲傷貌，淒凉貌。《關尹子·三極》：“人之善琴者，有悲心則聲悽悽然。”謝靈運《道路憶山中》：“悽悽明月吹，惻惻廣陵散。”

⑩ 病痛：疾病。白居易《朝歸書寄元八》：“幸無急病痛，不至苦饑寒。”元稹《醉題東武》：“病痛梅天發，親情海岸疏。因循未歸得，不是憶鱸魚。” 栖栖：忙碌不安貌。《詩·小雅·六月》：“六月栖栖，戎車既飭。”朱熹集傳：“栖栖，猶皇皇不安之貌。”姚合《武功縣中作三十首》一五：“誰念東山客，栖栖守印床？”孤寂零落貌。白居易《膠漆

契》:"陋巷飢寒士,出門甚栖栖。"范成大《澴陵》:"春草亦已瘦,栖栖
晚花少。"

⑪ 痰滯:濃痰滯留喉嚨,難以吐出。《小兒衛生總微論方·食氣
積癖論》:"香橘丸,治宿食不消,痰滯。"《小兒衛生總微論方·欬嗽
論》:"蘇香湯,治肺壅消痰滯。"　相暌:互相背離。元稹《易家有歸藏
判》:"徒驚異象,曾是同歸。辨數雖冠履相暌,得意而筌蹄可忘。"喻
坦之《留別友人書齋》:"相見不相暌,一留日已西。軒涼庭木大,巷僻
鳥巢低。"這裏指元稹因堅持直道,打擊權貴,受到權臣、宦官、藩鎮的
厭恨,故言。

⑫ 良藥:療效高的藥物。王充《論衡·道虛》:"服食良藥,身氣
復故,非本氣少身重,得藥而乃氣長身輕也。"韋應物《答暢參軍》:"念
與清賞遇,方抱沈疾憂。嘉言忽見贈,良藥同所瘳。"　擠:擠壓,用壓
力使出來。韓偓《余自刑部員外郎爲時權所擠值盤石出鎮藩屏朝選
賓佐以余充職掌記鬱鬱不樂因成長句寄所知》:"正叨清級忽從戎,況
與燕臺事不同。開口漫勞矜道在,撫膺唯合哭途窮。"梅堯臣《茶磨二
首》一:"北歸唯此急,藥臼不須擠。"這裏指用良藥迫使病魔離身
而去。

⑬ 橘丸:以橘皮等製成的藥丸,橘皮性溫,可止咳化痰。參閱李
時珍《本草綱目·橘》。同下句所注"橘皮朴硝丸"。　神功:神靈的
功力。《南史·謝惠連傳》:"〔靈運〕忽夢見惠連,即得'池塘生春草',
大以爲工,常云:'此語有神功,非吾語也。'"黃滔《大唐福州報恩定光
多寶塔碑記》:"仲氏司徒自清源聞而感,鑄而資,雖從人力,悉類
神功。"

⑭ 頭風:頭痛,中醫學病症名。《三國志·陳琳傳》:"軍國書檄,
多琳瑀所作也。"裴松之注引魚豢《典略》:"太祖先苦頭風,是日疾發,
臥讀琳所作,翕然而起曰:'此愈我病。'"元稹《酬李六醉後見寄口
號》:"頓愈頭風疾,因吟口號詩。"　前說:先前的主張。《宋書·志

序》："百官置省，備有前說。尋源討流，於事爲易。"《宋史·曾肇傳》："肇在禮院時，啓親祠北郊之議。是歲當郊，肇堅抗前說。" 往復：來回，往返。韓愈《唐正議大夫尚書左丞孔公墓誌銘》："海道以年計往復，何月之拘？"宋之問《送朔方何侍郎》："聞道雲中使，乘驄往復還。河兵守陽月，塞虜失陰山。"

⑮ 殷勤：情意深厚。王縉《別輞川別業》："山月曉仍在，林風涼不絕。殷勤如有情，惆悵令人別。"于鵠《惜花》："蕊焦蜂自散，蒂折蝶還移。攀著殷勤別，明年更有期。" 平生：指平素的志趣、情誼、業績等。陶潛《停雲》："人亦有言，日月于征，安得促席，說彼平生？"舊交，老交情。楊衡《送鄭丞之羅浮中習業》："何當真府內，重得款平生。"蘇洵《與歐陽內翰第三書》："年近五十始識閣下，傾蓋晤語，便若平生。" 款曲：猶衷情，誠摯殷勤的心意。秦嘉《留郡贈婦》："念當遠別離，思念叙款曲。"高適《同韓四薛三東亭翫月》："遠遊悵不樂，茲賞吾道存。款曲故人意，辛勤清夜言。"

⑯ 悲歡：悲哀與歡樂。劉長卿《初貶南巴至鄱陽題李嘉祐江亭》："流落還相見，悲歡話所思。"蘇軾《九日袁公濟有詩次其韻》："平生傾蓋悲歡裏，早晚抽身簿領間。"亦指悲喜交集。竇群《初入諫司喜家室至》："一旦悲歡見孟光，十年辛苦伴滄浪。" 相極：各達頂點。嚴遵《道德指歸論·言甚易知》："神氣相傳，感動相極。反淪虛無，其微以妙。"韓愈《閔己賦》："惟否泰之相極兮，咸一得而一違。" 以是：猶言這樣，就這樣。《禮記·禮運》："《坤乾》之義，《夏時》之等，吾以是觀之：夫禮之初，始諸飲食……及其死也，升屋而號。"元稹《和樂天贈樊著作》："人人異所見，各各私所偏。以是曰襃貶，不如都無焉！"半日：好久，較長一段時間。皇甫松《採蓮子》："無端隔水拋蓮子，遙被人知半日羞。"韋應物《贈令狐士曹（自八月朔旦同使藍田，淹留涉季，事先半日而不相待，故有戲贈）》："秋檐滴滴對床寢，山路迢迢聯騎行。到家俱及東籬菊，何事先歸半日程？"

⑰ 相與：共同，一道。《孟子·公孫丑》：“又有微子、微仲、王子比干、箕子、膠鬲，皆賢人也。相與輔相之，故久而後失之也。”陶潛《移居二首》一：“奇文共欣賞，疑義相與析。”　行行：不停地前行。《古詩十九首·行行重行行》：“行行重行行，與君生別離。”張孝祥《鷓鴣天》：“行行又入笙歌裏，人在珠簾第幾重？”　古城：風貌古老的城池。李百藥《秋晚登古城》：“日落征途遠，悵然臨古城。頹墉寒雀集，荒堞晚烏驚。”陳子昂《題居延古城贈喬十二知之》：“聞君東山意，宿昔紫芝榮。滄洲今何在？華髮旅邊城。”這裏暗喻與人間不同的冥城。

⑱ 同行：猶同路，不詳何人，也許是冥城中跟隨裴垍的人士。劉長卿《酬張夏別後道中見寄》：“離群方歲晏，謫宦在天涯。暮雪同行少，寒潮欲上遲。”張謂《春園家宴》：“南園春色正相宜，大婦同行少婦隨。竹裏登樓人不見，花間覓路鳥先知。”　不識：不知道，不認識。《詩·大雅·皇矣》：“不識不知，順帝之則。”鄭玄箋：“其爲人不識古不知今，順天之法而行之者。”韓愈《閔己賦》：“行舟檝而不識四方兮，涉大水之漫漫。”

⑲ 逡巡：頃刻，極短時間。元稹《青雲驛》：“忽遇蓬蒿妻，延我開蓽戶。鑿竇宛如圭，逡巡吏來謁。”張祜《偶作》：“遍識青霄路上人，相逢秖是語逡巡。可勝飲盡江南酒，歲月猶殘李白身。”　喚呼：猶言傳達別人的要求。元稹《通州丁溪館夜別李景信三首》三：“雨瀟瀟兮鵑咽咽，傾冠倒枕燈臨滅。倦僮呼喚鷹復眠，啼雞拍翅三聲絕。”白居易《府齋感懷酬夢得》：“府伶呼喚爭先到，家醞提携動輒隨。合是人生開眼日，自當年老斂眉時。”

⑳ 相君：舊時對宰相的尊稱。《史記·張儀列傳》：“儀貧無行，必此盜相君之璧。”《後漢書·陰識傳》：“初，陰氏世奉管仲之祀，謂爲‘相君’。”這裏指裴垍。　再拜：拜了又拜，表示恭敬，古代的一種禮節。《論語·鄉黨》：“問人於他邦，再拜而送之。”《史記·孟嘗君列

傳》：“坐者皆起，再拜。”

㉑ 啓：啓奏，稟告。《玉臺新詠·古詩爲焦仲卿妻作》：“府吏得聞之，堂上啓阿母。”韓愈《上鄭尚書相公啓》：“愈啓：伏蒙仁恩，猥賜示問。” 奉命：指奉天之命。司馬相如《封禪文》：“夫修德以錫符，奉命以行事，不爲進越也。”揚雄《長楊賦》：“於是上帝眷顧高祖，高祖奉命，順斗極，運天關……一日之戰，不可殫記。” 傳所旨：即傳旨，傳達諭旨。王建《宮詞一百首》六一：“中官傳旨音聲散，諸院門開觸處行。”黃裳《謝賜神宗皇帝御集表》：“國史移文，旁逮侯藩之遠；宸衷傳旨，仰膺御集之新。”

㉒ 驚忙：猶言驚慌急忙。白居易《論重考試進士事宜狀》：“昨重試之日，書策不容一字，木燭只許兩條。迫促驚忙，幸皆成就。”范成大《夏日田園雜興十二絶》一〇：“家人暗識船行處，時有驚忙小鴨飛。” 理：治理，整理。《易·繫辭》：“理財正辭，禁民爲非曰義。”《淮南子·原道訓》：“夫能理三苗、朝羽民……其惟心行者乎！”高誘注：“理，治也。”顧敻《虞美人》二：“起來無語理朝妝，寶匣鏡凝光。”

㉓ “答云久就閑”兩句：意謂我已經悠閑好久好久了，現在我不再想勞碌奔忙了，暗示裴垍已經病故。 就閑：謂無職事羈絆，閑居在家。孟浩然《送告八從軍》：“運籌將入幕，養拙就閑居。正待功名遂，從君繼兩疏。”齊己《病起見庭柏》“韵謝疏篁合，根容片石侵。衰殘想長壽，時倚就閑吟。” 勞：操勞，煩勞。《書·金滕》：“昔公勤勞王家，惟予沖人弗及知。”《孟子·滕文公》：“或勞心，或勞力；勞心者治人，勞力者治於人。”

㉔ 勤勤：懇切至誠。《漢書·司馬遷傳》：“曩者辱賜書，教以慎於接物，推賢進士爲務，意氣勤勤懇懇。”王禹偁《對雪》吟，勤勤謝知己。” 唯唯：恭敬的應答聲。宋玉《高唐賦序》：“王曰：‘試爲寡人賦之。’玉曰：‘唯唯。’”《漢書·司馬相如傳》：“齊王曰：‘雖然，略以子之所聞見言之。’僕對曰：‘唯唯。’”顏師古注：“唯唯，恭應

之辭也。"

㉕獻言：進言，進獻意見。《逸周書·皇門》："獻言在於王所。"趙普《雍熙三年請班師疏》："方冒寵以守藩，獨獻言而阻衆。"　愚：自稱之謙詞。《史記·孟嘗君列傳》："愚不知所謂也。"諸葛亮《前出師表》："愚以爲宮中之事，事無大小，悉以咨之，然後施行，必能裨補闕漏，有所廣益。"　料：估量，忖度。宋玉《對楚王問》："夫藩籬之鷃，豈能與之料天地之高哉？"《文選·左思〈吳都賦〉》："夫上圖景宿，辨於天文者也；下料物土，析於地理者也。"劉逵注："料，度也。"

㉖亂熱：躁熱不安之病，義近"內熱"，謂人體陰陽不協，虛火上亢。《左傳·昭公元年》："女，陽物而晦時，淫則生內熱惑蠱之疾。"蘇軾《小圃五詠·地黃》："願餉內熱子，一洗胸中塵。"　靜：靜止不動，即靜養。《易·坤》："坤至柔，而動也剛，至靜而德方。"《文心雕龍·養氣》："水停以鑒，火靜而朗。"　消：除去，使消失。《漢書·劉向傳》："帝堯、成王能賢舜、禹、周公而消共工、管、蔡，故以大治，榮華至今。"王昌齡《城傍曲》："邯鄲飲來酒未消，城北原平掣皂雕。"　理繁：政務煩亂。歐陽修《海陵許氏南園記》："夫理繁而得其要則簡，簡則易行而不違，惟簡與易，然後其力不勞而有餘。"王邁《賀許宰伯詡再考》："宰官才具萬人豪，鷄小如何下得刀！奏課再經書上上，理繁祇見辦多多。"　知：曉得，瞭解。《孟子·梁惠王》："王如知此，則無望民之多於鄰國也。"柳宗元《封建論》："天地果無初乎，吾不得而知之也。"認識，辨別。《淮南子·說林訓》："故見其一本而萬物知。"高誘注："知，猶別也。"劉向《列女傳·阿谷處女》："五音不知，安能調琴？"要：綱要，要點。《商君書·農戰》："故其治國也，察要而已矣！"韓愈《進學解》："記事者必提其要，纂言者必鈎其玄。"

㉗冬月：指冬天。《史記·酷吏列傳》："溫舒頓足嘆曰：‘嗟乎！令冬月益展一月，足吾事矣！’"《南史·劉孝綽傳》："初，孝綽居母憂，冬月飲冷水，因得冷癖，以大同五年卒官，年五十九。"　奔走：謂爲一

定的目的而忙碌。《書·武成》:"丁未,祀於周廟,邦甸侯衞,駿奔走,執豆籩。"柳宗元《捕蛇者説》:"永之人争奔走焉!" 召:徵召,特指君召臣。《晉書·李密傳》:"密以祖母年高,無人奉養,遂不應命……乃停召。"元稹《元和五年予官不了罰俸西歸三月六日至陝府與吳十一兄端公崔二十二院長思愴曩遊因投五十韻》:"拾遺天子前,密奏升平議。召見不須臾,愴庸已猜忌。"

㉘ 銅鏡:古代照面的用具,銅製,一般作圓形,照面的一面磨光發亮,背面常鑄花紋。我國從青銅時代初期出現銅鏡,歷經商、周、秦、漢,直至明、清,長期流行,至近代大量使用玻璃鏡後,才被取代。《後漢書·西羌傳》:"或負板案以爲楯,或執銅鏡以象兵。"陸機《與弟雲書》:"仁壽殿前有大方銅鏡,高五尺餘,廣三尺二寸。" 萬物:統指宇宙間的一切事物。《史記·吕不韋列傳》:"吕不韋乃使其客人人著所聞,集論……二十餘萬言。以爲備天地萬物古今之事,號曰《吕氏春秋》。"杜甫《哀江頭》:"憶昔霓旌下南苑,苑中萬物生顔色。"

㉙ 蒼生:指百姓。《文選·史岑〈出師頌〉》:"蒼生更始,朔風變律。"劉良注:"蒼生,百姓也。"杜甫《行次昭陵》:"往者灾猶降,蒼生喘未蘇。" 高體:高的品位。杜荀鶴《寄温州朱尚書並呈軍倅崔太傅》:"教化静師龔渤海,篇章高體謝宣城。"《舊唐書·職官志》:"千牛備身左右、衞官已上、王公已下高品子孫起家爲之。" 調:調理,調養。陸賈《新語·道基》:"調氣養性,仁者壽長。"治理。温庭筠《會昌丙寅豐歲歌》:"風如吹烟,日如渥赭。九重天子調天下,春緑將年到西野。"

㉚ "相君不我言"兩句:意謂裴相國對我一句話也没有説,祇是一而再再而三對著我微笑。 相君:舊時對宰相的尊稱。《史記·張儀列傳》:"儀貧無行,必此盜相君之璧。"《後漢書·陰識傳》:"初,陰氏世奉管仲之祀,謂爲'相君'。" 顧:視,看。《韓非子·外儲説》:"乘白馬而過關,則顧白馬之賦。"王先慎集解:"顧,視也。"《文心雕龍·辨騷》:"每一顧而掩涕,歎君門之九重,忠怨之辭也。" 再三:一

次又一次，一遍又一遍。《史記·孔子世家》："〔齊〕陳女樂文馬於魯城南高門外，季桓子微服往觀再三，將受。"李白《南陽送客》："揮手再三別，臨岐空斷腸。"

㉛　"行行及城戶"兩句：意謂我們不停地前行，來到城門口。祇見街道昏暗，夕陽西下。　行行：不停地前行。于武陵《洛陽道》："歲暮客將老，雪晴山欲春。行行車與馬，不盡洛陽塵。"蘇味道《贈封御史入臺》："凛凛當朝色，行行滿路威。惟當擊隼去，復覩落雕歸。"黯黯：光綫昏暗，顏色發黑。陳琳《遊覽二首》一："蕭蕭山谷風，黯黯天路陰。"江淹《哀千里賦》："水黯黯兮蓮葉動，山蒼蒼兮樹色紅。"

㉜　"相君握我手"兩句：意謂裴坦握著我的手，讓我從這個城門返回。　歸：返回。《書·舜典》："十有一月朔巡守……歸，格于藝祖，用特。"韓愈《送李六協律歸荊南》："早日羈遊所，春風送客歸。"

㉝　不省：不領悟，不明白，不記得。《史記·留侯世家》："〔張良〕爲他人言，皆不省。"《新唐書·宇文士及傳》："又嘗割肉，以餅拭手，帝屢目，陽若不省，徐啗之。"　別時語：即"別語"，惜別之語。韓愈《送靈師》："別語不許出，行裾動遭牽。"洪咨夔《清平樂》："烟浦花橋如夢裏，猶記倚樓別語。"　淋漓：沾濕或流滴貌。范縝《擬〈招隱士〉》："炭爂兮傾欹，飛泉兮激沫，散漫兮淋灕。"韓愈《醉後》："淋漓身上衣，顛倒筆下字。"

㉞　坐臥：坐著與躺著，猶時時刻刻。岑參《題雲際南峰眼上人讀經堂》："結字題三藏，焚香老一逢。雲間獨坐臥，祇是對山松。"劉禹錫《奉和裴令公新成綠野堂即書》："藹藹鼎門外，澄澄落水灣。堂皇臨綠野，坐臥看青山。"　心骨：猶心，內心。元稹《連昌宮詞》："我聞此語心骨悲，太平誰致亂者誰？"黃庭堅《鷓鴣天·明日獨酌自嘲呈史應之》："萬事令人心骨寒，故人墳上土新乾。"

㉟　閃閃：光亮四射，閃爍不定。劉義慶《世說新語·容止》："雙目閃閃，若巖下電。"吳融《中夜聞啼禽》："金屋獨眠堪寄恨，商陵永訣

更牽情。此時歸夢隨腸斷，半壁殘燈閃閃明。" 背壁：燈光不能直射牆壁。白居易《新樂府·上陽白髮人》："宿空房，秋夜長，夜長無寐天不明。耿耿殘燈背壁影，蕭蕭暗雨打窗聲。"陸龜蒙《雨夜》："我有愁襟無可那，纔成好夢剛驚破。背壁殘燈不及螢，重挑却向燈前坐。"膠膠：雞鳴聲。《詩·鄭風·風雨》："風雨瀟瀟，雞鳴膠膠。"李益《聞雞贈主人》："膠膠司晨鳴，報爾東方旭。" 塒：鑿垣爲雞窩曰塒，亦指在牆上鑿的雞窩。《詩·王風·君子于役》："雞栖於塒，日之夕矣！羊牛下來。"毛傳："鑿牆而栖曰塒。"《爾雅·釋宮》："雞栖於弋爲榤，鑿垣而栖爲塒。"邢昺疏："李巡曰：'鑿牆爲雞作栖曰塒……避寒故穿牆以栖雞。'"《顏氏家訓·治家》："蔬果之蓄，園場之所產；雞豚之善，塒圈之所生。"

㊱倦童：年幼童僕獨自跟隨侍候有病的元稹，疲倦不堪，可想而知。梅堯臣《重送李逢原歸蘇州》："吳客歸從楚，霜華著馬蹄。倦童持弊橐，呼艇過寒溪。"王安石《登寶公塔》："倦童疲馬放松門，自把長筇倚石根。江月轉空爲白晝，嶺雲分暝與黃昏。" 顛倒：上下、前後或次序倒置。酈道元《水經注·河水》："夫《琴操》以爲孔子臨狄水而歌矣！曰：'狄水衍兮風揚波，船楫顛倒更相加。'"《文心雕龍·定勢》："效奇之法，必顛倒文句，上句而抑下，中辭而出外，回互不常。"歪斜不正，傾側。韓愈《醉後》："淋漓身上衣，顛倒筆下字。"王安石《贈張康》："顛倒車馬間，起先冰雪晨。" 縱橫：縱向和橫向，南北曰縱，東西曰橫；經曰縱，緯曰橫。韓愈《送李翱》："譬如浮江木，縱橫豈自知。"這裏作多貌。《文選·左思〈吳都賦〉》："鈎餌縱橫，網罟接緒。"張銑注："縱橫，言多也。"鮑照《代放歌行》："冠蓋縱橫至，車騎四方來。"交錯貌。曹植《侍太子坐》："清醴盈金觴，肴饌縱橫陳。"王安石《即事》："縱橫一川水，高下數家村。"雜亂貌。《孫子·地形》："將弱不嚴，教道不明，吏卒無常，陳兵縱橫，曰亂。"孟郊《吊國殤》："徒言人最靈，白骨亂縱橫。"

㉟　泪垂：即垂泪，流泪。宋玉《高唐賦》：“愁思無已，嘆息垂泪。”
孟浩然《登萬歲樓》：“天寒雁度堪垂泪，月落猿啼欲斷腸。”　啼：悲哀
的哭泣。《禮記・喪大記》：“始卒，主人啼，兄弟哭。”韓愈《祭女挐女
文》：“我視汝顏，心知死隔；汝視我面，悲不能啼。”　啼且聲：《醫宗金
鑑・幼科雜病心法要訣・聽聲》：“聽聲：啼而不哭知腹痛，哭而不啼
將作驚。”注：“有聲有泪聲長曰哭，有聲無泪聲短曰啼。”

㊳　僮僕：僕役。《史記・貨殖列傳》：“能薄飲食，忍嗜欲，節衣
服，與用事僮僕同苦樂，趨時若猛獸摯鳥之發。”王維《宿鄭州》：“他鄉
絕儔侶，孤客親僮僕。”　撩亂：紛亂，雜亂。韋應物《答重陽》：“坐使
驚霜鬢，撩亂已如蓬。”崔知賢《上元夜效小庾體》：“今夜啓城闈，結伴
戲芳春。鼓聲撩亂動，風光觸處新。”

㊴　“問我何所苦”兩句：請讀者注意：這時元稹身邊，除了倦童，
並無別人，自然也沒有裴淑。《年譜新編》有元和十年三月至六月間
元稹自長安貶赴通州途中，先行繞道涪州與裴淑結婚、然後再到通州
赴任之說，“百日餘”之後北上興元，在途中被夢寐驚醒。誠如其說，
當年十月北上興元途中，新婚不久的妻子裴淑爲何不在身邊照顧重
病的丈夫，却祇有“倦童”一人伏侍？裴淑又是何時前往興元的？爲
何不與元稹結伴而行，却要元稹自己獨自奔走？如果裴淑這時已經
在元稹的身邊，爲何不見她關切丈夫的言行？作爲僕人，“倦童”爲何
可以在半夜冒冒失失闖進元稹夫婦休息的臥房，問詢安慰自己的
主人？

㊵　慘慘：憂悶，憂愁。戴叔倫《邊城曲》：“胡笳聽徹雙泪流，羈魂
慘慘生邊愁。”蘇軾《送李公擇》：“欲別不忍言，慘慘集百憂。”　路岐：
歧路，岔道。《初學記》卷一六引王廙《笙賦》：“發千里之長思，詠別鶴
於路歧。”劉駕《相和歌辭・賈客詞》：“金玉四散去，空囊委路岐。”元
稹從芳溪前行向西，目標是新政縣，然後在那兒借嘉陵江坐乘船隻北
上興元。從芳溪到新政縣，並無水路可通，需要翻山越嶺，並無平坦

的直路可行,彎彎曲曲,歧路岔道不少,故詩人在這裏採用"路岐"一詞。

㊶ 新政縣:據《通典》,新政縣屬於閬州,而閬州"東至咸安郡三百里",而咸安郡下屬有蓬州。讀者從元稹的叙述中,不難體味元稹由通州北上興元、自東而西的行進路綫,而不是他們一家自興元南歸,自西而東的行程。《年譜》與《編年箋注》之說不攻而自破。 今夕復明辰:從"今夕復明辰"的時間來看,芳溪到新政縣的距離不近。因爲元稹這次是北上就醫,不同於遊山玩水,有病的元稹藉助當地的滑竿,急急趕路,因此"今夕復明辰"之後,參照唐代傳遞"一天四驛,一驛三十里"計算,行程應該接近百里。因當地山嶺衆多,爬坡下嶺,不能僅僅從一般地圖上用平面的方式計算。

㊷ 填填:填塞充滿貌。《荀子・非十二子》:"吾語汝學者之嵬容:其冠絻,其纓禁緩,其容簡連,填填然。"《莊子・馬蹄》:"至德之世,其行填填,其視顛顛。" 滿心:謂心中充滿某種情緒或意願。《莊子・盜跖》:"財積而無用,服膺而不舍,滿心戚醮,求益而不止,可謂憂矣!"李華《寄趙七侍御》:"衰旅難重別,悽悽滿心胸。遇勝悲獨遊,貪奇恨孤逢。"

㊸ 奇哉:感到驚奇的感嘆語。元稹《臺中鞫獄憶開元觀舊事呈損之兼贈周兄四十韵》:"奇哉乳臭兒,緋紫裯被間。漸大官漸貴,漸富心漸慳。"姚合《買太湖石》:"奇哉賣石翁,不傍豪貴家。負石聽苦吟,雖貧亦來過。" 趙明府:從本詩看,應該是新政縣的縣令,其餘不詳。 明府:漢代人對縣令的敬稱,猶明公、明大夫。《後漢書・張儉傳》:"篤曰:'篤雖好義,明廷今日載其半矣!'"李賢注:"明廷猶明府。"王志堅《表異録・職官》:"唐人稱縣曰明府,漢人謂之明廷。"唐以後多用以專稱縣令。《後漢書・吳祐傳》:"國家制法,囚身犯之。明府雖加哀矜,恩無所施。"王先謙集解引沈欽韓曰:"縣令爲明府,始見於此。"杜甫《北鄰》:"明府豈辭滿? 藏身方告勞。"

㊹　北來：來自北方。崔道融《悲李拾遺二首》二：“天涯時有北來塵，因話它人及故人。也是先皇能罪己，殿前頻得觸龍鱗。”韋莊《洛陽吟》：“胡騎北來空進主，漢皇西去竟昇仙。如今父老偏垂淚，不見承平四十年。”　僧：僧伽的省稱，一般指出家修行的男性佛教徒，通稱和尚。《魏書·釋老志》：“僧譯爲和命衆，桑門爲息心，比丘爲行乞。”韓愈《送文暢師北遊》：“昔在四門館，晨有僧來謁。”

㊺　貴骨：主富貴的骨相。《駢字類編·人事門·貴》：“貴骨：《禮記》：貴者取貴骨，賤者取賤骨。貴者不重，賤者不虛，示均也。”《太平廣記》卷三〇七引薛用弱《集異記·淩華》：“杭州富陽獄吏曰淩華，骨狀不凡……將死，見黃衫吏齎詔而前，宣云：‘牒奉處分：以華昔日曾宰劇縣，甚著能績；後有缺行，敗其成功。謫官圜扉，伺其修省。既迷所履，大乖乃心。玉枕痴然，委於庸賤。念茲貴骨，須有所歸。’”　天真：《莊子·漁父》：“禮者，世俗之所爲也；真者，所以受於天也，自然不可易也。故聖人法天貴真，不拘於俗。”後因以“天真”指不受禮俗拘束的品性。《晉書·阮籍嵇康等傳論》：“餐和履順，以保天真。”王維《偶然作六首》四：“陶潛任天真，其性頗躭酒。”謂事物的天然性質或本來面目。馮延己《憶江南二首》一：“玉人貪睡墜釵雲，粉消妝薄見天真。”楊萬里《寒食雨中同舍約遊天竺得十六絕句呈陸務觀》一五：“萬頃湖光一片春，何須割破損天真！”

㊻　閴：幽靜，幽深。江淹《蕭驃騎讓太尉增封表》：“幸郊甸或静，江山以閴。”元稹《酬樂天見憶兼傷仲遠》：“死別重泉閴，生離萬里賒。”　逡巡：滯留。《後漢書·隗囂傳》：“舅犯謝罪文公，亦逡巡於河上。”李賢注：“逡巡，不進也。”拖延，遷延。《晉書·劉頌傳》：“昔魏武帝分離天下，使人役居户，各在一方；既事勢所須，且意有曲爲，權假一時，以赴所務，非正典也。然逡巡至今，積年未改。”白居易《重賦》：“里胥迫我納，不許暫逡巡。”

㊼　“僧來爲予語”兩句：意謂趙明府介紹的北來僧前來與我攀

談,講到我過去已經知道的裴垍相公的故事。　知:曉得,瞭解。于鵠《山中自述》:"三十無名客,空山獨臥秋。病多知藥性,年長信人愁。"劉長川《將赴東都上李相公》:"四海兵初偃,平津閣正開。誰知大爐下,還有不然灰?"

㊽"自言有奇中"兩句:意謂在裴垍沒有登上相位之前,"北來僧"已經預料他的將來。　奇中:謂意想不到的説准、猜中。《史記·封禪書》:"少君資好方,善爲巧發奇中。"蘇軾《東坡志林·單驤孫兆》:"其術雖本於《難經》、《素問》,而別出新意,往往巧發奇中。然未能十全也。"

㊾靈山:道書所稱的福地之一,在今江西省上饒縣北。《雲笈七籖》卷二七:"其次七十二福地,在大地名山之間,上帝命真人治之,其間多得道之所……第三十三靈山在信州上饒縣北,墨真人治之。"顧祖禹《讀史方輿紀要·上饒縣》:"靈山,府西北六十里,一名靈鷲山,道書第三十三福地,實郡之鎮山也。"也指有靈應的山。劉孝孫《遊靈山寺》:"吾王遊勝地,驂駕歷祇園。臨風畫角憤,耀日采旗翻。"劉長卿《奉陪蕭使君入鮑逹洞尋靈山寺》:"山居秋更鮮,秋江相映碧。獨臨滄洲路,如待挂帆客。"　住處:居住的處所,這裏分別指裴垍與"北來僧"的住處。《論語·雍也》"非公事,未嘗至於偃之室也"皇侃疏:"若非常公稅之事,則不嘗無事至偃住處也。"王維《田家》:"住處名愚谷,何煩問是非。"　園籬:與外界或鄰居分隔的簡易籬笆。劉克莊《有興》:"門巷慵耘草,園籬課種蔬。雖非黃叔度,未易得親疏。"俞德鄰《村居即事二首》一:"喚婦索綯苫屋角,課兒斫竹補園籬。溝東積水通前浦,也有蒲帆帶雨歸。"

㊿指言:猶指陳。元稹《白氏長慶集序》:"比比上書言得失,因爲《賀雨》、《秦中吟》等數十章,指言天下事,時人比之《風》《騷》焉!"白居易《與元九書》:"啓奏之外,有可以救濟人病、裨補時闕而難於指言者,輒詠歌之,欲稍稍遞進聞於上。"　晷刻:原指日晷與刻漏,古代

的計時儀器,這裏指代時刻,時間。《梁書·賀琛傳》:"〔琛〕每見高祖,與語常移晷刻,故省中爲之語曰:'上殿不下有賀雅。'"王安石《和平甫舟中望九華山二首》一:"窺觀坐窮晡,未覺晷刻淹。"

(51) 不覺:不禁,不由得。舊題李陵《答蘇武書》:"吟嘯成群,邊聲四起,晨坐聽之,不覺泪下。"宋之問《桂州陪王都督晦日宴逍遥樓》:"晦節高樓望,山川一半春……兀然心似醉,不覺有吾身。" 歔欷:悲泣,抽噎,嘆息。蔡琰《悲憤詩》:"觀者皆歔欷,行路亦嗚咽。"盧諶《贈劉琨一首並書》:"亦奚必臨路而後長號,睹絲而後歔欷哉。"

(52) 前夕:前一天的晚上。韓愈《玩月喜張十八員外以王六秘書至》:"前夕雖十五,月長未滿規。"梅堯臣《中秋與希深別後月下寄》:"把酒非前夕,追歡憶去年。"請讀者注意,元稹在芳溪夢見裴垍,在路上至少歷經一天的奔波之後,才到達新政縣與"北來僧"攀談。 相謂:交談,互相告語。《史記·日者列傳》:"居三日,宋忠見賈誼於殿門外,乃相引屏語相謂自嘆曰:'道高益安,勢高益危,居赫赫之勢,失身且有日矣!'"《景德傳燈録·道信大師》:"時賊衆望雉堞間若有神兵,乃相謂曰:'城内必有異人,不可攻矣!'"

(53) 無乃:相當於"莫非"、"恐怕是",表示委婉測度的語氣。《論語·雍也》:"居敬而行簡,以臨其民,不亦可乎?居簡而行簡,無乃太簡乎?"韓愈《行難》:"由宰相至百執事凡幾位,由一方至一州凡幾位,先生之得者,無乃不足充其位邪?" 胸中:心中,多指人的思想境界或精神狀態。《孟子·離婁》:"胸中正,則眸子瞭焉!胸中不正,則眸子眊焉!"《史記·蘇秦列傳》:"是故明主外料其敵之强弱,内度其士卒賢不肖,不待兩軍相當而勝敗存亡之機固已形於胸中矣!" 氣:中國古代哲學概念,主觀唯心主義者用以指主觀精神。《孟子·公孫丑》:"我善養吾浩然之氣。"《易·繫辭》:"精氣爲物,遊魂爲變。"孔穎達疏:"'精氣爲物'者,謂陰陽精靈之氣。"

(54) 師:對僧、尼、道士的尊稱,這裏特指"北來僧"。元稹《公安縣遠安寺水亭見展公題壁漂然淚流因書四韻》:"碧澗去年會,與師三兩人。今來見題壁,師已是前身。"李公佐《謝小娥傳》:"途經泗濱,過善義寺謁大德尼令。操戒新見者數十,淨髮鮮帔,威儀雍容,列侍師之左右。" 盡:全部,整個。《左傳·昭公二年》:"周禮盡在魯矣!"韓愈《元和聖德詩》:"盡逐群奸,靡有遺侶。" 前事:前面已經發生的事情。司空曙《望商山路》:"雨霽殘陽薄,人愁獨望遲。空殘華髮在,前事不堪思。"郭鄖《寒食寄李補闕》:"萬井閭閻皆禁火,九原松柏自生烟。人間後事悲前事,鏡裏今年老去年。"

㊤ 言下:說話的時候。劉禹錫《和東川王相公新漲驛池八韻》:"變化生言下,蓬瀛落眼前。"一言之下,頓時。《景德傳燈錄·僧璨大師》:"信於言下大悟,服勞九載。" 涕:眼泪。《文選·司馬相如〈長門賦〉》:"左右悲而垂泪兮,涕流離而從橫。"李善注:"自眼出曰涕。"陸游《聞雨》:"夜闌聞急雨,起坐涕交流。"哭泣。《說文·水部》:"涕,泣也。"劉琨《重贈盧諶》:"宣尼悲獲麟,西狩涕孔丘。"鼻涕。《素問·解精微論》:"泣涕者腦也……故腦滲爲涕。"王冰注:"鼻竅通腦,故腦滲爲涕流於鼻中矣!"王褒《僮約》:"咋索仡仡,扣頭兩手自搏,目泪下落,鼻涕長一尺。"

㊥ 知:知遇,賞識。《管子·四稱》:"君知則仕,不知則已。"柳惲《度關山》:"長安倡家女,出入燕南垂。惟持德自美,本以容見知。"岑參《北庭西郊候封大夫受降回軍獻上》:"何幸一書生,忽蒙國士知。"不幸:不幸運,倒楣。《論語·雍也》:"有顏回者好學,不遷怒,不貳過,不幸短命死矣!"邢昺疏:"凡事應失而得曰幸,應得而失曰不幸。"韓愈《與崔群書》:"僕家不幸,諸父諸兄皆康强早世,如僕者,又可以圖於長久哉!"表示不希望發生而竟然發生。《漢書·卜式傳》:"今天下不幸有事,郡縣諸侯未有奮繇直道者也。"

㊦ "僧云裴相君"兩句:意謂在裴相公的門下,裴相公像對待你那樣賞識又加恩重如山的人又有幾個? 恩:寵信。曹植《求通親親

表》：“誠可謂恕己治人，推惠施恩者矣！”王讜《唐語林·補遺》：“裴延齡恃恩輕躁，班列懼之。”

　　⑤滔滔：盛大貌，普遍貌。杜甫《惜別行送劉判官》：“劉侯奉使光推擇，滔滔才略滄溟窄。”《新唐書·劉迅傳》：“天下滔滔，知我者希。”　直：公正，正直。《韓非子·解老》：“所謂直者，義必公正，公心不偏黨也。”《新唐書·李夷簡傳》：“夷簡致位顯處，以直自閑，未嘗苟辭氣悅人。”

　　⑤白生：這裏指白居易。　生：“先生”的省稱，指有才學的人，亦爲讀書人的通稱。《史記·儒林列傳》：“言《禮》自魯高堂生。”司馬貞索隱：“云‘生’者，自漢已來儒者皆號‘生’，亦‘先生’省字呼之耳。”杜甫《寄高三十五書記》：“嘆息高生老，新詩日又多。”趙翼《廿二史札記·先生或只稱一字》：“古時‘先生’二字，或稱‘先’，或稱‘生’。《史記·鼂錯傳》：‘錯，初學於張恢先所。’《漢書》則云：‘初學於張恢生所。’一稱‘先’一稱‘生’，顏注云：‘皆先生也。’”　感遇：感激知遇。庾亮《上疏乞骸骨》：“且先帝謬顧，情同布衣，既今恩重命輕，遂感遇忘身。”《舊五代史·唐明帝紀》：“琪，梁之故相，私懷感遇，叙彥威在梁歷任，不欲言僞梁故也。”對所遇事物的感慨。白居易《與元九書》：“又有事物牽於外，情理動於內，隨感遇而形於嘆詠者一百首，謂之‘感傷詩’。”

　　⑥官學：舊時官府設立的學校，西周的國學、鄉學，漢的太學、州郡縣學，唐宋的太學、國子監、府州縣學，元的社學，皆屬官學。元稹《唐故工部員外郎杜君墓係銘并序》：“唐興，官學大振，歷世之文，能者互出。”曾鞏《江都縣主簿王君夫人曾氏墓誌》：“其夫嘆曰：‘我能一意自肆於官學，不以私累其志，曾氏助我也。’”　生小：猶自小，幼小，猶今日之“髮小”。《玉臺新詠·古詩爲焦仲卿妻作》：“昔作女兒時，生小出野里。”元稹《旱災自咎貽七縣宰》：“生小下俚住，不曾州縣門。”　鄉里：家鄉，故里。《管子·立政》：“勸勉百姓，使力作毋偷，懷

樂家室,重去鄉里,鄉師之事也。"《後漢書·劉盆子傳》:"〔楊音〕與徐宣俱歸鄉里,卒於家。"居里或籍貫相同的人,猶鄉親,同鄉。《墨子·尚賢》:"入則不慈孝父母,出則不長弟鄉里。"劉義慶《世說新語·賢媛》:"許允爲吏部郎,多用鄉里。"指居里或籍貫相同。《周書·寇洛傳》:"及賀拔岳西征,洛與之鄉里,乃募從入關。"

㉑ 拔:選取,提拔。王充《論衡·累害》:"夫采石者破石拔玉,選士者棄惡取善。"劉劭《人物志序》:"湯以拔有莘之賢爲名,文王以舉渭濱之叟爲貴。"　塵土:指塵世,塵事。沈亞之《送文穎上人遊天台》:"莫說人間事,崎嶇塵土中。"張端義《貴耳集》卷下:"及作舍人學士,日奔走於塵土中,聲利擾擾。"這裏所述,是裴垍對元稹白居易的恩遇,請參閱拙稿《元稹評傳》與《元稹考論》的有關章節。

㉒ 美名:美好的聲譽或名稱。《戰國策·東周策》:"顏聚謂齊王曰:'夫存危國,美名也。'"李頎《送劉方平》:"二十工詞賦,惟君著美名。"　深分:深厚的契分、交情。《資治通鑑·漢獻帝初平三年》:"曹今雖弱,然實天下之英雄也,當故結之。況今有緣,宜通其上事,並表薦之,若事有成,永爲深分。"胡三省注:"分,契分也。"劉禹錫《樂天見示傷微之敦詩晦叔三君子皆有深分因成是詩以寄》:"吟君嘆逝雙絕句,使我傷懷奏短歌。世上空驚故人少,集中惟覺祭文多。"

㉓ 吹噓:比喻獎掖,汲引。《宋書·沈攸之傳》:"卵翼吹噓,得升官秩。"杜甫《贈獻納使起居田舍人澄》:"揚雄更有河東賦,唯待吹噓送上天。"　先:謂時間或次序在前,與"後"相對。《莊子·天道》:"春夏先,秋冬後,四時之序也。"韓愈《送窮文》:"利居衆後,責在人先。"頑陋:愚蠢而鄙陋。袁宏《後漢紀·章帝紀》:"三代推益,優劣殊軌,況於頑陋,無以易民視聽,雖欲從之,末由也已。"王令《寄洪與權》:"預期後相見,頑陋徒老大。好勤寄予書,思子百憂萃。"　鄙:鄙視,輕蔑。《書·大誥》:"反鄙我周邦。"孔穎達疏:"反鄙薄輕易我周家。"顏延之《五君詠·向常侍》:"探道好淵玄,觀書鄙章句。"

⑥ 往往：常常。馮道《偶作》：“莫爲危時便愴神，前程往往有期
因。須知海嶽歸明主，未必乾坤陷吉人。”衛準《失題》：“莫言閑話是
閑話，往往事從閑話來。”　終年：全年，一年到頭。《墨子・節用》：
“久者終年，速者數月。”顧況《洛陽早春》：“何地避春愁？終年憶舊
遊。”　履：臨，至。《易・履》：“剛中正，履帝位而不疚。”《新唐書・吐
蕃傳》：“朕未始擐甲履軍，往者滅高麗、百濟，比歲用師，中國騷然，朕
至今悔之。”

⑥ 相門：宰相之家。許渾《早秋寄劉尚書》：“天生心識富人侯，
將相門中第一流。旗纛早開擒虎帳，戈鋌初發斬鯨舟。”方干《上張舍
人》：“海内芳聲誰可並？承家三代相門深。剖符已副東人望，援筆曾
傳聖主心。”　衆流：原指衆多的水流。酈道元《水經注・漣水》：“漣
水出邵陵縣界南，徑連道縣……控引衆流，合成一溪。”這裏指政治上
學術上的各個流派。《後漢書・王充傳》：“〔王充〕常遊洛陽市肆，閱
所賣書，一見輒能誦憶，遂博通衆流百家之言。”韓愈《後漢三賢贊三
首》一：“一見誦憶，遂通衆流。”　譽：稱讚，讚美。《論語・衛靈公》：
“吾之於人也，誰毀誰譽？如有所譽者，其有所試矣！”王安石《歌元豐
五首》四：“曾侍玉階知帝力，曲中時有譽堯心。”　毀：毀謗，詆毀，詈
罵。《史記・孟嘗君列傳》：“齊王惑於秦楚之毀，以爲孟嘗君名高其
主而擅齊國之權，遂廢孟嘗君。”《新唐書・朱敬則傳》：“咸亨中，高宗
聞其名，召見，異之，爲中書令李敬玄所毀，故授洹水尉。”

⑥ 風過塵：風吹微塵，過後不留痕迹，比喻聽者品格清正崇高，
不爲流言蜚語所惑。《文選・夏侯湛〈東方朔畫贊〉》：“天秩有禮，神
監孔明。彷彿風塵，用垂頌聲。”劉良注：“言彷彿聞其高風清塵，故此
用垂頌聲也。”劉得仁《哭翰林丁侍郎》：“平生任公直，愛弟尚風塵。”
井中水：河水湖水隨風起浪，風波不斷，而井水終年平靜，水溫的變化
也不大，元稹詩文中多處提及，寓意深遠，讀者不可輕易放過。元稹
《分水嶺》：“團團井中水，不復東西征。上應美人意，中涵孤月明。”孟

郊《列女操》:"貞婦貴徇夫,舍生亦如此。波瀾誓不起,妾心井中水。"

⑥⑦ 前時:從前,以前。《史記·項羽本紀》:"曰:'前時某喪使公主某事,不能辦,以此不任用公。'衆乃皆伏。"韓愈《柳子厚墓誌銘》:"子厚前時少年,勇於爲人,不自貴重顧藉,謂功業可立就,故坐廢退。"晏幾道《踏莎行》:"雪盡寒輕,月斜烟重,清歡猶計前時共。" 掾荊:這裏指元稹元和五年至元和九年貶謫江陵之事。 掾:官府中佐助官吏的通稱。元稹《竹部》:"我來荊門掾,寓食公堂肉。豈惟遍妻孥,亦以及僮僕。"元稹《蟲豸詩七篇并序》:"始辛卯年,予掾荊州之地。" 公:對尊長的敬稱。《漢書·溝洫志》:"太始二年,趙中大夫白公復奏穿渠。"顏師古注:"鄭氏曰:'時人多相謂爲公。'此時無公爵也,蓋相呼尊老之稱耳!"白居易《和答詩十首·和陽城驛》:"上言陽公行,友悌無等夷骨……次言陽公迹,夏邑始栖遲。"這裏指裴垍。

⑥⑧ 道:原指道路。《詩·小雅·大東》:"周道如砥,其直如矢。"韓愈《和李司勳過連昌宮》:"夾道疏槐出老根,高甍巨桷壓山原。"這裏指政治主張或思想體系。《論語·衛靈公》:"道不同,不相爲謀。"劉禹錫《學阮公體三首》一:"少年負志氣,通道不從時。"也寓含正直之義。《荀子·不苟》:"君子大心則敬天而道,小心則畏義而節。"梁啓雄釋引《爾雅·釋詁》:"道,直也。"劉向《說苑·修文》:"樂之動於内,使人易道而好良。"與"前時予掾荊,公在期復起"、"白生道亦孤,讒謗銷骨髓。司馬九江城,無人一言理"含義相同,前後呼應。 甘:情願,甘心,詩人這裏是被動式的"情願"、"甘心"。《詩·齊風·雞鳴》:"蟲飛薨薨,甘與子同夢。"梅堯臣《食薺》:"世羞食薺貧,食薺我所甘。" 已:罷了,算了。《史記·孟嘗君列傳》:"孟嘗君不西則已,西入相秦則天下歸之。"《漢書·陳勝傳》:"且壯士不死則已,死則舉大名耳!"

⑥⑨ "白生道亦孤"兩句:《舊唐書·白居易傳》:"(元和)九年冬,入朝授太子左贊善大夫。十年七月,盜殺宰相武元衡,居易首上疏論

其冤，急請捕賊以雪國恥。宰相以宦官非諫職，不當先諫官言事。會有素惡居易者，掎摭居易言浮華無行，其母因看花墮井而死，而居易作《賞花》及《新井》詩，甚傷名教，不宜實彼周行。執政方惡其言事，奏貶爲江表刺史。詔出，中書舍人王涯上疏論之，言居易所犯狀迹不宜治郡，追詔授江州司馬。”　　讒謗：讒毀誹謗。《三國志·王烈傳》：“未至，卒於海表。”裴松之注引李氏《先賢行狀》：“時衰世弊，識真者少，朋黨之人，互相讒謗。”蘇軾《和孫莘老次韵》：“雖去友朋親吏卒，却辭讒謗得風謡。”　　骨髓：原指骨腔内的膏狀物質，這裏指内心深處。《史記·秦本紀》：“文公夫人，秦女也，爲秦三囚將請曰：‘繆公之怨此三人入於骨髓，願令此三人歸，令我君得自快烹之。’”張鷟《遊仙窟》：“所恨別易會難，去留乖隔，王事有限，不敢稽停，每一尋思，痛深骨髓。”

⑦ 司馬：官名。唐制，節度使屬僚有行軍司馬，又于每州置司馬，以安排貶謫或閑散的人。張九齡《和王司馬折梅寄京邑昆弟》：“離別念同嬉，芬榮欲共持。獨攀南國樹，遙寄北風時。”宋之問《送許州宋司馬赴任》：“潁郡水東流，荀陳兄弟遊。偏傷兹日遠，獨向聚星州。”　　九江：即江州。《元和郡縣志·江州》：“隋文帝平陳，置江州，總管移理湓城。大業三年，罷江州爲九江郡。”劉長卿《送李二十四移家之江州》：“九江春草綠，千里暮潮歸。別後難相訪，全家隱釣磯。”元稹《聞樂天授江州司馬》：“殘燈無焰影幢幢，此夕聞君謫九江。垂死病中驚坐起，暗風吹雨入寒窗。”　　理：申訴，辯白。《莊子·盜跖》：“鮑子立乾，申子不自理，廉之害也。”成玄英疏：“〔申生〕遭麗姬之難，枉被讒謗，不自申理，自縊而死矣！”韓愈《唐正議大夫尚書左丞孔公墓誌銘》：“下邽令笞外按小兒，繫御史獄。公上疏理之，詔釋下邽令。”

⑦ 苦言：凄切的言詞。嵇康《聲無哀樂論》：“心動於和聲，情感於苦言。”陸機《贈馮文羆》：“悲情臨川結，苦言隨風吟。”王徽《雜詩》：

"弄弦不成曲,哀歌送苦言。" 揮涕:揮灑涕淚。《孔子家語·曲禮子夏問》:"二三婦人之欲供先祀者,謂無瘠色,無揮涕,無拊膺,無哀容。"王肅注:"揮涕,不哭,流涕以手揮之。"王粲《七哀詩二首》一:"路有飢婦人,抱子棄草間。顧聞號泣聲,揮涕獨不還。"

⑦報恩:報答恩惠。《漢書·蓋寬饒傳》:"奉法宣化,憂勞天下,雖日有益,月有功,猶未足以稱職而報恩也。"梅堯臣《雙羊山會慶堂記》:"堂之前許其置佛,俾報恩奉佛兩得焉!" 聽:等候,等待。《周禮·地官·大司徒》:"正歲,令于教官曰:各共爾職,修乃事,以聽王命。"賈公彥疏:"聽,待也。" 男子:指剛強有作爲的男人。《楚辭·天問》:"吳獲迄古,南嶽是止。孰期去斯,得兩男子。"《後漢書·楊彪傳》:"孔融魯國男子,明日便當拂衣而去,不復朝矣!"

[編年]

《年譜》元和十二年"詩編年"欄內列入本詩,在同年述説元稹自興元返回通州的譜文裏,也有"經蓬州,宿芳溪館,賦《感夢》詩,懷念裴垍"的條文,《年譜》的理由是:"元稹《感夢》云:'十月初二日,我行蓬州西。三十里有館,有館名芳溪'云云。元稹元和十年三月由西京赴通州任,雖可能經過蓬州,但與《感夢》的時間不合。十二年元稹離興元,返通州,經閬州、蓬州之時間,與《感夢》正合。"《編年箋注》同意《年譜》意見:"此詩作於元和十二年(八一七)離興元返通州途中。"理由是:"見下《譜》。"

我們的看法與《年譜》、《編年箋注》大不相同,《感夢》不是作於元和十二年十月元稹自興元返歸通州途中,而是作於十年十月元稹自通州前往興元途中。我們的理由是:其一,《感夢》詩是懷念已故裴垍的,裴垍卒於元和六年,白居易有《夢裴相公》詩:"五年生死隔,一夕魂夢通。"白居易詩肯定作於元和十年,元稹詩似也應作於元和十年,因這年的前三月元稹白居易同在長安,有著較密切的來往和聯繫,元

3876

稹極有可能讀過白居易的《夢裴相公》詩；受白居易的啓發受白居易
詩的暗示，元稹在前往興元途中夢見裴垍之時，也寫下了這首詩篇。
其二，《感夢》詩云“十月初二日，我行蓬州西”、“我病百日餘”，從六月
中下旬元稹到通州之後，不久病倒，至“十月初二日”，計其時日，正是
“百日餘”之期；如果是元稹病癒後從興元返回通州，這“百日餘”起於
何時？《年譜》、《編年箋注》都沒有交待清楚。其三，據《感夢》詩所
述，元稹是在蓬州西三十里的“芳溪”夢見裴垍的，元稹夢醒後的路綫
是：“前經新政縣，今夕復明辰。”可見元稹是由蓬州之“芳溪”前往“新
政縣”的。因爲據《感夢》詩，“芳溪”在蓬州西三十里；據《通典》，蓬州
“西至閬中郡三百里”，新政縣屬閬州，可見新政縣是在芳溪之西，自
然更在蓬州之西。在《感夢》詩中，元稹由“芳溪”而“新政縣”，這是一
條自通州向興元進發的路綫，而不是自興元回歸通州的路綫。關於
這一點，祇要翻閲中華地圖學社出版的《中國歷史地圖集·第五册》
就可得到較爲明確的答案。我們參照元稹自長安赴通州司馬任的路
綫，他這次大約也是由通州順渠江至渠州，然後溯渠江支流（今四川
流江）至蓬州，由芳溪西行經新政縣，北上嘉陵、百牢、興元的。因爲
元稹當時在九死一生的大病之後，陸路的顛簸絶非首選，應該儘量利
用當地的水路，故如此選擇應該在情理之中。其四，元稹詩《獻滎陽
公詩》詩注：“稹病虐二年，求醫在此，滎陽公不忍歸之瘴鄉。”我們根
據《舊唐書·鄭餘慶傳》、《舊唐書·憲宗紀》可知：滎陽公即鄭餘慶，
元和九年三月至元和十一年十月在山南西道節度使任。興元是山南
西道治所，而元稹詩注中的“瘴鄉”，就是元稹“染瘴危重”的通州。詩
注既云“二年”“在此”，説明鄭餘慶任內之元和十年、十一年元稹在興
元，否則不當云“二年”“在此”。這證明元稹元和十年已經到達興元，
這正與元稹《感夢》詩所云“十月初二日”北上興元之説相合。其五，
我們這裏再補充一條理由：根據《四川通志·蓬州》以及《蜀中廣記·
順慶府》、《大清一統志》的記載，芳溪館應該在蓬州，所謂“十月初二

日,我行蓬州西。三十里有館,有館名芳溪"云云,說明芳溪就在蓬州附近,在"望山跑死馬"的崇山峻嶺中,"三十里"在一般的地圖上很難顯示距離的。據此,我們認爲本詩應該與《新政縣》賦成於同時,地點在新政縣,不過《新政縣》賦成在先,本詩所述之夢雖然發生在十月二日的芳溪館,但元稹賦成本詩應該在後,本詩所云,就是明證:"倦童顛倒寢,我泪縱橫垂。泪垂啼不止,不止啼且聲。啼聲覺僮僕,僮僕撩亂驚。問我何所苦?問我何所思?我亦不能語,慘慘即路岐。前經新政縣,今夕復明辰。塡塡滿心氣,不得說向人。奇哉趙明府,怪我眉不伸。云有北來僧,住此月與旬。自言辨貴骨,謂若識天真。談游費閱景,何不與逡巡?僧來爲予語,語及昔所知……爲師陳苦言,揮涕滿十指。未死終報恩,師聽此男子!"

《年譜新編》在元和十年條下認爲:"患病'百餘日'。九月底赴興元療疾,自此與白居易失去聯繫。元稹《感夢》云:'十月初二日,我行蓬州西。三十里有館,有館名芳溪。……我病百日餘,肌體顧若刲。……前經新政縣,今夕復明辰。'十月初二日'已'百餘日',是知元稹初至通州即'染瘴危重'。又,蓬州在通州西,芳溪館在蓬州西三十里,新政縣又在芳溪館西,是知元稹自通州西行,經蓬州,至閬州。新政在嘉陵江邊,沿江北上至利州,折向東順漢江水而下,可至興元。"並且《年譜新編》違反自己一貫跟從《年譜》、《編年箋注》編年的慣例,沒有認同《年譜》、《編年箋注》編年《感夢》於元和十二年的觀點,而是編年《感夢》詩於元和十年。

《年譜新編》出版於二○○四年十一月,這種論證方法與筆者一九八七年三月發表在《唐代文學論叢》第九期上的《元稹裴淑結婚時間地點略考》一文非常相似,上面所述的我們編年本詩理由就是我們這篇文章的部分節引。我們以爲以元稹爲自己研究對象的周先生,不會看不到這篇拙稿吧?而事實是,就在《年譜新編》發表"患病'百餘日'。九月底赴興元療疾"宏論的前八頁,在"至涪州,與裴淑結婚”的譜文之下,《年譜新編》曾引述“吳偉斌《元稹裴淑結婚時間地點略考》認爲……”需要說明的是:在《年譜新編》的同一本大著裏,這樣的例子屢見不鮮,絕非僅此一次。周先生曾多次指責他人不遵守“學術規範”,不知周先生又如何解釋自己的“學術規範”? 見解相同,論證方法類似,本來没有什麽,從某種意義上應該是一件好事。但我們認爲,在學術研究中,應該老老實實説明哪些是他人十八年前的研究成果,哪些是自己的研究所得,我想這是起碼的“學術規範”吧!

◎ 蒼溪縣寄揚州兄弟⁽一⁾①

蒼溪縣下嘉陵水,入峽穿江到海流⁽二⁾②。憑仗鯉魚將遠信,雁回時節到揚州③。

録自《元氏長慶集》卷一九

[校記]

(一)蒼溪縣寄楊州兄弟:原本作“蒼溪縣寄楊州兄弟”,刊刻之誤,據楊本、叢刊本、《萬首唐人絶句》、《全詩》、《蜀中廣記》、《全蜀藝文志》改。

(二)入峽穿江到海流:楊本、叢刊本、《萬首唐人絶句》、《全詩》、《蜀中廣記》同,《全蜀藝文志》作“入峽穿江倒海流”,語義不佳,不改。

[箋注]

① 蒼溪縣:《四川通志·保寧府》:“蒼溪縣:漢(閬中縣地,永元中分置漢昌縣,仍屬巴郡),晉(太康中,又分蒼溪縣,皆屬巴西郡),劉宋(省蒼溪,以漢昌屬巴西郡),蕭齊(復置,仍屬北巴西郡),隋(開皇

十八年,改漢昌曰蒼溪,仍屬巴西郡),唐(屬閬州),宋(因之)⋯⋯"
《蜀中廣記·蒼溪縣》:"蒼溪於閬中爲上游,即臨嘉陵水也。江岸有
放船亭,杜詩:'送客蒼溪縣,山寒雨不開。只愁騎馬滑,故作放船
回。'後人因以名亭。元稹《蒼溪縣寄揚州兄弟》詩:'⋯⋯'劉滄《宿蒼
溪館》詩:'孤館門開對碧岑,竹窗燈下聽猿吟。巴山夜雨別離夢,秦
塞舊山迢遞心。滿地苺苔生近水,幾株楊柳自成陰。空思知己隔雲
嶺,鄉路獨歸春草深。'⋯⋯"陳子昂《周故內供奉學士懷州河內縣尉
陳君石人銘》:"開耀元年制舉,太子舍人、司議郎、大府少卿元知讓應
制薦君於朝堂,對策高第,敕授隆州蒼溪縣主簿。"杜甫《放船》:"送客
蒼溪縣,山寒雨不開。直愁騎馬滑,故作泛舟迴。" 揚州:地名,唐代
的重要經濟中心之一,繁榮勝於長安,當時有"揚一益二"之稱。《舊
唐書·地理志》:"揚州大都督府:隋江都郡,武德三年杜伏威歸國,於
潤州江寧縣置揚州,以隋江都郡爲兗州,置東南道行臺。七年改兗州
爲邗州,九年省江寧縣之揚州,改邗州爲揚州置大都督,督越、揚、和、
滁、楚、舒、廬、壽七州。貞觀十年改大都督爲都督,督揚、滁、常、潤、
和、宣、歙七州。龍朔二年昇爲大都督府,天寶元年改爲廣陵郡,依舊
大都督府。乾元元年復爲揚州,自後置淮南節度使,親王爲都督領
使,長史爲節度副大使知節度事,恒以此爲治所。舊領縣四:江都、六
合、海陵、高郵。戶二萬三千一百九十九,口九萬四千三百四十七。
天寶領縣七,戶七萬七千一百五,口四十六萬七千八百五十七。在京
師東南二千七百五十三里,至東都一千七百四十九里。"權德輿《揚州
與丁山人別》:"將軍易道令威仙,華髮清談得此賢。惆悵今朝廣陵
別,遼東後會復何年?"陳羽《廣陵秋夜對月即事》:"霜落寒空月上樓,
月中歌吹滿揚州。相看醉舞倡樓月,不覺隋家陵樹秋。" 揚州兄弟:
元稹同族的兄弟,其時其兄長元秬、元積尚在人世,但仕職不明。元
稹《唐故朝議郎侍御史內供奉鹽鐵轉運河陰留後河南元君墓誌銘》叙
述元秬之最後生平:"其在河陰也,朝廷有事於淄蔡,累百萬之費,一

出於是。朝令朝具,夕發夕至者,周五星歲而後功成役罷。凡主供饋之百一於君者,皆以課遷,唯君終不言賞,賞亦不及。"朝廷有事於淄蔡"即李唐平定淮西吳元濟叛亂,時在元和九年至元和十三年間。淮西之亂平定之後,元稹因病卸職,前往元稹任職的虢州官舍度過最後的時光,元稹《唐故朝議郎侍御史内供奉鹽鐵轉運河陰留後河南元君墓誌銘》:"君……遷監察御史知轉運永豐院事、殿中侍御史留務河陰,加侍御史賜緋魚袋。元和十四年以疾去職,九月二十六日殁於季弟虢州長史積之官舍。""其在河陰也",河陰應該指黄河南岸之地。《國語・晉語》:"與鼓子田於河陰,使夙沙厘相之。"韋昭注:"河陰,晉河南之田。"《文選・陸機〈贈馮文羆〉》:"發軫清洛汭,驅馬大河陰。"李善注引《穀梁傳》:"水南曰陰。"而揚州又是李唐的經濟中心,元稹從事於平叛淮西的後勤供應,理應在黄河之南、長江之北的廣大地區奔波,而揚州是這一地區的經濟中心,正是元稹經常駐留的地點。因爲元稹的存在,或許還有元氏家族的其他同輩兄弟也去投奔元稹,也在揚州游宦,故詩篇統稱"兄弟",意謂不僅僅是元稹一人。在古代漢語裏,"兄弟"也有"哥哥"的義項,如《玉臺新詠・古詩〈爲焦仲卿妻作〉》:"我有親父母,逼迫兼弟兄。"就是其中的一個例子。據元稹《告祀曾祖文》,元稹兄長元積長慶二年在金州刺史任,不知元和十年前後履職何處,是否也在揚州,不得而知。

　　②"蒼溪縣下嘉陵水"兩句:嘉陵江自北而南,經由蒼溪縣縣城之西南而下,在渝州附近流入長江,然後穿越三峽入海,故言。　　峽:原指兩山夾水處。《文選・左思〈蜀都賦〉》:"經三峽之崢嶸,躡五屼之蹇滻。"劉逵注:"三峽,巴東永安縣有高山相對,相去可二十丈左右,崖甚高,人謂之峽,江水過其中。"杜甫《雨晴》:"雨時山不改,晴罷峽如新。"仇兆鰲注:"山峭夾水曰峽。"這裏特指長江三峽。劉義慶《世說新語・言語》:"桓公入峽,絕壁天懸,騰波迅急。"《新唐書・李叔明傳》:"梁崇義阻命,詔引兵下峽,戰荆門,敗其衆。"　　江:這裏專

指長江。《書·禹貢》:"江漢朝宗於海。"《孟子·滕文公》:"決汝漢,排淮泗而注之江。"李覯《長江賦》:"重裝疊載,逾江越淮。" 海:百川會聚之處,後指大洋靠近陸地的部分。《詩·小雅·沔水》:"沔彼流水,朝宗於海。"《淮南子·氾論訓》:"百川異源,皆歸於海。"這裏指長江入海附近的東海與黃海。

③ 憑仗:依賴,依靠。庾信《周車騎大將軍賀婁公神道碑》:"祖慶,少習邊將,憑仗智勇。"白居易《松樹》:"白金換得青松樹,君既先栽我不栽。幸有西風易憑仗,夜深偷送好聲來。" 鯉魚:魚名,蔡邕《飲馬長城窟行》:"客從遠方來,遺我雙鯉魚。呼兒烹鯉魚,中有尺素書。"後因以"鯉魚"代稱書信。元稹《貽蜀·張校書元夫》:"勸君便是酬君愛,莫比尋常贈鯉魚。"這裏借指傳遞書信者。孟浩然《送王大校書》:"尺書能不吝,時望鯉魚傳。"羅隱《寄黔中王從事》:"別後鄉關情幾許? 近來詩酒興何如? 貪將醉袖矜鶯谷,不把瑤緘附鯉魚。" 遠信:遠方的書信、消息。元稹《哭女樊四十韵》:"解怪還家晚,長將遠信呈。"蘇軾《和丙辰歲八月中於下潠田舍穫》:"跨海得遠信,冰盤鳴玉哀。" 雁回時節到揚州:雁爲候鳥,每年春分後飛往北方,秋分後飛回南方。古時交通不便,通訊困難,因此元稹估計自己委託便人有便時寄給身在千里之外揚州兄弟的書信,應該在來年的春分時節到達揚州。 雁:候鳥名。劉商《隨陽雁歌送兄南遊》:"去住應多兩地情,東西動作經年別。南州風土復何如? 春雁歸時早寄書。"顏粲《白露爲霜》:"遍渚蘆先白,霑籬菊自黃。應鐘鳴遠寺,擁雁度三湘。"回:還,返回。杜甫《鄭駙馬池臺喜遇鄭廣文同飲》:"燃臍郿塢敗,握節漢臣回。"王建《宮詞一百首》三八:"恐見失恩人舊院,回來憶着五絃聲。"在北人的眼中,大雁的家應該在北方,到南方僅僅是爲了躲避北方的嚴寒而已。

[編年]

《年譜》編年本詩於元和十年,理由是:"蒼溪縣屬閬州(參閱《通典·州郡·古梁州·閬中郡(閬州)》)。"結論是:"以上詩,離西京、赴通州途中作。"《編年箋注》沒有對本詩編年,但編排在其前的詩篇《題漫天嶺智藏師蘭若僧云住此二十八年》與編排在其後的詩篇《新政縣》、《長灘夢李紳》、《南昌灘》均云:"此詩作於元和十年(八一五)由京師赴通州司馬任途中。"我們揣測《編年箋注》應該編年本詩"作於元和十年(八一五)由京師赴通州司馬任途中",衹是由於偶然的疏漏遺忘而已。《年譜新編》亦編年"離京赴通州途中作",沒有列舉理由。

我們以為,《年譜》列舉的編年理由,與本詩編年關係不大。著者僅僅根據元稹元和十年三月出貶通州的史實,設想在蒼溪縣寄信揚州,希望嘉陵江裏的鯉魚帶著自己被貶任通州司馬的資訊,隨著嘉陵江水"入峽穿江"而到達長江下游的揚州,傳達給自己在揚州游宦的兄弟。但我們有點不明白,詩人貶任通州的消息早在長安就已經知悉,那裏寄信揚州,既方便又快捷,為什麼非要到蒼溪縣這樣閉塞的地方來寄信?人所共知,大雁為候鳥,每年秋分時節飛到南方過冬,第二年春分時節飛回北方。湖南的衡山有七十二峰,其中之一即是雁回峰,相傳大雁到此而回,故名"雁回峰"。根據以上材料,我們以為,本詩作於元稹元和十年十月北上興元治病途經蒼溪縣之時。因為元稹在通州染病事出意外,移地興元更不是事先安排,詩人已經作好謝世的一切準備,包括收拾自己的文稿,託付白居易事後結集在內。當時詩人看著天空前往南方越冬的大雁飛過自己的頭頂,抒發了無限的感慨,所以元稹要用鯉魚傳書的典故,想把自己遭遇大病可能不久人世的消息告訴自己的兄長元秬等人。遠信所示並非是詩人出貶通州的資訊,而是自己臨終前的近況,但這僅僅是詩人病中的盼望而已。在蒼溪縣寄信揚州,並不容易,因此詩人假想鯉魚能夠充當信使。元稹估計信使"鯉魚"到達揚州至少也得三四個月,即要到來年春分時節,故云"雁回時節到揚州"。《年譜》之所以會發生編年的錯誤,是因爲在《年譜》的安排上,元稹要到元和十一年夏天才北上興元治病,途經蒼溪縣,一封書信不可能需要八九個月才能到達揚州的緣故吧!

據中華地圖學社出版的《中國歷史地圖集·隋唐五代十國時期》,蒼溪縣在嘉陵江邊上,與新政縣同屬閬州,均在蓬州之西,而閬州與蓬州相鄰相接,計元稹到達蒼溪縣的時日,應該在十月上旬,本詩即賦作於其時。

◎ 滎陽鄭公以稹寓居嚴茅有池塘之勝寄詩四首因有意獻^{(一)①}

激射分流闊,灣環此地多②。暫停隨梗浪,猶閱敗霜荷③。恨阻還江勢,恩深到海波^{(二)④}。自傷才眇淪,其奈贈珠何⑤?

錄自《元氏長慶集》卷一五

[校記]

(一)滎陽鄭公以稹寓居嚴茅有池塘之勝寄詩四首因有意獻:楊本、叢刊本、《全詩》同,《石倉歷代詩選》作"滎陽鄭公以稹寓居嚴茅有池塘之勝寄詩獻答",張校宋本作"滎陽鄭公以稹寓居嚴第有池塘之勝寄詩四首因有意獻",我們以爲"嚴茅"可能是一個小地名,不必改。

(二)恩深到海波:原本作"思深到海波",楊本、叢刊本、《全詩》同,《石倉歷代詩選》作"恩深到海波","思"與"恨"不接,而"恩"與上句"恨"相呼應,且與整首詩篇詩意相符,據改。

［箋注］

　　① 榮陽鄭公："公"是尊稱對方,這是當時通行的禮儀。姓氏之後加稱"公",而姓氏之前往往加上故里,以示與其他同姓有所區別。如蘇源明有《小洞庭洄源亭宴四郡太守詩》,内中就同時提及四位朋友:"天寶十二載七月辛丑,東平太守扶風蘇源明觴濮陽太守清河崔公季重、魯郡太守隴西李公蘭、濟南太守太原田公琦、濟陽太守隴西李公佞……""榮陽鄭公"即鄭餘慶,中唐名臣之一。《舊唐書·鄭餘慶傳》:"鄭餘慶,字居業,榮陽人……(元和)九年,拜檢校右僕射兼興元尹,充山南西道節度觀察使,三歲受代。十二年,除太子少師。尋以年及懸車,請致仕,詔不許。"而元稹與鄭餘慶,若論起親疏關係,倒還不算太遠:元稹妻子韋叢的生母,亦即元稹的岳母裴氏,是裴耀卿的親孫女,而鄭餘慶最好朋友裴佶也是裴耀卿的親孫子,韓愈《監察御史元君妻京兆韋氏夫人墓誌銘》:"夫人諱叢,字茂之,姓韋氏……王考夏卿以太子少保,卒贈左僕射。僕射娶裴氏皋女。皋爲給事中,皋父宰相耀卿。夫人於僕射爲季女,愛之,選婿得今御史河南元稹。"其中的"茂之",據元稹《夢成之》,應該是"成之"之筆誤。《新唐書·裴佶傳》:"裴耀卿……子綜,吏部郎中。綜子佶……佶清勁明銳,所與友皆第一流,鄭餘慶尤厚善。既歿,餘慶爲行服,士林美之。"也許包括這一層特殊關係,再加上元稹的才華,所以鄭餘慶非常看重元稹,在生活上給予元稹多方照顧,並特地贈詩元稹,本詩即是元稹回贈鄭餘慶的酬和之篇。　　寓居:寄居,僑居。張衡《西京賦》:"鳥畢駭,獸咸作,草伏木栖,寓居穴託。"《南史·齊高帝紀》:"中朝喪亂,皇高祖淮陰令整,字公齊,過江居晉陵武進縣之東城里,寓居江左者,皆僑置本土,加以'南'名,更爲南蘭陵人也。"　　嚴茅:應該是興元的一個小地名,大約在褒水附近,元稹當時的臨時居住地,今天已經不得其詳。　　池塘:蓄水的坑,一般不太大,也不太深。謝靈運《登池上樓》:"池塘生春草,園柳變鳴禽。"楊師道《春朝閑步》:"池塘藉芳草,

蘭芷襲幽衿。"

②　激射：噴射，衝擊。鮑照《山行見孤桐》："奔泉冬激射，霧雨夏霜淫。"梅堯臣《與仲文子華陪觀新水磑》："激射聊因勢，回環豈息機！"　分流：水分道而流。司馬相如《上林賦》："蕩蕩乎八川分流，相背而異態。"李郢《洞靈觀流泉》："千巖萬壑分流去，更引飛花入洞天。"　灣環：曲水圍繞。白居易《玩止水》："廣狹八九丈，灣環有涯涘。"陳陶《清源途中旅思》："身事幾時了？蓬飄何日閑？看花滯南國，鄉月十灣環。"

③　"暫停隨梗浪"兩句：兩句是冬天的景象，意謂原來在灣環裏隨著波浪來回擺動的荷花，因爲水面結冰而暫時停止了擺動，但還能够看到經過秋末初冬的嚴霜之後留下來的乾枯的枝枝幹莖與片片敗葉。　暫停：暫時停止。韓愈《論今年權停舉選狀》："今若暫停舉選，或恐所害實深。"歐陽修《黃牛峽祠》："江水東流不暫停，黃牛千古長如故。"　隨梗浪：意猶荷梗隨浪來回漂動。陸龜蒙《有別二首》一："且將絲絆繫蘭舟，醉下烟汀减去愁。江上有樓君莫上，落花隨浪正東流。"方干《題懸溜巖隱者居》："池上樹陰隨浪動，窗前月影被巢遮。坐雲獨酌杯盤濕，穿竹微吟路徑斜。"　閱：觀看。《北齊書·王晞傳》："晞曰：'我少年以來，閱要人多矣！充詘少時，鮮不敗績。'"元稹《表夏十首》二："旬時得休浣，高臥閱清景。"　敗霜荷：嚴霜之下殘敗的荷花和荷葉。白居易《秋池二首》一："前池秋始半，卉物多摧壞。欲暮槿先萎，未霜荷已敗。"李商隱《夜冷》："樹繞池寬月影多，村砧塢笛隔風蘿。西亭翠被餘香薄，一夜將愁向敗荷。"

④　恨：遺憾，這裏是元稹對一貶江陵，再貶通州的遺恨。《史記·商君列傳》："梁惠王曰：'寡人恨不用公叔座之言也。'"杜甫《復愁十二首》一一："每恨陶彭澤，無錢對菊花。如今九日至，自覺酒須賒。"　江勢：江水的流勢。宋之問《自湘源至潭州衡山縣》："漸見江勢闊，行嗟水流漫。"劉禹錫《題招隱寺》："地形臨渚斷，江勢觸山回。"

海波:大海的波浪。方干《題睦州烏龍山禪居》:"人世驅馳方丈內,海波搖動一杯中。"元稹《採珠行》:"海波無底珠沈海,採珠之人判死採。萬人判死一得珠,斛量買婢人何在?"　恩:德澤,恩惠,這裏指鄭餘慶對元稹的恩惠與厚愛。《孟子·梁惠王》:"今恩足以及禽獸,而功不至於百姓者,獨何與?"張衡《東京賦》:"洪恩素蓄,民心固結。"

　　⑤ 自傷:自我傷感。《史記·蘇秦列傳》:"蘇秦聞之而慚自傷,乃閉室不出。"《後漢書·應奉傳》:"及黨事起,奉乃慨然以疾自退,追湣屈原,因以自傷,著《感騷》三十篇,數萬言。"　畎澮:原指田間水溝、溪流、溝渠。《書·益稷》:"予決九川距四海,濬畎澮距川。"鄭玄注:"畎澮,田間溝也。"《漢書·李尋傳》:"今汝潁畎澮皆川水漂踊,與雨水並爲民害。"顏師古注:"畎澮,小流也。"這裏詩人自喻平庸。何遜《臨行公車》:"以茲畎澮質,重與滄溟舍。"張祜《題丹陽永泰寺練湖亭》:"淺派胤沙草,餘波漂岸船。聊當因畎澮,披拂坐潺湲。"　贈:送給。《詩·鄭風·女曰雞鳴》:"知子之來之,雜佩以贈之。"鄭玄箋:"贈,送也。"韓愈《送張道士序》:"京師士大夫多爲詩以贈。"　珠:比喻華美的文詞,這裏是讚美鄭餘慶的贈詩。《文心雕龍·時序》:"茂先搖筆而散珠,太沖動墨而橫錦。"韓愈《酬盧給事曲江荷花行》:"遺我明珠九十六,寒光映骨睡驪目。"孫汝聽注:"(盧)汀詩九十六字。"

[編年]

　　《年譜》元和十一年"詩編年"條下將本詩編入,理由是:"詩云:'暫停隨梗浪,猶閒敗霜荷。'元和十一年秋在興元作。"《編年箋注》編年:"元稹此詩作於元和十一年(八一六)秋,時在通州司馬任,正寓居興元。"《年譜新編》編年元和十年,引述本詩之後認爲:"元稹約十年十月底到興元,與詩中所寫景象合。次年十月鄭餘慶歸京。"《年譜新編》的意見可取。

　　我們以爲本詩應該編年於元和十年的十一月,元稹元和十年九月底啓程北上興元治病,"十月初二日"已經在"蓬州西"的"芳溪",其到達興元應該在十月底或者十一月初,出現在元稹面前的,正是"暫停隨梗浪,猶閲敗霜荷"的冬天景象,而不是詩人後來在《景申秋八首》裏描寫的秋天景象:"竹垂哀折節,蓮敗惜空房。小片慈菇白,低叢柚子黃。""雨柳枝枝弱,風光片片斜。蜻蜓憐曉露,蛺蝶戀秋花。饑啅空籬雀,寒栖滿樹鴉。"而且,就全詩詩意而言,應該是剛剛到達時所賦,有一種初來乍到的新鮮之感。與元稹比較熟悉的鄭餘慶也應該在元稹因病剛剛來到興元時就表示自己的慰問之意,而決不應該拖到一年之後才賦詩問候。據《舊唐書‧憲宗紀》:"(元和九年)三月己酉朔……辛酉,以太子少傅鄭餘慶檢校右僕射、興元尹、山南西道節度使……(元和十一年)冬十月丁巳,以刑部尚書權德輿檢校吏部尚書兼興元尹,充山南西道節度使。"當時元稹有《奉和權相公行次臨闕驛逢鄭僕射相公歸朝俄頃分途因以奉贈詩十四韻》紀實。元和十年冬天鄭餘慶正在興元節度使任上,故確實可以斷定本詩即作於此時;元和十一年十月,鄭餘慶已經離開興元,元稹已經來不及回酬鄭餘慶。

◎ 雪 天(一)①

故鄉千里夢,往事萬重悲②。小雪沉陰夜,閑窗老病時③。獨聞歸去雁,偏詠別來詩④。慚愧紅妝女,頻驚兩鬢絲⑤。

録自《元氏長慶集》卷一五

[校記]

(一)雪天:本詩存世各本,包括楊本、叢刊本、《全詩》等,未見異文。

[箋注]

　　① 雪天:大雪飛舞的天氣。白居易《福先寺雪中餞劉蘇州》:"送君何處展離筵? 大梵王宫大雪天。庾嶺梅花落歌管,謝家柳絮撲金田。"李頻《入朝遇雪》:"霜鬢持霜簡,朝天向雪天。玉階初辨色,瓊樹乍相鮮。"本詩是瞭解元稹個人生活的重要詩篇,希望讀者注意。

　　② 故鄉:家鄉,出生或長期居住過的地方。《史記·高祖本紀》:"大風起兮雲飛揚,威加海内兮歸故鄉。"李白《静夜思》:"舉頭望明月,低頭思故鄉。"　千里:指路途遥遠,千里是極言其遠,并非確數。《左傳·僖公三十二年》:"師之所爲,鄭必知之,勤而無所,必有悖心,且行千里,其誰不知?"崔信明《送金竟陵入蜀》:"金門去蜀道,玉壘望長安。豈言千里遠? 方尋九折難。"　夢:睡眠時局部大腦皮質還没有完全停止活動而引起的腦中的表像活動。王績《題酒店壁》:"昨夜瓶始盡,今朝瓮即開。夢中占夢罷,還向酒家來。"鄭世翼《看新婚》:"初筓夢桃李,新妝應摽梅。疑逐朝雲去,翻隨暮雨來。"　往事:過去的事情。《史記·太史公自序》:"此人皆意有所鬱結,不得通其道也,故述往事,思來者。"劉長卿《南楚懷古》:"往事那堪問? 此心徒自勞。"　萬重:千重萬疊,極言其多。張九齡《赴使瀧峽》:"溪路日幽深,寒空入兩嶔。霜清百丈水,風落萬重林。"宋之問《送楊六望赴金水》:"借問梁山道,嶔岑幾萬重? 遥州刀作字,絶壁劍爲峰。"　悲:哀痛,傷心。《詩·豳風·七月》:"女心傷悲,殆及公子同歸。"《古詩十九首·西北有高樓》:"上有絃歌聲,音響一何悲!"

　　③ 小雪:二十四節氣之一,相當於陽曆十一月二十二日或二十三日。董仲舒《春秋繁露·陰陽出入上下》:"小雪而物咸成,大寒而物畢藏。"張登《小雪日戲題絶句》:"甲子徒推小雪天,刺梧猶緑槿花然。融和長養無時歇,却是炎洲雨露偏。"　沉陰:亦作"沈陰",謂積雲久陰。《禮記·月令》:"〔季春之月〕行秋令,則天多沈陰,淫雨蚤降,兵革並起。"蔡邕《月令章句》:"陰者,密雲也;沈者,雲之重也。"陰

3889

暗,陰沉。阮籍《元父賦》:"地下沉陰兮受氣匪和,太陽不周兮殖物匪嘉。"元稹《痁臥聞幕中諸公徵樂會飲因有戲呈三十韵》:"瀌落因寒甚,沉陰與病偕。"　閑窗:閉著的窗户。王維《晚春閨思》:"春蟲飛網户,暮雀隱花枝。向晚多愁思,閑窗桃李時。"韓翃《題慈仁寺竹院》:"千峰對古寺,何異到西林。幽磬蟬聲下,閑窗竹翠陰。"　閑:無關緊要,不在使用中。《文心雕龍·章句》:"據事似閑,在用實切。"詹鍈義證引牟世金曰:"閑,空,指没有實際意義。"蘇軾《與孫知損運使書》:"惟乞免人户折變,所費不多。及立閑名目,獎社人頭首。"　老病:舊病,年老多病。《後漢書·應劭傳》:"故膠西相董仲舒老病致仕,朝廷每有政議,數遣廷尉張湯親至陋巷,問其得失。"杜甫《旅夜書懷》:"名豈文章著?官應老病休。"元稹元和十年才三十七歲,談不上年老,但由於元稹在江陵常常有病,同年又大病"百日餘",幾乎不起,故稱"老病"也不爲過。

④"獨聞歸去雁"兩句:意謂衹有自己聽懂了大雁南來北去帶來又帶走的信息,自己還不時吟詠離開長安時的詩篇,思念那些送别我的朋友。　獨聞:獨立辨聽。《韓詩外傳》卷七:"聖人隱居深念,獨聞獨見。"《淮南子·氾論訓》:"必有獨聞之聰,獨見之明,然後能擅道而行矣!"　歸去雁:即"歸雁",亦作"歸雁"。在北人的眼中,大雁的家鄉在北方,故大雁秋天南飛避寒,春天北飛回家,故稱"歸雁"。蘇武《報李陵書》:"豈可因歸雁以運糧,託景風以餉軍哉!"王維《使至塞上》:"征蓬出漢塞,歸雁入胡天。"

⑤慚愧:因有缺點、錯誤或未能盡責等而感到不安或羞恥。張籍《書懷》:"老大登朝如夢裏,貧窮作活似村中。未能即便休官去,慚愧南山採藥翁。"元稹《長灘夢李紳》:"孤吟獨寢意千般,合眼逢君一夜歡。慚愧夢魂無遠近,不辭風雨到長灘。"　紅妝:指女子的盛妝,因婦女妝飾多用紅色,故稱。古樂府《木蘭詩》:"阿姊聞妹來,當户理紅妝。"元稹《瘴塞》:"瘴塞巴山哭鳥悲,紅妝少婦斂啼眉。"本詩的"紅

妝女”，與《瘴塞》詩中的“紅妝少婦”是同一個人，應該都是元和十年十一月小雪日之前與元稹結婚的裴淑，當時兩人還在新婚蜜月之中，故以“紅妝女”稱之。　頻：屢次，接連。《文心雕龍·正緯》：“商周以前，圖錄頻見。”韓愈《論天旱人饑狀》：“今瑞雪頻降，來年必豐。”驚：驚訝，驚奇。《莊子·達生》：“梓慶削木爲鐻，鐻成，見者驚猶鬼神。”曾鞏《蘇明允哀詞》：“於是三人之文章盛傳於世，得而讀之者，皆爲之驚。”　鬢：臉旁靠近耳朵邊的頭髮。《莊子·説劍》：“然吾王所見劍士，皆蓬頭突鬢垂冠。”杜牧《郡齋獨酌》：“前年鬢生雪，今年鬚帶霜。”　絲：喻指白髮。范雲《有所思》：“欲知憂能老，爲視鏡中絲。”韋莊《鑷白》：“始因絲一縷，漸至雪千莖。”

[編年]

　　未見《年譜》編年本詩，《編年箋注》將本詩列入“未編年詩”欄内，《年譜新編》編年本詩於“癸卯至己酉在越州所作其他詩”欄内，理由是：“詩云：‘故鄉千里夢，往事萬重悲。小雪沉陰夜，閑窗老病時。獨聞歸去雁，偏詠別來詩。慚愧紅妝女，頻驚兩鬢絲。’疑越州作。”

　　我們以爲，本詩不難編年。詩題“雪天”，本詩一定作於冬天。而“故鄉千里夢”、“獨聞歸去雁，偏詠別來詩”云云，應該是元稹貶謫外地時的詩篇。“閑窗老病時”的詩句，又透露了賦詠之時，應該在元稹病中或者在大病之後，大約在江陵貶職的後期，或者在通州貶職之時。而值得注意的是“慚愧紅妝女，頻驚兩鬢絲”兩句，從元稹《瘴塞》稱裴淑爲“紅妝少婦”的習慣來看，這裏的“紅妝女”應該是指自己的妻妾。而從詩意看，這位“紅妝女”認識元稹時間很短，剛剛發現元稹兩鬢的白髮，因而驚奇不已。這裏的“紅妝女”究竟是誰？是韋叢、安仙嬪，還是裴淑？據元稹《酬翰林白學士代書一百韵》“甯牛終夜永，潘鬢去年衰(予今年始三十二，去歲已生白髮)”所述，此事應該發生在江陵任期及其後，所以韋叢可以排除。除此而外，還有兩位“紅妝女"應該進入我們的視綫:安仙嬪與裴淑。元稹元和六年娶安仙嬪爲小妾,結婚在元和六年的春天,與本詩描述的"雪天"冬景不合,特別與"小雪沉陰夜"的節令不符。如果推遲到元和六年冬天,或者元和七年冬天,甚至是元和八年的冬天,那時的安仙嬪對元稹兩鬢的白髮已經司空見慣,就不必也不會如此大驚小怪了。元稹娶裴淑爲繼配在元和十年"十月初二日"經蓬州之後,亦即在其後不久到達興元之後的元和十年的冬天。興元對元稹與裴淑來説都不是"故鄉",元稹又在兩場大病之後,故有"老病"之言。更主要的是,裴淑剛剛與元稹結合,才猛然發現元稹兩鬢的白髮,元稹自感愧對年輕的裴淑,故有"慚愧紅妝女,頻驚兩鬢絲"的感嘆之句。如果如《年譜新編》所言作於越州任内,裴淑已經與元稹一起生活了九年以上的時間,對元稹頭上的白髮早就司空見慣,絶對不會"頻驚兩鬢絲"了。而且,越州任内的元稹已經是滿頭白髮,而不僅僅是"兩鬢絲"了。如:元稹越州任内詩《再酬復言和前篇》:"清夜漫勞紅燭會,白頭非是翠娥鄰。"《贈樂天》:"垂老相逢漸難別,白頭期限各無多。"《戲贈樂天復言》:"樂事難逢歲易徂,白頭光景莫令孤。"就是最明顯的例子。本詩即賦詠於元和十年元稹到達興元與裴淑結合之後,時間在冬天"小雪日"之時,亦即十一月二十二日或二十三日之後,地點在興元。

◎ 遣病(此後通州時作)(一)①

　　自古誰不死,不復記其名②。今年京城内,死者老少并③。獨孤繞四十(秘書少監郁),仕宦方榮榮④。李三三十九(監察御史顧言),登朝有清聲⑤。趙昌八十餘,三擁大將旌⑥。爲生信異異,之死同冥冥⑦。其家哭泣愛,一一無異情⑧。其類嗟嘆惜,各各無重輕⑨。萬齡龜菌等,一死天地平⑩。以此方我

病，我病何足驚⑪！借如今日死，亦足了一生⑫。借使到百
年，不知何所成⑬？況我早師佛，屋宅此身形⑭。捨彼復就
此，去留何所縈⑮？前身爲過迹，來世即前程⑯。但念行不
息，豈憂無路行⑰？蛻骨龍不死，蛻皮蟬自鳴⑱。胡爲神蛻
體？此道人不明⑲。持謝愛朋友，寄之仁弟兄⑳。吟此可達
觀，世言何足聽㉑！

録自《元氏長慶集》卷七

[校記]

（一）遣病(此後通州時作)：楊本作“遣病(自此道州後作)”，叢
刊本、《全詩》作“遣病(自此通州後作)”，錢校作“續遣病(自此通州後
作)”，《古詩鏡·唐詩鏡》作“遣病(通州作)”。楊本“道”字誤，其餘語
義相類，不改。

[箋注]

①　遣病：排解病痛，打發病中的時光。元稹《遣病十首》一：“服
藥備江瘴，四年方一瘳。豈是藥無功？伊予久留滯。”蘇軾《臂痛謁告
作三絶句示四君子》二：“心有何求遣病安？年來古井不生瀾。祇愁
戲瓦閑童子，却作泠泠一水看。”關於本詩，《古詩鏡·唐詩鏡》評云：
“流暢。”

②　自古：從古以來。《論語·顔淵》：“自古皆有死，民無信不
立。”曹丕《典論·論文》：“文人相輕，自古而然。”　不復：沒有辦法。
李頎《送盧逸人》：“洛陽爲此別，携手更何時？不復人間見，祇應海上
期。”元稹《古社》：“惟有空心樹，妖狐藏魅人。狐惑意顛倒，臊腥不
復聞。”

③　今年：本年，指說話時的這一年。李密《陳情事表》：“臣密今

年四十有四,祖母劉今年九十有六。"蘇軾《九日黃樓作》:"豈知還復有今年,把琖對花容一哂。"這裏是元和十年。　京城:國都。左思《詠史詩八首》四:"濟濟京城内,赫赫王侯居。"韋應物《擬古詩十二首》三:"京城繁華地,軒蓋淩晨出。"　老少:老年人和少年人,大人和小孩。《史記・貨殖列傳》:"今夫趙女鄭姬,設形容,揳鳴琴,揄長袂,躡利屣,目挑心招,出不遠千里,不擇老少者,奔富厚也。"杜甫《徒步歸行》:"人生交契無老少,論心何必先同調!"　並:合併,聚合。《漢書・董仲舒傳》:"科别其條,勿猥勿並。"顏師古注:"並,合也。"王勃《滕王閣序》:"四美具,二難並。"

④ "獨孤纔四十"兩句:意謂獨孤郁年纔四十,仕途順暢,正是春風得意之時,却突然病故,事見《舊唐書・獨孤郁傳》:"獨孤郁,河南人。父及,天寶末與李華、蕭穎士等齊名,善爲文,所著《仙掌銘》,大爲時流所賞,位終常州刺史。郁貞元十四年登進士第,文學有父風,尤爲舍人權德輿所稱,以子妻之。貞元末爲監察御史,元和初應制舉才識兼茂明於體用策,入第四等,拜左拾遺。太子司議郎杜從郁拜左補闕,郁與同列,論之曰:'從郁是宰臣佑之子,父居宰執,從郁不宜居諫列。'乃改爲左拾遺。又論曰:'補闕之與拾遺,資品雖殊,同是諫官,若時政或有得失,不可令子論父。'從郁竟改他官。四年轉右補闕,又與同列拜章論中官吐突承璀不宜爲河北招討使,乃改招撫宣慰使。五年兼史館修撰,尋召充翰林學士,遷起居郎。權德輿作相,郁以婦公辭内職,憲宗曰:'德輿乃有此佳婿!'因詔宰相於士族之家選尚公主者。遷郁考功員外郎,充史館修撰,判館事,預修《德宗實録》。七年以本官復知制誥,八年轉駕部郎中,其年十月復召爲翰林學士。九年以疾辭内職,十一月改秘書少監,卒。"請讀者注意,獨孤郁與元稹、白居易同是元和元年"制舉才識兼茂明於體用策"的及第者,又是元和年間政治上反對吐突承璀宦官集團的政治盟友,關係非同一般。韓愈《唐故秘書少監贈絳州刺史獨孤府君墓誌銘》:"(元和)九年以疾

罷,尋遷秘書少監,即閑于郊。十年正月病,遂殆。甲午,輿歸,卒於其家,贈絳州刺史,年四十。四月己酉,其兄右拾遺朗以喪東葬河南壽安之甘泉鄉家塋憲公墓側,將以五月壬申窆。"則獨孤郁病故於元和十年正月二十二日,享年四十。而元稹在這裏提及獨孤郁,也許還有另外一個原因,那就是當時獨孤郁的兄長獨孤朗也許正在興元,元稹有《酬獨孤二十六送歸通州》也許可以作爲證據。　四十:四十歲。韋應物《送房杭州(孺復)》:"專城未四十,暫謫豈蹉跎! 風雨吳門夜,惻愴別情多。"岑參《敬酬杜華淇上見贈兼呈熊曜》:"杜侯實才子,盛名不可及。祇曾爲一官,今已年四十。" 仕宦:原指出仕,爲官。《顏氏家訓・止足》:"汝家書生門戶,世無富貴,自今仕宦不可過二千石,婚姻勿貪勢家。"陸游《老學庵筆記》卷五:"諺謂:'三世仕宦,方解著衣喫飯。'"這裏引申爲仕途,官場。孫郃《失題》:"仕宦類商賈,終日常東西。" 榮榮:植物茂盛貌。陶潛《擬古九首》一:"榮榮窗下蘭,密密堂前柳。"形容事業興盛。黃庭堅《姨母李夫人墨竹二首》一:"深閨淨几試筆墨,白頭腕中百斛力。榮榮枯枯皆本色,懸之高堂風動壁。"

⑤ 李顧言:字仲遠,中唐時期的監察御史。關於其及第,《太平廣記・李顧言》有趣聞一則:"唐監察御史李顧言,貞元末應進士舉,甚有名稱。歲暮自京西客遊迴,詣南省訪知己。郎官適至,日已晚,省吏告郎官盡出。顧言竦轡而東,見省東南北街中有一人挈小囊,以烏紗蒙首北去,徐吟詩曰:'放榜只應三月暮,登科又較一年遲。'又稍朗吟,若令顧言聞。顧言策馬逼之於省北,有驚塵起,遂失其人所在。明年京師自冬雨雪甚,畿內不稔,停舉。貞元二十一年春,德宗皇帝晏駕,果三月下旬放進士榜,顧言元和元年及第(《出續命錄》)。"李顧言是元稹早年的朋友,其《與楊十二李三早入永壽寺看牡丹》:"繁華有時節,安得保全盛? 色見盡浮榮,希君了真性。"又《別李三》:"蒼蒼秦樹雲,去去縱山鶴。日暮分手歸,楊花滿城郭。"白居易也是其朋友,其《村中留李三固(顧)言宿》:"平生早遊宦,不道無親故。如我與

君心，相知應有數。"又《哭李三》："去年渭水曲，秋時訪我來。今年常樂里，春日哭君迴。"又《發商州》："商州館裏停三日，待得妻孥相逐行。若比李三猶自勝，兒啼婦哭不聞聲。"又《憶微之傷仲遠（李三仲遠去年春喪）》："感逝因看水，傷離爲見花。李三埋地底，元九謫天涯。"據白居易詩及白居易生平，《村中留李三固（顧）言宿》應該作於元和九年，而《哭李三》、《發商州》應該作於元和十年，《憶微之傷仲遠》應該作於元和十一年，如此，李顧言也應該於元和十年的春天病故。　登朝：進用於朝廷。《漢書·敘傳》："賈生矯矯，弱冠登朝。"王翰《奉和聖製送張尚書巡邊》："登朝身許國，出闔將辭家。"　清聲：清美的聲譽。蔡邕《陳太丘碑文》："奉禮終没，休矣清聲。"路貫《和元常侍除浙東留題》："謝安致理逾三載，黃霸清聲徹九重。猶輟珮環歸鳳闕，且將仁政到稽峰。"

⑥ "趙昌八十餘"兩句：趙昌是中唐名臣，生平事迹見《舊唐書·趙昌傳》："趙昌字洪祚，天水人。祖不器，父居貞，皆有名於時。李承昭爲昭義節度，辟昌在幕府。貞元七年爲虔州刺史，屬安南都護爲夷獠所逐，拜安南都護，夷人率化。十年因屋壞傷脛，懇疏乞還，以檢校兵部郎中裴泰代之，入拜國子祭酒。及泰爲首領所逐，德宗詔昌問狀，昌時年七十二，而精健如少年者，德宗奇之，復命爲都護，南人相賀。憲宗即位，加檢校工部尚書，尋轉户部尚書，充嶺南節度。元和三年遷鎮荆南，徵爲太子賓客。及得見，拜工部尚書兼大理卿。歲餘讓卿守本官，六年除華州刺史，辭於麟德殿，時年八十餘，趨拜輕捷，召對詳明，上退而嘆異，宣宰臣密訪其頤養之道以奏焉！在郡三年，入爲太子少保。九年卒，年八十五，贈揚州大都督，謚曰成。"　八十：八十歲。韋嗣立《上巳日祓禊渭濱應制》："乘春被禊逐風光，扈蹕陪鑾渭渚傍。還笑當時水濱老，衰年八十待文王。"元結《宿洄溪翁宅》："長松萬株繞茅舍，怪石寒泉近巖下。老翁八十猶能行，將領兒孫行拾稼。"　三擁大將旌：這裏指安南都護、嶺南節度使、荆南節度使而

言。　　大將：古代軍隊中的中軍主將，亦指主帥。《墨子·迎敵祠》："五步有五長，十步有什長，百步有百長，旁有大率，中有大將。"《史記·淮陰侯列傳》："諸將皆喜，人人各自以爲得大將。至拜大將，乃韓信也，一軍皆驚。"　　旌：古代用犛牛尾或兼五采羽毛飾竿頭的旗子。《周禮·春官·司常》："全羽爲旞，析羽爲旌。"劉禹錫《和西川李尚書漢州微月遊房太尉西湖》："木落漢川夜，西湖懸玉鈎。旌旗環水次，舟檝泛中流。"

⑦ "爲生信異異"兩句：意謂活著的時候，感到人與人之間各不相同，千差萬別，但死了之後，大家一起來到陰曹地府，沒有一個例外，也沒有什麼差別。　　異：驚異，詫異。《孟子·梁惠王》："王無異於百姓之以王爲愛也。"陶潛《桃花源記》："漁人甚異之。"　　異：不相同。賈誼《過秦論》："仁義不施，攻守之勢異也。"韓愈《復志賦》："固余異於牛馬兮，寧止乎飲水而求芻。"　　冥冥：指陰間。《漢書·孝武李夫人傳》："去彼昭昭，就冥冥兮；既不新宮，不復故庭兮。"崔融《韋長史挽詞》："日落桑榆下，寒生松柏中。冥冥多苦霧，切切有悲風。"

⑧ "其家哭泣愛"兩句：意謂每一家失去親人的人家，哭哭啼啼，哀痛不已，各家並沒有什麼差別。　　哭泣：哭和泣，後泛指哭。《禮記·檀弓》："哭泣之哀，齊斬之情，饘粥之食，自天子達。"孔穎達疏："哭泣之哀，謂有聲之哭，無聲之泣，並爲哀。"韓愈《曹成王碑》："王生十年而失先王，哭泣哀悲，吊客不忍聞。"　　異情：不同情況。《荀子·非相》："古今異情，其所以治亂者異道。"《藝文類聚》卷三七引沈約《謝齊竟陵王教撰〈高士傳〉啓》："梁鴻、蘇伯，記遠迹於前；叔夜、士安，書高塵於後。雖去取異情，群略殊軫，而獨行必彰，斥言罔極。"不同的心情。葛洪《抱朴子·塞難》："妍媸有定矣！而憎愛異情，故兩目不相爲視焉！"《宋書·謝靈運傳論》："徒以賞好異情，故意製相詭。"不正常的情感。《南史·齊鬱林王何妃》："外間並云楊瑉之與皇后有異情，彰聞遐邇。"

⑨ 嘆惜：嗟嘆惋惜。錢起《謁許由廟》：“綠苔唯見遮三徑，青史空傳謝九州。緬想古人增嘆惜，颯然雲樹滿巖秋。”韓愈《奉和李相公題蕭家林亭》：“山公自是林園主，嘆惜前賢造作時。”　重輕：指重與輕、高與下。賈誼《新書·六術》：“喪服稱親疏以爲重輕，親者重，疏者輕。”曾鞏《王君俞哀辭》：“其爲辭章可道，耻出較重輕，漠然自如。”

⑩ “萬齡龜菌等”兩句：意謂不管是能夠活到一萬年的龜，還是生命短暫的菌類，衹要死到臨頭，就都一樣悲哀一樣公平。　萬齡：一萬歲，極言年齡之大。白居易《和微之詩二十三首·和送劉道士遊天台》：“不知萬齡暮，不見三光曛。一性自了了，萬緣徒紛紛。”黃裳《聖節功德疏》：“四海傾心，衹俟生商之旦；萬齡獻壽，兢形歸舜之歌。”　龜：爬行動物的一科，身體長圓而扁，背腹都有硬甲，四肢短，趾有蹼，頭、尾和四肢都能縮入甲殼內，多生活在水邊，吃植物或小動物，生命力强，耐饑渴，肉可食，甲可入藥。《禮記·禮運》：“麟、鳳、龜、龍，謂之四靈。”王安石《祭刁博士繹文》：“令龜得日，棺還無咎。”菌：不含光合作用色素，以寄生或腐生方式攝取有機物質爲營養的異養性原核生物或真核生物，是生物界的低級類群，習慣上包括細菌、粘菌和真菌三大類。賈思勰《齊民要術·素食》：“菌，一名地鷄。口未開，內外全白者佳；其口開裹黑者，臭不堪食。”駱賓王《樂大夫挽詞五首》四：“一旦先朝菌，千秋掩夜臺。青烏新兆去，白馬故人來。”

⑪ 以此：猶言用這，拿這。《史記·孫子吳起列傳》：“君因謂武侯曰：‘試延以公主，起有留心則必受之，無留心則必辭矣！以此卜之。’”因此。《史記·季布欒布列傳》：“當是時，諸公皆多季布能摧剛爲柔，朱家亦以此名聞當世。”　何足：猶言哪里值得。《史記·秦本紀》：“〔百里傒〕謝曰：‘臣亡國之臣，何足問！’”干寶《搜神記》卷一六：“潁心愴然，即寤，語諸左右，曰：‘夢爲虛耳，亦何足怪！’”　驚：驚慌，恐懼。《莊子·達生》：“譬之若載鼷以車馬，樂鴳以鐘鼓也，彼又惡能無驚乎哉？”成玄英疏：“何能無驚懼者也。”江淹《恨賦》：“僕本恨人，

心驚不已。直念古者,伏恨而死。”

⑫ 借如:假設連詞,假如,如果。王符《潛夫論・夢列》:“借如使夢吉事而己意大喜樂,發於心精,則真吉矣!”王明清《揮麈三録》卷二:“〔王稟〕曰:‘……借如汝等輩流中有言降者,當如何?’群卒舉刀曰:‘願以此戮之!’” 了:完畢,結束。王褒《僮約》:“晨起早掃,食了洗滌。”李煜《虞美人》:“春花秋月何時了? 往事知多少?” 一生:一輩子。葛洪《抱朴子・道意》:“余親見所識者數人,了不奉神明,一生不祈祭,身享遐年,名位巍巍,子孫蕃昌且富貴也。”《晉書・阮孚傳》:“孚性好屐……或有詣阮,正見自蠟屐,因自嘆曰:‘未知一生當著幾量屐!’”

⑬ 借使:假設連詞,假如,倘若。賈誼《過秦論》:“借使秦王計上世之事,並殷周之迹以制御其政,後雖有淫驕之主,猶未有傾危之患也。”陸機《豪士賦序》:“借使伊人頗覽天道,知盡不可益,盈難久持,超然自引,高揖而退,則巍巍之盛,仰邈前賢,洋洋之風,俯冠來籍。”百年:指人壽百歲。《禮記・曲禮》:“百年曰期。”陳澔集説:“人壽以百年爲期,故曰期。”徐幹《中論・夭壽》:“顏淵時有百年之人,今寧復知其姓名也?” 成:成就,成績,成果。李白《化城寺大鐘銘》:“〔李公〕少蘊才略,壯而有成。”王安石《上田正言書》二:“今上接祖宗之成,兵不釋繋者蓋數十年,近世無有也。”

⑭ 師:學習,效法。《書・皋陶謨》:“百僚師師。”孔傳:“師師,相師法也。”韓愈《答劉正夫書》:“師其意,不師其辭。”謂以師禮相待。《荀子・正論》:“今世俗之爲説者,以桀紂爲君,而以湯武爲弒,然則是誅民之父母,而師民之怨賊也,不祥莫大焉!”秦觀《袁紹論》:“士,國之重器,社稷安危之所繋,四海治亂之所屬也。是故師士者王,友士者霸,臣士者强,失士者辱,慢士者危,殺士者亡。” 佛:佛陀的簡稱,本義爲“覺”,佛教徒用爲對其創始人釋迦牟尼的尊稱。袁宏《後漢紀・明帝紀》:“浮屠者,佛也。西域天竺有佛道焉! 佛者,漢言覺,

將悟群生也。"《魏書·釋老志》:"所謂佛者,本號釋迦文者,譯言能仁。"泛指佛經中所説的一切佛陀。《魏書·釋老志》:"釋迦前有六佛,釋迦繼六佛而成道,處今賢劫。"佛教徒稱修行圓滿而成道者。樓鑰《姜子謙以試邑鍾離請益》:"叔笑曰:'汝既做了知縣,更望做佛耶?'"　屋宅此身形:屋宅原指房屋,住宅。《周禮·考工記·叙官》"胡之無弓車也,非無弓車也,夫人而能爲弓車也"鄭玄注:"匈奴無屋宅,田獵畜牧,逐水草而居,皆知爲弓車。"《舊唐書·食貨志》:"贊請税京師居人屋宅,據其間架差等計入。"　身形:身體,形體。曹植《驅車篇》:"餐霞漱沆瀣,毛羽被身形。"陶潛《搜神後記》卷二:"見尼裸身揮刀,破腹出臟,斷截身首,支分臠切……及至尼出浴室,身形如常。"這裏意謂佛教徒將身形當成屋宅,而將心中的敬仰亦即佛當成屋宅的主人,將俗人看成頭等大事的生死置之度外。

⑮"捨彼復就此"兩句:意謂捨去身形,滿足內心的追求,活著或者死去又有什麼區別什麼牽挂?　去留:猶生死。陶潛《歸去來兮辭》:"寓形宇內復幾時,曷不委心任去留?"《南史·顧歡傳》:"達生任去留,善死均日夜。"　縈:牽纏,牽挂。陶潛《辛丑歲七月赴假還江陵夜行途中作》:"投冠旋舊墟,不爲好爵縈。"王安石《寓言十五首》三:"婚喪孰不供,貸錢免爾縈。"

⑯ 前身:佛教語,猶前生。《晉書·羊祜傳》:"祜年五歲,時令乳母取所弄金環,乳母曰:'汝先無此物。'祜即詣鄰人李氏東垣桑樹中探得之,主人驚曰:'此吾亡兒所失物也,云何持去?'乳母具言之,李氏悲惋。時人異之,謂李氏子則祜之前身也。"白居易《昨日復今辰》:"所經多故處,却想似前身。"　過迹:過去的行迹。李白《擬古十二首》九:"生者爲過客,死者爲歸人。天地一逆旅,同悲萬古塵。"溫庭筠《雪二首》二:"圃斜人過迹,階静鳥行蹤。寂寞梁鴻病,誰人代夜春?"　來世:後世,後代。韓愈《答張籍書》:"有一説:'化當世,莫若口;傳來世,莫若書。'"佛教輪回的説法,人死後會重行投生,因稱轉

生之世爲"來世"。慧皎《高僧傳·法顯》："君等昔不佈施，故致飢貧；今復奪人，恐來世彌甚。"蘇軾《龜山辯才師》："何當來世結香火，永與名山供井磑。"　前程：前面的路程。孟浩然《問舟子》："向夕問舟子，前程復幾多？"王安石《送僧遊天台》："前程好景解吟否？密雪亂雲緘翠微。"比喻未來在功業上的成就。《舊五代史·馮道傳》："時有周玄豹者，善人倫鑒，與道不洽，謂承業曰：'馮生無前程，公不可過用。'"

⑰ "但念行不息"兩句：意謂祇要努力前行，怎麼還會爲無路可走擔憂？　不息：不停止。王維《臨高臺送黎拾遺》："相送臨高臺，川原杳何極！日暮飛鳥還，行人去不息。"韓愈《上考功崔虞部書》："行之以不息，要之以至死。"

⑱ 蛻骨：脫骨。《初學記》卷三〇引曹植《神龜賦》："蛇折鱗於平皋，龍蛻骨於深谷。"李紳《靈蛇見少林寺》："已應蛻骨風雷後，豈效銜珠草莽閑！"靈魂升天後的骸骨，多用於道教徒。蘇軾《昭靈侯廟碑》："廟有穴五，往往見變異，出雲雨。或投器穴中，則見於池，而近歲有得蛻骨於池者，金聲玉質，輕重不常，今藏廟中。"　蛻皮：部份節肢動物和爬行動物，生長期間脫去舊表皮長出新表皮的過程。岑參《江上阻風雨》："雲低岸花掩，水漲灘草沒。老樹蛇蛻皮，崩崖龍退骨。"《太平廣記·龍場》："《論衡》云：蟬生于腹中，開背而出，必因雨而蛻。蛇之蛻皮亦然。近蒲洲人家拆草屋于棟上，得龍骨，長一丈許，宛然皆具。"

⑲ 胡爲：爲什麼。李白《送薛九被讒去魯》："宋人不辨玉，魯賤東家丘。我笑薛夫子，胡爲兩地遊？"岑參《送李別將攝伊吾令充使赴武威便寄崔員外》："詞賦滿書囊，胡爲在戰場？行間脫寶劍，邑里挂銅章。"　蛻體：道家、佛家謂人死爲解脫。葛洪《抱朴子·論仙》："下士先死後蛻，謂之屍解仙。"王適《潘尊師碣》："翌日，師曰：'吾其蛻矣！'"

⑳ 朋友：同學，志同道合的人，後泛指交誼深厚的人。《易·

兑》："君子以朋友講習。"孔穎達疏："同門曰朋,同志曰友。朋友聚居,講習道義。"韓愈《縣齋有懷》："名聲荷朋友,援引乏姻婭。" 弟兄:弟弟和哥哥。《墨子·非儒》："喪父母,三年其後,子三年,伯父、叔父、弟兄、庶子,其戚族人五月。"楊巨源《述舊紀勛寄太原李光顏侍中二首》一:"弟兄間世真飛將,貔虎歸時似故鄉。"弟弟。白居易《九日登西原宴望》:"病愛枕席涼,日高眠未輟。弟兄呼我起,今日重陽節。"指哥哥。《玉臺新詠·古詩〈爲焦仲卿妻作〉》:"我有親父母,逼迫兼弟兄。"

㉑ 達觀:謂一切聽其自然,隨遇而安。陸雲《愁霖賦》:"考幽明於人神兮,妙萬物以達觀。"羅含《更生論》:"達觀者所以齊死生,亦雲死生爲寤寐,誠哉是言!" 世言:世俗之言。梅堯臣《甘菊》:"世言此解制頹齡,便當園蔬春競種。到秋猶得泛其英,爛醉莫辭官有俸。"梅堯臣《送江東轉運楊少卿》:"世言楚使者,乃是漢名卿。曾欲察黃綬,但能勤列城。" 何足:猶言哪里值得。《史記·秦本紀》:"〔百里傒〕謝曰:'臣亡國之臣,何足問!'"干寶《搜神記》卷一六:"穎心愴然,即寤,語諸左右,曰:'夢爲虛耳,亦何足怪?'"

[編年]

《年譜》編年本詩於元和十年"通州作",理由是:"題下注:'自此通州後作。'此詩元和十年作。"《編年箋注》編年:"元和十年(八一五)正月,元稹奉詔回朝,二月抵西京,三月出爲通州司馬,閏六月至通州。此詩作於本年。見卞《譜》。"《年譜新編》亦編年元和十年的通州,理由是:"《續遺病》詩云:'今年京城內,死者老少幷。獨孤纔四十(自注:秘書少監郁)仕宦方榮榮。李三三十九(自注:監察御史顧言)登朝有清聲。'獨孤郁、李顧言俱元和十年春卒。"

我們以爲,根據上面對獨孤郁以及李顧言的箋注,兩人中,獨孤郁病故於元和十年正月二十二日,有韓愈的《唐故秘書少監贈絳州刺史獨孤府君墓誌銘》爲證；李顧言，根據白居易弔念李顧言的《哭李三》諸詩，病故於元和十年的春天。而當時，元稹正好在長安，應該知道而且極有可能與白居易一起弔念李顧言。"今年京城內，死者老少并"云云，可以斷定本詩作於元和十年。

　　但《年譜》"此詩元和十年作"、《編年箋注》"此詩作於本年"的編年實在過於籠統。元和十年，元稹屬於"多事之年"：正月在"西歸"途中，有《桐孫詩》、《西歸絕句十二首》爲證；到長安之後、三月之前，元稹與白居易等人歡遊城南，三月三十日至六月，在貶赴通州途中。六月至九月，大病"百日餘"。十月前後，在趕赴興元就醫途中。最後兩月，元稹在興元治病，同時與裴淑結婚。這麼複雜多變的情況，豈是"此詩元和十年作"、"此詩作于本年"可以含糊過去？而《年譜新編》"獨孤郁、李顧言俱元和十年春卒"的理由，與本詩的寫作時間不能完全劃等號，本詩主要是元稹因自己的病抒發感慨，祇是連類而及獨孤郁與李顧言而已。

　　我們以爲，元稹元和十年的病發生在到達通州之後，《遣病》應該作於其後。而元稹到通州之後很快病倒，元稹《酬樂天東南行詩一百韻》："元和十年三月二十五日，予司馬通州。二十九日，與樂天於鄂東蒲池村別，各賦一絕。到通州後，予又寄一篇。尋而樂天既予八首，予時瘧病將死，一見外不復記憶。"在極度哀感中委託後事，有白居易後來的《與微之書》爲證："僕初到潯陽時，有熊孺登來，得足下前年病甚時一札。上報疾狀，次序病心，終論平生交分。且云危惙之際，不暇及他，唯收數帙文章，封題其上，曰：'他日送達白二十二郎，便請以代書。'悲哉！微之於我也，其若是乎！"在這樣的情況下，似乎不太可能再有別的詩作，僅僅是在聽到白居易意外又無辜出貶江州司馬時偶有一篇而已，那是元稹拼盡全身氣力寫下的憤懣之作。直到到達興元之後，有了裴淑的悉心照料與醫生的認真治療，身體有所好轉，逃過一劫的元稹才有可能故作輕鬆，吟出"吟此可達觀，世言何足聽"這樣的詩句。我們以爲，本詩作於元和十年十一月與十二月間，地點在興元，時元稹雖然職任通州司馬，但因病重在興元就醫。

◎ 悟禪三首寄胡杲^{(一)①}

近聞胡隱士，潛認得心王②。不恨百年促，翻悲萬劫長③。有修終有限，無事亦無殃④。慎莫通方便，應機不頓忘⑤。

百年都幾日？何事苦囂然⑥？晚歲倦爲學，閑心易到禪⑦。病宜多宴坐，貧似少攀緣⑧。自笑無名字，因名自在天⑨。

近見新章句，因知見在心⑩。春游晉祠水，晴上霍山岑⑪。問法僧當偈，還丹客贈金⑫。莫驚頭欲白，禪觀老彌深⑬。

錄自《元氏長慶集》卷一四

[校記]

（一）悟禪三首寄胡杲：原本作"悟禪三首寄胡杲"，楊本、叢刊本、《全詩》同。白居易《胡吉鄭劉盧張等六賢皆多年壽予亦次焉偶於弊居合成尚齒之會七老相顧既醉甚歡静而思之此會稀有因成七言六韵以紀之傳好事者》："七人五百七十歲，拖紫紆朱垂白鬚。手裏無金莫嗟嘆，樽中有酒且歡娛。詩吟兩句神猶王，酒飲三杯氣尚龐。鬼戲狂歌教婢拍，婆娑醉舞遣孫扶。天年高過二疏傳，人數多於四皓圖。除却三山五天竺，人間此會更應無（三仙山、五天竺國，多有壽者）？前懷州司馬安定胡杲，年八十九。衛尉卿致仕馮翊吉皎，年八十六。

前右龍武軍長史滎陽鄭據,年八十四。前磁州刺史廣平劉真,年八十二。前侍御史內供奉官范陽盧真,年八十一。前永州刺史清河張渾,年七十四。刑部尚書致仕太原白居易,年七十四。已上七人合五百七十歲,會昌五年三月二十一日於白家履道宅同宴,宴罷賦詩。時秘書監狄兼謨、河南尹盧貞,以年未七十,雖與會而不及列。"原本"胡杲",即"胡杲"之誤,據白居易詩及《新唐書·白居易傳》改。

[箋注]

① 悟禪:參悟禪理。苑咸《酬王維》:"蓮花梵字本從天,華省仙郎早悟禪。三點成伊猶有想,一觀如幻自忘筌。"姚合《和厲玄侍御無可上人會宿見寄》:"九衢難會宿,況復是寒天。朝客清貧老,林僧默悟禪。" 胡杲:安定人,曾任懷州司馬,元稹與白居易喜歡悟禪的朋友,《新唐書·白居易傳》:"嘗與胡杲、吉皎、鄭據、劉真、盧真、張渾、狄兼謨、盧貞燕集,皆高年不事者,人慕之,繪爲《九老圖》。"白居易另有《九老圖詩并序》:"會昌五年三月,胡、吉、劉、鄭、盧、張等六賢於東都敝居履道坊合尚齒之會,其年夏,又有二老年貌絕倫,同歸故鄉,亦来斯會,續命書姓名、年齒,寫其形貌,附於圖右,與前七老題爲九老圖,仍以一絕贈之:雪作鬚眉雲作衣,遼東華表鶴雙歸。當時一鶴猶希有,何況今逢兩令威(二老謂洛中遺老李元爽,年一百三十六。歸洛僧如滿,年九十五歲)。"白居易兩詩中的"胡",即是"胡杲"。

② 隱士:隱居不仕的人。《莊子·繕性》:"隱,故不自隱。古之所謂隱士者,非伏其身而弗見也。"陸游《初到榮州》:"廢臺已無隱士嘯,遺宅上有高人家。" 心王:佛教語,指法相宗所立五位法中的心法,包括眼識、耳識、鼻識、舌識、身識、意識、末那識和阿賴耶識,與心所有法相對。亦泛指心,心爲三界萬法之主,故稱。《涅槃經·壽命品》:"頭爲殿堂,心王居中。"王維《大唐大安國寺故大德淨覺禪師碑銘》:"光宅真空,心王之四履;建功無旱,法將之萬勝。"

③ 百年:指人壽百歲。《禮記·曲禮》:"百年曰期。"陳澔集説:"人壽以百年爲期,故曰期。"嵇康《贈兄秀才入軍》:"人生壽促,天地長久。百年之期,孰云其壽?" 萬劫:佛經稱世界從生成到毀滅的過程爲一劫,萬劫猶萬世,形容時間極長。沈約《内典序》:"俱處三界,獨與神遊。包括四天,卷舒萬劫。"蘇軾《書孫元忠所書華嚴經後》:"故佛説此等,真可畏怖,一念差失,萬劫墮壞。"

④ 修:學習,培養。《禮記·學記》:"故君子之於學也,藏焉! 修焉! 息焉! 遊焉!"鄭玄注:"修,習也。"《後漢書·和熹鄧皇后紀》:"帝知後勞心曲體,嘆曰:'修德之修勞,乃如是乎!'"特指修行,指學佛或學道,行善積德。寒山《詩三百三首》二六八:"今日懇懇修,願與佛相遇。" 有限:有限制,有限度。杜甫《前出塞九首》六:"殺人亦有限,立國自有疆。"蘇軾《孔毅甫妻挽詞》:"那將有限身,長瀉無益涕?"無事:指無爲,道家主張順乎自然,無爲而治。《老子》:"取天下常以無事,及其有事,不足以取天下。"《史記·蘇秦列傳》:"竊爲君計者,莫若安民無事,且無庸有事於民也。" 殃:禍患,灾難。《易·坤》:"積善之家,必有餘慶;積不善之家,必有餘殃。"《新唐書·蕭俛傳》:"今筆梵言,口佛音,不若懲謬賞濫罰,振殃祈福。"

⑤ 慎:千萬,無論如何,與"無"、"毋"、"勿"等連用,表示警戒。《史記·高祖本紀》:"若漢挑戰,慎勿與戰,無令得東而已。"杜甫《麗人行》:"炙手可熱氣絶倫,慎莫近前丞相嗔。" 方便:佛教語,謂以靈活方式因人施教,使悟佛法真義。姚合《秋夜寄默然上人》:"賴師方便語,漸得識真如。"《五燈會元·薦福弘辯禪師》:"方便者,隱實覆相,權巧之門也。被接中下,曲施誘迪,謂之方便。" 應機:順應時機。《三國志·郤正傳》:"辯者馳説,智者應機。"《周書·文帝紀》:"今便分命將帥,應機進討。"隨機應變。《世説新語·排調》:"未若諸庾之翼翼。"劉孝標注:"放應機制勝,時人仰焉!"黄滔《誤筆牛賦》:"王獻之續畫彌精,變通可驚,失手而筆唯誤點,應機而牛則真成。"

忘：忘記，不記得。《詩·小雅·隰桑》："中心藏之，何日忘之？"《司馬法·仁本》："天下雖安，忘戰必危。"

⑥ 都：總，總共。曹丕《與吳質書》："頃撰其遺文，都爲一集。"賀鑄《青玉案·橫塘路》："若問閑情都幾許？一川烟草，滿城風絮，梅子黃時雨。" 何事：爲何，何故。左思《招隱二首》一："何事待嘯歌？灌木自悲吟。"《新唐書·沈既濟傳》："若廣聰明以收淹滯，先補其缺，何事官外置官？" 嚣然：憂愁貌。《漢書·王莽傳贊》："是以四海之内，嚣然喪其樂生之心，中外憤怨。"顏師古注："嚣然，衆口愁貌也。"韓愈《唐正議大夫尚書左丞孔公墓誌銘》："安南乘勢殺都護李象古……嶺南嚣然。"

⑦ 晚歲：晚年。杜甫《羌村三首》二："晚歲迫偷生，還家少歡趣。"葉適《高令人墓誌銘》："晚歲，三子始育，始有宅居。"據白居易會昌五年詩《胡吉鄭劉盧張等六賢皆多年壽予亦次焉偶於弊居合成尚齒之會七老相顧既醉甚歡静而思之此會稀有因成七言六韵以紀之傳好事者》"前懷州司馬安定胡杲，年八十九"推算，胡杲時年五十五歲，古人以"人生七十古來稀"爲至理名言，故以"晚歲"稱胡杲，並不爲過。元稹本年三十七歲，但詩人去年大病三月，九死一生，從死亡綫上挣扎回來，説自己時近"晚歲"，雖然爲時尚早，但其心情也可理解。閑心：閑適的心情。閻寬《曉入宜都渚》："回眺佳氣象，遠懷得山林。佇應舟楫用，曷務歸閑心？"韓翃《贈兖州孟都督》："閑心近掩陶使君，詩興遙齊謝康樂。遠山重疊水逶迤，落日東城閑望時。" 禪：佛教語，梵語"禪那"之略，原指静坐默念，引申爲禪理、禪法、禪學。杜甫《宿贊公房》："放逐寧違性，虛空不離禪。"周繇《登甘露寺》："殿鎖南朝像，龕禪外國僧。"

⑧ 宴坐：閑坐，安坐。白居易《病中宴坐》："宴坐小池畔，清風時動襟。"佛教指坐禪。《維摩詰所説經·弟子品》："夫宴坐者，不於三界現身意，是爲宴坐。"齊己《經安公寺》："大聖威靈地，安公宴坐蹤。"

攀:依附,拉攏。《漢書·韓安國傳》:"有如太后宫車即晏駕,大王尚誰攀乎?"蘇頲《閑園即事寄韋侍郎》:"有酒空盈酌,高車不可攀。"緣:機緣,緣分。《文選·謝靈運〈還舊園作見顏范二中書〉》:"長與歡愛別,永絶平生緣。"李善注:"緣,因緣也。"佛教語,塵緣的簡稱,謂心識所緣色、聲、香、味、觸、法六塵之境。韓愈《華山女》:"仙梯難攀俗緣重,浪憑青鳥通丁寧。"

⑨ 名字:人的名與字。《禮記·檀弓》:"幼名,冠字。"孔穎達疏:"始生三月而加名……年二十,有爲人父之道,朋友等類不可復呼其名,故冠而加字。"《楚辭·劉向〈九嘆·逢紛〉》:"齊名字於天地兮,並光明於列星。"王逸注:"謂名平字原也。"指姓名。竇梁賓《喜盧郎及第》:"手把紅箋書一紙,上頭名字有郎君。" 自在:佛教以心離煩惱之繫縛,通達無礙爲自在。《百喻經·伎兒著戲羅刹服共相驚怖喻》:"以我見故,流馳生死,煩惱所逐,不得自在。"王維《爲舜闍黎謝御題大通大照和尚塔額表》:"見聞自在,不住無爲。"

⑩ 章句:指文章、詩詞。沈約《梁武帝集序》:"漢高、宋武,雖闕章句,歌《大風》以還沛,好清談於暮年。"白居易《山中獨吟》:"人各有一癖,我癖在章句。" 見在:現在。白居易《自覺二首》二:"迴念發弘願:願此見在身,但受過去報,不結將來因。"牛僧孺《席上贈劉夢得》:"粉署爲郎四十春,今來名輩更無人。休論世上升沉事,且鬥樽前見在身。"

⑪ 晉祠:周代晉國開國君主唐叔虞的祠廟,在今山西省太原市西南懸瓮山麓,晉水發源於此,風景優美,爲當地名勝之區。李白《憶舊遊寄譙郡元參軍》:"時時出向城西曲,晉祠流水如碧玉。"嚴維《送房元直赴北京》:"常欲激昂論上策,不應憔悴老明時。遙知到日逢寒食,彩筆長裾會晉祠。" 霍山:在山西省霍縣東南。《周禮·夏官·職方氏》:"河內曰冀州,其山鎮曰霍山。"鄭玄注:"霍山在彘陽。"按彘陽後漢時改永安縣,即今山西省霍縣。殷寅《玄元皇帝應見賀聖祚無

疆》:"應曆生周日,修祠表漢年。復茲秦嶺上,更似霍山前。"杜光庭《題霍山秦尊師》:"老鶴玄猿伴採芝,有時長嘆獨移時。翠娥紅粉嬋娟劍,殺盡世人人不知。"

⑫ 問法:問佛法。孟浩然《雲門寺西六七里聞符公蘭若最幽與薛八同往》:"謂予獨迷方,逢子亦在野。結交指松柏,問法尋蘭若。"杜甫《謁真諦寺禪師》:"凍泉依細石,晴雪落長松。問法看詩妄,觀身向酒慵。"　偈:梵語"偈佗"(Gatha)的簡稱,即佛經中的唱頌詞,通常以四句為一偈。《晉書·鳩摩羅什傳》:"羅什從師受經,日誦千偈,偈有三十二字,凡三萬二千言。"梅堯臣《寄文鑒大士》:"始憶高僧將偈去,安知古寺託雲深?"　還丹:道家合九轉丹與朱砂再次提煉而成的仙丹,自稱服後可以即刻成仙。葛洪《抱朴子·金丹》:"若取九轉之丹,內神鼎中,夏至之後,爆之鼎,熱,內朱兒一斤於蓋下,伏伺之。候日精照之,須臾,翕然俱起,煌煌煇煇,神光五色,即化為還丹。取而服之一刀圭,即白日昇天。"段成式《酉陽雜俎續集·支諾皋中》:"可求還丹,取此水和而服之,即時換骨上賓。"　金:錢財,貨幣。《戰國策·秦策》:"嫂曰:以季子之位尊而多金。"張耒《勞歌》:"半衲遮臂是生涯,以力受金飽兒女。"

⑬ 莫:副詞,表示勸戒,不要,不可,不能。《漢書·王莽傳》:"其去剛卯,莫以為佩;除刀錢,勿以為利!"王羲之《明府帖》:"當日緣明府共飲,遂闕問,願足下莫見責。"　驚:驚慌,恐懼。《莊子·達生》:"譬之若載鼷以車馬,樂鴳以鐘鼓也,彼又惡能無驚乎哉?"成玄英疏:"何能無驚懼者也。"江淹《恨賦》:"僕本恨人,心驚不已。直念古者,伏恨而死。"　禪觀:謂依禪理參究修行。姚合《閑居》:"何當學禪觀?依止古先生。"陳師道《比丘理公塔銘》:"日誦《金剛》、《行願》兩經,闔戶禪觀,不近人事,凡二十年。"　彌:益,更加。《論語·子罕》:"仰之彌高,鑽之彌堅。"蘇洵《權書·六國》:"奉之彌繁,侵之愈急。"　深:深奧,精微。《易·繫辭》:"夫《易》,聖人之所以極深而研幾也。唯深

也,故能通天下之志;唯幾也,故能成天下之務。"韓康伯注:"極未形之理則曰深。"何劭《雜詩》:"道深難可期,精微非所慕。"

[編年]

　　未見《年譜》、《年譜新編》編年本詩,《編年箋注》列入"未編年詩"。

　　我們以爲,本詩可以編年。詩題曰"悟禪三首寄胡杲",説明元稹賦詠本詩之時,對佛學有所痴迷,而元稹的《遣病》恰恰表露了元稹對佛學的痴迷。《遣病》詩即在本詩之前,不再重複引述。我們以爲,本詩應該與《遣病》作於同時,亦即元和十年的十一月至十二月間,地點在興元,元稹當時雖然名爲通州司馬,但實際是在興元就醫。

元和十一年丙申(816) 三十八歲

◎ 歲日贈拒非①

君思曲水嗟身老⁽一⁾,我望通州感道窮②。同入新年兩行淚,白頭閑坐説城中⁽二⁾③。

録自《元氏長慶集》卷二○

[校記]

(一)君思曲水嗟身老:楊本、錢校、《歲時雜詠》、《全詩》同,叢刊本作"思君曲水嗟身老",語義不同,不從不改。

(二)白頭閑坐説城中:原本作"白頭翁坐説城中",楊本、叢刊本、《全詩》同,詩人時年三十八歲,不當自稱"白頭翁",不取。而詩人三十一歲時已經生有白髮,時間過去了七八年,自稱"白頭"是恰當的,故據錢校、《歲時雜詠》、《全詩》注改。

[箋注]

① 歲日:元旦,新年的第一天。元稹《歲日》詩云:"一日今年始,一年前事空。淒涼百年事,應與一年同。"劉長卿也有《歲日作》,詩云:"建寅回北斗,看曆占春風。律變滄江外,年加白髮中。" 拒非:元稹與白居易的朋友李復禮,字拒非。元稹《使東川·清明日(行至漢上,憶與樂天、知退、杓直、拒非、順之輩同遊)》:"常年寒食好風輕,觸處相隨取次行。今日清明漢江上,一身騎馬縣官迎。"白居易《和答詩十首并序》序云:"(元和)五年春,微之從東臺來,不數日又左轉爲

江陵士曹掾……及足下到江陵,寄在路所爲詩十七章,凡五六千言,言有爲章有旨,迨于宮律體裁,皆得作者風。發緘開卷,且喜且怪。僕思牛僧孺戒,不能示他人,唯與杓直、拒非及樊宗師輩三四人時一吟讀,心甚貴重。"

　　②　君思曲水嗟身老:據元稹本年《遣行十首》所述,李復禮大約在曲水有職務或者公幹,故在元和十一年的秋天告別元稹前往曲水。但那裏的生活條件很差,而且又地處邊境,故李復禮因日日發愁而感"身老"。另外,李復禮能够長期逗留興元,時間長達半年以上,直到秋天才離開興元前往文州,我們懷疑李復禮可能與元稹一樣,是前來興元治病的,故能長期逗留在他州外縣。這也許是李復禮"身老"的另一個重要原因,等待智者的進一步破解。　　曲水:地名,今甘肅省文縣。《舊唐書·地理志》:"漢陰平道,屬廣漢。晉亂,楊茂搜據爲仇池,氐、羌相傳迭代。後魏平氐、羌,始置文州。隋爲曲水縣,武德後置文州,治於曲水也。"《元和郡縣志·山南道》:"文州……管縣二:曲水、長松……曲水縣……鄧艾故城在縣東七里,魏景元四年,鄧艾伐蜀,上言:'今敵既摧折,宜遂乘之,從陰平由斜徑經漢德陽亭,出劍閣西百里,去成都三百餘里,奇兵衝其腹心,破之必矣!'遂自陰平道伐蜀,蓋此時所築城也。姜維故城在縣東七里,後主令維于此築城,與鄧艾相守。"韋應物《三月三日寄諸弟兼懷崔都水》:"對酒始依依,懷人還的的。誰當曲水行,相思尋舊迹?"羊士諤《憶江南舊遊二首》二:"曲水三春弄綵毫,樟亭八月又觀濤。金罍幾醉烏程酒,鶴舫閑吟把蟹螯。"　　嗟:嘆詞,表悲傷。曹丕《短歌行六解》五:"人亦有言,憂令人老。嗟我白髮,生一何早!"崔峒《送馮八將軍奏事畢歸滑臺幕府》:"王門別後到滄洲,帝里相逢俱白頭。自嘆馬卿常帶疾,還嗟李廣不封侯。"　　身老:年紀大了。周氐《送沈芳謁李觀察求仕進(自注云:此君曾浪迹長安,因以詩讓之)》:"身老方投刺,途窮始著鞭。猶聞有知己,此去不徒然。"杜甫《暮秋將歸秦留別湖南幕府親友》:"水闊蒼梧

野,天高白帝秋。途窮那免哭,身老不禁愁。" 我望通州感道窮：詩人當時正在興元治病,不在通州司馬任,故曰"望通州"。他與李復禮可以説面臨著同樣尷尬的處境,同病相憐在所必然。 通州：州郡名,元稹當時任職之地。楊巨源《奉寄通州元九侍御》："須聽瑞雪傳心語,莫被啼猿續淚行。共説聖朝容直氣,期君新歲奉恩光。"元稹《酬獨孤二十六送歸通州》："再拜捧兄贈,拜兄珍重言。我有平生志,臨別將具論。" 感：感慨,感傷。杜甫《奉贈射洪李四丈（明甫）》："蒼茫風塵際,蹭蹬騏驎老。志士懷感傷,心胸已傾倒。"陳師道《秋後五日應物無詩豈年志俱壯未解傷秋耶以詩挑之》："歲半身仍健,年侵意自悲。情知寇公子,不作感秋詞。" 道窮：猶言窮途末路。范鎮《長嘯却胡騎賦》："若楚軍夜遁之時,聞歌於四面；殊漢將道窮之日,振臂而一呼。"杜甫《積草嶺》："山分積草嶺,路異明水縣。旅泊吾道窮,衰年歲時倦。"

③ 新年：一年之始,指元旦及其後的幾天。庾信《春賦》："新年鳥聲千種囀,二月楊花滿路飛。"白居易《繡婦嘆》："連枝花樣繡羅襦,本擬新年餉小姑。"吳自牧《夢粱録·正月》："正月朔日,謂之元旦,俗呼爲新年。一歲節序,此爲之首。"這裏是指元和十一年的元旦。白頭：猶白髮,形容衰老。曹丕《與吳質書》："意志何時,復類昔日？已成老翁,但未白頭耳！"曾鞏《福州奏乞在京主判閑慢曹局或近京一便郡狀》："況臣母子,各已白頭,兄弟二人,皆任遠地。"這裏指元稹,元稹時年三十八歲,詩人屢遭不幸,三十一歲時已經生有白髮。元稹《酬翰林白學士代書一百韵并序（此後江陵時作）》在"甯牛終夜永,潘鬢去年衰"句下注："予今年始三十二,去歲已生白髮。" 城中：這裏指長安城中,詩人與拒非回憶當年同在京城的種種趣事,元稹《酬翰林白學士代書一百韵》："僧餐月燈閣,釀宴劫灰池（予與樂天、杓直、拒非輩多於月燈閣閑遊、又嘗與秘省同官釀宴昆明池）。"沈佺期《奉和聖製同皇太子遊慈恩寺應制》："肅肅蓮花界,熒熒貝葉宫。金人來

夢裏，白馬出城中。"崔顥《七夕》："長安城中月如練，家家此夜持針綫。仙裙玉佩空自知，天上人間不相見。"

[編年]

《年譜》："元稹有《歲日贈拒非》詩，元和十二年作"；《編年箋注》順從卞孝萱之說："此詩作於元和十二年（八一七），元稹時在通州司馬任，全家寓居興元。"《年譜新編》亦編年本詩於元和十二年，但沒有說明理由。

以上三者均誤。元稹元和十年十月前往興元，至十二年五月回到通州，元稹在興元共有兩個新年，即元和十一年的新年與元和十二年的新年。而元稹《遣行十首》有句"秋蓬處處驚"、"稻花秋雨氣"，知送別李拒非復禮當在秋天，亦即元和十一年的秋天，如果本詩賦成於十二年歲日，那元稹就無法送別已於十一年秋天離開興元的李拒非復禮了。如果《遣行十首》賦成於十二年秋天，已經於元和十二年五月回到通州的元稹一家，如何在十二年的秋天又在興元送別李復禮？而本詩詩題"歲日贈拒非"，自然是賦成於新年之際，亦即元和十一年的歲日。

◎ 歲　日^{(一)①}

一日今年始，一年前事空②。淒涼百年事，應與一年同③。

録自《元氏長慶集》卷一四

[校記]

（一）歲日：本詩存世各本，包括楊本、叢刊本、《萬首唐人絕句》、

《歲時雜詠》、《全詩》，未見異文。

[箋注]

① 歲日：元旦，新年第一天。李約《歲日感懷》：“曙氣變東風，蟾壺夜漏窮。新春幾人老？舊曆四時空。”包佶《歲日作》：“更勞今日春風至，枯樹無枝可奇花。覽鏡唯看飄亂髮，臨風誰爲駐浮槎？”潘自牧《記纂淵海·感嘆》連續録有如下唐人詩句：“世事不同心事，新人何似故人（劉禹錫）”、“所嘆別此年，永無長慶曆”、“凄凉百年事，應與一年同”、“風光少時新（同上）”、“一夜思量十年事，幾人强健幾人無（同上）”，按照排列順序，這九句，似乎都應該歸屬劉禹錫；但《記纂淵海》在這裏的記載出現了差錯，如其中的“世事不同心事，新人何似故人”，確實是劉禹錫詩句，其《答樂天臨都驛見贈》：“北固山邊波浪，東都城裏風塵。世事不同心事，新人何似故人？”但誤將元稹“凄凉百年事，應與一年同”兩句也歸屬於劉禹錫名下，也應該予以辨正。本詩不僅見於《元氏長慶集》各本，同時也見於《歲時雜詠》、《萬首唐人絶句》、《全詩》，都歸屬元稹名下，除《記纂淵海》外，不見有其他歸屬劉禹錫的記載。

② 一日：一晝夜，一天。《詩·王風·采葛》：“一日不見，如三月兮！”《書·洪範》：“三曰日。”孔穎達疏：“從夜半以至明日夜半，周十二辰爲一日。”　今年：本年，指説話時的這一年。張九齡《立春日晨起對積雪》：“忽對林亭雪，瑤華處處開。今年迎氣始，昨夜伴春回。”宋之問《寒食江州滿塘驛》：“去年上巳洛橋邊，今年寒食廬山曲。遙憐鞏樹花應滿，復見吴洲草新緑。”　一年：從元旦開始，至除夕結束，或周而復始的三佰陸拾天。杜審言《奉和七夕侍宴兩儀殿應制》：“一年銜别怨，七夕始言歸。斂泪開星靨，微步動雲衣。”張説《正朝摘梅》：“蜀地寒猶暖，正朝發早梅。偏驚萬里客，已復一年來。”　前事：前面已經發生的事情。高適《别孫訢》：“離人去復留，白馬黑貂裘。

屈指論前事,停鞭惜舊遊。"李益《答許五端公馬上口號》:"晚逐旌旗俱白首,少遊京洛共緇塵。不堪身外悲前事,强向杯中覓舊春。"這裏指過去一年發生過事情。

③"凄凉百年事"兩句:意謂人的一生,充滿了酸甜苦辣,人生百味,凄凄慘慘,悲悲戚戚,就像已經過去的每一年一樣。　凄凉:孤寂冷落。楊衒之《洛陽伽藍記・建中寺》:"有一凉風堂,本騰避暑之處,凄凉常冷,經夏無蠅,有萬年千歲之樹也。"劉仙倫《鼓瑟》:"凄凉楚客新愁斷,清切湘靈舊怨多。"　百年:指人壽百歲。《禮記・曲禮》:"百年曰期。"陳澔集說:"人壽以百年爲期,故曰期。"陳亮《祭林聖材文》:"胡不百年,終此大數!"一生,終身。陶潛《擬古九首》二:"不學狂馳子,直在百年中。"杜甫《登高》:"萬里悲秋常作客,百年多病獨登臺。"

[編年]

未見《年譜》編年本詩,《編年箋注》列入"未編年詩"欄內,《年譜新編》列入"無法編年作品"欄內。

根據在《歲日贈拒非》中表述的編年理由,我們以爲本詩大致可以與《歲日贈拒非》編年在一起,亦即元和十一年的歲日。

◎ 贈熊士登(一)①

平生本多思,况復老逢春(二)②。今日梅花下,他鄉值故人③。

錄自《元氏長慶集》卷一五

[校記]

(一)熊士登:楊本、叢刊本、《萬首唐人絕句》、《佩文齋廣群芳

譜》、《全詩》同，白居易《與微之書》與《洪州逢熊孺登》、《唐百家詩
選》、《唐人萬首絕句選》、《唐詩紀事》、《歲時雜詠》、《直齋書録解題》、
《唐詩品彙》、《文獻通考》、《佩文齋詠物詩選》、《石倉歷代詩選》、《江
西通志》在提及熊氏時，均作“熊孺登”，《江西通志》在引録熊孺登本
人《送舍弟孺復往廬山》：“能騎竹馬辨西東，未省烟花暫不同。第一
早歸春欲盡，廬山好看過湖風。”既然他的“舍弟”是“孺復”，看來哥哥
熊氏應該以“孺登”爲正。不過元稹提及熊氏時，均作“士登”，兩種説
法實際是指同一個人，遵從原本，不改，僅録以備考

　　（二）況復老逢春：楊本、叢刊本、《萬首唐人絕句》同，《佩文齋廣
群芳譜》、《全詩》作“況復老逢春”，誤，不從不改。

［箋注］

　　① 熊士登：又作“熊孺登”，元稹、白居易的朋友。白居易《洪州
逢熊孺登》：“靖安院裏辛夷下，醉笑狂吟氣最麤。莫問别來多少苦，
低頭看取白髭鬚。”而“靖安院”是元氏家族的宅院，“辛夷”樹也是元
氏宅院的古木，元稹詩中常常提及，可見熊士登與元稹、白居易的關
係確實不一般，交往時間也已經很長。又《宋史·藝文志》：“熊孺登：
詩一卷。”

　　② 平生：平素，往常。《論語·憲問》：“見利思義，見危授命，久
要不忘平生之言，亦可以爲成人矣！”杜甫《夢李白》：“出門搔白首，若
負平生志。”　多思：多情思，多相思。元稹《紅芍藥》：“結植本爲誰？
賞心期在我。採之諒多思，幽贈何由果！”曾鞏《寫懷》二：“荒城絕所
之，歲暮浩多思。病眼對山湖，孤吟寄天地。”　逢春：遇到春天。宋
之問《答李司户夔》：“遠方來下客，輶軒攝使臣。弄琴宜在夜，傾酒貴
逢春。”張説《嶺南送使》：“秋雁逢春返，流人何日歸？將余去國泪，灑
子入鄉衣。”

　　③ 今日：本日，今天。楊志堅《送妻（志堅嗜學而貧，其妻告離，

志堅以詩送之。時顏眞卿爲内史，妻持詩詣州，請公牒求別醮。真卿判云："王歡之廩既虛，豈遵黃卷；朱叟之妻必去，寧見錦衣。汚辱鄉閭，敗傷風化，若無襃貶，僥倖者多。"遂篲之，後遂無棄夫者）》："荆釵任意撩新鬢，明鏡從他別畫眉。今日便同行路客，相逢即是下山時。"孟浩然《和盧明府送鄭十三還京兼寄之什》："昔時風景登臨地，今日衣冠送別筵。醉坐自傾彭澤酒，思歸長望白雲天。" 梅花：梅樹的花，早春先葉開放，花瓣五片，有粉紅、白、紅等顏色，是有名的觀賞植物。《樂府詩集·子夜四時歌春歌》："杜鵑竹裏鳴，梅花落滿道。"駱賓王《西行別東臺詳正學士》："上苑梅花早，御溝楊柳新。" 他鄉：異鄉，家鄉以外的地方。《樂府詩集·飲馬長城窟行》："夢見在我傍，忽覺在他鄉。"杜甫《江亭王閬州筵餞蕭遂州》："離亭非舊國，春色是他鄉。" 值：遇到，碰上。《莊子·知北遊》："明見無值。"成玄英疏："值，會遇也。"王先謙集解："雖明見之而無所值。"《周書·文帝紀》："早值宇文使君，吾等豈從逆亂？"按《北史·周紀》"值"作"遇"。 故人：舊交，老友。《史記·范雎蔡澤列傳》："公之所以得無死者，以綈袍戀戀，有故人之意，故釋公。"王維《送元二使安西》："勸君更盡一盃酒，西出陽關無故人。"

［編年］

《年譜》編年本詩於元和十二年，理由是："《贈熊士登》云：'平生本多思，況復老逢春。今日梅花下，他鄉值故人。'元稹於興元府遇熊士登，旋又送其赴嶺南"，"元和十二年初春作"。《編年箋注》編年："元稹元和十一年夏在通州司馬任染瘧，本年秋赴興元醫治，十二年九月離興元。在興元府遇熊士登，旋又送其赴嶺南。此詩元和十二年（八一七）初春作。"理由是："見卞《譜》。"《年譜新編》編年則另闢蹊徑："自通州赴虢州途中作。"沒有説明理由。

我們以爲《年譜》編年有誤。現有材料顯示元稹自元和十年十月北上興元求醫治病至元和十二年五月返回通州，他在興元應有兩個春天，《年譜》沒有舉證說明爲什麼這首詩的春天一定是元和十二年的春天而不是元和十一年的春天。要解決這個問題，可以引用元稹和白居易的詩文，結合熊士（孺）登的行蹤來考證。元稹元和十年六月到達通州，隨即"染瘴危重"，并見到前來通州看望元稹的熊士登，病中的元稹九死一生，向熊士登交待後事。又據元稹的《感夢》詩，元稹六月到通州，大病"百日餘"之後於同年九月底元稹携童僕北上興元求醫，并在芳溪夢故兵部裴尚書相公，其《感夢》："十月初二日，我行蓬州西。三十里有館，有館名芳溪。"不久即與裴淑在興元結婚。元和十一年的春天，熊士登經興元南下嶺南，在興元又一次與元稹相會。

　　熊士登另有詩《奉和興元鄭相公早春送楊侍郎》，對編年本詩非常重要，也十分關鍵，詩云："征鞍欲上醉還留，南浦春生百草頭。丞相新裁別離曲，聲聲飛出舊梁州。"詩題中的"興元鄭相公"即元和九年三月至元和十一年十月在興元任職山南西道節度使的鄭餘慶。《舊唐書·憲宗紀》：(元和九年三月)"辛酉，以太子少傅鄭餘慶檢校右僕射、興元尹、山南西道節度使……(元和十一年)冬十月丁巳，以刑部尚書權德輿檢校吏部尚書，兼興元尹，充山南西道節度使。"熊士登在興元既與元稹相會又與鄭餘慶相見，兩相排比，這裏的"早春"祇能是元和十一年的"早春"，因爲元和九年春天、元和十年的春天元稹還沒有到達興元，元和十二年的春天鄭餘慶又已經卸職回到西京。據此可知元稹的這兩首詩應作於元和十一年的春天，地點在興元。熊士登的《奉和興元鄭相公早春送楊侍郎》爲我們編年本詩提供了重要的證據。

　　《年譜》著者由於疏忽，錯誤地將元稹北上興元的時間定爲元和十一年夏天，南歸通州的時間斷爲元和十二年九月，而不是事實上的元和十年十月以及元和十二年五月。按照《年譜》錯誤的框定，元稹在興元衹有一個春天,那就是元和十二年春天。由於這一錯誤框定,《年譜》導致了一系列不該發生的錯誤,這首詩的編年僅是其中之一。《編年箋注》的錯誤是由於盲從《年譜》,發生與《年譜》同樣的錯誤也就不足爲奇。

《年譜新編》的編年另闢蹊徑,更是讓人無法理解:元稹離開通州應該在元和十四年二月二十日前,整個梅花盛開的春天,元稹都在前往虢州的途中,而且走的大多是長江與漢水水路,白居易《十年三月三十日別微之於澧上十四年三月十一日夜遇微之於峽中停舟夷陵三宿而別言不盡者以詩終之因賦七言十七韻以贈且欲記所遇之地與相見之時爲他年會話張本也》詩云:“澧水店頭春盡日,送君上馬謫通川。夷陵峽口明月夜,此處逢君是偶然。”提供了清清楚楚的證據。在這樣不停移動的船裏,熊士登究竟在哪裏與元稹相遇?又如何理解“今日梅花下,他鄉值故人”兩句?船中又何來“梅花?”

◎ 別嶺南熊判官①

十年常遠道,不忍別離聲②。況復三巴外,仍逢萬里行⁽一⁾③。桐花新雨氣,梨葉晚春晴④。到海知何日?風波從此生⑤。

録自《元氏長慶集》卷一五

[校記]

(一)仍逢萬里行:楊本、叢刊本、《石倉歷代詩選》同,《全詩》作“仍逢萬里行”,語義不通,屬刊刻之誤,不改。

[箋注]

① 嶺南熊判官：即《贈熊士登》詩中的熊士登，嶺南節度使府是其任職地，故言。　判官：古代官名。唐代節度使、觀察使、防禦使均置判官，爲地方長官的僚屬，輔理政事。張籍《送浙東周阮範判官》："由來自是烟霞客，早已聞名詩酒間。天闕因將賀表到，家鄉新著賜衣還。"孫逖《送李補闕攝御史充河西節度判官》："昔年叨補袞，邊地亦埋輪。官序慚先達，才名畏後人。"·

② "十年常遠道"兩句：意謂自元和初年至今，你熊士登與我元積各自東西爲宦，相隔萬水千山，現在不忍心再聽到告別之語與離別之聲。這裏的"十年"應該起自元和初年，當時元積雖然還在京城，前後四年，但熊士登當時應該已經離開京城，至此元和十一年，約略"十年"。　十年：十個年頭。劉長卿《送李録事兄歸襄鄧》："十年多難與君同，幾處移家逐轉蓬。白首相逢征戰後，青春已過亂離中。"韋應物《淮上喜會梁川故人》："江漢曾爲客，相逢每醉還。浮雲一別後，流水十年間。"　遠道：猶遠路。劉向《説苑·尊賢》："是故游江海者託於船，致遠道者託於乘。"杜甫《登舟將適漢陽》："中原戎馬盛，遠道素書稀。"　不忍：不願意，不忍心。王涯《秋夜曲》："桂魄初生秋露微，輕羅已薄未更衣。銀筝夜久殷勤弄，心怯空房不忍歸。"劉禹錫《途次敷水驛伏覩華州舅氏昔日行縣題詩處潸然有感》："蔓草佳城閉，故林棠樹秋。今来重垂泪，不忍過西州。"　別離：離別。《楚辭·九歌·少司命》："悲莫悲兮生別離，樂莫樂兮新相知。"聶夷中《勸酒》二："人間榮樂少，四海別離多。"

③ 況復：何況，況且。馬總《意林·傅子》："蜘蛛作羅，蜂之作窠，其巧亦妙矣！況復人乎？"劉駕《寄遠》："得書喜猶甚，況復見君時。"　三巴外：意謂三巴之地以外，這裏指不是"三巴"範圍內的山南西道節度使府治所興元。　三巴：古地名，巴郡、巴東、巴西的合稱，相當今四川與重慶兩省市的嘉陵江和綦江流域以東的大部地區。常

璩《華陽國志·巴志》:"建安六年,魚復蹇允白璋爭巴名,璋乃改永寧爲巴郡,以固陵爲巴東,徙義爲巴西太守,是爲三巴。"《資治通鑑·晉安帝元興三年》:"玄以桓希爲梁州刺史,分命主將戍三巴以備之。"胡三省注:"三巴,巴郡、巴東、巴西也。杜佑曰:渝州,古巴國,謂之三巴,以閬、白二水東南流,曲折三迴,如'巴'字也。" 萬里行:遠行。宋之問《送杜審言》:"臥病人事絕,嗟君萬里行。河橋不相送,江樹遠含情。"錢起《送鄭書記》:"短簫催別酒,斜日駐前旌。義勇千夫敵,風沙萬里行。"據《舊唐書·地理志》記載,嶺南治所廣州"在京師東南五千四百四十七里,至東都四千九百里。"萬里是約略的説法。

④ 桐花:桐樹的花。李嶠《三月奉教作》:"銀井桐花發,金堂草色齊。韶光愛日宇,淑氣滿風蹊。"白居易《桐花》:"春令有常候,清明桐始發。何此巴峽中,桐花開十月?" 雨氣:潮濕的空氣,水氣。沈佺期《樂城白鶴寺》:"潮聲迎法鼓,雨氣濕天香。"蘇舜欽《杭州巽亭》:"凉翻簾幌潮聲過,清入琴尊雨氣來。" 梨:果木名,落葉喬木,葉子卵形,花多爲白色,果實多汁,可食。左思《魏都賦》:"真定之梨,故安之栗。"《隋書·禮儀志》:"又移藉田於建康北岸,築兆域大小,列種梨柏。" 晚春:春季的最後一個月。劉希夷《晚春》:"佳人眠洞房,回首見垂楊。寒盡鴛鴦被,春生玳瑁床。"杜荀鶴《登城有作》:"上得孤城向晚春,眼前何事不傷神?遍看原上纍纍塚,曾是城中汲汲人。"

⑤ 海:百川會聚之處,後指大洋靠近陸地的部分。《詩·小雅·沔水》:"沔彼流水,朝宗於海。"《淮南子·氾論訓》:"百川異源,皆歸於海。"因爲嶺南節度使府所轄之地,大多靠海,故言。 何日:哪一天,什麽時候。宋之問《題大庚嶺北驛》:"陽月南飛雁,傳聞至此回。我行殊未已,何日復歸來?"李嶠《送司馬先生》:"蓬閣桃源兩處分,人間海上不相聞。一朝琴裏悲黃鶴,何日山頭望白雲?" 風波:風浪。《楚辭·九章·哀郢》:"順風波以從流兮,焉洋洋而爲客?"元稹《江陵夢三首》二:"驚覺滿床月,風波江上聲。"也比喻糾紛或亂子。鮑溶

《行路難》:"入宮見妒君不察,莫入此地生風波!"

[編年]

　　《年譜》編年本詩於元和十二年,理由是:"《別嶺南熊判官》云:'況復三巴外,仍逢萬里行。桐花新雨氣,梨葉晚春晴。'‘熊判官’疑即熊士登。""元稹於興元府遇熊士登,旋又送其赴嶺南",本詩"元和十二年‘晚春’作"。《編年箋注》編年:"元稹元和十一年夏在通州司馬任染瘧,本年秋赴興元醫治,十二年九月離興元。在興元府遇熊士登,旋又送其赴嶺南。"本詩"元和十二年晚春作。"理由是:"見下《譜》。"《年譜新編》編年則另闢蹊徑:"自通州赴虢州途中作。"理由是先引錄《別嶺南熊判官》全詩和任乃強《華陽國志校補圖志》關於"三巴"的說明,然後說:"‘十年’指元和五年至元和十四年,時間爲‘晚春’。"

　　我們以爲《贈熊士登》與本詩爲先後之作,不過不是《年譜》與《編年箋注》所說的"前詩元和十二年初春作,後詩元和十二年晚春作",我們以爲,本詩作於元和十一年的"晚春",《贈熊士登》作於稍前的元和十一年的"早春"。《年譜》、《編年箋注》認爲本詩與《贈熊士登》作於元和十二年都是錯誤的。而《年譜新編》對"十年"的理解是不妥的,認爲作於元稹元和十四年"自通州赴虢州途中作"也是不對的,我們已經在《贈熊士登》詩篇的編年中有詳細的說明,這裏就不再浪費篇幅了。地點在"三巴外"之興元,元稹當時在那裏養病。

◎ 春　月①

　　春月雖至明,終有靄靄光②。不似秋冬色,逼人寒帶霜③。纖粉澹虛壁,輕烟籠半床④。分暉間林影,餘照上虹梁⑤。病久塵事隔,夜閒清興長⑥。擁袍顛倒領,步屟東西廂⑦。風柳結柔榱⁽¹⁾,露梅飄暗香⑧。雪含櫻綻蕊,珠壓桃綴房⑨。杳杳有餘思,行行安可忘⑩！四鄰非舊識,無以話中腸⑪。南有居士儼,默坐調心王⑫。款關一問訊,爲我披衣裳⑬。延我入深竹,暖我於小堂⑭。視身琉璃瑩,諭指芭蕉黃⑮。復有比丘溢,早傳龍樹方⑯。口中秘丹訣,肘後懸青囊⑰。錫杖雖獨振,刀圭期共嘗⑱。未知仙近遠,已覺神輕翔⁽²⁾⑲。夜久魂耿耿,月明露蒼蒼⑳。悲哉沈眠士,寧見茲夕良㉑。

録自《元氏長慶集》卷六

[校記]

（一）風柳結柔榱：原本作"風柳結柔援"，楊本、叢刊本、《全詩》、《古詩鏡·唐詩鏡》同，語義不佳，據《全詩》注改。

（二）已覺神輕翔：原本作"已覺人輕翔"，據楊本、叢刊本、《古詩鏡·唐詩鏡》、《全詩》改。

[箋注]

① 春月：春天的月亮。元稹《仁風李著作園醉後寄李十》："朧明春月照花枝，花下音聲是管兒。"鮑溶《歸雁》："喜去春月滿，歸來秋風清。"詩人詠月，但他的本意僅僅是借題發揮，詠嘆個人思想的苦悶之情。

② 至明：極光明。董仲舒《春秋繁露·觀德》："天出至明，眾知類也，其伏無不照也。"李冶《八至》："至近至遠東西，至深至淺清溪。至高至明日月，至親至疏夫妻。" 靄靄：雲烟密集貌。陶潛《停雲》："靄靄停雲，濛濛時雨。"張祜《夜雨》："靄靄雲四黑，秋林響空堂。"

③ 秋冬色：秋季的黃色與冬日的白色，給人予寒冷之感。王績

《野望》："樹樹皆秋色，山山惟落暉。牧人驅犢返，獵馬帶禽歸。"耿湋
《隴西行》："雪下陽關路，人稀隴戍頭……白草三冬色，黃雲萬里愁。"
逼人：侵襲肌體。白居易《竹窗》："意取北檐下，窗與竹相當。繞屋聲
淅淅，逼人色蒼蒼。"唐彦謙《詠葡萄》："勝遊記得當年景，清氣逼人毛
骨寒。" 霜：在氣溫降到攝氏零度以下時，靠近地面空氣中所含的水
汽凝結成的白色冰晶。《詩·秦風·蒹葭》："蒹葭蒼蒼，白露爲霜。"
李白《秋下荆門》："霜落荆門江樹空，布帆無恙挂秋風。"

④ 纖粉：細粉。元稹《和東川李相公慈竹十二韵》："纖粉妍膩
質，細瓊交翠柯。亭亭霄漢近，靄靄雨露多。"貢師泰《墨竹四首·嫩
竹》："文苞解晴日，纖粉落輕飆。青鸞忽飛起，窗户自蕭蕭。" 虛壁：
隱隱約約，如壁如林，似有似無。杜甫《猨》："裊裊啼虛壁，蕭蕭挂冷
枝。艱難人不見，隐見爾如知。"楊衡《宿雲溪觀賦得秋燈引送客》：
"雲房寄宿秋夜客，一燈熒熒照虛壁。蟲聲呼客客未眠，幾人語話清
景側？" 輕烟：輕淡的烟霧。姚合《春日即事》："夜聽四鄰樂，朝尋九
陌花。輕烟浮草色，微雨濯年華。"杜牧《齊安郡中偶題二首》一："兩
竿落日溪橋上，半縷輕烟柳影中。多少綠荷相倚恨，一時回首背西
風。" 半床：不滿一床。庾信《小園賦》："落葉半床，狂花滿屋。"元稹
《江陵三夢》一："驚悲忽然寤，坐卧若狂痴。月影半床黑，蟲聲幽
草移。"

⑤ 暉：同"輝"，光輝，日光。曹丕《濟川賦》："美玉昭晰以曜暉，
明珠灼灼而流光。"韓愈《宿神龜招李二十八馮十七》："荒山野水照斜
暉，啄雪寒鴉趁始飛。" 間：阻隔，間隔。《穆天子傳》卷三："道里悠
遠，山川間之。"柳宗元《李赤傳》："其友與俱遊者有姻焉！間累日，乃
從之館。" 林影：樹林的陰影。皇甫曾《山下泉》："漾漾帶山光，澄澄
倒林影。那知石上喧，却憶山中静？"柳宗元《南磵中題》："秋氣集南
磵，獨遊亭午時。迴風一蕭瑟，林影久參差。" 餘照：落日餘輝，殘
照。謝朓《和蕭中庶直石頭詩》："川霞旦上薄，山光晚餘照。"李嘉祐

《送嚴二擢第東歸》：“迎秋見衰葉，餘照逐鳴蟬。舊里三峰下，開門古道前。” 虹梁：高架而拱曲的屋梁。《文選·班固〈西都賦〉》：“因瓖材而究奇，抗應龍之虹梁。”李善注：“應龍虹梁，梁形如龍，而曲如虹也。”也用作拱橋。何光遠《鑒誡錄·高僧諭》：“雙飛碧水頭，對語虹梁畔。”周邦彦《繞佛閣·旅況》：“還似汴堤，虹梁橫水面。”

⑥ 塵事：塵俗之事。陶潛《辛丑歲七月赴假還江陵夜行塗口》：“閑居三十載，遂與塵事冥。”孟浩然《游景空寺蘭若》：“寥寥隔塵事，疑是入雞山。” 清興：清雅的興致。王勃《山亭夜宴》：“清興殊未闌，林端照初景。”李白《遊秋浦白笴陂二首》一：“但恐佳景晚，小令歸櫂移。人來有清興，及此有相思。”

⑦ 擁：圍裹。《南史·陶潛傳》：“敗絮自擁，何慚兒子！”陸游《雪夜》：“僵縮不能寐，起坐擁故袍。” 袍：中式長衣的通稱，其形制不分上衣下裳，本爲閑居之服，漢以後亦用作朝服。《急就篇》卷二：“袍襦表裏曲領裙。”顏師古注：“長衣曰袍，下至足跗。”《廣雅·釋器》：“袍襺長襦也。”王念孫疏證：“《續漢書·興服志》云：‘或曰周公抱成王燕居，故施袍。’是袍爲古人燕居之服，自漢以後，始以絳紗袍、皁紗袍爲朝服矣！”也指有夾層、内著棉絮的長衣。《禮記·玉藻》：“纊爲繭，縕爲袍。”鄭玄注：“衣有著之異名也，纊，謂今之新綿也，縕，謂今纊及舊絮也。”白居易《自詠老身示諸家屬》：“粥美嘗新米，袍溫換故綿。” 顛倒：上下、前後或次序、是非倒置。《文心雕龍·定勢》：“效奇之法，必顛倒文句，上句而抑下，中辭而出外，回互不常。”元稹《楊子華畫三首》三：“顛倒世人心，紛紛乏公是。” 步屧：行走，漫步。元稹《三月二十四日宿曾峰館夜對桐花寄樂天》：“奏書金鑾殿，步屧青龍閣。”司空圖《修史亭二首》一：“籬落輕寒整頓新，雪晴步屧會諸鄰。”王安石《墻西樹》：“墻西高樹結陰稠，步屧窮年向此留。” 東西廂：正房前面東西兩邊相對的房屋。《玉臺新詠·古樂府〈相逢狹路間〉》：“鴛鴦七十二，羅列自成行。音聲何噰噰？鶴鳴東西廂。”韋應物《擬古詩十二

首》一二:"徘徊東西廂,孤妾誰與儔? 年華逐絲淚,一落俱不收。"

⑧　風柳:風中之柳。宋之問《宋公宅送甯諫議》:"露荷秋變節,風柳夕鳴梢。"李商隱《汴上送李郢之蘇州》:"露桃塗頰依苔井,風柳誇腰住水村。"　 楥:木名,即欅柳。《爾雅·釋木》:"楥,櫨柳。"郭璞注:"柳,當爲柳,櫨柳似柳,皮可煮作飲。"郝懿行義疏:"櫨柳即欅柳也……北方無作飲者,俗呼之平楊柳,或謂之鬼柳,鬼櫨聲相轉也。楥柳聲轉爲楊柳、櫨柳,又轉爲杞柳。"李治《攝山栖霞寺明徵君碑銘》:"花楥丰茸,含吐十枝之日。"《南齊書·祥瑞志》:"江寧縣北界,賴鄉齊平里,三成邐門外,路東太常蕭惠基園,楥樹二株連理。"　 露梅:帶露之梅。杜甫《秋日寄題鄭監湖上亭三首》三:"羹煮秋蒓滑,杯迎露梅新。"義近"梅露",楊萬里《梅露堂燕客夜歸》:"藥玉船中酒似空,水沉烟上雪都融。梅堂客散人初静,橡燭燒殘一尺紅。"　 暗香:猶幽香。羊士諤《郡中即事三首》二:"紅衣落盡暗香殘,葉上秋光白露寒。"李清照《醉花陰》:"東籬把酒黄昏後,有暗香盈袖。"

⑨　"雪含櫻綻蕊"兩句:意謂春月之下,櫻桃綻蕊,桃花含苞。櫻:櫻桃,泛指其樹、其花、其果。李世民《賦得櫻桃》:"華林滿芳景,洛陽遍陽春。朱顔含遠日,翠色影長津。"白居易《櫻桃花下有感而作》:"藹藹美周宅,櫻繁春日斜。一爲洛下客,十見池上花。"前蜀韋莊《思歸》詩:"紅垂野岸櫻還熟,緑染廻汀草又芳。"宋王安石《雨中》詩:"尚疑櫻欲吐,已怪菊成漂。"　 綻蕊:花朵綻蕊。元稹《酬李甫見贈十首》四:"曾經綽立侍丹墀,綻蕊宫花拂面枝。"鄒浩《次韵慎微雪》:"暗香迷綻蕊,新築露平沙。"　 桃:果木名,落葉小喬木,春季開花,花淡紅、粉紅或白色,可供觀賞。果實略呈球形,表面有毛茸,味甜,可供生食,也可加工成桃脯或罐頭食品。核仁、花與幹幼果可入藥。李白《獨不見》:"憶與君别時,種桃齊蛾眉。桃今百餘尺,花落成枯枝。"韓愈《題百葉桃花》:"百葉雙桃晚更紅,窺窗映竹見玲瓏。應知侍史歸天上,故伴仙郎宿禁中。"　 綴房:花朵含苞,義同花房。韓

愈《感春五首》四:"辛夷花房忽全開,將衰正盛須頻來。清晨輝輝燭霞日,薄暮耿耿和烟埃。"白居易《畫木蓮花圖寄元郎中》:"花房膩似紅蓮朵,艷色鮮如紫牡丹。"

⑩ 杳杳:幽遠貌。柳宗元《早梅》:"欲爲萬里贈,杳杳山水隔。"渺茫貌。許渾《韶州驛樓宴罷》:"檐外千帆背夕陽,歸心杳杳鬢蒼蒼。"隱約貌依稀貌。蘇軾《伏波將軍廟碑》:"自徐聞渡海適朱崖,南望連山,若有若無,杳杳一發耳!" 餘思:指思念前人、前事。《後漢書·劉玄傳論》:"漢起,驅輕黠烏合之衆,不當天下萬分之一,而旌旐之所攝及,書文之所通被,莫不折戈頓顙,爭受職命。非唯漢人餘思,固亦幾運之會也。"竇群《東山月下懷友人》:"高下滅華燭,參差啓洞房。佳人夢餘思,寶瑟愁應商。" 行行:不停地前行。《古詩十九首·行行重行行》:"行行重行行,與君生別離。"張孝祥《鷓鴣天》:"行行又入笙歌裏,人在珠簾第幾重?"也指情況進展或時序運行。陶潛《飲酒二十首》一六:"行行向不惑,淹留遂無成。"逯欽立注:"行行,漸漸。"王建《行見月》:"月初生,居人見月一月行。行行一年十二月,強半馬上看盈缺。"

⑪ 四鄰:周圍鄰居。杜甫《無家別》:"四鄰何所有?一二老寡妻。"白居易《效陶潛體詩十六首》六:"我有樂府詩,成來人未聞。今宵醉有興,狂詠驚四鄰。" 舊識:老相識,舊知。孟郊《溧陽秋霽》:"星星滿衰鬢,耿耿入秋懷。舊識半零落,前心驟相乖。"范成大《題金牛洞》:"春風吹入江南陌,疊嶂雙峰如舊識。" 中腸:猶内心。曹植《送應氏》:"愛至望苦深,豈不愧中腸!"元稹《含風夕》:"迴圈切中腸,感念追往昔。"

⑫ 居士:梵語意譯,原指古印度吠舍種姓工商業中的富人,因信佛教者頗多,故佛教用以稱呼在家佛教徒之受過"三歸"、"五戒"者。《維摩詰經》稱,維摩詰居家學道,號稱維摩居士。《南史·虞寄傳》:"寄因寶應不可諫,慮禍及己,乃爲居士服以拒絕之。常居東山寺,僞

稱腳疾,不復起。"元稹《度門寺》:"舍利開層塔,香爐占小峰。道場居士置,經藏大師封。"文人雅士也常常自稱居士,但與在家修道的居士還是有所區別,如李白自稱青蓮居士,白居易自稱香山居士,歐陽修自稱六一居士,蘇軾自稱東坡居士等。　儼:恭敬莊重,莊嚴。《楚辭·離騷》:"湯禹儼而求合兮,摯皋繇而能調。"王逸注:"儼,敬也。"韓愈《陪杜侍御遊湘西因獻楊常侍》:"路窮臺殿闊,佛事煥且儼。"默坐:無言靜坐。韓愈《送侯參謀赴河中幕》:"默坐念語笑,痴如遇寒蠅。"白居易《答崔賓客晦叔十二月四日見寄》:"居士忘筌默默坐,先生枕麴昏昏睡。早晚相從歸醉鄉,醉鄉去此無多地。"　心王:據《百法明門論》記載,"心王"是佛教語,指法相宗所立五位法中的心法,包括眼識、耳識、鼻識、舌識、身識、意識、末那識和阿賴耶識,與心所有法相對。《涅盤經·壽命品》:"頭爲殿堂,心王居中。"《景德傳燈録·志公和尚》:"心王自在儵然,法性本無十纏。"亦泛指心,心爲三界萬法之主,故稱。王維《大唐大安國寺故大德净覺禪師碑銘》:"光宅真空,心王之四履;建功無旱,法將之萬勝。"劉禹錫《閑坐憶樂天以詩問酒熟未》:"减書存眼力,省事養心王。"

⑬ 款關:叩關,叩門。《史記·商君列傳》:"由余聞之,款關請見。"裴駰集解引韋昭曰:"款,叩也。"韋應物《答裴處士》"禮賢方化俗,聞風自款關。况子逸群士,栖息蓬蒿間。"　問訊:僧尼等向人合掌致敬。《景德傳燈録·迦毗摩羅》:"尊者將至石窟,復有一老人素服而出,合掌問訊。"韋應物《移疾會詩客元生與釋子法朗因貽諸祠曹》:"釋子來問訊,詩人亦扣關。"　衣裳:古時衣指上衣,裳指下裙,後亦泛指衣服。《詩·齊風·東方未明》:"東方未明,顛倒衣裳。"毛傳:"上曰衣,下曰裳。"元稹《遣悲懷三首》二:"衣裳已施行看盡,針綫猶存未忍開。尚想舊情憐婢僕,也曾因夢送錢財。"

⑭ 延:引導,引入,迎接。《禮記·曲禮》:"主人延客祭,祭食,祭所先進。"鄭玄注:"延,道也。"王昌齡《趙十四兄見訪》:"客來舒長簟,

開閣延清風。" 深竹：茂密的竹林。張南史《陸勝宅秋暮雨中探韵》："同人永日自相將，深竹閑園偶辟疆。"元稹《使東川·亞枝紅》："還向萬竿深竹裏，一枝渾卧碧流中。" 暖：使温暖。徐浩《謁禹廟》："春暉生草樹，柳色暖汀洲。"周邦彦《漁家傲》："賴有蛾眉能暖客，長歌屢勸金杯側。" 小堂：即廂房。許渾《紫藤》："綠蔓穠陰紫袖低，客來留坐小堂西。"陸龜蒙《重憶白菊》："我憐貞白重寒芳，前後叢生夾小堂。"

⑮ "視身琉璃瑩"兩句：意謂居士身上滿是琉璃裝飾品，光潔閃爍；一雙纖手好像成熟的芭蕉，鮮活可愛。 琉璃：一種有色半透明的玉石。《後漢書·大秦傳》："土多金銀奇寶，有夜光璧、明月珠、駭雞犀、珊瑚、虎魄、琉璃、琅玕、朱丹、青碧。"元稹《西明寺牡丹》："花向琉璃地上生，光風炫轉紫雲英。" 芭蕉：多年生草本植物，葉長而寬大，花白色，果實跟香蕉相似，但不能食用。韋應物《閑居寄諸弟》："盡日高齋無一事，芭蕉葉上獨題詩。"李清照《添字醜奴兒》："窗前誰種芭蕉樹？陰滿中庭。"

⑯ 比丘：佛教語，梵語的譯音，意譯"乞士"，以上從諸佛乞法，下就俗人乞食得名，爲佛教出家"五眾"之一。指已受具足戒的男性，俗稱和尚。綦毋潜《宿龍興寺》："香刹夜忘歸，松青古殿扉。燈明方丈室，珠繫比丘衣。"徐凝《獨住僧》："百補袈裟一比丘，數莖長睫覆青眸。多應獨住山林慣，唯照寒泉自剃頭。" 龍樹：印度古代高僧，釋迦滅後七百年出世於南天竺，爲馬鳴菩薩弟子迦毗摩羅尊者之弟子。著作甚富，爲三論宗、真言宗等之祖。其母於樹下生之，因字阿周陀那（樹名），以龍成其道，故以龍配字，號曰龍樹。李德裕《贈圓明上人》："遠公説易長松下，龍樹雙經海藏。今日導師聞佛慧，始知前路化成空。"齊己《謝貫微上人寄示古風今體四軸》："謾求龍樹能醫眼，休問圖澄學洗腸。"

⑰ 丹訣：煉丹術。干寶《搜神記》卷一："有人入焦山七年，老君與之木鑽，使穿一磐石……四十年，石穿，遂得神仙丹訣。"吕巖《六

言》："春暖群花半開，逍遙石上徘徊。獨携玉律丹訣，閑踏青莎碧苔。"　青囊：古代術數家盛書和卜具之囊，借指卜筮之術。杜牧《許七侍御棄官東歸題詩寄贈十韵》："錦肆開詩軸，青囊結道書。"亦作"青囊書"，《晉書·郭璞傳》："有郭公者，客居河東，精於卜筮，璞從之受業。公以青囊中書九卷與之，由是遂洞五行、天文、卜筮之術……璞門人趙載嘗竊青囊書，未及讀，而爲火所焚。"後因以"青囊書"指道家典籍。楊巨源《題趙孟莊》："願事郭先生，青囊書幾卷？"

⑱　錫杖：僧人所持的禪杖，其制杖頭有一鐵卷，中段用木，下安鐵纂，振時作聲，梵名隙棄羅(Khakkhara)，取錫錫作聲爲義。《得道梯橙錫杖經》："是錫杖者，名爲智杖，亦名德杖。"竺僧度《答楊苕華書》："且披袈裟，振錫杖，飲清流，詠波若，雖王公之服，八珍之膳，鏗鏘之聲，煒曄之色，不與易也。"柳宗元《浩初上人見貽絕句欲登仙人山因以酬之》："仙山不屬分符客，一任凌空錫杖飛。"　刀圭：中藥的量器名。葛洪《抱朴子·金丹》："服之三刀圭，三尸九蟲皆即消壞，百病皆愈也。"王明校釋："刀圭，量藥具。武威漢墓出土醫藥木簡中有刀圭之稱。"崔元略《贈毛仙翁》："度世無勞大稻米，升天只用半刀圭。"

⑲　仙：神仙，古代宗教和神話傳說中超脫塵世而長生不死者。葛洪《抱朴子·論仙》："凡世人所以不信仙之可學，不許命之可延，正以秦皇、漢武求之不獲，以少君、欒太爲之無驗故也。"李白《夢遊天姥吟留別》："虎鼓瑟兮鸞回車，仙之人兮列如麻。"　近遠：近處和遠處。玄奘《大唐西域記·颯秣建國》："進止威儀，近遠取則。其王豪勇，鄰國承命。"劉長卿《赴楚州次自田途中阻淺問張南史》："楚城今近遠，積靄寒塘暮。水淺舟且遲，淮潮至何處？"　輕翔：步履輕快，神清氣爽。湯斌《徵君孫先生九十壽序》："人生百歲爲期，先生年踰耆耋，步履輕翔，神完而氣固。著書未嘗以寒暑輟，弟子執經請益者趾錯於户，應答終日無倦容。"王慎中《送程龍峰郡博致仕序》："吾泉州儒學

3931

教授程君龍峰……徜徉山水之間,步履輕翔,放飯決肉,釁鑠自喜。"

　　⑳　耿耿:煩躁不安,心事重重。《詩·邶風·柏舟》:"耿耿不寐,如有隱憂。"《楚辭·遠遊》:"夜耿耿而不寐兮,魂煢煢而至曙。"洪興祖補注:"耿耿,不安也。"李郢《秦處士移家富春發樟亭懷寄》:"離別幾宵魂耿耿,相思一座發星星。"　蒼蒼:茫無邊際貌。韋應物《登樂遊廟》:"微鐘何處來? 暮色忽蒼蒼。"齊己《送人潤州尋兄弟》:"閑遊登北固,東望海蒼蒼。"

　　㉑　沈眠:猶酣睡,昏睡。李商隱《花下醉》:"群芳不覺醉流霞,倚樹沈眠日已斜。"盧綸《同薛存誠登栖岩寺》:"蒼蒼此明月,下界正沈眠。"　寧見茲夕良:意謂難道不想看到這麼美好的月夜?　寧:豈,難道。《左傳·成公二年》:"夫齊,甥舅之國也,而大師之後也,寧不亦淫從其欲以怒叔父,抑豈不可諫誨?"顏之推《顏氏家訓·歸心》:"釋一曰,夫遙大之物,寧可度量?"猶言豈不,難道不。《後漢書·李郃傳》:"二君發京師時,寧知朝廷遣二使邪?"

［編年］

　　《年譜》編年本詩於"庚寅至甲午在江陵府所作其他詩"欄內,理由是:"詩云:'病久塵事隔。'"《編年箋注》編年本詩:"此詩……作於元和五年(八一〇)至九年(八一四)期間,元稹時在江陵府士曹參軍任。見下《譜》。"《年譜新編》亦編年本詩於"庚寅至甲午在江陵府所作其他詩"欄內,沒有說明理由。

　　我們不能苟同《年譜》、《編年箋注》、《年譜新編》的編年。不錯,元稹在元和八年秋天曾經身患瘧疾,但這並沒有涵蓋整個江陵時期。而且,即使在元和八年生病期間,詩人也沒有與"塵事"隔絕,繼續在荊南節度使府擔任士曹參軍之職,與同事來往頻繁唱和甚多,《病臥聞幕中諸公徵樂會飲因有戲呈三十韻》、《予病瘴樂天寄通中散因有酬答》即是其中的例子。

　　我們認爲元稹此詩應該作於通州任内：元稹元和十年六月到通州後不久即"瘧病將死，一見外不復記憶"(元稹《酬樂天東南行詩一百韵》語)，有元稹自己的《遣病(自此通州後作)》爲旁證，詩云："以此方我病，我病何足驚！借如今日死，亦足了一生。"并於同年九月底北上興元求醫治病，大病之中、旅行途中與外界没有多少聯繫，來到興元之後元稹僅僅是一個因病求醫之人，興元府的許許多多公務與元稹没有任何關係，這就是"病久塵事隔"的由來。元稹來到興元之後不久即與正在興元的裴淑結婚，山南西道節度使鄭餘慶把詩人安置在嚴茅，那個地方池塘不少，頗爲荒凉，新來乍到的詩人頗感孤獨，故詩中有"四鄰非舊識，無以話中腸"之感嘆。雖然不久就有了新朋友，但仍然遠離"塵事"，本詩云："南有居士儼，默坐調心王。款關一問訊，爲我披衣裳。延我入深竹，暖我於小堂。"而作於興元、時在元和十年年底的《遣病(自此通州後作)》詩云："况我早師佛，屋宅此身形。舍彼復就此，去留何所縈？前身爲過迹，來世即前程。"兩者如出一轍，因此我們以爲本詩應作於元和十一年的春天，并與詩題《春月》相一致，而非江陵任内詩作。

◎ 落　月[(一)①]

　　落月沈餘影，陰渠流暗光[②]。蚊聲靄窗户，螢火繞屋梁[③]。飛幌翠雲薄，新荷清露香[④]。不吟復不寐，竟夕池水傍[⑤]。

録自《元氏長慶集》卷八

[校記]

　　(一) 落月：本詩存世各本，包括楊本、叢刊本、《全詩》，未見異文。

[箋注]

① 落月：即將西墜的月亮。岑參《和祠部王員外雪後早朝即事》：“色借玉珂迷曉騎，光添銀燭晃朝衣。西山落月臨天仗，北闕晴雲捧禁闈。”杜甫《將曉二首》二：“軍吏回官燭，舟人自楚歌。寒沙蒙薄霧，落月去清波。”

② 餘影：留有影子。蕭統《鍾山解講詩》：“曒出岩隱光，月落林餘影。”張耒《題堂下桐》：“寒枝向月空餘影，隕葉知時不待風。” 陰渠：山北的溝渠。《文選·孫綽〈游天台山賦〉》：“惠風佇芳於陽林，醴泉湧溜於陰渠。”李善注：“陰渠，山北之渠。”暗渠。陳樵《八詠樓賦》：“露井飛霜，陰渠沃雪。” 暗光：暗淡的光綫。元稹《表夏十首》三：“今宵好風月，獨此荒庭趣。露葉傾暗光，流星委餘素。”王質《夜泊荻港二首》二：“野火參差度暗光，蕭蕭蒲稗自生凉。夜深雲上無星斗，古樹陰沈覺許長。”

③ 蚊聲：蚊子鳴叫的聲音。覺範《贈僧》：“已浮春露澆詩膽，更炷水沉熏道情。憂患撼床聞螳鬥，功名殷鬢作蚊聲。”呂南公《宿青綏舖》：“曦光欲墮已睡熟，斗柄轉斜纏夢驚。方恨此時無月色，未知何處有蚊聲？” 窗户：窗與門。儲光羲《京口題崇上人山亭》：“花林開宿霧，遊目清霄極。分明窗户中，遠近山川色。”李白《望月有懷》：“清泉映疏松，不知幾千古。寒月揺清波，流光入窗户。” 靄：繚繞。許敬宗《冬日宴於庶子宅各賦一字得歸》：“油雲澹寒色，落景靄霜霏。”張文琮《同潘屯田冬日早朝》：“通晨禁門啓，冠蓋趨朝謁。霜靄清九衢，霞光照雙闕。” 螢火：螢火蟲。崔豹《古今注·魚蟲》：“螢火，一名耀夜，一名夜光，一名宵燭，一名景天，一名熠耀，一名燐，一名良鳥，腐草爲之，食蚊蚋。”杜甫《見螢火》：“巫山秋夜螢火飛，疏簾巧入坐人衣。” 屋梁：房屋的横梁。白居易《早興》：“晨光出照屋梁明，初打開門鼓一聲。犬上階眠知地濕，鳥臨窗語報天晴。”李商隱《初起》：“想像咸池日欲光，五更鐘後更迴腸。三年苦霧巴江水，不爲離人照

屋梁。”

　④ 飛幌：飄拂的帷幔。劉宰《挽齊齋倪尚書》：“遼東白鶴歸，城
郭固無恙。飢烏拾餘粒，巢燕倚飛幌。”屠倬《寓常山贈陳令尹》：“百
雉山城今有色，半村桑柘自成家。月移松影臨飛幌，風送泉聲雜暮
笳。”　翠雲：碧雲。馮衍《顯志賦》：“馳素虯而馳騁兮，乘翠雲而相
伴。”曹勛《綠頭鴨》：“喜雨薰泛景，翠雲低柳。”　新荷：剛剛出水不久
的蓮荷。盧照鄰《宿晉安亭》：“窗橫暮落葉，檐卧古生枝。舊石開紅
蘚，新荷覆綠池。”劉憲《興慶池侍宴應制》：“蒼龍闕下天泉池，軒駕來
遊簫管吹。緣堤夏篠縈不散，冒水新荷卷復披。”　清露：潔凈的露
水。張衡《西京賦》：“立修莖之仙掌，承雲表之清露。”晏殊《浣溪沙》：
“湖上西風急暮蟬，夜來清露濕紅蓮。”

　⑤ 吟：吟詠，誦讀。《藝文類聚》卷五五引束皙《讀書賦》：“原憲
潜吟而忘賤，顔回精勤以輕貧。”韓愈《進學解》：“先生口不絶吟於六
藝之文，手不停披於百家之編。”指抒寫。《文心雕龍·明詩》：“感物
吟志，莫非自然。”　寐：睡，入睡。《詩·衛風·氓》：“三歲爲婦，靡室
勞矣！夙興夜寐，靡有朝矣！”鄭玄箋：“常早起夜卧，非一朝然。”蔣防
《霍小玉傳》：“其夕，生澣衣沐浴，修飾容儀，喜躍交并，通夕不寐。”
竟夕：終夜，通宵。《後漢書·第五倫傳》：“吾子有疾，雖不省視而竟
夕不眠。若是者，豈可謂無私乎？”李群玉《七月十五夜看月》：“竟夕
瞻光彩，昂頭把白醪。”　池水：池塘之水。張説《湘州北亭》：“人務南
亭少，風烟北院多。山花迷徑路，池水拂藤蘿。”李頎《愛敬寺古藤
歌》：“古藤池水盤樹根，左攫右拏龍虎蹲。橫空直上相陵突，丰茸離
纚若無骨。”

［編年］

　未見《年譜》編年本詩，《編年箋注》列入“未編年詩”欄内，《年譜
新編》編列“無法編年作品”。

我們以爲，本詩可以編年。在元稹任職的各地中，有一個地方值得注意，那就是興元的嚴茆，那兒既有"池塘之勝"，也有盛開的荷花。元稹《滎陽鄭公以稹寓居嚴茆有池塘之勝寄詩四首因有意獻》："激射分流闊，灣環此地多。暫停隨梗浪，猶閱敗霜荷。"但滎陽鄭公即鄭餘慶，元和十年贈詩元稹之日與元稹回酬鄭餘慶之時，正值荷花敗落的冬天，出現在眼前的祇是"敗霜荷"。轉眼就是元和十一年的夏天，那些"敗霜荷"很快煥發了生機，成爲"新荷清露香"夏日景象，引得詩人"竟夕池水傍"，詠嘆荷花，引發詩人賦詠它們的濃厚興趣，詩稱"新荷"，本詩即應該作於元和十一年的初夏，地點在興元。

◎ 高　荷(一)①

種藕百餘根，高荷纔四葉②。颭閃碧雲扇，團圓青玉疊③。亭亭自擡舉，鼎鼎難藏摩④。不學著水荃，一生長怗怗⑤。

録自《元氏長慶集》卷八

[校記]

（一）高荷：本詩存世各本，包括楊本、叢刊本、《佩文齋詠物詩選》、《全詩》，未見異文。

[箋注]

① 高荷：長勢較其他荷花爲好爲高的荷花。韓愈《荷池》："風雨秋池上，高荷蓋水緣。未諳鳴摵摵，那似卷翻翻！"杜牧《鸂鶒》："日翅閑張錦，風池去冒羅。靜眠依翠竹，暖戲折高荷。"

② 藕：荷的根莖，由蓮鞭先端膨大而成，橫生於泥土中，外皮呈

黄褐色,藕節可食用、繁殖、入藥。《史記·司馬相如列傳》:"唼喋菁
藻,咀嚼菱藕。"杜牧《送王十至褒中因寄尚書》:"君家荷藕好,緘恨寄
遙程。"　根:植物生長於土中或水中吸收營養的部分,大部份根都可
以用來繁殖後代。曹植《七步詩》:"本是同根生,相煎何太急。"韓愈
《和侯協律詠筍》:"羅列暗連根,狂劇時穿壁。"　葉:植物營養器官之
一,斜生於枝莖之上,以司同化、呼吸、蒸發等作用,一般分爲葉片、葉
柄、托葉三部分。《詩·小雅·苕之華》:"苕之華,其葉青青。"《鶡冠
子·天則》:"一葉蔽目,不見太山。"

　　③颭閃:飄動閃忽。元稹《酬樂天待漏入閣見贈》:"颭閃才人
袖,嘔鴉軟舉鐶。"范成大《大暑舟行含山道中雨驟至霆奔龍挂可駭》:
"伶俜愁孤鴛,颭閃亂飢燕。"　碧雲:青雲,碧空中的雲。《文選·江
淹〈雜體詩·效惠休"別怨"〉》:"日暮碧雲合,佳人殊未來。"張銑注:
"碧雲,青雲也。"戴叔倫《夏日登鶴岩偶成》:"願借老僧雙白鶴,碧雲
深處共翱翔。"　團圓:圓貌。盧綸《送張成季往江上賦得垂楊》:"一
穗雨聲裏,千條池色前。露繁光的皪,日麗影團圓。"元稹《酬竇校書
二十韻次本韵》:"鷗鷺元相得,枊鶬每共傳。芳遊春爛漫,晴望月團
圓。"　青玉:喻青翠的植物,指碧荷。施肩吾《夏雨後題青荷蘭若》:
"僧舍清凉竹樹新,初經一雨洗諸塵。微風忽起吹蓮葉,青玉盤中瀉
水銀。"歐陽修《漁家傲》:"葉重如將青玉亞。花輕疑是紅綃挂。顏色
清新香脫灑。堪長價。牡丹怎得稱王者?"

　　④亭亭:高聳貌。《文選·張衡〈西京賦〉》:"干雲霧而上達,狀
亭亭以苕苕。"薛綜注:"亭亭、苕苕,高貌也。"傅玄《短歌行》:"長安高
城,層樓亭亭。"直立貌,獨立貌。劉楨《贈從弟三首》二:"亭亭山上
松,瑟瑟谷中風。"歐陽修《鷺鷥》:"灘驚浪打風兼雨,獨立亭亭意愈
閑。"高潔貌。蔡邕《釋誨》:"和液暢兮神氣寧,情志泊兮心亭亭,嗜欲
息兮無由生。"　擡舉:高舉,舉起。羅隱《春風》:"但是粃糠微細物,
等閑擡舉到青雲。"猶振作。楊萬里《謝張功父送牡丹》:"擡舉精神微

雨過,留連消息嫩寒生。"獎掖,提拔。張元晏《謝宰相啓》:"驟忝轉遷,盡由擡舉。"扶持,照料。孫魴《柳十一首》一〇:"不是和風爲擡舉,可能開眼向行人?" 鼎鼎:盛大。陶淵明《飲酒二十首》三:"一生復能幾?倏如流電驚。鼎鼎百年内,持此欲何成?"劉敞《讀鄰幾泰山十二詩》:"人寰何鼎鼎?群動困擾擾。安知有神靈,獨立萬物表!"藏擪:遮藏。樓鑰《藏擪》:"儘教逞技儘多般,畢竟甘心受面謾。解把人間等嬉戲,不妨笑與大家看。"夏竦《詠藏擪》:"舞拂跳珠復吐丸,遮藏巧技百千般。主公端坐無由見?却被傍人冷眼看。"

　　⑤ 荃:捕魚器。《莊子·外物》:"荃者所以在魚,得魚而忘荃。蹄者所以在兔,得兔而忘蹄。"一本作"筌"。成玄英疏:"荃,魚筍也,以竹爲之,故字從竹,亦有從艸者。"葛洪《抱朴子·重言》:"意得則齊荃蹄之可棄,道乖則覺唱高而和寡。" 一生:一輩子。盧照鄰《春晚山莊率題二首》一:"竹懶偏宜水,花狂不待風。唯餘詩酒意,當了一生中。"宋之問《題張老松樹》:"中有喬松樹,使我長嘆息。百尺無寸枝,一生自孤直。" 怗怗:安靜貌,馴服貌。《新唐書·劉文靜傳》:"唐公名載圖讖,聞天下,尚可怗怗以待禍哉?"梅堯臣《韓子華江南安撫》:"千里宣德澤,煦如春風馳。寒潮不起浪,怗怗威馮夷。"

[編年]

　　未見《年譜》編年本詩,《編年箋注》列入"未編年詩"欄内,《年譜新編》編列"無法編年作品"。

　　我們以爲,本詩可以編年。它應該與《落月》爲先後之作,既然稱爲"高荷",即應該賦詠在《落月》之後,作於元和十一年的夏天,地點在興元的嚴茆,元稹在興元養病,就居住在那兒。元稹住宅旁邊有池塘之勝,每當夏天,池塘裏面盛開的荷花,引發元稹詩興大發,本詩即賦詠於其時其地。

◎ 夜　池①

　　荷葉團圓莖削削⁽⁻⁾，綠萍面上紅衣落②。滿池明月思啼螿⁽⁻⁾，高屋無人風張幕③。

録自《元氏長慶集》卷八

[校記]

　　(一)荷葉團圓莖削削：楊本、叢刊本、《萬首唐人絶句》、《全詩》同，宋蜀本作"荷葉團團莖削削"。元稹《高荷》："颭閃碧雲扇，團圓青玉疊。"遵從原本，不改。

　　(二)滿池明月思啼螿：《全詩》同，楊本、叢刊本作"滿地明月思啼螿"，《萬首唐人絶句》作"滿地月明思啼螿"，語義相類，不改。

[箋注]

　　① 夜池：夜晚的池塘。姚崇《秋夜望月》："明月有餘鑒，羈人殊未安。桂含秋樹晚，波入夜池寒。"雍陶《寒食夜池上對月懷友》："人間多別離，處處是相思。海内無烟夜，天涯有月時。"

　　② 荷葉：荷的綠葉。王昌齡《采蓮曲二首》二："荷葉羅裙一色裁，芙蓉向臉兩邊開。亂入池中看不見，聞歌始覺有人來。"岑參《虢州郡齋南池幽興因與閻二侍御道别》："池色净天碧，水涼雨淒淒。快風從東南，荷葉翻向西。"　團圓：圓貌。班婕妤《怨歌行》："裁爲合歡扇，團團似明月。"謝惠連《七月七日夜詠牛女》："團團滿葉露，析析振條風。"　莖：植物體的一部分，由胚芽發展而成，下部和根連接，上部一般都生有枝葉花果，莖能輸送水分和養料以支援枝葉花果的生長，一般多直立生長於地面，也有攀援莖、匍匐莖等，此外還有地下莖，如

球莖、鱗莖、水中莖等。左思《吳都賦》：“瓊枝抗莖而敷蕊，珊瑚幽茂而玲瓏。”溫庭筠《荷葉杯》：“綠莖紅艷兩相亂。腸斷，水風涼。” 削削：纖弱貌。潘末《瓊臺雙闕》：“瓊臺屹立中天孤，削削亭亭不用扶。靈芝根莖蒼雪膚，台山之心仙所都。”黃之隽《採蓮櫂歌》：“低頭向水自看妝，此日荷風羅綺香。荷葉團團莖削削，雨中留得蓋鴛鴦。” 綠萍：亦作“綠蘋”，綠色的浮萍。蕭衍《十喻詩·如炎》：“金波揚素沫，銀浪翻綠萍。”賈島《昆明池泛舟》：“一枝青竹榜，泛泛綠萍裏。” 紅衣：荷花瓣的別稱。許渾《秋晚雲陽驛西亭蓮池》：“烟開翠扇清風曉，水泥紅衣白露秋。”姜夔《惜紅衣·荷花》：“虹梁水陌，魚浪吹香，紅衣半狼籍。”

③ 滿池：整個池塘。竇鞏《秋夕》：“護霜雲映月朦朧，烏鵲爭飛井上桐。夜半酒醒人不覺，滿池荷葉動秋風。”王建《長安縣後亭看畫》：“水凍橫橋雪滿池，新排石筍繞巴籬。縣門斜掩無人吏，看畫雙飛白鷺鷥。” 明月：光明的月亮。張九齡《望月懷遠》：“海上生明月，天涯共此時。情人怨遙夜，竟夕起相思。”楊炯《夜送趙縱》：“趙氏連城璧，由來天下傳。送君還舊府，明月滿前川。” 蜇：即寒蜇，也稱寒蟬。徐陵《中婦織流黃》：“數躡經無亂，新蜇緯易牽。”王沂孫《聲聲慢》：“啼蜇門靜，落葉階深，秋聲又入吾廬。” 高屋：建在高地上的房屋。元稹《遣春十首》六：“高屋童稚少，春來歸燕多。葺舊良易就，新院亦已羅。”曹松《訪山友》：“一徑通高屋，重雲靄兩原。山寒初宿頂，泉落未知根。” 無人：沒有人，沒人在。《史記·范雎蔡澤列傳》：“秦王屏左右，宮中虛無人。”應璩《與侍郎曹良思書》：“足下去後，甚相思想。《叔田》有無人之歌，闐闇有匪存之思，風人之作，豈虛也哉！”張幕：張設帷幕。杜審言《晦日宴遊》：“日晦隨蕢莢，春情著杏花。解紳宜就水，張幕會連沙。”李端《晚春過夏侯校書值其沉醉戲贈》：“姚馥清時醉，邊韶白日眠。曝襌還當屋，張幕便成天。”本詩是指風吹窗簾，猶如帷幕。

[編年]

　　未見《年譜》編年本詩，《編年箋注》列入“未編年詩”欄内，《年譜新編》編入“無法編年作品”欄内。

　　我們以爲，本詩既有“荷葉團圓莖削削，綠萍面上紅衣落”之描述，又有“滿池明月思啼螿”的詠唱，“池塘”與“荷花”同時出現，應該與《高荷》、《落月》爲先後之作，地點都在興元。不過，《落月》“新荷清露香”，應該在先，《高荷》有“高荷纔四葉”應該居中，而本詩“綠萍面上紅衣落”應該在最後，它們都作於元和十一年的夏天。

◎ 水上寄樂天^{(一)①}

　　眼前明月水，先入漢江流^②。漢水流江海，西江過庾樓^③。庾樓今夜月，君豈在樓頭^④？ 萬一樓頭望，還應望我愁^⑤。

録自《元氏長慶集》卷一五

[校記]

　　（一）水上寄樂天：本詩存世各本，包括楊本、叢刊本、《全詩》、《記纂淵海》諸本，未見異文。

[箋注]

　　① 水上：水面上。庾信《周柱國大將軍紇干弘神道碑》：“月中生樹，童子知言；水上浮瓜，青衿不戲。”張説《送梁六自洞庭山作》：“巴陵一望洞庭秋，日見孤峰水上浮。”猶水邊。《史記·淮陰侯列傳》：“信乃使萬人先行，出背水陳……趙開壁擊之，大戰良久。於是信、張耳詳棄鼓旗，走水上軍。”吳均《行路難》：“洞庭水上一株桐，經霜觸浪困嚴風。” 水：這裏指當時梁州西面的褒水，它流經興元府治梁州之

後，南流入漢江。元稹當時居住在興元府治所在地梁州的嚴茆，那裏有池塘，有河灣，故有詩人《滎陽鄭公以稹寓居嚴茆有池塘之勝寄詩四首因有意獻》詩，云："激射分流闊，灣環此地多。暫停隨梗浪，猶閔敗霜荷。恨阻還江勢，思深到海波。自傷才眹瀹，其奈贈珠何？"褒水流經漢江南下，進入長江，經過江州的庾樓而東流入海。方孝孺《發褒城過七盤嶺宿獨架橋閣上》："危橋帶褒水，俯瞰波流惡。鑿石勞衆工，緣崖搆飛閣。"王士禎《七盤嶺》："褒水出谷流，漢江繞其東。巴山跨秦蜀，蜿蜒連上庸。"

　　② 眼前：眼睛面前，跟前。沈約《和左丞庾杲之病》："待漏終不溢，囂喧滿眼前。"杜甫《草堂》："眼前列杻械，背後吹笙竽。"朱淑真《題四并樓》："眼前此樂難兼得，許我登臨載酒行。"　 明月：光明的月亮。尉遲匡《暮行潼關》："明月飛出海，黃河流上天。"魚玄機《夏日山居》："軒檻暗傳深竹徑，綺羅長擁亂書堆。閑乘畫舫吟明月，信任輕風吹却回。"　 漢江：即漢水，長江重要支流之一，它自西而流經梁州南郊，最後南下進入長江。元稹《渡漢江（去年春奉使東川經嶓冢山下）》："嶓冢去年尋漾水，襄陽今日渡江濆。山遙遠樹纔成點，浦静沉碑欲辨文。"白居易《初下漢江舟中作寄兩省給舍》："秋水浙紅粒，朝烟烹白鱗。一食飽至夜，一卧安達晨。"

　　③ 漢水：即漢江。岑參《送陝縣王主簿赴襄陽成親》："六月襄山道，三星漢水邊。求凰應不遠，去馬剩須鞭。"梁洽《觀漢水》："發源自嶓冢，東注經襄陽。一道入溟渤，別流爲滄浪。"　 江海：江和海。《荀子·勸學》："不積小流，無以成江海。"岑參《送張秘書充劉相公通汴河判官便赴江外覲省》："萬里江海通，九州天地寬。"　 西江：唐人多稱長江中下游爲西江。張說《岳州城西》："水國何遼曠！風波遂極天。西江三汜合，南浦二湖連。"李白《夜泊牛渚懷古》："牛渚西江夜，青天無片雲。"　 庾樓：樓名，又名庾公樓，在江西九江市，傳說爲晉代庾亮鎮江州時所建，但這僅是傳說，不足爲信。陸游《入蜀記》卷四："庾

亮嘗爲江荆豫州刺史,其實則治武昌,若武昌南樓名庾樓猶有理。今江州治所,在晉特柴桑縣之溢口關耳! 此樓附會甚明。"但白居易《庾樓曉望》:"子城陰處猶殘雪,衙鼓聲前未有塵。三百年來庾樓上,曾經多少望鄉人?"白居易身臨其境,尚然誤會如此,可見他人難免舛誤。如徐鉉《送歐陽太監遊廬山》:"家家門外廬山路,唯有夫君乞假遊……海潮盡處逢陶石,江月圓時上庾樓。"又如孫元晏《庾樓》:"江州樓上月明中,從事同登眺遠空。玉樹忽藏千載後,有誰重此繼清風?"但元稹後來出鎮武昌軍節度使,人在武昌,身臨其境,看到了真正的"庾樓",已經在《所思二首》中改正了自己的錯誤認識,其一云:"庾亮樓中初見時,武昌春柳似腰肢。相逢相失還如夢,爲雨爲雲今不知。"其二云:"鄂渚濛濛烟雨微,女郎魂逐莫雲歸。只應長在漢陽渡,化作鴛鴦一隻飛。"請讀者記住這個話頭。

④　豈:其,表示估計、推測,相當於也許、莫非。《莊子·外物》:"我東海之波臣也,君豈有斗升之水而活我哉?"趙彥衛《雲麓漫抄》卷一〇:"漢高祖謂王濞曰:'漢後五十年東南有亂,豈汝耶?'聖人高見遠識,固不可以小智測度也。"　樓頭:樓上。王昌齡《青樓曲二首》一:"樓頭小婦鳴箏坐,遙見飛塵入建章。"辛棄疾《水龍吟·登建康賞心亭》:"落日樓頭,斷鴻聲裏,江南遊子。"

⑤　萬一:連詞,表示可能性極小的假設。陶潛《擬古九首》六:"萬一不合意,永爲世笑之。"史達祖《東風第一枝·春雪》:"怕鳳靴挑菜歸來,萬一灞橋相見。"　望:遠視,遙望。《詩·衛風·河廣》:"誰謂宋遠? 跂予望之。"鄭玄箋:"跂足則可以望見之。"宋玉《高唐賦》:"登巉巖而下望兮,臨大阺之稿水。"　應:副詞,表示料想之詞,猶恐怕、大概。徐陵《走筆戲書應令》:"秋來應瘦盡,偏自著腰身。"李煜《虞美人》:"雕闌玉砌應猶在,只是朱顏改。"　愁:憂慮,憂愁。《左傳·襄公二十九年》:"哀而不愁,樂而不荒。"張協《七命八首》一:"愁洽百年,苦溢千歲。"悲哀,哀傷。張衡《思玄賦》:"坐太陰之屏室兮,

慨含唏而增愁。"陳子昂《宿襄河驛浦》:"卧聞塞鴻斷,坐聽峽猿愁。"
怨尤,怨恨。《戰國策·秦策》:"書策稠濁,百姓不足;上下相愁,民無
所聊。"白居易《琵琶行》:"别有幽愁暗恨生,此時無聲勝有聲。"這裏
是指詩人的憂慮,憂愁,悲哀,哀傷,怨尤,怨恨。

[編年]

《年譜》編年本詩於"乙未至戊戌在通州所作其他詩",籠統含糊。
《年譜新編》認爲:"疑元和十二年自興元回通州前夕作。"但他斷定元
稹"秋或冬,自興元回通州",與我們的結論迥異。《編年箋注》編年本
詩於元和十三年通州司馬任上,通州并没有河流直接到達漢江,誤。

這首詩作於元稹在興元治病期間,亦即元和十年十月啓程前往
興元治病之後,元和十二年五月返回通州之前,以元稹病情稍好、與
白居易分離較久的元和十一年下半年最爲可能,尤其以八月十五中
秋賞月最爲可能。我們的理由:一、根據元稹生平行蹤,詩人賦詩的
地點,能够符合"眼前明月水",能够"先入漢江流",然後又能"漢水流
江海,西江過庾樓"者,祇有興元。二、而元稹在興元的滯留的時間,
起自元和十年九月底離開通州,十一月到達興元治病之後,止於元和
十二年五月返回通州之前。三、以情理推論,離開通州的元稹一直没
有收到白居易的詩篇——因爲白居易的詩歌因不知元稹離開通州而
一直將自己的作品寄往通州——元稹因而對白居易的思念越來越
切,故在漢水上游的興元賦有本詩,抒發自己對白居易的思念。但因
無適當的"信使",祇能借助明月之下的水流轉寄自己對白居易的不
盡思念。四、無論是古代,還是當今,漢民族都有中秋賞月的習俗,這
是最可能引起元稹思念白居易的時刻,"每逢佳節倍思親"的時刻。
本詩最可能賦詠的具體時間,應該是元和十一年八月十五日之時,地
點在興元,時元稹在那裏就醫治病。五、白居易自然不會收到元稹的
這首詩,所以幾乎每詩一定回酬的白居易這次也没有回酬,白居易詩

文集中没有酬和之詩。

◎ 相憶泪①

　　西江流水到江州，聞道分成九道流②。我滴兩行相憶泪，君從何處遣人求⁽一⁾③？除非入海無由住，縱使逢灘未擬休⁽二⁾④。會向伍員潮上見，氣充頑石報心仇⑤。

録自《元氏長慶集》卷二〇

［校記］
　　（一）君從何處遣人求：原本作“遣君何處遣人求”，楊本、叢刊本、《全詩》同，語義重複，據《全詩》注改。
　　（二）縱使逢灘未擬休：叢刊本、《全詩》同，楊本作“縱使逢灘永擬休”，語義難通，不從不改。

［箋注］
　　① 相憶：相思，想念。《樂府詩集·飲馬長城窟行》：“上言加餐飯，下言長相憶。”杜甫《夢李白二首》一：“故人入我夢，明我長相憶。”韋莊《謁金門》二：“空相憶，無計得傳消息。”　泪：眼泪，泪液。《楚辭·九章·悲回風》：“孤子唫而抆泪兮，放子出而不還。”司馬相如《長門賦》：“左右悲而垂泪兮，涕流離而從橫。”《後漢書·南匈奴傳》：“老母寡妻設虛祭，飲泣泪，想望歸魂於沙漠之表，豈不哀哉！”
　　② 西江：唐人多稱長江中下游爲西江。王昌齡《西江寄越弟》：“南浦逢君嶺外還，沅溪更遠洞庭山。堯時恩澤如春雨，夢裏相逢同入關。”劉長卿《留辭》：“南楚迢迢通漢口，西江森森去揚州。春風已遣歸心促，縱復芳菲不可留。”　江州：地名，元稹《得樂天書》：“遠信

3945

入門先有淚，妻驚女哭問何如？尋常不省曾如此，應是江州司馬書。”白居易《江州雪》：“新雪滿前山，初晴好天氣。日西騎馬出，忽有京都意。” 聞道：聽説。杜甫《秋興八首》四：“聞道長安似弈棋，百年世事不勝悲。王侯第宅皆新主，文武衣冠異昔時。”元稹《遣行十首》一〇：“聞道陰平郡，儵然古戍情。橋兼麋鹿蹄，山應鼓鼙聲。” 九道：長江流經今天湖北、江西一帶，有許多支流匯入，九道猶言許多道，九江的地名由來，概由於此。李白《廬山謠寄盧侍御虚舟》：“登高壯觀天地間，大江茫茫去不還。黄雲萬里動風色，白波九道流雪山。”李復《大江》：“西南水會大江出，萬里奔激瞿塘開……岷山發源四瀆長，廬峰白浪九道來。”

③“我滴兩行相憶淚”兩句：意謂面臨通往江州的漢水，我止不住思念你的熱淚，相思之淚點點滴滴灑落在漢水之中，隨著江水奔騰流向江州，不過不知你能否從滿江的江水中發現哪是江水哪是我思念你的淚水？ 相憶：相思，想念。《樂府詩集·飲馬長城窟行》：“上言加餐飯，下言長相憶。”杜甫《夢李白二首》一：“故人入我夢，明我長相憶。” 求：尋找，搜尋。《詩·小雅·伐木》：“嚶其鳴矣！求其友聲。”《後漢書·獻帝伏皇后》：“董承女爲貴人，操誅承而求貴人殺之。” 遣：使，讓。賈思勰《齊民要術·雜説》：“禾秋收了，先耕蕎麥地，次耕餘地，務遣深細，不得趁多。”《敦煌變文集·維摩詰經講經文》：“令瓦礫似生光，遣枯林之花秀。” 何處：哪裏，什麼地方。李崇嗣《寒食》：“普天皆滅焰，匝地盡藏烟。不知何處火，來就客心然？”張紘《閨怨》：“去年離別雁初歸，今夜裁縫螢已飛。征客近來音信斷，不知何處寄寒衣？” 遣：派遣，差遣。《墨子·非儒》：“〔孔子〕乃遣子貢之齊，因南郭惠子以見田常，勸之伐吴。”《史記·孟嘗君列傳》：“孟嘗君乃約車幣而遣之。”蘇軾《江城子·密州出獵》：“持節雲中，何日遣馮唐？” 求：尋找，搜尋。王翰《賦得明星玉女壇送廉察尉華陰》：“綵雲蕩漾不可見，綠蘿蒙茸鳥綿蠻。欲求玉女長生法，日夜燒香應自

還。"孟浩然《送吳悦遊韶陽》:"五色憐鳳雛,南飛適鷓鴣。楚人不相識,何處求椅梧?"

　　④ 除非:猶祇有,表示唯一的條件。白居易《感春》:"憂喜皆心火,榮枯是眼塵。除非一杯酒,何物更關身?"羅鄴《別夜》:"金波千里別來夜,玉筋兩行流到明。若在人間須有恨,除非禪伴始無情。"　入海:流入大海。蘇頲《奉和聖製登太行山中言志應制》:"北山東入海,馳道上連天。順動三光注,登臨萬象懸。"張説《入海二首》一:"乘桴入南海,海曠不可臨。茫茫失方面,混混如凝陰。"　無由:没有門徑,没有辦法。《儀禮·士相見禮》:"某也願見,無由達。"鄭玄注:"無由達,言久無因緣以自達也。"《漢書·刑法志》:"使其民所以要利於上者,非戰無由也。"李德裕《二猿》:"無由碧潭飲,爭接緑蘿枝?"　住:停止,停住。賈思勰《齊民要術·種紅花藍花梔子》:"乃至粉乾足,手痛挼勿住。"李清照《漁家傲》:"風休住,蓬舟吹取三山去。"　縱使:即使。《顔氏家訓·養生》:"縱使得仙,終當有死。"杜甫《戲爲六絶句》三:"縱使盧王操翰墨,劣於漢魏近風騒。"　逢:遇到,遇見。顧況《山中贈客》:"山中好處無人别,澗梅僞作山中雪。野客相逢夜不眠,山中童子燒松節。"耿湋《宣城逢張二南史》:"全家宛陵客,文雅世難逢。寄食年將老,干時計未從。"　灘:江河中水淺多沙石而流急之處。《陳書·高祖紀》:"南康灨石舊有二十四灘,灘多巨石,行旅者以爲難。"張籍《賈客樂》:"水工持檝防暗灘,直過山邊及前侣。"灘頭,指江、河、湖、海邊水漲淹没、水退顯露的淤積平地。岑參《江上阻風雨》:"雲低岸花掩,水漲灘草没。"《宋史·河渠志》:"南丞管下三十五埽,今歲漲水之後,岸下一例生灘。"　未擬休:不打算罷休。許棠《投徐端公》:"窮吴迷釣業,大漠事貧遊。霄漢期提引,龍鍾未擬休。"魚玄機《打毬作》:"堅圓浄滑一星流,月杖爭敲未擬休。無滯礙時從撥弄,有遮欄處任鈎留。"

　　⑤ 會向:猶應在。李白《清平調詞三首》一:"雲想衣裳花想容,

春風拂檻露華濃。若非群玉山頭見，會向瑤臺月下逢。"黃庭堅《題羅公山古柏庵二首》二："塵埃奔走尚飄蓬，想聽庵頭老柏風。會向天階乞衰晚，住庵長作主人公。" 伍員潮：相傳春秋時期吳國的伍子胥遭遇奸臣陷害，被吳王夫差逼令自殺，并將其屍體裝入革囊，拋入江心，伍子胥的屍體氣若奔馬，流向大海。李德裕《述夢詩四十韻》有句："地接三茅嶺，川迎伍子濤。"自注："代稱海濤，是伍子嗔氣所作。"張祐《哭汴州陸大夫》："利劍太堅操，何妨拔一毛！冤深陸機霧，憤積伍員濤。"元稹當時無辜遭遇貶謫通州司馬，心情不平，鬱結成病，九死一生，不得不移地興元就醫，故以此作比。 充：充當，擔任。《書·冏命》："爾無昵於憸人，充耳目之官，迪上以非先王之典。"孔傳："汝無親近於憸利小子之人，充備侍從在視聽之官，道君上以非先王之法。"韓愈《入關詠馬》："歲老豈能充上駟？力微當自慎前程。" 頑石：未經斧鑿的石塊，堅石。元稹《諭寶二首》二："圭璧無卞和，甘與頑石列。"施肩吾《金尺石》："丹砂畫頑石，黃金橫一尺。人世較短長，仙家愛平直。" 心仇：內心刻骨的仇恨。趙鵬飛《春秋經筌》卷一六："雖心仇於鄭而不敢報，懼齊比鄭而議其後。"趙秉文《感華山懷古賦》："身爲心仇，形爲影絕。惡聞人聲，愁見白月。"

[編年]

《年譜》編年本詩於"乙未至戊戌在通州所作其他詩"，含混不清，所列理由與詩歌編年無關。《年譜新編》編年本詩於元和十三年，没有列舉編年"十三年"的理由。《編年箋注》同意卞孝萱意見，也繫本詩於"通州時期"，不見繫年理由。

這首詩作於元稹在興元治病期間，亦即元和十年九月底啓程前往興元治病之後，元和十二年五月返回通州之前，以元稹病情稍好、與白居易分離較久的元和十一年下半年最爲可能。我們的理由：一、本詩與《水上寄樂天》均提及"西江"，又將"江州"與"庾樓"暗喻白居易,詩歌的主旨都是思念久不見面的白居易,應該爲姐妹之作,應該爲前後之作。二、參照《水上寄樂天》列舉的理由,我們認爲應該是同一時段的作品,亦即元和十一年中秋節前後的作品。

◎ 和裴校書鸞鸞飛①

鸞鸞鸞鸞何遽飛？鴟鸞雀噪難久依②？清江見底草堂在⁽一⁾,一點白光終不歸③。

録自《元氏長慶集》卷八

［校記］

（一）清江見底草堂在：楊本、叢刊本、《淵鑑類函》、《全詩》同,《全詩》注作“清江見底華堂在”,語義不同,不改。

［箋注］

① 和：以詩歌酬答,依照別人詩詞的題材和體裁作詩詞。蘇頲《和杜主簿春日有所思》：“朝上高樓上,俯見洛陽陌。搖蕩吹花風,落英紛已積。”劉長卿《和樊使君登潤州城樓》：“山城迢遞敞高樓,露冕吹鐃居上頭。春草連天隨北望,夕陽浮水共東流。” 裴校書：在元稹一生的交遊中,裴姓有裴垍、裴度,但兩人身爲宰相,他們的子孫不會投奔貶謫而又在大病之中并且移地就醫的元稹。其餘就是元稹第三任妻子裴淑,元稹與裴淑“合姓異縣”,在興元結婚,組織新的家庭。元稹娶韋叢爲妻子,雙方長輩尚存,還有李紳爲其拉合。元稹娶小妾安仙嬪,也有朋友李景儉爲其“卜姓而授之”。元稹與裴淑結婚,在既不是元稹也不是裴淑家鄉的興元,是誰爲兩人從中溝通？當然,當時的山南西道節度使鄭餘慶可能是促成者之一,因爲他還爲前來治病

的元稹提供了嚴茅的住所。另外，當時也在興元的還有元稹的朋友李復禮，也有可能成爲元稹裴淑婚姻的具體促成者。但不管是鄭餘慶，還是李復禮，即使他們再出面委派女性的聯絡人，女性聯絡人也不可能直接與待字閨中的裴淑直接見面，必須有一個能夠決定女子婚姻大事的長輩或兄長出面，我們懷疑裴校書就是這樣的人選，應該是裴淑的叔輩或兄長。元稹《唐故福建等州都團練觀察處置等使中大夫使持節都督福州諸軍事守福州刺史兼御史中丞上柱國賜紫金魚袋贈左散騎常侍裴公墓誌銘》的墓主裴乂應該是合適的人選，并且元稹自稱"予與公姻懿相習熟"。但裴乂其一生未曾歷職"校書"，似乎不太符合。但裴乂曾經在彭州與漢州的雒縣任職，而漢州正屬興元府管轄，裴乂另有裴稷、裴愍、裴及等兄弟，疑因裴乂的關係，他們之中的某一人元和十年、十一年曾經在興元遊宦，扮演了元稹與裴淑婚姻關係中這個不可或缺的角色。這一從另一個角度破解了待字閨中的裴淑，爲何在元和十年元稹因病來到興元之時也恰恰出現在興元？據我們在元稹《祭禮部庾侍郎太夫人文》中的考證，無論是韋叢，還是裴淑，她們分別是"禮部庾侍郎太夫人""韋氏"的侄孫女和外孫女。從韋叢的方面看，元稹是庾太夫人的侄孫女婿；從裴淑的方面看，元稹又是庾太夫人的外孫女婿。也許正是這位庾太夫人"韋氏"的緣故，待字閨中的妙齡女子裴淑，能夠嫁給重病在身而又貶斥外地的元稹。但韋氏是女性，不可能無緣無故獨自出現在興元，所以必須有"裴校書"這樣的人充當女方的長輩或兄長，完成古時婚禮必備的儀式，我們以爲"裴校書"就是這樣的人選。　鷺鷥：鷺，因其頭頂、胸、肩、背部皆生長毛如絲，故稱。李時珍《本草綱目·鷺》："鷺，水鳥也，林栖水食，群飛成序，潔白如雪，頸細而長，脚青善翹，高尺餘，解指短尾，喙長三寸，頂有長毛十數莖。"李紳《姑蘇臺雜句》："江浦迴看鷗鳥没，碧峰斜見鷺鷥飛。"文同《蓼嶼》："時有雙鷺鷥，飛來作佳景。"

②　"鷺鷥鷺鷥何遽飛"兩句：意謂裴校書啊裴校書，你爲什麽這

麼匆忙離開？是不是家中的一兒一女的嬉戲哭鬧讓你無法安然逗留我簡易的家中？　　鷺鷥：鷺，因其頭頂、胸、肩、背部皆生長毛如絲，故稱。李時珍《本草綱目・鷺》："鷺，水鳥也。林栖水食，群飛成序，潔白如雪，頸細而長，脚青善翹，高尺餘，解指短尾，喙長三寸，頂有長毛十數莖。"李紳《姑蘇臺雜句》："靈巖香徑掩禪扉，秋草荒凉遍落暉。江浦迴看鷗鳥没，碧峰斜見鷺鷥飛。"王建《長安縣後亭看畫》："水凍橫橋雪滿池，新排石笋繞巴籬。縣門斜掩無人吏，看畫雙飛白鷺鷥。"遽：倉猝，匆忙。《左傳・昭公五年》："越大夫常壽過帥師會楚子於瑣，聞吳師出，蒍啓强帥師從之，遽不設備，吳人敗諸鵲岸。"王安石《與郭祥正太博書》四："某啓，近承屈顧，殊不得從容奉顏色，遽此爲別，豈勝區區愧恨。"　　鴉：鳥類的一屬，體型較大，羽色灰黑，喙及足皆强壯，多巢於高樹，雜食穀類、果實、昆蟲、鳥卵與雛以及腐敗的動物屍體。孟郊《招文士飲》："梅芳已流管，柳色未藏鴉。"陸游《督下麥雨中夜歸》："細雨闇村墟，青烟濕廬舍。兩兩犢并行，陣陣鴉續下。"雀：麻雀的別稱。《詩・召南・行露》："誰謂雀無角，何以穿我屋。"泛指小鳥。《左傳・襄公二十五年》："〔然明〕對曰：視民如子，見不仁者，誅之，如鷹鸇之逐鳥雀也。"《文選・宋玉〈高唐賦〉》："衆雀嗷嗷，雌雄相失。"李善注："雀，鳥之通稱。"

③ 清江：水色清澄的江。何遜《初發新林》："鐃吹響清江，懸旗出長嶼。"王昌齡《送竇七》："清江月色傍林秋，波上熒熒望一舟。"這裏指興元附近的漢水與褒水，元稹的嚴茅居所就在附近。　　見底：形容水流清澈。江淹《麗色賦》："水炤景而見底，烟尋風而無極。"白居易《題潯陽樓》："大江寒見底，匡山青倚天。"　　草堂：茅草蓋的堂屋，舊時文人常以"草堂"名其所居，以標風操之高雅。杜甫《狂夫》："萬里橋西一草堂，百花潭水即滄浪。"陸游《老學庵筆記》卷一："杜少陵在成都有兩草堂，一在萬里橋之西，一在浣花，皆見於詩中。"這裏詩人并非自謙，而是當時詩人居住的嚴茅居所，可能就是茅草蓋成的簡

易居所。元稹《景申秋八首》其四:"瓶瀉高檐雨,窗宷激箭風。病憎燈火暗,寒覺薄幃空。婢報樵蘇竭,妻愁院落通。"其六:"經雨籬落壞,入秋田地荒。竹垂哀折節,蓮敗惜空房。"其七:"饑啅空籬雀,寒栖滿樹鴉。荒涼池館內,不似有人家。"就是最真實的寫照。　　一點:極小的點,常指書畫中的點畫。王羲之《題衛夫人筆陣圖後》:"每作一點,如高峰墜石。"朱景玄《唐朝名畫錄·李靈省》:"若畫山水、竹樹,皆一點一抹,便得其象,物勢皆出自然。"　　不歸:不返家,不回來。《詩·豳風·東山》:"我徂東山,慆慆不歸。"李嶠《橋》:"烏鵲塡應滿,黃公去不歸。勢疑虹始見,形似雁初飛。"

[編年]

　　未見《年譜》編年本詩,《編年箋注》列入"未編年詩",《年譜新編》列入"無法編年作品"。

　　根據我們對"裴校書"是裴淑叔輩或兄長身份的論證,我們以爲本詩可以編年於元稹在興元娶裴淑爲繼配之後,亦即元和十年年底之後。根據通常的社會習俗,這位叔輩或兄長,既不會在裴淑婚後立即離開,但自然也不會長期逗留於興元元稹裴淑的家中。根據詩中對鷺鷥的描述,鷺鷥是需要長期生活水邊的禽類,而元稹在興元嚴茅的家有"池塘之勝",正是鷺鷥出沒的所在,元稹就眼前之景抒情,借鷺鷥而隱喻裴校書其人。而元和十一年秋天,元稹與裴淑的第一個孩子元樊已經降生,誠如《景申秋八首》("景申"即"丙申",亦即元和十一年)所言:"啼兒冷秋簟,思婦問寒衣","喚廱兒難覺,吟詩婢苦煩","婢報樵蘇竭,妻愁院落通",家中的忙亂與吵鬧在所難免,正是裴校書應該離開的時候。本詩應該作於元和十一年的夏秋之間,大約與李復禮的離開興元同時。

◎ 遣行十首①

　　慘切風雨夕⁽一⁾,沉吟離別情②。燕辭前日社,蟬是每年聲⁽二⁾③。暗淚深相感⁽三⁾,危心亦自驚④。不如元不識,俱作路人行⑤。

　　十五年前事,恓惶無限情⑥。病僮更借出,羸馬共馳聲⑦。射葉楊繞破,聞弓雁已驚⑧。小年辛苦學,求得苦辛行⑨。

　　徒倚檐宇下,思量去住情⑩。暗螢穿竹見,斜雨隔窗聲⑪。就枕回轉數,聞雞撩亂驚⑫。一家同草草,排比送君行⑬。

　　已愴朋交別,復懷兒女情⑭。相兄亦相舊,同病又同聲⑮。白髮年年剩,秋蓬處處驚⑯。不堪身漸老,頻送異鄉行⑰。

　　塞上風雨思,城中兄弟情⑱。北隨鵷立位,南送雁來聲⑲。遇適尤兼恨⁽四⁾,聞書喜復驚⑳。唯應遙料得,知我伴君行㉑。

　　暮欲歌吹樂,暗衝泥水情㉒。稻花秋雨氣,江石夜灘聲㉓。犬吠穿籬出,鷗眠起水驚㉔。愁君明月夜⁽五⁾,獨自入山行㉕。

　　七過襃城驛,回回各爲情㉖。八年身世夢,一種水風聲㉗。尋覓詩章在,思量歲月驚㉘。更悲西塞別,終夜遠池行㉙。

　　襃縣驛前境,曲江池上情㉚。南堤衰柳意,西寺晚鐘聲^㉛。雲水興方遠，風波心已驚^㉜。可憐皆老大，不得自由行^㉝。

見說巴風俗，都無漢性情^㉞。猿聲蘆管調，羌笛竹雞聲^㉟。迎候人應少，平安火莫驚^㊱。每逢危棧處，須作貫魚行^㊲。

聞道陰平郡，翛然古戍情^㊳。橋兼麋鹿蹋，山應鼓鼙聲^㊴。羌婦梳頭緊，蕃牛護尾驚^㊵。憐君閑悶極，只傍白江行^㊶。

錄自《元氏長慶集》卷一五

［校記］

（一）慘切風雨夕：《全詩》同，楊本、叢刊本、《全詩》注作"慘切風雨多"，語義不順，不從不改。

（二）蟬是每年聲：錢校、《全詩》同，楊本、叢刊本作"蠶是每年聲"，"蠶"如何有聲？語義難通，不從不改。

（三）暗淚深相感：楊本、叢刊本、《全詩》同，盧校宋本作"類淚深相感"，語義不佳，不從不改。

（四）遇適尤兼恨：《全詩》同，楊本、叢刊本作"遇適尤兼限"，語義難解，不從不改。

（五）愁君明月夜：原本作"愁君明日夜"，楊本、叢刊本同，語義不佳，據《全詩》改。

［箋注］

① 遣行十首：這組詩歌，是爲李復禮拒非送行的。李復禮：字拒非，排行十一，是元稹、白居易貞元十九年吏部乙科的同時登第者，除了他們三個之外，還有崔玄亮、王起、哥舒大等八人，元稹的《酬哥舒

大少府寄同年科第》詩描述了當時的情景與心態："前年科第偏年少，未解知羞最愛狂。九陌爭馳好鞍馬，八人同著彩衣裳(同年科第，宏詞：呂二炅、王十一起；拔萃：白二十二居易；平判：李十一復禮、呂四頻、哥舒大煩、崔十八玄亮逯不肖。八人同奉榮養。)"他們也是在京城嬉戲的夥伴，元稹《使東川・清明日(行至漢上，憶與樂天、知退、杓直、拒非、順之輩同遊)》就是記錄他們行蹤的詩篇之一。在這十首詩歌中，元稹訴說過去與李復禮的相與之情誼、今日與朋友別離之苦痛。值得注意的是這一組詩一共十首，各首之間一一相互次韵，方式比較特別，可見元稹不僅喜歡與朋友次韵酬唱，而且也不時在自己的詩歌裏次韵賦作。由此可見，次韵這種寫作方式，爲元稹所深深喜愛，而且手段也明顯高於他人。　遣行：送行。朱熹《晦庵別集》卷三《書・黃商伯》："此數日來奏牘始具，一二日遣行，即并上請祠之章矣！"周必大《留仲至丞相》："宋大丞與崇慶郭守一書，急欲得達，望便遣行，至懇，至懇！"

　　② 慘切：悲慘淒切。劉楨《黎陽山賦》："延首南望，顧瞻舊鄉。桑梓增敬，慘切懷傷。"杜牧《朱坡》："下杜鄉園古，泉聲繞舍啼。静思長慘切，薄宦與乖暌。"　風雨夕：風雨交加的夜晚。韋應物《寄全椒山中道士》："欲持一瓢酒，遠慰風雨夕。落葉滿空山，何處尋行迹？"陳翊《送別蕭二》："橘花香覆白蘋洲，江引輕帆入遠遊。千里雲天風雨夕，憶君不敢再登樓。"　沉吟：遲疑，猶豫。《後漢書・隗囂傳》："邯得書，沈吟十餘日，乃謝士衆，歸命洛陽。"《晉書・劉曜載記》："準自以殺曜母兄，沈吟未從。"低聲吟味，低聲自語。《文心雕龍・風骨》："是以怊悵述情，必始乎風；沉吟鋪辭，莫先乎骨。"獨孤及《寒夜溪行舟中作》："沈吟登樓賦，中夜起三復。"　離別情：離情別益。常建《送宇文六》："花映垂楊漢水清，微風林裏一枝輕。即今江北還如此，愁殺江南離別情。"武元衡《江上寄隱者》："歸舟不計程，江月屢虧盈。靄靄滄波路，悠悠離別情。"

③ 燕辭:秋天的社日,燕子辭別向南方飛去。杜甫《送田四弟將軍將夔州柏中丞命起居江陵節度陽城郡王衛公幕》:“燕辭楓樹日,雁度麥城霜。空醉山翁酒,遙憐似葛强。”劉禹錫《酬令狐相公六言見寄》:“已嗟別離太遠,更被光陰苦催。吳苑燕辭人去,汾川雁帶書來。” 前日社:這裏指秋天的社日,既稱“前日”,應該發生在立秋之後。古時祭祀土神的日子,一般在立春、立秋後第五個戊日,間或有四時致祭者。周代本用甲日,漢至唐各代不同。張籍《吳楚歌》:“今朝社日停針綫,起向朱櫻樹下行。”王安石《後元豐行》:“百錢可得酒斗許,雖非社日長聞鼓。”謝肇淛《五雜俎·天部》:“唐宋以前皆以社日停針綫,而不知其所從起。余按《呂公忌》云‘社日男女輟業一日,否則令人不聰’,始知俗傳社日飲酒治耳聾者爲此,而停針綫者亦以此也。” 蟬:昆蟲名,夏秋間由幼蟲蜕化而成,吸樹汁爲生,雄的腹部有發聲器,能連續發聲。種類很多,俗稱蜘蟟、知了。元稹《解秋十首》三:“而我兩不遂,三十鬢添霜。日暮江上立,蟬鳴楓樹黃。”元稹《哭子十首》一:“維鵝受刺因吾過,得馬生灾念爾冤。獨在中庭倚閑樹,亂蟬嘶噪欲黃昏。” 每年聲:蟬每年夏秋都要嘶鳴,故言。徐陵《山池應令》:“猿啼知谷晚,蟬咽覺山秋。”李白《夏口諸從弟登汝州龍興閣序》:“夫槿榮芳園,蟬嘯珍木,蓋紀乎南火之月也,可以處臺榭,居高明。”

④ 暗泪:暗暗流泪。孫光憲《浣溪沙》:“静想離愁暗泪零。欲栖雲雨計難成。少年多是薄情人。”蘇軾《會雙竹席上奉答開祖長官》:“皓月徘徊應許共,清詩妙絶不容酬。梅花社燕難相并,莫爲吳孃暗泪流!” 相感:相互感應。《易·繫辭》:“往者屈也,來者信也,屈信相感而利生焉!”《漢書·蒯通傳》:“然物有相感,事有適可。” 危心:謂心存戒懼,語本《孟子·盡心》:“獨孤臣孽子,其操心也危。”《後漢書·明帝紀贊》:“顯宗丕承,業業兢兢。危心恭德,政察奸勝。”李賢注:“危心,言常危懼。”楊億《受詔修書述懷感事三十韵》:“危心惟縠

觫,直道忍蘧蒢。"　自驚:自感驚恐。宋之問《發藤州》:"朝夕苦遄征,孤魂長自驚。泛舟依雁渚,投館聽猿鳴。"李嘉祐《聞逝者自驚》:"亦知死是人間事,年老聞之心自疑。黃卷清琴總爲累,落花流水共添悲。"

⑤　不如:比不上,還不如。《顏氏家訓‧勉學》:"諺曰,積財千萬,不如薄伎在身。"袁暉《七月閨情》:"錦字沾愁淚,羅裙緩細腰。不如銀漢女,歲歲鵲成橋。"　不識:不知道,不認識。王維《送平澹然判官》:"不識陽關路,新從定遠侯。黃雲斷春色,畫角起邊愁。"王昌齡《別辛漸》:"別館蕭條風雨寒,扁舟月色渡江看。酒酣不識關西道,却望春江雲尚殘。"　路人:指路上的行人。《尹文子‧大道》:"楚人擔山雉者,路人問:'何鳥也?'擔雉者欺之曰:'鳳凰也。'"蘇軾《辛丑十一月十九日既與子由別於鄭州西門之上馬上賦詩一篇寄之》:"路人行歌居人樂,僮僕怪我苦悽惻。"喻指彼此無關的人。應劭《風俗通‧公車徵士豫章徐孺子》:"子琰宿有善名,在禮無違,儻見微闕,教誨可乎! 如何儵忽其於路人?"陶潛《贈長沙公詩序》:"昭穆既遠,以爲路人。"

⑥　十五年前事:意即發生在十五年前的事情。羅隱《送梅處士歸寧國》:"十五年前即別君,別時天下未紛紜。亂罹且喜身俱在,存沒那堪耳更聞!"齊己《荆渚感懷寄僧達禪弟三首》二:"十五年前會虎溪,白蓮齋後便來西。干戈時變信雖絕,吳楚路長魂不迷。"據本詩作年元和十一年(816)前推"十五年前",計及本年應該是貞元十八年(802)、貞元十九年(803)之時,亦即元稹《酬哥舒大少府寄同年科第》詩注中所言之事,而"平判李十一復禮",亦即本詩中的被送行者,《歲日贈拒非》中的"拒非"。唐人的計算方法是否這樣,可以白居易的詩篇爲證:他的一首詩題目較長,我們不妨將其當成一段文字來讀:"微之到通州日,授館未安,見塵壁間有數行字,讀之即僕舊詩,其落句云:'淥水紅蓮一朵開,千花百草無顏色。'然不知題者何人也。微之

吟嘆不足，因綴一章，兼錄僕詩本同寄。省其詩，乃十五年前初及第時贈長安妓人阿軟絕句，緬思往事，杳若夢中，懷舊感今，因酬長句。”白居易這裏説的“初及第時”，是指白居易進士及第，亦即貞元十六年（800）之時，而白居易酬和元稹詩篇在元和十年（815），兩相比較，白居易的計算方法與我們正相符合。　　恓惶：忙碌不安貌。李白《上安州李長史書》：“白孤劍誰託？悲歌自憐。迫於恓惶，席不暇暖。”歐陽修《投時相書》：“抱關擊柝，恓惶奔走，孟子之戰國，揚雄之新室，有不幸其時者矣！”　　無限：沒有窮盡，謂程度極深，範圍極廣。《後漢書·杜林傳》：“及至其後，漸以滋章，吹毛索疵，詆欺無限。”元稹《酬段丞與諸棋流會宿弊居見贈二十四韻》：“此中無限興，唯怕俗人知。”謝逸《柳梢青·離別》：“無限離情，無窮江水，無邊山色。”

　　⑦ “病僮更借出”兩句：兩句連及上句所言，與元稹《元和五年予官不了罰俸西歸三月六日至陜府與吳十一兄端公崔二十二院長思愴曩遊因投五十韻》詩中“顧予煩寢興，復往散憔悴。倦僕色肌羸，蹇驢行跛痹。春衫未成就，冬服漸塵膩。傾蓋吟短草，書空憶難字。遙聞公主笑，近被王孫戲”的情景，與元稹貞元十九年（803）吏部試及第之前貞元十七年（801）、貞元十八年（802）的情景極爲相似，請參閱。病僮：瘦弱而又年幼的僕人。姚合《別李餘》：“病僮隨瘦馬，難筭往來程。野寺僧相送，河橋酒滯行。”柴望《靈芝寺別祖席諸友》：“羸馬病僮旋雇倩，寺禽山獠亦歆歆。長安可是深居處？更向深山深處居。”借出：將物或人借予他人。邵雍《借出詩》：“詩狂書更逸，近歲不勝多。大半落天下，未還安樂窩。”歐陽修《漁家傲》一一：“夜雨染成天水碧。朝陽借出胭脂色。欲落又開人共惜。秋氣逼。盤中已見新荷的。”這裏意猶讓自己的僕人臨時爲別人提供服務。　　羸馬：衰病、瘦弱、困憊之馬。李嘉祐《廣陵送林宰》：“春景生雲物，風潮斂雪痕。長吟策羸馬，青楚入關門。”元稹《貞元二十年正月二十五日自洛之京二月三日春社至華岳寺懇寶師院曾未逾月又復徂東再謁寶師因題四韻

而已》："暝驅羸馬頻看堠,曉聽鳴雞欲度關。羞見竇師無外役,竹窗依舊老身閑。"　馳聲:謂聲譽遠播。孔稚珪《北山移文》:"希蹤三輔豪,馳聲九州牧。"李端《送吉中孚拜官歸楚州》:"出詔升高士,馳聲在少年。"

⑧ 射葉楊纔破:原指春秋楚養由基百步射中楊柳葉的故事,後用爲善射的典實。何遜《哭吳興柳惲》:"百步均射葉,八體妙臨池。曲悟同神解,龜謀信有知。"張末《題李方叔文卷末》:"決科正爾真餘事,射策如何但報聞。詭御獲禽雖可鄙,挽弓射葉亦徒勤。"　聞弓雁已驚:意謂傷雁聞弓弦之聲而墮地,典出《戰國策·楚策》:"天下合從:趙使魏加見楚春申君,曰:'君有將乎?'曰:'有矣!僕欲將臨武君。'魏加曰:'臣少之時好射,臣願以射譬之,可乎?'春申君曰:'可!'加曰:'異日者更羸與魏王處京臺之下,仰見飛鳥。更羸謂魏王曰:'臣爲王引弓虛發而下鳥!'魏王曰:'然!則射可至此乎?'更羸曰:'可!'有間,雁從東方來,更羸以虛發而下之。魏王曰:'然!則射可至此乎?'更羸曰:'此孽也!'王曰:'先生何以知之?'對曰:'其飛徐而鳴悲,飛徐者,故瘡痛也;鳴悲者,久失群也。故瘡未息而驚,心未去也。聞弦音引而高飛,故瘡隕也。今臨武君嘗爲秦孽,不可爲拒秦之將也。"錢起《送李九貶南陽》:"鴻聲斷續暮天遠,柳影蕭疏秋日寒。霜降幽林霑蕙若,弦驚翰苑失鴛鸞。"盧綸《酬李叔度秋夜喜相遇因傷關東寮友喪逝見贈》:"野澤雲陰散,荒原日氣生。羈飛本難定,非是惡弦驚。"

⑨ 小年:少年,幼年。《北史·盧詢祖傳》:"邢邵常戲曰:'卿小年才學富盛,戴角者無上齒,恐卿不壽。'"元稹《連昌宮詞》:"宮邊老人爲余泣,小年選進因曾入。"　辛苦學:竭盡全力學習。元稹《誨侄等書》:"吾尚有血誠,將告于汝:吾幼乏岐嶷,十歲知方,嚴毅之訓不聞,師友之資盡廢。憶得初讀書時,感慈旨一言之嘆,遂志于學。是時尚在鳳翔,每借書於齊倉曹家,徒步執卷,就陸姊夫師授,栖栖勤

勤,其始也若此。至年十五,得明經及第,因捧先人舊書於西窗下鑽仰沉吟,僅於不窺園井矣!如是者十年,然後粗霑一命,粗成一名。"元稹《黃草峽聽柔之琴二首》一:"胡笳夜奏塞聲寒,是我鄉音聽漸難。料得小來辛苦學,又因知向峽中彈。" 苦辛:犹辛苦,勞苦艱辛。《古詩十九首·今日良宴會》:"無爲守窮賤,轗軻長苦辛。"《後漢書·孔奮傳》:"奮力行清絜,爲衆人所笑,或以爲身處脂膏,不能以自潤,徒益苦辛耳!"

⑩ 徙倚:猶徘徊,逡巡。《楚辭·遠遊》:"步徙倚而遙思兮,怊惝怳而乖懷。"王逸注:"彷徨東西,意愁憤也。"曹植《洛神賦》:"於是洛靈感焉! 徙倚傍徨,神光離合,乍陰乍陽。" 檐宇:屋檐。《南史·蕭修傳》:"野鳥馴狎,栖宿檐宇。"也指房屋。高適《苦雨寄房四昆季》:"滴瀝檐宇愁,寥寥談笑疏。" 思量:考慮,忖度。《晉書·王豹傳》:"得前後白事,具意,輒別思量也。"杜荀鶴《秋日寄吟友》:"閑坐細思量,惟吟不可忘。" 去住:猶去留。蔡琰《胡笳十八拍》:"十有二拍兮哀樂均,去住兩情兮難具陳。"司空曙《峽口送友人》:"峽口花飛欲盡春,天涯去住泪霑巾。"

⑪ 暗螢:螢光時明時暗的螢火蟲。張籍《夜懷》:"窮居積遠念,轉轉迷所歸。幽蕙零落色,暗螢參差飛。"盧殷《月夜》:"露下涼生簟,無人月滿庭……樹遶孤栖鵲,窗飛就暗螢。" 穿竹:在竹林里來回穿行。章孝標《次韻和光祿錢卿二首》二:"晨起螢穿竹,晡飧鳥下苔。同期陽月至,靈室祝葭灰。"杜牧《途中逢故人話西山讀書早曾遊覽》:"西巖曾到讀書堂,穿竹行莎十里強。湖上夢餘波灔灔,嶺頭愁斷路茫茫。" 斜雨:勁風吹拂下的雨絲。張碧《野田行》:"風昏晝色飛斜雨,冤骨千堆髑髏語。八紘牢落人物悲,是個田園荒廢主?"李群玉《北亭》:"斜雨飛絲織曉空,疏簾半捲野亭風。荷花向盡秋光晚,零落殘紅綠沼中。" 隔窗聲:窗外傳來的聲音。朱熹《贈上封諸老》:"夜宿上封寺,翛然塵慮清。月明殘雪裏,泉溜隔窗聲。"晁公遡《官舍》:

"得閑誰更傍人門？且喜深居少送迎。楊柳春風垂地影，芭蕉夜雨隔
窗聲。"

⑫ 就枕：猶就寢。《漢書·王莽傳》："讀軍書倦，因馮几寐，不復
就枕矣！"孟浩然《寒夜》："閨夕綺窗閉，佳人罷縫衣。理琴開寶匣，就
枕卧重幃。" 回轉：輾轉。劉義慶《世說新語·雅量》："〔許侍中、顧
司空〕嘗夜至丞相許戲，二人歡極，丞相便命使入己帳眠。顧至曉回
轉，不得快熟。"劉長卿《奉使新安自桐廬縣經嚴陵釣臺宿七里灘下寄
使院諸公》："新安從此始，桂楫方蕩漾。回轉百里間，青山千萬狀。"
護國《臨川道中》："出谷入谷路回轉，秋風已至歸期晚。舉頭何處望
來蹤？萬仞千山鳥飛遠。" 聞雞：聽到雞叫，指黎明。李益《聞雞贈
主人》："膠膠司晨鳴，報爾東方旭。無事戀君軒，今君重鳧鵠。"張籍
《早朝寄白舍人嚴郎中》："鼓聲初動未聞雞，嬴馬街中踏凍泥。燭暗
有時衝石柱，雪深無處認沙堤。" 撩亂：紛亂，雜亂。蔣吉《出塞》：
"瘦馬羸童行背秦，暮鴉撩亂入殘雲。北風吹起寒營角，直至榆關人
盡聞。"鄭谷《小桃》："和烟和雨遮敷水，映竹映村連灞橋。撩亂春風
耐寒令，到頭贏得杏花嬌。"

⑬ 一家：一個家族，一戶人家，常用以謂無分彼此，如家人之相
親。《管子·霸言》："一國而兩君，一國不可理；一家而兩父，一家不
可理也。"《顏氏家訓·兄弟》："夫有人民而後有夫婦，有夫婦而後有
父子，有父子而後有兄弟，一家之親，此三而已矣！"元稹於元和十年
年底到達興元不久與裴淑結婚，隨後在長安家中的女兒保子、兒子元
荊前來投奔，裴淑又有了自己的女兒元樊，故稱"一家"。 草草：匆
忙倉促的樣子。李白《南奔書懷》："草草出近關，行行昧前籌。"梅堯
臣《令狐秘丞守彭州》："前時草草別，渺漫二十年。" 排比：安排，準
備。賈思勰《齊民要術·雜說》："至十二月內，即須排比農具使足。"
王定保《唐摭言·雜文》："公聞之，即處分所司，排比迎新使。"

⑭ 愴：悲傷。《西京雜記》卷二："武帝欲殺乳母，乳母告急於東

方朔……朔在帝側曰：'汝宜速去,帝今已大,豈念汝乳哺時恩耶！'帝愴然,遂舍之。"謝靈運《擬魏太子鄴中集詩序》："撰文懷人,感往增愴。" 朋交：朋友。韓愈《寄崔二十六立之》："方餐涕垂匙,朋交日凋謝。存者逐利移,子寧獨迷誤？"黄庭堅《奉和王世弼寄上七兄先生用其韵》："臨流呼釣船,拂石弄琴阮。雍容從朋交,林下追遊衍。" 懷：懷念,思念。《詩·周南·卷耳》："嗟我懷人,寘彼周行。"曹操《苦寒行》："延頸長嘆息,遠行多所懷。"引申爲留戀,愛惜。《楚辭·九歌·東君》："長太息兮將上,心低佪兮顧懷。"曹植《白馬篇》："棄身鋒刃端,性命安可懷？" 兒女情：指男女或家人之間的恩愛。鍾嶸《詩品》卷中："雖名高曩代,而疏亮之士,尤恨其兒女情多,風雲氣少。"穆修《送李秀才歸泉南序》："酒酣微悲歌,衆坐皆聳驚。去矣丈夫別,安事兒女情？"

⑮ 相：輔助,佑助。《書·盤庚》："予其懋簡相爾,念敬我衆。"孔傳："簡,大；相,助也。勉大助汝。"韓愈《賀皇帝即位表》："臣聞王者必爲天所相,爲人所歸,上符天心,下合人志。" 兄：哥哥。《書·康誥》："兄亦不念鞠子哀。"孔傳："爲人兄亦不念稚子之可哀。"《公羊傳·隱公七年》："母弟稱弟,母兄稱兄。"何休注："母兄,同母兄。"泛稱親戚中年長於己的同輩男性。傅咸《贈何劭王濟》："吾兄既鳳翔,王子亦龍飛。"何劭,傅咸表兄。韓愈《此日足可惜贈張籍》："下馬步堤岸,上船拜吾兄。"王伯大音釋引洪興祖曰："公從兄。或曰吾兄謂張籍,非也。"同輩男子間的尊稱。《南史·韋叡傳》："此事大,非兄不可。"韓愈《奉和虢州劉給事使君詠序》："劉兄自給事中出刺此州。"這裹的"兄"指李復禮,他年長於元稹,貞元十九年吏部乙科及第者中,元稹是年齡最小的一個：元稹《酬哥舒大少府寄同年科第》"前年科第偏年少,未解知羞最愛狂"云云可證。 舊：舊交,舊誼。《漢書·蘇武傳》："武素與桀、弘羊有舊,數爲燕王所訟,子又在謀中,廷尉奏請逮捕武。"李公佐《南柯太守傳》："二人與臣有十年之舊,備知才用,可

托政事。"指老友,故人。《孔子家語·屈節》:"孔子之舊曰原壤。其母死,夫子將助之以木槨。"《晉書·張華傳》:"〔陸機兄弟〕見華一面如舊,欽華德範,如師資之禮焉!"這裏的"舊"也是指李復禮,因爲元稹與李復禮是多年的老朋友。　同病:比喻遭遇相同。杜甫《送韋郎司直歸成都》:"竄身來蜀地,同病得韋郎。"也指遭際相同者。劉長卿《碧澗別墅喜皇甫侍御相訪》:"不爲憐同病,何人到白雲?"這裏仍然指李復禮與元稹自己,因爲他們同樣鬱鬱不得志,都在荒州僻壤拜受微不足道的官職。元稹貶職通州司馬,又染病在興元治病。我們懷疑李復禮任職文州,却長期——至少從元和十一年的"歲日"一直到同年的秋天——逗留在興元,如果不是有病在身,如何可以長期在他地逗留如此之久?　同聲:聲音相同,比喻志趣相同或志趣相同者。賈誼《新書·胎教》:"故同聲則處異而相應,意合則未見而相親。"李白《贈僧崖公》:"江濆遇同聲,道崖乃僧英。"這裏還是指元稹自己與李復禮,他們過去是志趣相同,當時境況相似,更應該是"同聲相應"。

⑯　白髮:白頭髮,亦指老年之人或者年未老而却衰老之人。《漢書·五行志》:"白髮,衰年之象,體尊性弱,難理易亂。"李白《秋浦歌十七首》一五:"白髮三千丈,緣愁似個長。"這裏肯定應該包括元稹,詩人屢遭不幸,三十一歲時已經生有白髮。元稹《酬翰林白學士代書一百韵并序》在"甯牛終夜永,潘鬢去年衰"句下注:"予今年始三十二,去歲已生白髮。"元稹時年三十八歲,更應該是白髮滿頭了。李復禮是否也是如此,尚無證據,不敢妄言,但"身老"之人,又年長於元稹,他的白髮肯定也不會少。　年年:每年。盧照鄰《昭君怨》:"漢地草應綠,胡庭沙正飛。願逐三秋雁,年年一度歸。"宋之問《七夕》:"傳道仙星媛,年年會水隅。停梭借蟋蟀,留巧付蜘蛛。"　秋蓬:秋季的蓬草,因已乾枯,易隨風飄飛,故亦以喻飄泊不定。桓寬《鹽鐵論·非鞅》:"譬若秋蓬被霜,遭風則零落,雖有十子產如之何?"韓愈《贈族侄》:"作書獻雲闕,辭家逐秋蓬。"　處處:各處,每個方面。《漢書·

原涉傳》："自哀平間,郡國處處有豪桀,然莫足數。"蘇軾《殘臘獨出二首》一："處處野梅開,家家臘酒香。"

⑰ 不堪:忍受不了。《孟子‧離婁》："顏子當亂世,居於陋巷,一簞食,一瓢飲,人不堪其憂,顏子不改其樂。"干寶《搜神記》卷二〇："自言其遠祖,不知幾何世也,坐事繫獄,而非其罪,不堪拷掠,自誣服之。" 異鄉:他鄉,外地。鮑照《東門行》："一息不相知,何況異鄉別?"韋莊《上行杯》二："惆悵異鄉雲水,滿酌一盃勸和淚。"

⑱ 塞上:邊境地區,亦泛指北方長城內外。《淮南子‧人間訓》："近塞上之人,有善術者,馬無故亡而入胡。"杜甫《秋興八首》一："江間波浪兼天湧,塞上風雲接地陰。"曾鞏《西湖二首》一："塞上馬歸終反覆,泰山鷗飽正飛揚。" 風雨:這裏比喻危難和惡劣的處境。《詩‧鄭風‧風雨》："風雨如晦,雞鳴不已。"《漢書‧朱博傳》:"〔朱博〕稍遷爲功曹,伉俠好交,隨從士大夫,不避風雨。"李德裕《唐故左神策軍護軍中尉劉公神道碑銘》："遇物而涇渭自分,立誠而風雨如晦。"這裏既是指文州,更是指元稹李復禮相聚的興元。 城中:這裏指長安京城之中,李復禮與元稹十多年前曾經在長安度過了許許多多令人難於忘懷、兄弟般的往事。祖詠《終南望餘雪》:"終南陰嶺秀,積雪浮雲端。林表明霽色,城中增暮寒。"岑參《喜韓樽相過》:"長安城中足年少,獨共韓侯開口笑。桃花點地紅斑斑,有酒留君且莫還!"兄弟:泛稱意氣相投或志同道合的人,亦以稱友情深篤的人。呂本中《贈汪莘叔野》:"二子風流遠,感君兄弟情。窮通有時節,此士爾勿輕!"李呂《代人次韻》:"可憐永隔笑談樂,何況從來兄弟情! 峴首人登休墮淚,攪林風雨作秋聲。"

⑲ 北:方位名,與"南"相對,清晨面對太陽時左手的一邊。《詩‧鄘風‧桑中》:"爰采麥矣,沫之北矣!"曹植《白馬篇》:"羽檄從北來,厲馬登高堤。"這裏代喻京城長安。 鷯:鵷雛。阮籍《答伏義書》:"鸞鳳凌雲漢以舞翼,鳩鷯悅蓬林以翱翔。"趙彥昭《奉和幸韋嗣

立山莊侍燕應制》:"野竹池亭氣,村花澗谷香。縱然懷豹隱,空愧躡
鵷行。"　鵷立位:義近"鵷行",指朝官的行列。《梁書·張緬傳》:"殿
中郎缺。高祖謂徐勉曰:'此曹舊用文學,且居鵷行之首,宜詳擇其
人。'"溫庭筠《病中書懷呈友人》:"鳳闕分班立,鵷行竦劍趨。"　南:
方位名,和"北"相對。《詩·周南·樛木》:"南有樛木,葛藟累之。"韓
愈《贈張十八助教》:"喜君眸子重清朗,攜手城南歷舊遊。"這裏代指
興元。　雁:候鳥名,形狀略似鵝,頸和翼較長,足和尾較短,羽毛淡
紫褐色,善於游泳和飛行。《詩·小雅·鴻雁》:"鴻雁於飛,蕭蕭其
羽。"毛傳:"大曰鴻,小曰雁。"韓愈《量移袁州酬張韶州》:"北望詎令
隨塞雁,南遷纔免葬江魚。"秋天大雁從李復禮將要去的塞北南遷,路
徑興元,詩人就眼前景有感而發,切合秋天的時景,也切合李復禮即
將動身他去的時情。　雁來聲:大雁南遷,呼嘯而過,留下一聲聲雁
鳴之聲。李頻《秋夜對月寄鳳翔范書記》:"河漢東西直,山川遠近明。
寸心遙往處,新有雁來聲。"梅堯臣《依韻和仲源暮冬見寄》:"玉軫調
初美,冰壺想更清。兔園風雪甚,還聽雁來聲。"

　　⑳ 適:去,往。《楚辭·離騷》:"心猶豫而狐疑兮,欲自適而不
可。"王逸注:"適,往也。"《史記·吳太伯世家》:"〔季札〕去鄭適衛。"
蘇軾《石鐘山記》:"元豐七年六月丁丑,余自齊安舟行適臨汝。"這是
對興元而言,李復禮是往。也作歸向、歸從解。《左傳·昭公十五
年》:"好惡不愆,民知所適,事無不濟。"杜預注:"適,歸也。"孔穎達
疏:"言皆知歸於善也。"謝靈運《南樓中望所遲客》:"圓景早已滿,佳
人殊未適。"這是就文州而言,李復禮是歸。　恨:失悔,遺憾。《顏氏
家訓·勉學》:"帝尋疾崩,遺詔恨不見太后山陵之事。"杜甫《復愁十
二首》一一:"每恨陶彭澤,無錢對菊花。"蘇軾《上神宗皇帝書》:"世常
謂漢文不用賈生以爲深恨。"　書:指書信。《左傳·昭公六年》:"叔
向詒子產書……復書曰:若吾子之言,僑不才,不能及子孫,吾以救世
也。"杜甫《春望》:"烽火連三月,家書抵萬金。"這裏的書來自何方,或

長安，或文州，或通州，不明，待解。　　喜復驚：義同"驚喜"，又驚又喜。《後漢書·袁敞傳》："臣俊徒也，不得上書；不勝去死就生，驚喜踴躍，觸冒拜章。"蘇軾《上神宗皇帝書》："乃知陛下不惟赦之，又能聽之，驚喜過望，以至感泣。"

㉑ "唯應遙料得"兩句：意謂有一點是可以事先知道的，那就是我肯定會伴送一程，送你離開興元。　　唯：獨，僅，衹有。顏之推《顏氏家訓·止足》："宇宙可臻其極，情性不知其窮，唯在少欲知足，爲立涯限爾。"陸游《老學庵筆記》卷四："予去國二十七年復還，朝儀寖有不同，唯此聲尚存。"　　遙：事先。李白《登邯鄲洪波臺置酒觀發兵》："擊筑落高月，投壺破愁顏。遙知百戰勝，定掃鬼方還。"郎士元《送楊中丞和蕃》："河源飛鳥外，雪嶺大荒西。漢壘今猶在，遙知路不迷。"料得：預測到，估計到。杜甫《杜鵑行》："蒼天變化誰料得？萬事反覆何所無？"姜夔《憶王孫·番陽彭氏小樓作》："兩綢繆，料得吟鸞夜夜愁。"　　伴：陪同，伴隨。李白《月下獨酌四首》一："月既不解飲，影徒隨我身。暫伴月將影，行樂須及春。"蘇軾《南歌子》："藍橋何處雲英？只有多情流水伴人行。"　　行：去，離開。《國語·晉語》："舟之僑告諸其族曰：'衆謂虢亡不久，吾今乃知之……內外無親，其誰云救之？吾不忍俟之。'將行，以其族適晉。"韋昭注："行，去也。"王褒《洞簫賦》："時奏狡弄，則彷徨翱翔，或留而不行，或行而不留。"

㉒ "暮欲歌吹樂"兩句：以下是元稹設想李復禮獨自一人在山中前行的情景：這兩句意謂聽著遠近山嶺中時斷時續的吹奏的音樂聲，你李復禮默默地踏著泥濘的山路前行。　　吹樂：原指吹奏音樂的藝人。《史記·高祖本紀》："及孝惠五年，思高祖之悲樂沛，以沛宮爲高祖原廟。高祖所教歌兒百二十人，皆令爲吹樂，後有缺，輒補之。"這裏指音樂的藝人吹奏的音樂聲。　　泥水：原指帶泥土的水。《周禮·地官·掌蜃》："共白盛之蜃。"賈公彥疏："蜃蛤在泥水之中。"蘇軾《次韻答賈耘老》："夜航爭路泥水澀，牽挽直欲來瓜洲。"這裏指泥濘的道

路。韓愈《贈崔立之》:"其友名子興,忽然憂且思。褰裳觸泥水,裹飯往食之。"孟郊《至孝義渡寄鄭軍事唐二十五》:"咫尺不得見,心中空嗟嗟。官街泥水深,下脚道路斜。"

㉓　稻花:稻的花。梅堯臣《田家》:"白水照茅屋,清風生稻花。"范成大《新涼夜坐》:"江頭一尺稻花雨,窗外三更蕉葉風。"　秋雨:秋天的雨。王維《欒家瀨》:"颯颯秋雨中,淺淺石溜瀉。跳波自相濺,白鷺驚復下。"王昌齡《送姚司法歸吳》:"吳橡留觴楚郡心,洞庭秋雨海門陰。但令意遠扁舟近,不道滄江百丈深。"　江石:滯留在江水中的石頭,一般指較大的石頭。李白《獨酌清溪江石上寄權昭夷》:"我携一樽酒,獨上江祖石。自從天地開,更長幾千尺?"劉駕《釣臺懷古》:"江月尚皎皎,江石亦磷磷。如何臺下路,明日又迷津?"　灘聲:水激灘石發出的聲音。蕭繹《巫山高》:"灘聲下濺石,猿鳴上逐風。"杜甫《送韓十四江東省覲》:"黃牛峽靜灘聲轉,白馬江寒樹影稀。"

㉔　"犬吠穿籬出"兩句:意謂李復禮行進在祇有陌生山戶人家居住的山路上,山戶豢養的大狗小狗紛紛從籬笆中鑽出,阻攔李復禮靠近;而本來安眠在山溪中的鷗鳥,也因爲李復禮的突然來到而被從水溪驚起,紛紛飛離。　穿:鑿通,穿孔。《詩·召南·行露》:"誰謂鼠無角,何以穿我墉?"程大昌《考古編·秦繆公以人從死》:"田橫死,其二臣亦穿冢以從。"　籬:籬笆。《楚辭·招魂》:"蘭薄戶樹,瓊木籬些。"王逸注:"柴落爲籬。"《三國志·先主傳》:"舍東南角籬上有桑樹,生高五丈餘,遙望見童童如小車蓋。"　鷗:水鳥名,頭大,嘴扁平,趾間有蹼,翼長而尖,羽毛多,灰白色,生活在海洋及內陸河川,以魚類和昆蟲等爲食。《後漢書·馬融傳》:"水禽鴻鵠,鴛鴦、鷗、鷺,鶬鴰。"李賢注:"鷗,白鷗也。"李時珍《本草綱目·鷗》:"鷗者浮水上,輕漾如漚也……在海者名海鷗,在江者名江鷗。"　起水:浮水而起,露出水面。王充《論衡·亂龍》:"釣者以木爲魚,丹漆其身,近之水流而擊之;起水動作,魚以爲真,並來聚會。"

㉕ 明月：光明的月亮。蘇廣文《夜歸華川因寄幕府》：“山村寥落野人稀，竹裏衡門掩翠微。溪路夜隨明月入，亭皋春伴白雲歸。”唐無名氏《雜詩》一四：“水紋珍簟思悠悠，千里佳期一夕休。從此無心愛良夜，任他明月下西樓。” 獨自：自己一個人，單獨。齊己《懷洞庭》：“中宵滿湖月，獨自在僧樓。”王安石《梅花》：“墻角數枝梅，凌寒獨自開。”

㉖ 七過褒城驛：至元和十一年的秋天，元稹前後多次經由褒城驛：元和四年按御東川，來回兩次；元和十年貶任通州以及同年北上興元治病，又是兩次；其餘三次中，至少有兩次是元稹前往定軍山拜謁諸葛亮墓地來回經由褒城驛，有元稹自己的《嘆卧龍》可以印證。另外一次，根據本詩所述，是否與元稹送別李復禮有關。是否如此，留待後證。 褒城驛：地名，在當時的興元府，地當今天的漢中市北郊褒水西岸處。畢沅《關中勝迹圖志·褒城驛》：“《通志》：在褒城縣治西，今名開山驛。元稹爲御史，奉使東川，飲於褒城驛……至褒城驛，黃丞餽酒，稹與同酌，遍問褒陽山水，感今懷古，作詩贈黃。”唐代孫樵撰有《書褒城驛》，詳盡記載褒城驛的興盛與衰落及其原因，與元稹經由褒城驛時留下的多篇詩作可以並讀共賞，我們已經過録於《褒城驛二首》之中，因篇幅較長，這裏不再過録，拜請有興趣者參閱。回回各爲情：意謂每一次經由，詩人都有各不相同的感受，如元和四年出京按獄的興奮，元和十年出貶司馬的沮喪，以及這次送別李復禮的依依之情。王建《田侍郎歸鎮》：“去處長將決勝籌，回回身在陣前頭。賊城破後先鋒入，看著紅妝不敢收。”葉適《禱雨題張王廟》：“夏至老秧含寸黃，平田回回不敢犁。群農無計相聚泣，欲將淚點和乾泥。” 爲情：做情。楊濤《送劉散員賦得陳思王詩明月照高樓》：“鏡華當牖照，鈎影隔簾生。逆愁異尊酒，對此難爲情。”杜甫《江閣卧病走筆寄呈崔盧兩侍御》：“客子庖厨薄，江樓枕席清。哀年病祇瘦，長夏想爲情。”王嗣奭釋：“爲情，猶俗云做情。”

㉗ "八年身世夢"兩句：元稹元和四年以監察御史出使東川時，途經褒城驛，遇到少年時代的朋友黃明府，同游褒水，有詩紀實，序云："因饋酒一槽，艤舟請予同載。予不免其意，與之盡歡。遍問褒陽山水，則褒姒所奔之城在其左，諸葛所征之路在其右。感今懷古，作《黃明府詩》云。"詩云："便邀連榻坐，兼共楠船行。酒思臨風亂，霜棱掃地平。不堪深淺酌，貪愴古今情。邐迤七盤路，坡陀數丈城。花疑褒女笑，棧想武侯征。一種埋幽石，老閑千載名。"又有《褒城驛(軍大夫嚴秦修)》詩，云："嚴秦修此驛，兼漲驛前池。已種千竿竹，又栽千樹梨。四年三月半，新筍晚花時。悵望東川去，等閑題作詩。"元和十年夏天前來通州司馬任時途經褒城驛，有《褒城驛二首》詩回憶往事，其一："容州詩句在褒城，幾度經過眼暫明。今日重看滿衫淚，可憐名字已前生。"其二："憶昔萬株梨映竹，遇逢黃令醉殘春。梨枯竹盡黃令死，今日再來衰病身。"這就是詩人"尋覓詩章在，思量歲月驚"的由來。詩人這次又來到興元養病，就住在褒城驛附近，聽著八年前曾經聽過的流水聲，不禁感慨萬分。從元和四年到元和十一年，時間過去了八年，故詩人又有"八年身世夢，一種風水聲"的感嘆。　身世：指人的經歷、遭遇。庚信《哀江南賦序》："傅燮之但悲身世，無處求生。"杜甫《北征》："緬思桃源內，益嘆身世拙。"　一種：一樣，同樣。元稹《酬樂天得微之詩知通州事因成四首》四："定覺身將囚一種，未知生共死何如。"李清照《一剪梅》："花自飄零水自流，一種相思，兩處閑愁。"　水風聲：刮風聲與水流聲。劉楨《贈從弟三首》二："亭亭山上松，瑟瑟谷中風。風聲一何盛！松枝一何勁！"盧綸《虢州逢侯釗同尋南觀》："林密風聲細，山高雨色寒。"

㉘ 尋覓：尋求，尋找。陶潛《搜神後記》卷六："其夜，令又夢儉云：'二人雖得走，民悉誌之：一人面上有青誌如藿葉，一人斷其前兩齒折，明府但案此尋覓，自得也。'"王建《山中惜花》："忽看花漸稀，罪過酒醒時。尋覓風來處，驚張夜落時。"　詩章：詩篇。《晉書·徐邈

傳》：“帝宴集酣樂之後，好爲手詔詩章以賜侍臣。”張籍《送李餘及第後歸蜀》：“十年人詠好詩章，今日成名出舉場。歸去唯將新語牒，後來爭取舊衣裳。” 思量：考慮，忖度。孟雲卿《傷情》：“秋風一以起，草木無不霜。行行當自勉，不忍再思量。”嚴維《餘姚祗役奉簡鮑參軍》：“童年獻賦在皇州，方寸思量君與侯。萬事無成新白首，兩春虛擲對滄流。” 歲月：年月，泛指時間。李頎《送魏萬之京》：“關城曙色催寒近，御苑砧聲向晚多。莫見長安行樂處，空令歲月易蹉跎。”劉長卿《謫官後却歸故村將過虎丘悵然有作》：“萬事依然在，無如歲月何？邑人憐白髮，庭樹長新柯。”

㉙ 西塞：地名，唐代名爲西塞的地名不止一處，這裏意謂西方的邊塞之意，在赤嶺，應該就在興元至文州的途中。《新唐書·哥舒翰傳》：“天寶八載，詔翰以朔方、河東群牧兵十萬攻吐蕃石堡城，數日未克。翰怒，捽其將高秀巖、張守瑜，將斬之。秀巖請三日期，如期而下，遂以赤嶺爲西塞，開屯田，備軍實。”李益《夜宴觀石將軍舞》：“微月東南上戍樓，琵琶起舞錦纏頭。更聞橫笛關山遠，白草胡沙西塞秋。” 終夜：通宵，徹夜。《論語·衛靈公》：“吾嘗終日不食，終夜不寢，以思，無益，不如學也。”盧綸《冬曉呈鄰里》：“終夜寢衣冷，開門思曙光。空階一蕚葉，華室四鄰霜。”

㉚ 褒縣：地名，在褒水附近。樂史《太平寰宇記·興元府》：“廢金牛縣，在州西一百八十里，本漢褒縣地，唐開元十八年按察使韓朝宗自縣西四十里故縣移就白土店置，即今縣是。南臨東漢水，西臨陳平水，其舊縣即漢葭萌縣地。東晉孝武帝分葭萌置綿谷縣，唐武德二年分綿谷縣于通谷鎮，置金牛縣，廢，後於故城置白牢關，唐廢，入褒城縣爲西縣。”馮復京《六家詩名物疏·褒》：“《水經注》：褒水又南徑褒縣故城東，褒中縣也。” 曲江池上情：元稹與白居易以及李復禮在長安經常出遊嬉戲，結下了深厚的情誼。元稹《酬翰林白學士代書一百韻》：“僧餐月燈閣，醵宴劫灰池（予與樂天、杓直、拒非輩多於月燈

閣閑遊，又嘗與秘省同官醵宴昆明池）。"　曲江池：在今陝西省西安市東南，秦爲宜春苑，漢爲樂游原，有河水水流曲折，故稱。隋文帝以曲名不正，更名芙蓉園，唐復名曲江，開元中更加疏鑿，爲都人中和、上巳等盛節遊賞勝地。元稹《和樂天秋題曲江》："七載定交契，七年鎮相隨。長安最多處，多是曲江池。"白居易《溢浦早冬》："蓼花始零落，蒲葉稍離披。但作城中想，何異曲江池！"

㉛　南堤：湖泊或河流南岸的堤壩。周行己《再依前韵酬少伊》："亦有南堤宅，栖遲可寄年。免從依廡賃，賸得買鄰錢。"魏了翁《觀南堤》："吏報南郊役事休，好風吹袂到江頭。長堤飲水馬非馬，疊石護田牛戴牛。"這裏應該指褒城驛南岸的池堤，其餘不詳。　衰柳：因天氣蕭殺而衰敗的柳樹。皇甫曾《酬寶拾遺秋日見呈》："孤城永巷時相見，衰柳閑門日半斜。欲送近臣朝魏闕，猶憐殘菊在陶家。"錢起《秋園晚沐》："黃卷在窮巷，歸來生道心。五株衰柳下，三徑小園深。"西寺：諸多佛寺中位處西面的佛寺，但名稱不一定與"西"字相關。朱長文《題虎丘山西寺》："王氏家山昔在兹，陸機爲賦陸雲詩。青蓮香匝東西宇，日月與僧無盡時。"歐陽詹《太原和嚴長官八月十五日夜西山童子上方玩月寄中丞少尹》："西寺碧雲端，東溟白雪團。年來一夜玩，君在半天看。"這裏應該是指褒城驛範圍内的寺院。　晚鐘：傍晚的鐘聲。王維《待儲光羲不至》："晚鐘鳴上苑，疏雨過春城。了自不相顧，臨堂空復情。"顧非熊《舒州酬別侍御》："故交他郡見，下馬失愁容。執手向殘日，分襟在晚鐘。"

㉜　"雲水興方遠"兩句：意謂展望前途，千山萬水，風雲不斷；而意想得到的與意料不及的艱辛勞苦，却已經擺在面前。　雲水：雲與水。杜甫《題鄭十八著作丈故居》："台州地闊海冥冥，雲水長和島嶼青。"陸游《長相思》："雲千重，水千重，身在千重雲水中。"　風波：比喻動盪不定或艱辛勞苦。《莊子·天地》："天下之非譽，無益損焉！是謂全德之人哉！我之謂風波之民。"成玄英疏："夫水性雖澄，逢風

波起，我心不定，類彼波瀾，故謂之風波之民也。"曾鞏《謝中書舍人表》："於風波流落之餘，以蒲柳衰殘之質，自循涯分，曷副恩榮。"

㉝ 老大：年紀大，這是與元稹、李復禮年輕時候對比而言。《樂府詩集·長歌行》："少壯不努力，老大徒傷悲。"白居易《琵琶行》："門前冷落鞍馬稀，老大嫁作商人婦。" 自由：由自己作主，不受限制和拘束。《玉臺新詠·古詩〈爲焦仲卿妻作〉》："吾意久懷忿，汝豈得自由！"劉商《胡笳十八拍》七："寸步東西豈自由！偷生乞死非情願。"

㉞ 見説：猶聽説。王維《贈裴旻將軍》："腰間寶劍七星文，臂上琱弓百戰勛。見説雲中擒黠虜，始知天上有將軍。"李白《送友人入蜀》："見説蠶叢路，崎嶇不易行。" 風俗：相沿積久而成的風氣、習俗。《詩序》："先王以是經夫婦，成孝敬，厚人倫，美教化，移風俗。"司馬光《效趙學士體成口號十章獻開府太師》四："洛陽風俗重繁華，荷擔樵夫亦戴花。" 性情：人的稟性和氣質。《易·乾》："利貞者，性情也。"孔穎達疏："性者，天生之質，正而不邪；情者，性之欲也。"《莊子·繕性》："然後民始惑亂，無以反其性情而復其初。"思想感情。鍾嶸《詩品·總論》："氣之動物，物之感人，故搖蕩性情，形諸舞詠。"杜甫《贈王二十四侍御契四十韵》："由來意氣合，直取性情真。"性格，脾氣。《宋書·沈文秀傳》："且此人性情無常，猜忌特甚，將來之禍，事又難測。"白居易《春中與盧四周諒華陽觀同居》："性情懶慢好相親，門巷蕭條稱作鄰。"

㉟ 猿聲：猿猴的鳴叫聲、哀啼聲。鄭紹《遊越溪》："溪水碧悠悠，猨聲斷客愁。漁潭逢釣楫，月浦值孤舟。"李嘉祐《送客遊荆州》："帆影連三峽，猨聲在四鄰。青門一分首，難見杜陵人。" 蘆管：即蘆笳，古代的一種管樂器，以蘆葉爲管，管口有哨簧，管面有音孔，下端範銅爲喇叭嘴狀，吹時用指啓閉音孔，以調音節。曾慥《類説·集韵》："胡人卷蘆葉而吹，謂之蘆笳。"李益《夜上受降城聞笛》："不知何處吹蘆管？一夜征人盡望鄉。" 羌笛：古代的管樂器，長二尺四寸，三孔或

四孔,因出於羌中,故名。王之渙《涼州詞二首》一:"羌笛何須怨楊柳?春風不度玉門關。"沈括《夢溪筆談·樂律》:"笛有雅笛,有羌笛,其形制所始,舊説皆不同。" 竹雞:鳥名,形似鷓鴣而小,上體橄欖褐色,胸部棕色多斑,多生活在竹林裏。李時珍《本草綱目·竹雞》:"竹雞生江南川廣,處處有之,多居竹林,形比鷓鴣差小,褐色多斑,赤文。其性好啼,見其儔必鬥,捕者以媒誘其鬥,因而網之。"章碣《寄友人》:"竹裏竹雞眠蘚石,溪頭鸂鶒踏金沙。"葉適《無相寺道中》:"竹雞露啄堪幽伴,蘆菔風乾待歲除。"

㊱ 迎候:謂先期出迎,等候到來。《顏氏家訓·書證》:"待人不得,又來迎候。"韓愈《次潼關先寄張十二閣老使君》:"刺史莫辭迎候遠,相公親破蔡州迴。" 平安火:唐代每三十里置一堠,每日初夜舉烽火報無事,謂之"平安火"。姚合《窮邊詞》:"沿邊千里渾無事,唯見平安火入城。"《資治通鑑·唐肅宗至德元載》:"及暮,平安火不至,上始懼。"胡三省注:"《六典》:'唐鎮戍烽候所至,大率相去三十里。'每日初夜,放烟一炬,謂之'平安火'。時守兵已潰,無人復舉火。"

㊲ 危棧:高而險的棧道。《宋史·孫長卿傳》:"泥陽有羅川、馬嶺,上構危棧,下臨不測之淵,過者惴恐。"武元衡《夕次盱山下》"南國獨行日,三巴春草齊。漾波歸海疾,危棧入雲迷。" 貫魚:喻有次序。蕭衍《立選簿表》:"故前代選官,皆立選簿,應在貫魚,自有銓次。"元稹《奉和權相公行次臨闕驛逢鄭僕射相公歸朝俄頃分途因以奉贈詩十四韻》:"貫魚行邐迤,交馬語踟躕。去速熊羆兆,來馳虎豹夫。"

㊳ 聞道:聽説。沈佺期《雜詩三首》二:"聞道黃龍戍,頻年不解兵。可憐閨裏月,長在漢家營。"李崇嗣《獨愁》:"聞道成都酒,無錢亦可求。不知將幾斗,銷得此來愁?" 陰平郡:地名,即文州,是李拒非復禮要前往任職的地方,爲少數民族羌族的聚居地。《元和郡縣志·興元府》:"文州:貞觀中屬隴右道。開元户一千七百六十九,鄉九。元和户二百一十八……《禹貢》:梁州之域,戰國時氐羌據焉!漢開西

南夷,置陰平道以統兵衆,屬廣漢郡。永平之後,羌虜數反,遂置爲郡。後入於蜀,屬雍州。晉永嘉末,太守王鑒以郡降李雄,自後氐羌據之,不爲正朔所頒,故江右諸志并不錄也。至後魏平蜀,始于此置文州,理陰平郡。隋大業二年,罷州,縣屬武都。隋末又陷寇賊,至武德元年隴蜀平,復爲文州。大曆十四年,西戎犯邊,刺史拔城南走,建中三年,以舊城在平地,窄小難守,遂移於故城東四里高原上,即今州理也。州境:東西一百八十八里,南北二百四十里。八到:東北至上都一千四百五十里,東北至東都二千三百一十里,東取山路至龍州三百六十里,東南至利州四百九十里,西南至扶州一百六十里,北至武州二百五十里。管縣二:曲水、長松。”《晉書·成帝紀》:“(咸和)六年……秋七月,李雄將李壽侵陰平,武都氐帥楊難敵,降之。” 翛然:無拘無束貌,超脫貌。《莊子·大宗師》:“翛然而往,翛然而來而已矣!”成玄英疏:“翛然,無係貌也。”韋莊《贈峨嵋李處士》:“如今世亂獨翛然,天外鴻飛招不得。” 古戍:邊疆古老的城堡、營壘。陶翰《新安江林》:“古戍懸漁網,空林露鳥巢。”韓琦《過故關》:“古戍餘荒堞,新耕入亂山。”

㊴ 麋鹿:麋與鹿。《孟子·梁惠王》:“樂其有麋鹿魚鱉。”孟郊《隱士》:“虎豹忌當道,麋鹿知藏身。”即麋。《墨子·非樂》:“今人固與禽獸麋鹿、蜚鳥、貞蟲異者也。”崔道融《元日有題》:“自量麋鹿分,只合在山林。” 鼓鼙:亦作“鼓鞞”,古代軍中常用的樂器,指大鼓和小鼓。《禮記·樂記》:“君子聽鼓鼙之聲,則思將帥之臣。”《舊唐書·郭子儀傳》:“子儀遣六軍兵馬使張知節、烏崇福、林軍使長孫全緒等將兵萬人爲前鋒,營於韓公堆,盛張旗幟,鼓鞞震山谷。”

㊵ 羌婦:羌族的婦女。杜甫《日暮》:“羌婦語還哭,胡兒行且歌。將軍別換馬,夜出擁雕戈。”樂史《太平寰宇記》卷一五三:“風俗:文王爲西伯,理化西羌。文王薨後,羌人感文王之化,婦人爲孝鬟角,至今未泯。” 羌:我國古代民族名,主要分佈地相當於今甘肅、青海、四川

一帶,秦漢時部落衆多,總稱西羌,以遊牧爲主,其後逐漸與西北地方的漢族及其他民族融合。元稹《賦得春雪映早梅》:"郢曲琴空奏,羌音笛自哀。今朝兩成詠,翻挾昔人才。"劉言史《牧馬泉》"平沙漫漫馬悠悠,弓箭閑抛郊水頭。鼠毛衣裹取羌笛,吹向秋天眉眼愁。"　梳頭:梳理頭髮。丘爲《湖中寄王侍御》:"日日湖水上,好登湖上樓。終年不向郭,過午始梳頭。"杜甫《遣興》:"干戈猶未定,弟妹各何之?拭淚霑襟血,梳頭滿面絲。"　犛牛:即"犛牛",李時珍《本草綱目・犛牛》:"犛牛出甘肅臨洮及西南徼外,野牛也,人多畜養之。狀如水牛,體長多力,能載重,迅行如飛,性至粗梗。髀膝尾背胡下皆有黑毛,長尺許。其尾最長,大如斗。亦自愛護,草木鈎之則止而不動。古人取爲旄旌,今人以爲纓帽……《山海經》云:'潘侯之山有旄牛,狀如牛而四足節生毛。'即此也。"

㊶ 閑悶:無所事事,悶悶不樂。白居易《霖雨苦多江湖暴漲塊然獨望因題北亭》:"自作潯陽客,無如苦雨何。陰昏晴日少,閑悶睡時多。"白居易《憶杭州梅花因叙舊遊寄蕭協律》:"二年閑悶在餘杭,曾爲梅花醉幾場? 伍相廟邊繁似雪,孤山園裹麗如妝。"　白江:水名,在當時的文州地區。樂史《太平寰宇記・階州》:"白江水從西蕃界東到州,流入文州合嘉陵江。"《宋史・五行志》:"五月丙申,階州白江水溢,決堤圮城,浸民廬、壗舍、祠廟、寺觀甚多。"

[編年]

《年譜》編年本詩於元和十二年,理由是:"(一)第二首云:'十五年前事……射葉楊才破……'貞元十九年,元稹登書判拔萃科,至元和十二年,正'十五年'。(二)第八首云:'褒城驛前境,曲江池上情。'以眼前景回憶舊事,當是元和十二年元稹寓興元時送友。(三)第十首云:'聞道陰平郡,儵然古戍情……憐君閑悶極,只傍白江行。'當是友人赴文州(陰平郡)。(四)第六首云:'稻花秋雨氣。'又云:'愁君明月夜，獨自入上行。'當是元和十二年秋作。元稹所送之友，疑是李復禮（參閱元稹《歲日贈拒非》）。"《編年箋注》編年："此組詩作於元和十二年，時元稹在通州司馬任，因醫瘧寓居興元。"理由是："見下《譜》。"《年譜新編》亦編年本詩於元和十二年，但沒有說明理由。

《年譜》所列理由粗粗看來似乎不錯，但是《遣行十首》第二首"十五年前事"之後是："栖遑無限情。病童更借出，羸馬共馳聲。"所言與元稹《元和五年》詩中"顧予煩寢興，復往散憔悴。倦僕色肌羸，寒驢行跛痹"情景，亦即元稹貞元十七年（801）貞元十八年（802）吏部試及第前的情景極爲相似；據此下推"十五年"，計及本年，當是元和十一年（816），而非元和十二年（817）。其次，據《年譜》所列（二）（三）條，元稹《遣行十首》當作於興元，季節大約是秋天。而據元稹生平，詩人元和十年十一月至興元，十二年五月離開，元稹在興元祇有一個秋天，那就是元和十一年秋天，《遣行十首》當作於元和十一年秋天無疑。第三，如果按照《年譜》所言"當是元和十二年秋作。元稹所送之友，疑是李復禮"的話，已於十二年的五月回到通州的元稹，又如何在元和十二年秋天仍舊在興元送別李復禮？本詩應該作於元和十一年的秋天，地點在興元。

◎ 景申秋八首⁽一⁾①

年年秋意緒，多向雨中生②。漸欲烟火近，稍憐衣服輕③。詠詩閑處立，憶事夜深行④。灤落尋常慣，凄凉別爲情⑤。

蚊幌雨來卷，燭蛾燈上稀⑥。啼兒冷秋簟，思婦問寒衣⑦。簾斷螢火入，窗明蝙蝠飛⑧。良辰日夜去，漸與壯心違⑨。

　　喁喁(咽也)檐霤凝,丁丁窗雨繁⑩。枕傾筒簟滑,慢颭案燈翻⑪。喚魘兒難覺,吟詩婢苦煩⑫。強眠終不着,閑臥暗消魂⑬。

　　瓶瀉高檐雨,窗來激箭風⑭。病憎燈火暗,寒覺薄幃空⑮。婢報樵蘇竭,妻愁院落通⑯。老夫慵計數,教想蔡城東⑰。

　　風頭難着枕,病眼厭看書⑱。無酒銷長夜,回燈照小餘⑲。三元推廢王,九曜入乘除⑳。廊廟應多算,參差幹太虛㉑。

　　經雨蘺落壞,入秋田地荒㉒。竹垂哀折節,蓮敗惜空房㉓。小片慈菇白,低叢柚子黃㉔。眼前撩亂輩,無不是同鄉㉕。

　　雨柳枝枝弱,風光片片斜㉖。蜻蜓憐曉露,蛺蝶戀秋花㉗。饑啅空籬雀(二),寒栖滿樹鴉㉘。荒涼池館內,不似有人家㉙。

　　病苦十年後,連陰十日餘㉚。人方教作鼠,天豈遣為魚㉛?鮫綻鄸城劍,蟲凋鬼火書㉜。出聞泥濘盡,何地不摧車㉝!

錄自《元氏長慶集》卷一五

[校記]

　　(一) 景申秋八首:楊本、叢刊本、《全詩》同,《全唐詩錄》、《石倉歷代詩選》作"景申秋",《全唐詩錄》、《石倉歷代詩選》是選本,如此處理,可以理解。《全唐詩錄》選錄本組詩二、四、六、七等四篇,《石倉歷代詩選》選錄本組詩第一首。

（二）饑啅空籬雀：楊本、叢刊本、《全詩》、《全唐詩録》同，原本在"啅"字下注"與啄通用"。

［箋注］

① 景申：唐人避唐高祖李淵之父李昞之諱，避"丙"字，故"景申"即丙申，這裏指元和十一年，時元稹在興元治病。在元稹的詩文中，還有另外一次也因避諱而改動詩題的例子，那就是作於元和元年的《华之巫（景戌）》，爲了避諱，將元和元年的干支"丙戌"改爲"景戌"。关于事涉唐代帝皇的避讳，余寅《同姓名録·歷代名諱考》有詳細考證，略述如下，文云："高祖之父諱'昞'，《晉書》及《北史》'丙'字皆以'景'字代之，'景寅'、'景子'、'景戌'之類……此歷代帝名之諱，於當時者也不特此也。"由唐代修撰的《晉書》，這樣的例證比比皆是，《晉書·武帝紀》："（太康）二年……三月景申，安平王敦薨。"《晉書·成帝紀》："（咸和）六年……六月景申，復故河間王顒爵位，封彭城王植子融爲樂成王，章武王混子珎爲章武王。"

② 年年：每年。薛業《洪州客舍寄柳博士芳》："去年燕巢主人屋，今年花發路傍枝。年年爲客不到舍，舊國存亡那得知？"崔國輔《長信草》："長信宮中草，年年愁處生。故侵珠履迹，不使玉階行。" 意緒：心意，情緒。王融《詠琵琶》："絲中傳意緒，花裹寄春情。"徐鉉《柳枝辭十二首》一二："唯有美人多意緒，解依芳態畫雙眉。" 向：介詞，表示動作的方向。《後漢書·段熲傳》："餘虜走向落川，復相屯結。"白居易《孔戡》："拂衣向西來，其道直如絃。"

③ "漸欲烟火近"兩句：意謂秋意漸濃，天氣變冷，漸漸願意接近烟火取暖，慢慢覺得身上的衣服變得越來越薄越來越輕。 烟火：火和烟。《北史·魏隴西公崟傳》："今日大風既勁，若今推草車方軌并進，乘風縱烟火，以精兵自後乘之，破之必矣！"秦系《題贈張道士山居》："盤石垂蘿即是家，回頭猶看五枝花。松閑寂寂無烟火，應服朝

來一片霞。”　憐:哀憐,憐憫。《史記·項羽本紀》:“籍與江東子弟八千人渡江而西,今無一人還,縱江東父兄憐而王我,我何面目見之?”韓愈《寄三學士》:“上憐民無食,征賦半已休。”　衣服:衣裳,服飾。《詩·小雅·大東》:“西人之子,粲粲衣服。”《史記·趙世家》:“法度制令各順其宜,衣服器械各便其用。”

④ 詠詩:吟詩。《國語·魯語》:“詩所以合意,歌所以詠詩也。今詩以合室,歌以詠之,度於法矣!”張衡《思玄賦》:“雙材悲於不納兮,并詠詩而清歌。”　閑處:僻静的處所。《史記·張釋之馮唐列傳》:“上怒,起入禁中。良久,召唐讓曰:‘公奈何衆辱我,獨無閑處乎?’”元稹《除夜》:“閑處低聲哭,空堂背月眠。”　憶事:回憶往事,思索未來。梁鍠《猗氏子》:“杏梁初照日,碧玉後堂開。憶事臨妝笑,春嬌滿鏡臺。”元稹《憶事》:“夜深閑到戟門邊,却繞行廊又獨眠。明月滿庭池水綠,桐花垂在翠簾前。”　夜深:猶深夜。杜甫《玩月呈漢中王》:“夜深露氣清,江月滿江城。”戴叔倫《聽歌回馬上贈崔法曹》:“共待夜深聽一曲,醒人騎馬斷腸迴。”

⑤ 濩落:原謂廓落,引申謂淪落失意。王昌齡《贈宇文中丞》:“僕本濩落人,辱當州郡使。”蘇軾《欲就蒜山松林中卜居》:“我材濩落本無用,虚名驚世終何益?”　尋常:平常,普通。劉禹錫《烏衣巷》:“舊時王謝堂前燕,飛入尋常百姓家。”葉適《寶謨閣直學士贈光禄大夫劉公墓誌銘》:“今不過尋常文書,肯首而退爾。”經常,平時。杜甫《江南逢李龜年》:“岐王宅裏尋常見,崔九堂前幾度聞。”《敦煌曲子詞·十二月相思》:“無端嫁得長征婿,教妾尋常獨自眠。”　淒凉:孤寂冷落。楊衒之《洛陽伽藍記·建中寺》:“有一凉風堂,本騰避暑之處,淒凉常冷,經夏無蠅,有萬年千歲之樹也。”劉仙倫《鼓瑟》:“淒凉楚客新愁斷,清切湘靈舊怨多。”　爲情:做情。崔日用《餞唐永昌》:“洛陽桴鼓今不鳴,朝野咸推重太平。冬至冰霜俱怨别,春來花鳥若爲情?”張九齡《送使廣州》:“家在湘源住,君今海嶠行。經過正中道,

相送倍爲情。”

⑥ 蚊幌：用以阻攔蚊蟲的帷幕，義同“蚊帳”。《福建通志·雜記》：“郭孝子義重被旌，後年過六十而後娶。陳孝廉茂烈，三十年不能辦一蚊帳。先輩苦節如此，亦足以廉頑立懦。”陸容《菽園雜記》卷一一：“吾昆城半山橋人家，夏月不設蚊帳，而終夜無蚊。” 幌：簾幔，多以絲帛或布做成。《文選·張協〈七命〉》：“重殿疊起，交綺對幌。”李善注引《文字集略》曰：“幌，以帛明窗也。”杜甫《月夜》：“何時倚虛幌，雙照淚痕乾。” 燭蛾：謂撲燈之蛾。白居易《江州赴忠州至江陵已來舟中示舍弟五十韻》：“燭蛾誰救活？蠶繭自纏縈。”孟郊《燭蛾》：“燈前雙舞蛾，厭生何太切！想爾飛來心，惡明不惡滅。天若百尺高，應去掩明月。”

⑦ 啼兒：繈褓之中的嬰兒，啼哭是其與父母溝通的主要手段，故稱“啼兒”。這裏指元稹與裴淑的女兒元樊，出生於元和十一年秋天，正在繈褓之中。元稹《秋堂夕》：“書卷滿床席，蟫蛸懸復升。啼兒屢喑咽，倦僮時寢興。”孫思邈《備急千金要方·初生出腹》：“啼兒生不作聲者，此由難產少氣故也。可取兒臍帶向身却捋之，令氣入腹，仍呵之至百度，啼聲自發。”元稹於元和十年十一月初到達興元以後，不久就續娶裴淑爲妻，經十月懷胎，於元和十一年秋天生下元樊，這是元稹與裴淑的第一個孩子。 簟：供坐臥鋪墊用的葦席或竹席。《詩·小雅·斯干》：“下莞上簟，乃安斯寝。”鄭玄箋：“竹葦曰簟。”杜甫《陪鄭廣文游何將軍山林十首》六：“酒醒思臥簟，衣冷欲裝綿。”思婦：懷念丈夫的婦人。陸機《爲顧彥先贈婦二首》二：“東南有思婦，長嘆充幽闥。”陸游《軍中雜歌》八：“征人樓上看太白，思婦城南迎紫姑。”這裏指元稹的繼配裴淑。 寒衣：禦寒的衣服。陶潛《擬古九首》九：“春蠶既無食，寒衣欲誰待？”梁洽《金剪刀賦》：“及其春服既成，寒衣欲替。”

⑧ 簾：以竹、布等製成的遮蔽門窗的用具。《漢書·孝成趙皇

后》：“嚴持篋書，置飾室簾南去。”謝朓《和王主簿怨情》：“花叢亂數蝶，風簾入雙燕。”　螢火：螢火蟲。《詩·豳風·東山》：“熠燿宵行。”毛傳：“熠燿，燐也，燐，螢火也。”杜甫《見螢火》：“巫山秋夜螢火飛，疏簾巧入坐人衣。”　蝙蝠：哺乳動物，頭部和軀幹似鼠，四肢和尾部之間有膜相連，常在夜間飛翔，捕食蚊、蛾等昆蟲，視力很弱，靠自身發出的超聲波來引導飛行。焦贛《易林·豫之小畜》：“蝙蝠夜藏，不敢晝行。”馬縞《中華古今注·蝙蝠》：“蝙蝠，一名仙鼠，一名飛鼠。”

⑨　良辰：美好的時光。阮籍《詠懷詩十七首》九：“良辰在何許？凝霜霑衣襟。”李商隱《流鶯》：“巧囀豈能無本意！良辰未必有佳期。”日夜：白天黑夜，日日夜夜。《周禮·夏官·挈壺氏》：“凡喪，縣壺以代哭者，皆以水火守之，分以日夜。”杜甫《悲陳陶》：“都人回面向北啼，日夜更望官軍至。”　壯心：豪壯的志願，壯志。曹操《碣石篇》四：“老驥伏櫪，志在千里。烈士暮年，壯心不已。”錢起《鑾駕避狄歲寄別韓雲卿》：“白髮壯心死，愁看國步移。”陸游《書憤》：“壯心未與年俱老，死去猶能作鬼雄。”　違：違背，違反。《書·君陳》：“違上所命，從厥攸好。”孔傳：“人之於上不從其令從其所好。”《孟子·梁惠王》：“不違農時，穀不可勝食也。”韓愈《元和聖德詩》：“天錫皇帝，爲主天下……億載萬年，敢有違者？”

⑩　㶁㶁：象聲詞。水流動的聲音，義近“汩汩”。《文選·木華〈海賦〉》：“崩雲屑雨，浤浤汨汨。”李善注：“浤浤汨汨，波浪之聲也。”韓愈《流水》：“汩汩幾時休？從春復到秋。”　檐霤：屋檐下接水的溝槽。元結《潓陽亭序》：“初得潓泉，則爲亭於泉上。因開檐霤，又得石渠。”白居易《雨夜贈元十八》：“卑濕沙頭宅，連陰雨夜天。共聽檐溜滴，心事兩悠然。”　丁丁：象聲詞，原指伐木聲。《詩·小雅·伐木》：“伐木丁丁，鳥鳴嚶嚶。”毛傳：“丁丁，伐木聲也。”廣泛用於形容漏聲、檐馬聲、棋聲等。方干《陪李郎中夜宴》：“間世星郎夜宴時，丁丁寒漏滴聲稀。”　窗雨：斜打在窗戶上的雨點與雨點聲。韓偓《效崔國輔體

四首》三：“酒力滋睡眸，卤莽聞街鼓。欲明天更寒，東風打窗雨。”梅堯臣《依韵和仲源獨夜吟》“秋鴻聲澀秋弦苦，塗金博山烟夜吐。寂歷虛堂燈暈生，誰人共聽西窗雨？”

⑪ 傾：斜，偏斜，傾斜。《楚辭·天問》：“康回馮怒，地何故而東南傾？”曹植《洛神賦》：“日既西傾，車殆馬煩。” 筒簟：竹席。張籍《和左司元郎中秋居十首》一：“選得閑坊住，秋來草樹肥。風前卷筒簟，雨裏脱荷衣。”徐凝《避暑二首》二：“斑多筒簟冷，髮少角冠清。避暑長林下，寒蟬又有聲。” 幔：以布帛製成，遮蔽門窗等用的簾子。謝朓《秋夜》：“北窗輕幔垂，西户月光入。”沈佺期《酬蘇員外味道夏晚寓直省中見贈》：“卷幔天河入，開窗月露微。” 颭：風吹物使顫動摇曳。韓愈《郴口又贈二首》二：“雪颭霜翻看不分，雷驚電激語難聞。沿涯宛轉到深處，何限青天無片雲！”柳宗元《登柳州城樓寄漳汀封連四州》：“城上高樓接大荒，海天愁思正茫茫。驚風亂颭芙蓉水，密雨斜侵薜荔墻。” 案燈：擺放在桌子上的燈。裴萬頃《夜坐再用韵二首》二：“擬脱雲山屐，來分夜案燈。新詩要傳寫，病眼在膏騰。”義近“不滅燈”，白居易《寒閨夜》：“爲惜影相伴，通宵不滅燈。”

⑫ 魘：做惡夢，發生夢魘。韓愈《陪杜侍御遊湘西兩寺獨宿》：“猶疑在波濤，怵惕夢成魘。”郭彖《睽車志》卷二：“是夜明月如晝，四鼓後，婢輩忽若驚魘。” 兒：指元稹與韋叢的女兒保子和元稹與安仙嬪的兒子元荆。保子本年八九歲，元荆本年六歲，正是“喚魘兒難覺”的年齡。 難覺：難以喚醒。楊凝《初渡淮北岸》：“別夢雖難覺，悲魂最易銷。殷勤淮北岸，鄉近去家遥。”牟融《遊淮雲寺》“玄機隱隱應難覺，塵事悠悠了不關。興盡凡緣因未晚，裝回依舊到人間。” 吟詩：作詩。孔平仲《孔氏談苑·蘇軾以吟詩下吏》：“蘇軾以吟詩有譏訕，言事官章疏狃上，朝廷下御史臺差官追取。”吟誦他人的詩歌。元稹《南昌灘》：“渠江明净峽逶迤，船到名灘拽梭遲。櫓窊動摇妨作夢，巴童指點笑吟詩。” 婢：女奴，使女。《漢書·刑法志》：“妾願没入爲官

婢,以贖父罪,使得自新。"韓愈《寄盧仝》:"一奴長鬚不裹頭,一婢赤腳老無齒。"　苦煩:厭苦煩惱。李流謙《師仁再用韻復作一首》:"便當野服從逋客,未暇巍冠伴沐猴。一動天文兒戲耳,苦煩天子訪羊裘。"楊萬里《至後入城道中雜興》:"至後寒梅未苦煩,牆前暖蝶已偷還。隔林日射池光動,醉却池中倒影山。"

⑬ 強眠:強迫自己或者他人入睡。楊萬里《不寐》二:"非關枕上愛吟詩,聊復銷愁片子時。老眼強眠終不夢,空腸暗響訴長飢。"潘音《有所思》:"寂寞就孤枕,強眠誰得知? 夜深清露重,飛夢欲何之?"閑臥:無所事事,臥床消磨時光。蘇頲《山驛閑臥即事》:"息燕歸簷靜,飛花落院閑。不愁愁自著,誰道憶鄉關?"岑參《還高冠潭口留別舍弟》:"獨向潭上酌,無人林下棋。東溪憶汝處,閑臥對鸕鶿。"　消魂:銷魂,靈魂離散,形容極度的悲愁、歡樂、恐懼等。綦毋潛《送宋秀才》:"秋風一送別,江上黯消魂。"陸游《夜與子通說蜀道因作長句示之》:"憶自梁州入劍門,關山無處不消魂。"

⑭ 高簷:高高的屋簷。杜甫《嚴鄭公階下新松得霑字》:"未見紫煙集,虛蒙清露霑。何當一百丈,欹蓋擁高簷。"梅堯臣《和江鄰幾景德寺避暑》:"常畏俗物來,去避青蓮宮。廣堂鋪琉璃,高簷蔭梧桐。"激箭:疾飛的箭,比喻急速,急疾。李世民《詠弓》:"上弦明月半,激箭流星遠。落雁帶書驚,啼猿應枝轉。"劉禹錫《武陵書懷五十韻》:"高岸朝霞合,驚湍激箭奔。積陰春暗度,將霽霧先昏。"

⑮ "病憎燈火暗"兩句:元稹因爲長期有病,對黑燈瞎火的晚上有一種莫名的恐懼;時當秋天,天氣寒冷,簡陋的房屋顯得空空蕩蕩,更增添了一份秋天的寒意。　燈火:燃燒著的燈燭等照明物,亦指照明物的火光。王建《江館》:"水面細風生,菱歌慢慢聲。客亭臨小市,燈火夜妝明。"劉禹錫《晚泊牛渚》:"戍鼓音響絕,漁家燈火明。無人能詠史,獨自月中行。"　幬:帷,帷帳。《史記·秦始皇本紀》:"郎中令與樂俱入,射上幄坐幬。"《資治通鑑·秦二世皇帝三年》引此文,胡

三省注:"幬,單帳也。"《古詩十九首·明月何皎皎》:"明月何皎皎,照我羅床幬。" 空:空虛,中無所有。《後漢書·孔融傳》:"座中客恒滿,尊中酒不空,吾無憂矣!"韓愈《送溫處士赴河陽軍序》:"伯樂一過冀北之野,而馬群遂空。"

⑯ 樵蘇:柴草。潘岳《馬汧督誄》:"城中鑿穴而處,負戶而汲,木石將盡,樵蘇乏竭,芻蕘罄絕。"杜甫《哭李尚書》:"樵蘇封葬地,喉舌罷朝天。"指日常生計。《南齊書·東昏侯紀》:"郊郭四民皆廢業,樵蘇路斷,吉凶失時。"曹松《己亥歲二首》一:"澤國江山入戰圖,生民何計樂樵蘇!" 竭:窮盡。《左傳·莊公十年》:"夫戰,勇氣也。一鼓作氣,再而衰,三而竭。"曹冏《六代論》:"夫泉竭則流涸,根朽則葉枯。"李華《吊古戰場文》:"鼓衰兮力盡,矢竭兮絃絕。" 妻:舊指男子的嫡配。班固《白虎通·嫁娶》:"妻者,齊也,與夫齊體。"杜甫《無家別》:"四鄰何所有?一二老寡妻。"元稹的嫡配韋叢已於元和四年七月九日病故於洛陽,這裏指元稹的繼配裴淑。 院落:房屋前後用墙或栅欄圍起來的空地。白居易《宴散》:"笙歌歸院落,燈火下樓臺。"王安石《山陂》:"山陂院落今接種,城郭樓臺已放燈。"

⑰ "老夫慵計數"兩句:孔子曾經受困於陳蔡之間,詩人引用此典,聊以自慰。 老夫:年老男子的自稱。《禮記·曲禮》:"大夫七十而致事……適四方,乘安車,自稱曰老夫。"鄭玄注:"老夫,老人稱也。"杜甫《北征》:"老夫情懷惡,嘔泄臥數日。" 計數:計算。《管子·七法》:"剛柔也,輕重也,大小也,實虛也,遠近也,多少也,謂之計數。"尹知章注:"凡此十二事,必計之以知其數也。"《史記·秦始皇本紀》:"自今已來,除謚法。朕爲始皇帝。後世以計數,二世、三世至於萬世,傳之無窮。"

⑱ 風頭:即"頭風",頭痛,中醫學病症名。《三國志·陳琳傳》:"軍國書檄,多琳瑀所作也。"裴松之注引魚豢《典略》:"太祖先苦頭風,是日疾發,臥讀琳所作,翕然而起曰:'此愈我病。'"元稹《酬李六

醉後見寄口號》："頓愈頭風疾,因吟口號詩。"　病眼:謂老眼昏花。
白居易《別行簡》："漠漠病眼花,星星愁鬢雪。"韋莊《酬吳秀才雪川相
送》："離心不忍聞春鳥,病眼何堪送落暉!"眼睛有病,有病的眼睛。
溫庭筠《雪二首》一："謝莊今病眼,無意坐通宵。"邵雍《代書寄長安幕
張文通》："枯腸忺飲酒,病眼怕看書。"

　　⑲ 無酒:沒有酒。《詩·小雅·鹿鳴》："有酒湑我,無酒酤我。"
謝靈運《逸民賦》："有酒則舞,無酒則醒。"　長夜:漫長的夜。陶潛
《飲酒二十首》一六:"披褐守長夜,晨雞不肯鳴。"杜甫《茅屋爲秋風所
破歌》:"自經喪亂少睡眠,長夜沾濕何由徹!"　回燈:拿起燈,轉回
燈。李端《妾薄命三首》一:"憶妾初嫁君,花鬢如綠雲。回燈入綺帳,
對面脫羅裙。"王建《早起》:"回燈正衣裳,出戶星未稀。堂前候姑起,
環珮生晨輝。"　小餘:凡不滿一甲(即六十)餘下的日數稱大餘,不滿
一日(包括夜)餘下的分數稱小餘。"大餘"、"小餘"各分前、後。前
"大餘"指所求年天正十一月(即今所用的農曆前一年十一月)朔那一
天的干支,前"小餘"是指這一天合朔的時刻;後"大餘"是指這一年冬
至那一天的干支,後"小餘"是指冬至在這一天的時刻。前"小餘"按
一日九百四十分計算,後"小餘"按一日三十二分計算。《史記·曆
書》:"大餘五十四,小餘三百四十八;大餘五,小餘八。端蒙單閼二
年。"這裏泛指一日餘下的短暫時光,與上句的"長夜"相應。葛勝仲
《謝賜曆日表五首》:"伏以考中星之合見而生昏明,課九道之發斂而
定冬夏,積大餘小餘而綜數,辯陽曆陰曆以求端。"

　　⑳ 三元:術數家以六十甲子配九宮,一百八十年爲一周始,故第
一甲子爲上元,第二甲子爲中元,第三甲子爲下元,合稱"三元"。《舊
唐書·傅仁均傳》:"以三元之法,一百八十去其積歲,武德元年戊寅
爲上元之首,則合璧連珠,懸令於今日。"道教稱天、地、水爲"三元"。
《雲笈七籤》卷五六:"夫混沌分後,有天地水三元之氣,生成人倫,長
養萬物。"道教謂玉清天有三元宮,爲元始天尊居處。庾信《奉和闡弘

二教應詔》：“五明教已設，三元法復開。”倪璠注：“陶弘景《真靈位業圖》有玉清三元宮，元始天尊爲主。” 廢王：興衰。王，通“旺”。元稹《代曲江老人百韵》：“忽遇山光澈，遥瞻海氣真。秘圖推廢王，後聖合經綸。” 九曜：指北斗七星及輔佐二星。《文子·九守》：“天有四時、五行、九曜、三百六十日；人有四支、五藏、九竅、三百六十節。”韓偓《夢中作》：“九曜再新環北極，萬方依舊祝南山。”亦稱“九執”，指梵曆中的九星。梵曆以九星配日，而定其日之吉凶，九星爲：日曜（太陽）、月曜（太陰）、火曜（熒惑星）、水曜（辰星）、木曜（歲星）、金曜（太白星）、土曜（鎮星）、（黃旛星）、計都（豹尾星）。九星與日時相隨逐而不離，故又稱“九執”。梵曆於唐開元年間傳入我國，稱“九執曆”，九星配日法曾爲我國曆法所採用，後刪棄。道教語，日的別稱。《雲笈七籤》卷八：“皇上四老真人在日中無影，呼日名爲九曜。”韓偓《夢中作》：“紫宸初啓列鴛鸞，直向龍墀對揖班。九曜再新環北極，萬方依舊祝南山。” 乘除：算術裏的乘法和除法。《周髀算經》卷上：“矩出於九九八十一。”趙君卿注：“推圓方之率，通廣長之數，當須乘除以計之；九九者，乘除之原也。”計算，算計。葛洪《抱朴子·對俗》：“乘除一算，以究鬼神之情狀。”《宋書·律曆志》：“匪謂測候不精，遂乃乘除翻謬。”也比喻人事的消長盛衰。陸游《遣興》：“寄語鶯花休入夢，世間萬事有乘除。”

㉑ 廊廟：殿下屋和太廟，指朝廷。《國語·越語》：“謀之廊廟，失之中原，其可乎？王姑勿許也。”《後漢書·申屠剛傳》：“廊廟之計，既不豫定，動軍發衆，又不深料。”李賢注：“廊，殿下屋也；廟，太廟也。國事必先謀於廊廟之所也。” 參差：不齊貌。《詩·周南·關雎》：“參差荇菜，左右流之。”孟郊《旅行》：“野梅參差發，旅榜逍遙歸。”太虛：謂空寂玄奧之境。《莊子·知北遊》：“是以不過乎崑崙，不遊乎太虛。”指天，天空。《文選·孫綽〈游天台山賦〉》：“太虛遼廓而無閡，運自然之妙有。”李善注：“太虛，謂天也。”謂宇宙。沈約《均聖論》：

"我之所久,莫過軒羲;而天地之在彼太虛,猶軒羲之在彼天地。"陸龜蒙《江湖散人傳》:"天地大者也,在太虛中一物耳!"本句顯示,元稹雖然被貶職在荒州僻壤,衹是一名有職無權的貶官,又身患重病,在外州治病,但他仍然關心著國家大事,真可謂如宋人范仲淹在《岳陽樓記》中所言:"不以物喜,不以己悲。居廟堂之高,則憂其民;處江湖之遠,則憂其君。是進亦憂,退亦憂,然則何時而樂耶?其必曰:'先天下之憂而憂,後天下之樂而樂乎!'"

㉒ 籬落:即籬笆。葛洪《抱朴子自敘》:"貧無僮僕,籬落頓決。荊棘叢於庭宇,蓬莠塞乎階霤。"柳宗元《田家三首》二:"籬落隔烟火,農談四鄰夕。"　田地:耕種用的土地。《史記·蕭相國世家》:"今君胡不多買田地,賤貰貸以自污?"元稹《苦雨》:"江瘴氣候惡,庭空田地蕪。煩昏一日內,陰暗三四殊。"

㉓ "竹垂哀折節"兩句:意謂哀痛竹枝因外力而折節下垂,可惜蓮花因天寒而敗落。詩人在這裏蘊含著對自身遭遇的某種暗喻,惜嘆、不平、憤怒流露其中。　蓮:即荷,也稱芙蓉、芙蕖、菡萏等,多年生草本植物,生淺水中,有"出污泥而不染"的可貴品性。王適《江上有懷》:"湛湛江水見底清,荷花蓮子傍江生。採蓮將欲寄同心,秋風落花空復情。"白居易《採蓮曲》:"菱葉縈波荷颺風,荷花深處小船通。逢郎欲語低頭笑,碧玉搔頭落水中。"　空房:這裏指蓮子散落之後的蓮房,又稱蓮蓬,亦即蓮花開過後的花托,倒圓錐形,有許多小孔,各孔分隔如房,故名。王勃《採蓮賦》:"聽菱歌兮幾曲?視蓮房兮幾株?"閻選《虞美人》:"粉融紅膩蓮房綻。臉動雙波慢。小魚銜玉鬢釵橫。石榴裙染象紗輕。轉娉婷。"

㉔ 慈菇:植物名,亦稱"慈姑"、"茨菰",可作食用和藥用。白居易《履道池上作》:"樹暗小巢藏巧婦,渠荒新葉長慈姑。"李時珍《本草綱目·慈姑》:"慈姑,一根歲生十二子,如慈姑之乳諸子,故以名之。"從某種意義上來說,元稹在本組詩中的"慈菇"的"菇"字是不合適的,

應該以"慈姑"或者"茨菇"爲正。　白：白色，這裏指慈菇白色的花。王質《紹陶録·慈菰》："花白，葉青，根外黄中白，狀如大蒜，可食。葉如車前者，爲山慈菰。"李白《浣紗石上女》："玉面邪溪女，青娥紅粉粧。一雙金齒屐，兩足白如霜。"　低叢：低矮的叢木。李紳《憶春日曲江宴後許至芙蓉園》："香徑草中迴玉勒，鳳凰池畔泛金樽。緑絲垂柳遮風暗，紅藥低叢拂砌繁。"齊己《石竹花》："石竹花開照庭石，紅自稟離宫色。一枝兩枝初笑風，猩猩血潑低低叢。"這裏指柚子樹的形態。　柚子：水果名。范成大《桂海虞衡志》："柚子，南州名臭柚，大如瓜，人亦食之。皮甚厚，打碑者捲皮蘸墨以代氊刷，宜墨而不損紙，極便。於用此法可傳，但北州無許大柚耳！"《本草乘雅半偈》卷三："柚子不用接生，亦取本有色味，不從人力爲也。廣中柚子極大，可食，永嘉呼之爲苞。"　黄：黄色，這裏指柚子之色。温庭筠《楊柳枝八首》二："南内墻東御路旁，預知春色柳絲黄。"吴綺《會波閣》："柚子黄三寸，蘋花緑一灣。羊求時共坐，清話未能還。"

㉕眼前：眼睛面前，跟前。劉長卿《宿懷仁縣南湖寄東海荀處士》："寒塘起孤雁，夜色分鹽田。時復一延首，憶君如眼前。"李白《當塗趙炎少府粉圖山水歌》："峨眉高出西極天，羅浮直與南溟連。名公繹思揮彩筆，驅山走海置眼前。"　撩亂：紛亂，雜亂。唐彦謙《螢》："日下蕪城莽蒼中，濕螢撩亂起衰叢。寒烟陳後長門閉，夜雨隋家舊苑空。"司空圖《寓筆》："年年鑷鬢到花飄，依舊花繁鬢易凋。撩亂一場人更恨，春風誰道勝輕飈？"　無不：没有不，全是。《禮記·中庸》："辟如天地之無不持載，無不覆幬。"韓愈《元和聖德詩序》："風雨晦明，無不從順。"　同鄉：同一鄉里。《莊子·盜跖》："知和曰：'今夫此人以爲與己同時而生同鄉而處者，以爲夫絶俗過世之士焉！'"引申指同一地方。柳宗元《憎王孫文》："善與惡不同鄉兮，否泰既兆其盈虚。"同一籍貫而在外地者互稱同鄉。《漢書·史皇孫王夫人傳》："〔王媪〕年十四，嫁爲同鄉王更得妻。"

㉖ 雨柳：風雨中隨風舞弄的柳枝。謝逸《社日》："雨柳垂垂葉，風溪澹澹紋。清歡惟煮茗，美味祇羹芹。"王惲《春睡起偶書西墅東軒壁》："留連春色花陰蝶，斷送林歌雨柳鶯。更愛靜中消遣處，春愁滴破聽槽聲。"　風光：風景，景色。張渭《湖上對酒行》："風光若此人不醉，參差辜負東園花。"蘇軾《追和子由去歲試舉人洛下所寄·暴雨初晴樓上晚景》一："秋後風光雨後山，滿城流水碧潺潺。"

㉗ 蜻蜓：亦作"蜻蝏"，昆蟲名，身體細長，胸部的背面有兩對膜狀的翅，喜生活在水邊，捕食蚊子等小飛蟲。杜甫《曲江二首》二："穿花蛺蝶深深見，點水蜻蜓款款飛。傳語風光共流轉，暫時相賞莫相違！"王建《野池》："野池水滿連秋堤，菱花結實蒲葉齊。川口雨晴風復止，蜻蜓上下魚東西。"　曉露：早晨的露水。韋應物《曉至園中憶諸弟崔都水》："秋塘遍衰草，曉露洗紅蓮。不見心所愛，茲賞豈爲妍！"錢起《寄永嘉王十二》："花傾曉露垂如淚，鶯拂遊絲斷若弦。願得回風吹海雁，飛書一宿到君邊。"　蛺蝶：亦作"蛺蜨"，蝴蝶。葛洪《抱朴子·官理》："鬐孺背千金而逐蛺蝶，越人棄八珍而甘蠅蜋，即患不賞好，又病不識惡矣！"何遜《石頭答庾郎丹》："黃鸝隱葉飛，蛺蝶縈空戲。"　秋花：秋天開放的花。周祚《失題》："莫道春花獨照人，秋花未必怯青春。四時風雨沒時節，共保松筠根底塵。"黃滔《秋夕貧居》："孤燈照獨吟，半壁秋花死。遲明亦如晦，雞唱徒爲爾！"

㉘ 啅：原本注："與'啄'通用。"鳥啄食。《敦煌變文集·降魔變文》："其鳥乃先啅眼睛，後囓四豎，兩迴動嘴，兼骨不殘。"李白《觀放白鷹二首》二："寒冬十二月，蒼鷹八九毛。寄言燕雀莫相啅，自有雲霄萬裏高。"　籬：籬笆。陶潛《飲酒二十首》五："採菊東籬下，悠然見南山。"韓愈《題于賓客莊》："榆莢車前蓋地皮，薔薇蘸水筍穿籬。"雀：麻雀的別稱。《詩·召南·行露》："誰謂雀無角，何以穿我屋？"泛指小鳥，鳥。《文選·宋玉〈高唐賦〉》："衆雀嗷嗷，雌雄相失。"李善注："雀，鳥之通稱。"　栖：禽鳥歇宿。《詩·王風·君子于役》："雞栖

於坻，日之夕矣！羊牛下來。”韓愈《南山有高樹行贈李宗閔》：“上有鳳皇巢，鳳皇乳且栖。” 鴉：鳥類的一屬，體型較大，羽色灰黑，喙及足皆强壯，多巢於高樹，雜食穀類、果實、昆蟲、鳥卵與雛以及腐敗的動物屍體。廣布於全球各地，分佈於我國的有大嘴烏鴉、秃鼻烏鴉、寒鴉、渡鴉等。《莊子·齊物論》：“鴟鴉耆鼠。”成玄英疏：“鴟鳶鴉鳥便嗜腐鼠。”孟郊《招文士飲》：“梅芳已流管，柳色未藏鴉。”

㉙ 荒凉：荒蕪，人烟寥落。沈約《齊明帝哀策文》：“經原野之荒凉，屬西成之雲暮。”文天祥《指南録·上岸難》：“城外荒凉，寂無人影。”凄凉，凄清。李賀《金銅仙人辭漢歌》：“携盤獨出月荒凉，渭城已遠波聲小。” 池館：池苑館舍。謝朓《遊後園賦》：“惠氣湛兮帷殿蕭，清陰起兮池館凉。”韓維《登湖光亭》：“雪盡塵消徑露沙，公家池舘似山家。” 不似：不像。元稹《春月》：“春月雖至明，終有靄靄光。不似秋冬色，逼人寒帶霜。”白居易《新樂府·李夫人》：“翠蛾髣髴平生貌，不似昭陽寢疾時。魂之不來君心苦，魂之來兮君亦悲。” 似：像，類似。《左傳·襄公三十一年》：“趙孟將死矣！其言偷，不似民主。”《説文·人部》：“似，象也。”段成式《酉陽雜俎·語資》：“青有古名，齊得舊號，二處山川形勝相似。” 人家：民家，民宅。《史記·六國年表序》：“《詩》《書》所以復見者，多藏人家，而史記獨藏周室，以故滅。”杜牧《山行》：“遠上寒山石徑斜，白雲生處有人家。”

㉚ 病苦：疾苦，痛苦。白居易《狂言示諸侄》：“人老多病苦，我今幸無疾。人老多憂累，我今婚嫁畢。”劉禹錫《早夏郡中書事》：“言下辨曲直，筆端破交争。虚懷詢病苦，懷律操剸輕。” 十年：形容時間長久，不一定是確數。《左傳·僖公四年》：“一薰一蕕，十年尚猶有臭。”楊伯峻注：“十年，言其久也。”賈島《劍客》：“十年磨一劍，霜刃未曾試。”元稹貞元二十一年曾經大病，有元稹自己《病減逢春期白二十二辛大不至十韵（校書郎時作）》的詩篇爲證，詩云：“病與窮陰退，春從血氣生。寒膚漸舒展，陽脈乍虚盈。就日臨階坐，扶床履地行。問

人知面瘦,祝烏願身輕。風暖牽詩興,時新變賣聲。饞饞看藥忌,閑
悶點書名。舊雪依深竹,微和動早萌。推遷悲往事,疏數辯交情。琴
待稽中散,杯思阮步兵。世間除却病,何者不營營?"從貞元二十一年
(805)計及元和十一年(816),應該正是元稹自述的"十年"之期。
連陰:連續陰天或連日陰雨。《漢書·鮑宣傳》:"白虹軒日,連陰不
雨。"《文選·謝朓〈在郡臥病呈沈尚書〉》:"連陰盛農節,簑笠聚東
菑。"劉良注:"連陰,久雨也。"

　　㉛人方教作鼠:意謂人們躲避災害,難道要向鼠輩學習嗎? 典
出《莊子·應帝王》:"夫聖人之治也,治外乎? 正而後行,確乎能其事
者而已矣! 且鳥高飛以避矰弋之害,鼷鼠深穴乎神丘之下以避重鑿
之患,而曾二蟲之無知?" 鼠:即老鼠,長年生活在地下洞穴之中。
《诗·召南·行露》:"誰謂鼠無牙,何以穿我墉?"韓愈《元和聖德诗》:
"天錫皇帝,多麥與黍。無召水旱,耗於雀鼠。" 天豈遣爲魚:意謂如
果洪水氾濫,人們難道祇能成爲魚蝦? 典出《左傳·昭公元年》:"微
禹,吾其魚乎? 吾與子弁冕端委以治民臨諸侯,禹之力也。" 魚:水
生脊椎動物,體溫隨外界溫度而變化。一般身體側扁,有鱗和鰭。用
鰓呼吸。種類極多,大部分可供食用或制魚膠。杜甫《漫成》:"江月
去人只數尺,風燈照夜欲三更。沙頭宿鷺聯拳靜,船尾跳魚撥剌鳴。"
徐珂《清稗類鈔·魚苗》:"魚,水族之屬,大抵有鱗及鰭,冷血,卵生,
而以鰓爲呼吸,脊椎動物中種類最繁者也。"

　　㉜鮫:海中鯊魚。李時珍《本草綱目·鮫魚》:"古曰鮫,今曰沙,
是一類而有數種也,東南近海諸郡皆有之……皮皆有沙,如珍珠斑。"
古代傳說謂魚二千斤爲鮫。《淮南子·説山訓》:"一淵不兩鮫。"高誘
注:"魚二千斤爲鮫。"鮫,通"蛟",蛟指古代傳說中興風作浪、能發洪
水的龍。《禮記·中庸》:"今夫水,一勺之多,及其不測,黿鼉鮫龍魚
鱉生焉! 貨財殖焉!"陸德明釋文:"鮫,本又作蛟。"梅堯臣《得李殿丞
端州硯》:"鮫龍所窟處,其石美且堅。" 鄷城劍:相傳晉代張華與雷

焕登樓仰觀天文，焕謂斗牛之間頗有異氣，是寶劍之精，上徹於天，地在豫章豐城郡。於是華補焕爲豐城令，焕到縣，掘獄屋基，入地四丈餘，得一石函，光氣非常，中有雙劍，一曰龍泉，一曰太阿。其夕，牛斗間氣不復見。焕送一劍與華，留一自佩。其後華誅，失劍所在。焕死，其子華持劍行經延平津，劍忽於腰間躍出墮水，會合張華曾失去的一劍，化成長達數丈的兩條巨龍。權德輿《豐城劍池驛感題》："龍劍昔未發，泥沙相晦藏。向非張茂先，孰辨斗牛光？"章孝標《豐城劍池即事》："神物不復見，小池空在茲。因嫌衝斗夜，未是偃戈時。"
鬼火：磷火，迷信者以爲是幽靈之火，故稱。王逸《九思·哀歲》："神光兮潁潁，鬼火兮熒熒。"貫休《行路難》："君不見燒金煉丹古帝王，鬼火熒熒白楊裏。"

㉝ 泥濘：爛泥，污泥。葛洪《抱朴子·博喻》："浚井不渫，則泥濘滋積；嘉穀不耘，則黃莠彌蔓。"蘇轍《積雨二首》二："泥濘沉車轂，農輸絕苦心。" 摧車：車子被摧毀。元稹《華之巫》："我家又有神之盤，爾進此盤神爾安。此盤不進行路難，陸有摧車舟有瀾。"白居易《新樂府·太行路》："太行之路能摧車，若比人心是坦途。巫峽之水能覆舟，若比人心是安流。"

[編年]

《年譜》編年本詩於元和十一年，沒有列舉理由。《編年箋注》編年："景申：即丙申，唐人避高祖李淵大父之諱，易丙爲景。此指元和十一年丙申（八一六），元稹時在通州司馬任。見下《譜》。"《年譜新編》編年本詩於元和十一年："唐人諱'丙'爲'景'，'景申'爲元和十一年。"

我們以爲，有元稹詩題佐證，本詩編年元和十一年應該沒有任何問題。但是僅僅編年元和十一年尚不够確切，可以進一步明確到本年的秋天。除詩題"景申秋八首"之外，八首詩文中尚有諸多詩句涉及秋景："年年秋意緒，多向雨中生"、"啼兒冷秋簟，思婦問寒衣"、"經雨籬落壞,入秋田地荒。竹垂哀折節,蓮敗惜空房。小片慈菇白,低叢柚子黃"、"蜻蜓憐曉露,蛺蝶戀秋花"就是其中的一些例子。

　　本詩是瞭解元稹生平的重要詩篇,其中關於"啼兒"就是元樊的落實尤爲重要。《年譜》與《編年箋注》、《年譜新編》正是在這個問題上的錯誤,帶來了一系列本來不應該發生的錯誤,細心的讀者在比較拙稿與《年譜》、《編年箋注》、《年譜新編》的區別之後,就不難發現誰是誰非。

◎ 雨　聲①

　　風吹竹葉休還動,雨點荷心暗復明⁽一⁾②。曾向西江船上宿,慣聞寒夜滴篷聲③。

録自《元氏長慶集》卷二〇

[校記]

　　(一)雨點荷心暗復明:《石倉歷代詩選》、《佩文齋詠物詩選》、《全詩》同,楊本、叢刊本、《萬首唐人絕句》作"雨點荷心暗復鳴",語義不同,不改。

[箋注]

　　① 雨聲:下雨帶來的聲音。杜甫《秋雨嘆三首》三:"老夫不出長蓬蒿,稚子無憂走風雨。雨聲颼颼催早寒,胡雁翅濕高飛難。"晁采《秋日再寄》:"窗外江村鐘響絕,枕邊梧葉雨聲疏。"

　　② 竹葉:竹的葉子。《晉書·胡貴嬪傳》:"宮人乃取竹葉插戶,以鹽汁灑地,而引帝車。"李群玉《送秦鍊師》"錦洞桃花遠,青山竹葉深。"　動:活動,移動。《詩·豳風·七月》:"五月斯螽動股,六月莎

雞振羽。"范成大《次韵子永雪後見贈》:"九陌泥乾塵未動,南山石露塔猶明。" 荷心:荷葉的中間。温庭筠《蓮浦謡》:"荷心有露似驪珠,不是真圓亦摇蕩。"司馬光《小雨》:"映空輕絲亂,著物細珠明。葉端危未落,荷心重忽傾。" 明:光明,明亮。曹操《短歌行》:"月明星稀,烏鵲南飛。"杜甫《月》:"四更山吐月,殘夜水明樓。"

③ 西江:唐人多称长江中下游为西江。張説《岳州城西》:"水國何遼曠! 風波遂極天。西江三汜合,南浦二湖連。"元稹《相憶泪》:"西江流水到江州,聞道分成九道流。" 寒夜:寒冷的夜晚。孫逖《淮陰夜宿二首》二:"永夕卧烟塘,蕭條天一方。秋風淮水落,寒夜楚歌長。"劉禹錫《酬樂天小亭寒夜有懷》:"寒夜陰雲起,疏林宿鳥驚。"篷聲:雨落在船篷上發出的聲音。温庭筠《送僧東遊》:"燈影秋江寺,篷聲夜雨船。"白居易《池上小宴問程秀才》:"雨滴篷聲青雀舫,浪摇花影白蓮池。停杯一問蘇州客,何似吴松江上時?"

[編年]

未見《年譜》、《年譜新編》編年本詩,《編年箋注》列入"未編年詩"。

根據本詩提供的信息,我們以爲可以編年:本詩云:"曾向西江船上宿。"表明"西江船上宿"已經是"過去時",回憶的是元稹元和九年春天的潭州之行,春寒料峭,江面之上、大湖之中,夜晚之寒不難想見,據此,可以排除是江陵時期的作品。本詩又云"風吹竹葉","雨點荷心",在元稹此後的生平中,符合這種景色的地方,興元應該是首選。元稹《滎陽鄭公以稹寓居嚴茅有池塘之勝寄詩四首因有意獻》:"激射分流闊,灣環此地多。暫停隨梗浪,猶閲敗霜荷。"元稹《景申秋八首》又云:"喔喔鷄凝,丁丁窗雨繁。枕傾筒簟滑,幔颭案燈翻……經雨籬落壞,入秋田地荒。竹垂哀折節,蓮敗惜空房。"元稹《遣行十首》亦云:"徙倚檐宇下,思量去住情。暗螢穿竹見,斜雨隔窗聲。"以上數詩,都作於興元,描述的都是興元的景色。本詩又云"慣聞寒夜",明言賦詩之時也是寒夜。元稹元和十年年底到達興元,并與裴淑結婚,直到元和十二年五月之前返回通州。元和十年元稹到達興元之時,已經是嚴冬,荷葉已經枯敗,難見"雨點荷心"的景象,而元和十二年"雨點荷心"而又"寒夜"之時,元稹已經回到通州任職地。因此祇有元和十一年的初冬,才能見到"雨點荷心"景象而又適逢"寒夜"的時刻,因此我們以爲,本詩應該作於元和十一年初冬時分,地點在興元。

◎ 奉和權相公行次臨關驛逢鄭僕射相公歸朝俄頃分途因以奉贈詩十四韵^{(一)①}

帝下赤霄符,搜求造化爐②。中台歸内座,太一直南都③。黃霸乘軺入,王尊叱馭趨④。萬人東道送,六纛北風驅⑤。棧閣纔傾蓋,關門已合繻⑥。貫魚行邐迤,交馬語踟躕⑦。去速熊羆兆,來馳虎豹夫⑧。昔憐三易地,今訝兩分途⑨。別路環山雪,離章運寸珠⑩。鋒鋩斷犀兕,波浪没蓬壺⑪。區宇聲雖動,淮河孽未誅⑫。將軍遙策畫,師氏密計謨⑬。漢上壇仍築,襄西陣再圖⑭。公方先二虜,何暇進愚儒⑮!

録自《元氏長慶集》卷一二

[校記]

(一)奉和權相公行次臨關驛逢鄭僕射相公歸朝俄頃分途因以奉贈詩十四韵:本詩存世各本,包括楊本、叢刊本、《全詩》等在内,未見異文。

[箋注]

　　① 奉和：吟賦詩詞與別人相唱和，這在當時非常普遍。就以元稹爲例，除本篇之外，尚有《奉和嚴司空重陽日同崔常侍崔郎中及諸公登龍山落帽臺佳宴》、《奉和竇容州》、《奉和滎陽公離筵作》、《奉和浙西大夫李德裕述夢四十韵大夫本題言贈於夢中詩賦以寄一二僚友故今所和者亦止述翰苑舊遊而已次本韵》等篇。　　權相公：即權德輿，《舊唐書·權德輿傳》："權德輿，字載之，天水略陽人……德輿生四歲，能屬詩，七歲居父喪，以孝聞，十五爲文數百篇，編爲《童蒙集》十卷，名聲日大……裴延齡以巧倖判度支，九年自司農少卿除户部侍郎，仍判度支，德輿上疏曰……貞元十七年冬，以本官知禮部貢舉，來年真拜侍郎，凡三歲掌貢士，至今號爲得人……十一年，復以檢校吏部尚書出鎮興元，十三年八月有疾，詔許歸闕，道卒，年六十，贈左僕射，諡曰文。"元稹年幼成名，年輕及第，與權德輿頗爲相類，是元稹得到權德輿器重的原因之一。權德輿元和年間執掌文柄，有文名於當時，名重一時，是元稹貞元十九年吏部乙科考試的座主之一。權德輿更是元稹歷來敬仰的長輩，元稹的"外諸翁"鄭雲逵是權德輿的"重表甥"，權德輿自然是元稹輩分更高的長輩了，故能夠與元稹唱和，并有篇末二句云云。元和十一年出任山南西道節度使，對元稹多方照顧，促成元稹返回通州"權知州務"即是其中之一。　　行次：謂旅途暫居的處所。劉長卿《題冤句宋少府廳留別》："草色愁別時，槐花落行次。"馬戴《旅次寄賈島兼簡無可上人》："雁過當行次，蟬鳴復客中。"這裏指行旅到達。張説《奉和聖製行次成皋（太宗擒竇建德處）應制》："夏氏階隋亂，自言河朔雄。王師進穀水，兵氣臨山東。"杜甫《行次鹽亭縣聊題四韵奉簡嚴遂州蓬州兩使君諮議諸昆季（嚴震及弟礪皆梓州鹽亭人）》："馬首見鹽亭，高山擁縣青。雲溪花淡淡，春郭水泠泠。"　　臨關驛：驛站名，應該在興元至西京長安的途中，從在興元養病的元稹能夠參與唱和的情況來看，應該在離開興元不遠的地方。

暫無書證。　　鄭僕射相公：即鄭餘慶，元和九年出任山南西道節度使，十一年十月底回京。十四年封滎陽郡公，兼判國子祭酒。元稹與鄭餘慶，若論起親疏關係，倒還不算太遠：元稹妻子韋叢的生母亦即元稹的岳母裴氏是裴耀卿的親孫女，而鄭餘慶最好朋友裴佶也是裴耀卿的親孫子，韓愈《監察御史元君妻京兆韋氏夫人墓誌銘》文云："夫人諱叢，字茂之，姓韋氏……王考夏卿以太子少保，卒贈左僕射。僕射娶裴氏皋女。皋爲給事中，皋父宰相耀卿。夫人於僕射爲季女，愛之，選婿得今御史河南元稹。"《新唐書·裴佶傳》："裴耀卿……子綜，吏部郎中。綜子佶……佶清勁明銳，所與友皆第一流，鄭餘慶尤厚善。既殁，餘慶爲行服，士林美之。"也許有了這一層的特殊關係，再加上元稹的品行與才華，所以鄭餘慶非常看重元稹，給予多方照顧，并特地贈詩元稹。元稹的《滎陽鄭公以積寓居嚴茅有池塘之勝寄詩四首因有意獻》即反映了這種情況。據元稹《酬樂天東南行詩》、《獻滎陽公詩》記載，鄭餘慶當時是元稹通州司馬任時的上司，元稹在通州"染瘴危重"，虐病將死，在元稹易地興元謁醫治病期間，是鄭餘慶對元稹多方照顧，"不忍歸之瘴鄉"。有關生平事迹，兩《唐書》本傳有詳細記載，本書曾多處介紹，這裏就不再重複。　　僕射：官名，秦始置，漢以後因之，漢成帝建始四年，初置尚書五人，一人爲僕射，位僅次尚書令，後來職權漸重，漢獻帝建安四年置左右僕射。唐宋左右僕射爲宰相之職，宋以後廢。《漢書·百官公卿表》："僕射，秦官，自侍中、尚書、博士、郎皆有。古者重武官，有主射以督課之。"韓愈《答魏博田僕射書》："季冬極寒，伏惟僕射尊體動止萬福。"　　歸朝：返回朝廷。韋述《廣陵送別宋員外佐越鄭舍人還京》："朱紱臨秦望，皇華赴洛橋。文章南渡越，書奏北歸朝。"劉長卿《送王員外歸朝》："往來無盡目，離別要逢春。海内罷多事，天涯見近臣。"　　俄頃：片刻，一會兒。郭璞《江賦》："倏忽數百，千里俄頃，飛廉無以睎其蹤，渠黄不能企其景。"劉知幾《史通·載文》："夫同爲一士之行，同取一君之言，愚智生於倏忽,是非變於俄頃。帝心不一,皇鑒無恒,此所謂自戾也。”
分途:亦作“分涂”、“分塗”,猶分道,分路。葛洪《抱朴子·疾謬》:“其
行出也,則逼狹之地,恥於分塗,振策長驅,推人於險,有不即避,更加
攎頓。”李商隱《次陝州先寄源從事》:“離思羈愁日欲晡,東周西雍此
分塗。”

　　② 赤霄:原指極高的天空。《淮南子·人間訓》:“背負青天,膺
摩赤霄。”葛洪《抱朴子·守塉》:“鵾鵬戾赤霄以高翔,鶤鴰傲蓬林以
鼓翼。”這裏指帝王所居的京城。杜甫《寄董卿嘉榮十韵》:“聞道君牙
帳,防秋近赤霄。”　搜求:尋找,尋求。《後漢書·王充傳》:“箸《論
衡》八十五篇,二十餘萬言。”李賢注引葛洪《抱朴子》:“時人嫌蔡邕得
異書,或搜求其帳中隱處,果得《論衡》,抱數卷持去。”薛逢《開元後
樂》:“中原駿馬搜求盡,沙苑年來草又芳。”　造化:原指自然界的創
造者,亦指自然,孟郊《終南山下作》:“見此原野秀,始知造化偏。”這
裏有創造化育的意思。《莊子·大宗師》:“今一以天地爲大鑪,以造
化爲大冶,惡乎往而不可哉?”張協《七命》:“功與造化爭流,德與二儀
比大。”

　　③ 中台:原指星名,《晉書·天文志》:“西近文昌二星,曰上
台……次二星,曰中台。”白居易《司徒令公分守東洛移鎮北都云云寄
獻以抒下情》:“天上中台正,人間一品高。”漢代以來,以天上的三台
星當朝廷的三公之位,中台比司徒或司空,後遂成爲司徒或司空的代
稱。《後漢書·郎顗傳》:“白虹貫日,以甲乙見者,則譴在中台……宜
黜司徒,以應天意。”徐陵《司空韋昭達墓誌銘》:“屬上將之韜光,逢中
台之掩曜。”王維《故太子太師徐公挽歌》:“久踐中台座,終登上將
壇。”這裏讚譽鄭餘慶,因爲鄭餘慶身居“右僕射”之榮銜。《舊唐書·
鄭餘慶傳》:“(元和)九年拜檢校右僕射兼興元尹,充山南西道節度觀
察使,三歲受代。”　内座:星名,“五帝内座”的省稱。《星經》卷上:
“五帝内座,在華蓋下,覆帝座也。”張衡《週天大象賦》:“一人爲主,曰

輔爲翼,鈎陳分司,内座齊飾。"　太一:亦作"太乙",這裏指星名,即帝星,又名北極二。因離北極星最近,故隋唐以前文獻多以之爲北極星。《星經》卷上:"太一星,在天一南半度。"曹唐《漢武帝於宮中宴西王母》:"鼇岫雲低太一壇,武皇齋潔不勝歡。"詩人用此讚譽權德輿,因爲權德輿是帶著"吏部尚書"的榮銜前來赴任的。　南都:地名,東漢光武帝的故鄉在南陽郡,郡治宛在京都洛陽之南,因稱宛爲南都。張衡有《南都賦》,李善注引摯虞曰:"南陽郡,治宛,在京之南,故曰南都。"李白《南都行》:"南都信佳麗,武闕横西關。"這裏借稱興元,因興元也在京城長安之南。

④ "黄霸乘軺入"兩句:這裏以"黄霸"與"王尊"的故事讚美鄭餘慶與權德輿。　黄霸:漢代的循吏,黄霸在任寬政治民,深受百姓擁護,《前漢書·黄霸傳》有詳細記載。岑參《潼關鎮國軍勾覆使院早春寄王同州》:"何爲廊廟器,至今居外藩? 黄霸寧淹留,蒼生望騰騫。"李嘉祐《自常州還江陰途中作》:"黄霸初臨郡,陶潛未罷官。乘春務征伐,誰肯問凋殘?"　軺:使節所用之車。《文選·丘遲〈與陳伯之書〉》:"乘軺建節,奉疆場之任。"劉良注:"軺,使車也。"皎然《白蘋洲送洛陽李丞使還》:"蘋洲北望楚山重,千里迴軺止一封。"　王尊叱馭趨:《前漢書·王尊傳》:"先是琅邪王陽爲益州刺史,行部至邛郲九折阪,嘆曰:'奉先人遺體,奈何數乘此險?'後以病去。及尊爲刺史,至其阪,問吏曰:'此非王陽所畏道邪?'吏對曰:'是!'尊叱其馭曰:'驅之!'王陽爲孝子,王尊爲忠臣。尊居部二歲……遷爲東平相。"

⑤ 萬人:一萬人,極言人多。郎士元《關公祠送高員外還荊州》:"將軍稟天姿,義勇冠今昔。走馬百戰場,一劍萬人敵。"顧況《從軍行二首》二:"少年膽氣麄,好勇萬人敵。仗劍出門去,三邊正艱厄。"東道:通往東方的道路。《左傳·成公十三年》:"東道之不通,則是康公絕我好也。"《史記·陳杞世家》:"齊桓公伐蔡……還過陳,陳大夫轅濤塗惡其過陳,詐齊令出東道。"長安在興元的東北,故言。也指東

部地區。《意林》卷三引桓譚《新論》：“張子侯曰：‘楊子雲，西道孔子也，乃貧如此。’吾應曰：‘子雲亦東道孔子也，昔仲尼豈獨是魯孔子，亦齊楚聖人也。’”主人的代稱，指作東設宴請客，鄭餘慶卸任，興元官府與百姓送別，就成了當然的主人。蘇軾《渼陂魚》：“東道無辭信使頻，西鄰幸有庖蘁釃。” 六纛：六面軍中大旗，唐代節度使軍中所用。《新唐書·百官志》：“節度使掌總軍旅，顓誅殺……辭日，賜雙旌雙節，行則建節，樹六纛。”《太平御覽》卷三三九引《太白陰經》：“古者天子六軍，諸侯三軍；今天子十二，諸侯六軍，故纛有六以主之。”白居易《送令狐相公赴太原》：“六纛雙旌萬鐵衣，并汾舊路滿光輝。”這裏指權德輿的“六纛”，因爲鄭餘慶已經卸任，回京另任新職，不當有節度使才有的“六纛”。 北風：北方吹來的風，這裏代喻長安嚴屬無違的使命。楊衒之《洛陽伽藍記·城北》：“是時八月，天氣已冷，北風驅雁，飛雪千里。”李華《吊古戰場文》：“吾想夫北風振漠，胡兵伺便。主將驕敵，期門受戰。” 驅：鞭馬前進。《詩·唐風·山有樞》：“子有車馬，弗馳弗驅。”孔穎達疏：“走馬謂之馳，策馬謂之驅。”韓愈《駑驥贈歐陽詹》：“牽驅入市門，行者不爲留。”

⑥ 棧閣：棧道。《後漢書·隗囂傳》：“白水險阻，棧閣絶敗。”李賢注：“棧閣者，山路懸險，棧木爲閣道。”顧非熊《行經褒城寄興元姚從事》：“棧閣危初盡，褒川路忽平。” 傾蓋：車上的傘蓋靠在一起。《史記·魯仲連鄒陽列傳》：“諺曰：‘白頭如新，傾蓋如故。’何則？知與不知也。”司馬貞索隱引《志林》曰：“傾蓋者，道行相遇，駐車對語，兩蓋相切，小欹之，故曰傾。”《孔子家語·致思》：“孔子之郯，遭程子於塗，傾蓋而語終日，甚相親。”這裏指鄭餘慶與權德輿相遇於道途，傾蓋而語，故言。 關門：關口上的門。《周禮·地官·司關》：“國凶札，則無關門之征。”鄭玄注引鄭司農曰：“無關門之征者，出入關門無租税。”岑參《陪使君早春西亭送王贊府赴選》：“客舍草新出，關門花欲飛。” 合繻：驗證帛符，繻是漢代出入關隘的帛製憑證。孫樵《潼

關甲銘》：“吾曹將擺堅荷鍜，投死地之不戰，又安得與客合縞而東，合縞而西哉？”鄭清之《乍晴觀蜂房戲占》：“蜜蜂家計千頭奴，日併花課供蜜租……採花歸來不知數，一一到門如合縞。”

　　⑦　貫魚：《易·剝》：“六五，貫魚以宮人，寵，無不利。”王弼注：“貫魚，謂此衆陰也，駢頭相次，似貫魚也。”高亨注：“貫，穿也，貫魚者個個相次，不得相越，以喻人有排定之順序……爻辭言：統治者如貫魚之排定順序，用宮人而寵愛之，輪流當夕，則宮人不致爭寵吃醋，相妒相軋，乃無不利。”後因指依次進御，不偏愛。《後漢書·崔琦傳》：“爰暨末葉，漸已積虧，貫魚不叙，九御差池。”《周書·皇后傳序》：“宮闈有貫魚之美，戚裏無私溺之尤。”轉喻有次序。蕭衍《立選簿表》：“故前代選官，皆立選簿，應在貫魚，自有銓次。”元稹《遣行十首》九：“每逢危棧處，須作貫魚行。”因鄭餘慶回京，必須途經“棧道”，而棧道是在險絶處傍山架木而成的一種道路。《史記·高祖本紀》：“楚與諸侯之慕從者數萬人，從杜南入蝕中。去輒燒絶棧道，以備諸侯盜兵襲之，亦示項羽無東意。”司馬貞索隱引崔浩曰：“險絶之處，傍鑿山巖，而施梁爲閣。”唐代趙氏《雜言寄杜羔》：“歸來未須臾，又欲向梁州。梁州秦嶺西，棧道與雲齊。”因而元稹詩中有“貫魚”而行之語。　　邐迤：亦作“邐迆”，曲折連綿貌。《文選·吳質〈答東阿王書〉》：“夫登東岳者，然後知衆山之邐迤也。”劉良注：“邐迤，小而相連貌。”元稹《黃明府詩》：“邐迤七盤路，坡陀數丈城。”曲折行進貌。《舊唐書·李訓傳》：“訓時愈急，邐迤入宣政門，帝瞋目叱訓。”羅袞《至襄州寄江陵啓》：“以今月十九日發襄州，邐迤北去，攀涕結戀，不任下情。”　　交馬：騎馬并行。《三國志·魏武帝紀》：“韓遂請與公相見……於是交馬語移時，不及軍事，但説京都舊故，拊手歡笑。”韋驤《汴上遇孫楚材》：“淑人邂逅獲交馬，語言浹洽欣相從。夜投孤驛共清飲，安得復訴琉璃鍾！”　　踟躕：逗留，歇息。《太平廣記》卷四九〇引王洙《東陽夜怪録》：“自虛恃所乘壯，乃命僮僕輜重悉令先於赤水店俟宿，聊踟

蹦焉。"沈既濟《任氏傳》:"鄭子隨之東,至樂遊園已昏黑矣!見一宅,土垣車門,室宇甚嚴。白衣將入,顧曰'願少踟蹰'而入。"歐陽修《再至汝陰三絕》三:"十四五年勞夢寐,此時才得少踟蹰。"須臾,瞬間。何遜《與蘇九德別》:"踟蹰暫舉酒,倏忽不相見。"《魏書·蕭衍傳》:"運神器於顧眄,定寶命於踟蹰。"蘇軾《和劉柴桑》:"萬劫互起滅,百年一踟蹰。漂流四十年,今乃言卜居。"

⑧ 熊羆兆:指帝王得賢輔。典出《史記·齊太公世家》:"西伯將出獵,卜之,曰:'所獲非龍非彨,非虎非羆,所獲霸王之輔。'於是周西伯獵,果遇太公於渭之陽,與語大說……載與俱歸,立爲師。"西伯指周文王。韋安石《侍宴旋師喜捷應制》:"蜂蟻屯夷落,熊羆逐漢飛。忘軀百戰後,屈指一年歸。"劉禹錫《平齊行二首》二:"開元皇帝東封時,百神受職爭奔馳。千鈞猛簴順流下,洪波涵淡浮熊羆。"這裏是對鄭餘慶的祝福。 虎豹:比喻勇猛的戰士。羅隱《春日投錢塘元帥尚父二首》一:"門外旌旗屯虎豹,壁間章句動風雷。"比喻富有文采。黃庭堅《送謝公定作竟陵主簿》:"謝公文章如虎豹,至今斑斑在兒孫。"這裏是指權德輿,權德輿本是文壇主將,而今又來興元主持戎事,應該是文武雙全之首領,故以"虎豹夫"比之。

⑨ 易地:互換所處的地位。《孟子·離婁》:"禹、稷、顏子,易地則皆然。"劉知幾《史通·忤時》:"儻使士有澹雅若嚴君平,清廉如段幹木,與僕易地而處,亦將彈鋏告勞。"這裏應該指權德輿從京城前來興元,而鄭餘慶從興元返回京城而言。 分途:亦作"分塗"猶分道,分路。葛洪《抱朴子·疾謬》:"其行出也,則逼狹之地,恥於分塗,振策長驅,推人於險,有不即避,更加攄頓。"李商隱《次陝州先寄源從事》:"離思羈愁日欲晡,東周西雍此分塗。"

⑩ 別路:離別的道路,這裏指鄭餘慶與權德輿分手之處。徐陵《秋日別庾正員》:"青雀離帆遠,朱鳶別路遙。"李世民《餞中書侍郎來濟》:"深悲黃鶴孤舟遠,獨嘆青山別路長。" 環山雪:雪環繞著山。

出興元北望,秦嶺山頭終年積雪,故言。　環山:《戰國策·齊策》:
"韓子盧逐東郭逡,環山者三,騰山者五。"吳融《和張舍人》:"杏花向
日紅勻臉,雲帶環山白繫腰。"　離章:古代餞別時寫作的詩文。薛稷
《餞宋司馬赴任》:"別序聞鴻雁,離章動鵙鴒。"崔禹錫《奉和聖製送張
說巡邊》:"群僚咸餞酌,明主降離章。"　運:運用。《文子·下德》:
"所謂得天下者,非謂其履勢位,稱尊號,言其運天下心,得天下力
也。"元稹《獻事表》:"豈文皇獨運聰明於上哉,蓋亦群下各盡其言以
宣揚發暢於天下也。"這裏指鄭餘慶、權德輿運動華美的文字,表達深
刻的寓意,抒發離別的感慨。　珠:比喻華美的文詞。《文心雕龍·
時序》:"茂先搖筆而散珠,太沖動墨而橫錦。"李百藥《和許侍郎遊昆
明池》:"積水浮深智,明珠曜雅篇。大鯨方遠擊,沉灰獨未然。"

⑪"鋒鋩斷犀兕"兩句:仍然在讚揚鄭餘慶與權德輿的文治武
功。　鋒鋩:亦作"鋒芒"、"鑣芒",刀劍等鋭器的刃口和尖端。《太平
御覽》卷七六七引蔡邕《觀學》:"木以繩直,金以淬剛;必須砥礪,就其
鋒鋩。"劉商《胡笳十八拍·第十五拍》:"不知愁怨情若何,似有鋒鋩
攪方寸。"　犀兕:犀牛和兕。《左傳·宣公二年》:"牛則有皮,犀兕尚
多,棄甲則那?"《列子·仲尼》:"吾之力能裂犀兕之革,曳九牛之尾。"
波浪:原指江河湖海上起伏不平的水面。《晉書·張華傳》:"須臾光
彩照水,波浪驚沸,於是失劍。"李紳《泝西江》:"空闊遠看波浪息,楚
山安穩過雲岑。"這裏比喻起伏的文思與詩潮。《壇經·疑問品》:"煩
惱無,波浪滅。"　蓬壺:即蓬萊,古代傳説中的海中仙山。王嘉《拾遺
記·高辛》:"三壺則海中三山也,一曰方壺,則方丈也;二曰蓬壺,則
蓬萊也;三曰瀛壺,則瀛洲也:形如壺器。"沈亞之《題海榴樹呈八叔大
人》:"曾在蓬壺伴衆仙,文章枝葉五雲邊。"

⑫區宇聲雖動:意謂淮西平叛雖然已經開始,并且有了不錯的
開端。　區宇:境域,天下。元稹《賀誅吳元濟表》:"威動區宇,道光
祖宗。"陳亮《重建紫霄觀記》:"本朝混一區宇,是觀因以不廢。"　淮

河孽未誅:指淮西吳元濟叛亂,當時還没有平息,詩人不無擔憂,寄希望權德輿重現劉邦的英雄氣概和諸葛亮的謀士風度,"漢上壇仍築,褒西陣再圖"即是這種期望的表白。 淮河:原指淮河流域,這裏代指淮西地區,當時正是吳元濟叛亂盤踞在淮西地區。王建《贈李愬僕射》:"唐州將士死生同,盡逐雙旌舊鎮空。獨破淮西功業大,新除隴右世家雄。"劉禹錫《平蔡州三首》三:"九衢車馬渾渾流,使臣来獻淮西囚。四夷聞風失匕筯,天子受賀登高樓。" 孽:指作亂或邪惡的人。《文選·何晏〈景福殿賦〉》:"因東師之獻捷,就海孽之賄賂。"李善注:"以吳僻居海曲而稱亂,故曰海孽。"韓愈《與鄂州柳中丞書》:"淮右殘孽,尚守巢窟。" 誅:殺戮。《孟子·梁惠王》:"聞誅一夫紂矣!未聞弑君也。"柳宗元《佩韋賦》:"尼父戮齊而誅卯兮,本柔仁以作極。"除去,芟除。《國語·晉語》:"故以惠誅怨,以忍去過。"韋昭注:"誅,除也。"王安石《招約之職方并示正甫書記》:"鬼營誅荒梗,人境掃喧顓。"

⑬ "將軍遙策畫"兩句:前句讚揚權德輿,後句褒揚鄭餘慶。將軍:官名,《墨子·非攻》:"昔者晉有六將軍。"孫詒讓間詁:"六將軍,即六卿爲軍將者也,春秋時通稱軍將爲將軍。"戰國時始爲武將名,漢代皇帝左右的大臣稱大將軍、車騎將軍、前將軍、後將軍、左將軍、右將軍等,臨時出征的統帥有別加稱號者,如樓船將軍、材官將軍等。魏晉南北朝時,將軍有各種不同的職權和地位,如中軍將軍、龍驤將軍等,多爲臨時設置而有實權,如驍騎將軍、遊擊將軍等,則僅爲稱號。唐十六衛、羽林、龍武、神武、神策等軍,均於大將軍下設將軍之官。泛指高級將領,或對軍官之尊稱。鮑照《代東武吟》:"將軍既下世,部曲亦罕存。"元稹《内狀詩寄楊白二員外》:"彤管内人書細膩,金奩御印篆分明。衝街不避將軍令,跋勅兼題宰相名。" 策畫:亦作"策劃",謀劃,計謀。《後漢書·隗囂傳》:"夫智者覿危思變,賢者泥而不滓,是以功名終申,策畫復得。"司馬光《乞去新法之病民傷國者

疏》："人之常情,誰不愛富貴而畏刑禍?於是搢紳大夫望風承流,競獻策畫,務爲奇巧,捨是取非,興害除利。名爲愛民,其實病民,名爲益國,其實傷國。"　師氏:周代官名,掌輔導王室,教育貴族子弟以及朝儀得失之事,南北朝時北周亦曾置此官。《書·顧命》:"師氏、虎臣、百尹、御事。"孔傳:"師氏,大夫官。"《詩·小雅·十月之交》:"楀維師氏,艷妻煽方處。"鄭玄箋:"師氏,亦中大夫也,掌司朝得失之事。"指學官或教師。陳子昂《爲人陳情表》:"老母憫臣孤蒙,恐不負荷教誨,師氏訓以義方。"蘇軾《又謝兼侍讀表》:"而師氏之官,職在論說。"這與鄭餘慶後來擔任的"典章"、"朝廷禮樂制度"以及"太子少師""兼判國子祭酒事"倒一一相符,不知是巧合預料,還是事先有所知聞?　訏謨:遠大宏偉的謀劃。《詩·大雅·抑》:"訏謨定命,遠猶辰告。"毛傳:"訏,大;謨,謀。"鄭玄箋:"大謀定命,謂正月始和,布政於邦國都鄙也。"薛逢《題籌筆驛》:"天地三分魏蜀吳,武侯倔起贊訏謨。"

　　⑭漢上壇仍築:這裏借用劉邦拜韓信爲大將之事,此史事就發生在興元,這裏提及非常切合時宜。《漢書·高帝紀》:"漢王既至南鄭,諸將及士卒皆歌謳思東歸,多道亡還者。韓信爲治粟都尉,亦亡去。蕭何追還之,因薦於漢王曰:'必欲爭天下,非信無可與計事者!'於是漢王齊戒設壇場,拜信爲大將軍,問以計策,信對曰:'項羽背約而王君王於南鄭,是遷也。吏卒皆山東之人,日夜企而望歸,及其鋒而用之,可以有大功。天下已定,民皆自寧,不可復用,不如決策東向,因陳羽可圖三秦易并之計。'漢王大說。"　褒西陣再圖:這裏巧妙化用諸葛亮的"八陣圖"典故,八陣圖是古代用兵的一種陣法。《三國志·諸葛亮傳》:"推演兵法,作八陣圖。"但八陣圖遺址傳說不一,其中之一即是:《水經注·沔水》謂八陣圖在陝西沔縣東南諸葛亮墓東,亦即所謂的"褒西",而"褒西"在興元府地域。八陣圖後來用作比喻巧妙難測的謀略。杜甫《八陣圖》:"功蓋三分國,名成八陣圖。江流

石不轉,遺恨失吞吳。"元稹《哭呂衡州六首》三:"白馬雙旌隊,青山八陣圖。請纓期繫虜,枕草誓捐軀。"此史事也發生在興元,這裏提及非常切合時宜。用來襃揚權德輿的謀略,期待權德輿爲國建功立業,更是恰到好處。另外,元稹《嘆臥龍》詩中也提及"堂堂八陣圖",相信不是一種偶然的巧合。

⑮公:對尊長的敬稱。韓愈《燕河南府秀才得生字》:"昨聞詔書下,權公作邦楨(權德輿爲相)。文人得其職,文道當大行。"元稹《陽城驛》:"商有陽城驛,名同陽道州。陽公没已久,感我淚交流。" 虜:指敵人,叛逆。《漢書・高帝紀》:"羽大怒,伏弩射中漢王。漢王傷胸,乃捫足曰:'虜中吾指!'"《陳書・樊猛傳》:"青溪之戰,猛自旦訖暮,與虜短兵接,殺傷甚衆。"這裏指河朔王承宗與淮西吳元濟兩地藩鎮相繼起兵對抗李唐朝廷。《舊唐書・憲宗紀》:"(元和四年)九月甲辰朔,庚戌,以成德軍都知兵馬使、鎮府右司馬王承宗起復檢校工部尚書,充成德軍節度使,以德州刺史薛昌朝檢校左常侍,充保信軍節度、德隸等州觀察等使。昌朝,薛嵩之子,婚於王氏,時爲德州刺史,朝廷以承宗難制,乃割二州爲節度,以授昌朝。制纔下,承宗以兵虜昌朝歸鎮州⋯⋯十一年春正月丁卯朔⋯⋯癸未,削奪王承宗在身官爵⋯⋯令河東、河北道諸鎮加兵進討。"《舊唐書・憲宗紀》:"(元和九年)九月甲戌朔⋯⋯乙丑⋯⋯淮西節度使吳少陽卒,其子元濟匿喪,自總兵柄,乃焚劫舞陽等四縣,朝廷遣使弔祭,拒而不納⋯⋯十月甲辰朔⋯⋯甲子⋯⋯宜以山南東道節度使嚴綬兼充申光蔡等州招撫使,仍命內常侍崔潭峻爲監軍。" 何暇:哪里有閑暇。韋曜《博弈論》:"君子之居室也,勤身以致養;其在朝也,竭命以納忠。臨事且猶旰食,而何暇博弈之足躭?"引申爲哪裏談得上。《莊子・人間世》:"古之至人,先存諸己而後存諸人。所存於己者未定,何暇至於暴人之所行!"曹冏《六代論》:"譬之種樹,久則深固其根本,茂盛其枝葉,若造次徙於山林之中,植於宫闕之下,雖壅之以黑墳,暖之於春日,猶

不救於枯槁,何暇繁育哉?"　　愚儒:昧於事理的儒者。《史記·秦始皇本紀》:"丞相李斯曰:'……今陛下創大業,建萬世之功,固非愚儒所知。'"《漢書·張湯傳》:"上問湯,湯曰:'此愚儒無知。'"這裏是詩人元稹的謙稱。

[編年]

《年譜》在元和十一年"詩編年"條下將本詩編入。理由是:"詩云:'別路環山雪。'"《編年箋注》編年:"元稹和作成於元和十一年(八一六),時在通州司馬任。見下《譜》。"《年譜新編》編年本詩於元和十一年十一月或稍後,其理由是:"《舊唐書·憲宗紀》云:'(元和十一年)冬十月丁巳,以刑部尚書權德輿檢校吏部尚書,兼興元尹,充山南東道節度使。丙寅,幽州劉總加平章事……''丁巳'爲二十五日,'丙寅'以下,實爲十一月事。'丁巳'爲詔命下達之時,權氏到興元當在十一月或稍後。"

我們以爲《年譜》對此詩的編年過於籠統,理由也不充分,而且興元附近的高山峻嶺亦即秦嶺山脈終年積雪,所以"別路環山雪"云云不足於證明時序。《編年箋注》所云"元稹和作成於元和十一年"更加籠統,而且元稹"時在通州司馬任"云云更是錯誤的,當時元稹雖然挂著通州司馬的虛銜,實際是離職在興元治病,并不在通州司馬任上。

我們以爲此詩尚可進一步確認寫作年月,據《舊唐書·憲宗紀》,權德輿出任興元尹山南西道節度使在元和十一年:"冬十月丁巳,以刑部尚書權德輿檢校吏部尚書,兼興元尹,充山南西道節度使。"據文獻記載,元和十一年十月"癸巳"朔,據此推算,"丁巳"應該是十月二十日。權德輿赴任途中與已卸任回朝的原興元尹、山南西道節度使鄭餘慶相遇,兩人曾在途中賦詩相酬。元稹當時正在山南西道首府即興元養病,本詩即作於權德輿與鄭餘慶在興元府城外見面隨即分手之時。根據《元和郡縣志》記載，興元與長安之間的距離是"東北至上都七百六十里"，根據乘傳日"一百二十里"推算，權德輿到達興元應該在十月二十五日或二十六日，元稹的詩即作於其時，地點在興元府城外，元稹時任通州司馬，正在興元府養病。

另外，詩題中的"鄭僕射相公"的稱呼，與鄭餘慶元和九年以"檢校右僕射"出任山南西道節度觀察使的史實相符。《年譜新編》的引述與推論時有筆誤："山南東道"當爲"山南西道"之誤；十月"丁巳"爲"二十五日"云云似乎應該是十月"二十日"更爲妥帖。

● 上興元權尚書啓①

某啓：某聞周諸侯生桓文時，而不列於盟會，則夷狄之，以其微不能自達於盟主也②。元和以來，貞元而下，閣下主文之盟餘二十年矣！某亦盜語言於經籍，卒未能效互鄉之進，甚自羞之③。

自陛下以環梁十六州之地授閣下，麾蓋鐵榮，玄纛青旌，晨魚符竹信(一)，車朱左右轓。府置軍司馬以下官屬(二)，刻節而總制之，則某實爲環內之州司馬，而又移族謁醫在閣下治所。私心歡欣，願改前恥④。

然而吏通之初，有言通之州幽陰險蒸瘴之甚者，私又自憐其才命俱困，恐不能復脫於通。由是生心，悉所爲文留置友善，冀異日善惡不忘於朋類耳！筐篋之內(三)，遂無遺餘⑤。

方創新詞(四)，以須供贄(五)。不幸瘡痍暴侵，手足沈廢，恐一旦神棄其形，終不得自進於閣下⑥。因用官通已來所作詩及常記憶者⁽⁶⁾，共五十首。又文書中得《遷廟議》、《移史官書》、《戡難紀》并在通時《叙詩》一章，次爲卷軸，封用上獻⑦。塵黷尊重，帖伏迴遑。謹以啓陳，不宣，謹啓⑧。

録自《元氏長慶集》補遺卷二

[校記]

（一）晨魚符竹信：原本在"晨"字下有"一作'泉'，皆可疑"，《英華》同，《全文》作"晨魚符竹信"，亦在"晨"字下有"一作'泉'"，出校注文，録以備考。無論是"晨"，還是"泉"，確實是"皆可疑"。

（二）府置軍司馬以下官屬：《英華》同，《全文》作"府置軍司馬以上官屬"，各備一説，不改。

（三）筐篋之内：《英華》同，《全文》作"筐篋之類"，各備一説，不改。

（四）方創新詞：原本在"新"字下有"一作'雜'"，《英華》同，據《全文》刪除注文。

（五）以須供贄：原本在"供"字下有"一作'洪'"，《英華》同，據《全文》刪除注文。

（六）因用官通已來所作詩及常記憶者：原本作"因用官通已來所作詩及常記臆者"，據《英華》、《全文》改。

[箋注]

①上興元權尚書啓：本篇不見於劉本《元氏長慶集》，但馬本《元氏長慶集》補遺卷二、《英華》卷六五七採録，故據補。　　上：上報，呈報。《後漢書·和帝紀》："去年秋麥入少，恐民食不足。其上尤貧不能自給者户口人數。"韓愈《謝自然》："里胥上其事，郡守驚且嘆。"興元：即興元府，《元和郡縣志·山南道》："興元府，今爲山南西道節

度使理所……武德元年又改爲襃州,二十年又爲梁州,興元元年因德宗遷幸,改爲興元府……管縣六:南鄭、襃城、金牛、三泉、城固、西……"歐陽詹《述德上興元嚴僕射》:"山横碧立並雄岷,大阜洪川共降神。心合雲雷清禍亂,力迴天地作陽春。"劉禹錫《美温尚書鎮定興元以詩寄賀》:"旌旗入境犬無聲,戮盡鯨鯢漢水清。從此世人開耳目,始知名將出書生。" 權尚書:即權德輿,時任山南西道節度使,檢校吏部尚書。《舊唐書·憲宗紀》:"(元和十一年)冬十月丁巳,以刑部尚書權德輿檢校吏部尚書兼興元尹,充山南西道節度使……(十三年八月)戊寅,前山南西道節度使權德輿卒。"《舊唐書·權德輿傳》:"權德輿,字載之,天水略陽人……(元和)十一年,復以檢校吏部尚書出鎮興元,十三年八月有疾,詔許歸闕,道卒。年六十,贈左僕射,諡曰文。德輿自貞元至元和三十年間,羽儀朝行,性直亮寬恕。動作語言,一無外飾。蘊藉風流,爲時稱嚮。於述作特盛,六經百氏,遊詠漸漬,其文雅正而弘博,王侯將相泊當時名人薨歿,以銘紀爲請者什八九,時人以爲宗匠焉!尤嗜讀書,無寸景暫倦,有文集五十卷,行於代。" 啓:泛指奏疏、公文、書函。《太平御覽》卷五九五引服虔《通俗文》:"官信曰啓。"《文心雕龍·奏啓》:"至魏國牋記,始雲啓聞。奏事之末,或雲謹啓……必斂飭入規,促其音節,辨要輕清,文而不侈,亦啓之大略也。"

② 諸侯:古代帝王所分封的各國君主,在其統轄區域内,世代掌握軍政大權,但按禮要服從王命,定期向帝王朝貢述職,并有出軍賦和服役的義務。《史記·五帝本紀》:"於是軒轅乃習用干戈,以征不享,諸侯咸來賓從。"高承《事物紀原·諸侯》:"《帝王世紀》曰:女媧未有諸侯,有共工氏任智刑以强霸而不王。炎帝世乃有諸侯,風沙氏叛,炎帝修德,風沙之民自攻其君,則建侯分土自炎帝始也。" 桓文:春秋五霸中齊桓公與晉文公的并稱。《孟子·梁惠王》:"仲尼之徒,無道桓文之事者,是以後世無傳焉!"李白《經亂離後天恩流夜郎憶舊

遊書懷贈江夏韋太守良宰》:"節制非桓文,軍師擁熊虎。"　盟會:猶會盟,古代諸侯間的集會結盟。《史記・楚世家》:"宋襄公欲爲盟會,召楚。"《漢書・地理志》:"至春秋時,尚有數十國,五伯迭興,總其盟會。"　夷狄:視爲夷狄。《公羊傳・桓公十五年》:"皆何以稱人?夷狄之也。"《公羊傳・僖公三十三年》:"其謂之秦何?夷狄之也。"　自達:自己勉力以顯達。《晉書・王裒傳》:"鄉人管彥少有才而知名,裒獨以爲必當自達,拔而友之。"歐陽修《舉梅堯臣充直講狀》:"雖知名當時,而不能自達。"　盟主:古代諸侯盟會中的領袖或主持者。《左傳・昭公二十三年》:"所謂盟主,討違命也。若皆相執,焉用盟主?"《史記・秦本紀》:"秦繆公廣地益國,東服强晉,西霸戎夷,然不爲諸侯盟主,亦宜哉!"

③ 主文:主持考試。王定保《唐摭言・通榜》:"貞元十八年,權德輿主文。"《容齋四筆・韓文公薦士》:"貞元十八年,權德輿主文,陸傪員外通牓,韓文公薦十人於傪,權公凡三榜,共放六人,餘不出五年內皆捷。"　語言:指書面語,詩文的句子。韓愈《短燈檠歌》:"太學儒生東魯客,二十辭家來射策。夜書細字綴語言,兩目眵昏頭雪白。"韓愈《贈崔立之評事》:"搖毫擲簡自不供,頃刻青紅浮海蜃。才豪氣猛易語言,往往蛟螭雜螻蚓。"　經籍:儒家經書。《後漢書・張楷傳》:"楷坐繫廷尉詔獄,積二年,恒諷誦經籍,作《尚書注》。"梅堯臣《書齋》:"聖賢有事業,皆在經籍中。"　互鄉:典見《論語・述而》:"互鄉難與言,童子見,門人惑。"鄭玄注:"互鄉,鄉名也。其鄉人言語自專,不達時宜,而有童子來,見孔子,門人怪孔子見也。子曰:'與其進也,不與其退也,唯何甚?'"孔安國曰:"教誨之道,與其進,不與其退,怪我見此童子,惡惡一何甚也!"　羞:難爲情,慚愧。班婕妤《擣素賦》:"弱態含羞,妖風靡麗。"辛棄疾《水龍吟・登建康賞心亭》:"求田問舍,怕應羞見,劉郎才氣。"

④ 環梁十六州之地:梁州即興元府,除梁州亦即興元府爲山南

西道治府外,環繞梁州的、屬於山南西道管轄之州另外還有十六州之多。《元和郡縣志‧山南西道》:"管興元府、洋州、利州、鳳州、興州、成州、文州、扶州、集州、壁州、巴州、蓬州、通州、開州、閬州、果州、渠州。"正好是十六個州郡。 麾蓋:將帥用的旌旗傘蓋。《三國志‧關羽傳》:"羽望見良麾蓋,策馬刺良於萬衆之中,斬其首還。"《梁書‧楊公則傳》:"城中遙見麾蓋,縱神鋒弩射之。" 榮:有繒衣的戟,爲古代官吏出行時用作前導的一種儀仗。《漢書‧韓延壽傳》:"延壽衣黃紈方領,駕四馬,傅總,建幢榮,植羽葆,鼓車歌車。"顔師古注:"榮,有衣之戟也,其衣以赤黑繒爲之。"杜甫《寄狄明府博濟》:"汝曹又宜列鼎食,身使門戶多旌榮。" 纛:古時軍隊或儀仗隊的大旗。許渾《中秋夕寄大梁劉尚書》:"柳營出號風生纛,蓮幕題詩月上樓。"《新唐書‧僕固懷恩傳》:"初,會軍汜水,朔方將張用濟後至,斬纛下。" 青旌:亦即"青雀旌",畫著青雀的軍旗,亦省稱"青旌"。《禮記‧曲禮》:"前有水,則載青旌。"孔穎達疏:"青旌者,青雀旌,謂旌旗。軍行若前值水,則畫爲青雀旌旗幡,上舉示之。所以然者,青雀是水鳥,軍士望見則咸知前必值水而各防也。" 魚符:隋唐時朝廷頒發的符信,雕木或鑄銅爲魚形,刻書其上,剖而分執之,以備符合爲憑信,謂之"魚符",亦名魚契。隋開皇九年,始頒木魚符於總管、刺史,雌一雄一。唐用銅魚符,所以起軍旅,易官長;又有隨身魚符,以金、銀、銅爲之,分別給親王及五品以上官員,所以明貴賤,應徵召。《隋書‧高祖紀》:"〔開皇九年閏月〕丁丑,頒木魚符於總管、刺史,雌一雄一。"陸龜蒙《送董少卿游茅山》:"將隨羽節朝珠闕,曾佩魚符管赤城。" 竹信:猶"竹使符",漢時竹製的信符,右留京師,左與郡國。凡發兵用銅虎符,其餘徵調用竹使符。《漢書‧文帝紀》:"初與郡守爲銅虎符、竹使符。"顔師古注引應劭曰:"竹使符皆以竹箭五枚,長五寸,鐫刻篆書,第一至第五。"亦省稱"竹使"。《後漢書‧杜詩傳》:"舊制發兵,皆以虎符,其餘徵調,竹使而已。"王先謙集解引惠棟曰:"鄭康成《周禮》注云:'今日徵郡守以竹使符。'"也泛指地方官吏的印符。房孺復《酬竇大閑居見寄》:"名慚竹使宦情少,路隔桃源歸思迷。"蘇軾《送翟安常赴闕兼寄子由》:"中山保塞兩窮邊,臥治雍容已百年。顧我迁愚分竹使,與君談笑用蒲鞭。"借指州郡長官。張九齡《登荊州城樓》:"自罷金門籍,來參竹使符。"　輧:古代車廂兩旁用以遮蔽塵土的屏障。韓愈《陸渾山火一首和皇甫湜用其韵》:"緹顏韎股豹兩鞿,霞車虹靷日轂輧。"楊萬里《豫章王集大成惠我思古人實獲我心八詩謝以五字》:"紫餘乃祖橐,朱遍群從輧。"　官屬:主要官員的屬吏。《周禮·天官·大宰》:"以八法治官府:一曰官屬,以舉邦治。"鄭玄注:"官屬,謂六官,其屬各六十。"《史記·滑稽列傳》:"至其時,西門豹往會之河上。三老、官屬、豪長者、里父老皆會,以人民往觀之者三二千人。"節:符節,古代使臣所持以作憑證。《左傳·文公八年》:"司馬握節以死,故書以官。"杜預注:"節,國之符信也。握之以死,示不廢命。"韓愈《曹成王碑》:"明年,李希烈反。遷御史大夫,授節帥江西,以討希烈。"　則某實爲環内之州司馬:元稹當時被貶任通州司馬,而通州隷屬山南西道節度使府,亦即"環梁十六州"之一,故言。　司馬:唐制,節度使屬僚有行軍司馬,又於每州置司馬,以安排貶謫或閑散的人。楊巨源《寄江州白司馬》:"江州司馬平安否?惠遠東林住得無?溢浦曾聞似衣帶,廬峰見説勝香爐。"元稹《感夢》:"白生道亦孤,讒謗銷骨髓。司馬九江城,無人一言理。"　移族:義近"移家",舉家遷移。白居易《移家》:"移家入新宅,罷郡有餘貲。"姜夔《鷓鴣天》:"移家徑入藍田縣,急急船頭打鼓催。"元稹元和十年十月北上興元治病之時,雖然祇有自己與童僕兩人,但至權德輿接任的元和十一年十月、十一月間,元稹已經續娶裴淑,生育了女兒元樊,元稹與韋叢的女兒保子、元稹與安仙嬪的兒子元荆以及其他家人,這時都從長安前來興元,故有"移族"、"移家"、"舉家"之言。　謁醫:看醫生。柳宗元《亡妻弘農楊氏誌》:"明年,以謁醫救藥之便,來歸女氏永寧里之私第,八月一日甲子至於大疾,年始二十有三,嗚呼痛哉!"胡宿《宋故朝散大夫蔣公神道碑》:"自言少孤,育于祖,乞服衰纛以報。朝議以公有子,不許,遂辭疾謁醫去職。" 歡欣:亦作"歡忻",喜悅,歡樂。《大戴禮記·曾子立孝》:"歡欣忠信,咎故不生,可謂孝矣!"元稹《賀聖體平復受朝賀表》:"〔臣〕無任跳躍歡忻、瞻望徘徊之至。" 前恥:以前所受的恥辱之事,被貶斥之事。指元稹貶河南尉、江陵士曹參軍、通州司馬之恥辱。 恥:恥辱,恥辱之事。司馬遷《報任少卿書》:"每念斯恥,汗未嘗不發背沾衣也。"岳飛《滿江紅·寫懷》:"靖康恥,猶未雪。臣子恨,何時滅!"

⑤ "然而吏通之初"十句:這裏指元和十年三月元稹出貶通州司馬之事。元稹《叙詩寄樂天書》披露了同樣的史實與心態,供讀者參閱:"授通之初,有習通之俗者曰:'通之地,濕墊卑褊,人士稀少,近荒札,死亡過半。邑無吏,市無貨,百姓茹草木,刺史以下計粒而食。大有虎、貘、蛇、虺之患,小有蟆蚋、浮塵、蜘蛛、蟧蜂之類,皆能鑽囓肌膚,使人瘡痏。夏多陰霳,秋爲痢瘧。地無醫巫,藥石萬里,病者有百死一生之慮。'夫何以僕之命不厚也如此!智不足也又如此!其所詣之憂險也又復如此!則安能保持萬全與足下必復京輦,以須他日立言事之驗耶!但恐一旦與急食相扶而終,使足下受天下友不如己之誚,是用悉所爲文,留稧箱笥,比夫格弈樗塞之戲,猶曰愈於飽食,僕所爲不又愈於格弈樗塞之戲乎?" 幽陰:陰靜,幽深。劉希夷《巫山懷古》:"巫山幽陰地,神女艷陽年。"陰暗。蘇轍《次韵子瞻鎖院賜酒及燭》:"光明坐覺幽陰破,温暖方知覆育長。" 險:險阻,阻塞。陸機《辨亡論》:"其郊境之接,重山積險。"韓愈《元和聖德詩》:"疆外之險,莫過蜀土。" 蒸:熱。《素問·五運行大論》:"其令鬱蒸。"王冰注:"鬱,盛也,蒸,熱也。"杜甫《夔府書懷》:"地蒸餘破扇,冬暖更纖絺。"瘴:指瘴氣。杜甫《悶》:"瘴癘浮三蜀,風雲暗百蠻。"楊萬里《明發龍川》:"山有濃嵐水有氛,非烟非霧亦非雲。北人不識南中瘴,只到龍

川指似君。”　自憐：自傷，自我憐惜。顏之推《神仙》：“鏡中不相識，
捫心徒自憐。”岑參《初授官題高冠草堂》：“自憐無舊業，不敢恥微
官。”　才命：才能和命運，舊多用於懷才不遇，命運不濟。杜甫《別蘇
徯》：“故人有遊子，棄擲傍天隅。他日憐才命，居然屈壯圖。”白居易
《酬微之（微之題云：郡務稍簡，因得整集舊詩，并連綴刪削封章諫草，
繁委箱笥，僅踰百軸，偶成自歎，兼寄樂天）》：“吟翫獨當明月夜，傷嗟
同是白頭時。由来才命相磨折，天遣無兒欲怨誰（微之句云：天遣兩
家無嗣子，欲將文字付誰人？故以此答之）？”　困：困难。《史記·魏
公子列傳》：“以公子高義，爲能急人之困。”劉復《送黃曄明府岳州湘
陰赴任》：“擬占名場第一科，龍門十上困風波。三年護塞從戎遠，萬
里投荒失意多。”　生心：出自内心，產生於心中。《韓非子·解老》：
“仁者，謂其中心欣然愛人也。其喜人之有福，而惡人之有禍也。生
心之所不能已也，非求其報也。”陳奇猷集釋：“謂仁乃發生於心，不能
自已。”王維《與胡居士皆病寄此詩兼示學人二首》二：“滅相成無記，
生心坐有求。”　友善：親密友好。《漢書·息夫躬傳》：“皇后父特進
孔鄉侯傅晏與躬同郡，相友善。”元稹《上令狐相公詩啓》：“稹與同門
生白居易友善。”這裏的“友善”就是指白居易。　善惡：好壞，褒貶。
李康《運命論》：“善惡書於史册，毀譽流於千載。”韓愈《答劉秀才論
史書》：“後之作者，在據事迹實録，則善惡自見。”朱熹注：“褒貶。”
朋類：猶同僚，朋輩。《三國志·鄧艾傳》：“艾性剛急，輕犯雅俗，不
能協同朋類。”葛洪《抱朴子自叙》：“至於糧用窮匱，急合湯藥，則喚
求朋類，或見濟，亦不讓也。”　筐篋：用竹枝等編製的狹長形箱子。
《晏子春秋·雜》：“厚取之君而不施於民，是爲筐篋之藏也，仁人不
爲也。”《荀子·王制》：“故王者富民，霸者富士，僅存之國富大夫，
亡國富筐篋，實府庫。筐篋已富，府庫已實，而百姓貧，夫是之謂上
溢而下漏。”　遺餘：剩餘，遺留。《後漢書·郭伋傳》：“賜宅一區，
及帷帳錢穀，以充其家，伋輒散與宗親九族，無所遺餘。”元稹《唐故

開府儀同三司檢校兵部尚書兼左驍衛上將軍充大內皇城留守御史大夫上柱國南陽郡王贈某官碑文銘》："十月十二日錡就擒，從亂者無遺餘。"

⑥ 新詞：新作的詩詞。劉禹錫《踏歌詞四首》一："唱盡新詞歡不見，紅霞映樹鷓鴣鳴。"辛棄疾《醜奴兒》："少年不識愁滋味，愛上層樓。愛上層樓。爲賦新詞强說愁。" 供：供給，供應。《韓非子・解老》："凡馬之所以大用者，外供甲兵，而內給淫奢也。"《晉書・何劭傳》："食必盡四方珍異，一日之供以錢二萬爲限。"奉獻，進獻。《後漢書・和熹鄧皇后》："凡供薦新味，多非其節……味無所至而夭折生長，豈所以順時育物乎！" 贄：執物以求見，贈送。韓愈《衢州徐偃王廟碑》："四方諸侯之爭辯者無所質正，咸賓祭於徐，贄玉帛死生之物于徐之庭者三十六國。"周密《齊東野語・傅伯壽以啓擢用》："韓侂胄用事，伯壽首以啓贄之。" 瘡痍：創傷。葛洪《抱朴子自叙》："弟與我同冒矢石，瘡痍周身，傷失右眼，不得尺寸之報；吾乃重金累紫，何心以安？"《陳書・世祖紀》："討陳寶應將士死王事者，并給棺槥，送還本鄉，并復其家。瘡痍未瘳者，給其醫藥。" 沈廢：謂久病不愈或不被信用而不能做事。柳宗元《上嶺南鄭相公獻所著文啓》："一自得罪，八年於今。兢愧弔影，追咎既往。自以終身沉廢，無迹自明。"葉適《林夫人陳氏墓誌銘》："比寡居而病風濕，沈廢逾二十年，夫人常順聽，無悲戚。" 自進：謂不經薦舉，自謀仕進。《管子・牧民》："何謂四維？一曰禮，二曰義，三曰廉，四曰恥。禮不踰節，義不自進，廉不蔽惡，恥不從枉。故不踰節則上位安，不自進則民無巧詐，不蔽惡則行自全，不從枉則邪事不生。"《史記・佞幸列傳》："衛青、霍去病亦以外戚貴幸，然頗用材能自進。"

⑦《遷廟議》：即元稹《遷廟議狀》，作於元和元年。 《移史官書》：即元稹《與史館韓郎中書》，作於元和八年。 《戡難紀》：不見其他文獻記載，疑已經散失。 《叙詩》：即元稹《叙詩寄樂天書》，作於

元和十年剛剛到達通州之後不久，亦即元和十年六月之時。《年譜》認爲："所謂'在通時《叙詩》一章'，當即《樂府古題序》。"大誤。《樂府古題序》賦成於元和十二年，亦即在本文《上興元權尚書啓》撰成之次年。　卷軸：指裱好有軸可卷舒的書籍或字畫等，後世書籍裝訂成册，乃專指有軸的字畫。謝赫《古畫品録·陸綏》："一點一拂，動筆皆奇，傳世蓋少，所謂希見卷軸，故爲寶也。"葉德輝《書林清話·書之稱卷》："《舊唐書·經籍志》：'集賢院御書，經庫皆鈿白牙軸，朱帶，白牙籤。'蓋隋唐間簡册已亡，存者止卷軸，故一書又謂之幾軸。韓愈詩：'鄴侯家多書，插架三萬軸。一一懸牙籤，新若手未觸。'三萬軸即三萬卷也。"　封用：義近"封筒"，猶束裝。《宋書·蔣恭傳》："晞張封筒遠行，他界爲劫，造讐自外，贓不還家，所寓村伍，容有不知，不合加罪。"猶"封緘"，包封，封緘標記。李適之《大唐故法現大禪師碑銘》："永淳歲，有三婆羅門寄金銀珠寶於師，復置床簀而歸西域。其後有賊劫房，惟此諸寶獨在。出入三載，主乃東來，各以還之，封緘如故。"　獻：奉獻，把東西奉送給尊者或敬重的人。《詩·鄭風·大叔于田》："襢裼暴虎，獻於公所。"《周禮·天官·玉府》："凡王之獻金玉……之物，受而藏之。"鄭玄注："謂百工爲王所作，可以遺獻諸侯。古者致物於人，尊之則曰獻，通行曰饋。"賈公彦疏："正法：上於下曰饋，下於上曰獻。若尊敬前人，雖上於下，亦曰獻，是以天子於諸侯亦曰獻。"

⑧　塵黷：猶玷污，塵，自謙之詞。《晉書·何琦傳》："一旦熒然，無復恃怙，豈可復以朽鈍之質塵黷清朝哉！"元稹《論諫職表》："如或言不詣理，塵黷聖聰，則臣自實刑書以謝謬官之罪。"　尊重：對對方的敬稱。元稹《上令狐相公詩啓》："曾不知好事者抉摘芻蕘，塵黷尊重。"杜牧《上李太尉論北邊事啓》："敢以管見，上干尊重。"　帖伏：貼地而伏。趙曄《吳越春秋·勾踐歸國外傳》："臣聞擊鳥之動，故前俯伏，猛獸將擊，必餌毛帖伏。"曾鞏《開封府推官制》："夫慈惠足以煦養

悍弱,剛嚴足以帖伏奸强。” 迴遑:亦作“迴皇”、“迴徨”,遊移不定、彷徨疑惑。《文選·馬融〈長笛賦〉》:“長矕遠引,旋復迴皇。”李周翰注:“旋復迴皇,皆聲去住不定、高下不常貌。”《隋書·楊素傳》:“晝夜迴徨,寢食慚惕。” 啓陳:啓稟,陳述。元稹《獻滎陽公詩五十韻序》:“惶恐無任,俯伏待罪。謹以啓陳,不宣,謹啓。”宋祁《吕相公書》:“昨緣出麾之日,倉卒去都,不敢啓陳。” 不宣:楊修《答臨淄侯箋》:“反答造次,不能宣備。”後以“不宣”謂不一一細説,舊時書信末尾常用此語。皇甫湜《答李生第二書》:“聊有復,不能盡,不宣,湜載拜。”李翱《謝楊郎中書》:“不宣,翱載拜。”

[編年]

　　《年譜》編年本文於元和十二年,理由是引用本文:“不幸瘖痺暴侵,手足沈廢,恐一旦神棄其形,終不得自進于閣下。因用官通已來所作詩,及常記憶者五十首,又文書中得《遷廟議》、《移史官書》、《戡難記》,并在通時《叙詩》一章,次爲卷軸,封用上獻。”接著認爲:“所謂‘在通時《叙詩》一章’,當即《樂府古題序》。《樂府古題序》撰於元和十二年。元稹獻詩、文於權德輿,當在此年。”《編年箋注》根據《舊唐書·憲宗紀》記載權德輿赴任山南西道節度使任的記載,認爲:“元稹向權德輿獻詩文宜在元和十一年(八一六)十月以後。”《年譜新編》元和十一年的譜文:“冬,獻詩文於權德輿……元稹獻詩文當在十一月或稍後。”但又承襲《年譜》之誤,編年本文於元和十二年,没有説明理由,列在《賀誅吴元濟表》、《賀裴相公破淮西啓》之後。

　　我們以爲,《年譜》在這裏有兩個疏誤:首先,“在通時《叙詩》一章,當即《樂府古題序》”的判斷是錯誤的。元稹在通州時的“《叙詩》一章”即是大家耳目能詳的《叙詩寄樂天書》,它作於元和十年六月元稹剛到通州後不久,與作于“丁酉”即元和十二年的《樂府古題序》根本不應扯在一起。其次,由於誤判《叙詩寄樂天書》爲《樂府古題序》，由此而牽出另一個錯誤：即把元稹向權德輿獻詩文的時間誤定在元和十二年。據《舊唐書・憲宗紀》，權德輿出任興元尹山南西道節度使在元和十一年十月："冬十月丁巳，以刑部尚書權德輿檢校吏部尚書，兼興元尹，充山南西道節度使。"據文獻記載，元和十一年十月"癸巳"朔，據此推算，"丁巳"應該是十月二十日。權德輿赴任途中與已卸任回朝的原興元尹、山南西道節度使鄭餘慶相遇，兩人曾在途中賦詩相酬。元稹當時正在山南西道首府即興元養病，也有詩篇《奉和權相公行次臨關驛逢鄭僕射相公歸朝俄頃分途因以奉贈詩十四韻》酬和。根據《元和郡縣志》記載，興元與長安之間的距離是"東北至上都七百六十里"，根據乘傳日一百二十里推算，權德輿到達興元應該在十月二十五日或二十六日，元稹的詩即作於其時。

　　依照慣例，作爲權德輿的下轄通州屬吏的元稹，人在首府，新上司走馬上任，豈有不立刻前往拜見的道理！何況權德輿是文壇名宿，元稹是文壇新秀，權德輿自然要元稹獻詩獻文以示自己的關懷，元稹也樂意貢獻詩文向權德輿討教以顯示自己的才華，上引的《奉和權相公行次臨關驛逢鄭僕射相公歸朝俄頃分途因以奉贈詩十四韻》即是這方面的最好例證。且權德輿是元稹貞元十九年吏部乙科考試時的座主，更是元稹歷來敬仰的長輩之一。據權德輿《送鄭秀才入京觀兄序》："行爲士本，文爲身華，其或好華去本，失之彌遠。鄙人結廬湖濱，宴息多暇，常默以此求士。於去年得重表甥榮陽鄭公達（逵），兼是二美，早爲時賢所重。"白居易《故滁州刺史贈刑部尚書榮陽鄭（旷）公墓誌銘》："公諱某，字某……生子七人……長子雲逵，有才名，官至刑部侍郎、京兆尹，公由京兆累贈至散騎常侍、刑部尚書……次子公逵，有至行……今爲侍御史、上柱國、滄景節度參謀。"而元稹《叙詩寄樂天書》已證明鄭雲逵爲元稹的"外諸翁"，鄭雲逵與三弟鄭公逵一樣又都是權德輿的"重表甥"，說來說去權德輿是元稹輩分更高的長輩了。因此元稹向權德輿進獻詩文應該是迫不及待的,理應在元和十一年十月二十六日之後至年底間,不應毫無原因地拖到元和十二年。而據我們考證,元稹元和十二年五月已離開興元返回通州,元稹怎麼按照《年譜》的設想在元和十二年,特別是十二年五月之後向權德輿獻詩獻文?

《編年箋注》的"十月以後"應該如何理解?如以包含"十月"的"以後"計,即誤計十月二十五日或二十六日之前的時日,而那時權德輿還沒有到任,其中的"錯誤"不待言;如果是不包含"十月"的以後,又恰恰遺漏了元稹向權德輿進獻詩文的十月二十五日或二十六日至是月月底之間很關鍵的時日,也很不應該。至於《年譜新編》編年本文"元和十二年"的錯誤與《年譜》一樣,則更加明顯,無需我們重複理由。即使是"元稹獻詩文當在(元和十一年)十一月或稍後"的說法,我們認爲也仍然是有問題的。

● 嘆臥龍⁽一⁾①

撥亂扶危主,殷勤受託孤②。英才過管樂,妙策勝孫吳③。

凜凜出師表⁽二⁾,堂堂八陣圖④。如公全盛德,應歎古今無⑤!

録自《三國演義》卷一〇四

[校記]

(一)嘆臥龍:這是元稹散佚詩中保存比較完整的一篇,除《三國演義》卷一〇四提供的確切資料之外,達州市龍克先生又提供資料,謂本詩分別見於達州市元稹紀念館網站、奉節白帝城景區忠義廣場

石刻、海博學習網《元稹經典唐詩集錦》、百度網"元稹作品"條目、人
人網《以史論孔明》，作者均爲元稹，特此説明。

（二）凜凜：達州市元稹紀念館網站等均作"滾滾"，語義不佳，
不取。

[箋注]

① 嘆臥龍：《三國演義》卷一〇四："孔明不答，衆將近前視之，已
薨矣！時建興十二年秋八月二十三日也，壽五十四歲……後元微之
有贊孔明詩曰：'……'"不見於今存元稹詩文，據補。　嘆：讚嘆，讚
美。孔融《論盛孝章書》："孝章要爲有天下大名，九牧之人，所共稱
嘆。"王安石《寄郎侍郎》："兩朝人物嘆賢豪，凜凜清風晚見褒。江漢
但歸滄海闊，丘陵難學太山高。"　臥龍：喻隱居或尚未嶄露頭角的傑
出人材，後來成爲對諸葛亮的專稱。《三國志·諸葛亮傳》："〔徐庶〕
謂先主曰：'諸葛孔明者，臥龍也，將軍豈願見之乎？'"《晉書·嵇康
傳》："〔鍾會〕言於文帝曰：'嵇康，臥龍也，不可起，公無憂天下，顧以
嵇康爲慮耳！'"

② 撥亂：平定禍亂。荀悦《漢紀·元帝紀》："及光武之際，撥亂
之後，如此之比，宜無赦矣！"劉知幾《史通·斷限》："魏武乘時撥亂，
電掃群雄。"治理亂政。曹操《以高柔爲理曹掾令》："撥亂之政，以刑
爲先。"　扶：扶持，護持。《荀子·勸學》："蓬生麻中，不扶而直。"韓
愈《題張十一旅舍三詠·蒲萄》："新莖未編半猶枯，高架支離倒復
扶。"扶正，扶直。《管子·宙合》："千里之路，不可扶以繩；萬家之都，
不可平以準。"尹知章注："繩直千里，路必窮也。"　危主：瀕於危亡的
君主。《管子·任法》："倍其公法，損其正心，專聽其大臣者，危主
也。"盧士牟《段干木廟記》："昔子貢救魯，挾辯詐，扶危主，然後僅而
獲免。"　殷勤：勤奮。張九齡《奉和聖製賜諸州刺史以題座右》："降
鑒引君道，殷勤啓政門。容光無不照，有象必爲言。"崔湜《邊愁》："客

思愁陰晚，邊書驛騎歸。殷勤鳳樓上，還袂及春暉。" 受：接受，承受。《詩・小雅・天保》："天保定爾，俾爾戩穀。罄無不宜，受天百祿。"韓愈《曹成王碑》："〔曹王〕抵（王國）良壁，鞭其門大呼：'我曹王，來受良降，良今安在？'" 托孤：以遺孤相托。賈島《哭盧仝》："天子未辟召，地府誰來追？長安有交友，託孤遽棄移。"周曇《春秋戰國門・郈成子》："陳樂無歡璧在隅，宰臣懷智有微謨。苟非成子當明哲，誰是仁人可託孤？"

③ 英才：傑出的才智。孔融《薦禰衡疏》："淑質貞亮，英才卓礫。"李白《贈何判官昌浩》："夫子今管樂，英才冠三軍。"指才智傑出的人。《孟子・盡心》："得天下英才而教育之，三樂也。"葛洪《抱朴子・辭義》："衆書無限，非英才不能收膏腴。" 過：超過，超越。《論語・公冶長》："子曰：由也好勇過我，無所取材。"孟浩然《送告八從軍》："男兒一片氣，何必五車書？好勇方過我，多才便起予。" 管樂：管仲與樂毅的並稱，兩人分別爲春秋時齊國名相和戰國時燕國名將。袁宏《三國名臣序贊》："孔明盤桓，俟時而動。遐想管樂，遠明風流。"陳子昂《同宋參軍之問夢趙六贈盧陳二子之作》："諸君推管樂，之子慕巢夷。" 妙策：奇妙的計策。張耒《和即事》："彈琴廢久重尋譜，種藥求多旋記名。於世久判無妙策，直應歸學老農耕。"沈括《賀趙龍圖啓》："恭以某官敏識通微，懷才應務，量涵方整，德迪剛明，妙策凌雲。" 勝：勝過，超過。《書・五子之歌》："予視天下愚夫愚婦，一能勝予。"羊祜《讓開府表》："然臣等不能推有德，進有功，使聖聽知勝臣者多，而未達者不少。" 孫吳：春秋時孫武和戰國時吳起的並稱，皆古代兵家。孫武著《兵法》十三篇，吳起著《吳子》四十八篇。《荀子・議兵》："孫吳用之，無敵於天下。"楊倞注："孫，謂吳王闔閭將孫武；吳，謂魏武侯將吳起也。"李渤《喜弟淑再至爲長歌》："長兄少年曾落托，拔劍沙場隨衛霍。口裏雖譚周孔文，懷中不舍孫吳略。"

④ 凛凛:威嚴而使人敬畏的樣子。王勃《慈竹賦》:"氣凛凛而猶在,色蒼蒼而未離。"沈作喆《寓簡》卷九:"予觀顏平原書,凛凛正色,如在廊廟,直言鯁論,天威不能屈。" 出師表:諸葛亮北伐之前向蜀國君主進呈的著名表章,分爲前後兩表。李商隱《武侯廟古柏》:"玉壘經綸遠,金刀歷數終。誰將出師表,一爲問昭融?"薛逢《題籌筆驛》:"赤伏運衰功莫就,皇綱力振命先徂。出師表上留遺懇,猶自千年激壯夫。" 堂堂:形容盛大。《晏子春秋・外篇》:"〔齊景公〕曰:'寡人將去此堂堂國者而死乎!'"《文選・何晏〈景福殿賦〉》:"爾乃豐層覆之耽耽,建高基之堂堂。"張銑注:"堂堂,高敞貌。" 八陣圖:古代用兵的一種陣法。《三國志・諸葛亮傳》:"推演兵法,作八陣圖。"杜甫《八陣圖》:"功蓋三分國,名成八陣圖。"八陣圖遺址傳説不一:一、《水經注・沔水》謂在陝西沔縣東南諸葛亮墓東。二、《水經注・江水》、《太平寰宇記》謂在四川奉節縣南江邊。三、《太平寰宇記》、《明一統志》謂在四川新都縣北三十里牟彌鎮。後以比喻巧妙難測的謀略。元稹《哭呂衡州六首》三:"白馬雙旌隊,青山八陣圖。請纓期繫虜,枕草誓捐軀。"王鈇《春蕪記・訴怨》:"縱是那八陣圖怎施靈異,六出計漫誇奇詭。俺呵,到如今一諾敢辭也。"

⑤ 公:對尊長的敬稱。《漢書・溝洫志》:"太始二年,趙中大夫白公復奏穿渠。"顏師古注:"鄭氏曰:'時人多相謂爲公。'此時無公爵也,蓋相呼尊老之稱耳!"古代五等爵位的第一等。《禮記・王制》:"王者之制禄爵,公、侯、伯、子、男,凡五等。"東周時期,諸侯的通稱。《論語・顏淵》:"齊景公問政於孔子,孔子對曰:'君君,臣臣,父父,子子。'公曰:'善哉!'"古代的最高官階。《易・小過》:"公弋取彼在穴。"王弼注:"公者,臣之極也。" 全盛:最全最高。杜甫《憶昔二首》二:"憶昔開元全盛日,小邑猶藏萬家室。稻米流脂粟米白,公私倉廩俱豐實。"耿湋《晚次昭應》:"驪宮户久閉,温谷泉長湧。爲問全盛時,何人最榮寵?" 德:道德,品德。《周禮・地

官·師氏》:"以三德教國子。"鄭玄注:"德行,内外之稱,在心爲德,施之爲行。"《論語·述而》:"德之不修,學之不講,聞義不能徙,不善不能改,是吾憂也。" 古今:古代和現今。《史記·太史公自序》:"故禮因人質爲之節文,略協古今之變。"杜甫《登樓》:"錦江春色來天地,玉壘浮雲變古今。"

[編年]

　　未見《元稹集》收録,也未見《年譜》、《編年箋注》、《年譜新編》收録與編年。

　　考元稹一生,涉足諸葛亮活動的地區的祇有江陵、蜀地與興元三個地方。而本詩提及的《出師表》,與討吴無關,不涉及江陵。而"出師表"與伐魏緊密相連,自然與興元的聯繫最爲密切。而本詩"八陣圖"涉及的"陝西沔縣東南諸葛亮墓東"、"四川奉節縣南江邊"、"四川新都縣北三十里牟彌鎮"三個地方,祇有"陝西沔縣東南諸葛亮墓東",元稹的生平與它的距離最爲接近,幾乎可以"零距離"來描述。這樣的時間段應該有兩個:一、元和四年三月十六日,元稹奉詔出使東川,在襄城偶遇青年時期的朋友黄明府,兩人乘舟載酒,歡遊褒水,有《黄明府詩》紀實,《序》曰:"遍問襄陽山水,則襄姒所奔之城在其左,諸葛所征之路次其右,感今懷古……"有句云:"邐迤七盤路,坡陁數丈城。花疑褒女笑,棧想武侯征。"疑本詩即賦作於其時其地。二、元和十年年底至十二年五月,通州司馬元稹在興元治病,臨時居住在興元的嚴茅,滯留了一年半的時間。而興元距離諸葛亮墓最近,祇有五六十里路程,元稹完全有可能前往瞻仰諸葛亮的高風亮節,參觀就在附近的八陣圖遺迹。而元和十年年底,元稹剛剛到達,且大病在身,似乎不太可能有跋涉五六十里路程的體力。祇有在元和十一年夏秋元稹病情好轉以後,直至十二年的五月間,才能有此體力。且元稹自己有《遣行十首》,作於本年秋,亦即元和十一年秋,其第七首有

"七過襄城驛,回回各爲情"之句,與本詩互爲印證。而《奉和權相公行次臨闕驛逢鄭僕射相公歸朝俄頃分途因以奉贈詩十四韵》,亦作於元和十一年秋天,詩云:"漢上壇仍築,襄西陣再圖。"也可與本詩互爲印證。而以情理計,以元和十一年下半年最爲可能。今暫時編列本詩於元和十一年下半年,等待更多資料的佐證。

元和十二年丁酉(817) 三十九歲

◎ 生春二十首(丁酉歲作)(一)①

何處生春早？春生雲色中②。蘢蔥閑着水，晻淡欲隨風③。度曉分霞態，餘光庇雪融④。晚來低漠漠，渾欲泥幽叢⑤。

何處生春早？春生漫雪中⑥。渾無到地片(二)，唯逐入樓風⑦。屋上些些薄，池心旋旋融⑧。自悲銷散盡，誰假入蘭叢⑨？

何處生春早？春生霽色中⑩。遠林橫反照(三)，高樹亞東風⑪。水凍霜威庇(四)，泥新地氣融⑫。漸知殘雪薄，杪近最憐叢⑬。

何處生春早？春生曙火中⑭。星圍分暗陌，烟氣滿晴風⑮。宮樹栖鴉亂，城樓帶雪融⑯。競排閶闔側，珂傘自相叢⑰。

何處生春早？春生曉禁中⑱。殿階龍旆日，漏閣寶箏風⑲。藥樹香烟重(五)，天顏瑞氣融⑳。柳梅渾未覺，青紫已叢叢㉑。

何處生春早？春生江路中㉒。雨移臨浦市，晴候過湖風㉓。蘆笋錐猶短，凌澌玉漸融㉔。數宗船載足，商婦兩眉叢㉕。

何處生春早？春生野墅中㉖。病翁閑向日，征婦懶成風㉗。斫筐天雖暖，穿區凍未融㉘。鞭牛縣門外，爭土蓋蠶叢㉙。

何處生春早？春生冰岸中^(六)㉚。尚憐扶臘雪，漸覺受東風㉛。織女雲橋斷，波神玉貌融㉜。便成鳴咽去，流恨與蓮叢㉝。

何處生春早？春生柳眼中㉞。芽新纏綻日，茸短未含風㉟。綠誤眉心重，黃驚蠟淚融㊱。碧條殊未合，愁緒已先叢㊲。

何處生春早？春生梅援中㊳。蕊排難犯雪，香乞擬來風㊴。隴迴羌聲怨，江遙客思融㊵。年年最相惱，緣未有諸叢㊶。

何處生春早？春生鳥思中㊷。鵲巢移舊歲，戴羽旋高風㊸。鴻雁驚沙暖，鴛鴦愛水融㊹。最憐雙翡翠，飛入小梅叢㊺。

何處生春早？春生池榭中㊻。鏤瓊冰陷日，文縠水迴風㊼。柳愛和身動，梅愁合樹融㊽。草芽猶未出，挑得小萱叢㊾。

何處生春早？春生稚戲中㊿。亂騎殘爆竹，爭唾小旋風(51)。罵雨愁妨走，呵冰喜旋融(52)。女兒針線盡，偷學五辛叢(53)。

何處生春早？春生人意中(54)。曉妝雖近火，晴戲漸憐風(55)。暗入心情懶，先添酒思融(56)。預知花好惡，偏在最深叢(57)。

何處生春早？春生半睡中(58)。見燈如見霧，聞雨似聞風(59)。開眼猶殘夢，擡身便恐融(60)。却成雙翅蝶，還繞庳花叢

4027

（傍人驚屢壓，魂逐牡丹叢）⑺㊿。

何處生春早？春生曉鏡中㊷。手寒勻面粉，鬟動倚簾風㊸。宿霧梅心滴，朝光幕上融㊹。思牽梳洗懶，空拔綠絲叢㊺。

何處生春早？春生綺户中㊻。玉櫳穿細日，羅幔張輕風㊼。柳軟腰支嫩，梅香蜜氣融⑻㊽。獨眠傍妒物，偷鏈合歡叢㊾。

何處生春早？春生老病中㊿。土膏蒸足腫，天暖療頭風⑼○。似覺肌膚展，潛知血氣融○。又添新一歲，衰白轉成叢○。

何處生春早？春生客思中○。旅魂驚北雁，鄉信是東風○。縱有心灰動，無由鬢雪融○。未知開眼日，空繞未開叢○。

何處生春早？春生濛雨中○。裛塵微有氣，拂面細如風○。柳誤啼珠密，梅驚粉汗融○。滿空愁淡淡，應豫憶芳叢○。

　　　　　　　　　録自《元氏長慶集》卷一五

［校記］

　　（一）生春二十首（丁酉歲作）：楊本、叢刊本作“生春（丁酉歲凡二十章）”，《全詩》作“生春二十首（丁酉歲作凡二十章）”，語義相類，不改。

　　（二）渾無到地片：原本作“渾無到底片”，楊本、叢刊本同，據《全詩》改。

　　（三）遠林橫反照：楊本、叢刊本同，《全詩》作“遠林橫返照”，返

照：夕陽，落日。駱賓王《夏日遊山家同夏少府》："返照下層岑，物外
狎招尋。"林逋《孤山後寫望》："返照未沉僧獨往，長烟如淡鳥橫飛。"
夕照，傍晚的陽光。劉長卿《碧澗別墅喜皇甫侍御相訪》："荒村帶返
照，落葉亂紛紛。"與"反照"義近，不改。

（四）水凍霜威庇：楊本、叢刊本、《全詩》同，盧校宋本作"水凍霜
威在"，語義不同，不改。

（五）藥樹香烟重：楊本、叢刊本、《全詩》同，張校宋本作"藥樹香
烟直"，語義不同，不改。

（六）春生冰岸中：楊本、叢刊本、《全詩》同，盧校宋本作"春生水
岸中"，語義不同，不改。

（七）却成雙翅蝶，還繞庳花叢：原本下注："傍人驚屢壓，魂逐牡
丹叢。"盧校宋本、楊本、叢刊本、《全詩》同，唯盧校宋本"壓"字作
"魘"，語義不同，不改。

（八）梅香蜜氣融：原本作"梅香密氣融"，楊本、叢刊本、《全詩》
同，語義不通，徑改。

（九）天暖癢頭風：楊本、叢刊本、《全詩》同，盧校宋本作"天暖養
頭風"，"癢"與"養"雖有相通之處，但語義不佳，不改。

[箋注]

① 生春二十首：本組詩一個值得注意的特點是二十首詩歌自身
一一次韵，與元稹《遣行十首》相同。徐簡《和元微之生春詩》："何處
生春早？春生錦幔中。香吹金篆火，夢警玉鈎風。綠髻堆鬟膩，紅酥
壓酒融。小窗遲日照，花影隔紗叢。"除此而外，清朝的乾隆皇帝愛新
覺羅・弘曆也有《生冬二十首（仍用元微之生春詩韵）》，形式與本組
詩完全一致，所押韵脚完全相同："中"、"風"、"融"、"叢"，同樣值得注
意，其一："何處生冬早？冬生頒朔中。萬方大一統，三代久同風。東
鰈西鶼合，考文制度融。人人閱花甲，歡動老年叢。"其二："何處生冬

早？冬生衰日中。温暾烜朔氣，煦嫗卻涼風。赤道行前遠，黄棉披後融。萬年承愛景，恒願照萱叢。”其三：“何處生冬早？冬生春小中。六陽雖避卦，一氣不潛風。消息豈常息？嫩融真個融。程朱引未發，著説語芟叢。”其四：“何處生冬早？冬生暖帽中。獺烏輕試燠，貂紫重禁風。抹額顔增潤，稱心氣已融。殷冔與周冕，底藉禮圖叢。”其五：“何處生冬早？冬生紅葉中。離離偏映日，閃閃未飄風。那礙施朱赤，忽疑照炬融。祗應笑松柏，能幾鎮留叢？”其六：“何處生冬早？冬生蟲俯中。下藏知閉凍，曲伏解防風。多蓄蟄糧富，牢封坯户融。微嫌彼穴氏，攻逼太叢叢。”其七：“何處生冬早？冬生節薦中。感同霜與露，悲憶木和風。億葉丕基護，二陵神會融。盛京溯一脈，遥隔萬山叢。”其八：“何處生冬早？冬生粥廠中。五城施繼日，百里向如風。詎止充腸果？還因温體融。文王緤發政，先此四民叢。”其九：“何處生冬早？冬生臺望中。吸精寶雲頂，觀出葛仙風。日月並升際，翔晨應候融。山房及丹井，今尚艷詞叢。”其一〇：“何處生冬早？冬生雉蜃中。時來因入水，化去不緣風。噓氣雲樓幻，吹烟海市融。”其一一：“何處生冬早？冬生納稼中。農人盼十月，儒士詠豳風。萬寶倉箱積，千村歡喜融。于茅索綯繼，乘屋正攢叢。”其一二：“何處生冬早？冬生始凍中。狐聽當孟月，魚陟待初風。曉冷明明結，午暄略略融。冰嬉將試藝，盼切護軍叢。”其一三：“何處生冬早？冬生盆菊中。小籤常傲冷，別體不愁風。色共梅椿麗，香和蘭篆融。却嗤彭澤老，籬下已枯叢。”其一四：“何處生冬早？冬生隝擇中。依依雖耐日，落落已随風。辭榦心猶戀，歸根意自融。六章近纖巧，不復鬥吟叢。”其一五：“何處生冬早？冬生神祀中。立竿祈福祉，執豕述先風。分胙武文會，聯情内外融。曾孫看繞膝，玉樹漫言叢。”其一六：“何處生冬早？冬生望雪中。纔看雲出谷，偏畏宇吹風。寧爲催梅發，惟圖護麥融。綢繆每豫計，愁不離眉叢。”其一七：“何處生冬早？冬生洋表中。來知經大海，運不畏寒風。爨火猶嫌拙，沸湯空自融。人工奪天

巧，沃漏愧神叢。”其一八：“何處生冬早？冬生冬筍中。鞭行偏應節，
舟運每藏風。一寸迎眸嫩，三餐熨齒融。獨憐鋤鑺際，不放長喬叢。”
其一九：“何處生冬早？冬生暖閣中。漏長宜靜夜，簾下避嚴風。桂
檠蘭燈燦，猊鑪鴿炭融。遲眠批奏牘，軍務遞蠶叢。”其二〇：“何處生
冬早？冬生綈几中。滴書寧藉酒，摘句亦吟風。廿首三番疊，四時一
氣融。殊勝元刺史，株守小梅叢。”雖然愛新覺羅・弘曆自己認爲“殊
勝元刺史”，但實際上元稹之作，應該説遠遠超過了這位乾隆大帝的
作品。但從中也可見，元稹的詩篇對這位喜好文學的皇帝的諸多影
響。元稹與乾隆之間類如的事件還有多次，我們這本書稿中屢有介
紹，相信讀者已經注意到了這一點。　　生春：即春生，春天來到。李
白《宮中行樂詞八首》四：“繡户香風暖，紗窗曙色新。宮花争笑日，池
草暗生春。”杜甫《送王十六判官》：“衡霍生春早，瀟湘共海浮。荒林
庾信宅，爲仗主人留。”　丁酉歲：古人以“幹枝”亦即“干支”——天干
和地支的合稱——標示年、月、日，用“甲、丙、戊、庚、壬”和“子、寅、
辰、午、申、戌”相配，“乙、丁、己、辛、癸”和“丑、卯、巳、未、酉、亥”相
配，共成六十組，用以紀年、月、日，周而復始，循環使用。最初用來紀
日，後多用來紀年。《廣雅・釋天》：“甲乙爲幹，幹者日之神也；寅卯
爲枝，枝者月之靈也。”丁酉歲，亦即干支爲“丁酉”的那一年，在元稹
在世的五十三年中，“丁酉歲”應該是元和十二年，亦即公元八一七
年，元稹時年三十九歲，而“丁酉歲”也就是本組詩的作年。

　　② 何處：哪裏，什麽地方。《漢書・司馬遷傳》：“且勇者不必死
節，怯夫慕義，何處不勉焉！”王昌齡《梁苑》：“萬乘旌旗何處在？平臺
賓客有誰憐？”《宋史・歐陽修傳》：“修論事切直，人視之如仇，帝獨獎
其敢言，面賜五品服。顧侍臣曰：‘如歐陽修者，何處得來？’”　雲色：
雲的色彩。儲光羲《奉真觀》：“真門迥向北，馳道直向西。爲與天光
近，雲色成虹霓。”李白《太原早秋》：“歲落衆芳歇，時當大火流。霜威
出塞早，雲色渡河秋。”本詩八句賦詠春天的雲彩。

③ 蘢葱：葱籠，一般指草木青翠茂盛。楊巨源《長安春遊》："日暖雲山當廣陌，天清絲管在高樓。蘢葱樹色分仙閣，縹緲花香汎御溝。"元稹《酬鄭從事四年九月宴望海亭次用舊韵》："海亭樹木何蘢葱！寒光透坼秋玲瓏。湖山四面爭氣色，曠望不與人間同。" 著水：貼近水邊。李益《鹽州過胡兒飲馬泉》："綠楊著水草如烟，舊是胡兒飲馬泉。幾處吹笳明月夜？何人倚劍白雲天？"元稹《西歸絶句十二首》一一："雲覆藍橋雪滿溪，須臾便與碧峰齊。風回麵市連天合，凍壓花枝著水低。" 晻澹：亦作"晻淡"，暗淡，不鮮明。岑參《天山雪送蕭沼歸京》："晻澹寒氛萬里凝，闌干陰崖千丈冰。"元稹《江陵三夢》一："依稀舊妝服，晻淡昔容儀。" 隨風：任憑風吹而不由自主。《列子‧黄帝》："心凝形釋，骨肉都融，不覺形之所倚，足之所履，隨風東西，猶木葉幹殼。"《文選‧司馬相如〈上林賦〉》："汎淫泛濫，隨風澹淡。與波摇蕩，奄薄水渚。"郭璞注："皆鳥任風波自縱漂貌也。"

④ 度：泛指過，用於空間或時間。《樂府詩集‧木蘭詩》："萬里赴戎機，關山度若飛。"王之渙《涼州詞二首》一："羌笛何須怨楊柳！春風不度玉門關。" 曉：明亮，特指天亮。《説文‧日部》："曉，明也。從日，堯聲。"段玉裁注："俗云天曉是也。"劉義慶《世説新語‧文學》："真長延之上坐，清言彌日，因留宿至曉。" 分：辨别，區别。《論語‧微子》："四體不勤，五穀不分，孰爲夫子！"韓愈《長安交遊者贈孟郊》："何能辨榮悴？且欲分賢愚。" 霞：雲，烟雲，烟霧。曹毗《臨園賦》："青霞曳于前阿，素籟流于森管。"江淹《恨賦》："鬱青霞之奇意，入修夜之不暘。" 態：狀態，情狀，容貌。庾信《趙國公集序》："發言爲論，下筆成章，逸態橫生，新情振起。"孫魴《看牡丹二首》一："北方有態須傾國，西子能言亦喪家。" 餘光：謂多餘之光。《史記‧樗里子甘茂列傳》："臣聞貧人女與富人女會績，貧人女曰：'我無以買燭，而子之燭光幸有餘，子可分我餘光，無損子明而得一斯便焉！'今臣困而君方使秦而當路矣！茂之妻子在焉！願君以餘光振之。"《北齊書‧魏收

傳》：“會司馬子如奉使霸朝，收假其餘光。”　雪融：即融雪。岑參《雪後與群公過慈恩寺》：“乘興忽相招，僧房暮與朝。雪融雙樹濕，沙暗一燈燒。”劉得仁《遊崔監丞城南別業》：“門與青山近，青山復幾重？雪融皇子岸，春潤翠微峰。”

⑤ 漠漠：密佈貌，布列貌。《西京雜記》卷四引枚乘《柳賦》：“階草漠漠，白日遲遲。”許渾《送薛秀才南游》：“繞壁舊詩塵漠漠，對窗寒竹雨瀟瀟。”歐陽修《晉祠》：“晉水今入并州裏，稻花漠漠澆平田。”迷蒙貌。杜甫《茅屋爲秋風所破歌》：“俄頃風定雲墨色，秋天漠漠向昏黑。”鄭俠《烟雨樓》：“群岫西來烟漠漠，大江南去雨濛濛。”廣闊貌。羅隱《省試秋風生桂枝》：“漠漠看無際，蕭蕭別有聲。”　渾欲：幾乎要。杜甫《春望》：“烽火連三月，家書抵萬金。白頭搔更短，渾欲不勝簪。”皮日休《浮萍》：“嫩似金脂颭似烟，多情渾欲擁紅蓮。明朝擬附南風信，寄與湘妃作翠鈿。”　泥：迷戀，留連。劉得仁《病中晨起即事寄場中往還》：“豈能爲久隱？更欲泥浮名。”陶穀《清異錄·茗荈》：“子華因言前世惑駿逸者爲馬癖，泥貫索者爲錢癖。”　幽叢：僻靜陰暗處的花叢草叢樹叢。張耒《景風扇物》：“水上微波動，林前媚景通。寥天鳴萬籟，蘭徑長幽棗。”楊巨源《郊居秋日酬奚贊府見寄》：“幽叢臨古岸，輕葉度寒渠。暮色無狂蝶，秋華有嫩蔬。”

⑥ 生：滋生，産生。《老子》：“道生一，一生二，二生三，三生萬物。”《莊子·盜蹠》：“〔爾〕不耕而食，不織而衣，搖脣鼓舌，擅生是非。”出現，顯現。盧綸《臘月觀鹹寧王部曲娑勒擒豹歌》：“始知縛虎如縛鼠，敗虜降羌生眼前。”葉適《故朝奉大夫宋公墓志銘》：“〔宋紹恭〕年八十五，儯老不生於色，慢遊不設於身。”　漫雪：漫天飛舞的雪花。許綜《德久雨遷魚莊賦詩縱臾》：“漫雪蝸爭席，翻泥蚓近床。不堪聽鷓埾，應喜得魚莊。”梅堯臣《聞王景彝雪中禖祀還》：“二月漫漫雪，齋宮夜寂寥。壇場祠乙鳥，桑柘響陰梟。”

⑦ 渾無到地片：春雪不肯輕易離去，但在地上又極難留下，故

言。 渾無：幾乎没有。王建《新晴》："夏夜新晴星校少，雨收殘水入天河。檐前熟著衣裳坐，風冷渾無僕火蛾。"竇鞏《贈阿史那都尉》："較獵燕山經幾春？雕弓白羽不離身。年來馬上渾無力，望見飛鴻指似人。" 唯逐入樓風：意謂不見春雪在地上留下痕迹，祇見它們在空中飛舞，追隨春風進入繡樓閨閣。 逐：追趕，追逐。《漢書·李廣傳》："其先曰李信，秦時爲將，逐得燕太子丹者也。"《新唐書·姚崇傳》："臣年二十，居廣成澤，以呼鷹逐獸爲樂。"

⑧ 些些：少許，一點兒。元積《答友封見贈》："扶床小女君先識，應爲些些似外翁。"葛長庚《賀新郎·肇慶府送談金華張月窗》："小立西風楊柳岸，覺衣單、略説些些話。" 旋旋：緩緩。韓偓《有矚》："晚涼閑步向江亭，默默看書旋旋行。"陸續，逐漸。范仲淹《與中舍書》："且於諸房更求先代官告文書，並三哥自傳聞事，亦旋旋抄來。"頻頻。顧況《焙茶塢》："旋旋續新烟，呼兒劈寒木。"

⑨ 自悲：自己悲傷自己，這裏將春雪擬人化。張循之《巫山》："流景一何速！年華不可追。解佩安所贈，怨咽空自悲。"岑參《郡齋閑坐》："頃來廢章句，終日披案牘。佐郡竟何成？自悲徒碌碌。" 銷散：消散。《後漢書·郭伋傳》："伋到，示以信賞，糾戮渠帥，盜賊銷散。"盧綸《太白西峰偶宿晨登前巇憑眺書懷即事》："白雲銷散盡，隴塞儼然秋。"這裏指春雪溶化。 蘭叢：蘭花的花叢。王縉《古離别》："下階欲離别，相對映蘭叢。含辭未及吐，泪落蘭叢中。"王初《舟次汴堤》："曲岸蘭叢雁飛起，野客維舟碧烟裏。竿頭五兩轉天風，白日楊花滿流水。"

⑩ 霽色：晴朗的天色。元積《飲致用神麴酒三十韵》："雪映烟光薄，霜涵霽色泠。"王安石《和王勝之雪霽借馬入省》："前年臘歸三見白，霽色嶺上班班留。"

⑪ 遠林：遠處的山林。李嶠《風》："落日生蘋末，摇揚遍遠林。帶花疑鳳舞，向竹似龍吟。"韋應物《善福寺閣》："殘霞照高閣，青山出

遠林。晴明一登望,瀟灑此幽襟。”　反照:夕陽的返光。賈島《宿慈恩寺鬱公房》:“反照臨江磬,新秋過雨山。”沈括《夢溪筆談‧書畫》:“遠觀村落,杳然深遠,悉是晚景;遠峰之頂,宛有反照之色。”　高樹:高大的樹木。元稹《壓墙花》:“野性大都迷里巷,愛將高樹記人家。春來偏認平陽宅,爲見墙頭拂面花。”白居易《郊下》:“西日照高樹,樹頭子規鳴。東風吹野水,水畔江蘺生。”　東風:指春風。《禮記‧月令》:“〔孟春之月〕東風解凍,蟄蟲始振,魚上冰。”李白《春日獨酌二首》一:“東風扇淑氣,水木榮春暉。”

　　⑫　霜威:寒霜肅殺的威力。謝朓《高松賦》:“豈雕貞於歲暮,不受令於霜威。”王勃《九日懷封元寂》:“九日郊原望,平野遍霜威。”庇:保護,保佑。《宋書‧武帝紀》:“其名賢先哲,見優前代,或立德著節,或寧亂庇民,墳壟未遠,並宜灑掃。”憑依,寄託。《左傳‧僖公二十五年》:“信,國之寶也,民之所庇也。”任昉《到大司馬記室箋》:“含生之倫,庇身有地。”　地氣:地中之氣。《禮記‧月令》:“〔孟春之月〕天氣下降,地氣上騰,天地和同,草木萌動。”張九齡《感遇十二首》七:“江南有丹橘,經冬猶綠林。豈伊地氣暖,自有歲寒心?”　融:融合,融會。楊炯《王勃集序》:“契將往而必融,防未來而先制。”和煦,暖和。毛文錫《接賢賓》:“香䩞鏤檐五花驄。值春景初融。流珠噴沫,躞蹀汗,血流紅。”

　　⑬　殘雪:尚未化盡的雪。杜審言《大酺》:“梅花落處疑殘雪,柳葉開時任好風。”于良史《冬日野望寄李贊府》:“風兼殘雪起,河帶斷冰流。”　杪:這裏指“杪春”,亦即暮春。李端《送友人游江東》:“江上花開盡,南行見杪春。鳥聲悲古木,雲影入通津。”王巖《杪春寄友人》“何處相逢萬事忙?卓家樓上百淘香。明朝漸近山僧寺,更爲殘花醉一場。”

　　⑭　曙:天亮,破曉。《楚辭‧九章‧悲回風》:“涕泣交而凄凄兮,思不眠以至曙。”王逸注:“曙,明也。”曹植《洛神賦》:“夜耿耿而不寐,

霑繁霜而至曙。" 火:指寒食節,這裏指"火後",亦即寒食節禁火之後。劉禹錫《送張盥赴舉》:"不如搖落樹,重有明年春。火後見琮璜,霜餘識松筠。"陸游《天彭牡丹譜·風俗記》:"在寒食前者,謂之火前花,其開稍久,火後花則易落。"

⑮ 星圍:星空的區域。曹松《與胡汾坐月期貫休上人不至》:"星圍南極定,月照斷河連。後會花宮子,應開石上禪。" 圍:區域。《詩·商頌·長髮》:"帝命式於九圍。"毛傳:"九圍,九州也。"陳奐傳疏;"九圍,猶九域也。"范成大《寄題林景思雪巢六言》三:"萬境人蹤盡絕,百圍天籟都沉。" 暗陌:人們觀看星空,實際上並沒有明顯標記的道路,故言。劉辰翁《永遇樂》:"香塵暗陌,華燈明晝,長是懶携手去。誰知道,斷烟禁夜,滿城似愁風雨?" 陌:田間東西或南北小路,亦泛指田間小路。《史記·秦本紀》:"爲田開阡陌,東地渡洛。"司馬貞索隱引應劭《風俗通》:"南北曰阡,東西曰陌。河東以東西爲阡,南北爲陌。"韓愈《唐正議大夫尚書左丞孔公墓誌銘》:"愈又曰:古之老於鄉者,將自佚,非自苦,閭井田宅具在,親戚之不仕,與倦而歸者,不在東阡在北陌,可杖屨來往也。"街道。《後漢書·蔡邕傳》:"及碑始立,其觀視及摹寫者,車乘日千餘兩,填塞街陌。"辛棄疾《永遇樂·京口北固亭懷古》:"斜陽草樹,尋常巷陌,人道寄奴曾住。" 烟氣:亦作"烟氣",雲烟霧氣。《宋書·符瑞志》:"魯哀公十四年,孔子夜夢三槐之間,豐沛之邦,有赤烟氣起。"宋之問《春日芙蓉園侍宴應制》:"烟氣籠青閣,流文蕩畫橋。" 晴風:晴天的和煦之風。徐彥伯《上巳日祓禊渭濱應制》:"晴風麗日滿芳洲,柳色春筵祓錦流。皆言侍蹕橫汾宴,暫似乘槎天漢遊。"白居易《同韓侍郎遊鄭家池吟詩小飲》:"宿雨洗沙塵,晴風蕩烟靄。殘陽上竹樹,枝葉生光彩。"

⑯ 宮樹:帝王宮苑中的樹木。王維《奉和聖製御春明樓臨右相園亭賦樂賢詩應制》:"小苑接侯家,飛甍映宮樹。"《敦煌變文集·妙法蓮華經講經文》:"香烟靄靄旋爲蓋,宮樹濛濛自變春。" 栖鴉:已

經棲息的鴉。王建《十五夜望月寄杜郎中》:"中庭地白樹棲鴉,冷露無聲濕桂花。今夜月明人盡望,不知秋思在誰家?"白居易《春末夏初閑遊江郭二首》一:"嫩剝青菱角,濃煎白茗芽。淹留不知夕,城樹欲棲鴉。"　城樓:城門上的瞭望樓。《後漢書·鄧禹傳》:"光武舍城樓上,披輿地圖。"白居易《寄微之》:"驛路緣雲際,城樓枕水湄。"

　　⑰ 閶闔:傳說中的天門,泛指宮門或京都城門。韋嗣立《奉和初春幸太平公主南莊應制》:"主第巖局架鵲橋,天門閶闔降鸞鑣。歷亂旌旗轉雲樹,參差臺榭入烟霄。"韓偓《及第過堂日作》:"早隨真侶集蓬瀛,閶闔門開尚見星。龍尾樓臺迎曉日,鰲頭宮殿入青冥。"　珂傘:傘蓋以珂爲飾之傘。李肇《唐國史補》卷下:"〔宰相〕每元日、冬至立杖,大官皆備珂傘。"林希逸《不寐聽金鑰》:"珂傘依殘月,舢稜帶曉星。須臾看鵠立,袖惹御爐馨。"這首與下面一首"藥樹香烟重,天顏瑞氣融"云云,均是詩人對曾經任職的京城的想像之辭,透露出詩人迫切盼望歸京的心態。

　　⑱ 禁:帝王宮殿。陳琳《爲袁紹檄豫州》:"及臻呂后季年,産禄專政……決事省禁,下淩上替,海內寒心。"常衮《早秋望華清宮樹因以成詠》:"可憐雲木叢,滿禁碧濛濛。"

　　⑲ 殿階:宮殿的臺階。韓愈《奉和杜相公太清宮紀事陳誠上李相公十六韵》:"陽月時之首,陰泉氣未牙。殿階鋪水碧,庭炬坼金葩。"杜牧《李甘詩》:"烈風駕地震,獰雷驅猛雨。夜於正殿階,拔去千年樹。"　龍旂:垂挂的龍旗。錢起《廣德初鑾駕出關後登高愁望二首》二:"黃塵漲戎馬,紫氣隨龍旂。"韓愈張籍《會合聯句》:"龍旂垂天衛,雲韶凝禁甬。"錢仲聯集釋引《文選·沈約〈鍾山詩應西陽王教〉》李善注:"旂,旌旗之垂者。"　漏閣:存放漏壺的閣樓。吳栻《銅壺閣記》:"府門稍東垂五十步,慶曆四年,知府事蔣公堂作漏閣以直午門。"　漏:古代計時器。即漏壺,古代利用滴水多寡來計量時間的一種儀器,也稱"漏刻"。漏壺中插入一根標竿,稱爲箭。箭下用一隻箭

舟托著,浮在水面上。水流出或流入壺中時,箭下沉或上升,藉以指示時刻。前者叫沉箭漏,後者叫浮箭漏,統稱箭漏。《史記·司馬穰苴列傳》:"穰苴先馳至軍,立表下漏待賈。"牟融《送客之杭》:"風清聽漏驚鄉夢,燈下聞歌亂別愁。"　箏:即風箏,懸掛在殿閣塔檐下的金屬片,風起作聲,又稱"鐵馬"。李白《登瓦官閣》:"兩廊振法鼓,四角吟風箏。"元稹《連昌宮詞》:"舞榭敧傾基尚在,文窗窈窕紗猶綠。塵埋粉壁舊花鈿,鳥啄風箏碎珠玉。"

⑳ 藥樹:能夠治療疾病的樹。元稹《失題》:"松門待制應全遠,藥樹監搜可得知?《文昌雜録》云:'唐宣政殿爲正衙,殿庭東西有四松,松下待制官立班之地,舊圖猶存。殿門外有藥樹,監察御史監搜之位在焉! 唐制:百官入宮殿門,必搜,監察所掌也,至太和元年監搜始停。"劉禹錫《楚州開元寺北院枸杞臨井繁茂可觀群賢賦詩因以繼和》:"僧房藥樹依寒井,井有香泉樹有靈。翠黛葉生籠石甃,殷紅子熟照銅瓶。"　香烟:焚香所生的烟。庾信《奉和闡弘二教應詔》:"香烟聚爲塔,花雨積成臺。"王寀《玉樓春》:"風輕只覺香烟短,陰重不知天色晚。"　天顏:天子的容顏。趙曄《吳越春秋·勾踐歸國外傳》:"群臣拜舞天顏舒,我王何憂能不移!"杜甫《紫宸殿退朝口號》:"晝漏稀聞高閣報,天顏有喜近臣知。"　瑞氣:瑞應之氣,泛指吉祥之氣。《晉書·天文志》:"瑞氣:一曰慶雲,若烟非烟,若雲非雲,鬱鬱紛紛,蕭索輪困,是謂慶雲,亦曰景雲,此喜氣也,太平之應。二曰歸邪,如星非星,如雲非雲,或曰星有兩赤彗上向,有蓋,下連星,見,必有歸國者。三曰昌光,赤,如龍狀;聖人起,帝受終,則見。"耿湋《朝下寄韓舍人》:"侍臣鳴珮出西曹,鸞殿分階翊綵旄。瑞氣迥浮青玉案,日華遙上赤霜袍。"

㉑ "柳梅渾未覺"兩句:詩人借物説事,柳梅與青紫,意有所指,各有代表。　柳:落葉喬木或灌木,枝條柔韌,葉子狹長,種子有毛,種類很多,有垂柳、旱柳等。李時珍《本草綱目·柳》:"楊枝硬而揚

起,故謂之楊;柳枝弱而垂流,故謂之柳,蓋一類二種也。"《詩·小雅·小弁》:"菀彼柳斯,鳴蜩嘒嘒。"《古詩十九首·青青河畔草》:"青青河畔草,鬱鬱園中柳。"　梅:落葉喬木,種類很多,葉卵形,早春開花,以白色、淡紅色爲主,味清香。李時珍《本草綱目·梅》:"梅,花開於冬而實熟于夏,得木之全氣,故其味最酸,所謂曲直作酸也。"《詩·召南·摽有梅》:"摽有梅,其實七兮!"朱熹集傳:"梅,木名,華白,實似杏而酢。"盧照鄰《梅花落》:"梅嶺花初發,天山雪未開。雪處疑花滿,花邊似雪迴。"　渾:副詞,皆,都,表示範圍。王建《晚秋病中》:"霜下野花渾著地,寒來溪鳥不成群。"王安石《若耶溪歸興》:"汀草岸花渾不見,青山無數逐人來。"　覺:領悟,明白。韓愈《平淮西碑》:"始迷不知,今乃大覺,羞前之爲。"感知,意識到。盧綸《晚次鄂州》:"估客晝眠知浪静,舟人夜語覺潮生。"察知,發覺。《論語·憲問》:"不逆詐,不億不信,抑亦先覺者,是賢乎?"《東觀漢記·和熹鄧皇后傳》:"太后察視覺之,即呼還問狀。"　青紫:本爲古時公卿綬帶之色,因借指高官顯爵。《漢書·夏侯勝傳》:"勝每講授,常謂諸生曰:'士病不明經術,經術苟明,其取青紫如俛拾地芥耳!'"王先謙補注引葉夢得曰:"漢丞相大尉,皆金印紫綬,御史大夫,銀印青綬,此三府官之極崇者,勝云青紫謂此。"陳子昂《爲金吾將軍陳令英請免官表》:"不以臣駑怯,更加寵命,授以青紫,遣督幽州。"借指顯貴之服。《漢書·劉向傳》:"今王氏一姓乘朱輪華轂者二十三人,青紫貂蟬充盈幄内,魚鱗左右。"杜甫《夏夜嘆》:"青紫雖被體,不如早還鄉。"　叢叢:形容人或物聚集的樣子。包融《賦得岸花臨水發》:"笑笑傍溪花,叢叢逐岸斜。朝開川上日,夜發浦中霞。"齊己《聞落葉》:"來年未離此,還見碧叢叢。"

㉒ 江路:江河航道或航程。謝朓《之宣城郡出新林浦向板橋》:"江路西南永,歸流東北騖。"王勃《上巳浮江宴韻得遙字》:"遽悲春望遠,江路積波潮。"江邊道路。杜甫《西郊》:"市橋官柳細,江路野

梅香。"

㉓ 浦：水邊，河岸。《詩·大雅·常武》："率彼淮浦，省此徐土。"毛傳："浦，涯也。"《漢書·司馬相如傳》："出乎椒丘之闕，行乎州淤之浦。"顏師古注："浦，水涯也。"葉適《送蔣少韓》："濯足洞庭浦，晞髮君山巔。"小水匯入大水處。《楚辭·九章·涉江》："入溆浦余儃佪兮，迷不知吾所如。"指河流入海處。《文選·張衡〈西京賦〉》："光炎燭天庭，囂聲震海浦。"李善注："海浦，四瀆之口。"沈約《早發定山》："歸海流漫漫，出浦水淺淺。"注入大河的川流。《國語·晉語》："夫教者，因體能質而利之者也。若川然有原，以卬浦而後大。"薛昭蘊《浣溪沙》："不語含嚬深浦裏，幾回愁煞棹船郎。"指人工修的向江河排水的溝渠。朱長文《吳郡圖經續記·治水》："循古遺迹，或五里七里而為一縱浦，又七里或十里而為一橫塘。因塘浦之土以為堤岸，使塘浦闊深，堤岸高厚，則水不能為害，而可使趨於江也。"流。張鷟《朝野僉載》卷三："〔安樂公主〕又為九曲流盃池，作石蓮花臺，泉於臺中浦水，窮天下之壯麗。"港汊，可泊船的水灣。洪邁《夷堅丙志·林翁要》："驚濤亘天，約行百餘里，隨流入小浦中，獲遺物一笥，頗有所資而歸。" 市：臨時或定期集中一地進行的貿易活動。《易·繫辭》："日中為市，致天下之民，聚天下之貨，交易而退，各得其所。"韓愈《故金紫光祿大夫贈太傅董公行狀》："回紇之人來曰：'唐之復土疆，取回紇力焉！'約我為市。"指城市中劃定的貿易之所或商業區。《文選·班固〈西都賦〉》："九市開場，貨別隧分。"李善注引《漢宮闕疏》："長安立九市，其六市在道西，三市在道東。"柳永《望海潮》："市列珠璣，戶盈羅綺，競豪奢。"集鎮，城鎮。《後漢書·廖扶傳》："常居先人冢側，未曾入城市。"溫庭筠《途中偶作》："雞犬夕陽喧縣市，鳧鷖秋水曝城壕。" 過湖風：颳向湖另一邊的風。熊孺登《送舍弟孺復往廬山》："能騎竹馬辨西東，未省烟花暫不同。第一早歸春欲盡，廬山好看過湖風。"張擴《過澱山湖》："昨日過湖風，打頭葦蒲深。處泊官舟近，人

烏鳥語聲。"

㉔ 蘆笋：蘆葦的嫩芽，形似竹笋而小，可食用。張籍《江村行》："南塘水深蘆笋齊，下田種稻不作畦。"蘇軾《和文與可洋川園地·寒蘆港》："溶溶晴港漾春暉，蘆笋生時柳絮飛。" 錐：像錐子一樣的東西，這裏指蘆笋的嫩芽。劉禹錫《和牛相公南溪醉歌見寄》："修廊架空遠岫入，弱柳覆檻流波霑。渚蒲抽芽劍脊動，岸荻迸笋錐頭銛。"元稹《寄樂天》："靈汜橋前百里鏡，石帆山崦五雲溪。冰銷田地蘆錐短，春入枝條柳眼低。" 凌澌：流動的冰淩。杜甫《後苦寒行二首》二："巴東之峽生凌澌，彼蒼迴軒人得知。"《舊唐書·王重榮傳》："時河橋毀圮，凌澌梗塞，舟楫難濟。" 玉：比喻色澤晶瑩如玉之物。李咸用《小雪》："巋岹山北面，早想玉成丘。"比喻雪。曾鞏《早起赴行香》："井轆聲急推寒玉，籠燭光繁秉絳紗。"比喻水。黃庭堅《念奴嬌》："萬里青天，姮娥何處？駕此一輪玉。"比喻月。陳與義《竇園醉中前後五絕句》四："剩傾老子尊中玉，折盡繁枝不要春。"本詩喻凌澌潔白如玉。

㉕ 宗：量詞，相當於"種"、"個"。杜牧《上李太尉論江賊書》："江南北岸添置官渡，百姓率一，盡絕私載。每一宗船上下交送，是桴鼓之聲千里相接，私渡盡絕。"尹洙《乞與鄭戩下御史臺對照水洛城事狀》"臣昨于本司備録到水洛城始末一宗文字，欲乞令臣暫乘遞馬赴闕面奏事狀。" 商婦：商人之婦。白居易《新樂府·鹽商婦》："鹽商婦，多金帛，不事田農與蠶績。南北東西不失家，風水爲鄉船作宅。"歐陽修《玉樓春》一五："檀槽碎響金絲撥，露濕潯陽江上月。不知商婦爲誰愁？一曲行人留夜發。"

㉖ 野墅：村舍，田廬。李嘉祐《送岳州司馬弟之任》："岳陽天水外，念爾一帆過。野墅人烟迥，山城雁影多。"權德輿《陪包諫議湖墅路中舉帆同用山字》："風際片帆去，烟中獨鳥還。斷橋通遠浦，野墅接秋山。"

㉗ 病翁：年老有病的男人。顧況《贈僧二首》二：“出頭皆是新年少，何處能容老病翁？更把浮榮喻生滅，世間無事不虛空！”白居易《廬山草堂夜雨獨宿寄牛二李七庾三十二員外》：“丹霄携手三君子，白髮垂頭一病翁。蘭省花時錦帳下，廬山雨夜草庵中。”這裏是詩人自謂，當時元積大病初愈，故言。　向日：朝著太陽，面對太陽。崔豹《古今注・鳥獸》：“鶪鴟出南方，鳴常自呼。常向日而飛，畏霜露。”李世民《詠桃》：“向日分千笑，迎風共一香。”　征婦：原指出征軍人之妻。孟郊《征婦怨》：“良人昨日去，明月又不圓。別時各有淚，零落青樓前。”薛逢《醉中聞甘州》：“日暮豈堪征婦怨？路旁能結旅人愁。左綿刺史心先死，淚滿朱弦催白頭。”這裏指與丈夫同在貶職之地度春的裴淑，詩人以爲這種貶謫，比出征更苦。

㉘ 斫：用刀斧等砍或削。《晉書・宣帝紀》：“帝自西城斫山開道，水陸並進。”杜甫《一百五日夜對月》：“斫却月中桂，清光應更多。”筤：幼竹。朱慶餘《震爲蒼筤竹》：“青蒼縴映粉，蒙密正含春。嫩篞霑微雨，幽根絕細塵。”吳文英《一寸金・贈筆工劉衍》一：“筤管刊瓊牒，蒼梧恨、帝娥暗泣。”　穿：謂通過、透過（空隙、空間等）。王充《論衡・狀留》：“針錐所穿，無不暢達。”韓愈《題于賓客莊》：“榆莢車前蓋地皮，薔薇蘸水筍穿籬。”　區：古代農民播種時所開的穴或溝謂之“區”。賈思勰《齊民要術・種穀》：“區，方七寸，深六寸，相去二尺，一畝千二十七區，用種一升，收粟五十一石。一日作三百區。”《廣群芳譜・芋》：“五月移栽，大抵芋畏旱，宜近水軟沙地，區深可三尺許，行欲寬，寬則過風。”

㉙ 鞭牛縣門外：舊俗立春日造土牛以勸農耕，州縣及農民鞭打土牛，象徵春耕開始，以示豐兆，謂之“鞭牛”。吳自牧《夢粱錄・立春》：“前一日，臨安府造進大春牛，設之福寧殿庭。及駕臨幸，內宮皆用五色絲彩杖鞭牛。”顧祿《清嘉錄・打春》：“立春日，太守集府堂，鞭牛碎之，謂之打春。農民競以麻麥米豆拋打春牛，里胥以春毬相餽

貽,預兆豐稔。"　爭土蓋蠶叢:意謂修理蜀道。鄭洪業《詔放雲南子弟還國》:"瘴嶺蠶叢盛,巴江越巂垠。萬方同感化,豈獨自南蕃!"蠶叢:相傳爲蜀王的先祖,教人蠶桑。《藝文類聚》卷六引揚雄《蜀本紀》:"蜀始王曰蠶叢,次曰伯雍,次曰魚鳧。"李白《蜀道難》:"蠶叢及魚鳧,開國何茫然!"借指蜀地。司馬光《仲庶同年兄自成都移長安以詩寄賀》:"蠶叢龜印解,鶉野隼旟新。"這裏指"蠶叢路",亦即指蜀道。李白《送友人入蜀》:"見説蠶叢路,崎嶇不易行。山從人面起,雲傍馬頭生。"

㉚ 冰岸:與結冰水面相連的堤岸。元稹《盧十九子蒙吟盧七員外洛川懷古六韻命余和》:"蹀躞橋頭馬,空濛水上塵。草芽猶犯雪,冰岸欲消春。"吳萊《明月行寄傅嘉父》:"蠻潮夜捲馮夷宮,海門一綫驚欲射。江面樓臺聳千尺,冰岸雪崖屹不動。"

㉛ 臘雪:冬至後立春前下的雪。李時珍《本草綱目·臘雪》:"冬至後第三戌爲臘,臘前三雪,大宜菜麥,又殺蟲蝗。臘雪密封陰處,數十年亦不壞。"劉禹錫《送陸侍御歸淮南使府》:"泰山呈臘雪,隋柳布新年。"歐陽修《蝶戀花》:"嘗愛西湖春色早,臘雪方銷,已見桃開小。"東風:東方刮來的風。《楚辭·九歌·山鬼》:"東風飄兮神靈雨,留靈修兮憺忘歸。"杜牧《赤壁》:"東風不與周郎便,銅雀春深鎖二喬。"指春風。《禮記·月令》:"〔孟春之月〕東風解凍,蟄蟲始振,魚上冰。"李白《春日獨酌二首》一:"東風扇淑氣,水木榮春暉。"

㉜ 織女:即織女星,織女與其附近兩個四等星成一正三角形,合稱織女三星。《詩·小雅·大東》:"維天有漢,監亦有光。跂彼織女,終日七襄。"《史記·天官書》:"婺女,其北織女。織女,天女孫也。"張守節正義:"織女三星,在河北天紀東,天女也,主果蓏絲帛珍寶。"後衍化爲神話人物。《淮南子·俶真訓》:"若夫真人,則動溶於至虛,而游於滅亡之野……臣雷公、役誇父、妾宓妃,妻織女,天地之間何足以留其志!"《月令廣義·七月令》引殷芸《小説》:"天河之東有織女,天

帝之子也。年年機杼勞役,織成雲錦天衣,容貌不暇整。帝憐其獨處,許嫁河西牽牛郎,嫁後遂廢織紝。天帝怒,責令歸河東,但使一年一度相會。"後常用此典以詠夫妻暌隔,或藉以表達男女相思、相愛之情。曹丕《燕歌行二首》一:"牽牛織女遙相望,爾獨何辜限河梁?"杜甫《牽牛織女》:"牽牛出河西,織女處其東。萬古永相望,七夕誰見同?"　雲橋:狀如橋拱的雲彩。《藝文類聚》卷七八引王褒《館銘》:"雲橋啓館,景曜開扉。"傳說中天河上彩雲搭成的橋。郭祥正《奉天行》:"雲橋百尺虹蜿起,下瞰城中笑飲酒。乾陵赭袍擁朱紫,朔方大將來赴急。"　波神:水神。劉禹錫《賈客詞》:"邀福禱波神,施財遊化城。"陸龜蒙《和襲美館娃宮懷古五絕》四:"江色分明練繞臺,戰帆遙隔綺疏開。波神自厭荒淫主,句踐樓船穩帖來。"　玉貌:姣好的面容。盧綸《送黎燧尉陽翟》:"玉貌承嚴訓,金聲稱上才。列筵青草偃,驟馬綠楊開。"權德輿《薄命篇》:"嬋娟玉貌二八餘,自憐顏色花不如。麗質全勝秦氏女,槁砧寧用專城居。"

㉝　嗚咽:形容低沉淒切的聲音。蔡琰《胡笳十八拍·第六拍》:"夜聞隴水兮聲嗚咽,朝見長城兮路杳漫。"溫庭筠《更漏子》:"背江樓,臨海月,城上角聲嗚咽。"　流恨:猶遺恨。李白《秋夜宿龍門香山寺奉寄王方城》:"流恨寄伊水,盈盈焉可窮?"杜甫《行次昭陵》:"寂寥開國日,流恨滿山隅。"

㉞　柳眼:早春初生的柳葉如人睡眼初展,因以爲稱。元稹《遣春三首》二:"柳眼開渾盡,梅心動已闌。風光好時少,杯酒病中難。"周邦彥《蝶戀花·柳》:"愛日輕明新雪後,柳眼星星,漸欲穿窗牖。"

㉟　"芽新纔綻日"兩句:意謂柳樹的葉芽剛剛開始綻放,茸毛柔軟纖細短小,微風無法吹動它們分毫。　芽:尚未發育成長的枝、葉或花的雛體。東方朔《非有先生論》:"甘露既降,朱草萌芽。"韓愈《獨釣四首》二:"雨多添柳耳,水長減蒲芽。"發芽。王鼎翁《沁園春》:"又是年時,杏紅欲吐,柳綠初芽。"　茸:這裏指柳樹的茸毛,剛剛伸展之

時，柔軟纖細短小。宋玉《小言賦》：“纖於毫末之微蔑，陋於茸毛之方生。”姚合《謝汾州田大夫寄茸氈葡萄》：“筐封紫葡萄，筒卷白茸毛。臥暖身應健，含消齒免勞。”　含風：帶著風，被風吹拂著。王安石《次韵徐仲元詠梅二首》一：“溪杏山桃欲占新，高梅放蕊尚嬌春。額黃映日明飛燕，肌粉含風冷太真。”蘇軾《歐陽少師令賦所蓄石屏》：“含風偃蹇得真態，刻畫始信天有工。”

㊱“綠誤眉心重”兩句：意謂柳芽細小如眉毛，綠茸茸惹人喜愛；柳苞如蠟淚，黃燦燦引人愛憐。　眉心：雙眉之間。白居易《春詞》：“低花樹映小妝樓，春入眉心兩點愁。”韋莊《秦婦吟》：“鳳側鸞欹髻腳斜，紅攢翠斂眉心折。”　蠟淚：即燭淚，指蠟燭燃點時淌下的液態蠟。李賀《惱公》：“蠟淚垂蘭燼，秋蕪掃綺櫳。”李珣《望遠行》：“屏半掩，枕斜欹，蠟淚無言對垂。”

㊲碧條：柳樹嫩綠色的枝條。元稹《西歸絕句十二首》一二：“寒花帶雪滿山腰，著柳冰珠滿碧條。天色漸明回一望，玉塵隨馬度藍橋。”王翰《食苣蕒》：“東皋雨過土膏潤，採擷登廚露未晞。生處碧條儕莧藋，糝時白粲埒珠璣。”　愁緒：憂愁的心緒。蕭綱《阻歸賦》：“雲向山而欲斂，雁疲飛而不息；何愁緒之交加，豈樹萱與折麻！”杜甫《泛舟送魏十八倉曹還京因寄岑中允參范郎中季明》：“帝鄉愁緒外，春色淚痕邊。”

㊳梅援：以栽種的梅樹組成園林的籬笆。韋應物《除日》：“冰池始泮綠，梅援還飄素。淑景方轉延，朝朝自難度。”韓維《從厚卿乞移水仙花》：“琴高住處元依水，青女冬來不怕霜。異土花蹊驚獨秀，同時梅援失幽香。”　援：以樹木組成的園林衛護物，猶如籬笆。《晉書·桑虞傳》：“虞以園援多棘刺，恐偷見人驚走而致傷損，乃使奴爲之開道。”溫庭筠《鄠杜郊居》：“槿籬芳援近樵家，壟麥青青一徑斜。寂寞遊人寒食後，夜來風雨送梨花。”

㊴蕊：花蕊，植物的生殖器官，有雄、雌之分，雌蕊受雄蕊之粉，

結成果實。《文選·張衡〈蜀都賦〉》：“敷蕋葳蕤。”張銑注：“蕋，花心也。”杜甫《徐步》：“芹泥隨燕嘴，蕋粉上蜂鬚。”花，花朵。《文選·郭璞〈江賦〉》：“翹莖灘蕋，濯穎散裹。”李善注：“蕋，華也。”黃巢《題菊花》：“颯颯西風滿院栽，蕋寒香冷蝶難來。” 犯：進攻，侵犯，勝過。《左傳·桓公五年》：“陳亂，民莫有鬥心，若先犯之，必奔。”《漢書·王尊傳》：“吳起爲魏守西河，而秦韓不敢犯，讒人間焉！斥逐奔楚。”雪：空中降落的白色晶體，多爲六角形，是氣溫降到零度以下時，天空中的水蒸氣凝結而成的。《詩·邶風·北風》：“北風其凉，雨雪其雱。”李白《塞下曲六首》一：“五月天山雪，無花祇有寒。”這裏指春天來臨之後地上尚沒有來得及溶化的雪花。 香乞擬來風：意謂春風將陣陣花香傳來。 來風：別處吹來的風。王建《江陵道中》：“菱葉參差萍葉重，新蒲半折夜來風。江村水落平地出，溪畔漁船青草中。”徐商《失題》：“萍聚只因今日浪，荻斜都爲夜來風。”

⑩ 隴：山名，綿延於甘肅、陝西交界的地方。《史記·天官書》：“故中國山川東北流，其維，首在隴蜀，尾没於勃碣。”張守節正義：“渭水、岷江發源出隴山，皆東北東入渤海也。”《漢書·武帝紀》：“行幸雍，祠五時。遂踰隴，登空同，西臨祖厲河而還。”顏師古注：“應劭曰：‘隴，隴阺阪也。’即今之隴山。” 羌聲：流傳在羌族地區帶有羌族特色的歌曲。《九歌·少司命》：“羌聲色兮娛人，觀者憺兮忘歸。”王建《傷韋令孔雀詞》：“可憐孔雀初得時，美人爲爾別開池。池邊鳳凰作伴侶，羌聲鸚鵡無言語。” 江：江河的通稱。《書·禹貢》：“九江孔殷。”孔穎達疏：“江以南水無大小俗人皆呼爲江。”宋祁《宋景文公筆記·釋俗》：“南方之人謂水皆曰江，北方之人謂水皆曰河。”這裏指漢水，漢水又稱漢江。 客思：客中遊子的思緒。陳子昂《白帝城懷古》：“古木生雲際，孤帆出霧中。川途去無限，客思坐何窮。”韋莊《和鄭拾遺秋日感事》：“禍亂天心厭，流離客思傷。”

⑪ 年年：每年，元稹來到興元，前後已經三個年頭，故言。吳公

《絕句》："去國投茲土,編茅隱舊蹤。年年秋水上,獨對數株松。"唐代無名氏《驪山感懷》："武帝尋仙駕海遊,禁門高閉水空流。深宮帶日年年色,翠柏凝烟夜夜愁。"　　惱:怨恨,發怒。《百喻經‧共相怨害喻》："用惱於彼,竟未害他。"盧仝《寄男抱孫》："任汝惱弟妹,任汝惱姨舅。"煩惱。《陳書‧姚察傳》："將終,曾無痛惱,但西向坐,正念,云'一切空寂'。"　　緣:因爲。杜甫《客至》："花徑不曾緣客掃,蓬門今始爲君開。"蘇軾《題西林壁》："不識廬山真面目,只緣身在此山中。"

㊷ 鳥思:即"思鳥",思侶之鳥。鮑照《自礪山東望震澤》："幽篁愁暮見,思鳥傷夕聞。"沈約《詠雪應令詩》："思鳥聚寒蘆,蒼雲軫暮色。夜雪合且離,曉風驚復息。"

㊸ 鵲巢:鵲的巢穴。王維《晦日遊大理韋卿城南別業四聲依次用各六韵》："鵲巢結空林,雉雛響幽谷。"蔣洌《山行見鵲巢》："鵲巢性本高,更在西山木。朝下清泉戲,夜近明月宿。"舊歲:過去的一年,去年。蘇軾《次韵劉景文路分上元》："新年消暗雪,舊歲添絲縷。"皇甫冉《酬李司兵直夜見寄》："江城聞鼓角,旅宿復何如? 寒月此宵半,春風舊歲餘。"　　鳶:義同"鳶",即老鷹。《漢書‧徐福傳》："鳶鵲遭害。"顧況《海鷗詠》："萬里飛來爲客鳥,曾蒙丹鳳借枝柯。一朝鳳去梧桐死,滿目鷗鳶奈爾何!"高風:强勁的風。劉向《九嘆‧遠遊》："遡高風以低佪兮,覽周流於朔方。"李白《贈崔侍郎》："高風摧秀木,虛彈落驚禽。"

㊹ 鴻雁:俗稱大雁,一種候鳥,羽毛紫褐色,腹部白色,嘴扁平,腿短,趾間有蹼,群居在水邊,飛時一般排列成行。《孟子‧梁惠王上》："王立於沼上,顧鴻雁麋鹿。"《淮南子‧泰族訓》："以食狗馬鴻雁之費養士,則名譽必榮矣!"韓愈《送湖南李正字歸》："人隨鴻雁少,江共蒹葭遠。"　　沙暖:即暖沙,有一定溫度的沙灘。因春天來臨,天氣變暖,沙灘也跟著升溫,故大雁驚奇不已。杜甫《絕句二首》一:"遲日江山麗,春風花草香。泥融飛燕子,沙暖睡鴛鴦。"白居易《寒食江

畔》:"草香沙暖水雲晴,風景令人憶帝京。還似往年春氣味,不宜今日病心情。" 融:和煦,暖和。鮑照《采桑》:"藹藹霧滿閨,融融景盈幕。"張籍《春日行》:"春日融融池上暖,竹牙出土蘭心短。"

㊺翡翠:鳥名,嘴長而直,生活在水邊,吃魚蝦之類,羽毛有藍、綠、赤、棕等色,可做裝飾品。《楚辭·招魂》:"翡翠珠被,爛齊光些。"王逸注:"雄曰翡,雌曰翠。"洪興祖補注:"翡,赤羽雀;翠,青羽雀。《異物志》云:翠鳥形如燕,赤而雄曰翡,青而雌曰翠。"左思《吳都賦》:"山雞歸飛而來栖,翡翠列巢以重行。" 梅叢:成叢的梅花樹。林希逸《臨清堂前觀紅梅作》:"濱溪竹伴老梅叢,一種風姿與杏同。直者倒垂橫者瘦,水中同漾影青紅。"義近"叢梅"。陳與義《寄信道》:"却憶府中三語掾,空吟江上四愁詩。高灘落日光零亂,遠岸叢梅雪陸離。"

㊻池樹:池苑臺樹。劉禹錫《酬樂天晚夏閑居欲相訪先以詩見貽》:"池樹堪臨泛,翛然散鬱陶。"《宋史·張齊賢傳》:"〔齊賢〕歸洛,得裴度午橋莊,有池樹松竹之盛,日與親舊觴詠其間,意甚曠適。"

㊼鏤:雕刻。鮑照《擬行路難十八首》二:"洛陽名工鑄爲金博山,千斲復萬鏤,上刻秦女携手仙。"韓愈《潮州刺史謝上表》:"紀泰山之封,鏤白玉之牒。" 瓊:美玉。《詩·衛風·木瓜》:"投我以木瓜,報之以瓊琚。"毛傳:"瓊,玉之美者。"張協《雜詩十首》一〇:"尺燼重尋桂,紅粒貴瑤瓊。"蘇軾《次韵答王鞏》:"我有方外客,顔如瓊之英。"文縠:彩色縐紗。《文選·曹植〈七啓〉》:"然後姣人乃被文縠之華袿,振輕綺之飄飄。"劉良注:"文縠,文紗類。"亦用以喻水波。饒節《灌蘭一首》:"往作蘭溪遊,步屧出林麓。溪頭小雨竟,溪水澹文縠。"

㊽和身:全身。白居易《朝回遊城南》:"青松繫我馬,白石爲我床。常時簪組累,此日和身忘。"陸游《讀唐人愁詩戲作》:"少時喚愁作底物?老境方知世有愁。忘盡世間愁故在,和身忘却始應休。"合樹:整棵樹。庾信《詠畫屏風詩二十五首》二一:"聊開鬱金屋,暫對

芙蓉池。水光連岸動,花風合樹吹。”蘇洞《海棠花放簡馮元咨二首》一:“遊絲無賴小庭空,夢想君家合樹紅。曾向西川親畫得,舉家終日看屏風。”

㊾ 草芽:剛剛鑽出地面的花草之芽。李端《早春夜望》:“舊雪逐泥沙,新雷發草芽。曉霜應傍鬢,夜雨莫催花!”韓愈《春雪》:“新年都未有芳華,二月初驚見草芽。白雪却嫌春色晚,故穿庭樹作飛花。” 萱:植物名,萱草,俗稱金針菜、黄花菜、多年生宿根草本,其根肥大,葉叢生,狹長,背面有棱脊,花漏斗狀,橘黄色或桔紅色,無香氣,可作蔬菜,或供觀賞,根可入藥。古人以爲種植此草可以使人忘憂,因稱忘憂草。蔡琰《胡笳十八拍・十六拍》:“對萱草兮憂不忘,彈鳴琴兮情何傷。”萬楚《五日觀妓》:“眉黛奪將萱草色,紅裙妒殺石榴花。”

㊿ 稚戲:兒童的遊戲。白居易《三年除夜》:“晰晰燎火光,氲氲臘酒香。嗤嗤童稚戲,迢迢歲夜長。”范浚《次韵茂通弟立春四首》三:“春生稚戲我難同,聊復題詩傍紫紅。忽得池塘夢中語,知君句律有新功。”

(51) 爆竹:古時在節日或喜慶日用火燒竹,畢剥發聲,以驅除山鬼瘟神,謂之“爆竹”。火藥發明後以多層紙密卷火藥,接以引綫,燃之使爆炸發聲,亦稱爲“爆竹”。劉禹錫《畬田行》:“照潭出老蛟,爆竹驚山鬼。”王安石《元旦》:“爆竹聲中一歲除,春風送暖入屠蘇。”本詩中的“爆竹”殘而能騎,應該是燃燒之後的竹子。 旋風:作螺旋狀的疾風。《後漢書・王忳傳》:“被隨旋風與馬俱亡。”王安石《破冢二首》一:“埋没殘碑草自春,旋風時出地中塵。”

(52) “罵雨愁妨走”兩句:意謂老天連日綿綿陰雨,泥濘的道路自然影響了作爲兒童的元荆出外行走玩耍,他不免埋怨老天不肯成全;而池塘裏面没有溶化的冰塊,元荆抓在手裏玩耍,冰冷刺骨,連忙用嘴哈氣取暖,不想冰塊慢慢溶化,在元荆看來,是一件十分有趣的事情。兩句活畫出六歲兒童的頑皮相。 罵雨:埋怨老天不停地下雨。

曹勛《大慧禪師真贊》:“稽首一代豪舉,歷盡死生艱苦。中興爲龍爲象,高坐罵風罵雨。”朱熹《答丘子服膺》:“周子通書近時到處有本,此本頃自刊定,比它本爲完,可試讀之。此近世道學之源也,而其言簡質,若此與世之指天畫地喝風罵雨者氣象不侔矣!” 呵冰:用嘴裏的熱氣使冰慢慢溶化。張仲深《題陳元昭雪篷》:“幽人久住湖南隅,開門看月雪滿湖……起來作詩不可紀,呵冰寫作山陰圖。”岑安卿《偶讀戴帥初先生壽陳太傅用東坡無官一身輕有子萬事足二句爲韵有感依韵續其後亦寓世態下劣自己不遇之意云爾》:“呵冰濡我紫毫筆,暖湯熱我眞珠醅。梁園勝賞猶想像,繽紛不辨隩與隈。”

(53) 女兒:猶言女子,一般多指年輕的未婚女子。鮑照《代北風凉行》:“北風凉,雨雪雱,京洛女兒多妍妝。”王維《洛陽女兒行》:“洛陽女兒對門居,才可容顔十五餘。”這裹指元稹與韋叢所生的女兒保子,當時年齡應該在十歲上下。 針綫:指缝纫刺绣工作。白居易《秋霽》:“獨對多病妻,不能理針綫。”姚進道《青玉案》:“春衫猶是,小蠻針綫,曾濕西湖雨。” 盡:止,終。《易·序卦》:“物不可以終盡。”毛文錫《臨江仙》:“暮蟬聲盡落斜陽。”孫光憲《玉胡蝶》:“春欲盡,景仍長,滿園花正黄。” 偷學:不經對方同意,偷偷學習他人的手藝。韓琦《乙卯晝錦堂同賞牡丹》:“從來三月賞芳妍,開晚今逢首夏天……柳絲偷學傷春緒,榆莢争飛買笑錢。”黄裳《漁家傲·新月》:“古今庚生初皎皎。珠簾鈎上華堂曉。十二欄杆多窈窕。妝欲妙。玉篦偷學娥眉小。” 五辛:五種辛味的蔬菜,也稱五葷。佛教僧侣按戒律不許吃五辛。《翻譯名義集·什物》:“葷而非辛,阿魏是也;辛而非葷,薑芥是也;是葷復是辛,五辛是也。《梵網》云:‘不得食五辛。’言五辛者,一葱,二薤、三韭,四蒜,五興蕖。”也指五辛菜,用葱、蒜、韭、蓼蒿、芥五种辛物做成的菜肴。李時珍《本草綱目·五辛菜》:“五辛菜,乃元日立春,以葱、蒜、韭、蓼蒿、芥辛嫩之菜,雜和食之,取迎新之意,謂之五辛盤。”《太平御覽》卷二九引應劭《風俗通》:“於是下五辛菜、膠牙糖,各進一雞子。”原注:“周處《風土記》云:‘正旦,當生吞鷄子一枚,謂之鍊形。又晨啖五辛菜,以助發五藏氣。’”薛能《除夜作》:“茜旆猶雙節,雕盤又五辛。”

(54) 人意:人的意願、情緒。《詩·小雅·無羊》:“麾之以肱,畢來既升。”鄭玄箋:“此言擾馴,從人意也。”《三國志·秦宓傳》:“上當天心,下合人意。”

(55) “曉妝雖近火”兩句:意謂春天已經來臨,雖然梳妝打扮還需要烤火,但如果晴天在外遊戲,玩得興起,倒盼望來一陣微風解熱。曉妝:晨妝。沈佺期《李員外秦援宅觀妓》:“巧落梅庭裏,斜光映曉妝。”黄滔《明皇回駕經馬嵬賦》:“空極宵夢,寧逢曉妝。” 近火:靠近火,烤火。陸機《君子行》:“近火固宜熱,履冰豈惡寒?”曹松《送僧入蜀過夏》:“五月峨眉須近火,木皮領重只如冬。” 晴戲:晴天時候玩遊戲。潘緯《春日官莊》:“堤柳漸迷來客駕,小花自發野人蹊。遊魚晴戲陂塘暖,雊雉朝飛壟麥齊。”吴赴《題普濟橋》:“路繞平田水繞堤,草蟲晴戲野禽啼。石橋斜日林塘晚,絶似肩輿過竹溪。” 憐:喜愛,疼愛。蔡希寂《陝中作》:“河水流城下,山雲起路傍。更憐栖泊處,池館繞林篁。”殷遥《送杜士瞻楚州覲省》:“雲深滄海暮,柳暗白門春。共道官猶小,憐君孝養親。”

(56) 心情:心神,情緒。《隋書·恭帝紀》:“憫予小子,奄逮丕愆,哀號承感,心情糜潰。”史達祖《玉樓春·梨花》:“玉容寂寞誰爲主?寒食心情愁幾許!”興致,情趣。元稹《酬樂天嘆窮愁》:“老去心情隨日減,遠來書信隔年聞。”陸游《春晚書懷》二:“老向軒裳增力量,病於風月減心情。” 酒思:喝酒的情懷。姚合《酬任疇協律夏中苦雨見寄》:“酒思淒方罷,詩情耿始抽。”李群玉《與三山人夜話》:“酒思彈琴夜,茶芳向火天。”

(57) 預知:預先知道。《史記·扁鵲倉公列傳》:“使聖人預知其微,能使良醫得蚤從事,則疾可已,身可活也。”白居易《談氏外孫生三日喜是男偶吟成篇兼戲呈夢得》:"芣苢春來盈女手,梧桐老去長孫枝。慶傳媒氏燕先賀,喜報談家烏預知。" 好惡:喜好與嫌惡。《禮記·王制》:"命市納賈,以觀民之所好惡,志淫好辟。"葛洪《抱朴子·擢才》:"且夫愛憎好惡,古今不鈞,時移俗易,物同賈異。"

(58) 半睡:似睡似醒。元稹《飲致用神麯酒三十韵》:"真性臨時見,狂歌半睡聽。喧闐争意氣,調笑學娉婷。"韓偓《半睡》:"眉山暗澹向殘燈,一半雲鬟墜枕棱。四體著人嬌欲泣,自家挼損砑繚綾。"

(59) "見燈如見霧"兩句:在似睡非睡中,桌上的燈火如霧飄散;半睡半醒中,窗外的濃霧如燈火閃爍;似睡似醒裏,門外是陣陣急雨;又睡又醒裏,户外是陣陣大風。 見燈:開眼見燈。張蠙《寄太白禪師》:"何年萬仞頂,獨有坐禪僧? 客上應無路,人傳或見燈。"徐積《宿山館十首》三:"烟蘿斷處初逢舍,雲竹疏時忽見燈。嶮磴未歸樵塢叟,破庵已去誦經僧。" 見霧:大霧彌漫。林鴻《憶浮丘生》:"瘴海民風異,炎荒客路難。午深猶見霧,臈盡不知寒。"猶"積霧",濃重的霧氣。蘇轍《次韵王適遊真如寺》:"新亭面南山,積霧開重陰。" 聞雨:雨聲傳入耳中。張説《聞雨》:"多雨絶塵事,寥寥入太玄。城陰疏復合,檐滴斷還連。"張繼《寄鄭員外》:"經月愁聞雨,新年苦憶君。何時共登眺? 整屐待晴雲。" 聞風:風聲傳入耳中。李益《竹窗聞風寄苗發司空曙》:"微風驚暮坐,臨牖思悠哉。開門復動竹,疑是故人來。"李端《送張少府赴夏縣》:"雖爲州縣職,還欲抱琴過。樹古聞風早,山枯見雪多。"

(60) 開眼:睁眼。杜甫《湖城東遇孟雲卿因爲醉歌》:"疾風吹塵暗河縣,行子隔手不相見。湖城城東一開眼,駐馬偶識雲卿面。"指醒著,未入睡。元稹《遣悲懷三首》三:"唯將終夜長開眼,報答平生未展眉。" 殘夢:謂零亂不全之夢。李賀《同沈駙馬賦得御溝水》:"别舘驚殘夢,停杯泛小觴。"陸游《殘夢》:"風雨滿山窗未曉,只將殘夢伴殘燈。" 擡身:擡起身體,動一動身體。《夢粱録·車駕詣景靈宫孟饗》:“駕近太廟,則盖撤開,前行數步,上略擡身而過。”高翥《題二小姬扇二首》二:“湘湘未識羞,獨坐抱箜篌。貪學耆婆舞,擡身拜部頭。”

(61) 蝶:即“蝴蝶”,亦作“蝴蝶”,昆蟲名,翅膀闊大,顔色美麗,静止時四翅竪於背部,腹瘦長,吸花蜜,種類繁多,也稱蛺蝶。李時珍《本草綱目·蛺蝶》:“蝶美於鬚,蛾美於眉,故又名蝴蝶,俗謂鬚爲胡也。”謝脁《和王主簿怨情》:“花叢亂數蝶,風簾入雙燕。”韓偓《士林紀實》:“謝蝴蝶佳句云:‘狂隨柳絮有時見,飛入梨花無處尋。’”　庳花叢:低矮的花叢。　庳:引申爲低矮,短。《左傳·襄公三十一年》:“僑聞文公之爲盟主也,宫室卑庳,無觀臺榭。”《吕氏春秋·召類》:“西家高,吾宫庳。”楊樹達《積微居讀書記·讀〈吕氏春秋〉札記·召類篇》:“吕文‘庳’字正是‘屋卑’之義。”低窪。《國語·周語》:“陂塘污庳。”低下。司馬光《迂書序》:“古之人惟其道閎大而不能狹也,其志邃奥而不能邇也,其言崇高而不能庳也。”

(62) 曉鏡:明鏡。李白《秋日鍊藥院鑷白髮贈元六兄林宗》:“秋顔入曉鏡,壯髮凋危冠。窮與鮑生賈,飢從漂母餐。”杜牧《代吴興妓春初寄薛軍事》:“霧冷侵紅粉,春陰撲翠鈿。自悲臨曉鏡,誰與惜流年?”

(63) 匀面:謂化妝時用手搓臉使脂粉匀净。馮延巳《江城子》:“睡覺起來匀面了,無個事,没心情。”毛熙震《後庭花》:“越羅小袖新香蒨。薄籠金釧。倚闌無語摇輕扇。半遮匀面。”　鬟:古代婦女的環形髮髻。辛延年《羽林郎》:“頭上藍田玉,耳後大秦珠。兩鬟何窈窕?一世良所無。”杜甫《月夜》:“香霧雲鬟濕,清輝玉臂寒。”　簾:以竹、布等製成的遮蔽門窗的用具。上官儀《詠畫障》:“芳晨麗日桃花浦,珠簾翠帳鳳凰樓。蔡女菱歌移錦纜,燕姬春望上瓊鉤。”宋之問《望月有懷》:“天使下西樓,含光萬裏秋。臺前似挂鏡,簾外如懸鉤。”

(64) 宿霧:夜霧。陶潛《詠貧士》:“朝霞開宿霧,衆鳥相與飛。”白居易《酬鄭侍御多雨春空過詩三十韵》:"慘淡陰烟白,空濛宿霧黄。"蘇軾《觀湖二首》二:"朝陽照水紅光開,玉濤銀浪相徘徊。山分宿霧儘寬遠,雲駕高風馳送來。" 梅心:梅花的苞蕾。元稹《寄浙西李大夫四首》一:"柳眼梅心漸欲春,白頭西望憶何人?"李清照《孤雁兒》:"笛聲三弄,梅心驚破,多少春情意。" 朝光:早晨的陽光。鮑照《代堂上歌行》:"陽春孟春月,朝光散流霞。"杜甫《晦日尋崔戢李封》:"朝光入甕牖,尸寢驚弊裘。"指朝陽或太陽。孟郊《寄張籍》:"夜鏡不照物,朝光何時昇?" 幕:比喻像帳幕一樣遮蔽視綫的東西。李商隱《假日》:"素琴弦斷酒瓶空,倚坐欹眠日已中。誰向劉伶天幕内,更當陶令北窗風?"朱之純《題縣齋·艮閣》:"曉窗高挹東風暖,夜幕低垂北斗寒。"

(65) 梳洗:梳頭洗臉,也泛指妝扮。白居易《和夢遊春詩一百韵》:"風流薄梳洗,時世寬裝束。"許棐《喜遷鶯》:"一春梳洗不簪花,孤負幾年華!" 緑絲:緑色絲縷。獨孤及《官渡柳歌》:"千條萬條色,一一勝緑絲。"白居易《元九以緑絲布白輕褣見寄製成衣服以詩報知》:"緑絲文布素輕褣,珍重京華手自封。"指柳絲。徐彦伯《餞唐州高使君赴任》:"香蕚媚紅滋,垂條縈緑絲。情人拂瑤袂,共惜此芳時。"韋莊《丙辰年鄜州遇寒食城外醉吟五首》一:"滿街楊柳緑絲烟,畫出清明二月天。好是隔簾花樹動,女郎撩亂送鞦韆。"

(66) 綺户:彩繪雕花的門户。温庭筠《吴苑行》:"小苑有門紅扇開,天絲舞蝶共徘徊。綺户雕楹長若此,韶光歲歲如歸來。"蘇軾《水調歌頭·丙辰中秋歡飲達旦大醉作此篇兼懷子由》:"轉朱閣,低綺户,照無眠。"

(67) 玉櫳:精美的窗,借指閨閣。元稹《雜憶五首》一:"今年寒食月無光,夜色纔侵已上床。憶得雙文通内裹,玉櫳深處暗聞香。"傅察《次韵申泮宫直宿早秋四首》三:"一方明月落長空,萬里餘輝鑠玉櫳。蟬韵啾啾來遠木,槐雲裊裊弄清風。" 羅幔:絲羅帷幔。王適《古别離》：“珠簾畫不捲，羅幌曉長垂。”義近“紗幌”，即紗帳。《晉書·韋逞母宋氏傳》：“〔苻堅〕於是就宋氏家立講堂，置生員百二十人，隔絳紗幌而受業。”　輕風：輕捷的風。張協《雜詩十首》三：“輕風摧勁草，凝霜竦高木。”微風。杜牧《早春閣下寓直蕭九舍人亦直內署因寄書懷四韻》：“玉漏輕風順，金莖淡日殘。”

⑥⑧ 腰支：亦作“腰肢”，腰身，身段，體態。沈約《少年新婚爲之詠》：“腰肢既軟弱，衣服亦華楚。”劉禹錫《楊柳枝詞九首》五：“花萼樓前初種時，美人樓上鬥腰支。如今拋擲長街裏，露葉如啼欲恨誰？”梅香：梅花的香氣。崔日用《奉和人日重宴大明宮恩賜綵縷人勝應制》：“曲池苔色冰前液，上苑梅香雪裏嬌。”秦觀《早春》：“酒力漸銷歌扇怯，入簾飛雪帶梅香。”

⑥⑨ 獨眠：獨自眠臥。崔珏《孤寢怨》：“燈暗愁孤坐，床空怨獨眠。自君遼海去，玉匣閉春弦。”韋應物《園林晏起寄昭應韓明府盧主簿》：“田家已耕作，井屋起晨烟。園林鳴好鳥，閑居猶獨眠。”　合歡：原指聯歡，和合歡樂。《禮記·樂記》：“故酒食者，所以合歡也；樂者，所以象德也；禮者，所以綴淫也。”這裏指植物名，一名馬纓花，落葉喬木，羽狀複葉，小葉對生，夜間成對相合，故俗稱“夜合花”。夏季開花，頭狀花序，合瓣花冠，雄蕊多條，淡紅色，古人以之贈人，謂能去嫌合好。崔豹《古今注·草木》：“合歡，樹似梧桐，枝葉繁互相交結，每風來，輒身相解，了不相牽綴，樹之階庭，使人不忿，嵇康種之舍前。”蕭綱《聽夜妓》：“合歡蠲忿葉，萱草忘憂條。”

⑦⑩ 老病：年老多病。《後漢書·應劭傳》：“故膠西相董仲舒老病致仕，朝廷每有政議，數遣廷尉張湯親至陋巷，問其得失。”杜甫《旅夜書懷》：“名豈文章著？官應老病休。”舊病，曾經患過而未根治的病。于逖《野外行》：“老病無樂事，歲秋悲更長。窮郊日蕭索，生意已蒼黃。”元稹《雪天》：“故鄉千里夢，往事萬重悲。小雪沉陰夜，閑窗老病時。”

⑦ 土膏：土中所含的適合植物生長的養分。《國語·周語》：“陽氣俱蒸，土膏其動。”皇甫冉《雜言無錫惠山寺流泉歌》：“土膏脈動知春早，隄隩陰深長苔草。”肥沃的土地。《漢書·東方朔傳》：“故酆鎬之間號爲土膏，其賈畝一金。”蕭衍《藉田》：“千畝土膏紫，萬頃陂色縹。” 蒸：因潮濕而污染。蘇軾《物類相感志·衣服》：“夏月衣蒸，以冬瓜汁浸洗，其迹自去。”周履靖《群物奇制》：“梅蒸衣，以枇杷核研細爲末洗之，其斑自去。” 腫：肌肉浮脹。《左傳·定公十年》：“公閉門而泣之，目盡腫。”脹痛，癰。《呂氏春秋·盡數》：“形不動則精不流，精不流則氣鬱，鬱處頭則爲腫爲風。”高誘注：“腫與風，皆首疾。”腫瘍就是癰，毒瘡。《周禮·天官·瘍醫》：“瘍醫掌腫瘍、潰瘍、金瘍、折瘍之祝藥，劀殺之齊。”鄭玄注：“腫瘍，癰而上生創者。”賈公彥疏：“謂癰而有頭未潰者。”王安石《與沈道原書》三：“腫瘍雖未潰，度易治，不煩念恤。” 癢：這裏指煩亂，内心煩悶。《淮南子·修務訓》：“嘗試使之施芳澤，正娥眉……則雖王公大人有嚴志頡頑之行者，無不憚悇癢心而悦其色矣。”高誘注：“癢心，煩悶也。” 頭風：頭痛，中醫學病症名。《三國志·陳琳傳》：“軍國書檄，多琳瑀所作也。”裴松之注引魚豢《典略》：“太祖先苦頭風，是日疾發，臥讀琳所作，翕然而起曰：‘此愈我病。’”元積《酬李六醉後見寄口號》：“頓愈頭風疾，因吟口號詩。”

⑦ 肌膚：肌肉與皮膚。《史記·孝文本紀》：“夫刑至斷支體，刻肌膚，終身不息，何其楚痛而不德也？豈稱爲民父母之意哉！”杜甫《哀王孫》：“已經百日竄荆棘，身上無有完肌膚。” 潛知：潛意識。李嘉祐《和韓郎中楊子津翫雪寄嚴維》：“雪深楊子岸，看柳盡成梅。山色潛知近，潮聲只聽來。”白居易《溪中早春》：“東風來幾日？蟄動萌草坼。潛知陽和功，一日不虛擲。” 血氣：血液和氣息，指人和動物體内維持生命活動的兩種要素。《管子·禁藏》：“宮室足以避燥濕，食飲足以和血氣。”《禮記·三年問》：“凡生天地之間者，有血氣之屬，必有知；有知之屬，莫不知愛其類。”指元氣，精力。《左傳·襄公二十

一年》:"方暑,闕地,下冰而床焉!重繭衣裘,鮮食而寢。楚子使醫視
之,復曰:'瘠則甚矣!而血氣未動。'"《漢書·宣帝紀》:"耆老之人,
髮齒墮落,血氣衰微。"

　　⑦⑬ "又添新一歲"兩句:詩人時年三十九歲,他三十一歲已經生
有白髮,這時應該是"衰白轉成叢"的時候了,與下面一首的"縱有心
灰動,無由鬢雪融"呼應。　衰白:謂人老體衰鬢髮疏落花白。語本
嵇康《養生論》:"至於措身失理,亡之於微,積微成損,積損成衰,從衰
得白,從白得老,從老得終,悶若無端。"杜甫《收京三首》二:"生意甘
衰白,天涯正寂寥。忽聞哀痛詔,又下聖明朝。"

　　⑦⑭ 客思:客中遊子的思緒。陳子昂《白帝城懷古》:"古木生雲
際,孤帆出霧中。川途去無限,客思坐何窮。"韋莊《和鄭拾遺秋日感
事一百韵》:"禍亂天心厭,流離客思傷。有家拋上國,無罪謫遐方。"

　　⑦⑮ 旅魂:猶旅情。杜甫《夜》:"露下天高秋水清,空山獨夜旅魂
驚。"戴叔伦《柳花歌送客往桂陽》:"定知別後消散盡,却憶今朝傷旅
魂。"　北雁:候鳥之一,因其每年秋分後由北南飛,故稱。江總《于長
安道歸還揚州》:"心逐南雲逝,形隨北雁來。故鄉籬下菊,今日幾花
開?"李白《南流夜郎寄內》:"夜郎天外怨離居,明月樓中音信疏。北
雁春歸看欲盡,南來不得豫章書。"　鄉信:家鄉人或家人的信。劉長
卿《同諸公登樓》:"秋草行將暮,登樓客思驚……北望無鄉信,東遊滯
客行。"喬琳《綿州越王樓即事》:"灘聲曲折涪州水,雲影低銜富樂山。
行雁南飛似鄉信,忽然西笑向秦關。"

　　⑦⑯ 縱有:縱然有。王維《初出濟州別城中故人》:"閭閻河潤上,
井邑海雲深。縱有歸來日,各愁年鬢侵。"劉長卿《赴新安別梁侍郎》:
"青山空向泪,白月豈知心?縱有餘生在,終傷老病侵。"　心灰:佛教
語,心上的塵埃,指心中的世俗雜念。蕭統《講解將畢賦三十韵詩》:
"器月希留影,心灰庶方撲。"謂心如死灰,極言消沉。白居易《冬至
夜》:"心灰不及爐中火,鬢雪多於砌下霜。"蘇軾《次韵答黃安中兼簡

林子中》："老去心灰不復然，一廛江海意方堅。" 無由：没有門徑，没有辦法。崔泰之《同光禄弟冬日述懷》："無由報天德，相顧詠時康。"李頎《奉送五叔入京兼寄綦毋三》："雲陰帶殘日，恨別此何時？欲望黄山道，無由見所思。" 鬢雪：亦作"髩雪"，形容鬢髮斑白如雪。白居易《別行簡》："漠漠病眼花，星星愁鬢雪。"李昂英《賀新郎》："老行要尋松竹伴，雅愛山翁鬢雪。"

⑦ 開眼：睁眼。盧綸《賊中與嚴越卿曲江看花》："紅枝欲折紫枝繁，隔水連宮不用攀。會待長風吹落盡，始能開眼向青山。"白居易《感逝寄遠》："應嘆舊交遊，凋零日如此。何當一杯酒，開眼笑相視！" 繞：圍繞，環繞。曹植《雜詩六首》三："自期三年歸，今已歷九春。飛鳥繞樹翔，噭噭鳴索群。"趙嘏《曲江春望懷江南故人》："目極思隨原草遍，浪高書到海門稀。此時愁望情多少，萬里春流繞釣磯。"

⑦ 濛雨：毛毛細雨。宋之問《溫泉莊卧病寄楊七炯》："是日濛雨晴，返景入巖谷。羃羃潤畔草，青青山下木。"張説《岳州九日宴道觀西閣》："佳此黄花酌，酣餘白首吟。凉雲霾楚望，濛雨蔽荆岑。"

⑦ 裛塵：潮濕的塵土。白居易《和錢員外答盧員外早春獨遊曲江見寄長句》："春來有色暗融融，先到詩情酒思中。柳岸霏微裛塵雨，杏園澹蕩開花風。"吳融《禪院奕棋偶題》："裛塵絲雨送微凉，偶出樊籠入道場。半偈已能消萬事，一枰兼得了殘陽。" 裛：沾濕。陶潛《飲酒二十首》七："秋菊有佳色，裛露掇其英。"王維《送元二使安西》："渭城朝雨裛輕塵，客舍青青柳色新。" 拂面：迎面而來。劉禹錫《元和十一年自朗州召至京戲贈看花諸君子》："紫陌紅塵拂面來，無人不道看花回。玄都觀裏桃千樹，盡是劉郎去後栽。"李賀《出城寄權璩楊敬之》："草暖雲昏萬里春，宮花拂面送行人。自言漢劍當飛去，何事還車載病身？"

⑧ 啼珠：喻指露珠。元稹《月臨花》："夜久清露多，啼珠墜還結。"李山甫《早春微雨》："疏影未藏千里樹，遠陰微翳萬家樓。青羅

舞袖紛紛轉,紅臉啼珠旋旋收。” 　粉汗:指婦女之汗,婦女面多敷粉,故云。權德輿《玉臺體十二首》一:“鶯啼蘭已紅,見出鳳城東。粉汗宜斜日,衣香逐上風。”蘇軾《四時詞四首》三:“新愁舊恨眉生綠,粉汗餘香在蘄竹。”這裏指梅花上看似紅色的露珠。

　　⑧ 滿空:整個天空。東方虬《春雪》:“春雪滿空來,觸處似花開。不知園裏樹,若個是真梅?”包融《和陳校書省中翫雪》:“芸閣朝來雪,飄颻正滿空。褰開明月下,校理落花中。” 　淡淡:形容顔色淺淡。杜甫《行次鹽亭縣聊題四韵》:“雲溪花淡淡,春郭水泠泠。”徐鉉《寒食日作》:“過社紛紛燕,新晴淡淡霞。” 　芳叢:叢生的繁花。劉憲《奉和春日幸望春宮應制》:“鶯藏嫩葉歌相喚,蝶礙芳叢舞不前。”晏殊《鳳銜杯》:“憑朱檻,把金卮。對芳叢、惆悵多時。”

[編年]

　　《年譜》編年本組詩於元和十二年,理由是:“丁酉歲。”這自然没有問題。但其編排在《歲日贈拒非》、《酬樂天春寄微之》、《贈熊士登》、《贈嶺南熊判官》之後,却是不妥當的,因爲《歲日贈拒非》、《贈熊士登》、《贈嶺南熊判官》作於元和十一年春天,而《酬樂天春寄微之》却作於元和十三年四月十三日稍前,説詳本書有關四首詩歌的編年。《編年箋注》存在同樣的問題,也將《歲日贈拒非》、《贈熊士登》、《贈嶺南熊判官》編排在本組詩之前,僅僅將《酬樂天春寄微之》另外編年元和十三年,編年理由仍然是錯誤的,説詳本書《酬樂天春寄微之》的編年。《年譜新編》亦編年元和十二年,但也是排列在《歲日贈拒非》之後,《遣行十首》之前,同樣是不合適的。

　　有元稹自己的題下注“丁酉歲”爲證,編年本組詩自然應該是輕而易舉之事。因爲“丁酉歲”即元和十二年,我們的編年意見自然是元和十二年,從詩歌題目更主要是詩歌的内容,都涉及春天,因此本組詩應該編年於元和十二年的春天,賦詩地點在興元。當時元稹病體初愈，又在不是自己任職之地的興元，因而無所事事，才有心情賦詠這樣心情輕鬆的詩歌，而且一詠就是二十首。

可以證明我們編年意見的不僅僅是詩人自己的題下注，還有元稹詩歌涉及的內容：如第十首"隴迴羌聲怨，江遙客思融"一聯，明確表明元稹當時居住在靠近羌族聚居地的興元，但離開漢江又有一段距離。又如第十三首，寫的是元稹一雙兒女"稚戲"的情景：元和十二年春天，元稹與韋叢的女兒保子十多歲，正是女孩學針綫學廚藝之時，"女兒針綫盡，偷學五辛叢"，十分貼切也非常真實；元稹與安仙嬪的兒子元荆這年七歲，正是男孩淘氣的年月："亂騎殘爆竹，爭唾小旋風。罵雨愁妨走，呵冰喜旋融"，活畫出一幅頑童春戲圖。當然出生於元和十一年元稹與裴淑的女兒元樊，這時還在繈褓之中，不會參與到姐姐的學藝活動與哥哥的遊戲之中。

■ 寄蜀人詩(一)①

據《宣和書譜·正書敘論》

[校記]

（一）寄蜀人詩：本佚失詩所據《宣和書譜·正書敘論》有關元稹的記載，又見《唐音癸籤·集録》、《佩文齋書畫譜·宋宣和書譜》、《書畫彙考·宣和御府藏》、《六藝之一録·歷朝書譜》，均不見異文。

[箋注]

① 寄蜀人詩：《宣和書譜·正書敘論》："元稹，字微之，河南人也……其楷字蓋自有風流蘊藉，俠才子之氣而動人眉睫也。要之，詩中有筆，筆中有詩，而心畫使之然耳！今御府所藏正書一：寄蜀人

詩。"《佩文齋書畫譜・宋宣和書譜》："唐元稹：御府所藏正書一：寄蜀人詩。"《唐音癸籤・集錄》："元稹寄蜀人詩：正書。"《書畫彙考・宣和御府藏》："元稹正書：寄蜀人詩。"《六藝之一錄・歷朝書譜》："元稹相穆宗，贈尚書右僕射。少孤，授學於母。十五以明經中第，相繼應制科，擢第一。及典詞誥，務在純厚，時流慕之，文體爲之一變，所長惟歌詩，歆豔一時，天下稱元和體。其詩名與白居易相下上，人目之爲元白。及其在越，與詩人竇群（羣）賡酬，又稱蘭亭絕唱。每一詞出，往往播之樂府。其楷字蓋自有風流醞藉，俠才子之氣而動人眉睫也。要之，詩中有筆，筆中有詩，而心畫使之然耳！今御府所藏正書一：寄蜀人詩(宣和書譜)。"　蜀人：蜀地之人。岑參《龍女祠》："龍女何處來？來時乘風雨……蜀人競祈恩，捧酒仍擊鼓。"韓翃《贈別成明府赴劍南》："朝主三室印，晚爲三蜀人。遙知下車日，正及巴山春。"

[編年]

　　《元稹集》未採錄，《年譜》、《編年箋注》《年譜新編》也未採錄與編年。

　　根據現存不多的資料，我們祇能進行並不可靠的推測：一、本詩也有可能指在蜀地宦遊的朋友，元稹《貽蜀五首序》："元和九年，蜀從事韋臧文告別，蜀多朋舊，稹性懶爲寒溫書，因賦代懷五章，而贈行亦在其數。"五首詩篇分別贈送李夷簡、李表臣、盧子蒙、張元夫、韋臧文，他們都是元稹的朋友。我們懷疑所謂的"蜀人"有可能就是他們，所謂的"寄蜀人詩"，是否就是《貽蜀五首》，但手中沒有材料，難以斷言，無法確指，故至多祇能存疑，有待將來實物的佐證。二、也許是元稹《貽蜀五首》之外再一次寄呈以上五人或其中數人之詩篇，但這種可能性非常小。三、我們更傾向"寄蜀人詩"賦成於元稹在興元期間，元和十年六月底，元稹在九死一生情況下離開通州。經過一年多的治療，到了元和十二年的春天，元稹的病體大致已經康復，心情也開始好轉,如元稹《晚春》:"晝靜簾疏燕語頻,雙雙鬥雀動階塵。柴扉日暮隨風掩,落盡閑花不見人。"就是這種輕鬆心情的自然流露。詩人在即將返回通州之際,正應該向通州新結識的朋友報個平安之信,告訴自己及在興元組建的家庭即將返回通州,"寄蜀人詩"大約就擔當了這一任務,賦成的時間應該在元和十二年春天,地點在興元的嚴茅,元稹當時是一個因病離任的通州司馬。

◎ 晚 春^{(一)①}

　　晝靜簾疏燕語頻^(二),雙雙鬥雀動階塵^②。柴扉日暮隨風掩^(三),落盡閑花不見人^③。

錄自《元氏長慶集》卷一六

[校記]

　　(一)晚春:楊本、叢刊本、《萬首唐人絕句》、《古詩鏡·唐詩鏡》、《御選唐詩》、《全詩》、《全唐詩錄》同,《記纂淵海》無題,《佩文齋廣群芳譜》歸屬白居易名下,根據衆本和原本,不從不取。

　　(二)晝靜簾疏燕語頻:叢刊本、《萬首唐人絕句》、《古詩鏡·唐詩鏡》、《全詩》、《全唐詩錄》、《記纂淵海》、《佩文齋廣群芳譜》、《御選唐詩》同,楊本作"晝靜檐疏燕語頻",各備一說,不改。

　　(三)柴扉日暮隨風掩:楊本、叢刊本、《萬首唐人絕句》、《古詩鏡·唐詩鏡》、《全詩》、《全唐詩錄》、《佩文齋廣群芳譜》、《御選唐詩》同,《記纂淵海》作"柴扉日暮隨風拚",語義不佳,不從不改。

[箋注]

　　① 晚春:暮春,一般指三月。劉希夷《晚春》:"佳人眠洞房,回首

見垂楊。”沈佺期《和上巳連寒食有懷京洛》：“行樂光輝寒食借,太平歌舞晚春饒。”

　　② 燕語:指燕子鳴叫。蕭統《錦帶書十二月啓·姑洗三月》：“魚遊碧沼,疑呈遠道之書;燕語雕梁,狀對幽閨之語。”宋無名氏《西江月》：“梁上喃喃燕語,紙間戢戢蠶生。”　雙雙:一對對。蕭綱《詠蝶》：“復此從風蝶,雙雙花上飛。”柳永《安公子》：“拾翠汀洲人寂靜,立雙雙鷗鷺。”　鬥雀:雀性好鬥,故名。姚合《和裴令公游南莊》：“鬥雀翻衣袂,驚魚觸釣竿。”張祐《江南雜題》：“怒蛙橫飽腹,鬥雀墮輕毛。”

　　③ 柴扉:柴門,亦指貧寒的家園。范雲《贈張徐州稷》：“還聞稚子説,有客款柴扉。”李商隱《訪隱者不遇成二絶》二:“城郭休過識者稀,哀猿啼處有柴扉。”　日暮:傍晚,天色晚。褚亮《秋雁》：“日暮霜風急,羽翮轉難任。”杜牧《金谷園》：“日暮東風怨啼鳥,落花猶似墮樓人。”　隨風:任憑風吹而不由自主。《列子·黄帝》：“心凝形釋,骨肉都融,不覺形之所倚,足之所履,隨風東西,猶木葉幹殼。”《文選·司馬相如〈上林賦〉》：“汎淫泛濫,隨風澹淡。與波搖蕩,奄薄水渚。”郭璞注：“皆鳥任風波自縱漂貌也。”　掩:關閉,合上。《南史·袁粲傳》：“席門常掩,三徑裁通。”王駕《社日》：“鵝湖山下稻粱肥,豚柵雞栖半掩扉。”　閑花:指野花。李嘉祐《贈别嚴士元》：“細雨濕衣看不見,閑花滿地落無聲。”幽雅的花,閑,通“嫻”。沈佺期《仙萼池亭侍宴應制》：“閑花開石竹,幽葉吐薔薇。”

[編年]

　　未見《年譜》編年本詩,《編年箋注》列入“未編年詩”欄内,《年譜新編》列入“無法編年作品”欄内。

　　我們以爲,本詩可以編年。雖然本詩描寫的是隨處可見年年都是的暮春景象,但結合元稹的生平,仍然可以找到一些綫索作爲本詩編年的依據:"柴扉"一詞,據我們反復查找,在元稹詩文中僅此一處。在元稹一生諸多的居留之所中,長安靖安坊的住所,是隋代皇帝恩賜給元稹六代祖、隋代兵部尚書元巖的,想來不會以"柴扉"爲院門。在洛陽元稹岳丈、東都留守韋夏卿的履信坊住宅中,有"大隱洞"等著名園林,宅門或園門也不會是"柴扉"的吧!在同州,元稹從宰相之尊下貶,但畢竟還是一州的主官,元稹的住宅之門想來不會是"柴扉"。在越州,作爲觀察使的元稹自詡自己的住宅是"州城迥繞拂雲堆,鏡水稽山滿眼來。四面常時對屏障,一家終日在樓臺。星河似向檐前落,鼓角驚從地底迴。我是玉皇香案吏,謫居猶得住蓬萊。"肯定不會以"柴扉"爲門。在鄂州,方面大臣元稹先是借住在朋友嚴澗的私人住宅中,後來大約搬回隨後空出的節度使宅院,"柴扉"爲門也是不可能的事情。在江陵,元稹元和五年夏天剛剛到達之時的住宅是江邊的廢宅,院門有可能是"柴扉",但同年的冬天即"官爲修宅",修繕之後的院門定然也不會是"柴扉"吧!"晚春"時節而又"柴扉"的情景,不會出現在元稹江陵任的詩篇裏,也不會出現在經過修繕的江陵元稹的住宅之外。元稹元和十年六月到達通州,同年九月下旬離開通州前往興元,元和十二年五月回歸通州,十四年二月二十日前離開,他們一家在通州祇有元和十三年一個晚春,而當時的元稹已經是負有"代理州務"責任的官員,與有職無權的州司馬已經有所不同。何況即使是州司馬,畢竟也是屬於官員的序列,以"柴扉"爲門也不太可能;而且,通州的環境是"平地才應一頃餘,閣欄都大似巢居","哭鳥晝飛人見少,倀魂夜嘯虎行多",如果是"日暮隨風掩"的"柴扉",定然難以防備夜行的老虎及其他猛獸,應該不太可能。杜甫《五盤》:"地僻無網罟,水清反多魚。好鳥不妄飛,野人半巢居。"祝穆《方輿勝覽》卷六〇引《寰宇記》:"今渝之山谷中有狼……鄉俗構屋高樹,謂之閣欄。"爲我們提供了有力的旁證。還有餘下的最後一處元稹的住宅,那就是興元的嚴茅。因爲元稹是爲治病而來到興元,在興元元稹并沒有任何職務,混同一般士人而已,臨時住宅以"柴扉"爲門也就不足爲奇。而我們又有元稹自己的詩篇爲證,《景申秋八首》其四:"婢報樵蘇竭,妻愁院落通。"其六:"經雨籬落壞,入秋田地荒。"與本詩中的描寫一一相符。元稹元和十年年底到達興元,與裴淑結婚,并從長安接來女兒保子、兒子元荊,組成新的家庭,居住在興元的嚴茅。元稹離開興元在十二年五月,結合詩題"晚春",本詩應該作於元和十一年晚春或十二年的晚春。從本詩所呈現悠閑自得的意境來看,不像是元稹元和十一年晚春剛剛從元和十年的死亡綫上掙扎回來的模樣,而確實像元稹身體已經病愈並且即將於十二年五月返回通州的光景,以元和十二年晚春最爲可能。

▲ 閉門即事①

數竿修竹衡門裏,一徑松杉落日中(一)②。

　　　　　　見《千載佳句·幽居》,據花房英樹《元稹研究》轉録

[校記]

(一) 一徑松杉落日中:《全唐詩補編》、《編年箋注》同,《元稹集》誤爲"數竿修竹衡門裏,一徑松衫落日中",語義不通,不取。

[箋注]

① 閉門即事:"數竿修竹衡門裏"兩句,現存元稹詩文未見,但《千載佳句·幽居》,有載,《元稹研究》轉録,今據補。　　閉門:關起門來。王維《濟州過趙叟家宴》:"雖與人境接,閉門成隱居。道言莊叟事,儒行魯人餘。"劉長卿《題大理黃主簿湖上高齋》:"閉門湖水畔,自與白鷗親。竟日窗中岫,終年林下人。"　　即事:以當前事物爲題材的

詩。魏慶之《詩人玉屑·陵陽謂須先命意》：“凡作詩須命終篇之意，切勿以先得一句一聯，因而成章，如此則意不多屬。然古人亦不免如此，如述懷、即事之類，皆先成詩，而後命題者也。”儲光羲《漢陽即事》：“楚國千里遠，孰知方寸違。春遊歡有客，夕寢賦無衣。”王昌齡《寒食即事》：“晉陽寒食地，風俗舊來傳。雨滅龍蛇火，春生鴻雁天。”

②竿：量詞，猶棵、株，用於竹的計量。庾信《小園賦》：“一寸二寸之魚，三竿兩竿之竹。”楊萬里《駕幸聚景晚歸有旨次日歇泊》：“賜休又得明朝睡，不問三竿與兩竿。” 修竹：長長的竹子。劉長卿《登思禪寺上方題修竹茂松》：“上方幽且暮，臺殿隱蒙籠。遠磬秋山裏，清猿古木中。”杜甫《佳人》：“摘花不插髮，采柏動盈掬。天寒翠袖薄，日暮倚修竹。” 衡門：橫木爲門，指簡陋的房屋。《詩·陳風·衡門》：“衡門之下，可以棲遲。”朱熹集傳：“衡門，橫木爲門也。門之深者，有阿塾堂宇，此惟橫木爲之。”《漢書·韋玄成傳》：“聖王貴以禮讓爲國，宜優養玄成，勿枉其志，使得自安衡門之下。”顏師古注：“衡門，謂橫一木於門上，貧者之所居也。”借指隱者所居。蔡邕《郭有道碑文》：“爾乃潛隱衡門，收朋勤誨，童蒙賴焉，用袪其蔽。”陶潛《癸卯歲十二月中作》：“寢迹衡門下，邈與世相絕。”專指隱者所居屋舍之門。劉滄《贈隱者》：“何時止此幽栖處，獨掩衡門長綠苔。” 一徑：一條小路。杜甫《遣意二首》一：“一徑野花落，孤村春水生。”楊萬里《桑茶坑道中》八：“山根一徑抱溪斜，片地纔寬便數家。” 松：木名，松科植物的總稱，常綠或落葉喬木，少數爲灌木。樹皮多爲鱗片狀，葉子針形，毬果。材用很廣，種子可食用、榨油，松脂可提取松香、松節油。陶潛《歸去來兮辭》：“三逕就荒，松菊猶存。”梅堯臣《對雪憶往歲錢塘西湖訪林逋三首》一：“折竹壓籬曾礙過，卻穿松下到茅廬。” 杉：常綠喬木，高可達三十米以上。樹冠的形狀像塔，葉綫狀披針形。果子球形，木材白色或淡黃，質輕，耐朽，供建築和製器具用。杜牧《題池州弄水亭》：“杉樹碧爲幢，花駢紅作堵。”皮日休《宿報恩寺水閣》：“往往

竹梢搖翡翠,時時杉子擲莓苔。”　　落日:夕陽,亦指夕照。李華《晚日
湖上寄所思》:“與君爲近別,不啻遠相思。落日平湖上,看山對此
時。”孟浩然《落日望鄉》:“客行愁落日,鄉思重相催。況在他山外,天
寒夕鳥來。”

[編年]

　　未見《年譜》編年,《編年箋注》歸入“未編年詩”欄内,《年譜新編》
編入“無法編年作品”欄内。

　　我們以爲,兩句所在的本詩可以編年,元稹有《晚春》一詩,與此
顯示的意境極爲相近:“晝静簾疏燕語頻,雙雙鬥雀動階塵。柴扉日
暮隨風掩,落盡閑花不見人。”詩中的“柴扉”一詞,與兩句中的“衡
門”表示的是同一個意思,都是簡陋的院門。在元稹一生諸多的居
留之所中,長安靖安坊的住所、東都留守韋夏卿的履信坊住宅、同
州刺史的住宅、越州觀察使的住宅、鄂州節度使的住宅、通州司馬
的住宅,包括江陵經過重新修繕一新的住宅,院門都不會如此簡
陋。祇有元稹在興元的嚴茅住宅,是元稹因爲治病而借住的臨時
居所。在興元,元稹并没有任何職務,混同一般士人而已,臨時住
宅以“柴扉”爲門也就不足爲奇,簡陋不堪也就在所難免了:“婢報
樵蘇竭,妻愁院落通”、“經雨籬落壞,入秋田地荒”就是當時情景的
具體寫照,這樣的居所以“衡門”爲院門非常正常。而《晚春》賦成
於元和十二年的晚春,流露的是大病痊愈之後即將返回通州任所
那種悠閑自得的心態,與兩句揭示的自得悠閑心態完全一致。據
此,我們以爲兩句所在的本詩也應該賦成於同時,亦即元和十二年
的春夏,地點在興元的嚴茅。

◎ 樂府(有序)⁽一⁾①

《詩》訖於周,《離騷》訖於楚②,是後詩之流爲二十四名:賦、頌、銘、贊③、文、誄、箴、詩④、行、詠、吟、題⑤、怨、嘆、章、篇⑥、操、引、謠、謳⑦、歌、曲、詞、調⑧,皆詩人六義之餘,而作者之旨⁽二⁾⑨。由操而下八名,皆起於郊祭、軍賓、吉凶、苦樂之際⑩。在音聲者,因聲以度詞,審調以節唱⑪。句度短長之數,聲韵平上之差,莫不由之准度⑫。而又別其在琴瑟者爲操、引,採民甿者爲謳、謠,備曲度者總得謂之歌、曲、詞、調,斯皆由樂以定詞,非選詞以配樂也⁽三⁾⑬。由詩而下九名,皆屬事而作,雖題號不同,而悉謂之爲詩可也⑭。後之審樂者,往往採取其詞,度爲歌曲,蓋選詞以配樂,非由樂以定詞也⑮。而纂撰者由詩而下十七名,盡編爲《樂録》⑯。樂府等題,除《鐃吹》、《橫吹》、《郊祀》、《清商》等詞在《樂志》者⑰,其餘《木蘭》、《仲卿》、《四愁》、《七哀》之輩,亦未必盡播於管弦明矣⑱!後之文人,達樂者少,不復如是配別,但遇興紀題,往往兼以句讀短長爲歌、詩之異⑲。劉補闕云樂府肇於漢魏⁽四⁾,按仲尼學《文王操》,伯牙作《流波》、《水仙》等操,齊牧犢作《雉朝飛》⁽五⁾,衛女作《思歸引》,則不於漢魏而後始,亦以明矣⑳!況自風雅至於樂流,莫非諷興當時之事,以貽後代之人㉑。沿襲古題,唱和重複,於文或有短長,於義咸爲贅剩㉒。尚不如寓意古題,刺美見事,猶有詩人引古以諷之義焉㉓!曹、劉、沈、鮑之徒,時得如此,亦復稀少㉔。近代唯詩人杜甫《悲陳陶》、《哀江頭》、《兵車》、《麗人》等,凡所歌行,率皆即事名篇，無復倚傍㉕。予少時與友人樂天、李公垂輩謂是爲當，遂不復擬賦古題㉖。昨梁州見進士劉猛、李餘各賦古樂府詩數十首(六)，其中一二十章咸有新意(七)，予因選而和之㉗。其有雖用古題全無古義者，若《出門行》不言離別，《將進酒》特書列女之類是也㉘。其或頗同古義全創新詞者，則《田家》止述軍輸，《捉捕》詞先螻蟻之類是也(八)㉙。劉、李二子方將極意於斯文，因爲粗明古今歌詩同異之旨焉(九)㉚！

錄自《元氏長慶集》卷二三

［校記］

（一）樂府(有序)：楊本、叢刊本、《全詩》作“樂府古題序（丁酉）”，《唐文粹》、《唐詩紀事》、《稗編》作“樂府古題序”，《古詩紀》作“自序樂府”，語義相類，不改。

（二）而作者之旨：宋蜀本同，楊本作“作者之言”，語義不同，不改。叢刊本作“而作者之□”，“□”，《康熙字典》查無此字，疑是刊刻之誤。

（三）非選詞以配樂也：原本作“非選調以配樂也”，楊本、叢刊本、《全詩》同，語義難通，據《唐音癸籤》、《唐詩紀事》、《文章辨體彙選》、《古樂苑衍錄》、《唐文粹》、《稗編》改。

（四）劉補闕云樂府肇於漢魏：原本作“劉補闕之樂府肇於漢魏”，楊本、叢刊本、《全詩》同，據《唐文粹》、《古詩紀》、《古樂苑衍錄》、《文章辨體彙選》、《唐詩紀事》改。

（五）齊牧犢作《雉朝飛》：《唐文粹》、《文章辨體彙選》同，楊本、叢刊本作“齊牧犢作《雉朝飛》”，《唐詩紀事》、《全詩》作“齊犢沐作雉朝飛”，《乐府诗集·琴曲歌辞·雉朝飞操》、《中華古今注·雉朝飛》作“犢沐子”，語義不同，不改。

（六）昨梁州見進士劉猛、李餘各賦古樂府詩數十首：楊本、叢刊本、《全詩》、《唐詩紀事》、《四庫全書考證》同，《唐文粹》作"昨南梁州見進士劉猛李餘各賦古樂府詩數十百"，宋蜀本、《文章辨體彙選》作"昨南梁州見進士劉猛李餘各賦古樂府詩數十首"，"南梁"與"梁州"語義相類，不改。"數十百"顯然是"數十首"之誤，不從不改。

（七）其中一二十章咸有新意：楊本、叢刊本、《全詩》同，《唐詩紀事》、《唐文粹》、《文章辨體彙選》、《四庫全書考證》作"中一二十章咸有新意"，語義相類，不改。

（八）《捉捕》詞先螻蟻之類是也：楊本、叢刊本、《唐詩紀事》、《全詩》同，《樂府詩集》、《唐文粹》、《文章辨體彙選》作"《捉捕》請先螻蟻之類是也"，語義不同，不改。

（九）因爲粗明古今歌詩同異之旨焉：宋蜀本、《樂府詩集》、《唐文粹》、《文章辨體彙選》、《全詩》、《唐詩紀事》同，楊本、叢刊本作"因爲親朋古今歌詩同異之音焉"，語義難通，不從不改。

［箋注］

① 樂府：詩體名，初指樂府官署所採製的詩歌，後將魏晉至唐可以入樂的詩歌，以及仿樂府古題的作品統稱樂府。宋代郭茂倩搜輯漢魏以迄唐、五代合樂或不合樂以及摹擬之作的樂府歌辭，總成一書，題作《樂府詩集》。宋以後的詞、散曲、劇曲，因爲配樂的緣故，有時也稱樂府。劉禹錫《魏宮詞二首》二："日映西陵松柏枝，下臺相顧一相思。朝來樂府長歌曲，唱著君王自作詞。"白居易《讀張籍古樂府》："張君何爲者？業文三十春。尤工樂府詩，舉代少其倫。" 有：助詞，無義，作名詞詞頭。《詩·召南·摽有梅》："摽有梅，其實七兮！"酈道元《水經注·伊水》："南望過於三塗，北瞻望於有河。"助詞，無義，作動詞詞頭。《詩·邶風·日月》："胡能有定？ 寧不我顧？"《後漢書·鄭太荀彧等傳贊》："彧之有弼，誠感國疾。"這裏應該是前者，

但也兼有後者之義項。　　序：同“叙”，文體名稱，亦稱“序文”、“序言”，一般是作者陳述作品的主旨、著作的經過等，如司馬遷《太史公自序》。他人所作的對著作的介紹評述也稱序，如晉皇甫謐《三都賦序》。漢以前，序在書末，後列於書首。唐初親友別離，贈言規勉，乃有贈序，如韓愈《送李愿歸盤谷序》。齊己《喜得自牧上人書》：“聞著括囊新集了，擬教誰與序離騷？”聞邱胤《寒山子詩集序》：“詳夫寒山子者，不知何許人也。自古老見之，皆謂貧人風狂之士，隱居天台唐興縣西七十里，號爲寒巖……”這篇序文，雖然也簡略介紹《和劉猛古題樂府十首》與《和李餘古題樂府九首》的緣由，但它主要論述樂府詩歌在歷史長河裏的演變與發展，爲讀者破解古題樂府詩歌的分類與特點，道前人所未曾道，其文獻的價值十分珍貴，其理論的意義非常重大。其實它完全可以獨立成篇的，是元稹對我國古代詩歌發展的傑出貢獻。

　　②《詩》：這裏指《詩經》。《左傳·隱公元年》：“《詩》曰：‘孝子不匱，永錫爾類。’”韓愈《鄆州溪堂詩》：“公在中流，右詩左書。”　訖：到，至。《詩·國風·關雎序》：“關雎，后妃之德也。”鄭玄箋：“舊説云：起此，至‘用之邦國焉’，名《關雎序》，謂之《小序》；自‘風，風也’訖末，名爲《大序》。”王令《唐介》：“必也事有不得已，宜乎訖死争不回。”周：朝代名，姬姓，公元前十一世紀武王滅商建周，都城鎬京(今陝西西安)，史稱西周。公元前七七一年，犬戎攻破鎬京，周幽王被殺，次年周平王東遷洛邑(今河南洛陽)，史稱東周，公元前二五六年爲秦所滅，共歷三十四王，八百多年。清遠道士《同沈恭子遊虎丘寺有作》：“我本長殷周，遭罹歷秦漢。四瀆與五岳，名山盡幽竄。”蜀宮群仙《王母》：“滄海成塵幾萬秋，碧桃花發長春愁。不來便是數千載，周穆漢皇何處遊？”　離騷：文體之一種。陶翰《南楚懷古》：“往事那堪問？此心徒自勞。獨餘湘水上，千載聞離騷。”包佶《酬顧況見寄》：“于越城邊楓葉高，楚人書裏寄離騷。寒江鸂鶒思儔侣，葳葳臨流刷羽毛。”

後人多有評述,如魏慶之《詩人玉屑·詩體》:"風雅頌既亡,一變而爲離騷,再變而爲西漢五言,三變而爲歌行雜體,四變而爲沈宋律詩。"又如游國恩《楚辭概論·楚辭的名稱》:《離騷》"這個名詞的解釋,也不是楚言,也不是離憂,也不是遭憂和別愁,更不是明擾,乃是楚國當時一種曲名。按《大招》云:'楚《勞商》只。'王逸曰:'曲名也。'按'勞商'與'離騷'爲雙聲字,古音'勞'在'宵'部,'商'在'陽'部,'離'在'歌'部,'騷'在'幽'部。'宵''歌'、'陽''幽',並以旁紐通轉,故'勞'即'離','商'即'騷',然則'勞商'與'離騷',原來是一物而異其名罷了。'離騷'之爲楚曲,猶後世'齊驅''吳趨'之類。王逸不知'勞商'即'離騷'之轉音,故以爲另一曲名,正如他不知《大招》的'鮮卑'與《招魂》的'犀比'是一件東西一樣。" 楚:古國名羋姓,始祖鬻熊,西周時立國於荆山一帶,都丹陽(今湖北秭歸東南)。周人稱爲荆蠻。後建都於郢(今湖北江陵西北紀王城)。春秋戰國時國勢强盛,疆域由湖北、湖南擴展到今河南、安徽、江蘇、浙江、江西和四川,爲五霸七雄之一。戰國末漸弱,屢敗于秦,遷都陳(今河南淮陽),又遷壽春(今安徽壽縣),公元前二二三年爲秦所滅。王維《偶然作六首》一:"楚國有狂夫,茫然無心想。散髮不冠帶,行歌南陌上。"王昌齡《爲張僓贈閻使臣》:"哀哀獻玉人,楚國同悲辛。泪盡繼以血,何由辨其真?"

③ 是後:此後,從此。《史記·魏公子列傳》:"是後魏王畏公子之賢能,不敢任公子以國政。"《北史·昭哀皇后姚氏傳》:"〔夫人〕未升尊位,然帝寵禮如后。是後猶欲正位,后謙不當。" 賦:文體名,是韵文和散文的綜合體,講究詞藻、對偶、用韵。最早以"賦"名篇的爲戰國荀況,今實存《禮賦》、《知賦》等五篇,後盛行於漢、魏、六朝。班固《西都賦序》:"賦者,古詩之流也。"韓愈《感二鳥賦序》:"故爲賦以自悼。" 頌:文體的一種,以頌揚爲宗旨的詩文。《文選·陸機〈文賦〉》:"頌優遊以彬蔚,論精微而朗暢。"李善注:"頌以褒述功美,以辭

爲主，故優遊彬蔚。"《文心雕龍·頌贊》："原夫頌惟典雅，辭必清鑠，敷寫似賦，而不入華侈之區；敬慎如銘，而異乎規戒之域。"　銘：文體的一種，古代常刻於碑版或器物，或以稱功德，或用以自警。《後漢書·延篤傳》："〔延篤〕所著詩、論、銘、書、應訊、表、教令，凡二十篇云。"《文心雕龍·銘箴》："箴全御過，故文資確切；銘兼褒贊，故體貴弘潤。"　贊：文體名，用於讚頌人物等，多爲韵語。《梁書·武帝紀》："詔銘贊誄，箴頌箋奏，爰初在田，洎登寶曆，凡諸文集，又百二十卷。"王讜《唐語林·補遺》："薛公悦其言，圖鋼之形置於左右，命掌記陸長源爲贊以美之。"

④ 文：南北朝時，專指韵文，與散文相對。《宋書·顏竣傳》："太祖問延之：'卿諸子誰有卿風？'對曰：'竣得臣筆，測得臣文。'"《文心雕龍·總術》："今之常言，有文有筆，以爲無韵者筆也，有韵者文也。"　誄：悼念死者的文章。《周禮·春官·大祝》："作六辭以通上下親疏遠近，一曰祠，二曰命，三曰誥，四曰會，五曰禱，六曰誄。"韓愈《祭虞部張員外文》："酒食備設，靈其降止。論德叙情，以視諸誄。"　箴：文體的一種，以規勸告誡爲主。《漢書·揚雄傳贊》："箴莫善於《虞箴》，作《州箴》。"《文心雕龍·銘箴》："箴者，所以攻疾防患，喻針石也。斯文之興，盛於三代。夏商二箴，餘句頗存。"　詩：文學體裁的一種，通過有節奏有韵律的語言反映生活，抒發情感，最初詩可以唱詠。《文心雕龍·樂府》："凡樂辭曰詩，詩聲曰歌。"劉祁《歸潛志》卷一三："夫詩者，本發其喜怒哀樂之情，如使人讀之無所感動，非詩也。"

⑤ 行：古詩的一種體裁，王灼《碧雞漫志》卷一："古詩或名曰樂府，謂詩之可歌也。故樂府中有歌有謠，有吟有引，有行有曲。"趙德操《北窗炙輠録》卷上："凡歌始發聲，謂之引……既引矣！其聲稍放焉！故謂之行。行者，其聲行也。"又指樂曲。《史記·司馬相如列傳》："酒酣，臨邛令前奏琴曰：'竊聞長卿好之，願以自娛。'相如辭謝，爲鼓一再行。"司馬貞索隱："行者，曲也。此言鼓一再行，謂一兩曲。"

詠:詩體名。《禮記·檀弓》:"人喜則斯陶,陶斯詠。"鄭玄注:"詠,嘔也。"許堯佐《柳氏傳》:"喜談謔,善謳詠。"　吟:古代詩歌體裁的一種。《三國志·諸葛亮傳》:"亮躬畊隴畝,好爲《梁父吟》。"姜夔《白石詩話》:"悲如蛩螿曰吟,通乎俚俗曰謠,委曲盡情曰曲。"　題:奏章。權德輿《郴州換印緘遣之際率成三韻因寄李二兄員外使君》:"緘題桂陽印,持寄朗陵兄。刺舉官猶屈,風謠政已成。行看換龜組,奏最謁承明。"《舊五代史·唐明宗紀》:"緘題罔避於嫌疑,情旨頗彰於怨望。"

⑥ 怨:古詩體之一。《古樂苑衍録·相和歌楚調十曲》:"白頭行,泰山吟行,梁甫吟行,東武吟亦曰東武琵琶吟行,怨詩行亦曰怨歌行亦曰明月照高樓,長門怨亦曰阿嬌怨,班婕妤亦曰婕妤怨,娥眉怨,玉階怨,雜怨。"嚴羽《滄浪詩話·詩體》:"以怨名者,古詞有《寒夜怨》、《玉階怨》。"　嘆:樂府詩體名。《文選·潘岳〈笙賦〉》:"荆王喟其長吟,楚妃嘆而增悲。"李善注:"《歌録》曰:吟嘆四曲,《王昭君》、《楚妃嘆》、《楚王吟》、《王子喬》,皆古辭。"嚴羽《滄浪詩話·詩體》:"〔詩體〕又有以'嘆'名者。"　章:臣下給君主的奏本。《後漢書·寒朗傳》:"帝問曰:'誰與共爲章?'"韓愈《元和聖德詩》:"四方節度,整兵頓馬。上章請討,俟命起坐。"　篇:特指詩歌、辭賦等文藝著作。《宋書·謝靈運傳論》:"王褒、劉向、揚、班、崔、蔡之徒,異軌同奔,遞相師祖,雖清辭麗曲,時發乎篇,而蕪音累氣,亦固多矣!"蕭統《文選序》:"自炎漢中葉,厥塗漸異,退傅有在鄒之作,降將著河梁之篇。"

⑦ 操:琴曲。《史記·宋微子世家》:"紂爲淫泆,箕子諫,不聽……乃被髮詳狂而爲奴,遂隱而鼓琴以自悲,故傳之曰《箕子操》。"裴駰集解引應劭《風俗通》:"其道閉塞憂愁而作者,命其曲曰操。操者,言遇菑遭害,困厄窮迫,雖怨恨失意,猶守禮義,不懼不懾,樂道而不改其操也。"酈道元《水經注·汶水》:"昔夫子傷政道之陵遲,望山而懷操,故琴操有《龜山操》焉!"　引:曲調之名。《文選·馬融〈長笛

賦〉》："故聆曲引者，觀法於節奏，察度於句投。"李善注："引，亦曲也。"《文選‧謝靈運〈會吟行〉》："六引緩清唱，三調佇繁音。"劉良注："六引，古歌曲名。"又爲唐宋雜曲(詞)的一種體裁。張先有《青門引》詞。俞平伯《唐宋詞選釋‧前言》："'南唐'之變'花間'，變其作風不變其體——仍爲令、引之類。"江淹《雜體詩‧效謝莊〈郊遊〉》："氣清知雁引，露華識猿音。"王勃《滕王閣序》："敢竭鄙誠，恭疏短引。"　謠：歌唱而不用樂器伴奏。《詩‧魏風‧園有桃》："心之憂矣！我歌且謠。"毛傳："曲合樂曰歌，徒歌曰謠。"韓愈《春雪》："看雪乘清旦，無人坐獨謠。"也指民間流行的歌謠。《國語‧晉語》："辨祅祥於謠。"韋昭注："行歌曰謠。"謝惠連《雪賦》："曹風以麻衣比色，楚謠以幽蘭儷曲。"　謳：徒歌，齊聲歌唱。《左傳‧宣公二年》："城者謳曰：'睅其目，皤其腹，棄甲而復。于思於思，棄甲復來。'"《漢書‧高帝紀》："漢王既至南鄭，諸將及士卒皆歌謳思東歸。"顏師古注："謳，齊歌也，謂齊聲而歌。"也指歌曲，民歌。《楚辭‧招魂》："吳歈蔡謳，奏大呂些。"曹植《贈丁廙》："秦箏發西氣，齊瑟揚東謳。"

⑧　歌：詩體的一種。徐師曾《文體明辨序説‧樂府》："《樂府》命題，名稱不一。蓋自琴曲之外，其放情長言，雜而無方者曰歌。"石崇《思歸引序》："此曲有弦無歌，今爲作歌辭。"韓愈《元和聖德詩序》："誠宜率先作歌詩，以稱道聖德。"　曲：一種韻文形式，廣義的曲包括秦漢以來各種可以入樂的樂曲，如漢及唐宋的大曲、民間小調等，一般多指宋金以來的南曲和北曲，同詞的體式相近，但句法較詞更爲靈活，多用口語，用韵也更接近口語。一支曲可以單唱，幾支曲可以合成一套，也可以用幾套曲子寫成戲曲，亦泛指樂曲的唱詞。劉孝孫《詠笛》："凉秋夜笛鳴，流風韵九成。調高時慷慨，曲變或淒清。"楊師道《隴頭水》："隴頭秋月明，隴水帶關城。笳添離別曲，風送斷腸聲。"詞：文體名，古代樂府詩體的一種。嚴羽《滄浪詩話‧詩體》："曰詞，《選》有漢武《秋風詞》，樂府有《木蘭詞》。"也指這樣的一種文體名：按

4075

譜填寫,可合樂歌唱,淵源於南朝,始於唐,盛於宋的一種詩體,亦稱"詩餘"、"長短句"。蘇軾《與蔡景繁書十四首》四:"頒示新詞,此古人長短句詩也。" 調:戲曲和歌曲的樂律,調子。《莊子·徐無鬼》:"夫或改調一弦,於五音無當也,鼓之,二十五弦皆動。"王昌齡《段宥廳孤桐》:"響發調尚苦,清商勞一彈。"

⑨ 詩人:指《詩經》的作者。《楚辭·九辯》:"竊慕詩人之遺風兮,願託志乎素餐。"邵伯温《聞見前録》卷七:"范魯公戒子孫詩,其略曰:'……相鼠尚有禮,宜鑒詩人刺。'"也指寫詩的作家。揚雄《法言·吾子》:"詩人之賦麗以則,辭人之賦麗以淫。"白居易《馬上作》:"吳中多詩人,亦不少酒酤。" 六義:《詩大序》:"詩有六義焉:一曰風,二曰賦,三曰比,四曰興,五曰雅,六曰頌。"孔穎達疏:"風、雅、頌者,詩篇之異體;賦、比、興者,詩文之異辭耳!大小不同而得並爲六義者,賦、比、興是詩之所用,風、雅、頌是詩之成形,用彼三事,成此三事,是故同稱爲義,非別有篇卷也。"近人認爲:風是各國的歌謠,雅是周王畿的歌曲,頌是廟堂祭祀的樂歌,是《詩經》的三種體制;賦是敷陳其事,比是指物譬喻,興是借物起興,是《詩經》的三種表現内容的方法。後指以《詩經》爲代表的文學創作的精神和原則。孟郊《讀張碧集》:"天寶太白歿,六義已消歇。大哉國風本,喪而王澤竭。"羅隱《廣陵李僕射借示近詩因投獻》:"閑尋綺思千花麗,静想高吟六義清。" 作者:創始之人。《禮記·樂記》:"作者之謂聖,述者之謂明。"稱在藝業上有卓越成就的人。貫休《讀劉得仁賈島集二首》一:"二公俱作者,其奈亦迂儒。"指從事文章撰述或藝術創作的人。吳質《答東阿王書》:"還治諷采所著,觀省英瑋,實賦頌之宗,作者之師也。"杜甫《李潮八分小篆歌》:"秦有李斯漢蔡邕,中間作者絶不聞。"

⑩ 郊祭:猶郊祀,祭祀天地。語本《禮記·郊特牲》:"郊之祭也,迎長日之至也。"孔穎達疏:"此一節,總明郊祭之義。迎長日之至也者,明郊祭用夏正建寅之月……今正月建寅,郊祭通而迎此長日之將

至。"董仲舒《春秋繁露·郊祭》："《春秋》之義,國有大喪者,止宗廟之祭,而不止郊祭,不敢以父母之喪,廢事天地之禮也。"《漢書·郊祀志》："成帝初即位,丞相衡、御史大夫譚奏言:'帝王之事莫大乎承天之序,承天之序莫重於郊祀。故聖王盡心極慮以建其制:祭天於南郊,就陽之義也。瘞地於北郊,即陰之象也。'"　　軍賓:軍禮與賓禮。軍禮是古代五禮——吉、凶、軍、賓、嘉之一。林之奇《尚書全解》卷二:"五禮者,吉、凶、軍、賓、嘉也。唐孔氏謂歷驗此經亦有五事:類於上帝者,吉也。百姓如喪考妣,凶也。群后四朝,賓也。大禹謨云禹徂征,軍也。堯典云女於時,嘉也。其意蓋謂當堯之時,此五禮已備。"賓禮是上古朝聘之禮。《周禮·春官·大宗伯》:"以賓禮親邦國:春見曰朝,夏見曰宗,秋見曰覲,冬見曰遇,時見曰會,殷見曰同,時聘曰問,殷覜曰視。"孫詒讓正義:"謂制朝聘之禮,使諸侯親附,王亦使諸侯自相親附也。"　　吉凶:指吉事和喪事。《周禮·春官·天府》:"凡吉凶之事,祖廟之中沃盥執燭。"鄭玄注:"吉事,四時祭也;凶事,后王喪。"班固《白虎通·喪服》:"故吉凶不同服,歌哭不同聲,所以表中誠也。"　　苦樂:痛苦與快樂。盧綸《送顏推官遊銀夏謁韓大夫》:"獵聲雲外響,戰血雨中腥。苦樂從來事,因君一涕零。"李益《從軍有苦樂行》:"勞者且莫歌,我欲送君觴。從軍有苦樂,此曲樂未央。"

⑪　音聲:樂音,音樂。稽康《琴賦》:"余少好音聲,長而玩之。"韓愈《唐故檢校尚書左僕射右龍武軍統軍劉公墓誌銘》:"公不好音聲,不大爲居宅,於諸帥中獨然。"　　因聲以度詞:根據音樂填寫語詞。因:沿襲,承襲。《論語·爲政》:"殷因於夏禮,所損益可知也。"蘇軾《永興軍秋試舉人策問》:"昔漢受天下於秦,因秦之制,而不害爲漢。"依託,利用,憑藉。《孟子·離婁》:"爲高必因丘陵,爲下必因川澤。"《後漢書·矯慎傳》:"隱遁山谷,因穴爲室。"　　度:作曲,按曲譜歌唱填詞。《新唐書·段成式傳》:"子安節,乾寧中,爲國子司業。善樂

律,能自度曲云。"葉夢得《石林燕語》卷一〇:"〔劉幾〕旋度新聲,自爲辭,使女奴共歌之。"　審調以節唱:根據音調按照節拍歌唱。　審:詳究,細察。《書·説命》:"乃審厥象,俾以形旁求於天下。"《史記·淮陰侯列傳》:"故知者决之斷也,疑者事之害也,審豪氂之小計,遺天下之大數。"　節:節奏,節拍。《楚辭·九歌·東君》:"展詩兮會舞,應律兮合節。"《後漢書·三韓傳》:"〔馬韓人〕群聚歌舞,舞輒數十人相隨,蹋地爲節。"宋代無名氏《宣政雜録》:"每扣鼓和,臻蓬蓬之音,爲節而舞。"

⑫ 句度:猶句讀。《晉書·樂志》:"其辭既古,莫能曉其句度。"皇甫湜《答李生第二書》:"書字未識偏傍,高談稷契;讀書未知句度,下視服鄭。"義同"句讀",古人指文辭休止和停頓處,文辭語意已盡處爲句,未盡而須停頓處爲讀。書面上用圈、點來標誌。何休《春秋公羊傳解詁序》:"援引他經,失其句讀。"韓愈《師説》:"彼童子之師,授之書而習其句讀者,非吾所謂傳其道解其惑者也。"　聲韵:指詩文的韵律。《文心雕龍·章句》:"然兩韵輒易,則聲韵微躁;百句不遷,則唇吻告勞。"朱弁《曲洧舊聞》卷五:"章綮質夫作《水龍吟》,詠楊花,其命意用事,清麗可喜,東坡和之,若豪放不入律吕,徐而視之,聲韵諧婉。"指文詞聲律和文字音韵學上的聲、韵、調等。《南齊書·陸厥傳》:"汝南周顒,善識聲韵。"封演《封氏聞見記·聲韵》:"時王融、劉繪、范雲之徒,皆稱才子,慕而扇之,由是遠近文學轉相祖述,而聲韵之道大行。"　平上:即聲調之平上去入。嚴虞惇《讀詩質疑·章句音韵》:"而讀之有長短,則自有平上去入之不同,安在其爲某韵有入聲,某韵無入聲哉!"蔡清《四書蒙引》卷四:"二氣,輕清重濁也。四聲,平上去入也。"　准度:義同"準度",測量,衡量。《後漢書·律曆志》:"赤道者爲中天,去極俱九十度,非日月道,而以遙準度日月,失其實行故也。"《禮記·樂記》:"以繩德厚。"孔穎達疏:"繩,猶度也,謂準度以道德仁厚也。"

⑬　琴瑟：樂器,琴和瑟。亦偏指其中之一種。陸機《擬西北有高樓》：“佳人撫琴瑟,纖手清且閑。”杜甫《錦樹行》：“飛書白帝營斗粟,琴瑟几杖柴門幽。”指琴瑟之聲,古人以之爲雅樂正聲。《荀子·非相》：“聽人以言,樂於鐘鼓琴瑟。”王定保《唐摭言·統序科第》：“琴瑟不改,而清濁殊塗;丹漆不施,而豐儉異致。”　民甿：同“民氓”,民衆,百姓。《晏子春秋·問》：“田野不修,民甿不安。”《淮南子·修務訓》：“輕賦薄斂,以寬民甿。”　曲度：歌曲的節拍、音調。蔣防《霍小玉傳》：“生起,請玉唱歌。初不肯,母固强之。發聲清亮,曲度精奇。”樂史《楊太真外傳》：“曲度清越,真仙府之音。”“斯皆由樂以定詞”兩句：意謂根據音律來選擇詞語,並不是有了詞語再來將其配上相應的音律。　樂：音樂。《漢書·禮樂志》：“夫樂本情性,浹肌膚而臧骨髓,雖經乎千載,其遺風餘烈尚猶不絕。”《宋史·律曆志》：“古之聖人推律以制器,因器以宣聲,和聲以成音,比音而爲樂。然則律呂之用,其樂之本歟!”　詞：言辭,文辭。《公羊傳·昭公十二年》：“《春秋》之信史也,其序,則齊桓、晉文;其會,則主會者爲之也;其詞,則丘有罪焉耳!”阮閱《詩話總龜後集》卷三二引《藝苑》：“當時有薦其才者,上曰：‘得非填詞柳三變乎?’曰：‘然。’上曰：‘且去填詞!’”

⑭　屬事：即白居易《與元九書》“文章合爲時而著,歌詩合爲事而作”之意。李華《無疆頌八首(序)》：“臣華言：伏以漢明帝時,徼外蠻夷,槃木白狼,獻詩歌德,屬事史官。”邵雍《屬事吟》：“願將情意分明謝,肯把恩光取次燒。天寵居多爲幸久,春花無奈正天饒。”　題號：標題名稱。曇域《禪月集後序》：“遂尋檢藳草及暗記憶者約一千首,乃雕刻成部,題號《禪月集》。”胡祗遹《題雪澗閑猿圖》五：“景隨題號一時新,塵坌空慚卷裏人。莫訝畫師無俗筆,定應巢許是前身。”

⑮　審樂：審辨樂曲。《禮記·樂記》：“是故審聲以知音,審音以知樂,審樂以知政,而治道備矣!”黃裳《雜說》：“故審樂以知政,樂與禮同出乎仁義。”　歌曲：詩歌與音樂結合,供人歌唱的作品。《晉

書·樂志》:"舞曲有《矛渝本歌曲》、《安弩渝本歌曲》、《安臺本歌曲》、《行辭本歌曲》,總四篇。其辭既古,莫能曉其句度,魏初乃使軍謀祭酒王粲改創其詞。""蓋選詞以配樂"兩句:意謂先有詞語,然後根據內容配以音律,不是先有音律,然後配以詞語。 選詞:根據樂調選用詞語,表達所要表達的情感。元積《贈劉採春》:"言辭雅措風流足,舉止低迴秀媚多。更有惱人腸斷處,選詞能唱望夫歌。"陸深《經筵詞序》:"每於供職之次,聊述短篇,皆因事而選詞,積成數首。" 配樂:詩詞等按照需要配上音樂,以增強藝術效果。程大昌《考古編·詩論》:"至於商十二詩,其存者五,皆配樂以祀,知非徒詩也。"毛奇齡《歷代樂章配音樂議(康熙二十年十一月十三日,翰林院掌院問查歷代樂章之配音樂者,臚列成議)》:"且詩之配樂不同,有先詞而後聲者,如唐李賀作《申胡子觱篥歌》,賀但作詩,初不自知入何調,使朔客吹之,謂合善平弄。劉禹錫造《竹枝詞》,亦祇作詩,按其音中黃鐘之羽是也。"

⑯ 纂撰:編輯撰述。元積《進西北邊圖經狀》:"尋於古今圖籍之中,纂撰《京西京北圖經》,共成四卷,所冀衽席之上,欹枕而郡邑可觀,游幸之時,倚馬而山川盡在。"元積《故金紫光禄大夫檢校司徒兼太子少傅贈太保鄭國公食邑三千户嚴公行狀》:"其間親承講貫,子孫不得而聞者,往往漏略,恐他人纂撰,益復脱遺。感念曩懷,遂書行實。" 樂録:記載音樂的册籍。李商隱《獻侍郎鉅鹿公啓》:"式以《風》《騷》,仰陪天籟,動沛中之舊老,駭汾水之佳人。非首義於論思,實終篇於潤色。光傳樂録,道焕詩家。"梅堯臣《擊甌賦》:"是謂絲不如竹,竹不如肉,以其近自然之氣,況此曾何參於樂録之目乎?"

⑰ 鐃吹:即鐃歌,軍中樂歌,傳説黃帝、岐伯所作。漢樂府中屬鼓吹曲,馬上奏之,用以激勵士氣,也用於大駕出行和宴享功臣以及奏凱班師,個别的時候,也用於喪葬。爲鼓吹樂的一部,所用樂器有笛、觱篥、簫、笳、鐃、鼓等。李白《鼓吹入朝曲》:"鐃歌列騎吹,颯遝引公卿。"元積《哭吕衡州六首》五:"鐃吹臨江返,城池隔霧開。滿船深

夜哭,風棹楚猿哀。" 　橫吹:即橫吹曲,樂府歌曲名。張騫通使西域,得《摩訶兜勒》一曲,李延年更造新曲二十八解,作爲軍中樂,馬上演奏。原爲乘輿的武樂,東漢以給邊地將軍。魏晉以後,二十八解已亡,現存歌詞均係魏晉以後文人作品。王維《送宇文三赴河西充行軍司馬》:"橫吹雜繇筎,邊風捲塞沙。還聞田司馬,更逐李輕車。"王昌齡《變行路難》:"向晚橫吹悲,風動馬嘶合。前驅引旗節,千里陣雲匝。" 　郊祀:古代於郊外祭祀天地,南郊祭天,北郊祭地。郊謂大祀,祀爲群祀。《漢書·郊祀志》:"帝王之事莫大乎承天之序,承天之序莫重於郊祀……祭天於南郊,就陽之義也;瘞地於北郊,即陰之象也。"江淹《雜體詩·效鮑照〈戎行〉》:"孟冬郊祀月,殺氣起嚴霜。" 清商:商聲,古代五音之一,古謂其調淒清悲凉,故稱。《韓非子·十過》:"公曰:'清商固最悲乎?'師曠曰:'不如清徵。'"杜甫《秋笛》:"清商欲盡奏,奏苦血霑衣。"樂府歌辭之一。《四庫全書·樂府詩集提要》:"是集總括歷代樂府,上起陶唐,下迄五代。凡郊廟歌辭十二卷,燕射歌辭三卷,鼓吹曲辭五卷,橫吹曲辭五卷,相和歌辭十八卷,清商曲辭八卷,舞曲歌辭五卷,琴曲歌辭四卷,雜曲歌辭十八卷,近代曲辭四卷,雜歌謠辭七卷,新樂府辭十一卷。" 　樂志:舊時紀傳體史書中用以綜述音樂發展沿革、典章制度的篇章。《史記》有《樂書》,《晉書》、《宋書》、《南齊書》等有《樂志》,《隋書》、《舊唐書》有《音樂志》,《漢書》、《新唐書》、《元史》則與禮合併爲《禮樂志》。李世民《初春登樓即目觀作述懷》:"明非獨材力,終藉棟梁深。彌懷矜樂志,更懼戒盈心。"《舊唐書·經籍志》:"《樂志》十卷(蘇夔撰)。"

⑱《木蘭》:即北朝民歌《木蘭詩》,郭茂倩編入《樂府詩集·橫吹曲辭·梁鼓角橫吹曲》中。民間傳說木蘭曾女扮男裝,替父從軍。木蘭姓氏或作花,或作朱,或作木,均無確證。韋元甫《木蘭歌》:"木蘭代父去,秣馬備戎行。易却紈綺裳,洗却鉛粉妝。"杜牧《題木蘭廟》:"彎弓征戰作男兒,夢裏曾經與畫眉。幾度思歸還把酒,拂雲堆上祝

明妃。”《仲卿》：即古詩《焦仲卿妻》，《玉臺新詠》題作《古詩無名人爲焦仲卿妻作》，郭茂倩編入《樂府詩集·雜曲歌辭》中，後人改作《孔雀東南飛》，傳誦至今。歐陽詢《藝文類聚》卷三二：“後漢焦仲卿妻劉氏爲姑所遣，時人傷之，作詩曰：‘孔雀東南飛，五里一徘徊……”李白《廬江主人婦》：“孔雀東飛何處栖？廬江小吏仲卿妻。爲客裁縫君自見，城烏獨宿夜空啼。” 《四愁》：即《四愁詩》，詩篇名，東漢張衡作。衡借詩寓意，抒發心煩紆鬱之情。詩分四章，每章七句，每句七言，初具了七言詩的形式。後用以指抒發憂鬱情懷的詩篇。皇甫冉《劉方平西齋對雪》：“自然堪訪戴，無復四愁詩。”李嘉佑《暮秋遷客增思寄京華》：“宋玉怨三秋，張衡復四愁。” 《七哀》：魏晉樂府的一種詩題，起於漢末。漢王粲、三國魏曹植、晉張載皆有《七哀詩》，爲反映社會動亂，抒發悲傷感情的五言詩。《文選·曹植〈七哀詩〉》呂向題解：“七哀，謂痛而哀，義而哀，感而哀，怨而哀，耳目聞見而哀，口嘆而哀，鼻酸而哀也。”杜甫《垂白》：“多難身何補？無家病不辭。甘從千日醉，未許七哀詩。”皎然《題餘不溪廢寺》：“居人今已盡，樓鴿冥還來。不到無生理，應堪賦七哀。” 管弦：亦作“管絃”、“筦弦”、“筦絃”，管樂器與絃樂器，亦泛指樂器。《漢書·禮樂志》：“爲其俎豆筦弦之間小不備，因是絶而不爲，是去小不備而就大不備，或莫甚焉！”張華《情詩五首》一：“終晨撫管弦，日夕不成音。”指管弦樂。《漢書·禮樂志》：“和親之説難形，則發之於詩歌詠言，鐘石筦弦。”崔湜《奉和春日幸望春宫》：“庭際花飛錦繡合，枝間鳥囀管弦同。”

⑲ 文人：知書能文的人。傅毅《舞賦》：“文人不能懷其藻兮，武毅不能隱其剛。”錢起《和萬年成少府寓直》：“赤縣新秋夜，文人藻思催。” 達樂：通曉樂理。《詩·周南·關雎序》：“聲成文謂之音。”毛傳：“聲成文者，宮商上下相應。”孔穎達疏：“取彼歌謡，播爲音樂，或辭是而意非，或言邪而志正，唯達樂者曉之。”李煜《昭惠周后誄》：“審音者仰止，達樂者興嗟。” 興：《詩》六義之一，乃先言他物以引起所

詠之詞的一種寫作手法。《詩大序》：“故詩有六義焉：一曰風，二曰賦，三曰比，四曰興，五曰雅，六曰頌。”羅大經《鶴林玉露》卷一〇：“蓋興者，因物感觸，言在於此而意寄於彼。”

⑳　劉補闕：具體情況不詳，且元稹僅僅順便提及“劉補闕”，兩人並沒有進一步的關係與交往。但《全詩》有題作《和劉補闕秋園寓興之什十首》，其一：“閑園清氣滿，新興日堪追。隔水蟬鳴後，當檐雁過時。雨餘槐穟重，霜近藥苗衰。不以朝簪貴，多將野客期。”其二：“誰言高靜意，不異在衡茅。竹冷人離洞，天晴鶴出巢。深籬藏白菌，荒蔓露青匏。幾見中宵月，清光墜樹梢。”其三：“逍遥人事外，杖屨入杉蘿。草色寒猶在，蟲聲晚漸多。静逢山鳥下，幽稱野僧過。幾許新開菊，閑從落葉和。”其四：“留情清景宴，朝罷有餘閑。蝶散紅蘭外，螢飛白露間。墙高微見寺，林静遠分山。吟足期相訪，殘陽自掩關。”其五：“深齋嘗獨處，詎肯厭秋聲？翠篠寒愈静，孤花晚更明。每因逢石坐，多見抱書行。入夜聽疏杵，遥知耿此情。”其六：“蒼翠經宵在，園廬景自深。風凄欲去燕，月思向来砧。碧石當莎徑，寒烟冒竹林。梧瓢閑寄詠，清絶是知音。”其七：“門巷唯苔蘚，誰言不稱貧？臺閑人下晚，果熟鳥来頻。石脈潛通井，松枝静離塵。殘蔬得晴後，又見一番新。”其八：“捲簾天色静，近瀨覺衣單。蕉葉猶停翠，桐陰已爽寒。雲從高處望，琴愛静時彈。正去重陽近，吟秋意未闌。”其九：“竹徑通鄰圃，清深稱獨遊。蟲絲交影細，藤子墜聲幽。積潤苔紋厚，迎寒薺葉稠。閑来尋古畫，未廢執茶甌。”其一〇：“風物已蕭颯，晚烟生霽容。斜分紫陌樹，遠隔翠微鐘。宿客論文静，閑燈落燼重。無窮林下意，真得古人風。”朱慶餘又有《劉補闕西亭晚宴》：“蟲聲已盡菊花乾，共立松陰向晚寒。對酒看山俱惜去，不知斜月下欄干。”朱慶餘另外有《上翰林蔣防舍人》、《送李餘及第歸蜀》、《鄂渚送白舍人赴杭州》、《送浙東周判官》、《和處州嚴郎中遊南溪》、《送浙東陸中丞》、《近試上張籍水部》、《上張水部》、《賀張水部員外拜命》、《與賈島顧非熊無可上

人宿萬年姚少府宅》諸詩篇,朱慶餘有《和劉補闕秋園五首》,朱慶餘無疑與元稹同時,疑元稹詩序中提及的"劉補闕"即朱慶餘詩中涉及的"劉補闕",待考。　　文王操:樂府琴曲名,傳爲周文王所作。《樂府詩集·琴曲歌辭·文王操》郭茂倩題解:"《琴操》曰:'紂爲無道,諸侯皆歸文王,其後有鳳凰銜書於郊,文王乃作此歌。'《太平御覽》卷八四引桓譚《新論》:"《文王操》者……文王躬被法度,陰行仁義,援琴作操,故其聲紛以擾,駭角震商。"　　伯牙:春秋時精於琴藝的人,傳説曾學琴於著名琴師成連先生,三年不成,後隨成連至東海蓬萊山,聞海水澎湃、林鳥悲鳴之聲,心有所感,乃援琴而歌,從此琴藝大進,終成天下妙手。琴曲《水仙操》、《高山流水》(即《流波》)相傳均爲他所作。見蔡邕《琴操·水仙操》。《荀子·勸學》:"伯牙鼓琴而六馬仰秣。"楊倞注:"伯牙,古之善鼓琴者。"《吕氏春秋·本味》:"伯牙鼓琴,鍾子期聽之。方鼓琴而志在太山,鍾子期曰:'善哉乎鼓琴,巍巍乎若太山。'少選之間,而志在流水。鍾子期又曰:'善哉乎鼓琴,湯湯乎若流水。'鍾子期死,伯牙破琴絶弦,終身不復鼓琴,以爲世無足復爲鼓琴者。"高誘注:"伯,姓;牙,名,或作雅。"錢起《美楊侍御清文見示》:"伯牙道喪來,弦絶無人續。"　　牧犢:即牧犢子,古代人名。崔豹《古今注·音樂》:"《雉朝飛》者,牧犢子所作也,齊處士,湣宣時人,年五十,無妻,求薪於野,見雉雄雌相隨而飛,意動心悲,乃作《朝飛》之操,將以自傷焉!"後用"牧犢"爲老而無妻的典故。韓愈《雉朝飛操》序云:"牧犢子七十無妻,見雉雙飛,感之而作(本詞云:雉朝飛兮鳴相和,雌雄群遊兮山之阿。我獨何命兮未有家,時將暮兮可奈何,嗟嗟暮兮可奈何)。"詩云:"雉之飛,於朝日。群雌孤雄,意氣横出。當東而西,當啄而飛。隨飛隨啄,群雌粥粥。嗟我雖人,曾不如彼雉雞。生身七十年,無一妾與妃。"另有一説爲衛女傅母所作,郭茂倩《樂府詩集·琴曲歌辭》:"雉朝飛操,一曰雉朝雊操。揚雄《琴清英》曰:'雉朝飛操,衛女傅母之所作也。衛侯女嫁於齊太子,中道聞太子死,問傅母曰:

'何如?'傅母曰:'且往當喪!'喪畢,不肯歸,終之以死。傅母悔之,取女所自操琴於冢上鼓之,忽二雉俱出墓中,傅母撫雉曰:'女果爲雉耶……'言未畢,俱飛而起,忽然不見。傅母悲痛援琴作操,故曰《雉朝飛》。歌曰:"雉朝飛兮鳴相和,雌雄群游於山阿。我獨何命兮未有家,時將莫兮可奈何! 嗟嗟莫兮可奈何!"　思歸引:琴曲名,相傳春秋時邵王聘衛侯女,未至而王死,太子留之,不聽,拘於深宮,思歸不得,遂援琴而歌曰:"涓涓流水,流反而淇兮;有懷於衛,靡日不思;執節不移兮,行不詭隨;坎坷何辜兮,離厥菑。"曲終,自縊而死,亦名《離物操》。《樂府詩集·思歸引》:"一曰《離拘操》,《琴操》曰:'衛有賢女,邵王聞其賢而請聘之,未至而王薨,太子曰:'吾聞齊桓公得衛姬而霸,今衛女賢,欲留之。'大夫曰:'不可! 若賢必不我聽,若聽必不賢,不可取也。'太子遂留之,果不聽,拘於深宮,思歸不得,遂援琴而作歌曲,終縊而死。"

㉑ 風雅:指《詩經》中的《國風》和《大雅》、《小雅》,亦用以指代《詩經》。班固《東都賦》:"臨之以《王制》,考之以《風》《雅》。"杜甫《戲爲六絶句》六:"別裁僞體親風雅,轉益多師是汝師。"　諷興:借物起興以諷喻。杜甫《毒熱寄簡崔評事十六弟》:"載聞大易義,諷興詩家流。蘊藉異時輩,檢身非苟求。"元稹《授張籍秘書郎制》:"《傳》云:'王澤竭而詩不作。'又曰:'采詩以觀人風。'斯亦警予之一事也。以爾籍雅尚古文,不從流俗,切磨諷興,有助政經。"　貽:遺留,致使。王禹偁《爲史館李相公讓官表》:"苟昧知難之時,必貽覆餗之憂。"趙與時《賓退録》卷六:"寓言以貽訓誡,若柳子厚《三戒》、《鞭賈》之類,頗似以文爲戲,然亦不無補于世道。"

㉒ 沿襲:依照舊例行事,語出《禮記·樂記》:"五帝殊時,不相沿樂;三王異世,不相襲禮。"《陳書·沈文阿傳》:"若此數事,未聞於古,後相沿襲,至梁行之。"　古題:古已有之的題材、題目。元稹《聽庾及之彈烏夜啼引》:"君彈烏夜啼,我傳樂府解古題。良人在獄妻在閨,

官家欲赦烏報妻。"《舊唐書·劉子玄傳》:"玄子貺、餗、彙、秩、迅、迥、皆知名於時……餗,右補闕,集賢殿學士,修國史,著《史例》三卷,《傳記》三卷,《樂府古題解》一卷……" 唱和:以詩詞相酬答。張籍《哭元九少府》:"閑來各數經過地,醉後齊吟唱和詩。今日春風花滿宅,入門行哭見靈帷。"楊巨源《酬崔博士》:"自知頑叟更何能?唯學雕蟲謬見稱。長被有情邀唱和,近來無力更祇承。" 重複:亦作"重復",謂相同的事物又一次出現。《漢書·藝文志》:"至元始中,徵天下通小學者以百數,各令記字於庭中。揚雄取其有用者以作《訓纂篇》,順續《蒼頡》,又易《蒼頡》中重復之字,凡八十九章。"劉知幾《史通·摹擬》:"夫上書其字,而下復曰字,豈是事從簡易,文去重複者邪?" 短長:優劣,短處和長處。《鬼谷子·捭闔》:"度權量能,校其伎巧短長。"陶弘景注:"必量度其謀能之優劣,校考其伎巧之長短,然後因材而用。"劉義慶《世說新語·文學》:"〔服虔〕聞崔烈集門生講傳……每當至講時,輒竊聽戶壁間,既知不能踰己,稍共諸生叙其短長。" 贅剩:多餘,剩餘。朱熹《答胡廣仲書》:"凡天下之理勢,一切畸零贅剩,側峻尖斜,更無整齊平正之處。"胡震亨《唐音癸籤》:"誰知又有杜少陵出來,嫌模擬古題爲贅剩,別製新題詠見事,以合風人刺美時政之義。"

㉓ 寓意:寄託或蘊含意旨。《文心雕龍·頌贊》:"及三閭《橘頌》,情采芬芳,比類寓意,又覃及細物矣!"蘇軾《寶繪堂記》:"君子可以寓意於物,而不可以留意於物。" 古題:古老的題目,原先已經存在的題目。元稹《聽庾及之彈烏夜啼引》:"君彈烏夜啼,我傳樂府解古題。"元稹《和劉猛古題樂府十首·夫遠征》:"趙卒四十萬,盡爲坑中鬼。趙王未信趙母言,猶點新兵更填死。" 刺美:諷刺邪惡,讚揚美好。梅堯臣《答韓三子華韓五持國韓六玉汝見贈述詩》:"自下而磨上,是之謂國風。雅章及頌篇,刺美亦道同。"吳寬《爲費廷言題沈士偁畫枇杷雙鼠》:"古詩三千兼刺美,孔筆不曾删相鼠。齊諧志怪到張

華,博物應疑鼠有牙。"　　見事:當時的事情。　　見:"現"的古字,現在。《史記·張丞相列傳》:"高帝時大臣又皆多死,餘見無可者,乃以御史大夫嘉爲丞相,因故邑封爲故安侯。"蘇軾《諫買浙燈狀》:"有司具實直以聞,陛下又令減價收買,見已盡數拘收,禁止私買,以須上令。"　　引古:引證古代的史實或文獻。劉向《新序·善謀》:"太傅叔孫通稱説引古,以死争太子。"杜甫《壯遊》:"舉隅見煩費,引古惜興亡。"　　諷:用委婉的語言暗示、勸告或譏刺、指責。《韓非子·八經》:"故使之諷,諷定而怒。"王先慎集解:"諷,勸諫。"陳奇猷集釋:"不以正言謂之諷。"《舊唐書·肅宗紀》:"明年六月,哥舒翰爲賊所敗,關門不守,國忠諷玄宗幸蜀。"

㉔　曹:即曹植,字子建,曹操之子,屢受曹丕排擠打擊,最後鬱鬱不得志而死。曹植是筆力雄健,辭采華美,是建安文學成就最高的作家,對後代詩人影響很大。李嶠《萱》:"還依北堂下,曹植動文雄。"李商隱《奉寄安國大師兼簡子蒙》:"魚山羡曹植,眷屬有文星。"　　劉:即劉楨,字公幹,與孔融、陳琳、王粲、徐幹、阮瑀、應瑒同時以文學齊名,建安七子之一。耿湋《送李端》:"世上許劉楨,洋洋風雅聲。"許渾《病中和大夫翫江月》:"江上懸光海上生,仙舟迢遞繞軍營。高歌一曲同筵醉,却是劉楨坐到明。"薛能《送浙東王大夫》:"空餘騷雅事,千古傲劉楨。"　　沈:即沈約,字休文,永明體詩歌的代表人物之一,賦詩講究聲律,首創四聲八病之説,詩風清麗,對後代有一定影響。韓翃《李中丞宅夜宴送丘侍御赴江東便往辰州》:"積雪臨階夜,重裘對酒時。中丞違沈約,才子送丘遲。"朱長文《宿新安江深渡館寄鄭州王使君》:"孤館閉寒木,大江生夜風。賦詩忙有意,沈約在關東。"　　鮑:即鮑照,字明遠,他的詩歌風骨遒勁,構想奇逸,尤長樂府詩。杜甫《蘇端薛復筵簡薛華醉歌》:"近來海内爲長句,汝與山東李白好。何劉沈謝力未工,才兼鮑昭愁絶倒。"元稹《代曲江老人百韻》:"李杜詩篇敵,蘇張筆力勻。樂章輕鮑照,碑板笑顔竣。"

㉕《悲陳陶》:杜甫詩歌的名篇,詩云:"孟冬十郡良家子,血作陳陶澤中水。野曠天清無戰聲,四萬義軍同日死。群胡歸來血洗箭,仍唱夷歌飲都市。都人回面向北啼,日夜更望官軍至。"《杜詩詳注》題注:"《唐書》:至德元載十月,房琯自請討賊,分軍爲三:楊希文將南軍自宜壽入,劉悊將中軍自武功入,李光進將北軍自奉天入,琯自將中軍爲前鋒。辛丑,中軍、北軍遇賊於陳陶斜,接戰敗績。癸卯,琯以南軍戰,又敗。《通鑑注》:陳陶斜,在咸陽縣東。斜者,山澤之名,故又曰陳陶澤。"《哀江頭》:杜甫詩歌的另一名篇,詩云:"少陵野老吞聲哭,春日潛行曲江曲。江頭宮殿鎖千門,細柳新蒲爲誰綠?憶昔霓旌下南苑,苑中萬物生顏色。昭陽殿裏第一人,同輦隨君侍君側。輦前才人帶弓箭,白馬嚼囓黃金勒。翻身向天仰射雲,一箭正墜雙飛翼。明眸皓齒今何在?血污遊魂歸不得。清渭東流劍閣深,去住彼此無消息。人生有情淚沾臆,江水江花豈終極!黃昏胡騎塵滿城,欲往城南忘南北。"《杜詩詳注》王嗣奭曰:"曲江頭乃帝與貴妃平日遊幸之所,故有宮殿。公追遡亂根自貴妃始,故此詩直述其寵幸宴遊,而終之以血污遊魂,深刺之以爲後鑒也。"《兵車》:即杜甫詩歌之名篇《兵車行》,詩云:"車轔轔,馬蕭蕭,行人弓箭各在腰。耶孃妻子走相送,塵埃不見咸陽橋。牽衣頓足欄道哭,哭聲直上干雲霄。道旁過者問行人,行人但云點行頻。或從十五北防河,便至四十西營田。去時里正與裹頭,歸來頭白還戍邊。邊庭流血成海水,武皇開邊意未已。君不聞漢家山東二百州,千村萬落生荆杞。縱有健婦把鋤犁,禾生隴畝無東西。況復秦兵耐苦戰,被驅不異犬與雞。長者雖有問,役夫敢伸恨!且如今年冬,未休關西卒。縣官急索租,租稅從何出?信知生男惡,反是生女好。生女猶得嫁比鄰,生男埋沒隨百草。君不見青海頭,古來白骨無人收。新鬼煩冤舊鬼哭,天陰雨濕聲啾啾。"《杜詩詳注》題注:"《杜臆》舊注謂明皇用兵吐蕃,民苦行役而作是也。"《麗人》:即杜甫詩歌之名篇《麗人行》,詩云:"三月三日天氣新,長安水邊

多麗人。態濃意遠淑且真，肌理細膩骨肉勻。繡羅衣裳照暮春，蹙金孔雀銀麒麟。頭上何所有？翠微匎葉垂鬢脣。身後何所見？珠壓腰衱穩稱身。就中雲幕椒房親，賜名大國虢與秦。紫駝之峰出翠釜，水精之盤行素鱗。犀箸厭飫久未下，鸞刀縷切空紛綸。黃門飛鞚不動塵，御廚絲絡送八珍。簫鼓哀吟感鬼神，賓從雜遝實要津。後來鞍馬何逡巡？當軒下馬入錦茵。楊花雪落覆白蘋，青鳥飛去銜紅巾。炙手可熱勢絕倫，慎莫近前丞相嗔。"《杜詩詳注》題下鶴注："天寶十二載，楊國忠與虢國夫人鄰居第，往來無期，或並轡入朝，不施障幕，道路爲之掩目。冬，夫人從車駕幸華清宮，會於國忠第，於是作《麗人行》，此當是十二年春作，蓋國忠於十一年十一月爲右丞相也。"　歌行：古代樂府詩的一體，後從樂府發展爲古詩的一體，音節、格律一般比較自由，採用五言、七言、雜言，形式也多變化。姜夔《白石詩話》："體如行書曰行，放情曰歌，兼之曰歌行。"胡震亨《唐音癸籤·體凡》："〔樂府〕題或名歌，亦或名行，或兼名歌行。歌，曲之總名，衍其事而歌之曰行。歌最古，行與歌行皆始漢，唐人因之。"　即事：面对眼前事物。陶潛《癸卯歲始春懷古田舍》："雖未量歲功，即事多所欣。"王安石《乙巳九月登冶城作》："即事有哀傷，山川自如故。"以當前事物眼前事物爲題材的詩。魏慶之《詩人玉屑·陵陽謂須先命意》："凡作詩須命終篇之意，切勿以先得一句一聯，因而成章，如此則意不多屬。"　名篇：詩篇寫好之後，最後命名詩歌的題目。魏慶之《詩人玉屑·陵陽謂須先命意》："然古人亦不免如此，如述懷、即事之類，皆先成詩，而後命題者也。"　名：命名，取名。《書·呂刑》："禹平水土，主名山川。"孔傳："禹治洪水，山川無名者主名之。"《顏氏家訓·風操》："北土多有名兒爲驢駒豚子者，使其自稱及兄弟所名，亦何忍哉？"無復：不再。《晉書·王導傳》："桓彝見朝廷微弱……憂懼不樂。往見導，極談世事，還，謂顗曰：'向見管夷吾，無復憂矣！'"韓愈《落葉送陳羽》："落葉不更息，斷蓬無復歸。"　倚傍：取法，因襲。《晉書·王彪之傳》:"是時(桓)溫將廢海西公……彪之既知溫不臣迹已著,理不可奪,乃謂溫曰:'公阿衡皇家,便當倚傍先代耳!'"

㉖ "予少時與友人樂天、李公垂輩謂是爲當"兩句:所指即元和三四年間與李紳、白居易創作新樂府詩歌一事,元稹有《和李校書新題樂府十二首》面世,而白居易又根據李紳的原唱與元稹的酬和,創作了《新樂府》五十首。 少時:年輕時,年幼時。《史記·管晏列傳》:"管仲夷吾者,潁上人也,少時常與鮑叔牙游。"《孔子家語·致思》:"吾少時好學。"高適《酬裴員外以詩代書》:"少時方浩蕩,遇物猶塵埃。脫略身外事,交遊天下才。" 當:應該,應當。《晏子春秋·雜》:"昔者嬰之所以當誅者宜賞,今所以當賞者宜誅,是故不敢受。"杜甫《前出塞九首》六:"挽弓當挽强,用箭當用長。"

㉗ 梁州:即當時的山南西道府治所在地興元,地當今天的漢中市。李頎《臨別送張諲入蜀》:"經山復歷水,百恨將千慮。劍閣望梁州,是君斷腸處。"岑參《過梁州奉贈張尚書大夫公》:"漢中二良將,今昔各一時。韓信此登壇,尚書復來斯。" 李餘:元稹在興元結識的朋友,其中還包括劉猛。應該在這裏特別說明的是:元稹在興元期間與劉猛、李餘進行了新樂府詩歌的創作,他們的活動他們的創作成爲元和年間新樂府運動的重要組成部分。留存在今天元稹詩文集中有《樂府(有序)》以及十九首酬和劉猛李餘的詩歌,這是元稹對新樂府運動作出的傑出貢獻。也許由於元稹的新樂府運動,劉猛、李餘因此有文名於當時,張爲將他們與李賀、杜牧相提並論,其評價也許不一定恰當,但多多少少也反映了一種當時的社會認同,《唐詩紀事》:"(張)爲作《詩人主客圖序》曰……以孟雲卿爲高古奧逸主,上入室:韋應物,入室:李賀、杜牧、李餘、劉猛、李涉、胡幽,正升堂:李觀、賈馳、李宣古、曾鄴、劉駕、孟遲,及門:陳潤、韋楚老。"而元稹的《樂府古題序》是文學批評的重要文獻,歷來被文學批評家們反復引用,值得我們重視。

㉘ 古義：古書的義理。《史記‧酷吏列傳》：“是時上方鄉文學，湯決大獄，欲傅古義，乃請博士弟子治《尚書》、《春秋》補廷尉史，亭疑法。”《三國志‧高貴鄉公髦傳》：“古義弘深，聖問奧遠，非臣所能詳盡。”　離別：比較長久地跟人或地方分開。《楚辭‧離騷》：“余既不難夫離別兮，傷靈修之數化。”陸龜蒙《離別》：“丈夫非無淚，不灑離別間。”　列女：猶烈女，謂重義輕生、有節操的女子。《戰國策‧韓策》：“非獨政之能，乃其姊者，亦列女也。”《後漢書‧順烈梁皇后》：“常以列女圖畫置於左右，以自監戒。”李賢注：“劉向撰《列女傳》八篇，圖畫其象。”李白《東海有勇婦》：“志在列女籍，竹帛已光榮。”

㉙ 新詞：新作的詩詞。劉禹錫《踏歌詞四首》一：“春江月出大堤平，堤上女郎連袂行。唱盡新詞歡不見，紅霞映樹鷓鴣鳴。”辛棄疾《醜奴兒》：“少年不識愁滋味，愛上層樓。愛上層樓。爲賦新詞強説愁。”　軍輸：軍隊需要的物資。葉適《奏議‧終論》：“則朝廷平日所以置四總領餽其軍輸者，二年之後皆可無復與彼。”《宋史‧食貨志》：“大中祥符初，連歲豐稔，邊儲有備，河北諸路稅賦並聽於本州，軍輸納二年頒，募職州縣官招徠戶口，旌賞條制。”　螻蟻：螻蛄和螞蟻，泛指微小的生物。《莊子‧列御寇》：“在上爲鳥鳶食，在下爲螻蟻食。”《淮南子‧人間訓》：“千里之堤，以螻螘之穴漏。”

㉚ 子：古代對男子的尊稱或美稱。《左傳‧昭公十二年》：“鄉人或歌之曰：‘我有圃，生之杞乎！從我者子乎？去我者鄙乎？倍其鄰者恥乎？’”楊伯峻注：“子爲男子之美稱，意爲順從我者不失爲男子漢。”《穀梁傳‧宣公十年》：“秋，天王使王季子來聘。其曰王季，王子也；其曰子，尊之也。”范寧注：“子者，人之貴稱。”　極意：盡意，盡心。《史記‧樂書》：“放棄《詩》《書》，極意聲色，祖伊所以懼也。”趙抃《奏札再論陳旭》：“臣等職司諫諍，豈敢隱默中止，不爲陛下極意彈論者哉！”　歌詩：原指配有樂譜可以歌唱的樂府詩。近人章炳麟《國故論衡‧辨詩》：“漢世所謂歌詩者，有聲音曲折，可以弦歌，如《河南周歌

聲曲折》七篇,《周謠歌詩聲曲折》七十五篇是也。故《三侯》、《天馬》諸篇,太史公悉稱詩。蓋《樂府》外無稱歌詩者。"近人朱自清《中國歌謠》三:"這些歌詩決不是徒歌,一因其中有'曲折'(即樂譜),二因它們都在《樂府》。"也泛指詩歌。韋莊《乞彩箋歌》:"我有歌詩一千首,磨礱山岳羅星斗。"范仲淹《即席呈太傅相公》:"白傅歌詩傳海外,晉公桃李滿人間。"

[編年]

《年譜》編年本組詩於元和十二年,理由是:"題下注:'丁酉。'"沒有具體月份也沒有理由。《編年箋注》也編年元和十二年,理由是:"據題注,時當元和十二年(八一七),元稹在通州司馬任,全家寓居興元。見劉猛、李餘所作古樂府詩,選而和之。並撰《樂府古題序》,闡明'古今歌詩異同之音',以貽劉、李。見下《譜》。"沒有具體月份也沒有理由。《年譜新編》亦編年元和十二年,也沒有具體月份也沒有理由。

有元稹自己的題注"丁酉"爲證,本組詩作於元和十二年自然沒有任何問題。但是元和十二年元稹於五月間回到通州,此組詩究竟作於興元還是通州,需要進一步明確,《年譜》、《年譜新編》含糊其辭説作於元和十二年顯然不行。根據元稹本人的詩序:"昨梁州見進士劉猛、李餘各賦古樂府詩數十首,其中一二十章咸有新意,予因選而和之……劉、李二子方將極意於斯文,因爲粗明古今歌詩同異之旨焉!"説明元稹撰寫本組詩的目的是酬和劉猛、李餘,與他們探討"古今歌詩同異之旨",這説明與劉、李兩人同在一地"梁州",亦即在興元。因此我們可以斷定本組詩應該作於元和十二年的五月之前,亦即離開興元之前。而《編年箋注》與《年譜》、《年譜新編》一樣,均主張元稹離開興元在元和十二年九月,它即使言明本組詩賦成於興元,也仍然可能存在著時間上的繆誤。其次,《田家詞》有云:"牛吒吒,田确确,旱塊敲牛蹄趵趵。"明顯是一幅農忙春耕圖,時間應該在農曆二三

月間。元稹在興元衹有兩個春天,即元和十一年春天與元和十二年
的春天。如果是元和十一年春天,那時元稹尚在病中,其《歲日》即流
露了這種無可奈何的消極心態:"一日今年始,一年前事空。淒涼百
年事,應與一年同。"又《歲日贈拒非》:"君思曲水嗟身老,我望通州感
道窮。同入新年兩行泪,白頭翁坐説城中。"流露的同樣是消極無奈
之情緒。而在《田家詞》中,詩人已經開始關注農事,關注國計民生,
正是詩人元和十二年春天病愈外出才能有的所見所聞所感所思。復
次,《織婦詞》有云:"織婦何太忙! 蠶經三卧行欲老。蠶神女聖早成
絲,今年絲税抽徵早。"據褚人穫《堅瓠續集·成都十二月市》:"正月
燈市,二月花市,三月蠶市……"蜀地舊俗,每年春時,州城及屬縣迴
圈一十五處有蠶市,買賣蠶具兼及花木、果品、藥材雜物,並供人遊
樂。元稹當時正在興元,地近成都,興元的風俗應該與此大同小異,
故有此作,時間應該在三月之時,亦即元和十二年三月之時,當時元
稹還在興元,即將啓程返回通州,正與元稹《酬劉猛送歸通州》——切
合,本組詩應該賦成元和十二年三月至四月間,地點在興元,目的是
與劉猛、李餘唱和,討論樂府詩歌的創作問題。它應該是元和四年元
稹與李紳、白居易被後人稱爲"新樂府運動"的繼續與發展。

◎ 和劉猛古題樂府十首·夢上天 (一)①

夢上高高天,高高蒼蒼高不極(二)②。下視五嶽塊纍纍,
仰天依舊蒼蒼色③。蹋雲聳身身更上,攀天上天攀未得④。
西瞻若木兔輪低(三),東望蟠桃海波黑⑤。日月之光不到此,
非暗非明烟塞塞⑥。天悠地遠身跨風,下無階梯上無力⑦。
來時畏有他人上,截斷龍胡斬鵬翼⑧。茫茫漫漫方自悲,哭
向青雲椎素臆(四)⑨。哭聲厭咽旁人惡,喚起驚悲泪飄露⑩。

千慚萬謝喚旁人，向使無君終不寤⑪。

録自《元氏長慶集》卷二三

［校記］

（一）和劉猛古題樂府十首·夢上天：楊本作“夢七天（此後十首并和劉猛）”，“七”應該是“上”之誤，叢刊本、《全詩》作“夢上天（此後十首并和劉猛）”，《樂府詩集》、《唐文粹》作“夢上天”，體例不同，不改。原本及各本在“和劉猛古題樂府十首”之下均作“夢上天”，根據本書的統一體例，凡屬組詩，均將組詩總標題冠於每首詩篇標題之前，以與其他獨立成篇的詩歌相區別，據此，凡《元氏長慶集》中歸屬“和劉猛古題樂府十首”組詩，特地在《元氏長慶集》中歸屬“和劉猛古題樂府十首”組詩前加上“和劉猛古題樂府十首”，不再另外出校，特此説明。與此類似的情況還有《和李校書新題樂府十二首》、《貽蜀五首》、《使東川》、《詠廿四氣詩》組詩等，一併在此説明。

（二）高高蒼蒼高不極：楊本、叢刊本、《唐文粹》、《全詩》同，《樂府詩集》作“高天蒼蒼高不極”，語義不同，不改。

（三）西瞻若木兔輪低：原本作“西瞻若水兔輪低”，蘭雪堂本、叢刊本、《樂府詩集》、《唐文粹》、《全詩》同，楊本作“西瞻若木兔輪低”，語義更順暢，據改。

（四）哭向青雲椎素臆：楊本、叢刊本、《唐文粹》、《全詩》、《樂府詩集》同，錢校宋本作“哭向青雲榗素臆”，語義不同，不改。

［箋注］

① 劉猛：元稹在興元時期的朋友，梁州進士，元和十二年前後在梁州，亦即興元，元稹與其有詩歌唱和，本組詩即是元稹唱和劉猛的詩篇，但劉猛原唱已經散失。元稹元和十二年五月返回通州之時，劉

猛賦詩相送,元稹有《酬劉猛見送》,吐露心中的苦痛,可惜劉猛的原唱也已經散失。劉猛存世詩篇僅《月生》、《苦雨》、《曉》三篇,張爲《詩人主客圖》以孟雲卿爲高古奧逸主,而以劉猛與李餘等人爲入室。古題樂府:即"古樂府",指漢魏、兩晉、南北朝的樂府詩,對新樂府而言。後人襲用舊題,有時也稱"古樂府"。魏泰《臨漢隱居詩話》:"古樂府中,《木蘭詩》、《焦仲卿詩》皆有高致。"白居易《讀張籍古樂府》:"張君何爲者?業文三十春。尤工樂府詩,舉代少其倫。爲詩意如何?六義互鋪陳。風雅比興外,未嘗著空文。讀君學仙詩,可諷放佚君。讀君董公詩,可誨貪暴臣。讀君商女詩,可感悍婦仁。讀君勤齊詩,可勸薄夫敦。上可裨教化,舒之濟萬民。下可理情性,卷之善一身。始從青衿歲,迨此白髮新。日夜秉筆吟,心苦力亦勤。時無采詩官,委棄如泥塵。恐君百歲後,滅没人不聞。願藏中秘書,百代不湮淪。願播內樂府,時得聞至尊。言者志之苗,行者文之根。所以讀君詩,亦知君爲人。如何欲五十,官小身賤貧。病眼街西住,無人行到門。"從白居易的詩篇,讀者可以大致瞭解唐代"古樂府"的一般情况。　　上天:昇天,登天。枚乘《上書諫吳王》:"必若所欲爲,危於累卵,難於上天。"李洞《春日即事寄一二知己》:"朱衣映水人歸縣,白羽遺泥鶴上天。"

　　② 夢:睡眠時局部大腦皮質還没有完全停止活動而引起腦中的表像活動。《墨子·經》:"夢,卧而以爲然也。"王充《論衡·死僞》:"且夢,象也。"杜甫《夢李白二首》二:"故人入我夢,明我長相憶。"做夢。《左傳·僖公二十八年》:"晉侯夢與楚子搏。"李白《夢遊天姥吟留別》:"我欲因之夢吳越,一夜飛度鏡湖月。"　　高高:極高極高。陸敬《巫山高》:"巫岫鬱岩嶤,高高入紫霄。白雲抱危石,玄猨挂迴條。"張九齡《登總持寺閣》:"香閣起崔嵬,高高沙版開。攀躋千仞上,紛詭萬形來。"　　蒼蒼:深青色。《莊子·逍遙遊》:"天之蒼蒼,其正色邪!"《史記·天官書》:"正月,與斗、牽牛晨出東方,名曰監德,色蒼蒼有光。"蘇軾《留題仙都觀》:"山前江水流浩浩,山上蒼蒼松柏老。"茫無

邊際。《淮南子·俶真訓》：“渾渾蒼蒼，純樸未散。”齊己《送人潤州尋兄弟》：“閑遊登北固，東望海蒼蒼。” 不極：無窮，無限。江淹《雜體詩序》：“藍朱成彩，雜錯之變無窮；宮角爲音，靡曼之態不極。”李白《古風》四三：“周穆八荒意，難皇萬乘尊。淫樂心不極，雄豪安足論！”孫光憲《河瀆神》：“獨倚朱欄情不極，魂斷終朝相憶。”

③ 下視：由高處往下看。揚雄《甘泉賦》：“攀琁璣而下視兮，行遊目乎三危。”《舊唐書·王方慶傳》：“山徑危險，石路曲狹，上瞻駭目，下視寒心。” 五嶽：又作“五岳”，我國五大名山的總稱，古書中記述略有不同。一、指東岳泰山、南岳衡山、西岳華山、北岳恒山、中岳嵩山。《周禮·春官·大宗伯》：“以血祭祭社稷、五祀、五岳。”鄭玄注：“五岳，東曰岱宗、南曰衡山、西曰華山、北曰恒山、中曰嵩高山。”《初學記》卷五引《纂要》：“嵩、泰、衡、華、恒，謂之五岳。”今所言五岳，即指此五山。二、指東岳泰山、南岳霍山、西岳華山、北岳恒山、中岳嵩山。《爾雅·釋山》：“泰山爲東岳，華山爲西岳，翟山爲南岳，恒山爲北岳，嵩高爲中岳。”郭璞注：“〔霍山〕即天柱山。”按天柱山在今安徽霍山縣西北。《史記·封禪書》載劉徹“登禮灊之天柱山，號曰‘南岳’”。應劭《風俗通·五岳》則謂“南方衡山，一名霍山”。三、指泰山、衡山、華山、岳山、恒山。《周禮·春官·大司樂》：“凡日月食，四鎮、五岳崩。”鄭玄注：“五岳，岱在兗州、衡在荆州、華在豫州、岳在雍州、恒在并州。”《爾雅·釋山》：“河南，華；河西，岳；河東，岱；河北，恒；江南，衡。”郭璞注：“岳，吳岳。” 纍纍：聯貫成串貌。《禮記·樂記》：“纍纍乎端如貫珠。”《樂府詩集·孤兒行》：“泪下渫渫，清涕纍纍。”行列分明貌。《文選·左思〈魏都賦〉》：“岌岌冠縱，纍纍辮髮。”李周翰注：“蕃夷之人，則辮髮行列纍纍然。”蘇鶚《杜陽雜編》卷中：“及曲終，纍纍而退，若有尊卑等級。” 仰天：仰望天空，多爲人抒發抑鬱或激動心情時的狀態。李白《南陵別兒童入京》：“仰天大笑出門去，我輩豈是蓬蒿人！”岳飛《滿江紅》：“抬望眼，仰天長嘯，壯懷激

烈。”　依舊:照舊。《南史·梁昭明太子統傳》:“天監元年十一月立爲皇太子,時年幼,依舊居内。”趙璜《題七夕圖》:“明年七月重相見,依舊高懸織女圖。”

④ 蹋雲:猶駕雲。宋之問《遊陸渾南山自歇馬嶺到楓香林以詩代書答李舍人適》:“間關踏雲雨,繚繞緣水木。西見商山芝,南到楚鄉竹。”李賀《神弦曲》:“西山日没東山昏,旋風吹馬馬踏雲。畫弦素管聲淺繁,花裙綷縩步秋塵。”　聳身:縱身向上。揚雄《解難》:“獨不見翠虬絳螭之將登虖天,必聳身於蒼梧之淵。”舊題柳宗元《龍城録·李太白得仙》:“有人自北海來,見太白與一道士在高山笑語久之。頃道士于碧霧中跨赤虬而去,太白聳身健步追及,共乘之而東去。”　攀天:攀登天宫。李白《飛龍引二首》二:“古人傳道留其間,後宫嬋娟多花顔。乘鸞飛烟亦不還,騎龍攀天造天關。”陸龜蒙《以毛公泉獻大諫清河公》:“我願得一掬,攀天叫重閽。霏霏散爲雨,用以移焦原。”

⑤ 瞻:看,望。《詩·魏風·伐檀》:“不狩不獵,胡瞻爾庭有縣貆兮?”《左傳·襄公十四年》:“雞鳴而駕,塞井夷竈,唯余馬首是瞻。”若木:古代神話中的樹名。《山海經·大荒北經》:“大荒之中,有衡石山、九陰山、洞野之山,上有赤樹,青葉赤華,名曰若木。”郭璞注:“生昆侖西附西極,其華光赤下照地。”李嶠《日》:“日出扶桑路,遥升若木枝。”　兔輪:月亮的别稱,傳説月中有玉兔搗藥,故稱。張嵲《重述陵陽子明傳贊》:“丹霞曉風,若木兔輪。蟠桃烏翼,昏明代謝。”鄭清之《和鄭制幹遷居》:“風牖喜便鴻案舉,月臺長對兔輪孤。孟嘗幸舍非吾事,徒愧荀林爲送孥。”　望:遠視,遥望。《詩·衛風·河廣》:“誰謂宋遠? 跂予望之。”鄭玄箋:“跂足則可以望見之。”宋玉《高唐賦》:“登巉巖而下望兮,臨大阺之稸水。”　蟠桃:神話中的仙桃,據《論衡·訂鬼》引《山海經》:“滄海之中有度朔之山,上有大桃木,其蟠屈三千里。”又據《太平廣記》卷三引《漢武内傳》載:七月七日西王母降,以仙桃四顆與帝。帝食輒收其核,王母問帝,帝曰:“欲種之。”王母

曰:"此桃三千年一生實,中夏地薄,種之不生。"帝乃止。又傳說中的山名。柳宗元《游南亭夜還叙志七十韻》:"披山窮木禾,駕海逾蟠桃。"一說即扶桑。《大戴禮記・五帝德》:"〔顓頊〕乘龍而至四海,北至於幽陵,南至於交趾,西濟於流沙,東至於蟠木。"孔廣森補注:"《海外經》曰:東海中有山焉,名曰度索,上有大桃樹,屈蟠三千里,裴駰謂蟠木即此也。" 海波:大海的波浪。方干《題睦州烏龍山禪居》:"晨雞未暇鳴山底,早日先來照屋東。人世驅馳方丈内,海波搖動一杯中。"鮑溶《得儲道士書》:"嬋娟春盡暮心秋,鄰里同年半白頭。爲問蓬萊近消息,海波平靜好東遊。"

⑥ 日月:太陽和月亮。李咸《奉和九日幸臨渭亭登高應制得直字》:"重陽乘令序,四野開晴色。日月數初幷,乾坤聖登極。"徐安貞《送呂向補闕西岳勒碑》:"聖作西山頌,君其出使年。勒碑懸日月,驅傳接雲烟。" 非暗非明:半暗半明。元稹《西州院》:"自入西州院,唯見東川城。今夜城頭月,非暗又非明。"吳融《寓言》:"非明非暗朦朦月,不暖不寒慢慢風。獨卧空床好天氣,平生閑事到心中。" 塞塞:往來流動貌。《史記・周本紀》:"今周德若二代之季矣!其川原又塞塞必竭,夫國必依山川,山崩川竭,亡國之徵也。"《方言》第一〇:"迹迹,屑屑,不安也。江沅之間謂之迹迹,秦晉之間謂之屑屑,或謂之塞塞。"郭璞注:"皆往來之貌也。"

⑦ "天悠地遠身跨風"兩句:意謂天遙遠地也遙遠,人好像跨騎在清風之上,要下來没有階梯要上又没有氣力没有本領飛翔。 天地:天和地,指自然界或社會。《荀子・天論》:"星隊木鳴,國人皆恐……是天地之變、陰陽之化,物之罕至者也。"柳宗元《封建論》:"天地果無初乎?吾不得而知之也。" 悠遠:指空間距離的遼遠。《詩・小雅・漸漸之石》:"山川悠遠,維其勞矣!"鄭玄箋:"其道路長遠。"元稹《蔡少卿兼監察御史制》:"俾爾以如和縣等捷書來上,道路悠遠,其勤可嘉。" 階梯:臺階,梯子,亦指循臺階、梯子而上。何遜《七召》:

"百丈杳冥以飛跨,九層鬱律以階梯。"比喻向上或前進的憑藉、途徑。韓愈《南內朝賀歸呈同官》:"法吏多少年,磨淬出角圭。將舉汝恣尤,以爲己階梯。"　無力:沒有能力,無能爲力。劉滄《懷汶陽兄弟》:"書信經年鄉國遠,弟兄無力海田荒。"秦觀《春日》:"雪霜便覺都無力,只見桃花次第開。"

　　⑧ 截斷:切斷。《世說新語・術解》:"郭曰:'命駕西出數里,得一柏樹,截斷如公長,置床上常寢處,灾可消矣!'"白居易《太湖石》:"削成青玉片,截斷碧雲根。"　龍胡:即龍髯,事見《史記・封禪書》:"黃帝采首山銅,鑄鼎於荆山下。鼎既成,有龍垂胡髯下迎黃帝,黃帝上騎,群臣後宫從上者七十餘人。龍乃上,去餘小臣不得上,乃悉持龍髯,龍髯拔墮,墮黃帝之弓,百姓仰望。黃帝既上天,乃抱其弓與胡髯號,故後世因名其處曰鼎湖,其弓曰烏號。"韓琦《英宗皇帝挽辭三首》一:"遽委飛乾運,應開出震符。子方批鳳尾,天已下龍胡。"范祖禹《和子開從駕朝謁景靈宫》:"龍胡尚泣遺弓劍,燧火俄驚變柳槐。誰識九重宵旰意,中天雲漢望昭回。"　鵬翼:大鵬的翅膀,語本《莊子・逍遙遊》:"鵬之背,不知其幾千里也,怒而飛,其翼若垂天之雲。"《文選・左思〈吳都賦〉》:"屠巴蛇,出象骼;斬鵬翼,掩廣澤。"李周翰注:"鵬鳥其翼垂天,今斬之,固掩蔽廣澤也。"

　　⑨ 茫茫:廣大而遼闊。《關尹子・一宇》:"道茫茫而無知乎!心儃儃而無羈乎!"王安石《化城閣》:"俯視大江奔,茫茫與天平。"遙遠。荀悦《漢紀論》:"茫茫上古,結繩而治。"楊衡《桂州與陳羽念別》:"茫茫從此去,何路入秦關?"渺茫,模糊不清。揚雄《法言・重黎》:"神怪茫茫,若存若亡,聖人曼雲。"高適《苦雨寄房四昆季》:"茫茫十月交,窮陰千餘里。"　漫漫:廣遠無際貌。《管子・四時》:"五漫漫,六惛惛,孰知之哉!"尹知章注:"漫漫,曠遠貌。"劉向《九嘆・憂苦》:"山修遠其遼遼兮,塗漫漫其無時。"范成大《題山水橫看二首》一:"烟山漠漠水漫漫,老柳知秋渡口寒。"　自悲:自己悲傷自己。吳融《贈李長

史歌》:"長史長史聽我語:從來藝絕多失所。羅君贈君兩首詩,半是悲君半自悲。"徐夤《鏡中覽懷》:"晨起梳頭忽自悲,鏡中親見數莖絲。從今休說龍泉劍,世上恩仇報已遲。" **青雲**:青色的雲。《楚辭·九歌·東君》:"青雲衣兮白霓裳,舉長矢兮射天狼。"《漢書·揚雄傳》:"青雲爲紛,虹霓爲繯。"指高空的雲,亦借指高空。《楚辭·遠遊》:"涉青雲以汎濫兮,忽臨睨夫舊鄉。"傅玄《曆九秋篇》:"齊謳楚舞紛紛,歌聲上激青雲。" **臆**:心間。《文心雕龍·神思》:"神居胸臆,而志氣統其關鍵。"葉適《朝請大夫主管冲佑觀煥章侍郎陳公墓誌銘》:"余客錢塘,不擇晨暮過,疑難填臆,至其舍,論辨從橫。"意料,推測。賈誼《鵩鳥賦》:"鵩迺嘆息,舉首奮翼,口不能言,請對以臆。"葛洪《抱朴子·論仙》:"乃知天下之事不可盡知,而以臆斷之,不可任也。"憤懣,抑鬱。曹丕《武帝哀策文》:"舒皇德而詠思,遂膈臆以蒞事。"李華《吊古戰場文》:"地闊天長,不知歸路。寄身鋒刃,膈臆誰訴?"

　　⑩ "哭聲厭咽旁人惡"兩句:意謂哭聲一聲跟著一聲,直至哽咽失聲,引來旁人的厭惡眼光,也引起另外一些旁人的同情淚水。 **哭聲**:哭的聲音,或抽泣的聲音。岑參《獻封大夫破播仙凱歌六首》五:"蕃軍遥見漢家營,滿谷連山遍哭聲。萬箭千刀一夜殺,平明流血浸空城。"杜甫《兵車行》:"耶孃妻子走相送,塵埃不見咸陽橋。牽衣頓足闌道哭,哭聲直上干雲霄。" **厭**:嫌棄,憎惡,厭煩。《論語·憲問》:"夫子時然後言,人不厭其言;樂然後笑,人不厭其笑;義然後取,人不厭其取。"沈作喆《寓簡》卷一〇:"近世厭常反古,專尚奇麗。"**咽**:謂聲音滯澀。多用於形容悲切。徐陵《山池應令》:"細萍時帶楫,低荷乍入舟。猿啼知谷晚,蟬咽覺山秋。"唐李端《代宗挽歌》:"寒霜凝羽葆,野吹咽笳簫。" **旁人**:當事人以外的他人。姚合《送李侍御過夏州》:"沙寒無宿雁,虜近少閑兵。飲罷揮鞭去,旁人意氣生。"羅隱《重過三衢哭孫員外》:"不唯濟物工夫大,長憶容才尺度寬。一慟旁人莫相笑,知音衰盡路行難。" **惡**:討厭,憎恨。《史記·韓世家》:

"公之所惡者張儀也。"韓愈《送齊皞下第序》:"衆之所同惡焉! 激而
舉之,乃忠也。"　驚:驚慌,恐懼。《莊子·達生》:"譬之若載鼷以車
馬,樂鴟以鐘鼓也。彼又惡能無驚乎哉?"成玄英疏:"何能無驚懼者
也。"江淹《恨賦》:"僕本恨人,心驚不已。直念古者,伏恨而死。"
悲:謂悲感動人。王充《論衡·自紀》:"蓋師曠調音,曲無不悲。"陸機
《文賦》:"猶絃麼而徽急,故雖和而不悲。"　飄:指輕柔的物體在空間
飛揚、浮動。潘岳《河陽縣作二首》一:"譬如野田蓬,斡流隨風飄。"蘇
軾《和孫莘老次韵》:"去國光陰春雪消,還家蹤迹野雲飄。"

⑪ 千慚萬謝:羞愧萬分,感謝萬分。薛能《蜀州鄭史君寄烏觜茶
因以贈答八韵》:"旋覺前甌淺,還愁後信賒。千慚故人意,此惠敵丹
砂。許衡《與張仲謙》:"幼孫在繈褓,使他日得承吾兒後,萬謝萬感!"
向使:假使,假令。《後漢書·荀彧傳》:"向使臣退軍官度,紹必鼓行
而前。"杜甫《九成宫》:"向使國不亡,焉爲巨唐有?"　寤:醒悟,覺醒。
《楚辭·離騷》:"閨中既以邃遠兮,哲王又不寤。"《魏書·崔僧淵傳》:
"今執志不寤,忠孝兩忘,王晏之辜,安能自保? 見機而作,其在兹
乎!"謂使覺悟。《逸周書·寤儆》:"天下不虞周,驚以寤王,王其敬
命。"王安石《上田正言書》一:"曾未聞執事建一言寤主上也。"

[編年]

《年譜》、《編年箋注》、《年譜新編》編年意見及編年理由同《樂府
(有序)》,我們的編年意見以及編年理由也同《樂府(有序)》所表述。

◎ 和劉猛古題樂府十首·冬白紵(一)①

　　吳宫夜長宫漏款(二),簾幕四垂燈熖暖②。西施自舞王自
管,雪紵翻翻鶴翎散(三),促節牽繁舞腰懶(四)③。舞腰懶(五),

王罷飲，蓋覆西施鳳花錦④。身作匡床臂爲枕⁽六⁾，朝珮樅（《詩》：“簨業維樅。”懸鐘磬之處，以彩爲犬牙，其狀樅樅然，故謂之樅）玉王晏寢⁽七⁾⑤。寢醒闍報門無事⁽八⁾，子胥死後言爲諱⑥。近王之臣諭王意，共笑越王窮惴惴，夜夜抱冰寒不睡⑦。

録自《元氏長慶集》卷二三

［校記］

（一）冬白紵：楊本、叢刊本、《古詩鏡·唐詩鏡》、《全詩》、《全唐詩録》、《唐文粹》、《古今事文類聚》同，《樂府詩集》、《全詩》注作“冬白紵歌”，語義相類，不改。《吳都文粹續集》作“白紵辭”，且作者誤爲“陸龜蒙”。

（二）吳宮夜長宮漏款：楊本、叢刊本、《樂府詩集》、《古詩鏡·唐詩鏡》、《全詩》、《全詩》樂府詩部份、《全唐詩録》、《唐文粹》同，《吳都文粹續集》作“吳宮夜長宮漏短”，語義不同，不改。

（三）雪紵翻翻鶴翎散：楊本、叢刊本、《樂府詩集》、《古詩鏡·唐詩鏡》、《全詩》、《全詩》樂府詩部份、《全唐詩録》、《唐文粹》同，《吳都文粹續集》作“雲紵翻翻鶴翎散”，語義不同，不改。

（四）促節牽繁舞腰懶：楊本、叢刊本、《樂府詩集》、《古詩鏡·唐詩鏡》、《全詩》、《全詩》樂府詩部份、《全唐詩録》、《吳都文粹續集》同，錢校宋本、《唐文粹》、《古今事文類聚》作“促節牽繁舞腰軟”，語義不同，不改。

（五）舞腰懶：楊本、叢刊本、《樂府詩集》、《古詩鏡·唐詩鏡》、《全詩》、《全詩》樂府詩部份、《全唐詩録》、《吳都文粹續集》同，《唐文粹》、《古今事文類聚》作“舞腰軟”，語義不同，不改。

（六）身作匡床臂爲枕：楊本、叢刊本、《樂府詩集》、《古詩鏡·唐詩鏡》、《唐文粹》、《全詩》、《全詩》樂府詩部份、《全唐詩録》、《吳都文粹續集》同，錢校宋本作"身作匡牀臂作枕"，《古今事文類聚》作"身作牀，臂爲枕"語義相類，不改。

（七）朝珮樅(《詩》："簴業維樅。"懸鐘磬之處，以彩爲犬牙，其狀樅樅然，故謂之樅)玉王晏寢：楊本、叢刊本、《全唐詩録》作"朝珮樅玉王晏寢"，無注文。錢校宋本、《樂府詩集》、《全詩》作"朝珮摐摐王晏寢"，同樣没有注文。《唐文粹》作"朝珮摐摐王晏寢"，也没有注文。《古今事文類聚》、《全詩》樂府詩部份作"朝珮摐摐王晏寢"，没有注文，《吳都文粹續集》作"朝珮璁璁王宴寢"，没有注文，《古詩鏡·唐詩鏡》作"朝珮樅玉王宴寢"，没有注文。

（八）寢醒閽報門無事：楊本、叢刊本、《古詩鏡·唐詩鏡》、《全詩》、《全唐詩録》同，《樂府詩集》、《全詩》樂府詩部份、《全詩》注作"酒醒閽報門無事"，《唐文粹》、《古今事文類聚》、《吳都文粹續集》作"醒來閽門報無事"，語義相類，不改。

［箋注］

① 白紵：亦作"白苧"，白色的苧麻。袁文《甕牖閑評》卷四："晁無咎詩云：'上山割白紵，山高葉摵摵，持歸當户績，爲君爲絺綌。'"李時珍《本草綱目·苧麻》："白苧葉面青，其背皆白。"指白紵所織的夏布。范成大《晚春二首》一："輕颸宜白紵，時節近清微。"白衣，古代士人未得功名时所穿衣服。王禹偁《寄碭山主簿朱九齡》："利市襴衫抛白紵，風流名紙寫紅箋。"陸游《貧病》："行年七十尚携鋤，貧悴還如白紵初。"這裏指乐府吳舞曲名冬白紵。　冬白紵：樂府吳舞曲名。沈約有《春白紵》、《夏白紵》、《秋白紵》、《冬白紵》、《夜白紵》，鮑照也有《白紵歌六首》，其五云："古稱渌水今白紵，催弦急管爲君舞。"《新唐書·禮樂志》："清樂三十二曲中有《白紵》，吳舞也。"張先《天仙子·公擇將行》："瑤席主，杯休數，清夜爲君歌白苧。"張籍《白紵歌》："皎皎白紵白且鮮，將作春衣稱少年。裁縫長短不能定，自持刀尺向姑

4103

前。復恐蘭膏污纖指,常遣傍人收墮珥。衣裳著時寒食下,還把白鞭鞭白馬。"王建《白紵歌二首》,其一:"天河漫漫北斗璨,宫中烏啼知夜半。新縫白紵舞衣成,來遲邀得吳王迎。低鬟轉面掩雙袖,玉釵浮動秋風生。酒多夜長夜未曉,月明燈光兩相照。"其二:"後庭歌聲更窈窕,館娃宫中春日暮。荔枝木瓜花滿樹,城頭烏栖休擊鼓。青娥彈瑟白紵舞,夜天矒矒不見星。宫中火照西江明,美人醉起無次第。墮釵遺佩滿中庭,此時但願可君意。迴書爲宵亦不瘝,年年奉君君莫棄。"可與元稹本詩並讀。而謝翱《白紵歌》則從另一個層面揭示白紵女子之愁苦:"江頭蓬沓走吳女,浣水爲花朝浣紵。晝隨晴網曬日中,夜覆井欄飄白露。織成素雪裁稱身,夫爲吳王戍柏舉。田家歲績供布縷,獨夜詎如妾愁苦!"同樣值得關注。關於本詩,《古詩鏡·唐詩鏡》評云:"醒世語,殆不虚作。"可謂中肯之語。

　　② 吳宫:這裏指春秋吳王的宫殿。江淹《别賦》:"乃有劍客慚恩,少年報士,韓國趙廁,吳宫燕市。"劉禹錫《武陵觀火》:"晉庫走龍劍,吳宫傷燕雛。"　宫漏:古代宫中計時器,用銅壺滴漏,故稱宫漏。耿湋《安邑王校書居》:"秋來池館清,夜聞宫漏聲。迢遆玉山迴,泛瀲銀河傾。"白居易《同錢員外禁中夜直》:"宫漏三聲知半夜,好風凉月滿松筠。此時閑坐寂無語,藥樹影中唯兩人。"　款:緩。杜甫《曲江二首》二:"穿花蛺蝶深深見,點水蜻蜓款款飛。傳語風光共流轉,暫時相賞莫相違。"梅堯臣《送胥裴二子回馬上作》:"陰陰雪雲低,遊子去將懶。豈惟遊子倦,疲馬行亦款。"　簾幕:用於門窗處的簾子與帷幕。杜牧《題宣州開元寺水閣》:"深秋簾幕千家雨,落日樓臺一笛風。"劉過《滿江紅·高帥席上》:"樓閣萬家簾幕卷,江郊十里旌旗駐。"　四垂:從四面垂下來。曹丕《彈棋賦》:"滑石霧散,雲布四垂。"白居易《有木詩八首》一:"峨峨白雪花,嫋嫋青絲枝。漸密陰自庇,轉高梢四垂。"　燈焰:燈燭的火焰。白居易《宿東林寺》:"經窗燈焰短,僧爐火氣深。"梅堯臣《韓玉汝遺油》:"君能置以清油壺,暝照文字燈

焰舒。"

　　③　西施:春秋越地美女,或稱先施,別名夷光,亦稱西子。姓施,春秋末年越國苎羅(今浙江諸暨南)人。越王勾踐敗於會稽,范蠡取西施獻吳王夫差,使其迷惑忘政,越遂亡吳。後西施歸范蠡,同泛五湖。事見《吳越春秋·勾踐陰謀外傳》。一說,吳亡後,越沉西施於江。王維《西施詠》:"艷色天下重,西施寧久微!朝仍越溪女,暮作吳宮妃。"萬楚《五日觀妓》:"西施謾道浣春紗,碧玉今時鬥麗華。眉黛奪將萱草色,紅裙妒殺石榴花。"　自舞:獨自一個跳舞。宋之問《春日芙蓉園侍宴應制》:"谷轉斜盤徑,川迴曲抱原。風來花自舞,春入鳥能言。"袁瓘《鴻門行》:"寶劍中夜撫,悲歌聊自舞。此曲不可終,曲終泪如雨。"　管:名詞動化,意謂吳王指吹奏各類管樂器具與西施一起取樂。皇甫冉《怨回紇歌二首》二:"祖席駐征櫂,開帆信候潮。隔烟桃葉泣,吹管杏花飄。"武元衡《春日與諸公汎舟》:"千里雪山開,沱江春水來。駐帆雲縹緲,吹管鶴裴回。"　雪紵:白色苎麻布的衣服。陳起《張同史丈令賦所欲作醉皓堂詩以爲後日數椽張本四老有袁謂乃其遠祖雲》:"政宜日無何,雪紵展鵠翅。高吟紫芝曲,四老恐欻至。"趙彥端《五彩結同心·爲淵卿壽》:"主人漢家龍種,正翩翩迥立,雪紵烏紗。"　翻翻:飄動貌。《樂府詩集·善哉行》:"經歷名山,芝草翻翻。"韋應物《晚出府舍與獨孤兵曹令狐士曹南尋朱雀街歸里第》:"翻翻鳥未没,杳杳鐘猶度。尋草遠無人,望山多枉路。"　鶴翎:鶴的羽毛。劉得仁《宿宣義池亭》:"島嶼無人迹,菰蒲有鶴翎。"白居易《池上清晨候皇甫郎中》:"深掃竹間徑,静拂松下床。玉柄鶴翎扇,銀罌雲母漿。"　促節:急促的節奏,短促的音節。陸機《擬東城一何高》:"長歌赴促節,哀響逐高徽。"《文心雕龍·哀悼》:"結言摹《詩》,促節四言,鮮有緩句,故能義直而文婉,體舊而趣新。"

　　④　舞腰:猶舞姿。李百藥《妾薄命》:"團扇秋風起,長門夜月明。羞聞拊背入,恨說舞腰輕。"鄭愔《折楊柳》:"舞腰愁欲斷,春心望不

還。風花滾成雪，羅綺亂斑斑。” 蓋覆：覆蓋，遮蓋。元稹《酬鄭從事四年九月宴望海亭》：“憶年十五學構廈，有意蓋覆天下窮。”白居易《薛中丞》：“奸豪與佞巧，非不憎且懼。直道漸光明，邪謀難蓋覆。”

⑤ 匡床：安適的床，方正的床。杜甫《觀李固請司馬弟山水圖三首》一：“簡易高人意，匡床竹火爐。寒天留遠客，碧海挂新圖。”劉禹錫《聚蚊謠》：“天生有時不可遏，爲爾設幄潛匡床。清商一來秋日曉，羞爾微形飼丹鳥。” 晏寢：晚睡。潘岳《秋興賦序》：“夙興晏寢，匪遑底寧。”沈約《立左降詔》：“罰罪之奏，日聞於蚤朝；弊獄之書，亟勞於晏寢。”

⑥ 閽：守門人。崔融《和宋之問寒食題黃梅臨江驛》：“明主閽難叫，孤臣逐未堪。遙思故園陌，桃李正酣酣。”李白《梁甫吟》：“閶闔九門不可通，以額扣關閽者怒。白日不照吾精誠，杞國無事憂天傾。”子胥：春秋楚大夫伍員的字，楚平王殺其父奢、兄尚，其經宋、鄭入吳，助闔廬奪取王位，整軍經武。不久，攻破楚國，掘楚平王之墓，鞭屍三百。吳王夫差時，因力諫停止攻齊、拒絕越國求和而漸被疏遠。後夫差賜劍命自殺，並以鴟夷革盛其屍浮於江上。李白《行路難三首》三：“吾觀自古賢達人，功成不退皆殞身。子胥既棄吳江上，屈原終投湘水濱。”白居易《微之重誇州居其落句有西州羅刹之謔因嘲兹石聊以寄懷》：“君問西州城下事，醉中疊紙爲君書。嵌空石面標羅刹，壓捺潮頭敵子胥。” 諱：隱諱，隱瞞。《左傳·昭公十六年》：“十六年春王正月，公在晉，晉人止公，不書，諱之也。”韓愈《病鴟》：“勿諱泥坑辱，泥坑乃良規。”

⑦ 諭：明白，領會。《晏子春秋·問》：“舉之以語，考之以事，能諭，則尚而親之。”劉知幾《史通·惑經》：“竊詳《春秋》之義，其所未諭者有十二。” 越王：即越王勾踐，臥薪嘗膽，最終滅亡吳國。宋之問《浣紗篇贈陸上人》：“越女顏如花，越王聞浣紗。國微不自寵，獻作吳宮娃。”劉長卿《登吳古城歌》：“伍員殺身誰不冤？竟看墓樹如所言。

越王嘗膽安可敵？遠取石田何所益！」　惴惴：憂懼戒慎貌。《詩·小雅·小宛》：「惴惴小心，如臨于谷。」《魏書·陽固傳》：「心惴惴而慄慄兮，若臨深而履薄。」　抱冰：喻刻苦自勵。趙曄《吳越春秋·勾踐歸國外傳》：「越王念復吳仇非一旦也，苦身勞心，夜以接日，目臥則攻之以蓼，足寒則漬之以水，冬常抱冰，夏還握火，愁心苦志，懸膽於戶，出入嘗之。」郭祥正《哭宗叔致政大將軍》：「抱冰末路垂三紀，埋玉空山第一秋。餘派江東藉雲蔭，載瞻遺像涕交流。」

[編年]

《年譜》、《編年箋注》、《年譜新編》編年意見及編年理由同《樂府（有序）》所述，我們的編年意見以及編年理由也同《樂府（有序）》所表述。

◎ 和劉猛古題樂府十首·將進酒①

將進酒，將進酒，酒中有毒酖主父②。言之主父傷主母，母爲妾地父妾天③。仰天俯地不忍言，陽爲僵踣主父前，主父不知加妾鞭⁽一⁾④。旁人知妾爲主說，主將泪洗鞭頭血⑤。推椓主母牽下堂⁽二⁾，扶妾遣升堂上床⑥。將進酒，酒中無毒令主壽⑦。願主迴恩歸主母⁽三⁾，遣妾如此由主父⁽四⁾⑧。妾爲此事人偶知，自慚不密方自悲⑨。主今顛倒安置妾，貪天僭地誰不爲⑩？

録自《元氏長慶集》卷二三

［校記］

（一）主父不知加妾鞭：宋蜀本、蘭雪堂本、叢刊本、《樂府詩集》、《全詩》、《全詩》樂府詩部份同，楊本作"主父不知加妾鞭"，語義不同，不改。

（二）推榷主母牽下堂：楊本、叢刊本、《全詩》同，《樂府詩集》作"推榷主母牽下堂"，《全詩》注、《全詩》樂府詩部份作"推摧主母牽下堂"，語義不同，不改。

（三）願主迴恩歸主母：楊本、叢刊本、《全詩》、《樂府詩集》同，《全詩》注同，《全詩》樂府詩部份作"願主迴思歸主母"，語義不同，不改。

（四）遣妾如此由主父：楊本、叢刊本、《樂府詩集》注、《全詩》同，《樂府詩集》、《全詩》注作"遣妾如此事主父"，語義不同，不改。

［箋注］

① 將進酒：漢樂府《鐃歌》十八曲之一，《樂府詩集·鼓吹曲辭·將進酒》郭茂倩解題："古詞曰：'將進酒，乘大白。'大略以飲酒放歌爲言。"王灼《碧雞漫志》卷一："又漢代短簫鐃歌樂曲，三國時存者有《朱鷺》、《艾如張》、《上之回》、《戰城南》、《巫山高》、《將進酒》之類，凡二十二曲。"李白《將進酒》："君不見黃河之水天上來，奔流到海不復回。君不見高堂明鏡悲白髮，朝如青絲暮成雪。人生得意須盡歡，莫使金尊空對月！天生我材必有用，千金散盡還復來。烹羊宰牛且爲樂，會須一飲三百杯。岑夫子，丹丘生，將進酒，杯莫停！與君歌一曲，請君爲我側耳聽。鐘鼓饌玉不足貴，但願長醉不復醒。古來聖賢皆寂莫，惟有飲者留其名。陳王昔時宴平樂，斗酒十千恣歡謔。主人何爲言少錢，徑須酤取對君酌。五花馬，千金裘，呼兒將出換美酒，與爾同銷萬古愁。"李賀《將進酒》："琉璃鍾，琥珀濃，小槽酒滴真珠紅。烹龍炮

鳳玉脂泣,羅屏繡幕圍香風。吹龍笛,擊鼉鼓,皓齒歌,細腰舞。況是青春日將暮,桃花亂落如紅雨。勸君終日酩酊醉,酒不到劉伶墳上土。"陳陶《將進酒》:"金尊莫倚青春健,齷齪浮生如走電。琴瑟盤傾從世珠,黃泥局瀉流年箭。麻姑爪禿瞳子昏,東皇肉角生魚鱗。靈鰲柱骨半枯朽,驪龍德悔愁耕人。周孔著龜久淪没,黃蒿誰認賢愚骨。兔苑詞才去不還,蘭亭水石空明月。姮娥弄簫香雨收。江濱迸瑟魚龍愁。靈芝九折楚蓮醉,翻風一嘆梁庭秋。酴釄鸞觥奉君壽,玉山三獻春紅透。銀鴨金鵝言待誰? 隋家嶽瀆皇家有。珊瑚座上凌香雲,鳳肪龍炙猩猩脣。芝蘭此日不傾倒,南山白石皆賢人。文康調笑麒麟起,一曲飛龍壽天地。"關於本詩的題旨,元稹自己就作了明確的説明,本組詩詩序:"其有雖用古題、全無古義者,若《出門行》不言離別,《將進酒》特書列女之類是也。"與李白、李賀、陳陶同題詩篇已經有了很大的不同,而藝術上的高下,唯李白之篇氣勢蓋人,尚可與元稹匹敵媲美,李賀、陳陶之篇,無論題旨還是手法,粗劣已不待言,希望細心的讀者加以認真的辨別。在宋代,也有不少關於"將進酒"的詩篇,如李新、曹勛等人就是其中的例子,但成功之篇寥寥無幾,唯陸游《將進酒》可備一讀:"我欲挽住北斗杓,常指蒼龍無動搖。春風日夜吹草木,只有榮盛無時凋。我欲剗斷日行道,陽烏當空月呆呆。非惟四海常不夜,亦使人生失衰老。如山積麴高崔嵬,大江釀作蒲萄醅。頽然一醉三千杯,借問白髮何從来?"元明清各代,還有不少詩人涉及"將進酒"題材,但已經無人可以給後世留下深刻印象。愛新覺羅·弘曆別出心裁,反其意而用之,其《反元稹將進酒樂府》別有新意:"主母令妾進酒卮,酒中有酖主不知。進酒主人死,不進主母疑。兩難萃一身,無已伴踣受。主篋旁人告其故,主人雙淚垂。主母下堂妾升床,乃使黃裳而綠衣。再拜主人前致辭:願主還令主母歸。竊恐貪天借地流,以爲口實其奚宜? 是女知一未知二,不然其心乃險巇。父天母地固常經,母若叛父豈可随? 使其傾酖主不覺,主母再進將何如? 移過主父媚主母，沽名違道孰甚斯？以是爲美風後世，微之毋乃未三思。”

② 進酒：斟酒勸飲。《韓非子·十過》：“故豎穀陽之進酒不以仇子反也，其心忠愛之而適足以殺之。”飲酒。《南史·江淹傳》：“淹素能飲啖，食鵝炙垂盡，進酒數升訖，文誥亦辨。”張説《奉和聖製過寧王宅應制》：“進酒忘憂歡，簫韶喜降臨。” 酖：以毒酒殺人。《左傳·莊公三十二年》：“成季使以君命命僖叔，待于鍼巫氏，使鍼季酖之。”李商隱《故番禺侯以贓罪致不辜事覺母者他日過其門》：“飲鴆非君命，兹身亦厚亡……殺人須顯戮，誰舉漢三章？” 主父：婢妾、僕役對男主人之稱。《戰國策·燕策》：“妻使妾奉巵酒進之。妾知其藥酒也，進之則殺主父，言之則逐主母，乃陽僵棄酒。”李賀《致酒行》：“零落棲遲一杯酒，主人奉觴客長壽。主父西遊困不歸，家人折斷門前柳。”

③ 主母：婢妾、僕役對女主人之稱。《史記·蘇秦列傳》：“居三日，其夫果至，妻使妾舉藥酒進之。妾欲言酒之有藥，則恐其逐主母也；欲勿言乎，則恐其殺主父也，於是乎詳僵而棄酒。”元稹《有鳥二十章》一八：“當時主母信爾言，顧爾微禽命何有。今之主人翻爾疑，何事籠中漫開口！” 地：大地，與“天”相對。《説文·土部》：“地，元氣初分，輕清陽爲天，重濁陰爲地；萬物所陳列也。”柳宗元《天説》：“彼上而玄者，世謂之天；下而黄者，世謂之地。” 天：古人以天爲萬物主宰者。《論語·八佾》：“獲罪於天，無所禱也。”《左傳·宣公四年》：“君，天也，天可逃乎？”韓愈《元和聖德詩》：“天錫皇帝，爲天下主。”

④ 仰天：仰望天空，多爲人抒發抑鬱或激動心情時的狀態。杜甫《羌村三首》三：“請爲父老歌，艱難愧深情。歌罷仰天嘆，四座淚縱橫。”盧仝《送王儲詹事西遊獻兵書》：“篋中制勝術，氣雄屈指算。半醉千殷勤，仰天一長嘆。” 俯：低頭，面向下。《易·繫辭》：“仰以觀於天文，俯以察於地理。”《禮記·禮運》：“其餘鳥獸之卵胎，皆可俯而闚也。”孔穎達疏：“俯，下頭也。” 不忍：不忍心，感情上覺得過不去。

《史記·項羽本紀》:"吾騎此馬五歲,所當無敵,嘗一日行千里,不忍殺之。"韋承慶《折楊柳》:"征人遠鄉思,倡婦高樓別。不忍擲年華,含情寄攀折。"　陽:假裝。《漢書·高帝紀》:"春正月,陽尊懷王爲義帝,實不用其命。"葛洪《抱朴子·疾謬》:"故勝己者,則不得聞,聞亦陽不知也。"　僵踣:跌倒。《資治通鑑·唐穆宗長慶四年》:"上視朝每晏,戊辰,日絶高尚未坐,百官班於紫宸門外,老病幾至僵踣。"葉適《劉靖君墓誌銘》:"父死,伯不弔,疑將祔於祖。一夕,舉其柩他山,哀呼僵踣,幾不活者數焉! 遂羸毁終身。"　鞭:泛指鞭子。《周禮·秋官·條狼氏》:"條狼氏掌執鞭以趨辟。"孫詒讓正義:"鞭所以威人,衆有不辟者,則以鞭毆之。"《論語·述而》:"雖執鞭之士,吾亦爲之。"

⑤ 旁人:他人,別人。鮑照《代別鶴操》:"心自有所存,旁人那得知?"杜甫《堂成》:"旁人錯比揚雄宅,懶惰無心作解嘲。"　主:主人,奴僕對主人的稱呼。《史記·外戚世家》:"(竇)少君年四五歲時,家貧,爲人所略賣……爲主入山作炭。"李山甫《自嘆拙》:"世亂僮欺主,年衰鬼弄人。"本詩亦即詩中的"主父"。　主將淚洗鞭頭血:男主人聽說真情之後,看著自己鞭打女僕是留在鞭子上的血迹,悔恨不已,淚眼朦朧。　淚洗:悔恨流淚。孟郊《遠愁曲》:"此地有時盡,此哀無處容。聲翻太白雲,淚洗藍田峰。"羅虬《比紅兒詩》六九:"幾抛雲髻恨金墉,淚洗花顔百戰中。應有紅兒些子貌,却言皇后長深宮。"

⑥ 推:向外用力使人或物體移動。《左傳·襄公十四年》:"夫二子者,或輓之,或推之,欲無入,得乎?"韓愈《南山詩》:"寒衣步推馬,顛蹶退且後。"推究,審問。《文選·潘岳〈馬汧督誄〉》:"雍州從事忌敦勛效,極推小疵。"吕延濟注:"言忌其功效,推窮小過也。"吳兢《貞觀政要·納諫》:"大理推得其僞,將處雄死罪,少卿戴胄奏法止合徒。"　椎:用椎打擊,也泛指重力撞擊。《戰國策·齊策》:"秦始皇嘗使使者遺君王後玉連環……君王後引椎椎破之。"《史記·魏公子列傳》:"朱亥袖四十斤鐵椎,椎殺晉鄙。"　堂:建於高臺基之上的廳房,

古時整幢房子建築在一個高出地面的臺基上，前面是堂，通常是行吉凶大禮的地方，不住人；堂後面是室，住人。《詩·唐風·蟋蟀》：“蟋蟀在堂。”《禮記·禮器》：“天子之堂九尺……士三尺。”《論語·先進》：“由也升堂矣！未入於室也。”《説文·土部》：“堂，殿也。”段玉裁注：“堂之所以偁殿者，正謂前有陛，四緣皆高起……古曰堂，漢以後曰殿，古上下皆偁堂，漢上下皆偁殿，至唐以後，人臣無有偁殿者。”也泛指房屋的正廳。《玉臺新詠·隴西行》：“請客北堂上，坐客氈氍毹。”杜甫《贈衛八處士》：“焉知二十載，重上君子堂。” 扶：攙扶。《左傳·襄公二十五年》：“〔賈獲〕與其妻扶其母以奔墓，亦免。”《史記·伯夷列傳》：“太公曰：‘此義人也。’扶而去之。” 床：供人睡卧的傢俱。《詩·小雅·斯干》：“乃生男子，載寢之床。”鄭玄箋：“男子生而卧於床，尊之也。”牟融《理惑論》：“年十七，王爲納妃，鄰國女也。太子坐則遷座，寢則異床。”杜甫《新婚别》：“結髮爲妻子，席不暖君床。”古代坐具。《禮記·内則》：“父母舅姑將坐，奉席請何鄉；將衽，長者奉席請何趾，少者執床與坐。”陳澔集説：“床，《説文》云：‘安身之几坐。’非今之卧床也。”《漢武帝内傳》：“〔西王母〕下車登床，帝拜跪問寒温畢，立如也，因呼帝共坐。”

⑦令：指酒令。韓愈《人日城南登高》：“盤蔬冬春雜，罇酒清濁共；令徵前事爲，觴詠新詩送。”朱熹注引劉貢父曰：“唐人飲酒喜以令爲罰，今人以絲管謳歌爲令。”花蕊夫人徐氏《宮詞》一二三：“新翻酒令著詞章，侍宴初聞憶却忙。宣使近臣傳賜本，書家院裏遍抄將。” 壽：祝壽，祝福，多指奉酒祝人長壽。《漢書·高帝紀》：“莊入爲壽，壽畢，曰：‘軍中無以爲樂，請以劍舞。’”顏師古注：“凡言爲壽，謂進爵於尊者，而獻無疆之壽。”韓愈《送石處士序》：“又酌而祝曰：凡去就出處何常，惟義之歸。遂以爲先生壽。”

⑧願：希望，祝願，祈求。《楚辭·九章·惜誦》：“固煩言不可結詒兮，願陳志而無路。”王逸注：“願，思也。”聶夷中《傷田家》：“我願君

王心,化作光明燭。”　迴恩:古代官員把所得的封贈呈請改授父母或其他親戚,亦即轉施恩寵。李白《答杜秀才五松見贈》:“聞君往年遊錦城,章仇尚書倒屣迎。飛箋絡驛奏明主,天書降問迴恩榮。”《舊唐書·盧從願傳》:“上嘉之,特與一子太子通事舍人。從願上疏乞迴恩贈父,乃贈其父吉陽丞敬一爲鄭州長史。”　如此:這樣。《禮記·樂記》:“如此,則國之滅亡無日矣!”杜甫《房兵曹胡馬》:“驍騰有如此,萬里可橫行。”

⑨　自慚:亦作“自慙”,自己感到慚愧。韋應物《郡齋雨中與諸文士燕集》:“自慚居處崇,未覩斯民康。”白居易《初罷中書舍人》:“自慚拙宦叨清貫,還有痴心怕素餐。”　自悲:自感悲傷。張循之《巫山》:“流景一何速,年華不可追。解佩安所贈?怨咽空自悲。”李白《江上秋懷》:“惻愴心自悲,潺湲泪難收。蘅蘭方蕭瑟,長嘆令人愁。”

⑩　顛倒:上下、前後或次序倒置。古之奇《秦人謠》:“奸臣弄民柄,天子恣抱。上下一相蒙,馬鹿遂顛倒。”韓愈《題張十一旅舍三詠·榴花》:“五月榴花照眼明,枝間時見子初成。可憐此地無車馬,顛倒青苔落絳英。”　安置:安放,安排,謂使人或事物有著落。《穀梁傳·哀公元年》:“‘卜之不吉,則如之何?’‘不免,安置之,繫而待。’”干寶《搜神記》卷三:“男子張伯,除堂下草,土中得玉璧七枚,伯懷其一,以六枚白意。意令主簿安置几前。”杜甫《簡吳郎司法》:“有客乘舸自忠州,遣騎安置瀼西頭。”元稹《與李十一夜飲》:“寒夜燈前賴酒壺,與君相對興猶孤。忠州刺史應閑臥,江水猿聲睡得無?”　貪天:“貪天之功”的省稱,天之功本謂以自然成功之事爲己功,後多指攘奪他人的功勞。《左傳·僖公二十四年》:“竊人之財,猶謂之盜,況貪天之功以爲己力乎?”劉知幾《史通·序例》:“魏收作例,全取蔚宗,貪天之功以爲己力。”　僭:僭據,僭占。樂史《廣卓異記·胡雛異事》:“勒耕田,以石爲姓,以勒爲名,僭帝位,稱後趙十五年。”本句的“天”與“地”,應該是比喻主父與原來的“主母”。　不爲:不做,不幹。《詩·

衛風・淇奧》：“善戲謔兮！不爲虐兮！”《孟子・梁惠王》：“爲長者折枝，語人曰：‘我不能’，是不爲也，非不能也。”

[編年]

《年譜》、《編年箋注》、《年譜新編》編年意見及編年理由同《樂府（有序）》所述，我們的編年意見以及編年理由也同《樂府（有序）》所表述。

◎ 和劉猛古題樂府十首・採珠行①

海波無底珠沉海，採珠之人判死採②。萬人判死一得珠，斛量買婢人何在⁽一⁾③？年年採珠珠避人，今年採珠由海神④。海神採珠珠盡死，死盡明珠空海水⑤。珠爲海物海屬神⁽二⁾，神今自採何况人⑥！

録自《元氏長慶集》卷二三

[校記]

（一）斛量買婢人何在：楊本、叢刊本、《全詩》、《淵鑑類函》同，《樂府詩集》、《全詩》注作“斛量買婢天何在”，語義相類，不改。

（二）珠爲海物海屬神：楊本、叢刊本、《全詩》、《淵鑑類函》同，《樂府詩集》作“珠爲海物屬海神”語義相類，不改。

[箋注]

① 採珠行：李唐詩人有同題之作，如鮑溶《採珠行》：“東方暮空海面平，驪龍弄珠燒月明。海人驚窺水底火，百寶錯落隨龍行。浮心一夜生奸見，月質龍軀看幾遍。擘波下去忘此身，迢迢謂海無靈神。

海宮正當龍睡重,昨夜孤光今得弄。河伯空憂水府貧,天吳不敢相驚動。一團冰容掌上清,四面人入光中行。騰華乍搖白日影,銅鏡萬古羞爲靈。海邊老翁怨狂子,抱珠哭向無底水。一富何須龍頷前,千金幾葬魚腹裏。鱗蟲變化爲陰陽,填海破山無景光。拊心仿佛失珠意,此土爲爾離農桑。飲風衣日亦飽暖,老翁擲却荊雞卵。"它與本詩可謂都是唐代詩歌中關於採珠的著名詩篇。另外清代愛新覺羅・弘曆也有《採珠行》行世,提及元稹本詩:"圓流育蚌清且渝,元珠素出東海濱。旗丁泅採世其業,授餐支餉居虞村。我來各欲獻其技,水寒凍肌非所論。賜酒向火令一試,精神踴躍超常倫。秋江川媚澄見底,方諸月映光生新。威呼盪槳向深處,長繩投石牽船脣。入水取蚌載以至,剖割片片光如銀。三色七采亦時有,百難獲一稱奇珍。命罷旋教行賞賚,不覽安識真艱辛!世僕執役非蜑户,元稹何關詈海神!"清代的不少大臣也有和作,不在這裏一一引述。元稹涉及的採珠人,就是愛新覺羅・弘曆詩中提及的"蜑户",蜑人散居在廣東、福建等沿海地帶,一向受到封建統治者的歧視和迫害,不許陸居,不列户籍。他們以船爲家,從事捕魚、采珠等勞動,計丁納税於官。明代洪武初始編户,立里長,由河泊司管轄,歲收漁課,名曰"蜑户"。清朝雍正初,明令削除舊籍,與編氓同列。辛亥革命後,臨時政府通令解放賤民,蜑户也在其内。蘇軾《追餞正輔表兄至博羅賦詩爲別》:"艤舟蜑户龍岡窟,置酒椰葉桃榔間。"《宋史・神宗紀》:"辛卯,詔濱海富民得養蜑户,毋致爲外夷所誘。"俞蛟《潮嘉風月記・麗景》:"潮嘉曲部中半皆蜑户女郎,而蜑户惟麥、濮、蘇、吳、何、顧、曾七姓,以舟爲家,互相配偶,人皆賤之。閑嘗考諸記載,蜑謂之水欄,辨水色即知有龍,又曰龍户。"　採珠:入水取珠。李白《送蔡山人》:"採珠勿驚龍,大道可暗歸。故山有松月,遲爾翫清暉。"王闢之《澠水燕談録・雜録》:"劉鋹據嶺南,置兵八千人,專以採珠爲事。"

②　海波:大海的波浪。韓愈《學諸進士作精衛銜石填海》:"鳥有

償冤者，終年抱寸誠。口銜山石細，心望海波平。”方干《題睦州烏龍山禪居》：“人世驅馳方丈內，海波搖動一杯中。” 珠：珍珠，蛤蚌殼內由分泌物結成的有光小圓球，常作貴重飾物。《國語·楚語》：“珠，足以禦火災，則寶之；金，足以禦兵亂則寶之；山林藪澤，足以備財用則寶之；若夫譁囂之美楚，雖蠻夷不能寶也。”韋昭注：“珠，水精。”李白《白胡桃》：“疑是老僧休念誦，腕前推下水精珠。” 無底：沒有底部，形容極深。《列子·湯問》：“有大壑焉……其下無底，名曰歸墟。”陸機《從軍行》：“谿谷深無底，崇山鬱嵯峨。” 判死：猶拼死。趙曄《吳越春秋·勾踐伐吳外傳》：“一士判死兮而當百夫。”牛希濟《臨江仙》：“須知狂客，判死爲紅顏。”

③ 萬人判死一得珠：萬人下海，判死採珠，最後僅僅得到一顆珍珠，比例之懸殊，由此可見，珍珠之代價，不難想見。而且萬人入海，安全而歸者又是幾何？採珠之人的血淚，又是多少？恐怕連當時人也無法說清。 萬人：一萬人，猶言人多。劉禹錫《重送浙西李相公頔廉問江南已經七載後歷滑臺劍南兩鎮遂入相今復領舊地新加旌旄》：“江北萬人看玉節，江南千騎引金鐃。鳳從池上遊滄海，鶴到遼東識舊巢。”元稹《爲樂天自勘詩集因思頃年城南醉歸馬上遞唱艷曲十餘里不絕長慶初俱以制誥侍宿南郊齋宮夜後偶吟數十篇兩掖諸公泊翰林學士三十餘人驚起就聽逮至卒吏莫不衆觀群公直至侍從行禮之時不復聚寐予與樂天吟哦竟亦不絕因書於樂天卷後越中冬夜風雨不覺將曉諸門互啓關鎖即事成篇》：“春野醉吟十里程，齋宮潛詠萬人驚。今宵不寐到明讀，風雨曉聞開鎖聲。” 判死：猶拼死。趙曄《吳越春秋·勾踐伐吳外傳》：“一士判死兮而當百夫。”牛希濟《臨江仙》：“簫鼓聲稀香燼冷，月娥斂盡彎環。風流皆道勝人間。須知狂客，判死爲紅顏。” 一：副詞，一旦，一經。《禮記·文王世子》：“是故古之人，一舉事而衆皆知其德之備也。”《漢書·文帝紀》：“歲一不登，民有飢色。” 珠：珍珠，蛤蚌殼內由分泌物結成的有光小圓球，常作貴重

飾物。《國語·楚語》:"珠,足以御火災,則寶之。"韋昭注:"珠,水精。"李白《白胡桃》:"紅羅袖裏分明見,白玉盤中看却無。疑是老僧休念誦,腕前推下水精珠。"　斛量買婢人何在:陶宗儀《説郛》卷六七引劉恂《嶺表錄異記》:"綠珠井在白州雙角山下,昔梁氏之女有容質,石季倫爲交趾採訪使,以真珠三斛買之,梁氏之居舊井存焉!耆老云:'汲此井者,誕女必多美麗。'里間有識者,以美色無益於時,因以巨石填之,迨後雖有産女美者,而七竅四支多不完具,異哉!"　斛:量器。《莊子·胠篋》:"爲之斗斛以量之,則並與斗斛而竊之。"《韓非子·二柄》:"故田常上請爵禄而行之群臣,下大斗斛而施於百姓。"量詞,多用於量糧食,古代一斛爲十斗,南宋末年改爲五斗。《儀禮·聘禮》:"十斗曰斛。"《三國志·武帝紀》:"是歲穀一斛五十餘萬錢,人相食,乃罷吏兵新募者。"婢:女奴,使女。李煜《病中書事》:"月照静居唯搗藥,門扃幽院只來禽。庸醫懶聽詞何取?小婢將行力未禁。"包佶《尚書宗兄使過詩以奉獻》:"腹飽山僧供,頭輕侍婢梳。上官唯揖讓,半禄代耕鉏。"

④ 年年採珠珠避人:意謂海中的珍珠經過年復一年成千上萬人的拼命採擇,珍珠已經所剩無幾,不容易採到,猶如珍珠避人一般。年年:每年。皇甫冉《小江懷靈一上人》:"江上年年春早,津頭日日人行。借問山陰遠近,猶聞薄暮鍾聲。"韓滉《晦日呈諸判官》:"晦日新晴春色嬌,萬家攀折渡長橋。年年老向江城寺,不覺春風换柳條。"採珠:入水取珠。王闢之《澠水燕談錄·雜錄》:"劉鋹據嶺南,置兵八千人,專以採珠爲事。"葉盛《水東日記·珠池采珠法》:"蓋蜑丁皆居海艇中採珠,以大舶環池,以石懸大組,别以小繩繫諸蜑腰,没水取珠。"　避人:避開世人。杜甫《晚出左掖》:"樓雪融城濕,宮雲去殿低。避人焚諫草,騎馬欲鷄栖。"吴融《偶書》:"苕田綠後蛙争聚,麥壠黄時雀更喧。只此無心便無事,避人何必武陵源!"這裏猶避開採集珍珠之人。　由:聽憑,聽任。《論語·顔淵》:"爲人由己,而由人乎哉?"王讜《唐語林·言語》:"太宗聞之,怒曰:'威福豈由靖(李靖)等!

何爲禮靖等,而輕我宮人!'" 海神:傳説的海中之神。《史記·秦始皇本紀》:"始皇夢與海神戰,如人狀。"劉禹錫《和令狐相公送趙常盈煉師拜嶽及天台投龍畢却赴京師》:"白鶴迎來天樂動,金龍擲下海神驚。"這裏的"海神",詩人意有所指。

⑤"海神採珠珠盡死"兩句:意謂經過近似瘋狂的掠奪性採珠之後,可貴的珍珠已經一個不剩,衹留下無窮無盡的海水而已。 死盡:人或動植物死光。岑參《山房春事二首》二:"梁園日暮亂飛鴉,極目蕭條三兩家。庭樹不知人死盡,春來還發舊時花。"賈至《燕歌行》:"南風不競多死聲,鼓卧旗折黃雲橫。六軍將士皆死盡,戰馬空鞍歸故營。"所謂珍珠"死盡",實際上是珍珠被"採盡",人爲破壞的必然結果。珍珠給富人與統治者帶來賞心悦目的享受,但給百姓,帶來的衹是無窮無盡的災難。 明珠:光澤晶瑩的珍珠。班固《白虎通·封禪》:"江出大貝,海出明珠。"《新唐書·薛收傳》:"明珠兼乘,未若一言。"

⑥ 海物:指海魚、珍珠等海産物品。《書·禹貢》:"厥貢鹽絺,海物惟錯。"孫星衍注引鄭玄曰:"海物,海魚也。"沈約《梁三朝雅樂歌八曲》八:"荆包海物必來陳,滑甘滫瀡味和神。" 何況:用反問的語氣表達更進一層的意思。《後漢書·楊終傳》:"昔殷民近遷洛邑,且猶怨望,何況去中土之肥饒,寄不毛之荒極乎?"元稹《酬樂天赴江州路上見寄三首》三:"雲高風苦多,會合難遽因。天上猶有礙,何況地上身。"

[編年]

《年譜》、《編年箋注》、《年譜新編》編年及編年理由同《樂府(有序)》,我們的編年意見以及編年理由也同《樂府(有序)》所表述。

◎ 和劉猛古題樂府十首・董逃行①

　　董逃董逃董卓逃,揩鏗戈甲聲勞嘈②。剟剟深臍脂焰焰,人皆嘆曰爾獨不憶年年取我身上膏⁽一⁾③?膏銷骨盡煙火死,長安城中賊毛起④。城門四走公卿士,走勸劉虞作天子⑤。劉虞不敢作天子⁽二⁾,曹瞞篡亂從此始⑥。董逃董逃人莫喜,勝負相環相枕倚⁽三⁾⑦。縫綴難成裁破易,何况曲針不能伸巧指,欲學裁縫須準擬⑧!

　　　　　　　　　　　　錄自《元氏長慶集》卷二三

[校記]

　　(一)人皆嘆曰爾獨不憶年年取我身上膏:宋蜀本、蘭雪堂本、叢刊本、《全詩》注同,楊本、《全詩》、《全詩》樂府詩部份作"人皆數嘆曰爾獨不憶年年取我身上膏",《樂府詩集》作"人皆數嘆曰爾獨不念年年取我身上膏"語義相類,不改。

　　(二)劉虞不敢作天子:楊本、叢刊本、《樂府詩集》、《全詩》、《全詩》樂府詩部份同,《全詩》注作"劉虞不取作天子",語義難通,不從不改。

　　(三)勝負相環相枕倚:楊本、叢刊本、《樂府詩集》注、《全詩》同,《全詩》注作"勝負相翻相枕倚",《樂府詩集》、《全詩》樂府詩部份作"勝負翻環相枕倚",語義相類,不改。

[箋注]

　　① 董逃行:郭茂倩《樂府詩集・董逃行五解》:"崔豹《古今注》曰:'《董逃歌》,後漢游童所作也。終有董卓作亂,卒以逃亡,後人習

之爲歌章，樂府奏之以爲儆誡焉！'"陸機《董逃行》："和風習習薄林，柔條布葉垂陰。鳴鳩拂羽相尋，倉鶊喈喈弄音。感時悼逝傷心，日月相追周旋。萬里儵忽幾年？人皆冉冉西遷。盛時一往不還，慷慨乖念悽然。昔爲少年無憂，常怪秉燭夜遊。翩翩宵征何求？於今知此有由。但爲老去年遒，盛固有衰不疑。長夜冥冥無期，何不驅馳及時？聊樂永日自怡，齎此遺情何之？人生居世爲安，豈若及時爲歡！世道多故萬端，憂慮紛錯交顏，老行及之長嘆！"張籍《董逃行》歌曰："洛陽城頭火瞳瞳，亂兵燒我天子宮。宮城南面有深山，盡將老幼藏其間。重巖爲屋橡爲食，丁男夜行候消息。聞道官軍猶掠人，舊里如今歸未得。董逃行，漢家幾時重太平？"可與本詩參讀，後代陸游、貝瓊等都有同題詩歌。元稹、陸機、張籍三人詩篇所云，是東漢末年真實的歷史，當時的童謠也有反映，《後漢書·五行志》："靈帝中平中，京都歌曰：'承樂世，董逃。遊四郭，董逃。蒙天恩，董逃。帶金紫，董逃。行謝恩，董逃。整車騎，董逃。垂欲發，董逃。與中辭，董逃。出西門，董逃。瞻宮殿，董逃。望京城，董逃。日夜絕，董逃。心摧傷，董逃。'案董謂董卓也。言雖跋扈，縱其殘暴，終歸逃竄，至於滅族也。"又："獻帝踐阼之初，京師童謠曰：'千里草，何青青？十日卜，不得生。'案'千里草'爲董，'十日卜'爲卓。凡別字之體，皆從上起，左右離合，無有從下發端者也。今二字如此者，天意。若曰'卓'自下摩上，以臣陵君也。'青青'者，暴盛之貌也。'不得生'者，亦旋破亡。"

②董卓：東漢末年左右朝政的重要人物，挾天子令諸侯，最後爲王允、呂布所殺。《後漢書·董卓傳》："董卓，字仲穎，隴西臨洮人也。性粗猛有謀，少嘗遊羌中，盡與豪帥相結。後歸耕於野，諸豪帥有來從之者，卓爲殺耕牛與共宴樂，豪帥感其意，歸相斂得雜畜千餘頭以遺之。由是以健俠知名，爲州兵馬掾，常徼守塞下。卓膂力過人，雙帶兩鞬，左右馳射，爲羌胡所畏。桓帝末，以六郡良家子爲羽林郎，從中郎將張奐爲軍司馬，共擊漢陽叛羌，破之，拜郎中，賜縑九千匹。卓

曰：‘爲者則已，有者則士。’乃悉分與吏兵，無所留……後爲并州刺史、河東太守。中平元年拜東中郎將……及（靈）帝崩，大將軍何進、司隸校尉袁紹謀誅閹宦，而太后不許，乃私呼卓將兵入朝以脅太后，卓得召，即時就道。”最後廢少帝，立獻帝，焚燒洛陽，挾獻帝西入長安，自爲太師，最終被殺。孔融《六言詩三首》一：“漢家中葉道微，董卓作亂乘衰。借上虐下專威，萬官惶怖莫違，百姓慘慘心悲。”吕溫《題陽人城》：“忠驅義感即風雷，誰道南方乏武才？天下起兵誅董卓，長沙子弟最先來。”　鏗鏗：象聲詞，金屬撞擊聲，義近“鏗鏗”。《禮記・樂記》：“鐘聲鏗，鏗以立號。”孔穎達疏：“鐘聲鏗者，言金鐘之聲鏗鏗然矣！黃滔《以不貪爲寶賦》：“潔己虛中，既處一言而落落；飛聲擅價，終傾衆寶以鏗鏗。”　戈甲：戈和鎧甲，亦泛指武器裝備。《尉繚子・兵令下》：“内卒出戍，令將吏授旗鼓戈甲。”《南史・劉之亨傳》：“總督衆軍，杖節而西，樓船戈甲甚盛。”　勞嘈：謂聲音嘈雜，義近“嘈嘈”。《文選・王延壽〈魯靈光殿賦〉》：“耳嘈嘈以失聰，目瞹瞹而喪精。”李善注引《埤蒼》：“嘈嘈，聲衆也。”李白《春日陪楊江甯及諸官宴北湖感古作》：“雞栖何嘈嘈！沿月沸笙竽。”

③ 剜剜：凹陷貌。賈思勰《齊民要術・種槐柳楸梓梧柞》：“俗人呼杼爲橡子，以橡殻爲杼斗，以剜剜似斗故也。”　焰焰：火苗初起貌。《孔子家語・觀周》：“焰焰不滅，炎炎若何！”司馬光《上龐副樞論貝州事宜書》：“夫炎炎不絶，焰焰奈何！當事之微，治之易耳；時至不爲，禍如發機。”火焰熾烈貌。庾信《燈賦》：“輝煇朱爐，焰焰紅榮。”明亮貌，鮮明貌。楊炯《益州溫江縣令任君神道碑》：“明星焰焰，不臨太丘之前；暮雨沉沉，不散巫山之曲。”王轂《苦熱行》：“祝融南來鞭火龍，火旗焰焰燒天紅。”炎熱貌。楊巨源《夏日苦熱同長孫主簿過仁壽寺納涼》：“爀爀沸泉壑，焰焰燋砂石。”梅堯臣《和江鄰幾景德寺避暑》：“鐵城何焰焰，鐵床亦彤彤。”　膏：脂肪。《詩・檜風・羔裘》：“羔裘如膏，日出有曜。”孔穎達疏：“日出有光，照曜之時，觀其裘色，如脂膏

也。"肥肉,肥。《易・屯》:"屯其膏,小貞吉。"高亨注:"膏,肥肉。"《國語・晉語》:"嗛嗛之食,不足狃也,不能爲膏,而祇罹咎也。"韋昭注:"膏,肥也。"

④ "膏銷骨盡烟火死"兩句:意謂董卓的膏脂被燈火燒盡,隨之骨頭也被燒成灰炭,燃燒了幾天的烟火終於慢慢熄滅。但時局並不因此而太平,長安城中的混亂因之又開始。 烟火:火和烟。《後漢書・吳漢傳》:"饗士秣馬,閉營三日不出,乃多樹幡旗,使烟火不絶。"《北史・魏隴西公崙传》:"今日大風既勁,若今推草車方軌并進,乘風縱烟火,以精兵自後乘之,破之必矣!"烽火,戰火。《漢書・匈奴傳》:"北邊自宣帝以來,數世不見烟火之警,人民熾盛,牛羊布野。" 賊毛:亦即"毛賊",對盜賊的蔑稱,義近"劇賊"。《漢書・朱博傳》:"縣有劇賊及它非常,博輒移書以詭責之。"《舊唐書・李晟傳》:"晟内無貨財,外無轉輸,以孤軍而抗劇賊,而銳氣不衰。"

⑤ "城門四走公卿士"兩句:劉虞,初有愛民之舉,聞名當時。董卓亂起,衆公卿欲推劉虞爲天子,事見《後漢書・劉虞傳》:"劉虞,字伯安,東海郯人也……虞初舉孝廉,稍遷幽州刺史。民夷感其德化,自鮮卑烏桓夫餘穢貊之輩皆隨時朝貢,無敢擾邊者,百姓歌悦之,公事去官。中平初,黄巾作亂,攻破冀州諸郡,拜虞甘陵相,綏撫荒餘,以疏儉率下,遷宗正……及董卓秉政,遣使者授虞大司馬,進封襄賁侯。初平元年,復徵代袁隗爲太傅……虞雖爲上公,天性節約,敝衣繩履,食無兼肉,遠近豪俊夙僭奢者莫不改操而歸心焉……相平二年,冀州刺史韓馥、勃海太守袁紹及山東諸將議以朝廷幼沖,逼於董卓,遠隔關塞,不知存否,以虞宗室長者,欲立爲主,乃遣故樂浪太守張岐等齎議上虞尊號。" 公卿:三公九卿的簡稱。《儀禮・喪服》:"公卿大夫室老士貴臣。"《論語・子罕》:"出則事公卿,入則事父兄。"《後漢書・陳寵傳》:"及竇憲爲大將軍征匈奴,公卿以下及郡國無不遣吏子弟奉獻遺者。"泛指高官。荀悦《漢紀・昭帝紀》:"始元元年春

二月,黃鵠下建章宮太液池中,公卿上壽。"元稹《祭禮部庾侍郎太夫人文》:"公卿委累,賢彥駢繁。"　天子:古以君權為神所授,故稱帝王為天子。魏徵《述懷》:"杖策謁天子,驅馬出關門。請纓繫南粵,憑軾下東藩。"盧照鄰《登封大酺歌四首》一:"明君封禪日重光,天子垂衣曆數長。九州四海常無事,萬歲千秋樂未央。"

⑥ 劉虞不敢作天子:《後漢書·劉虞傳》:"虞見岐等,厲色叱之……固拒之。馥等又請虞領尚書事承制封拜,復不聽,遂收斬使人。"　曹瞞篡亂從此始:曹操趁亂而起,平定各路諸侯,最後奪得漢朝天下,改朝換代,建立魏國。　曹瞞:曹操的小名。《三國志·武帝紀》:"太祖武皇帝,沛國譙人也,姓曹,諱操,字孟德。"裴松之注引三國吳無名氏《曹瞞傳》:"太祖一名吉利,小字阿瞞。"殷堯藩《襄口阻風》:"雪浪排空接海門,孤舟三日阻龍津。曹瞞曾墮周郎計,王導難遮庾亮塵。"　篡亂:謂篡權亂世。《後漢書·張純傳》:"自昭帝封安世,至吉,傳國八世,經歷篡亂,二百年間未嘗譴黜,封者莫與為比。"元稹《楚歌十首》一:"當璧便為嗣,賢愚安可分?干戈長浩浩,篡亂亦紛紛。"

⑦ 勝負:勝敗,高下。《孫子·計》:"多算勝,少算不勝,而況於無算乎!吾以此觀之,勝負見矣!"《後漢書·劉盆子傳》:"朕今遣卿歸營勒兵,鳴鼓相攻,決其勝負。"指爭輸贏,比高下。《隋書·韋師傳》:"其族人世康為吏部尚書,與師素懷勝負。"　環:旋轉。《大戴禮記·保傅》:"亟顧環面。"盧辯注:"環,旋也。"《山海經·大荒北經》:"共工之臣名曰相繇,九首蛇身,自環,食於九土。"郭璞注:"言轉旋也。"圍繞。《史記·孟子荀卿列傳》:"於是有裨海環之,人民禽獸莫能相通者,如一區中者,乃為一州。"歐陽修《醉翁亭記》:"環滁皆山也。"　枕倚:亦作"枕轙",憑倚,依託。《文選·左思〈蜀都賦〉》:"於前則跨躡犍牂,枕轙交趾。"呂向注:"跨躡、枕轙,皆憑據也。"王勃《益州綿竹縣武都山淨惠寺碑》:"日月之所竄伏,烟霞之所枕倚。"

⑧"縫綴難成裁破易"三句：詩人以裁縫衣服比喻治理國家，而治理國家必需合理的標準，否則巧手難爲。見解獨到，比喻淺切，值得注意。　縫綴：縫製綴合。《晉書·倭國傳》："男子衣以橫幅，但結束相連，略無縫綴。"陳鴻《華清湯池記》："又縫綴錦繡爲鳧雁，致於水中。"　裁：裁製，剪裁。班婕妤《怨歌行》："新裂齊紈素，皎潔如霜雪。裁爲合歡扇，團團似明月。"謝惠連《搗衣》："裁用笥中刀，縫爲萬里衣。"　裁縫：裁剪縫綴衣服。《周禮·天官·縫人》："女工八十人。"鄭玄注："女工，女奴曉裁縫者。"鮑照《代陳思王〈白馬篇〉》："僑裝多闕絶，旅服少裁縫。"　準：標準，準則。《荀子·致仕》："程者，物之準也；禮者，節之準也。"《文心雕龍·熔裁》："是以草創鴻筆，先標三準：履端於始，則設情以位體；舉正於中，則酌事以取類；歸餘於終，則撮辭以舉要……故三準既定，次討字句。"　擬：效法，摹擬。潘岳《寡婦賦序》："昔阮瑀既殁，魏文悼之，並命知舊作寡婦之賦，余遂擬之，以叙其孤寡之心焉！"劉禹錫《代裴相公進東封圖狀》："山川氣象，悉擬真形。"

[編年]

　　《年譜》、《編年箋注》、《年譜新編》編年意見及編年理由同《樂府(有序)》所述，我們的編年意見以及編年理由也同《樂府(有序)》所表述。

◎ 和劉猛古題樂府十首·憶遠曲①

　　憶遠曲，郎身不遠郎心遠②。沙隨郎飯俱在匙，郎意看沙那比飯③！水中書字無字痕(一)，君心暗畫誰會君④？況妾事姑姑進止，身去門前同萬里⑤。一家盡是郎腹心，妾似生來無兩耳⑥。妾身何足言！聽妾私勸君⑦：君今夜夜醉何處？姑來伴妾自閉門⑧。嫁夫恨不早，養兒將備老⑨。妾自嫁郎身骨立,老姑爲郎求娶妾⑩。妾不忍見姑郎忍見⁽²⁾?爲郎忍耐看姑面⑪。

錄自《元氏長慶集》卷二三

[校記]

（一）水中書字無字痕:宋蜀本、叢刊本、《古詩鏡·唐詩鏡》、《全詩》同,楊本、《樂府詩集》、《全詩》注作“水中畫字無字痕”,兩字相類,不改。

（二）妾不忍見姑郎忍見:楊本、宋蜀本、叢刊本、《樂府詩集》、《全詩》同,《古詩鏡·唐詩鏡》作“不忍見姑郎忍見”,語義難通,不從不改。

[箋注]

① 憶遠曲:張籍《憶遠曲》云:“水上山沉沉,征途復繞林。途荒人行少,馬迹猶可尋。雪中獨立樹,海口失侶禽。離憂如長綫,千里縈我心。”孟郊《望遠曲》:“朝朝候歸信,日日登高臺。行人未去植庭梅,別來三見庭花開。庭花開盡復幾時?春光駘蕩阻佳期。愁來望遠烟塵隔,空憐綠鬢風吹白,何當歸見遠行客?”唐宋之後,仍然不乏此類作品,如高啓《憶遠曲》:“揚子津頭風色起,郎帆一開三百里。江橋水栅多酒壚,女兒解歌山鷓鴣。武昌西上巴陵道,聞郎處處經過好。櫻桃熟時郎不歸,客中誰爲縫春衣?陌頭空問琵琶卜,欲歸不歸在郎足。郎心重利輕風波,在家日少行路多。妾今能使烏頭白,不能使郎休作客。”黃淳耀《憶遠曲》:“塞上知無暖,寒衣六月裁。寄書重拆看,莫使遠人猜。”施閏章《憶遠曲》:“狂夫舊種辛夷花,風吹花片落誰家?妾手親栽女貞木,多年葉覆空房綠。裁縫重寄征衣裳,愁君恨君願君强。縱使來歸妾已老,背立東風私斷腸。”均是異曲同工之作,

4125

可與本詩參讀。《古詩鏡·唐詩鏡》引述本詩後評云:"真趣深情,痛衷剖出。"可謂真知灼見。

② 郎:舊時婦女對丈夫或情人的稱呼。劉義慶《世説新語·賢媛》:"郗嘉賓喪,婦兄弟欲迎妹還,終不肯歸。曰:'生縱不得與郗郎同室,死寧不同穴!'"李商隱《留贈畏之三首》二:"待得郎來月已低,寒暄不道醉如泥。" 身:人或動物的軀體,意謂沒有思想感情的軀幹,指整個身體。《左傳·襄公二十四年》:"象有齒以焚其身。"指頸以下大腿以上的部分。《論語·鄉黨》:"必有寢衣,長一身有半。"王引之《經義述聞·通説》:"頸以下股以上亦謂之身……以今尺度之,中人頸以下股以上約有一尺八寸,一身之長也,再加九寸,爲一身之半,則二尺七寸矣!"指頭以外的部分。《楚辭·九歌·國殤》:"首身離兮心不懲。"《山海經·南山經》:"其神狀皆鳥身而龍首。" 心:古人以心爲思維器官,故後沿用爲腦的代稱。《國語·周語》:"夫民慮之於心,而宣之於口,成而行之,胡可雍也?"《孟子·告子》:"心之官則思。"《文心雕龍·知音》:"故心之照理,譬目之照形。"思想、意念、感情的通稱。鄒陽《獄中上書自明》:"義不苟取比周於朝,以移主上之心。"杜甫《秋興八首》一:"叢菊兩開他日泪,孤舟一繫故園心。寒衣處處催刀尺,白帝城高急暮砧。"

③ "沙隨郎飯俱在匙"兩句:意謂偶然的不小心,丈夫的飯菜裏面混進了一粒沙子,丈夫祇看到沙子看不到香噴噴的飯菜,因此大爲不悦。估計這祇是一個比喻而已,猶言看不到妻子的許多優點,祇見她偶爾不小心釀成的一個缺點。 匙:舀取食物等的小勺。杜甫《佐還山後寄三首》二:"老人他日愛,正想滑流匙。"陸游《初歸雜詠》二:"齒豁頭童儘耐嘲,即今爛飯用匙抄。"

④ 水中畫字無字痕:意謂在水面上寫字,頃刻之間就看不見字的痕迹。吳曾《能改齋漫録》卷八:"元微之《憶遠曲》云:'水中書字無字痕。'白樂天《新昌新居》云:'浮榮水畫字。'意又相類。" 書字:寫

字。趙光遠《詠手二首》二:"撚玉搓瓊軟復圓,綠窗誰見上琴弦?慢籠彩筆閑書字,斜指瑤階笑打錢。"徐鉉《病題二首》二:"人間多事本難論,況是人間懶慢人……向空咄咄煩書字,舉世滔滔莫問津。"　字痕:字的痕迹。劉跂《泰山秦篆譜序》:"余審觀之,隱隱若有字痕,刮摩垢蝕,試令摹以紙墨,漸若可辨。"吳澄《次韵彭澤和縣尉讀書巖亭》:"怪石崚嶒自可尋,劃開巖洞更幽深。隱仙書響烟雲散,太史字痕風雨侵。"　君心暗畫誰會君:意謂你在心中默默謀劃,又有哪一個能夠知道你的心思?喬知之《定情篇》:"菖花多艷姿,寒竹有貞葉。此時妾比君,君心不如妾。"張潮《襄陽行》:"玉盤轉明珠,君心無定準。昨見襄陽客,剩說襄陽好。"

　　⑤ 妾:舊時女子自稱的謙詞。宋玉《高唐賦》:"妾,巫山之女也。"韓愈《唐河中府法曹張君墓碣銘》:"有女奴抱嬰兒來致其主夫人之語曰:'妾,張圓之妻劉也。'"　姑:這裏指丈夫的母親——婆婆。《後漢書·鮑宣妻傳》:"拜姑禮畢,提瓮出汲。"韓愈《扶風郡夫人墓誌銘》:"夫人適年十四,入門而媼御皆喜,既饋而公姑交賀。"趙彦衛《雲麓漫抄》卷五:"婦謂夫之父曰舅,夫之母曰姑。"　進止:意旨,命令。《北齊書·顏之推傳》:"帝時有取索,恒令中使傳旨,之推稟承宣告,館中皆受進止。"溫大雅《唐創業起居注》卷一:"突厥之報帝書也,謂使人曰:'唐公若從我語,即宜急報,我遣大達官往取進止。'"　門前:公府或一家一户的大門之前。平曾《謁李相不遇》:"老夫三日門前立,珠箔銀屏畫不開。詩卷却抛書袋裏,正如閑看華山來。"朱慶餘《歸故園》:"桑柘駢闐數畝間,門前五柳正堪攀。尊中美酒長須滿,身外浮名總是閑。"　同:與……相同。元稹《五弦彈》:"一賢得進勝累百,兩賢得進同周召。"相同,一樣。《易·睽》:"天地睽而其事同也。"司馬光《功名論》:"然則人主有賢不能知,與無賢同;知而不能用,與不知同;用而不能信,與不用同。"　萬里:一萬里,極言路程遙遠。王建《送遷客》:"萬里潮州一逐臣,悠悠青草海邊春。天涯莫道無回日,

上嶺還逢向北人。"劉復《送王倫》:"春江日未曛,楚客酣送君。翩翩孤黃鶴,萬里滄洲雲。"本詩是極度誇大其詞,從女子閨房到大門之前雖然至多不足一里,但古時女子無事不得隨便離開閨房,更不要說家庭的大門了,距離雖短,形同萬里。

⑥ 一家:一個家族,一户人家,常用以謂無分彼此,如家人之相親。李郢《南池》:"小男供餌婦搓絲,溢榼香醪倒接羅。日出兩竿魚正食,一家歡笑在南池。"許棠《春日言懷》"五陵三月暮,百越一家貧。早誤閒眠處,無愁異此身。"但本詩的一家應該不包括"妾"在内。腹心:肚腹與心臟,皆人體重要器官,這裏指親信。《漢書·張湯傳》:"伍被本造反謀,而助親幸出入禁闥腹心之臣,乃交私諸侯,如此弗誅,後不可治。"《陳書·高祖紀》:"景至闕下,不敢入臺,遣腹心取其二子而遁。" 生來:從小時候起,從來,天生。李賀《嘲少年》:"自說生來未爲客,一生美妾過三百。"陸游《漁翁》:"恨渠生來不讀書,江山如此一句無。"

⑦ 妾身:舊時女子謙稱自己。曹植《雜詩六首》三:"太息終長夜,悲嘯入青雲。妾身守空閨,良人行從軍。"江淹《古離別》:"君在天一涯,妾身長別離。願一見顏色,不異瓊樹枝。" 何足:猶言哪裏值得。《史記·秦本紀》:"〔百里傒〕謝曰:'臣亡國之臣,何足問!'"干寶《搜神記》卷一六:"穎心愴然,即寤,語諸左右,曰:'夢爲虛耳!亦何足怪!'" 私勸:私下勸告。《魏書·臨淮王傳》:"及知莊帝踐阼,或以母老請還,辭旨懇切,衍惜其人才,又難違其意,遣其僕射徐勉私勸或曰……"佚名《釣磯立談》:"客有宋齊丘者,私勸烈祖曰:'昔項羽背約王沛公以漢中之地,時皆以爲失職左遷,唯蕭何贊之……'"

⑧ 夜夜:一夜連著另一夜,許多夜。李嘉祐《暮春宜陽郡齋愁坐忽枉劉七侍御新詩因以酬答》:"子規夜夜啼檀葉,遠道逢春半是愁。芳草伴人還易老,落花隨水亦東流。"皇甫冉《望南山雪懷山寺普上人》:"夜夜夢蓮宮,無由見遠公。朝來出門望,知在雪山中。" 醉:沉

迷,陶醉。《莊子·應帝王》:"列子見之而心醉。"錢愐《錢氏私志》:
"與其醉聲色,何如與學士論文。"　何處:哪裏,什麼地方。《漢書·
司馬遷傳》:"且勇者不必死節,怯夫慕義,何處不勉焉!"王昌齡《梁
苑》:"萬乘旌旗何處在?平臺賓客有誰憐?"本詩女主人公在這裏明
知故問,遠比直接詢問委婉許多。

⑨　嫁夫:女子出嫁,與男子結婚成家。張祜《捉搦歌》:"養男男
娶婦,養女女嫁夫。阿婆六十翁七十,不知女子長日泣,從他嫁去無
悒悒。"曹鄴《怨歌行》:"舅姑皆已死,庭花半是蕪。中妹尋適人,生女
亦嫁夫。"　養兒:生育男孩。拾得《詩》四:"養兒與娶妻,養女求媒
娉……目下雖稱心,罪簿先註定。"李之儀《送陳瑩中及第歸洪州》:
"陳家有兒新及第,新著恩袍歸見親。爲報行人洗眼看,養兒如此誰
不羨?"　備:準備,預備。《書·説命》:"惟事事乃其有備,有備無
患。"杜甫《石壕吏》:"急應河陽役,猶得備晨炊。"　老:老年,晚年。
《論語·述而》:"其爲人也,發憤忘食,樂以忘憂,不知老之將至云
爾。"劉寶楠正義:"計夫子時年六十三四歲,故稱老矣!"杜甫《題柏大
兄弟山居屋壁二首》一:"江漢終吾老,雲林得爾曹。"死的婉辭。子蘭
《城上吟》:"古塚密於草,新墳侵官道。城外無閑地,城中人又老。"

⑩　嫁郎:義同"嫁夫"。曹鄴《自退》:"寒女面如花,空寂常對影。
況我不嫁郎,甘爲瓶墮井?"馬祖常《絶句十六首》八:"初嫁郎時正盛
年,畫眉塗頰鬥嬋娟。只知百歲專房寵,誰料君恩不似前!"　骨立:
形容人消瘦到極點。劉向《説苑·修文》:"〔子路〕遂自悔,不食七日
而骨立焉!"《舊唐書·張志寬傳》:"張志寬,蒲州安邑人。隋末喪父,
哀毀骨立,爲州里所稱。"　娶:男子結婚,把女子接過來成親。桓寬
《鹽鐵論·未通》:"二十而冠,三十而娶,可以從戎事。"韓愈《登封縣
尉盧殷墓誌》:"君始娶滎陽鄭氏,後娶隴西李氏。"

⑪　不忍:不忍心。《穀梁傳·桓公元年》:"先君不以其道終,則
子弟不忍即位也。"孟雲卿《傷情》:"秋風一以起,草木無不霜。行行

當自勉,不忍再思量。" 忍耐:把痛苦的感覺或某種情緒抑制住,不使表現出來,亦謂在困苦的環境中堅持下去。史浩《叔妹篇》:"其間有過差,識性須忍耐。伯叔各生子,嬉戲魚同隊。切勿分彼己,愛猶我兒輩。"朱熹《答黃子耕》:"今日仕宦,只是如此,既未免出來,只得忍耐,勉其力之所及而已。" 面:情面。江淹《江上之山賦》:"見紅草之交生,眺碧樹之四合,草自然而千花樹無情。"馬湘《又詩二首》一:"含笑謾教情面厚,多愁還使鬢毛斑。雲中幸有堪歸路,無限青山是我山。"

[編年]

《年譜》、《編年箋注》、《年譜新編》編年意見及編年理由同《樂府(有序)》所述,我們的編年意見以及編年理由也同《樂府(有序)》所表述。

◎ 和劉猛古題樂府十首·夫遠征①

趙卒四十萬,盡爲坑中鬼②。趙王未信趙母言,猶點新兵更填死③。填死之兵兵氣索,秦強趙破括敵起④。括雖專命起尚輕,何况牽肘之人牽不已⑤!坑中之鬼妻在營,鬌(以麻約鬌也)麻戴経鵝雁鳴(一)⑥。送夫之婦又行哭,哭聲送死非送行⑦。夫遠征,遠征不必戍長城(二),出門便不知死生⑧。

録自《元氏長慶集》卷二三

[校記]

(一)鬌(以麻約鬌也)麻戴経鵝雁鳴:楊本、叢刊本、《樂府詩集》、《古詩鏡·唐詩鏡》、《全詩》同,《后村詩話》引録本詩,作"鬌麻帶

経鶺雁鳴”，語義相類，不改。

（二）夫遠征，遠征不必戍長城：楊本、叢刊本、《樂府詩集》、《古詩鏡·唐詩鏡》、《全詩》同，《后村詩話》引錄本詩，作“夫遠行，遠行不必戍長城”，語不切題，不改。

［箋注］

①　夫遠征：本詩雖然没有直接涉及戰士的征戰之苦，但由於主將紙上談兵，最後招致趙國慘敗，四十萬降卒被秦國殘忍坑殺，成爲慘無人道的戰例。而詩人揭示的則是因此給四十萬家庭與婦女帶來的一輩子的苦難。涉及這一題材的唐詩還有李益《從軍夜次六胡北飲馬磨劍石爲祝殤辭》：“我行空磧，見沙之磷磷與草之羃羃。半没胡兒磨劍石，當時洗劍血成川。至今草與沙皆赤，我因扣石問以言：水流嗚咽幽草根，君寧獨不怪陰燐？吹火熒熒又爲碧，有鳥自稱蜀帝魂。南人伐竹湘山下，交根接葉滿泪痕。請君先問湘江水，然我此恨乃可論。秦亡漢絕三十國，關山戰死知何極！風飄雨灑水自流，此中有冤消不得。爲之彈劍作哀吟，風沙四起雲沈沈。滿營戰馬嘶欲盡，畢昴不見胡天陰。東征曾吊長平苦，往往晴明獨風雨。年移代去感精魂，空山月暗聞鼙鼓。秦坑趙卒四十萬，未若格鬥傷戎虜。聖君破胡爲六州，六州又盡爲胡丘。韓公三城斷胡路，漢甲百萬屯邊秋。乃分司空授朔土，擁以玉節臨諸侯。漢爲一雪萬世仇，我今抽刀勒劍石，告爾萬世爲唐休。又聞招魂有美酒，爲我澆酒祝東流。殤爲魂兮，可以歸還故鄉些！沙場地無人兮，爾獨不可以久留！”但切入的角度没有本詩得當。吳泳《夫遠征》：“采蘩浴春蠶，夫婿今遠離。貧無金釵别，愁有玉筯垂。朝同火伴去，莫獨衾裯隨。百夫十夫長，千里萬里期。去期日已遠，征郎不顧返。生理日就貧，歲年亦云晚。雖有乳下男，不能充夫丁。昨日府帖下，籍已書其名。官軍獨備北，頗恤東西民。勿言征錢輕，抽徵將到人。”劉克莊《後村詩話》卷一四引錄

元稹《夫遠征》後云："元白皆唐詩大家……兩《長慶集》部帙數倍韓柳，其間大篇如《連昌宮辭》、《琵琶行》之類，不可勝書，姑録其尤警策者於編。"《古詩鏡・唐詩鏡》卷四六引録元稹《夫遠征》後云："古意冤恨。"

②"趙卒四十萬"兩句：《史記・趙世家》："七年，廉頗免而趙括代將。秦人圍趙括，趙括以軍降，卒四十餘萬皆坑之。王悔不聽趙豹之計，故有長平之禍焉！"曾公亮《武經總要・斷敵糧道》："秦攻趙，趙使趙括將軍長平，秦乃陰使白起爲上將軍。括至則出兵擊秦，秦軍佯敗而走，張一奇兵以劫之，趙軍遂勝追，造秦壁，堅拒不得入。秦奇兵二萬五千人絶趙軍後，又一軍五千騎絶趙壁間。趙軍分二，糧道絶。秦出輕兵擊之，趙戰不利，因築壁堅守以待救至。秦王聞趙食道絶，自之河內賜民爵各一級，發年十五以上者悉詣長平，遮絶趙救兵及糧食。趙軍不得食四十六日，人相食，趙括出轉戰，秦軍射殺括，趙卒四十萬人皆降。"長平故址在今山西省高平縣西北。潘自牧《記纂淵海》卷二三："長平關在長子南四十里，即秦白起坑趙卒四十萬處。"《山西通志》卷一六六："骷髏廟在西六里，秦白起坑趙卒四十萬於此。唐明皇幸潞州，於枯骨中擇巨者立像，封骷髏大王，命有司春秋致祭，累朝因之。每祭時，陰風愁雨蔽空。"又卷二二七："長平驛，即秦白起坑趙卒四十萬人處也。問居人，不能指其所，第云：傍村人鋤地，尚得銅鏃如緑玉。按自此而北爲長子以至晉陽，皆趙地。趙既築甬道，秦何以得絶之？趙卒四十萬人，爲二萬五千騎中斷，不能併力合而爲一，又不能選五萬精卒擊秦絶甬道軍，即糧垂絶，當以死激士心決鬥，猶可庶幾萬一，因循至於饑相食，十十五五不能軍而始出罷士身搏戰，不亦晚乎？且秦王尚自至河內發男子十五以上絶甬道，而趙王不能發晉陽邯鄲未傳者與之角，何秦之巧而趙之拙也？"關於白起的作爲，後人道衍《白起廟》批評云："將軍廟前多古木，黃沙茫茫眯人目。釃酒燒錢遠近來，千載猶能作威福。當時趙卒四十萬，犬羊纍纍甘受戮。

至今坑土血未乾，雨濕天陰鬼群哭。豪傑一時無與比，豈料後來秦失鹿。等閑鴻鵠舉秋風，天下紛紛競馳逐。將軍功業今何在？庭下殘碑蘚痕綠。古來成敗不須論，邯鄲夢斷黃粱熟。"陳子昂《登澤州城北樓宴》："武安君何在？長平事已空。"李白《繫尋陽上崔相渙三首》一："邯鄲四十萬，同日陷長平。"

③"趙王未信趙母言"兩句：戰國時名將趙奢子趙括少學兵法，嘗與奢言兵事，奢不能難，然不謂善。括母問奢，奢曰："兵，死地也，而括易言之。使趙不將括即已，若必將之，破趙軍者必括也。"及括代廉頗爲將，其母上書言於王曰："括不可使將。"又曰："王終遣之，即有如不稱，妾得無隨坐乎？"王許諾。後趙括兵敗身死，趙母因有先言，得免誅全宗，見《史記·廉頗藺相如列傳》。　　新兵：剛入伍的士兵。白居易《策林·銷兵數》："臣竊見當今募新兵、占舊額、張虛簿、破現糧者，天下盡是矣！斯則致衆之由，積費之本也。今若去虛名，就實數，則一日之內十已減其二三矣！"陸游《病卧》："果熟鳥烏樂，村深雞犬聲。邊頭定何似？頗説募新兵。"　　填死：送死，猶"蹈死"，"送死"。王令《唐介》："寄語瑣瑣媒孽子，介縱蹈死吾何悲！"曾鞏《侯荆》："師迴拔劍不顧生，酒酣拂衣亦送死。"

④兵氣：士氣。蘇頲《奉和聖製行次成皋途經先聖擒建德之所感而成詩應制》："皇威正赫赫，兵氣何匈匈！用武三川震，歸淳六代醨。"杜甫《新婚別》："勿爲新婚念，努力事戎行。婦人在軍中，兵氣恐不揚。"　　索：盡，空。《史記·滑稽列傳》："淳于髡仰天大笑，冠纓索絶。"司馬貞索隱："索訓盡，言冠纓盡絶也。"王安石《代上明州到任表》："余年且索，旅力已愆，尚何施爲，可以報稱。"

⑤專命：不奉上命而自由行事。《左傳·閔公二年》："師在制命而已，稟命則不威，專命則不孝，故君之嗣適不可帥師。"《尉繚子·勒卒令》："世將不知法者，專命而行，先擊而勇，無不敗者也。"　　牽肘：謂從旁牽制，義同"掣肘"，《吕氏春秋·具備》："宓子賤治亶父，恐魯

君之聽讒人,而令己不得行其術也。將辭而行,請近吏二人於魯君,與之俱至於亶父。邑吏皆朝,宓子賤令吏二人書。吏方將書,宓子賤從旁時掣搖其肘;吏書之不善,則宓子賤爲之怒。吏甚患之,辭而請歸……魯君太息而嘆曰:'宓子以此諫寡人之不肖也。'"後因以"掣肘"謂從旁牽制。《北齊書·源彪傳》:"若不推赤心於琳,別遣餘人掣肘,復成速禍,彌不可爲。"陸贄《論緣邊守備事宜狀》:"若謂志氣足任,方略可施,則當要之於終,不宜掣肘於其間也。" 不已:不止,繼續不停。《詩·周頌·維天之命》:"維天之命,於穆不已。"孔穎達疏:"言天道轉運無極止時也。"庾亮《讓中書令表》:"國恩不已,復以臣領中書。"

⑥ 髽:古代婦女喪髻,以麻綫束發。《儀禮·喪服》:"布總、箭笄、髽,衰三年。"鄭玄注:"髽,露紒也,猶男子之括發。斬衰括發以麻,則髽亦用麻,以麻者,自項而前,交於額上,却繞紒,如著幓頭焉,《小記》曰:'男子冠而婦人笄,男子免而婦人髽。'"蘇軾《至下馬磧憩於懷賢閣》:"一朝長星墜,竟使蜀婦髽。" 経:古代喪服所用的麻帶,紮在頭上的稱首経,纏在腰間的稱腰経。《儀禮·喪服》:"喪服,斬衰裳,苴経、杖、絞帶。"鄭玄注:"麻在首在要皆曰経。"班固《白虎通·喪服》:"腰経者以代紳帶也。所以結之何? 思慕腸若結也。"

⑦ 行哭:放聲哭,且行且哭。《南史·張融傳》:"吾生平之風調,何至使婦人行哭失聲。"馬戴《河梁別》:"河梁送別者,行哭半非親。"送死:猶送終。桓寬《鹽鐵論·散不足》:"古者事生盡愛,送死盡哀。"鮑溶《經秦皇墓》:"哀哉送死厚,乃爲棄身具。" 送行:到遠行人啓程的地方,和他告別,看他離去。韋應物《奉送從兄宰晉陵》:"東郊暮草歇,千里夏雲生。立馬愁將夕,看山獨送行。"杜甫《新安吏》:"況乃王師順,撫養甚分明。送行勿泣血,僕射如父兄。"

⑧ 遠征:征伐遠方,遠道出征。《左傳·定公五年》:"不讓則不和,不和不可以遠征。"《後漢書·孔融傳》:"大將軍遠征,蕭條海外。"

戍：守邊，防守。《史記·陳涉世家》："二世元年七月，發閭左適戍漁陽。"韋莊《重圍中逢蕭校書》："底事征西將，年年戍洛陽？"　長城：供防禦用的綿亘不絕的城牆，春秋戰國時各國出於防禦目的，分別在邊境形勢險要處修築長城。《左傳·僖公四年》載有"楚國方城以爲城"的話，這是有關長城的最早記載。戰國時齊、楚、魏、燕、趙、秦和中山等國相繼興築，秦始皇滅六國完成統一後，爲了防禦北方匈奴的南侵，將秦、趙、燕三國的北邊長城予以修繕，連貫爲一，故城西起臨洮（今甘肅省岷縣），北傍陰山，東至遼東，俗稱"萬里長城"，至今尚有遺迹殘存。此後漢、北魏、北齊、北周、隋各代都曾在北邊與遊牧民族接境地帶築過長城。明代爲了防禦韃靼、瓦剌的侵擾，自洪武至萬曆時，前後修築長城達十八次，西起嘉峪關，東至遼東，稱爲"邊墻"，宣化、大同二鎮之南，直隸、山西界上，並築有内長城，稱爲"次邊"，總長約六千七百公里，大部分至今仍基本完好，爲世界歷史上偉大工程之一。賀知章《送人之軍》："隴雲晴半雨，邊草夏先秋。萬里長城寄，無貽漢國憂！"常建《塞下曲四首》二："北海陰風動地来，明君祠上望龍堆。髑髏皆是長城卒，日暮沙場飛作灰。"　出門：外出，走出門外，離開家鄉遠行。白居易《秦中吟·傷友》："陋巷孤寒士，出門苦悽悽。"元稹《出門行》："出門不數年，同歸亦同遂。"　死生：死亡和生存。《易·繫辭》："原始反終，故知死生之説。"《史記·魯仲連鄒陽列傳》："今死生榮辱，貴賤尊卑，此時不再至，願公詳計而無與俗同。"

[編年]

　　《年譜》、《編年箋注》、《年譜新編》編年意見及編年理由同《樂府（有序）》所述，我們的編年意見以及編年理由也同《樂府（有序）》所表述。

◎ 和劉猛古題樂府十首·織婦詞(一)①

　　織婦何太忙(二)！蠶經三卧行欲老②。蠶神女聖早成絲，今年絲稅抽徵早③。早徵非是官人惡，去歲官家事戎索④。征人戰苦束刀瘡(三)，主將勳高換羅幕⑤。繰絲織帛猶努力，變緝撩機苦難織(四)⑥。東家頭白雙女兒，爲解挑紋嫁不得(予掾荆時，目擊貢綾户有終老不嫁之女)(五)⑦。檐前嫋嫋游絲上(六)，上有蜘蛛巧來往⑧。羡他蟲豸解緣天，能向虛空織羅網⑨。

　　　　　　　　　　　　　　　錄自《元氏長慶集》卷二三

[校記]

　　（一）織婦詞：楊本、叢刊本、《樂府詩集》、《石倉歷代詩選》、《全詩》同，《唐文粹》作“織女詞”，語義相類，不改。

　　（二）織婦何太忙：原本作“織夫何太忙”，叢刊本、《全詩》同，與詩題及内容不合，據楊本、《樂府詩集》、《唐文粹》、《石倉歷代詩選》、《全詩》注改。

　　（三）征人戰苦束刀瘡：楊本、叢刊本、《樂府詩集》、《唐文粹》、《石倉歷代詩選》、《全詩》同，《全詩》注作“征人戰苦束刀槍”，語義不佳，不改。

　　（四）變緝撩機苦難織：楊本、叢刊本、《樂府詩集》、《石倉歷代詩選》、《全詩》同，《唐文粹》、《全詩》注作“變緝撩機苦難織”，語義不同，不改。

　　（五）予掾荆時，目擊貢綾户有終老不嫁之女：楊本、《唐文粹》、《全詩》、《全詩》注同，叢刊本作“予掾荆時，日擊貢綾户有終老不嫁之女”，語義相類，不改。《樂府詩集》、《石倉歷代詩選》無此注，大概是體例不同,不改。

　　(六) 檐前嫋嫋游絲上:楊本、叢刊本、《石倉歷代詩選》、《全詩》同,《唐文粹》、《樂府詩集》、《全詩》注作"檐前裊裊游絲上",語義不完全相同,不改。

[箋注]

　　① 織婦詞:同期詩人鮑溶也有同題之作:"百日織綵絲,一朝停杼機。機中有雙鳳,化作天邊衣。使人馬如風,誠不阻音徽。影響隨羽翼,雙雙繞君飛。行人豈願行? 不怨不知歸。所怨天盡處,何人見光輝。"元代貢士林《織婦詞》"月涼露冷天無河,疏星耿耿秋聲和。深閨織婦踏機響,軸水卷練騰蛟梭。大姑絡緯弄纖玉,小姑剪燭顰雙蛾。壁間草蟲促不已,鴛幃夢少愁顏多。錦成滿箱待裁翦,私券未了官催科。終朝勤苦不自給,無衣卒歲如寒何? 公不見青樓絕艷一曲歌,金堆翠積分綺羅。"可謂與本詩異曲同工。《淵鑑類函・勤勞》:"明宣宗《織婦詞》曰:'昔嘗歷田野,親覩織婦勞。春深蠶作繭,五月絲可繰。繰絲準擬織爲帛,兩手理絲精揀擇。理之有緒纏上機,弄杼拋梭窗下織。斯須動股織未停,雞鳴三號當夙興。機梭軋軋不暫息,辛勤累日帛始成。嗚呼有蠶作繭未必如瓮盎,累絲由寸積爲丈。上供公府次豪家,織者冬寒無挾纊。紛紛當時富貴人,綺羅粲粲華其身。安知織婦最辛苦,我獨沈思一憐汝。"作爲明朝最高的統治者,能夠有這樣的認識,也實屬不易。而明人孫蕡的《織婦詞》和明人胡奎的《織婦詞》反映的則是另一番景象:"吳中白紵白如霜,春風入衣蘭麝香。二月城南桑葉綠,新蠶初出微於粟。採桑日晏携筐歸,夜半懸燈待蠶熟。繰成素絲經上機,兩日一匹猶苦遲。織成裁衣與郎著,妾寧辛苦教郎樂。家中貧富誰得知? 郎無衣著他人嗤。""聞郎前月過淮河,妾在空閨夜織羅。腸似亂絲千萬結,恨郎來往不如梭。"清人吳偉業的《織婦詞》反映的則是另外一種哀怨:"黃繭繰絲不成匹,停梭

倚柱空太息。少時織綺貢尚方，官家曾給千金直。孔雀蒲桃新樣改，異纈奇文不遑識。桑枝漸枯蠶已老，中使南來催作早。齊紈魯縞車班班，西出玉關賤如草。黄龍袱子紫橐駝，千箱萬疊奈爾何！”

② 織婦：指從事紡織勞動的婦女。韓愈《論淮西事宜狀》：“農夫織婦，攜持幼弱，餉於其後。”戴復古《織婦嘆》：“一春一夏爲蠶忙，織婦布衣仍布裳。” 忙：事情多，没空閑。賈思勰《齊民要術・笨麴並酒》：“大凡作麴，七月最良，然七月多忙，無暇及此。”白居易《觀刈麥》：“田家少閑月，五月人倍忙。” 蠶：昆蟲名，幼蟲能吐絲、結繭，有家蠶、柞蠶等，繭絲爲重要的纖維資源。《韓非子・説林》：“鱣似蛇，蠶似蠋。”韓愈《潮州祭神文》二：“蠶起且眠矣！而雨，不得老以簇也。” 三卧：即“三眠”，蠶初生至成蛹，蜕皮四次，蜕皮時不食不動，成睡眠狀態，第三次蜕皮謂之三眠。李白《寄東魯二稚子》：“吴地桑葉緑，吴蠶已三眠。”惠洪《次韵曾英發兼簡若虚》：“弟兄駿氣驥墮地，自憐老欲蠶三眠。” 行：副詞，將，將要。《商君書・算地》：“民勝其地務開，地勝其民者事徠，開則行倍。”高亨注：“行，將也。”吴曾《能改齋漫録・記事》：“〔旁舍生〕乃謀于妻，以女鬻于商人，得錢四十萬，行與父母訣，此所以泣之悲也。” 老：老年，晚年。《論語・述而》：“其爲人也，發憤忘食，樂以忘憂，不知老之將至云爾。”劉寶楠正義：“計夫子時年六十三四歲，故稱老矣！”杜甫《題柏大兄弟山居屋壁二首》一：“江漢終吾老，雲林得爾曹。”

③ 蠶神：司蠶之神。《後漢書・禮儀志》：“祠先蠶，禮以少牢。”劉昭注引漢衛宏《漢舊儀》：“春桑生而皇后親桑于菀中，蠶室養蠶千薄以上，祠以中牢羊豕，祭蠶神，曰菀窳婦人、寓氏公主，凡二神。”陸游《春晚村居雜賦絶句六首》四：“朝書牛券拈枯筆，暮祭蠶神酌凍醪。”蜀地舊俗，每年春時，州城及屬縣迴圈一十五處有蠶市，買賣蠶具兼及花木、果品、藥材雜物，並供人遊樂。司空圖《漫題三首》二：“蝸廬經歲客，蠶市異鄉人。”邵雍《依韵寄成都李希淳屯田》：“花時難

得會,蠶市易成歡。"褚人穫《堅瓠續集·成都十二月市》:"正月燈市,
二月花市,三月蠶市……"元稹當時正在興元,地近成都,興元的風俗
應該與此大同小異,故有此作。　　女聖:即"聖女",有聖德的女子,常
指將爲后妃者,亦指女神。劉向《列女傳·齊宿瘤女》:"今日出遊,得
一聖女。"《漢書·元后傳》:"後六百四十五年,宜有聖女興。"酈道元
《水經注·漾水》:"〔武都秦岡山〕懸崖之側列壁之上,有神象若圖,指
狀婦人之容,其形上赤下白,世名之曰聖女神,至於福應愆違,方俗是
祈。"　　絲:蠶絲。《韓詩外傳》卷五:"繭之性爲絲,弗得女工燔以沸
湯,抽其統理,則不成爲絲。"白居易《紅綫毯》:"紅綫毯,擇繭繅絲清
水煮,揀絲練綫紅藍染。"猶言祈禱蠶兒早點抽絲結繭,暫無書證。
抽徵:徵收。《唐大詔令集·乾符二年正月七日南郊赦》:"又近年以
来,節度觀察使或初到任,或欲除移,是正二月百姓飢餓之時分,遣二
日條先抽徵見錢,每一千文令納三四百。此時無兩陪三陪,生生舉
債,至有賣男女以充納官行。"吳泳《夫遠征》"官軍獨備北,頗恤東西
民。勿言征錢輕,抽徵將到人。"

　　④ 早徵:提前徵收,義近"急徵"。方干《獻王大夫二首》一:"早
赴急徵來鳳沼,常陪内宴醉龍樓。"《舊唐書·崔彦昭傳》:"獨推元老,
曾請急徵,以守道而自臻,實榮親之最重。"　　官人:做官的人,官吏,
也指官府差役。《荀子·強國》:"士大夫益爵,官人益秩,庶人益禄,
是以爲善者勸,爲不善者沮。"楊倞注:"官人,群吏也。"陳子昂《上蜀
川安危事》:"蜀中諸州百姓所以逃亡者,實緣官人貪暴,不奉國法。"
去歲:去年。任昉《爲范尚書讓吏部封侯第一表》:"且去歲冬初,國學
之老博士耳;今兹首夏,將亞冢司。"張説《幽州新歲作》:"去歲荆南梅
似雪,今年薊北雪如梅。"　　官家:公家,官府。白居易《秋居書懷》:
"丈室可容身,斗儲可充腹。況無治道術,坐受官家禄。"王安石《河北
民》:"家家養子學耕織,輸與官家事夷狄。"　　戎:戰争,征伐。《逸周
書·世俘》:"戎殷於牧野。"杜甫《秦州見敕目薛璩畢曜遷官》:"師老

資殘寇,戎生及近坰。” 索:量詞,計算錢幣的單位,古代以繩索穿銅錢,每千文爲一索,或稱一貫。朱弁《曲洧舊聞》卷一〇:“王將明當國時,公然受賄賂,賣官鬻爵,至有定價,故當時爲之諺曰:‘三千索,直秘閣;五百貫,擢通判。’”量詞,亦用於其他成串的東西。白居易《夜宴醉後留獻裴侍中》:“翩翩舞袖雙飛蝶,宛轉歌聲一索珠。”

⑤ 征人:指出征或戍邊的軍人。葛洪《抱朴子·漢過》:“勁銳望塵而冰泮,征人倒戈而奔北。”蘇拯《古塞下》:“血染長城沙,馬踏征人骨。”唐代亦專指臨時招募的兵士。《唐律·擅興》:“諸揀點衛士(征人亦同)取捨不平者,一人杖七十,三人加一等,罪止徒三年。”長孫無忌疏議:“征人謂非衛士,臨時募行者。” 刀瘡:刀傷。段公路《北戶錄·相思子蔓》:“南人云:有刀瘡血不止痛甚者,取葉熟搗厚傅之即愈。”朱橚《普濟方》卷三〇三:“治刀傷瘡血不止,取楊梅樹皮嚼極細盦刀瘡上,立愈。” 主將:主要將領,統帥。《三國志·張紘傳》:“夫主將乃籌謨之所自出,三軍之所繫命也。”杜牧《上李太尉論江賊書》:“一千二百人分爲四十船,擇少健者爲之主將。” 勛:功勛,功勞。《書·大禹謨》:“爾尚一乃心力,其克有勛。”韓愈《祭馬僕射文》:“東征淮蔡,相臣是使。公兼邦憲,以副經紀。殲彼大魁,厥勛孰似。”羅幕:絲羅帳幕。《文選·陸機〈君子有所思行〉》:“邃宇列綺窗,蘭室接羅幕。”張銑注:“羅幕即羅帳。”岑參《白雪歌送武判官歸京》:“散入珠簾濕羅幕,狐裘不暖錦衾薄。”

⑥ 繰絲:煮繭抽絲。李白《荆州歌》:“白帝城邊足風波,瞿塘五月誰敢過?荆州麥熟繭成蛾,繰絲憶君頭緒多。”杜甫《白絲行》:“繰絲須長不須白,越羅蜀錦金粟尺。象床玉手亂殷紅,萬草千花動凝碧。” 織帛:織作絲織品,亦指已織成的絲織品。《管子·山國軌》:“女貢織帛。”《漢書·董仲舒傳》:“故公儀子相魯,之其家見織帛,怒而出其妻……曰:‘吾已食祿,又奪園夫紅女利虖!’” 努力:勉力,盡力。《漢書·翟方進傳》:“蔡父大奇其形貌,謂曰:‘小史有封侯骨,當

以經術進,努力爲諸生學問。'"古樂府《長歌行》:"少壯不努力,老大乃傷悲。"　緝:析絲、麻等撚接成綫。《管子·輕重乙》:"大冬營室中,女事紡績緝縷之所作也,此之謂冬之秋。"劉言史《瀟湘遊》:"夷女采山蕉,緝紗浸江水。"　撩:整理,料理。《說文·手部》:"撩,理也。"庾信《夢入堂內》:"畫眉千度拭,梳頭百遍撩。"韓偓《後魏時相州人作李波小妹歌疑其未備因補之》:"海棠花下鞦韆畔,背人撩鬢道忽忽。"織:編織。《韓詩外傳》卷九:"夫子以織屨爲食。"《戰國策·齊策》:"將軍之在即墨,坐而織蕢,立則丈插。"

　　⑦ 東家:指東鄰。《孟子·告子》:"踰東家墻而摟其處子,則得妻。"唐庚《遊雪峰院書所見》:"東家既崢嶸,西鄰亦稜層。"　頭白:頭髮雪白。岑參《秋夕讀書幽興獻兵部李侍郎》:"年紀蹉跎四十強,自憐頭白始爲郎。雨滋苔蘚侵階綠,秋颯梧桐覆井黃。"杜甫《兵車行》:"或從十五北防河,便至四十西營田。去時里正與裹頭,歸來頭白還戍邊。"本詩所指是"女兒"年並未到髮白之年而頭白如雪,極言操勞之苦。　女兒:猶言女子。《玉臺新詠·古詩〈爲焦仲卿妻作〉》:"昔作女兒時,生小出野里。"王維《洛陽女兒行》:"洛陽女兒對門居,才可容顏十五餘。"本詩指年輕的未婚女子。　挑:揚起,舉起。《舊唐書·封常清傳》:"臣請走馬赴東京,開府庫,募驍勇,挑馬箠渡河,計日取逆胡之首懸於闕下。"陸游《自題傳神》:"檐挑雙草履,壁倚一烏藤。"本詩指一種刺繡的方法,用針挑起經綫或緯綫,把針上的綫從下面穿過去。　紋:絲織品上織繡的花紋。《新唐書·地理志》:"越州會稽郡,中都督府。土貢:寶花花紋等羅,白編交梭十樣花紋等綾。"孫光憲《虞美人》:"繡羅紋地粉新描,博山香炷旋抽條,暗魂銷。"泛指其他物品上的皺痕或紋路。李世民《小池賦》:"疊風紋兮連復連,折迴流兮曲復曲。"李珣《浣溪沙》:"翠疊畫屏山隱隱,冷鋪紋簟水潾潾。"　嫁:女子結婚,出嫁。《詩·大雅·大明》:"來嫁于周。"《漢書·烏孫國傳》:"吾家嫁我兮天一方,遠託異國兮烏孫王。"元稹《遣

悲懷三首》一：“謝公最小偏憐女，自嫁黔婁百事乖。”本詩云：“東家頭白雙女兒，爲解挑紋嫁不得（予掾荆時，目擊貢綾户有終老不嫁之女）。”揭示了前人沒有直接揭露的貢綾户的苦惱，與柳宗元《捕蛇者説》有異曲同工之妙！　予掾荆時：這裏指元稹元和五年至元和九年被貶職在江陵，擔任士曹參軍之職，故言。　目擊：猶目睹，親眼看見。杜甫《最能行》：“朝發白帝暮江陵，頃來目擊信有徵。”孟棨《本事詩·情感》：“有大梁夙將趙唯爲嶺外刺史，年將九十矣！耳目不衰，過梧州，言大梁往事，述之可聽，云此皆目擊之。”　貢綾户：專門以自己織造的綢綾絲織品作爲向官府繳納賦稅的人家，猶如柳宗元《捕蛇者説》中以柳州毒蛇代替賦稅相同。彭大翼《山堂肆考·能解挑紋》：“唐元稹《織女》詩：‘東家頭白雙女兒，爲解挑紋嫁不得。’稹自注云：‘余掾荆時，目擊貢綾户有終老不嫁之女。’”　終老：終身，到老。《古詩一十九首》四：“同心而離居，憂傷以終老。”《玉臺新詠·古詩〈爲焦仲卿妻作〉》：“今若遣此婦，終老不復取。”　不嫁：没有出嫁。王叡《解昭君怨》：“莫怨工人醜畫身，莫嫌明主遣和親。當時若不嫁胡虜，祇是宫中一舞人。”于瀆《恨從軍》：“不嫁白衫兒，愛君新紫衣。早知邊相别，何用假光輝？”

⑧　檐：屋檐，屋瓦邊滴水的部分。陶潛《歸園田居五首》一：“榆柳蔭後檐，桃李羅堂前。”韓愈《苦寒》：“懸乳零落墮，晨光入前檐。”嫋嫋：摇曳貌，飄動貌。《玉臺新詠·古樂府〈皚如山上雪〉》：“竹竿何嫋嫋？魚尾何蓰蓰？”鮑照《在江陵嘆年傷老》：“翩翩燕弄風，嫋嫋柳垂道。”　遊絲：飄動著的蛛絲。沈約《三月三日率爾成篇》：“遊絲映空轉，高楊拂地垂。”皎然《效古詩》：“萬丈遊絲是妄心，惹蝶縈花亂相續。”　蜘蛛：節肢動物，尾部分泌黏液，凝成細絲，織成網，用來捕食昆蟲。《關尹子·三極》：“聖人師蜂立君臣，師蜘蛛立網罟，師拱鼠制禮，師戰螳制兵。”蕭綱《和簫侍中子顯春别四首》二：“蜘蛛作絲滿帳中，芳草結葉當行路。”　來往：來去，往返。宋玉《神女賦》：“精交接

以來往兮,心凱康以樂歡。"李白《大獵賦》:"大章按步以來往,誇父振策而奔走。"

　　⑨ 蟲豸:小蟲的通稱。王逸《九思·怨上》:"蟲豸兮夾余,惆悵兮自悲。"杜荀鶴《和友人見題山居水閣》:"和君詩句吟聲大,蟲豸聞之謂蟄雷。"　天:古人指日月星辰運行、四時寒暑交替、萬物受其覆育的自然之體。《莊子·大宗師》:"知天之所爲者,知人之所爲者,至矣。"成玄英疏:"天者,自然之謂……天之所爲者,謂三景晦明,四時生殺,風雲舒卷,雷雨寒温也。"劉禹錫《天論》:"天之所能者,生萬物也。"　解:明白,理解。《莊子·天地》:"大惑者,終身不解。"成玄英疏:"解,悟也。"《三國志·賈詡傳》:"〔曹操〕又問詡計策,詡曰:'離之而已。'太祖曰:'解。'"　虛空:天空,空中。《晉書·天文志》:"日月衆星,自然浮生虛空之中,其行其止皆須氣焉!"郭震《雲》:"聚散虛空去復還,野人閑處倚筇看。不知身是無根物,蔽月遮星作萬端。"　羅網:捕捉鳥獸、蟲類的器具。《淮南子·主術訓》:"鷹隼未擊,羅網不得張於谿谷。"齊己《野田黃雀行》:"殷勤避羅網,乍可遇雕鶚。雕鶚雖不仁,分明在寥廓。"

[編年]

　　《年譜》、《編年箋注》、《年譜新編》編年意見及編年理由同《樂府(有序)》所述,我們的編年意見以及編年理由也同《樂府(有序)》所表述。

◎ 和劉猛古題樂府十首·田家詞⁽一⁾①

　　牛吒吒,田确确⁽二⁾②。旱塊敲牛蹄趵趵,種得官倉珠顆穀③。六十年來兵簇簇,月月食糧車轆轆⁽三⁾④。一日官軍收海服,驅牛駕車食牛肉^{(四)⑤}。歸來收得牛兩角^(五),重鑄鋤犁作斤劚^{(六)⑥}。姑舂婦擔去輸官^(七),輸官不足歸賣屋^⑦。願官早勝仇早覆^(八),農死有兒牛有犢,誓不遣官軍糧不足^{(九)⑧}。

錄自《元氏長慶集》卷二三

[校記]

(一)田家詞:楊本、叢刊本、《唐文粹》、《全詩》、《古詩鏡・唐詩鏡》、《全芳備祖》、《唐詩品彙》、《丹鉛摘錄》同,《全詩》注作"田家行",《古今事文類聚》詩題《田家詞》不誤,但作者誤爲"元結",且分別在卷二二與卷二三重複收錄。

(二)牛吒吒:《全詩》、《古今事文類聚》、《唐詩品彙》、《丹鉛摘錄》同,楊本、叢刊本、《樂府詩集》、《唐文粹》、《古詩鏡・唐詩鏡》作"牛吒吒",《全芳備祖》作"牛吃吃",不改。

(三)月月食糧車轆轆:楊本、叢刊本、《古詩鏡・唐詩鏡》、《全詩》同,《樂府詩集》作"日月食糧車轆轆",《唐文粹》、《唐詩品彙》、《全芳備祖》作"日月倉糧車轆轆",《古今事文類聚》一作"月月之倉粮車轆轆",一作"月月倉粮車轆轆",語義相類,不改。

(四)驅牛駕車食牛肉:楊本、叢刊本、《古詩鏡・唐詩鏡》、《唐文粹》、《全詩》、《唐詩品彙》同,《樂府詩集》、《古今事文類聚》、《全芳備祖》作"驅牛駕車食羊肉",明顯有誤,不從不改。

(五)歸來收得牛兩角:宋蜀本、《樂府詩集》、《唐文粹》、《唐詩品彙》、《全芳備祖》同,楊本、叢刊本、《古詩鏡・唐詩鏡》、《全詩》作"歸來攸得牛兩角",明顯有誤,不從不改。

(六)重鑄鋤犁作斤劚:《全詩》同,錢校、《唐文粹》、《唐詩品彙》、《全芳備祖》作"重鑄鍬犁作斤劚",《樂府詩集》、楊本、叢刊本、《古詩鏡・唐詩鏡》、《樂府詩集》作"重鑄樓犁作斤斸",《古今事文類聚》一作"重鑄鍬作斤斸",一作"重鑄鍬犁作斤斸",語義相類,不改。

（七）姑舂婦擔去輸官：楊本、《古詩鏡·唐詩鏡》、《全詩》同,錢校、《唐文粹》、《古今事文類聚》、《唐詩品彙》、《全芳備祖》作"姑舂婦擔輸促促",《樂府詩集》作"姑舂婦擔",叢刊本作"姑舂婦檐去輸官",語義或者相類,或者有誤,不改。

（八）願官早勝仇早覆：宋蜀本、叢刊本、《樂府詩集》、《古詩鏡·唐詩鏡》、《全詩》同,楊本作"願官早勝仇早覆",《唐文粹》、《古今事文類聚》、《唐詩品彙》、《全芳備祖》無此句。語義不順,不從不改。

（九）誓不遣官軍糧不足：楊本、叢刊本、《全詩》同,《樂府詩集》、《唐文粹》、《古詩鏡·唐詩鏡》、《古今事文類聚》、《唐詩品彙》、《全芳備祖》作"不遣官軍粮不足",語義相類,遵從原本。

[箋注]

① 田家：農家。楊惲《報孫會宗書》："田家作苦,歲時伏臘,烹羊炮羔,斗酒自勞。"孟浩然《過故人莊》："故人具雞黍,邀我至田家。綠樹村邊合,青山郭外斜。"　田家詞：白居易詩集中不見骨力如此莽蒼之作,值得重視,唯王建《田家詞》："男聲欣欣女顏悦,人家不怨言語別。五風雖熱麥風清,檐頭索索繰車鳴。野蠶作繭人不取,葉間撲撲秋蛾生。麥收上場絹在軸,的知輸得官家足。不願入口復上身,且免向城賣黃犢。田家衣食無厚薄,不見縣門身即樂。"與本詩同調,可並讀。除此而外,戴叔倫《屯田詞》或可當之："春來耕田遍沙磧,老稚欣欣種禾麥。麥苗漸長天苦晴,土乾确确鋤不得。新禾未熟飛蝗生,青苗食盡餘枯莖。捕蝗歸來守空屋,囊無寸帛瓶無粟。十月移屯來向城,官教去伐南山木。驅牛駕車入山去,霜重草枯牛凍死。艱辛歷盡誰得知？望斷天南淚如雨。"《古詩鏡·唐詩鏡》評述本詩："語色雅稱。"可謂獨具慧眼。

② 吒吒：象聲詞,形容喘氣聲。《楞嚴經》卷八："如人以口吸縮

風氣有冷觸生,二習相陵,故有吒吒、波波、羅羅。"洪咨夔《謝賈制置特薦啓》:"車轔轔,馬蕭蕭,每痛心於浪戰;田确确,牛吒吒,更攬涕於煩輪。" 确确:堅硬貌。戴叔倫《屯田詞》:"麥苗漸長天苦晴,土乾确确鉏不得。"蘇軾《無錫道中賦水車》:"翻翻聯聯銜尾鴉,犖犖确确蜕骨蛇。分畦翠浪走雲陣,刺水緑針抽稻芽。"

③ 旱塊:田野中剛硬的泥塊。范浚《嘆旱》:"我行田間嘆且驚,田間旱塊絲縱橫。荆榛惡草亦枯瘁,雖有稷黍何由生?"王惲《牧牛圖》一:"垂紖徐行信自如,一揮鞭策見齊驅。近來不似圖中况,旱塊敲蹄百草枯。" 趵趵:象聲詞,脚踏地的聲音。前舉洪希文《飯牛歌》有"牛吒吒,蹢趵趵"之句,表示耕牛在繁重的勞役中帶有不滿的鳴叫聲以及牛蹄踩踏在堅硬土塊上發出的聲音。 官倉:官府的倉廩。《隋書·食貨志》:"〔魏天平元年〕於諸州緣河津濟,皆官倉貯積,以擬漕運。"曹鄴《官倉鼠》:"官倉老鼠大如斗,見人開倉亦不走。" 珠顆:顆狀物的美稱。白居易《揀貢橘書情》:"珠顆形容隨日長,瓊漿氣味得霜成。"此指橘子。晏殊《破陣子》:"金菊滿叢珠顆細,海燕辭巢翅羽輕。"此指花蕊。蘇軾《菩薩蠻·夏景回文》:"火雲凝汗揮珠顆,顆珠揮汗凝雲火。"此指汗珠。葛立方《玉漏遲》:"魚颭荷衣,珠顆亂傾無數。"此指水珠。楊萬里《櫻桃》:"摘來珠顆光如濕,走下金盤不待傾。"此指櫻桃。本詩是讚美糧食,如稻穀、小麥等。

④ 六十年:從元和十二年前推"六十年",當是唐肅宗至德(757—758)年間,亦即安史之亂爆發之時,自此之後,戰亂不斷,"六十年"是約數。白居易《新樂府·新豐折臂翁》"此臂折來六十年,一肢雖廢一身全。至今風雨陰寒夜,直到天明痛不眠。"李忱《吊白居易》:"綴玉聯珠六十年,誰教冥路作詩仙?浮雲不繫名居易,造化無爲字樂天。" 兵:軍事,戰爭。《左傳·隱公四年》:"夫兵猶火也,弗戢,將自焚也。"李約《過華清宫》:"君王遊樂萬機輕,一曲霓裳四海兵。" 蔟蔟:叢集貌、密集狀,這裏形容戰亂不斷。白居易《雜曲歌

辭·竹枝》：“水蓼冷花紅蔟蔟，江蘺濕葉碧萋萋。”韓彦直《橘録·始栽》：“其根荄蔟蔟然，明年移而疏之。”　月月：每月。庾信《春日離合二首》一：“明年花樹下，月月來相尋。”《朱子語類》卷七一：“年年歲歲是如此，月月日日是如此。”　食糧：吃的糧食，如穀物、豆類和薯類等。《墨子·魯問》：“取其狗豕食糧衣裘。”吃公家發給的糧食。杜甫《東西兩川説》：“聞西山漢兵，食糧者四千人，皆關輔山東勁卒，多經河隴幽朔教習，憤於戰守，人人可用。”岳飛《奏李興吳琦轉官狀》：“本府有番人七千餘人，馬五千餘匹，食糧軍三千餘人。”　轆轆：象聲詞，形容車行聲。王安石《强起》：“寒堂耿不寐，轆轆聞車聲。不知誰家兒，先我霜上行？”陸游《飯飽晝卧戲作短歌》：“水車轆轆鄰餉魚，社鼓鼕鼕衆分肉。”

⑤　一日：副詞，一旦，表示忽然有一天。《韓非子·五蠹》：“今之縣令，一日身死，子孫累世絜駕，故人重之。”杜甫《莫相疑行》：“憶獻三賦蓬萊宫，自怪一日聲烜赫。”　官軍：舊稱政府的軍隊。葛洪《抱朴子·至理》：“昔吳遣賀將軍討山賊，賊中有善禁者，每當交戰，官軍刀劍皆不得拔，弓弩射天皆還向。”杜甫《悲陳陶》：“都人迴面向北啼，日夜更望官軍至。”　海服：沿海地區，亦指邊疆。《魏書·廣陵王羽傳》：“海服之寄，故唯宗良，善開經策，甯我東夏。”王安石《先大夫述》：“長老言：自嶺海服，朝廷爲吾置州守，未有賢公者。”　驅牛：鞭著牛。王建《寒食行》“牧兒驅牛下塚頭，畏有家人來灑掃。遠人無墳水頭祭，還引婦姑望鄉拜。”柳宗元《田家三首》一：“蓐食徇所務，驅牛向東阡。雞鳴村巷白，夜色歸暮田。”　駕車：趕著車。高適《同群公宿開善寺贈陳十六所居》：“駕車出人境，避暑投僧家。裴徊龍象側，始見香林花。”孟郊《吊元魯山十首》八：“黄犢不知孝，魯山自駕車。非賢不可妻，魯山竟無家。”

⑥　歸來：回來。《楚辭·招魂》：“魂兮歸來！反故居些！”李白《長相思》：“不信妾腸斷，歸來看取明鏡前。”　收得：取得。《後漢

書·公孫瓚傳》:"〔瓚〕收得生口七萬餘人。"曹鄴《寄陽朔友人》:"我到月中收得種,爲君移向故園栽。" 鋤犁:即犁,耕地翻土的農具。王粲《從軍詩·軍戎》:"不能效沮溺,相隨把鋤犁。"陸游《冬晴與子坦子聿遊湖上》:"乘暖冬耕無遠近,小舟日晚載犁歸。" 劚:古農具名,鋤屬,即斫劚。《國語·齊語》:"惡金以鑄鉏、夷、斤、劚,試諸壤土。"韓愈《鳳翔隴州節度使李公墓誌銘》:"益市耕牛,鑄鎛、釤、鉏、劚以給農之不能自具者。"

⑦ 姑:可以有多種含義:丈夫的母親,婆婆。《左傳·昭公二十八年》:"子容之母走謁諸姑。"《後漢書·鮑宣妻傳》:"拜姑禮畢,提甕出汲。"趙彥衛《雲麓漫抄》卷五:"婦謂夫之父曰舅,夫之母曰姑。"父親的姊妹,姑母。《詩·邶風·泉水》:"問我諸姑,遂及伯姊。"毛傳:"父之姊妹稱姑。"《新唐書·狄仁傑傳》:"且姑侄與母子孰親?"丈夫的姊妹,亦即小姑。《玉臺新詠·古詩〈爲焦仲卿妻作〉》:"新婦初來時,小姑始扶床。今日被驅遣,小姑如我長。"王建《新嫁娘詞》:"未諳姑食性,先遣小姑嘗。" 婦:已婚女子。《詩·衛風·氓》:"三歲爲婦,靡室勞矣!"鄭玄箋:"有舅姑曰婦。"韓愈《曹成王碑》:"大小之戰,三十有二,取五州十九縣。民老幼婦女不驚,市買不變。"泛指婦女。桓寬《鹽鐵論·救匱》:"而葛繹、彭侯之等,隳壞其緒,紕亂其紀,毀其客館議堂以爲馬廄婦舍。"妻。《詩·豳風·東山》:"鸛鳴於垤,婦嘆於室。"《樂府詩集·陌上桑》:"使君自有婦,羅敷自有夫。"兒媳。《左傳·襄公二年》:"禮無所逆,婦,養姑者也。虧姑以成婦,逆莫大焉!"《資治通鑑·後周太祖顯德元年》:"初,符彥卿有女適李守貞之子崇訓,相者言其貴當爲天下母。守貞喜曰:'吾婦猶母天下,況我乎!'反意遂決。" 輸官:向官府繳納。杜甫《遣遇》:"石間采蕨女,鬻菜輸官曹。丈夫死百役,暮返空村號。"王建《當窗織》:"草蟲促促機下啼,兩日催成一疋半。輸官上頭有零落,姑未得衣身不著。"

⑧ 農:農夫,農民。《孟子·公孫丑》:"耕者助而不稅,則天下之

農皆悦而願耕於其野矣!」《漢書·食貨志》:「善爲國者,使民毋傷而農益勸。」　犢:小牛。《後漢書·楊彪傳》:「後子修爲曹操所殺,操見彪問曰:'公何瘦之甚?'對曰:'愧無日磾先見之明,猶懷老牛舐犢之愛。'」陸游《鄰曲》:「烏犉將新犢,青桑長嫩枝。」

[編年]

　　《年譜》、《編年箋注》、《年譜新編》編年意見及編年理由同《樂府(有序)》所述,我們的編年意見以及編年理由也同《樂府(有序)》所表述。

◎ 和劉猛古題樂府十首·俠客行①

　　俠客不怕死,怕死事不成(一)②。事成不肯藏姓名(二),我非竊賊誰夜行③? 白日堂堂殺袁盎,九衢草草人面青④。此客此心師海鯨,海鯨露背横滄溟⑤。海波分作兩處生,分海減海力⑥。俠客有謀人不測(三),三尺鐵蛇延二國⑦。

録自《元氏長慶集》卷二三

[校記]

　　(一)怕死事不成:原本作「怕在事不成」,楊本、叢刊本、《樂府詩集》、《全詩》、《全詩》樂府詩部份、《淵鑒類函》、《唐文粹》、《詩人玉屑》引録本詩同,語義難通,《能改齋漫録》、《示兒編》、《聞見後録》、《漁隱叢話》、《李太白集注》引録本詩,作「怕死事不成」,據此改。

　　(二)事成不肯藏姓名:楊本、叢刊本、《樂府詩集》、《唐文粹》、《全詩》、《全詩》樂府詩部份、《能改齋漫録》、《聞見後録》、《示兒編》、《詩人玉屑》、《李太白集注》同,《淵鑒類函》作「事成不可藏姓名」,語

4149

義不通,不從不改。

（三）俠客有謀人不測:楊本、叢刊本、《全詩》、《淵鑒類函》作"俠客有謀人不識測",《樂府詩集》、《唐文粹》、《全詩》注作"俠客有謀人莫測",《全詩》樂府詩部份作"俠客有謀人不測",據改。

[箋注]

① 俠客行:郭茂倩《樂府詩集·雜曲歌辭》:"《漢書·遊俠傳》曰:'戰國時列國公子:魏有信陵,趙有平原,齊有孟嘗,楚有春申,皆藉王公之勢,競爲遊俠,以取重諸侯,顯名天下。故後世稱遊俠者,以四豪爲首焉!漢興,有魯人朱家及劇孟郭解之徒,馳鶩於閭里,皆以俠聞。其後長安熾盛,街閭各有豪俠,時萬章在城西柳市號曰'城西萬章酒市',有趙君都賈子光,皆長安名豪,報仇怨養刺客者也。《魏志》曰:'楊阿若,後名豐字伯陽,少遊俠,常以報仇解怨爲事,故時人爲之號曰:東市相斫楊阿若,西市相斫楊阿若。後世遂有《遊俠曲》。'魏陳琳、晉張華又有《博陵王宮俠曲》。"李白《俠客行》詩云:"趙客縵胡纓,吳鉤霜雪明。銀鞍照白馬,颯遝如流星。十步殺一人,千里不留行。事了拂衣去,深藏身與名。閑過信陵飲,脫劍膝前橫。將炙啖朱亥,持觴勸侯嬴。三杯吐然諾,五嶽倒爲輕。眼花耳熱後,意氣素霓生。救趙揮金槌,邯鄲先震驚。千秋二壯士,烜赫大梁城。縱死俠骨香,不慚世上英。誰能書閣下,白首太玄經?"邵博《聞見後錄》卷一七:"李太白《俠客行》云:'事了拂衣去,深藏身與名。'元微之《俠客行》云:'俠客不怕死,怕死事不成,事成不肯藏姓名。'或云:'二詩同詠俠客,而意不同如此!'予謂不然,太白詠俠不肯受報,如朱家終身不見季布是也。微之詠俠欲有聞於後世,如聶政姊之死,恐終滅吾賢弟之名是也。"孫奕《示兒編·意相反》:"李太白《俠客行》云:'事了拂衣去,深藏身後名。'元微之《俠客行》云:'俠客不怕死,怕死事不成,(事成)不肯藏姓名。'二人意相反。淵明詩云:'雖留身後名,生前亦

枯槁。死者何所知？稱心固爲好。’是不慕身後名也。及作《擬古》乃云：‘生有高世名，既没傳無窮。’是欲名彰不朽也。一人意自相反。”

②俠客：舊稱急人之難、出言必信、抑弱扶强的豪俠之士。《史記·遊俠列傳》：“要以功見言信，俠客之義又曷可少哉！”孟浩然《醉後贈高四》：“四海重然諾，吾嘗聞白眉。秦城遊俠客，相得半酣時。”溫庭筠《俠客行》：“欲出鴻都門，陰雲蔽城闕。寶劍黯如水，微紅濕餘血。白馬夜頻驚，三更霸陵雪。”　事：事業，功業。《三國志·先主傳》：“今漢室陵遲，海内傾覆，立功立事，在於今日。”韓愈《送楊支使序》：“儀之智足以造謀，材足以立事，忠足以勤上，惠足以存下。”

③藏：隱藏，潛匿。《易·繫辭》：“顯諸仁，藏諸用，鼓萬物而不與聖人同憂。”《史記·魏公子列傳》：“公子聞趙有處士毛公藏於博徒，薛公藏於賣漿家，公子欲見兩人，兩人自匿不肯見公子。”　竊賊：義近“偷賊”，偷東西的人，小偷。《百喻經·五百歡喜丸喻》：“其夜值五百偷賊，盜彼國王五百匹馬，並及寶物，來止樹下。”義近“劫賊”，强盜，土匪。酈道元《水經注·渠》：“《陳留志》稱：阮簡，字茂弘，爲開封令，縣側有劫賊……”　夜行：夜間出行。《史記·李將軍列傳》：“今將軍尚不得夜行，何乃故也。”《宋書·吳逵傳》：“逵夜行遇虎，虎輒下道避之。”

④白日：白晝，白天。《後漢書·吳祐傳》：“今若背親逞怒，白日殺人，赦若非義，刑若不忍，將如之何？”杜甫《陪鄭廣文遊何將軍山林十首》六：“野鶴清晨出，山精白日藏。”　堂堂：猶公然。薛能《春日使府寓懷二首》一：“青春背我堂堂去，白髮欺人故故生。”方干《送婺州許録事》：“之官便是還鄉路，白日堂堂著錦衣。八詠遺風資逸興，一溪寒色助清威。”　袁盎：《史記·袁盎晁錯列傳》：“袁盎雖家居，景帝時時使人問籌策。梁王欲求爲嗣，袁盎進説，其後語塞。梁王以此怨盎，曾使人刺盎。刺者至關中，問袁盎，諸君譽之皆不容口。乃見袁盎曰：‘臣受梁王金來刺君，君長者，不忍刺君。然後刺君十餘曹，備之！’袁盎心不樂，家又多怪，乃之棓生所問占，還梁，刺客後曹輩果遮

刺殺盎安陵郭門外。” 　九衢：縱橫交叉的大道，繁華的街市。《楚辭·天問》：“靡蓱九衢，枲華安居。”王逸注：“九交道曰衢。”游國恩纂義：“靡蓱九衢，即謂其分散如九達之衢也。”韋應物《長安道》：“歸來甲第拱皇居，朱門峨峨臨九衢。” 　草草：匆忙倉促的樣子。李白《南奔書懷》：“草草出近關，行行昧前筭。”梅堯臣《令狐秘丞守彭州》：“前時草草別，渺漫二十年。”草率，苟簡。《新五代史·李業傳》：“兵未出，威已至滑州。帝大懼，謂大臣曰：‘昨太草草耳！’”蘇軾《與康公操都官書》二：“所索詩，非敢以淺陋爲辭，但希世絕境，衆賢所共詠嘆，不敢草草爲寄也。” 　面青：猶言死人之面容。孫思邈《備急千金要方·扁鵲華佗察聲色要訣第十》：“病人面黑目青者不死，病人面青目白者死，病人面赤目青者六日死，病人面黄目青者九日必死。”《普濟方·察聲色決死生法》：“病人面黄目白者不死，病人面黄目青者死，病人面黄目赤者不死，病人面色青目白者死，病人面目俱黄者不死，病人面目俱白者即死，病人面青唇黑者死。”

⑤　海鯨：即鯨，水栖哺乳綱動物，一般生活在大海之中，故言。鯨的種類很多，如藍鯨、抹香鯨、海豚、江豚以及我國特有的淡水海豚即白鱀豚等都屬於鯨類。李白《橫江詞六首》六：“日暈天風霧不開，海鯨東蹙百川迴。驚波一起三山動，公無渡河歸去來。”元稹《估客樂》：“小兒販鹽鹵，不入州縣征。一身偃市利，突若截海鯨。” 　滄溟：大海。崔國輔《宿范浦》：“路轉定山繞，塘連范浦橫。鷗夷近何去？空山臨滄溟。”王昌齡《洛陽尉劉晏與府掾諸公茶集天宮寺岸道上人》：“自從三湘還，始得今夕同。舊居太行北，遠宦滄溟東。”

⑥　海波：大海的波浪。元稹《滎陽鄭公以稹寓居嚴茅有池塘之勝寄詩四首因有意獻》：“恨阻還江勢，思深到海波。自傷才畎澮，其奈贈珠何！”方干《題睦州烏龍山禪居》：“晨雞未暇鳴山底，早日先來照屋東。人世驅馳方丈内，海波搖動一杯中。”

⑦　識：認識，識別。李白《與韓荆州書》：“生不用封萬户侯，但願

一識韓荆州。"《資治通鑑・唐憲宗元和十四年》:"弘正初得師道首,疑其非真,召夏侯澄使識之。" 測:猜度。《易・繫辭》:"陰陽不測之謂神。"白行簡《李娃傳》:"四坐愕眙,莫之測也。" 三尺:指劍。《漢書・高祖紀》:"吾以布衣提三尺,取天下,此非天命乎?"顏師古注:"三尺,劍也。"杜甫《奉送蘇州李十五長史丈之任》:"一毛生鳳穴,三尺獻龍泉。" 鐵蛇:比喻鐵鞭。劉璟《贈惟修無作》:"泥牛入水身不濕,鐵蛇過海却褪殼。生龜脫筒刹那間,屠兒放刀成正覺。"《五燈會元》:"涌泉欣禪師一日問紹禪師曰:'甚麼處去来?'師曰:'燒畬来!'泉曰:'火後事作麼生?'師曰:'鐵蛇鑽不入。'" 二國:兩個國家。李白《自廣平乘醉走馬六十裏至邯鄲登城樓覽古書懷》:"平原三千客,談笑盡豪英。毛君能穎脱,二國且同盟。"于濆《經館娃宮》:"吳亡甘已矣!越勝今何處? 當時二國君,一種江邊墓。"這裏指西漢與東漢兩朝。

[編年]

《年譜》、《編年箋注》、《年譜新編》編年意見及編年理由同《樂府(有序)》所述,我們的編年意見以及編年理由也同《樂府(有序)》所表述。

◎ 和李餘古題樂府九首・君莫非^{(一)①}

鳥不解走,獸不解飛②。兩不相解,那得相譏③? 犬不飲露,蟬不啖肥④。以蟬易犬,蟬死犬饑⑤。燕在梁棟,鼠在階基⑥。各自窠窟,人不能移^{(二)⑦}。婦好針縷,夫讀書詩⑧。男翁女嫁,卒不相知⑨。懼聾摘耳,效痛嚬眉⑩。我不非爾,爾無我非^{(三)⑪}。

录自《元氏長慶集》卷二三

[校記]

（一）和李餘古題樂府九首·君莫非：楊本、叢刊本、《全詩》作"君莫非（此後九首和李餘）"，《樂府詩集》作"君莫非"，《古詩鏡·唐詩鏡》作"樂府·君莫非（此後二首和李餘）"，各有自己的體例要求，不從不改。原本及各本在"和李餘古題樂府九首"之下均作"君莫非"，根據本書的統一體例，凡屬組詩，均將組詩總標題冠於每首詩篇標題之前，以與其他獨立成篇的詩歌相區別。據此，凡《元氏長慶集》中歸屬"和李餘古題樂府九首"組詩，特地在《元氏長慶集》中歸屬"和李餘古題樂府九首"組詩前加上"和李餘古題樂府九首"，不再另外出校，特此說明。與此類似的情況還有《和李校書新題樂府十二首》、《貽蜀五首》、《使東川》、《詠廿四氣詩》組詩等，一併在此說明。

（二）人不能移：楊本、叢刊本、《古詩鏡·唐詩鏡》同，錢校、《樂府詩集》作"不能改移"，語義不同，不改。

（三）爾無我非：楊本、叢刊本、《樂府詩集》、《全詩》、《古詩鏡·唐詩鏡》同，《全詩》注作"爾不我非"，語義相類，不改。

[箋注]

① 李餘：《唐詩紀事》卷四六："李餘：張爲作主客圖，以孟雲卿爲高古奧逸主，以餘爲入室。"《全唐詩·李餘傳》："李餘，蜀人，工樂府，登長慶三年進士第，詩二首。"張籍有《送李餘及第後歸蜀》詩，詩云："十年人好誦詩章，今日成名出舉場。歸去唯將新志牒，後來爭取舊衣裳。山橋曉上蕉花暗，水店晴看芋草黃。鄉里親情相見日，一時携酒賀高堂。"賈島也有《送李餘及第歸蜀》詩，詩云："知音伸久屈，覲省去光輝。津渡逢清夜，途程盡翠微。雲當綿竹迸，鳥離錦江飛。肯寄書來否？原居出亦稀。"又《喜李餘自蜀至》："迢遞岷峨外，西南驛路高。幾程尋嶺棧，獨宿聽寒濤。白鳥飛還立，青猿斷更號。往來從此

過,詞體近風騷。"又《送李餘往湖南》:"昔去候温凉,秋山滿楚鄉。今來從辟命,春物遍涔陽。嶽石挂海雪,野楓堆渚檣。若尋吾祖宅,寂寞在瀟湘。"姚合《別李餘》:"病童隨瘦馬,難算往來程。野寺僧相送,河橋酒滯行。足愁無道性,久客會人情。何計羈窮盡? 同居不出城。"又《寄李餘臥疾》:"窮節彌慘栗,我詎自云樂。伊人嬰疾恙,所對唯苦藥。寂寞行稍稀,清贏餐自薄。幽齋外浮事,夢寐亦簡略。雪户掩復明,風簾卷還落。方持數杯酒,勉子同斟酌。"又《聞新蟬寄李餘》:"年年六月蟬應到,每到聞時骨欲驚。今日槐花還似發,却愁聽盡更無聲。"從上引同時代人的詩篇中,我們可以大致瞭解李餘的一些情況。又《升庵集·蜀詩人》:"唐世蜀之詩人:陳子昂(射洪)、李白(彰明)、李餘(成都)、雍陶(成都)、裴廷裕(成都)、劉蜕(射洪)、唐珠(嘉州)、陳詠(青神)、岑倫(成都)、符載(成都)、雍裕之(成都)、王嚴(綿州布衣)、劉暌(綿州郷貢進士)、李渥(綿州)田章(綿州)、柳震(雙流)、阮咸(成都)、劉灣(蜀人)、張曙(巴州)、僧可朋(丹稜)、扈處宸(蜀人)、毛文錫(蜀人)、朱桃椎(蜀人)、杜光庭(青城),若張蠙、韋莊、牛嶠、歐陽烔,皆他方流寓而老於蜀者。嘗欲裒集其詩爲一帙,而未暇焉!"明確李餘爲成都人,可供參考。

②鳥:古指尾羽長的飛禽,今爲脊椎動物的一綱,體温恒定,卵生,嘴内無齒,全身有羽毛,胸部有龍骨突起,前肢變成翼,後肢能行走,一般會飛,也有的兩翼退化,不能飛行。于鵠《早上凌霄第六峰入紫谿禮白鶴觀祠》:"路轉第六峰,傳是十里程。放石試淺深,砠壁蛇鳥驚。"韓愈《鄆州溪堂詩》:"流有跳魚,岸有集鳥。"　解:明白,理解,領悟。張祜《太真香囊子》:"蹙金妃子小花囊,銷耗胸前結舊香。誰爲君王重解得? 一生遺恨繫心腸。"胡曾《七里灘》:"七里青灘映碧層,九天星象感嚴陵。釣魚臺上無絲竹,不是高人誰解登?"　獸:一般指四足、全身生毛的哺乳動物。《周禮·天官·庖人》:"庖人掌共六畜、六獸、六禽,辨其名物。"鄭玄注引鄭司農曰:"六獸:麋、鹿、熊、

麕、野豕、兔。”束晳《補亡詩六首》四:“獸在於草,魚躍順流。”

③ 那得:怎得,怎會,怎能。《三國志‧曹洪傳》:“於是泣涕屢請,乃得免官削爵土。”裴松之注引魚豢《魏略》:“太祖曰:‘我家貲那得如子廉耶!’”錢起《送李秀才落第游荆楚》:“離居見新月,那得不思君?” 譏:譏刺,非議。《左傳‧隱公元年》:“段不弟,故不言弟;如二君,故曰克;稱鄭伯,譏失教也。”《史記‧遊俠列傳》:“韓子曰:‘儒以文辭法,而俠以武犯禁。’二者皆譏。”張守節正義:“譏,非言也。”

④ 露:夜晚或清晨近地面的水汽遇冷凝結於物體上的水珠,通稱露水。《詩‧召南‧行露》:“豈不夙夜,謂行多露。”杜甫《月夜憶舍弟》:“露從今夜白,月是故鄉明。” 肥:謂禽獸含脂肪多的肉。《禮記‧曲禮》:“天子以犧牛,諸侯以肥牛。”《孟子‧梁惠王》:“庖有肥肉,廄有肥馬。”

⑤ “以蟬易犬”兩句:意謂如果把知了與狗互相換個位置,亦即知了吃肉度日,狗飲露水充飢,那麼結果衹能是知了撑死而狗兒飢餓待斃。 易:交換。《易‧繫辭》:“日中爲市,致天下之民,聚天下之貨,交易而退,各得其所。”《史記‧廉頗藺相如列傳》:“趙惠文王時,得楚和氏璧。秦昭王聞之,使人遺趙王書,願以十五城請易璧。”

⑥ 梁棟:屋宇的大梁。郭璞《遊仙詩七首》二:“青谿千餘仞,中有一道士。雲生梁棟間,風出窗戶裏。”黃庭堅《題王仲弓兄弟巽亭》:“裹中多佳樹,與世作梁棟。” 階基:臺階。諸葛穎《奉和方山靈巖寺應教》:“雷出階基下,雲歸梁棟前。”韓愈《病鴟》:“飽入深竹叢,飢來傍階基。”

⑦ 各自:各人自己。耿湋《同李端春望》:“和風醉裏承恩客,芳草歸時失意人。南北東西各自去,年年依舊物華新。”司空曙《分流水》:“日夜東西流,分流幾千里。通塞兩不見,波瀾各自起。” 窠窟:動物栖身之所,有時也喻指事業。王安石《雨霖鈴》:“孜孜矻矻,向無明裏,强作窠窟。”王庭珪《跋大年畫》:“大年,貴公子也,而喜作江湖、

山林、人物、窠窟畫,平林遠水,鳧雁晚景,使人一見如行江南。" 移:變動,改變。《莊子·秋水》:"物之生也,若驟若馳。無動而不變,無時而不移。"《後漢書·荀彧傳》:"或復備陳得失,用移臣議。"

⑧ 針縷:針和綫,也指縫紉刺繡。劉向《説苑·政理》:"順針縷者成帷幕,合升斗者實倉廩。"《顏氏家訓·風操》:"男則用弓矢紙筆,女則刀尺針縷。" 書:指《尚書》。《禮記·經解》:"溫柔敦厚,《詩》教也;疏通知遠,《書》教也……故《詩》之失愚,《書》之失誣。"《文心雕龍·徵聖》:"《易》稱'辨物正言,斷辭則備';《書》云'辭尚體要,弗惟好異'。" 詩:指《詩經》。《左傳·隱公元年》:"《詩》曰:'孝子不匱,永錫爾類。'"韓愈《鄆州溪堂詩》:"公在中流,右詩左書。"

⑨ "男翁女嫁"兩句:意謂男人娶婦,承擔作爲父親的責任,女子嫁人生育後代,成爲盡責的母親,各自忙碌自己的事情。 翁:父親。《史記·項羽本紀》:"吾與項羽俱北面受命懷王,曰'約爲兄弟',吾翁即若翁,必欲烹而翁,則幸分我一杯羹。"陸游《示兒》:"王師北定中原日,家祭無忘告乃翁。" 嫁:女子結婚,出嫁。《詩·大雅·大明》:"來嫁于周。"《漢書·烏孫國》:"吾家嫁我兮天一方,遠託異國兮烏孫王。"元稹《遣悲懷三首》一:"謝公最小偏憐女,自嫁黔婁百事乖。" 卒:末尾,結局。《論語·子張》:"有始有卒者,其惟聖人乎!"曹丕《善哉行》:"寥寥高堂上,凉風入我室。持滿如不盈,有德者能卒。" 相知:互相瞭解,知心。陶潛《擬古九首》八:"不見相知人,惟見古時丘。路邊兩高墳,伯牙與莊周。"韓愈《論薦侯喜狀》:"或接膝而不相知,或異世而相慕,以其遭逢之難,故曰士爲知己者死。"

⑩ 懼聾摘耳:"摘耳"常常與"頓足"連用,表示後悔莫及之意。司馬光《涑水記聞》卷九有一段笑話,足以説明其確切含義:"嘉祐七年三月乙卯,以參知政事孫抃爲觀文殿學士、同郡牧制置使樞密副使,趙概爲參知政事、翰林學士,左司郎中權知開封府吳奎爲樞密副使。抃以進士高第,累官至兩制,惟淳厚無他材,上以久任翰林,擢爲

樞密副使。多病昏忘，醫官自陳勞績求遷，吏以文書白抃，抃見吏衣紫，誤以爲醫官，因引手案上，謂曰：'抃數日來體中不佳，君試爲診之！'聞者傳以爲笑。及在政府，百司白事，但對之拱默，未嘗開一言。是時樞密使恐必不勝任，殿中侍御史韓縝因進見，極言其不才，當置之散地。抃初不知，後數日中書奏事退，宰相韓琦、曾公亮獨留身在後，抃下殿謂參知政事歐陽修曰：'丞相留身，何也？'修曰：'豈非奏君事也！'抃曰：'抃有何事？'修曰：'御史韓縝言君，君不知也？'抃乃頓足摘耳，曰：'不知也！'因移疾請退，朝廷許之。" 顰眉：皺眉頭，表示憂愁或不快。這裏是引用東施效顰的典故。《莊子·天運》："故西施病心而矉其里，其里之醜人見而美之，歸亦捧心而矉其里。其里之富人見之，堅閉門而不出；貧人見之，絜妻子而去之走。"成玄英疏："西施，越之美女也，貌極妍麗。既病心痛，矉眉苦之。而端正之人，體多宜便，因其矉蹙，更益其美。是以閭里見之，彌加愛重。鄰里醜人見而學之，不病強矉，倍增其醜。"後因以此嘲諷不顧本身條件而一味模仿，以致效果很壞的人。李白《經亂後將避地剡中留贈崔宣城》："四海望長安，顰眉寡西笑。"盧綸《倫開府席上賦得詠美人名解愁》："不敢苦相留，明知不自由。顰眉乍欲語，斂笑又低頭。"

⑪ "我不非爾"兩句：意謂我沒有譏諷你，希望你也不要詆毀我，大家和諧共處。 非：詆毀，譏諷。《孝經·五刑》："非聖人者無法，非孝者無親。"《後漢書·光武帝紀》："而兄伯升好俠養士，常非笑光武事田業，比之高祖兄仲。"

[編年]

《年譜》、《編年箋注》、《年譜新編》編年意見及編年理由同《樂府（有序）》所述，我們的編年意見以及編年理由也同《樂府（有序）》所表述。

◎ 和李餘古題樂府九首·田野狐兔行(一)①

種豆耘鋤,種禾溝甽②。禾苗豆甲,狐搰兔剪(二)③。割鵠餧鷹,烹麟啖犬④。鷹怕兔毫,犬被狐引(三)⑤。狐兔相須,鷹犬相盡⑥。日暗天寒(四),禾稀豆損⑦。鷹犬就烹,狐兔俱哂⑧。

録自《元氏長慶集》卷二三

[校記]

(一)田野狐兔行:楊本、叢刊本、《古詩鏡·唐詩鏡》、《全詩》、《全詩》樂府詩部份同,《樂府詩集》、《全詩》注作"田頭狐兔行",語義相類,不改。

(二)狐搰兔剪:原本作"狐榾兔剪",楊本、叢刊本、《古詩鏡·唐詩鏡》、《全詩》、《全詩》樂府詩部份同,語義難通,據《樂府詩集》改。

(三)犬被狐引:楊本、叢刊本、《全詩》、《全詩》樂府詩部份同,《樂府詩集》作"太被狐引",《古詩鏡·唐詩鏡》作"犬被狐兔",兩者明顯都是誤字,不從不改。

(四)日暗天寒:楊本、叢刊本、《古詩鏡·唐詩鏡》、《全詩》、《全詩》樂府詩部份同,《樂府詩集》作"日安天寒",明顯是個誤字,不從不改。

[箋注]

① 田野:田地。《管子·八觀》:"行其田野,視其耕芸,計其農事,而飢飽之國可以知也。"《楚辭·九辯》:"農夫輟耕而容與兮,恐田野之蕪穢。"泛指農村。《管子·小匡》:"士、農、工、商四民者,國之石民,不可使雜處……是故聖王之處士必於閑燕,處農必就田野,處工

必就官府,處商必就市井。"趙蕃《聞春》:"我居田野間,糴米如賃傭。"狐兔:狐和兔,亦以喻壞人、小人。孟雲卿《行行且遊獵篇》:"遲遲平原上,狐兔奔林丘。猛虎忽前逝,俊鷹連下韝。"王昌齡《城傍曲》:"秋風鳴桑條,草白狐兔驕。邯鄲飲來酒未消,城北原平掣皂雕。"

② 種豆:播種豆類農作物。李端《暮春尋終南柳處士》:"麗眉一居士,鶉服隱堯時。種荳初成畝,還丹舊日師。"白居易《效陶潛體詩十六首》四:"西家荷鋤叟,雨來亦怨咨。種豆南山下,雨多落為萁。"耘鋤:去除田間雜草。曹植《上疏陳審舉之義》:"小者未堪大使,為可使耘鉏穢草,驅護鳥雀。"《三國志·司馬芝傳》:"夫農民之事田,自正月耕種,耘鋤條桑,耕燀種麥,穫刈築場,十月乃畢。"泛指農業勞動。王安石《道人北山來》:"告叟去復來,耘鋤尚康強。" 種禾:種植禾類農作物。顧況《行路難三首》一:"凡物各自有根本,種禾終不生荳苗。"周賀《春日重到王依村居》:"野烟居舍在,曾約此重過。久雨初招客,新田未種禾。" 溝:挖溝。《管子·度地》:"地高則溝之,下則堤之,命之曰金城。"《左傳·僖公十九年》:"〔梁伯〕乃溝公宮,曰:'秦將襲我。'" 甽:田間小水溝。《漢書·劉向傳》:"欲終不言,念忠臣雖在甽畝,猶不忘君,惓惓之義也。"顏師古注:"甽者,田中之溝也……字或作畎,其音同耳!"杜甫《向夕》:"畎畝孤城外,江村亂水中。深山催短景,喬木易高風。"

③ 禾苗:穀類作物的幼苗。《書·堯典》:"分命和仲。"孔穎達疏:"於時,禾苗秀實,農事未閑。"《晏子春秋·諫》:"不為草木傷禽獸,不為野草傷禾苗。" 豆甲:豆莢。唐宋及以前無合適書證。《荒政叢書·屠隆荒政考》:"珣知徐州,久雨,珣謂俟可耕,而種時已過矣!乃募富家,得豆數千石,以貸民,使布之水中,水未盡涸而豆甲已露矣!是年遂不艱食。"張英《人日》:"人日春風蚤,新晴鳥乍啼。米囊猶帶雪,豆甲已掀泥。" 揖:掘,發掘。《國語·吳語》:"夫諺曰:'狐埋之而狐揖之',是以無成功。"韋昭注:"揖,發也。"杜甫《秋行官

張望督促東渚耗稻向畢清晨遣女奴阿稽暨子阿段往問》:"人情見非類,田家戒其荒。功夫競揥揥,除草置岸旁。"　剪:原來指砍伐,截斷。裴鉶《傳奇·金剛仙》:"是日,峽山寺有李樸者,持斧剪巨木,剖而爲舟。"這裏指兔子啃食豆葉禾苗。

④ 鵠:通稱天鵝,似雁而大,頸長,飛翔甚高,羽毛潔白,亦有黃、紅者。李時珍《本草綱目·鵠》:"鵠大於雁,羽毛白澤,其翔極高而善步,所謂鵠不浴而白,一舉千里是也。亦有黃鵠丹鵠,湖海江漢之間。"《莊子·天運》:"夫鵠不日浴而白。"韓愈《琴操·別鵠操》:"雄鵠銜枝來,雌鵠啄泥歸。"　餧:餵養。《禮記·月令》:"〔季春之月〕田獵,罝罘、羅罔、畢翳、餧獸之藥毋出九門。"韓愈《故幽州節度判官贈給事中清河張君墓誌銘》:"前日吳元濟斬東市,昨日李師道斬於軍中,同惡者父母妻子皆屠死,肉餧狗鼠鴟鴉。"　鱗:通"鱗",鱗甲,這裏指有鱗甲的魚類。王建《上杜元穎相公》:"馬上喚遮紅觜鴨,船頭看釣赤鱗魚。閑曹散吏無相識,猶記荊州拜謁初。"呂巖《七言》三二:"欲陪仙侶得身輕,飛過蓬萊徹上清。朱頂鶴來雲外接,紫鱗魚向海中迎。"　啖:吃。《墨子·魯問》:"楚之南有啖人之國者。"蘇軾《惠州一絶》:"日啖荔枝三百顆,不妨長作嶺南人。"給吃。《漢書·王吉傳》:"東家有大棗樹垂吉庭中,吉婦取棗以啖吉。"顏師古注:"啖,謂使食之。"吳兢《貞觀政要·君道》:"若損百姓以奉其身,猶割股以啖腹,腹飽而身斃。"

⑤ 鷹:鳥類的一科,性凶猛,捕食小獸及其他鳥類。張九齡《詠燕》:"繡户時雙入,華軒日幾回? 無心與物競,鷹隼莫相猜!"蘇頲《邊秋薄暮》:"海外秋鷹擊,霜前旅雁歸。邊風思鞞鼓,落日慘旌麾。"兔毫:兔毛。《初學記》卷二一引王羲之《筆經》:"漢時諸郡獻兔毫,出鴻都,惟有趙國毫中用。時人咸言兔毫無優劣,管手有巧拙。"李白《醉後贈王歷陽》:"書禿千兔毫,詩裁兩牛腰。筆蹤起龍虎,舞袖拂雲霄。"　犬:家畜名,俗稱狗,爲人類最早馴化的家畜之一,聽覺、嗅覺

靈敏,性機警,易於訓練。品種很多,按用途可分爲牧羊犬、獵犬、警犬、玩賞犬以及挽曳犬、皮肉用犬等。《詩·小雅·巧言》:"躍躍毚兔,遇犬獲之。"沈約《齊故安陸昭王碑文》:"邑居不聞夜吠之犬,牧人不視晨飲之羊。" 狐:獸名,形似狼,面部較長,耳朵三角形,尾巴長,毛色一般呈赤黃色。性狡猾多疑,晝伏夜出,雜食蟲類、小型鳥獸、野果等,通稱狐狸。杜甫《久客》:"去國哀王粲,傷時哭賈生。狐狸何足道?豺虎正縱橫。"元稹《酬翰林白學士代書一百韵》:"廟堂雖稷契,城社有狐狸。似錦言應巧,如弦數易欺。" 引:引導,帶領,疏導。劉向《列女傳·代趙夫人》:"襲滅代王,迎取其姊,姊引義理,稱說節禮。"柳宗元《非國語·料民》:"聖人之道,不窮異以爲神,不引天以爲高。"

⑥ 須:須要,需要。《漢書·馮奉世傳》:"奉世上言:'願得其衆,不須煩大將。'"《百喻經·病人食雉肉喻》:"須恒食一種雉肉,可得愈病。" 盡:死。《史記·扁鵲倉公列傳》:"後五日死者,肝與心相去五分,故曰五日盡,盡即死矣!"《新唐書·孔緯傳》:"吾妻疾,旦暮盡,丈夫豈以家事後國事乎?"

⑦ 日暗:陽光稀疏,天色暗淡。張南史《殷卿宅夜宴》:"日暗城烏宿,天寒櫪馬嘶。詞人留上客,妓女出中閨。"司馬光《又和夜雨宿村舍》:"草薉競禾長,從人借鉏櫌。晨薅戴星起,日暗未能休。" 天寒:天氣寒冷。盧照鄰《過東山谷口》:"泉鳴碧澗底,花落紫巖幽。日暮飡龜殼,天寒御鹿裘。"宋之問《魯忠王挽詞三首》一:"同盟會五月,歸葬出三條。日慘咸陽樹,天寒渭水橋。" 禾稀豆損:禾苗稀少豆田遭殃。陳藻《贈叔嘉叔平劉丈》:"上山伐柴五十束,九分賣錢一燒肉。等閑八月舉場歸,早禾困畢晚禾稀。"

⑧ 烹:煮。《左傳·昭公二十年》:"水火醯醢鹽梅,以烹魚肉,燀之以薪。"杜預注:"烹,煮也。"王昌齡《留別岑參兄弟》:"何必念鐘鼎!所在烹肥牛。" 哂:譏笑。孫綽《游天台山賦》:"哂夏蟲之疑冰,整輕翮而思矯。"劉商《哭韓淮端公兼上崔中丞》:"讀書哂霸業,翊贊思皇

王。"關於本詩,《古詩鏡·唐詩鏡》評云:"善爲隱語。"評論可謂中的。確實,本詩並非僅僅抨擊狐兔,而是有所暗喻,對當時社會中的的邪惡勢力冷嘲熱諷,細心的讀者當不難體會。

[編年]

《年譜》、《編年箋注》、《年譜新編》編年意見及編年理由同《樂府(有序)》所述,我們的編年意見以及編年理由也同《樂府(有序)》所表述。

◎ 和李餘古題樂府九首·當來日大難行(一)①

當來日,大難行②。前有坂(二),後有坑③。大梁側,小梁傾④。兩軸相絞,兩輪相撐⑤。大牛竪,小牛橫⑥。烏啄牛背,足趺力停(困屈也)(三)⑦。當來日,大難行⑧。太行雖險,險可使平⑨。輪軸自撓,牽制不停⑩。泥濘漸久,荊棘旋生⑪。行必不得,不如不行⑫。

録自《元氏長慶集》卷二三

[校記]

(一) 當來日大難行:楊本、叢刊本、《古詩鏡·唐詩鏡》、《全詩》同,《樂府詩集》、《全詩》樂府詩部份、《全詩》注作"當來日大難",語義相類,不改。

(二) 前有坂:楊本、叢刊本、《樂府詩集》、《全詩》樂府詩部份、《古詩鏡·唐詩鏡》、《全詩》注同,《全詩》作"前有阪",語義不同,不改。

(三) 足趺力停:原本作"足趺力停",《全詩》同,據楊本、叢刊本、

4163

《樂府詩集》、《全詩》樂府詩部份、《古詩鏡·唐詩鏡》改。

[箋注]

① 當來日大難行：郭茂倩《樂府詩集·善哉行六解》：“《樂府》解題曰：‘古辭云：來日大難，口燥唇乾，言人命不可保，當見親友，且永長年術與王喬八公遊焉！’又魏文帝詞云：‘有美一人，婉如清揚。言其妍麗，知音識曲。樂爲樂方，令人忘憂。’此篇諸集所出，不入《樂志》。按魏明帝《步出夏門行》曰：‘善哉殊復善，弦歌樂我情。’然則善哉者，蓋嘆美之辭也！”曹植有《當來日大難》詩，詩云：“日苦短，樂有餘。乃置玉樽辦東厨，廣情故心相於閨門。置酒和樂欣欣游，馬後來輾車解輪。今日同堂出門異鄉，別易會難各盡杯觴！”《樂府詩集·善哉行》：“來日大難，口燥唇乾。今日相樂，皆當喜歡。”李白《來日大难》：“來日一身，携糧負薪。道長食盡，苦口焦唇。今日醉飽，樂過千春。仙人相存，誘我遠學。”僅供讀者參閱。

② 來日：明日，次日。《禮記·曲禮》：“生與來日，死與往日。”鄭玄注：“與，數也。生數來日，謂成服杖以死明日數也。死數往日，謂殯斂以死日數也。此士禮貶於大夫者，大夫以上皆以來日數。”《朱子語類》卷七一：“今日明，來日又明，若説兩明，却是兩個日頭。”未來的日子。陸機《短歌行》：“蘋以春暉，蘭以秋芳。來日苦短，去日苦長。”韓愈《除官赴闕至江州寄鄂岳李夫人》：“年皆過半百，來日苦無多。”大難：巨大的灾難、禍變。《易·明夷》：“内文明而外柔順，以蒙大難，文王以之。”《吕氏春秋·執》：“〔吴起〕傾造大難，身不得死焉！”高誘注：“大難，車裂之難。”《後漢書·荀彧傳》：“密雖小固，不足以扞大難，宜亟避之。”

③ 阪：斜坡，山坡。王褒《九懷·株昭》：“驥垂兩耳兮，中阪蹉跎；蹇驢服駕兮，無用日多。”戴叔倫《去婦怨》：“下阪車轔轔，畏逢鄉里親。” 坑：地上窪陷處。劉義慶《世説新語·惑疑》：“劉璵兄弟少

4164

時爲王愷所憎,嘗召二人宿,欲默除之,令作坑,坑畢,垂加害矣!"也作山脊解。《楚辭·九歌·大司命》:"吾與君兮齋速,導帝之兮九坑。"洪興祖補注:"坑音岡,山脊也。"九坑,指九州之山。

④ 梁:橋。王績《策杖尋隱士》:"策杖尋隱士,行行路漸賒。石梁橫澗斷,土室映山斜。"劉長卿《京口懷洛陽舊居兼寄廣陵二三知己》:"川闊悲无梁,藹然滄波夕。"　側:傾斜。《戰國策·秦策》:"側耳而聽。"韓愈《東都遇春》:"坐疲都忘起,冠側賴復正。"　傾:斜,偏斜,傾斜。《楚辭·天問》:"康回馮怒,地何故而東南傾?"曹植《洛神賦》:"日既西傾,車殆馬煩。"

⑤ 軸:輪軸,即貫於轂中持輪旋轉的圓柱形長杆。《周禮·輈人》:"輈有三度,軸有三理。"《史記·張儀列傳》:"積羽沈舟,群輕折軸,衆口鑠金,積毀銷骨。"　絞:用兩股以上條狀物擰成一根繩索。《禮記·雜記》:"小斂,環絰,公大夫士一也。"孔穎達疏:"知以一股所謂纏絰者,若是兩股相交,則謂之絞。"纏繞。柳宗元《晉問》:"晉之北有異材……根絞怪石,不土而植,千尋百圍,與石同色。"　輪:車輪。《周禮·考工記序》:"凡察車之道,必自載於地者始也,是故察車自輪始。"馮衍《車銘》:"乘車必護輪,治國必愛民。"　撐:抵拄,支持。司馬相如《長門賦》:"羅丰茸之遊樹兮,離樓梧而相撐。"李善注引《字林》:"撐,柱也。"韓愈孟郊《城南聯句》:"浮虛有新廝,摧扤饒孤撐。"

⑥ 豎:垂直,縱貫。《晉書·陶侃傳》:"有善相者師圭謂侃曰:'君左手中指有豎理,當爲公。'"蕭綱《明月山銘》:"緅色斜臨,霞文橫豎。"　橫:橫的方向,地理上東西向的,與"縱"相對。《禮記·坊記》引《詩》:"蓺麻如之何?橫縱其畝。"今本《詩·齊風·南山》作"衡從其畝",陸德明釋文:"衡,即訓爲橫,《韓詩》云:'東西耕曰橫。'"庾信《小園賦》:"猶得欹側八九丈,縱橫數十步。"

⑦ 烏:鳥名,烏鴉,又稱"老鴰"、"老鴉",羽毛通體或大部分黑色。李郢《寒食野望》:"烏鳥亂啼人未遠,野風吹散白棠梨。"范成大

《欲雪》："烏鴉撩亂舞黃雲，樓上飛花已唾人。"　足趺：腳面，腳背。
《醫宗金鑒・正骨心法要旨・跗骨》："跗者足背也，一名足趺，俗稱腳
面，其骨乃足趾本節之骨也。"《樂府詩集・雙行纏》："新羅繡行纏，足
趺如春妍。"　儜：困頓。劉禹錫《插田歌》："齊唱郢中歌，嚶儜如竹
枝。但聞怨響音，不辨俚語詞。"劉禹錫《竹枝詞九首引》："卒章激訐
如吳聲，雖傖儜不可分，而含思宛轉，有淇澳之艷音。"

⑧ "當來日"兩句：意謂大難即將來臨。　來日：未來的日子。
陸機《短歌行》："蘋以春暉，蘭以秋芳。來日苦短，去日苦長。"韓愈
《除官赴闕至江州寄鄂岳李夫人》："年皆過半百，來日苦無多。"

⑨ 太行：即太行山，在山西高原與河北平原間，從東北向西南延
伸，北起拒馬河谷，南至晉豫邊境黃河沿岸，西緩東陡，受河流切割，
多橫谷，爲東西交通孔道，古有"太行八陘"之稱。駱賓王《春日離長
安客中言懷》："生涯無歲月，岐路有風塵。還嗟太行道，處處白頭
新。"王維《偶然作六首》三："日夕見太行，沈吟未能去。問君何以然？
世網嬰我故。"　險：險阻，阻塞。陸機《辨亡論》："其郊境之接，重山
積險。"韓愈《元和聖德詩》："疆外之險，莫過蜀土。"要隘。《左傳・襄
公十八年》："夙沙衛曰：'不能戰，莫如守險。'"韓愈《送石處士赴河陽
幕》："鉅鹿師欲老，常山險猶恃。"高峻。《易・坎》："天險，不可升
也。"孔穎達疏："言天之爲險，懸邈高遠，不可升上，此天之險也。"
平：平坦。《孟子・離婁》："聖人既竭目力焉！繼之以規矩準繩，以爲
方員平直，不可勝任也。"《淮南子・說山訓》："地平則水不流，重鈞則
衡不傾。"韓愈《酬王二十舍人雪中見寄》："三日柴門擁不開，階平庭
滿白皚皚。"謂使之平。《韓非子・外儲說》："椎鍛者，所以平不夷也；
榜檠者，所以矯不直也。"

⑩ 輪軸：車輪與車軸。《管子・輕重》："上斲輪軸，下采杼栗，
田獵而爲食。"馬非百新詮："謂上山砍伐樹木，以爲製造車輪及車
軸之用也。"白居易《杏園中棗樹》："君若作大車，輪軸材須此。"

撓:揮動,搖動。《莊子・天地》:"手撓顧指,四方之民莫不俱至。"
陸德明釋文:"司馬云:動也,一云謂指麾四方也。"　牽制:拖住使
不能自由行動。韓愈《唐故朝散大夫越州刺史薛公墓誌銘》:"至則
悉除去煩弊,儉出薄入以致和,富部刺史得自爲治,無所牽制,四境
之內竟歲無一事。"《舊唐書・高適傳》:"適練兵於蜀,臨吐蕃南境
以牽制之。"

⑪ 潦:雨水大貌,亦指雨後的大水。馬融《長笛賦》:"秋潦其下
趾兮,冬雪揣封乎其枝。"《新唐書・陸龜蒙傳》:"有田數百畝,屋三十
楹,田苦下,雨潦則與江通,故常苦飢。"謂積水。《詩・大雅・泂酌》:
"泂酌彼行潦,挹彼注滋,可以餴饎。"高亨注:"潦,積水也。"杜預《陳
農要疏》二:"陂多則土薄水淺,潦不下潤。"　荊棘:泛指山野叢生多
刺的灌木。《老子》:"師之所處,荊棘生焉!"班昭《東征賦》:"睹蒲城
之丘墟兮,生荊棘之榛榛。"比喻奸佞小人。《楚辭・東方朔〈七諫・
怨思〉》:"行明白而曰黑兮,荊棘聚而成林。"王逸注:"荊棘多刺,以喻
讒賊。"《文選・袁宏〈三國名臣序贊〉》:"思樹芳蘭,剪除荊棘。"李善
注:"荊棘以喻小人。"

⑫ "行必不得"兩句:意謂前行必然不能實現自己的願望,不如
靜觀其變。本詩感嘆人生多艱,詩人係有感而發,《古詩鏡・唐詩鏡》
評云"躊躇滿志",係無的放矢之談。

[編年]

《年譜》、《編年箋注》、《年譜新編》編年意見及編年理由同《樂府
(有序)》所述,我們的編年意見以及編年理由也同《樂府(有序)》所
表述。

◎ 和李餘古題樂府九首‧人道短^{(一)①}

　　古道天道長人道短,我道天道短人道長②。天道晝夜迴
轉不曾住,春秋冬夏忙③。顛風暴雨電雷狂,晴被陰暗月奪
日光④。往往星宿,日亦堂堂⑤。天既職性命,道德人自强⑥。
堯舜有聖德,天不能遣壽命求昌^{(二)⑦}。泥金刻玉與秦始皇,
周公傅説何不長宰相?老耼仲尼何事栖遑⑧?莽卓恭顯皆
數十年富貴,梁冀夫婦車馬煌煌⑨。若此顛倒事,豈非天道
短?豈非人道長⑩?堯舜留得神聖事,百代天子有典章⑪。
仲尼留得孝順語,千年萬歲父子不敢相滅亡⑫。沒後千餘
載,唐家天子封作文宣王⑬。老君留得五千字,子孫萬萬稱
聖唐^{(三)⑭}。謚作玄元帝,魂魄坐天堂⑮。周公周禮十二卷^(四),
有能行者知紀綱⑯。傅説説命三四紙,有能師者稱祖宗^{(五)⑰}。
天能天人命^(六),人使道無窮⑱。若此神聖事,誰道人道短?
豈非人道長⑲?天能種百草,猶得十年有氣息⑳。薤纏一日
芳^(七),人能揀得丁沉蘭蕙,料理百和香㉑。天解養禽獸,餧虎
豹豺狼㉒。人解和麴蘗,充祊祀烝嘗^{(八)㉓}。杜鵑無百作^(九),天
遣百鳥哺雛,不遣哺鳳皇㉔。巨蟒壽千歲,天遣食牛吞象充
腹腸㉕。蛟螭與變化,鬼怪與隱藏,蚊蚋與利觜,枳棘與鋒
鋩㉖。賴得人道有揀別,信任天道眞茫茫㉗!若此撩亂事,豈
非天道短!賴得人道長㉘!

録自《元氏長慶集》卷二三

[校記]

(一) 人道短:楊本、叢刊本、《全詩》同,《樂府詩集》無題,想來可能是遺漏所致。

(二) 天不能遣壽命求昌:宋蜀本、錢校宋本、《全詩》同,楊本、叢刊本、《樂府詩集》、《古詩鏡·唐詩鏡》作"天下能遣壽命求昌",明顯是個誤字,不從不改。

(三) 子孫萬萬稱聖唐:《樂府詩集》、《全詩》同,楊本、叢刊本作"子孫萬萬聖唐",明顯脱一個字,不從不改。

(四) 周公周禮十二卷:原本作"周公周禮二十卷",楊本、叢刊本、《全詩》、《古詩鏡·唐詩鏡》同,據《樂府詩集》、《全詩》注以及《周禮》改。

(五) 有能師者稱祖宗:楊本、叢刊本、《古詩鏡·唐詩鏡》、《全詩》同,《樂府詩集》作"有能知者稱祖宗",語義相類,不改。

(六) 天能夭人命:楊本、《古詩鏡·唐詩鏡》、《全詩》同,叢刊本、《樂府詩集》作"天能天人命",語義不通,明顯是個誤字,不從不改。

(七) 蕣纔一日芳:宋蜀本、錢校、《樂府詩集》、《全詩》同,楊本、叢刊本、《古詩鏡·唐詩鏡》作"舜纔一日芳",明顯是個錯字,不從不改。

(八) 充礿祀烝嘗:楊本、叢刊本、《古詩鏡·唐詩鏡》、《全詩》同,錢校、《樂府詩集》、《全詩》注作"充禴祀烝嘗",語義相類,不改。

(九) 杜鵑無百作:楊本、叢刊本、《樂府詩集》、《全詩》、《古詩鏡·唐詩鏡》同,《全詩》注作"杜鵑無百年",語義不同,不改。

[箋注]

① 人道短:陸機《思親賦》:"天步悠長,人道短矣! 異途同歸,無早晚矣!"本詩反其意而用之,發表了與傳統觀念絶然不同的觀點,值

得讀者注意。

②"古道天道長人道短"兩句:胡震《周易衍義》卷一一:"人之所以見信於人者,唯其公耳! 天無私覆,天下皆信其始物之功。地無私載,天下皆信其生物之功。日月無私照,天下皆信其明物之功。"詩人在這裏反用其義,闡明人道長於天道的道理。 古道:古代之道,泛指古代的制度、學術、思想、風尚等。桓寬《鹽鐵論·殊路》:"夫重懷古道,枕籍《詩》《書》,危不能安,亂不能治。"韓愈《師說》:"余嘉其能行古道,作《師說》以貽之。" 天道:猶天理,天意。《易·謙》:"謙亨,天道下濟而光明。"陶潛《怨詩楚調示龐主簿鄧治中》:"天道幽且遠,鬼神茫昧然。"指自然界變化規律。《莊子·庚桑楚》:"夫春氣發而百草生,正得秋而萬實成。夫春與秋,豈無得而然哉? 天道已行矣!"郭象注:"皆得自然之道,故不爲也。"桓寬《鹽鐵論·水旱》:"六歲一饑,十二歲一荒,天道然,殆非獨有司之罪也。" 人道:爲人之道,指一定社會中要求人們遵循的道德規範。《易·繫辭》:"有天道焉! 有人道焉!"韓愈《原人》:"故天道亂而日月星辰不得其形……人道亂而夷狄禽獸不得其情。"猶言人倫,指社會的倫理等級關係。《禮記·喪服小記》:"親親、尊尊、長長、男女之有別,人道之大者也。"李如箎《東園叢說·瞽瞍底豫》:"夫夫婦婦,父父子子,兄兄弟弟,各得其所,而人道極矣!" 短:缺點,過失。《史記·張儀列傳論》:"夫張儀之行事甚於蘇秦,然世惡蘇秦者,以其先死,而儀振暴其短以扶其說,成其衡道。"嵇康《與山巨源絕交書》:"仲尼不假蓋於子夏,護其短也。" 長:長處,優點。《晏子春秋·問》:"任人之長,不強其短,任人之工,不強其拙。"崔瑗《座右銘》:"無道人之短,無說己之長。"

③晝夜:白日和黑夜。沈佺期《過蜀龍門》:"龍門非禹鑿,詭怪乃天功……流水無晝夜,噴薄龍門中。"李白《送王孝廉覲省》:"窈窕晴江轉,參差遠岫連。相思無晝夜,東泣似長川。" 迴轉:迴旋,旋轉。曹丕《善哉行》:"湯湯川流,中有行舟。隨波迴轉,有似客遊。"謝

靈運《從斤竹澗越嶺溪行》:"川渚屢徑復,乘流翫迴轉。"迴圈變化,運轉,輾轉。楊泉《物理論》:"地發黃泉,周伏迴轉,以生萬物。"唐彥謙《漢代》:"鮮明臨曉日,迴轉度春宵。"　春:春季,春天,我國習慣指農曆正月至三月,爲一年四季中第一個季節。《書·泰誓》:"惟十有三年,春,大會于孟津。"《文心雕龍·物色》:"是以獻歲發春,悅豫之情暢。"　夏:夏季,四季中的第二季,農曆四月至六月。《書·洪範》:"日月之行,則有冬有夏。"韓愈《送孟東野序》:"以鳥鳴春,以雷鳴夏,以蟲鳴秋,以風鳴冬。"　秋:秋季。《詩·衛風·氓》:"將子無怒,秋以爲期。"《韓詩外傳》卷七:"夫春樹桃李,夏得陰其下,秋得食其實。"冬:一年四季的最後一季,農曆十月至十二月。《書·洪範》:"日月之行,則有冬有夏。"任昉《述異記》卷上:"邯鄲有故宮基存焉!中有趙王之果園,梅李至冬而花,春得而食。"　忙:事情多,沒空閑,忙碌。賈思勰《齊民要術·笨麴並酒》:"大凡作麴,七月最良,然七月多忙,無暇及此。"白居易《觀刈麥》:"田家少閑月,五月人倍忙。"

　　④ 顛風:狂暴的風,猛烈的風。韓琦《病中望雪》:"日日顛風喧病枕,曾無片雲飛虛空。方嗟大疾被囚縛,敢請上帝前民豐。"梅堯臣《答杜挺之遺□魚乾》:"百年蠹柳根半浮,揭屋顛風吹欲倒。寸步泥深登岸難,鮧乾助飲鄰船老。"　顛:狂暴,猛烈。杜甫《偪側行贈畢四》:"曉來急雨春風顛,睡美不聞鐘鼓傳。"楊萬里《病中止酒》:"葛衣著了却生寒,風勢顛時正上灘。"　暴雨:大而急的雨。《管子·小匡》:"時雨甘露不降,飄風暴雨數臻,五穀不蕃,六畜不育。"孟雲卿《行路難》:"君不見高山萬仞連蒼旻,天長地久成埃塵。君不見長松百尺多勁節,狂風暴雨終摧折。"突然下的大雨。《後漢書·公沙穆傳》:"於是暴雨,既霽而螟蟲自銷,百姓稱曰神明。"酈道元《水經注·沮水》:"山之東有濫泉……陰雨無時,以穢物投之,輒能暴雨。"　電雷:即雷電。《韓詩外傳》卷六:"夫電雷之起也,破竹折木,震驚天下。"劉敞《鴻慶宮三聖殿賦》:"烈風雲雨,電雷震曜。"　狂:猛烈。梅

堯臣《和謝舍人新秋》:"西風一夕狂,古屋吹可恐。"凶猛,凶暴。班固《西都賦》:"窮虎奔突,狂兕觸蹙。"陶潛《飲酒二十首》二〇:"洙泗輟微響,漂流逮狂秦。詩書復何罪,一朝成灰塵?"　晴:雨雪等停止,天空無雲或少雲。潘岳《閑居賦》:"微雨新晴,六合清朗。"韓愈《祖席》:"野晴山簇簇,霜曉菊鮮鮮。"　被:覆蓋。《書·禹貢》:"導菏澤,被孟豬。"孔傳:"孟豬,澤名,在菏東北,水流溢,覆被之。"《文選·張衡〈東京賦〉》:"芙蓉覆水,秋蘭被涯。"薛綜注:"被,亦覆也。"　陰暗:黑暗,昏暗。《後漢書·郎顗傳》:"竊見正月以來,陰暗連日。"元稹《苦雨》:"煩昏一日内,陰暗三四殊。"　月:月球,月亮。《漢書·天文志》:"日之所行爲中道,月、五星皆隨之也。"《顏氏家訓·歸心》:"天爲積氣,地爲積塊,日爲陽精,月爲陰精,星爲萬物之精,儒家所安也。"月光,月色。陶潛《歸園田居六首》三:"種豆南山下,草盛豆苗稀。晨興理荒穢,帶月荷鋤歸。"李賀《秋涼詩寄正字十二兄》:"夢中相聚笑,覺來半床月。"　奪:壓倒,勝過。班婕妤《怨歌行》:"常恐秋節至,涼風奪炎熱。"韓愈《新竹》:"高標陵秋巖,貞色奪春媚。"　日光:太陽發出的光。陸賈《新語·道基》:"潤之以風雨,曝之以日光。"柳宗元《至小丘西小石潭記》:"潭中魚可百許頭……日光下澈,影布石上,怡然不動。"

⑤　往往:常常。《史記·十二諸侯年表序》:"及如荀卿、孟子、公孫固、韓非之徒,各往往捃摭《春秋》之文以著書,不可勝紀。"曹唐《劉晨阮肇遊天台》:"往往雞鳴巖下月,時時犬吠洞中春。"處處。《管子·度地》:"令下貧守之,往往而爲界,可以毋敗。"《魏書·堯暄傳》:"初,暄使徐州,見州城樓觀,嫌其華盛,乃令往往毀撤,由是後更損落。"　星宿:星官名,二十八宿之一,朱鳥七宿的第四宿,共七星,亦泛稱二十八宿,這裏應該是後者,也指列星。《顏氏家訓·歸心》:"天地初開,便有星宿。"李頎《欲之新鄉答崔顥綦毋潛》:"銅爐將炙相歡飲,星宿縱橫露華白。"　堂堂:形容盛大。《晏子春秋·外篇》:"〔齊

景公］曰：‘寡人將去此堂堂國者而死乎！’”《文選·何晏〈景福殿賦〉》：“爾乃豐層覆之耽耽，建高基之堂堂。”張銑注：“堂堂，高敞貌。”形容容貌壯偉。《論語·子張》：“曾子曰：‘堂堂乎張也，難與並爲仁矣！’”何晏集解引鄭玄曰：“言子張容儀盛而於仁道薄也。”《後漢書·伏湛傳》：“湛容貌堂堂，國之光輝。”

　　⑥ 天：古人指日月星辰運行、四時寒暑交替、萬物受其覆育的自然之體。《莊子·大宗師》：“知天之所爲者，知人之所爲者，至矣！”成玄英疏：“天者，自然之謂……天之所爲者，謂三景晦明、四時生殺、風雲舒卷、雷雨寒溫也。”劉禹錫《天論》：“天之所能者，生萬物也。”職：主管，任職。《史記·秦始皇本紀》：“非博士官所職，天下敢有藏《詩》、《書》、百家語者，悉詣守、尉雜燒之。”陳子昂《爲義興公求拜掃表》：“今即便祇皇命，遠職邊夷，歲月方賒，拜掃何日？” 性命：中國古代哲學範疇，指萬物的天賦和稟受。《易·乾》：“乾道變化，各正性命。”孔穎達疏：“性者，天生之質，若剛柔遲速之別；命者，人所稟受，若貴賤夭壽之屬也。”朱熹本義：“物所受爲性，天所賦爲命。”齊己《酬元員外見訪》：“易中通性命，貧裏過流年。”宋明以來理學家專意研究性命之學，因以指理學。陳亮《上孝宗皇帝第一書》：“舉一世安于君父之仇，而方低頭拱手以談性命，不知何者謂之性命乎！”生命。諸葛亮《出師表》：“苟全性命於亂世，不求聞達於諸侯。”韓愈《東都遇春》：“譬如籠中鳥，仰給活性命。” 道德：社會意識形態之一，是人們共同生活及其行爲的準則和規範，道德由一定社會的經濟基礎所決定，並爲一定的社會經濟基礎服務，不同的時代，不同的人們具有不同的道德觀念。《韓非子·五蠹》：“上古競於道德，中世逐於智謀，當今争於氣力。”《後漢書·種岱傳》：“臣聞仁義興則道德昌，道德昌則政化明，政化明而萬姓寧。” 自强：亦作“自强”，自己努力圖强。《史記·留侯世家》：“上雖苦，爲妻子自强。”李咸用《送人》：“眼前多少難甘事，自古男兒當自强。”

⑦ 堯舜:唐堯和虞舜的並稱,遠古部落聯盟的首領,古史傳說中的聖明君主。《易·繫辭》:"黃帝堯舜,垂衣裳而天下治。"《孟子·滕文公》:"孟子道性善,言必稱堯舜。" 聖德:猶言至高無上的道德,一般用於古之稱聖人者,也用以稱帝德。《史記·五帝本紀》:"昌意娶蜀山氏女,曰昌僕,生高陽,高陽有聖德焉!"杜甫《哀王孫》:"竊聞天子已傳位,聖德北服南單于。" 壽命:生存的年限,後亦比喻存在的期限或使用的期限。《史記·李斯列傳》:"禱祠名山諸神,以延壽命。"韓愈《歐陽生哀辭》:"壽命不齊兮人道之常,在側與遠兮非有不同。" 昌:興盛,昌盛。《穆天子傳》卷二:"犬馬牛羊之所昌。"郭璞注:"昌,猶盛也。"《新唐書·李晟傳》:"熒惑退,國家之利,速用兵者昌。"

⑧ 泥金:這裏指古代帝王行封禪禮時所用的玉牒有玉檢、石檢,檢用金縷纏住,用水銀和金屑泥封,見《後漢書·祭祀志》,後因以借指封禪。《舊唐書·太宗賢妃徐氏》:"齊桓小國之庸君,尚圖泥金之事。"蘇軾《永裕陵二月旦表本》:"岱嶽泥金,未講升中之禮;荊山鑄鼎,遽成脫屣之遊。" 刻玉:據說秦始皇有埋金泰山山頂的封禪活動,得到藍田之玉,刻"受命於天,既壽永昌"八字於玉,用爲傳國之璽,歷代君皇往往仿效。 秦始皇:秦國的君主,實現統一全國的壯舉,是中國歷史第一個自稱"皇帝"的君主。《史記·秦始皇本紀》:"秦始皇帝者,秦莊襄王子也。莊襄王爲秦質子於趙,見呂不韋姬,悅而取之,生始皇。以秦昭王四十八年正月生於邯鄲,及生,名爲政,姓趙氏。年十三歲,莊襄王死,政代立爲秦王。"經過多年攻戰,平定全國,統一天下。"丞相綰、御史大夫劫、廷尉斯等皆曰:'昔者五帝,地方千里,其外侯服夷服,諸侯或朝或否,天子不能制。今陛下興義兵誅殘賊,平定天下,海內爲郡縣,法令由一統,自上古以來未嘗有,五帝所不及。臣等謹與博士議曰:古有天皇,有地皇,有泰皇,泰皇最貴。臣等昧死上尊號,王爲泰皇,命爲制,令爲詔,天子自稱曰朕。'王

曰:'去泰著皇,采上古帝位號,號曰皇帝,他如議。'"張九齡《和黃門盧監望秦始皇陵》:"秦帝始求仙,驪山何遽卜?中年既無效,茲地所宜復。"許渾《途經秦始皇墓》:"龍盤虎踞樹層層,勢入浮雲亦是崩。一種青山秋草裏,路人唯拜漢文陵。"　周公:西周初期政治家,姓姬名旦,也稱叔旦。文王子,武王弟,成王叔,輔武王滅商。武王崩,成王幼,周公攝政,東平武庚、管叔、蔡叔之叛。繼而厘定典章、制度,復營洛邑爲東都,作爲統治中原的中心,天下臻於大治,後多作聖賢的典範。但這裏的"周公"卻不是如《編年箋注》所注是姬旦,而是另有所指:春秋時天子之宰、卿士的通稱。《左傳・僖公五年》:"秋,諸侯盟,王使周公召鄭伯。"杜預注:"周公,宰孔也。"王鳴盛《蛾術編・説人》:"周公,泛指春秋時天子之宰、卿士。莊公十六年,有周公忌父;僖公五年,有宰周公孔,非周公旦明矣!"　傅説:《史記・殷本紀》:"帝武丁即位,思復興殷而未得其佐,三年不言政事,決定於冢宰以觀國風。武丁夜夢得聖人名曰説,以夢所見視群臣、百吏,皆非也。於是乃使百工營求之野,得説於傅險中。是時説爲胥靡築於傅險。見於武丁,武丁曰:'是也!'得而與之語,果聖人,舉以爲相,殷國大治。故遂以傅險姓之,號曰'傅説'。"李嶠《舟》:"羽客乘霞至,仙人弄月來。何當同傅説,特展巨川材。"李白《紀南陵題五松山》:"當時版築輩,豈知傅説情!一朝和殷羹,光氣爲列星。"　老聃:即老子,相傳爲春秋時期思想家,道教的創始人。姓李名耳,字聃,故亦稱老聃,著《道德經》五千言,亦名《老子》,爲道教的經典著作。陳子昂《感遇詩三十八首》八:"仲尼推太極,老聃貴窈冥。西方金仙子,崇義乃無明。"劉威《贈道者》:"過海獨辭王母面,度關誰識老聃身?儒生也愛長生術,不見人間大笑人。"　仲尼:孔子的字,孔子名丘,春秋魯國人。《史記・孔子世家》:"紇與顏氏女野合而生孔子,禱於尼丘得孔子。魯襄公二十二年而孔子生,生而首上圩頂,故因名曰丘云,字仲尼。"《文心雕龍・銘箴》:"周公慎言於金人,仲尼革容於欹器。"張説

《大唐祀封禪頌》:"仲尼叙帝王之書。"

⑨ 莽卓:即王莽與董卓,是歷史上篡權亂國的代表人物。 王莽:是漢元帝皇后的侄子,封新都侯,初始元年(8)篡權稱帝,改國號爲新。白居易《放言五首》三:"周公恐懼流言日,王莽謙恭未篡時。向使當初身便死,一生真僞復誰知?"李山甫《讀漢史》:"王莽弄來曾半破,曹公將去便平沈。當時虚受君恩者,謾向青編作鬼林。" 董卓:漢靈帝時爲任并州牧,昭寧元年(189)領兵入洛陽,廢少帝,立獻帝,專斷朝政,袁紹起兵討伐,董卓挾持獻帝西入長安,自封爲太師,初平三年(192)爲王充、吕布設謀所殺。吕温《題陽人城》:"忠驅義感即風雷,誰道南方乏武才? 天下起兵誅董卓,長沙子弟最先來。"元稹《董逃行》:"董逃董逃董卓逃,揹鏗弋甲聲勞嘈。剜剜深臍脂焰焰,人皆嘆曰爾獨不憶年年取我身上膏?" 恭顯:漢宦官弘恭、石顯的並稱。《漢書·劉向傳》:"中書宦官弘恭、石顯弄權。望之、堪、更生議,欲白罷退之。未白而語泄,遂爲許史及恭顯所譖愬,堪、更生下獄。"潘岳《西征賦》:"當音、鳳、恭、顯之任勢也,乃熏灼四方,震耀都鄙。"韓偓《感事三十四韵》:"氛霾言下合,日月暗中懸。恭顯誠甘罪,韋平亦恃權。" 富貴:富裕而顯貴,猶言有財有勢。《論語·顏淵》:"商聞之矣:死生有命,富貴在天。"韓愈《省試顏子不貳過論》:"不以富貴妨其道,不以隱約易其心。" 梁冀:人名,東漢大將軍,他的兩個妹妹分别爲漢順帝、漢恒帝皇后。漢順帝死後,梁冀憑藉妹妹的權勢把持朝政二十多年,參與廢立皇帝這樣的國家大事。家財數十億,後伏誅。白居易《有木詩八首序》:"余嘗讀《漢書》列傳,見佞順婥嫛圖身忘國如張禹輩者,見惑上蠱下交亂君親如江充輩者,見暴狠跋扈壅君樹黨如梁冀輩者,見色仁行違先德後賊如王莽輩者,又見外狀恢弘中無實用者,又見附離權勢隨之覆亡者,其初皆有動人之才,足以惑衆媚主,莫不合於始而敗於終也。因引風人騷人之興,賦《有木八章》,不獨諷前人,欲儆後代爾!"蔡孚《打毬篇》:"竇融一家三尚主,梁冀頻封萬户

侯。容色由來荷恩顧，意氣平生事俠遊。”　煌煌:明亮輝耀貌，光彩奪目貌。《詩・陳風・東門之楊》:“昏以爲期，明星煌煌。”朱熹集傳:“煌煌，大明貌。”貫休《善哉行》:“識曲別音兮，令姿煌煌。”顯耀，盛美。《漢書・揚雄傳》:“明哲煌煌，旁燭之疆;遜於不虞，以保天命。”沈遘《五言沈沔天隱樓》:“煌煌全盛時，冠蓋充里門。”

⑩ 若此:此，這，這些。《穀梁傳・定公四年》:“君若有憂中國之心，則若此時可矣!”王引之《經傳釋詞》卷七:“若猶‘此’也……連言之則曰‘若此’，或曰‘此若’。”《史記・淮陰侯列傳》:“若此，將軍之所長也。”如此，這樣。《後漢書・劉玄傳》:“諸將識非更始聲，出皆怨曰:‘成敗未可知，遽自縱放若此!’”牛僧孺《玄怪錄・張左》:“薛君曹疏澹若此，何無異人降止?”　顚倒:上下、前後或次序倒置。杜甫《至日遣興奉寄北省舊閣老兩院故人二首》一:“無路從容陪語笑，有時顚倒著衣裳。何人錯憶窮愁日，日日愁隨一綫長。”古之奇《秦人謠》:“奸臣弄民柄，天子恣抱。上下一相蒙，馬鹿遂顚倒。”　豈非:反詰用詞，難道不是。《左傳・成公十八年》:“周子曰:‘孤始願不及此，雖及此，豈非天乎!’”《東觀漢記・明帝紀》:“易鼎足象三公，豈非公卿奉職得理乎!”

⑪ 神聖:形容崇高尊貴，莊嚴而不可褻瀆。《左傳・昭公二十六年》:“至於靈王，生而有頹，王甚神聖，無惡於諸侯。”韓愈《論捕賊行賞表》:“陛下神聖英武之德，爲巨唐中興之君。”　百代:指很長的歲月。王充《論衡・須頌》:“《恢國》之篇，極論漢德非常，實然乃在百代之上。”《晉書・阮種傳》:“德逮群生，澤被區宇，聲施無窮，而典垂百代。”　天子:古以君權爲神所授，故稱帝王爲天子。《詩・大雅・江漢》:“明明天子，令聞不已。”《史記・五帝本紀》:“於是帝堯老，命舜攝行天子之政，以觀天命。”　典章:制度法令等的統稱。《後漢書・順帝紀》:“即位倉卒，典章多缺，請條案禮儀，分別具奏。”韓愈《請復國子監生徒狀》:“國家典章，崇重庠序，近日趨競，未復本源。”章法，

法則。《文心雕龍·頌贊》:"若夫子雲之表充國,孟堅之序戴侯,武仲之美顯宗,史岑之述熹後,或擬《清廟》,或範《駉》《那》,雖淺深不同,詳略各異,其褒德顯容,典章一也。"

⑫ 孝順:原指愛敬天下之人、順天下人之心的美好德行,後多指盡心奉養父母,順從父母的意志。《國語·楚語》:"勤勉以勸之,孝順以納之,忠信以發之,德音以揚之。"袁宏《後漢紀·安帝紀》:"觀人之道,幼則觀其孝順而好學,長則觀其慈愛而能教。" 千年:極言時間久遠。陶淵明《挽歌詩》:"幽室一已閉,千年不復朝。"沈約《齊故安陸昭王碑文》:"蓋百代之儀表,千年之領袖。" 萬歲:萬年,萬代。《史記·田叔列傳》:"故范蠡之去越,辭不受官位,名傳後世,萬歲不忘,豈可及哉!"杜甫《荊南兵馬使太常卿趙公大食刀歌》:"萬歲持之護天子,得君亂絲與君理。" 父子:父親和兒子。《易·序卦》:"有夫婦,然後有父子。"韓愈《原道》:"其位:君臣,父子,師友,賓主,昆弟,夫婦。" 滅亡:使不存在。《公羊傳·僖公元年》:"上無天子,下無方伯,天下諸侯有相滅亡者。"《漢書·張耳陳餘傳贊》:"及據國爭權,卒相滅亡,何鄉者慕用之誠,後相背之盭也!"

⑬ 没:通"殁",死。《論語·學而》:"父在,觀其志;父没,觀其行。"錢起《哭空寂寺玄上人》:"燈續生前火,爐添没後香。"謂壽終,善終。《左傳·僖公二十二年》:"楚王其不没乎!爲禮卒於無別,無別不可謂禮,將何以没?"《北史·梁士彥楊義臣等傳論》:"義臣時屬擾攘,功成三捷,而以功見忌,得没亦爲幸也。" 千餘載:孔子生於公元前五五一年,卒於公元前四七九年,離開開元二十七年(739),已經有一千二百多年,故言。 唐家:指唐朝。金德真《太平詩》:"維岳降宰輔,維帝任忠良。五三同一德,照我唐家光。"文天祥《平原》:"明皇父子將西狩,由是靈武起義兵。唐家再造李郭力,若論牽制公威靈。" 文宣王:指孔子,唐玄宗開元二十七年(739)封孔子爲文宣王。《舊唐書·玄宗紀》:"(開元二十七年)八月……甲申,制追贈孔宣父爲文宣

王,顏回爲兗國公,餘十哲皆爲侯,夾坐。後嗣褒聖侯改封爲文宣公。"劉禹錫《和李六侍御文宣王廟釋奠作》:"嘆息魯先師,生逢周室卑。有心律天道,無位救陵夷。"羅隱《謁文宣王廟》:"晚來乘興謁先師,松柏淒淒人不知。九仞蕭墻堆瓦礫,三間茅殿走狐狸。"

⑭ 老君:指老子,李老君或太上老君的省稱。《後漢書·孔融傳》:"融曰:'然。先君孔子與君先人李老君同德比義,而相師友,則融與君累世通家。'"王建《贈太虛盧道士》:"想向諸山尋禮遍,却迴還守老君前。"　五千字:即《道德經》,亦稱《老子》。《史記·老子韓非列傳》:"關令尹喜曰:'子將隱矣! 强爲我著書。'於是老子乃著書上下篇,言道德之意五千餘言而去。"漢河上公作《老子章句》,分爲八十一章,以前三十七章爲《道經》,後四十四章爲《德經》,故有《道德經》之名,道教奉爲主要經典之一。但一九七三年長沙馬王堆三號漢墓出土的《老子》抄寫本,《德經》在《道經》之前。《新唐書·選舉志》:"玄宗開元五年……注老子《道德經》成,謂天下家藏其書,貢舉人減《尚書》、《論語》策,而加試《老子》。"　子孫:兒子和孫子,泛指後代。《書·洪範》:"身其康强,子孫其逢吉。"賈誼《過秦論》:"自以爲關中之固,金城千里,子孫帝王萬世之業也。"　萬萬:指極大的數目。《後漢書·隗囂傳》:"饑饉之所夭,疾疫之所及,以萬萬計。"貫休《壽春節進》:"粟赤千千窖,軍雄萬萬兒。"　聖:冠於朝代名前,用以稱頌本朝。薛存誠《太學創置石經》:"聖唐復古制,德義功無替。奧旨悦詩書,遺文分篆隸。"貫休《少監三首》二:"偏愛曾顏終必及,或如韓白亦無妨。八龍三虎森如也,萬古千秋瑞聖唐。"

⑮ 諡:古代帝王、貴族、大臣、士大夫或其他有地位的人死後,據其生前業迹評定的帶有褒貶意義的稱號,亦指按上述情況評定這種稱號的行爲。《禮記·檀弓》:"公叔文子卒,其子戍請諡於君曰:'日月有時,將葬矣! 請所以易其名者。'"鄭玄注:"諡者,行之迹。"《晉書·禮志》:"《五經通義》以爲有德則諡善,無德則諡惡,故雖君臣可

同。”稱，號。《文選・司馬相如〈喻巴蜀檄〉》：“身死無名，謚爲至愚。”李善注：“謚，猶號也。”顏延之《釋達性論》：“然總庶類，同號衆生，亦含識之名，豈上哲之謚！” 玄元帝：指老子，唐奉老子爲始祖，於乾封元年（666）二月追號爲“太上玄元皇帝”，《舊唐書・高宗紀》：“（乾封元年）二月己未，次亳州，幸老君廟，追號曰太上玄元皇帝，創造祠堂；其廟置令、丞各一員，改谷陽縣爲真源縣，縣内宗姓特給復一年。”天寶二年（743）正月加尊號“大聖祖”三字，《舊唐書・玄宗紀》：“（天寶）二年春正月丙辰，追尊玄元皇帝爲大聖祖玄元皇帝，兩京崇玄學改爲崇玄舘，博士爲學士。三月壬子，親祀玄元廟以册尊號。制追尊聖祖玄元皇帝父周上御史大夫敬曰先天太上皇，母益壽氏號先天太后，仍於譙郡本郷置廟。尊咎繇爲德明皇帝，改西京玄元廟爲太清宮，東京爲太微宮，天下諸郡爲紫極宮。”天寶八載（749）六月又加尊號爲“聖祖大道玄元皇帝”，《舊唐書・玄宗紀》：（天寶八載閏六月）“丙寅，上親謁太清宮册聖祖玄元皇帝尊號爲聖祖大道玄元皇帝，高祖、太宗、高宗、中宗、睿宗五帝皆加大聖皇帝之字。”杜甫《喜聞盜賊總退口號五首》五：“大曆三年調玉燭，玄元皇帝聖雲孫。”李紳《贈毛仙翁》：“憶昔我祖神仙主，玄元皇帝周柱史。” 魂魄：古人想像中一種能脱離人體而獨立存在的精神，附體則人生，離體則人死。《左傳・昭公七年》：“匹夫匹婦强死，其魂魄猶能馮依於人，以爲淫厲。”盧象《寒食》：“深冤何用道？峻迹古無鄰。魂魄山河氣，風雷御宇神。” 天堂：某些宗教指人死後靈魂居住的美好的地方，跟“地獄”相對。《宋書・天竺婆黎國傳》：“叙地獄則民懼其罪，敷天堂則物歡其福。”慧能《壇經》：“一切草木、惡人、善人、惡法、善法、天堂、地獄，盡在空中。”

⑯ 周禮：周代的禮制。《左傳・閔公元年》：“魯不棄周禮，未可動也。”《漢書・文帝紀》：“以下，服大紅十五日，小紅十四日，纖七日，釋服。”顏師古注：“此喪制者，文帝自率己意創而爲之，非有取於周禮也。” 二十卷：現存《周禮》四十二卷，“二十卷”本《周禮》，與現存《周

禮》都有不合之處，後世以爲是王莽時代的僞作。　行者：出行的人。《左傳·僖公二十四年》：“行者甚衆，豈唯刑臣！”鄭棨《開天傳信記》：“丁壯之人，不識兵器，路不拾遺，行者不囊糧。”這裏指執行禮儀的人。　紀綱：網罟的綱繩，引申爲綱領。《呂氏春秋·用民》：“用民有紀有綱，壹引其紀，萬目皆起，壹引其綱，萬目皆張。爲民紀綱者何也？”劉知幾《史通·載言》：“夫方述一事，得其紀綱，而隔以大篇，分其次序，遂令披閱之者有所懵然。”法度。崔瑗《座右銘》：“世譽不足慕，唯仁爲紀綱。”韓愈《雜説四首》二：“善計天下者，不視天下之安危，察其紀綱之理亂而已矣！”

⑰ 説命：《尚書》中的篇名，分上、中、下三篇。《尚書·説命》：“高宗夢得説，使百工營求諸野，得諸傅巖，作《説命》三篇。”　三四紙：意謂内容不多。元稹《六年春遣懷八首》二：“檢得舊書三四紙，高低闊狹粗成行。自言併食尋高事，唯念山深驛路長。”劉敞《答李谷同年書》：“歸客江南來，迢迢數千里。故人遺我書，細字三四紙。”這裏指《説命》三篇。　祖宗：猶始祖。白居易《賀雨》：“帝曰予一人，繼天承祖宗。憂勤不遑寧，夙夜心忡忡。”周曇《管蔡》：“伊商胡越尚同圖，管蔡如何有異謨？不念祖宗危社稷，强幹仁聖遣行誅。”

⑱ 夭：短命，早死。《墨子·非儒》：“壽夭貧富，安危治亂，固有天命。”韓愈《祭十二郎文》：“孰謂少者殁而長者存，强者夭而病者全乎！”轉引爲摧折。《管子·禁藏》：“毋伐木，毋夭英。”《魏書·高陽王雍傳》：“今陛下踐阼，年未半周，殺僕射、尚書，如夭一草，是忠秉權矯旨，擅行誅戮。”　人命：人的生命。《管子·度地》：“〔繕修城郭〕福及子孫，此謂人命萬世無窮之利，人君之葆守也。”《後漢書·鍾離意傳》：“詔有司，慎人命，緩刑罰。”　道：宇宙萬物的本原、本體。《易·繫辭》：“一陰一陽之謂道。”韓康伯注：“道者，何無之稱也，無不通也，無不由也，況之曰道。”《韓非子·解老》：“道者，萬物之所然者，萬理之所稽也。”　無窮：無盡，無限，指空間没有邊際或盡頭。《禮記·中

庸》："今夫天,斯昭昭之多,及其無窮也,日月星辰繫焉!萬物覆焉!"
《荀子·禮論》："故天者,高之極也;地者,下之極也;無窮者,廣之極
也。"無盡,無限,指時間沒有終結。《書·畢命》："公其惟時成周,建
無窮之基。"《史記·淮南衡山列傳》："高皇始於豐沛……功高三王,
德傳無窮。"杜甫《往在》："千秋薦靈寢,永永垂無窮。"無盡,無限,指
事物沒有窮盡。《孫子·虛實》："人皆知我所以勝之形,而莫知吾所
以制勝之形,故其戰勝不復,而應形於無窮。"《史記·田單列傳論》:
"兵以正合,以奇勝。善之者,出奇無窮。"

⑲ "若此神聖事"三句:意謂這麼崇高、尊貴、莊嚴而不可褻瀆的
事情,誰又能够這是人道不如天道?難道不是人道勝過天道? 短:
壽命短促。《書·洪範》:"六極:一曰凶短折。"孔穎達疏:"鄭玄以爲
凶短折皆是夭枉之名,未齔曰凶,未冠曰短,未婚曰折。"《新唐書·姚
崇傳》:"五帝之時,父不喪子,兄不哭弟,致仁壽,無凶短也。" 長:長
久,永久。《書·盤庚》:"汝不謀長。"孔傳:"汝不謀長久之計。"桓寬
《鹽鐵論·徭役》:"夫文猶可長用,而武難久行也。"

⑳ 百草:各種草類,亦指各種花木。王充《論衡·幸偶》:"夫百
草之類,皆有補益,遭醫人採掇,成爲良藥。"杜甫《自京赴奉先縣詠懷
五百字》:"歲暮百草零,疾風高岡裂。" 蓫:草名,似細蘆,蔓生水邊,
有惡臭,常比喻惡人。《左傳·僖公四年》:"一薰一蓫,十年尚猶有
臭。"杜預注:"薰,香草;蓫,臭草。"韓愈《醉贈張秘書》:"今我及數子,
固無蓫與薰。" 氣息:氣味。韋驤《和雪意》:"未看夜月光輝助,已喜
寒梅氣息通。欲把新詩解嗟嘆,強隨高韵愧無功。"黃庭堅《歐陽從道
許寄金橘以詩督之》:"禪客入秋無氣息,想依紅袖醉琶琵。霜枝搖落
黃金彈,許送筠籠殊未來。"

㉑ 蕣:木名,又名木槿,夏季開花,有白、紅、淡紫等色,早開晚
落,僅榮一瞬,故名。《呂氏春秋·仲夏紀》:"半夏生,木堇榮。"高誘
注:"木堇,朝榮暮落,是月榮華,可用作蒸,雜家謂之朝生,一名蕣。"

白居易《白槿花》:"秋籜晚英無艷色,何因栽種在人家? 使君自別羅敷面,爭解回頭愛白花?"　丁沉:丁香和沉香,也有將兩者統稱爲丁沉的,是藥料的名稱,李心傳《建炎以來繫年要錄》卷一五六:"甲子詔:三路市舶司自今蕃商所販丁沉、香龍、腦白、豆蔻四色各止抽一分。先是十取其四,朝廷聞商人病其重也,故裁損焉!"《普濟方·胃腑門》:"十八味丁沉透膈散……丁香、木香、肉豆蔻、白豆蔻、青皮、麥芽、人參、香附子、砂仁、藿香、陳皮、厚朴、沉香、白术、半夏、神麴、草果、甘草。"　蘭蕙:蘭和蕙,皆香草,多連用以喻賢者。趙壹《疾邪詩二首》二:"被褐懷金玉,蘭蕙化爲芻。"褚遂良《安德山池宴集》:"良朋比蘭蕙,雕藻邁瓊琚。"　百和香:由各種香料和成的香。吳均《行路難五首》四:"博山爐中百和香,郁金蘇合及都梁。"權德輿《古樂府》:"綠窗珠箔繡鴛鴦,侍婢先焚百和香。"亦省作"百和",蘇軾《次韵滕大夫三首》三:"早知百和俱灰燼,未信人言弱勝強。"

⑫ "天解養禽獸"兩句:意謂要領悟老天爺的本意,養育這麼多的飛禽走獸,目的就是爲了滿足虎豹與豺狼的需求,讓他們吃飽喝足能够生存下去。　天解:謂悟解天意。《淮南子·原道訓》:"故窮無窮,極無極,照物而不眩,回應而不乏,此之謂天解。"高誘注:"天解,天之解故也,言能明天意也。"《宋書·天竺迦毗黎國》:"故甘辭興於有欲,而滅於悟理;淡説行于天解,而息於貪偽。"　禽獸:鳥類和獸類的統稱。《禮記·曲禮》:"鸚鵡能言,不離飛鳥;猩猩能言,不離禽獸。"杜甫《冬狩行》:"夜發猛士三千人,清晨合圍步驟同。禽獸已斃十七八,殺聲落日回蒼穹。"　餧:餵養。《禮記·月令》:"〔季春之月〕田獵,罝罘、羅罔、畢翳、餧獸之藥毋出九門。"韓愈《故幽州節度判官贈給事中清河張君墓誌銘》:"前日吳元濟斬東市,昨日李師道斬於軍中,同惡者父母妻子皆屠死,肉餧狗鼠鴟鴉。"

⑬ 麴蘖:這裏指釀酒的酒藥。《書·説命》:"若作酒醴,爾惟麴蘖。"孔傳:"酒醴須麴蘖以成。"喻昌《醫門法律·寓意草》卷四:"於是

病轉入胃,日漸一日,煎熬津液,變成酸汁。胃口有如醋瓮,胃中之熱有如曲糵,俟穀飲一入,頃刻釀成酢味矣!" 祫祀:即祫祭,所謂"祫祭"是古代宗廟時祭名,在夏商時爲春祭,在周代則爲夏祭。《後漢書·明帝紀》:"太常其以祫祭之日,陳鼎於廟,以備器用。"元稹《唐故朝議郎侍御史内供奉鹽鐵轉運河陰留後河南元君墓誌銘》:"然奉顔色,潔祫祀,備吉凶,來賓客,無遺焉!" 烝嘗:本指秋冬二祭,後亦泛稱祭祀。《詩·小雅·楚茨》:"絜爾牛羊,以往烝嘗。"鄭玄箋:"冬祭曰烝,秋祭曰嘗。"蔡邕《文範先生陳仲弓銘》:"立廟舊邑,四時烝嘗,歡哀承祀,其如祖禰。"

㉔ 杜鵑:鳥名,又名杜宇、子規,相傳爲古蜀王杜宇之魂所化。春末夏初,常晝夜啼鳴,其聲哀切。據《成都記》載:杜宇又曰杜主,自天而降,稱望帝,好稼穡,治郫城。後望帝死,其魂化爲鳥,名曰杜鵑。鮑照《擬行路難十八首》六:"中有一鳥名杜鵑,言是古時蜀帝魂。其聲哀苦鳴不息,羽毛憔悴似人髡。"杜甫《杜鵑行》:"君不見昔日蜀天子,化作杜鵑似老烏。寄巢生子不自啄,群鳥至今與哺雛。"所謂"杜鵑無百作,天遣百鳥哺雛,不遣哺鳳皇",即杜甫詩篇所言。 鳳皇:古代傳説中的百鳥之王,雄的叫鳳,雌的叫凰,通稱爲鳳或鳳凰。羽毛五色,聲如簫樂,常用來象徵瑞應。《詩·大雅·卷阿》:"鳳皇鳴矣!于彼高岡。"韓愈《與崔群書》:"鳳皇、芝草,賢愚皆以爲美瑞;青天、白日,奴隸亦知其清明。"

㉕ "巨蟒壽千歲"兩句:意謂巨蟒身長體大,壽過千年,老天却允許它吞食老牛大象,不使它們饑腸轆轆。 蟒:巨蛇,一種無毒的大蛇,體長可達一丈以上,頭部長,口大,舌的尖端有分叉,背部黄褐色,有暗色斑點,腹部白色,多産于熱帶近水的森林裹,捕食小禽獸,肉可食,皮可製物,又稱蚺蛇。《爾雅·釋魚》:"蟒,王蛇。"郭璞注:"蟒,蛇最大者,故曰王蛇。"白居易《送客春遊嶺南》:"雲烟蟒蛇氣,刀劍鰐魚鱗。" 腹腸:肚腸,肚子,指吸收、消化食物的器官。《史記·滑稽列

傳》:"葬之於人腹腸。"桓寬《鹽鐵論・結和》:"手足之勤,腹腸之養也;當世之務,後世之利也。"

㉖ 蛟螭:猶蛟龍,亦泛指水族。蛟龍是古代傳說的兩種動物,居深水中,相傳蛟能發洪水,龍能興雲雨。《荀子・勸學》:"積土成山,風雨興焉! 積水成淵,蛟龍生焉!"《楚辭・離騷》:"麾蛟龍以梁津兮,詔西皇使涉予。"王逸注:"小曰蛟,大曰龍。" 與:給予。《周禮・春官・大卜》:"以邦事作龜之八命:一曰征,二曰象,三曰與,四曰謀,五曰果,六曰至,七曰雨,八曰瘳。"鄭玄注引鄭司農云:"與謂予人物也。"《左傳・僖公二十三年》:"〔重耳〕乞食於野人,野人與之塊。"變化:事物在形態上或本質上產生新的狀況。《易・乾》:"乾道變化,各正性命。"孔穎達疏:"變,謂後來改前;以漸移改,謂之變也。化,謂一有一無;忽然而改,謂之爲化。"賈誼《鵩鳥賦》:"萬物變化兮,固無休息。"也作佛教語,謂轉換舊形,無而忽有。《壇經・懺悔品》:"一念思量,名爲變化。" 鬼怪:鬼與妖怪。《後漢書・欒巴傳》:"郡土多山川鬼怪,小人常破貲產以祈禱。"韓愈《故太學博士李君墓誌銘》:"不信常道,而務鬼怪,臨死乃悔。" 隱藏:躲避,躲藏。《楚辭・東方朔〈七諫・沉江〉》:"懷計謀而不見用兮,巖穴處而隱藏。"王逸注:"士曰隱,寶曰藏。"《三國志・陸凱傳》:"邪臣在位,賢哲隱藏。" 蚊蚋:蚊子。杜甫《通泉驛南去通泉縣十五里山水作》:"溪行衣自濕,亭午氣始散。冬溫蚊蚋在,人遠鳧鴨亂。"項斯《遙裝夜》:"蚊蚋已生團扇急,衣裳未了剪刀忙。" 利觜:尖利的嘴。《文選・張衡〈東京賦〉》:"秦政利觜長距,終得擅場。"薛綜注:"言秦以天下爲大場,喻七雄爲鬥雞,利喙長距者終擅一場也。"劉禹錫《聚蚊謠》:"露花滴瀝月上天,利觜迎人著不得。" 枳棘:枳木與棘木,因其多刺而稱惡木,比喻艱難險惡的環境,也常用以比喻惡人或小人。《韓非子・外儲說》:"夫樹橘柚者,食之則甘,嗅之則香;樹枳棘者,成而刺人,故君子慎所樹。"《文選・左思〈詠史〉》:"出門無通路,枳棘塞中塗。"呂向注:"枳棘,有

刺之木,喻讒佞也。" 鋒鋩:刀劍等銳器的刃口和尖端。《太平御覽》卷七六七引蔡邕《觀學》:"木以繩直,金以淬剛;必須砥礪,就其鋒鋩。"劉商《胡笳十八拍·第十五拍》:"不知愁怨情若何,似有鋒鋩擾方寸。"

㉗ "賴得人道有揀別"兩句:意謂好在客觀社會裏已經有了要求人們遵循的道德規範,知道什麼是善什麼是惡,什麼是對什麼是錯,否則一切聽任天道擺佈,真讓人無所適從迷迷糊糊。 揀別:猶辨別。《朱子語類》卷一九:"莫云《論語》中有緊要底,有汎說底。且要著力緊要底,便是揀別。"宋祁《論養馬札子》:"蓋自來馬種雜亂,或翁大母小,或翁小母大,配放時不曾揀別,是致無由生得高大好馬。"茫茫:渺茫,模糊不清。揚雄《法言·重黎》:"神怪茫茫,若存若亡,聖人曼云。"高適《苦雨寄房四昆季》:"茫茫十月交,窮陰千餘里。"

㉘ "若此撩亂事"三句:意謂像這麼紛亂無章的千事萬情,難道不是說明了天道短而幸虧人道長嗎? 撩亂:紛亂,雜亂。韋應物《答重陽》:"坐使驚霜鬢,撩亂已如蓬。"王昌齡《從軍行七首》二:"琵琶起舞換新聲,總是關山舊別情。撩亂邊愁聽不盡,高高秋月照長城。"岑參《巴南舟中思陸渾別業》:"瀘水南州遠,巴山北客稀。嶺雲撩亂起,谿鷺等閑飛。"想來讀者已經注意到:"天道"與"人道"歷來是哲學家歷史學家文學家議論不已爭論不斷的永久性話題:或者認爲日月無窮而人命有限,或者說天道也罷人道也罷,都是個人無法左右的,祇能聽之任之。元積在這首詩歌裏別創新說,認爲"古道天道長人道短,我道天道短人道長",理由是"天能夭人命,人使道無窮",最後提出自己的新見:"若此神聖事,誰道人道短? 豈非人道長……若此撩亂事,豈非天道短! 賴得人道長!"這種思想應該與同時代人柳宗元的《天說》與劉禹錫的《天論》有相通之處,都具有樸素唯物主義哲學思想的因素。元積後來在同州在浙東,都有類如的思想閃光點在啓示後人。元積這種樸素唯物主義哲學

思想的閃光點,爲歷來研究元稹的學者所忽略,今天應該引起我們足夠的重視。

[編年]

　　《年譜》、《編年箋注》、《年譜新編》編年意見及編年理由同《樂府(有序)》所述,我們的編年意見以及編年理由也同《樂府(有序)》所表述。

◎ 和李餘古題樂府九首・苦樂相倚曲①

　　古來苦樂之相倚,近於掌上之十指②。君心半夜猜恨生,荆棘滿懷天未明③。漢成眼瞥飛燕時(一),可憐班女恩已衰④。未有因由相决絶,猶得半年伴暖熱⑤。轉將深意諭旁人,緝綴疵瑕遣潜説(二)⑥。一朝詔下辭金屋,班姬自痛何倉卒⑦!呼天俯地將自明(三),不悟尋時已銷骨(四)⑧。白首宫人前再拜(五):願將日月相輝解(六)⑨。苦樂相尋晝夜間,燈光那有天明在(七)⑩!主今被奪心應苦,妾奪深恩初爲主⑪。欲知妾意恨主時,主今爲妾思量取⑫。班姬收泪抱妾身,我曾排擯無限人⑬。

録自《元氏長慶集》卷二三

[校記]

　　(一)漢成眼瞥飛燕時:楊本、叢刊本、《古詩鏡・唐詩鏡》、《全詩》、《樂府詩集》注同,錢校、《樂府詩集》、《唐文粹》、《全詩》注作"漢皇眼瞥飛燕時",宋蜀本、盧校作"漢成聘幣飛燕時",語義不同,不取。

（二）緝綴疵瑕遣潛説：楊本、叢刊本、《唐文粹》、《古詩鏡·唐詩鏡》同，《全詩》作“緝綴瑕疵遣潛説”，語義相類，不改。

（三）呼天俯地將自明：楊本、叢刊本、《古詩鏡·唐詩鏡》、《全詩》注同，《樂府詩集》、《全詩》作“呼天撫地將自明”，語義相類，不改。《唐文粹》作“呼天拊地將自明”，《樂府詩集》作“呼天撫地將自鳴”，語義不同，不改。

（四）不悟尋時已銷骨：楊本、叢刊本、《樂府詩集》注、《全詩》注、《古詩鏡·唐詩鏡》同，錢校、《樂府詩集》、《全詩》、《唐文粹》作“不悟尋時暗銷骨”，語義相類，不改。

（五）白首宮人前再拜：《樂府詩集》、《唐文粹》、《全詩》同，楊本、叢刊本、《古詩鏡·唐詩鏡》、《全詩》注作“白首官人前再拜”，明顯是個誤字，不從不改。

（六）願將日月相輝解：叢刊本、《全詩》、《古詩鏡·唐詩鏡》同，楊本、《樂府詩集》、《唐文粹》、《全詩》注作“願將日月相揮解”，語義不佳，不改。

（七）燈光那有天明在：《全詩》同，楊本、叢刊本、《樂府詩集》、《唐文粹》、《古詩鏡·唐詩鏡》、《全詩》注作“燈光那得天明在”，語義不同，不改。

［箋注］

① 苦樂相倚曲：行樂十八曲之一，其他有《遊子移》、《遊子吟》、《嘉遊亦曰喜春遊》、《王孫遊》、《棗下何纂纂》、《携手曲》、《樂未央》、《永明樂》、《今樂歌》、《吾生作宴樂》、《今日樂相樂》、《苦樂相倚曲》、《合歡詩》、《定情篇》、《還臺樂》、《河曲遊》、《行幸甘泉宮》、《宮中行樂》諸曲。　苦樂相倚：意即甘苦相依相靠，苦樂，應該是偏義詞，重在苦而非樂。盧綸《送顔推官游銀夏謁韓大夫》：“獵聲雲外響，戰血雨中腥。苦樂從来事，因君一涕零。”黃榦《祭任舶并女兄文》：“君擢

魏科,名聯伯氏,娶而卜居,相望枌梓,朝嘻夕怡,苦樂相倚,四十餘年。"《編年箋注》稱:"唯稱班姬排擯無限人,是作者創造,非史實如此。"這完全是《編年箋注》的誤讀誤解,元稹這裏以"班姬"、"飛燕"出名,並非實指班姬、飛燕,而是以班姬、飛燕爲代表,揭示宮女嬪妃之間爲了爭寵而暗中勾心鬥角的史實。鄭樵《通志・行樂十八曲》:"苦樂相倚曲:唐元稹作,言人情不常,恩寵反覆,專引班姬、趙飛燕事爲言。"就清楚揭示了元稹所用的藝術手法。

　　② 古來:自古以來。謝靈運《擬魏太子鄴中集詩序》:"古來此娛,書籍未見。"王翰《涼州詞二首》一:"醉臥沙場君莫笑,古來征戰幾人回?"　苦樂之相倚:猶言痛苦與快樂相輔相成,猶如人之十指,互相聯繫,此起彼伏,人生没有永遠的快樂。李益《從軍有苦樂行》:"勞者且勿歌,我欲送君觴。從軍有苦樂,此曲樂未央。"孟雲卿《古別離》:"但見萬里天,不見萬里道。君行本遙遠,苦樂良難保。"　相倚:互相依存。韓愈《戲題牡丹》:"幸自同開俱隱約,何須相倚鬥輕盈!陵晨併作新妝面,對客偏含不語情。"白居易《歸田三首》三:"何言十年内,變化如此速? 此理固是常,窮通相倚伏。"　十指:十個手指。《荀子・強國》:"拔戟加乎首,則十指不辭斷。"借指雙手。《資治通鑒・後唐莊宗同光元年》:"新朝百戰方得河南,乃對功臣舉手云:'吾於十指上得天下。'"

　　③ 半夜:一夜的一半。皎然《宿山寺寄李中丞洪》:"從他半夜愁猿驚,不廢此心長杳冥。"夜裏十二點左右,也泛指深夜。王維《扶南曲歌詞五首》四:"入春輕衣好,半夜薄妝成。"蘇軾《過萊州雪後望三山》:"黄昏風絮定,半夜扶桑開。"請注意與下面"天未明"之間的時間間隔的短暫。　猜恨:猜疑怨恨。《文選・鮑照〈白頭吟〉》:"何慚宿昔意,猜恨坐相仍。"李善注:"《方言》曰:猜,疑也。"馮著《短歌行》:"君但開懷抱,猜恨莫忽忽。"　荊棘:泛指山野叢生多刺的灌木。《老子》:"師之所處,荊棘生焉!"班昭《東征賦》:"睹蒲城之丘墟兮,生荊

棘之榛榛。"這裏指芥蒂,嫌隙。孟郊《擇友》:"雖笑未必和,雖哭未必戚。面結口頭交,肚裏生荆棘。"蘇軾《與劉宜翁書》:"胸中廓然,實無荆棘,竊謂可受先生之道。" 滿懷:猶滿腔,心中充滿。潘岳《夏侯常侍誄》:"前思未弭,後感仍集。積悲滿懷,逝矣安及。"指充滿前胸。薛逢《醉春風》:"洛陽風俗不禁街,騎馬夜歸香滿懷。"李煜《詠扇》:"揖讓月在手,動搖風滿懷。" 天未明:天亮之前。張籍《秋夜長》:"荒城爲村無更聲,起看北斗天未明。白露滿田風嫋嫋,千聲萬聲鶗鳥鳴。"白居易《凉夜有懷》:"燈盡夢初罷,月斜天未明。暗凝無限思,起傍藥闌行。"

④ 漢成:即漢成帝劉驁,《前漢書·成帝紀》:"孝成皇帝,元帝太子也。母曰王皇后,元帝在太子宫生甲觀畫堂。"賈至《贈薛瑶英》:"舞怯銖衣重,笑疑桃臉開。方知漢成帝,虚築避風臺。"白居易《孔戣可散騎常侍制》:"昔齊桓公心體懈怠,則隰朋侍;漢成帝親重儒術,則劉向從。" 飛燕:指漢成帝趙皇后。《漢書·孝成趙皇后傳》:"孝成趙皇后,本長安宫人……學歌舞,號曰飛燕。"鮑照《代朗月行》:"鬢奪衛女迅,體絕飛燕先。"李白《清平調》:"借問漢宫誰得似? 可憐飛燕倚新妝。" 班女:指汉班倢伃。王諲《後庭怨》:"甄妃爲妒出層宫,班女因猜下長信。長信宫門閉不開,昭陽歌吹風送來。"鮑溶《辭輦行》:"青娥三千奉一人,班女不以色事君。"

⑤ 未有:没有,不曾有。《詩·大雅·綿》:"古公亶父,陶復陶穴,未有家室。"《史記·魏公子列傳》:"如姬之欲爲公子死,無所辭,顧未有路耳!" 因由:理由,由頭。王建《送人》:"彼遠不寄書,此寒莫寄裘。與君俱絕迹,兩念無因由。"張詠《再任蜀川感懷》:"兵火因由難即問,郡城牢落不勝悲。無煩苦意思諸葛,只可頒條使衆知。" 決絕:永别,決,通"訣"。杜甫《前出塞九首》四:"哀哉兩決絕,不復同苦辛。迢迢萬餘里,領我赴三軍。"元稹《古決絕詞三首》一:"君情既決絕,妾意已參差。借如死生别,安得長苦悲!" 佯:假裝。《荀子·

非十二子》:"利心無足,而佯無欲者也。"楊倞注:"好利不知足而詐爲無欲者也。"韋莊《女冠子》一:"四月十七,正是去年今日,別君時,忍淚佯低面,含羞半斂眉。"　暖熱:温暖。顧況《宜城放琴客歌》:"南山闞干千丈雪,七十非人不暖熱。"蘇軾《和柳子玉喜雪次韻仍呈述古》:"艷歌一曲回陽春,坐使高堂生暖熱。"

⑥ 深意:深刻的含意,深微的用意。《後漢書·李育傳》:"嘗讀《左氏傳》,雖樂文采,然謂不得聖人深意。"儲光羲《漢陽即事》:"江水帶冰緑,桃花隨雨飛。九歌有深意,捐佩乃言歸。"　諭:告曉,告知。《周禮·秋官·訝士》:"掌四方之獄訟,諭罪刑於邦國。"鄭玄注:"告曉以麗罪及制刑之本意。"孫詒讓正義:"謂以刑書告曉邦國。'制刑之本意',謂依罪之輕重製作刑法以治之,其意義或深遠難知,訝士則解釋告曉之,若後世律書之有疏議也。"《漢書·董仲舒傳》:"子大夫明先聖之業,習俗化之變,終始之序,講聞高誼之日久矣!其明以諭朕。"顔師古注:"諭,謂曉告也。"　緝綴:編輯綴合。《梁書·胡僧祐傳》:"〔胡僧祐〕性好讀書,不解緝綴。"《朱子語類》卷七八:"疑當時自有一般書如此,故《老子》五千言皆緝綴其言,取其與己意合者則入之耳!"　疵瑕:毛病,缺點。王符《潛夫論·實貢》:"虛張高譽,强蔽疵瑕,以相詿耀。"《陳書·新安王伯固傳》:"叔陵在江州,心害其寵,陰求疵瑕,將中之以法。"　潛:秘密,暗中。《荀子·議兵》:"窺敵觀變,欲潛以深,欲伍以參。"吳曾《能改齋漫録·記文》:"蜀公先成,破題云:'制動以靜,善勝不争。'景文見之,於是不復出其所作,潛於袖中毀之。"

⑦ 一朝:一時,一旦。朱逵《懷素上人草書歌》:"幾年出家通宿命,一朝却憶臨池聖。轉腕摧鋒增崛崎,秋毫繭紙常相隨。"高適《秋胡行》:"妾本邯鄲未嫁時,容華倚翠人未知。一朝結髮從君子,將妾迢迢東路陲。"　詔:皇帝下達命令。高誘《淮南子注叙》:"孝文皇帝甚重之,詔使爲《離騷》賦。"《新唐書·魏徵傳》:"帝痛自咎,即詔停

4191

册。詔書。《史記·秦始皇本紀》：“命爲‘制’，令爲‘詔’。”裴駰集解引蔡邕曰：“詔，詔書。”《漢書·董仲舒傳》：“陛下發德音，下明詔，求天命與情性，皆非愚臣之所能及也。” 辭：告別，辭別。《吕氏春秋·士節》：“晏子見疑於齊君，出奔，過北郭騷之門而辭。”高誘注：“辭者，別也。”李白《早發白帝城》：“朝辭白帝彩雲間，千里江陵一日還。”遣去，辭退。《左傳·襄公二十二年》：“辭八人者，而後王安之。”杜預注：“辭，遣之。”《吕氏春秋·士容》：“田駢聽之畢而辭之，客出，田駢送之以目。” 金屋：華美之屋。柳惲《長門怨》：“無復金屋念，豈照長門心！”于鵠《送宫人入道歸山》：“自傷白髮辭金屋，許著黄裳向玉峰。” 班姬：指西漢女文學家班昭，成帝時被選入宫，立爲倢伃，後爲趙飛燕所譖，退處東宫，作賦自傷，成帝去世後充奉園陵。徐陵《諫仁山深法師罷道書》：“洛川神女，尚復不惑東阿；世上班姬，何關君事。”劉駕《皎皎詞》：“班姬入後宫，飛燕舞東風。” 倉卒：亦作“倉猝”，匆忙急迫。《漢書·王嘉傳》：“今諸大夫有材能者甚少，宜豫畜養可成就者……臨事倉卒迺求，非所以明朝廷也。”王充《論衡·逢遇》：“倉猝之業，須臾之名。”

⑧ 呼天：指向天喊叫以求助，形容極端痛苦。《史記·屈原賈生列傳》：“人窮則反本，故勞苦倦極，未嘗不呼天也；疾痛慘怛，未嘗不呼父母也。”《後漢書·張奂傳》：“凡人之情，冤則呼天，窮則叩心。今呼天不聞，叩心無益，誠自傷痛。” 俯地：俯伏地上，祈求幫助，痛苦到極點。元稹《和劉猛古題樂府十首·將進酒》：“言之主父傷主母，母爲妾地父妾天。仰天俯地不忍言，佯爲僵踣主父前。”元稹《和李校書新題樂府十二首·驃國樂》“千彈萬唱皆咽咽，左旋右轉空偓偓。俯地呼天終不會，曲成調變當如何？” 自明：自我表白。《楚辭·九章·惜誦》：“恐情質之不信兮，故重著以自明。”《史記·萬石張叔列傳》：“人或毁曰：‘不疑狀貌甚美，然獨無奈其善盜嫂何也！’不疑聞，曰：‘我乃無兄。’然終不自明也。”王安石《再辭同修起居注狀》五：“若令言

者謂臣要君以偽,臣誠無辭可以自明。」　不悟:沒有覺察。《史記・張儀列傳》:"張儀曰:'嗟乎,此在吾術中而不悟,吾不及蘇君明矣!'"劉義慶《世說新語・規箴》:"晉武帝既不悟太子之愚,必有傳後意,諸名臣亦多獻直言。"　尋時:片刻,不久。《百喻經・得金鼠狼喻》:"道中得一金鼠狼……尋時金鼠變爲毒蛇。"元稹《答姨兄胡靈之見寄五十韵》:"岐下尋時別,京師觸處行。醉眠街北廟,閑繞宅南營。"　銷骨:猶銷魂,形容極其哀傷。元稹《別李十一五絶》五:"聞君欲去潛銷骨,一夜暗添新白頭。明朝別後應腸斷,獨櫂破船歸到州。"辛棄疾《賀新郎・陳同父自東陽來過余》:"路斷車輪生四角,此地行人銷骨。"

⑨　白首:猶白髮,表示年老。錢起《哭曹鈞》:"苦節推白首,憐君負此生。忠藎名空在,家貧道不行。"張繼《長相思》:"遼陽望河縣,白首無由見。海上珊瑚枝,年年寄春燕。"　宮人:官名,負責君王的日常生活事務。《周禮・天官・序官》:"宮人中士四人,下士八人。"孫詒讓正義:"此官掌王寢,亦主服御之事。"《史記・孝武本紀》:"欒大,膠東宮人,故嘗與文成將軍同師,已而爲膠東王尚方。"這裏是妃嬪、宮女的通稱。《左傳・昭公十八年》:"火作……商成公儆司宮,出舊宮人,實諸火所不及。"杜預注:"舊宮人,先公宮女。"韓愈《毛穎傳》:"上親決事,以衡石自程,雖宮人不得立左右。"　再拜:拜了又拜,表示恭敬,古代的一種禮節。《論語・鄉黨》:"問人於他邦,再拜而送之。"《史記・孟嘗君列傳》:"坐者皆起,再拜。"　日月:原指太陽和月亮。《易・離》:"日月麗乎天,百穀草木麗乎土。"韓愈《秋懷詩十一首》一:"義和驅日月,疾急不可恃。"也常常喻指帝、后,語本《禮記・昏義》:"故天子之與后,猶日之與月"。《史記・魏其武安侯列傳論》:"魏其之舉以吳楚,武安之貴在日月之際。"　輝:照耀。駱賓王《秋螢》:"玉虮分静夜,金螢照晚凉。含輝疑泛月,帶火怯淩霜。"毛文錫《更漏子》:"宵霧散,曉霞輝。梁間雙鷰飛。"

⑩　相尋:相繼,接連不斷。江淹《效阮公詩十五首》一:"誰謂人

道廣？憂慨自相尋。"《北史·源賀傳》："陳將吳明徹寇淮南，歷陽、瓜步相尋失守。" 晝夜：白日和黑夜。劉長卿《罪所上御史惟則》："誤因微禄滯南昌，幽繫圜扉晝夜長。黄鶴翅垂同燕雀，青松心在任風霜。"孟浩然《書懷貽京邑同好》："晝夜常自强，詞翰頗亦工。三十既成立，嗟籲命不通。" 燈光：燈的亮光。杜甫《送嚴侍郎到綿州同登杜使君江樓》："燈光散遠近，月彩静高深。"李賀《昌谷讀書示巴童》："蟲響燈光薄，宵寒藥氣濃。君憐垂翅客，辛苦尚相從。" 天明：天亮。杜甫《石壕吏》："天明登前途，獨與老翁别。"歐陽修《鶺鴒詞》："紅紗蠟燭愁夜短，緑窗鶺鴒催天明。"

⑪ 主：主人，奴僕的對稱。《史記·外戚世家》："少君（竇少君）年四五歲時，家貧，爲人所略賣……爲主入山作炭。"李山甫《自嘆拙》："世亂僮欺主，年衰鬼弄人。" 深恩：大恩。王勃《秋日别王長史》："别路餘千里，深恩重百年。"劉商《觀獵三首》三："松月東軒許獨遊，深恩未報復淹留。梁園日暮從公獵，每過青山不舉頭。"

⑫ 妾：舊時女子自稱的謙詞。王勃《銅雀妓二首》二："妾本深宫妓，層城閉九重。君王歡愛盡，歌舞爲誰容？"元稹《和劉猛古題樂府十首·憶遠曲》："況妾事姑姑進止，身去門前同萬里。一家盡是郎腹心，妾似生來無兩耳。" 思量：考慮，忖度。《晉書·王豹傳》："得前後白事，具意，輒别思量也。"杜荀鶴《秋日寄吟友》："閑坐細思量，惟吟不可忘。"

⑬ 收泪：止住眼泪，停止哭泣。嵇康《思親》："中夜悲兮當誰告？獨收泪兮抱哀戚。"《晉書·劉殷傳》："殷收泪視地，便有堇生焉！"排擯：排斥擯棄。《舊唐書·裴延齡傳》："時陸贄秉政，上素所禮重，每於延英極論其誕妄，不可令掌財賦。德宗以爲排擯，待延齡益厚。"《舊唐書·常衮傳》："衮一切杜絶之，中外百司奏請，皆執不與，權與匹夫等，尤排擯非辭登科第者。雖窒賣官之路，故事大致壅滯。" 無限：猶無數，謂數量極多。源乾曜《奉和聖製送張説上集賢學士賜宴》："日霽

庭陰出,池曛水氣生。歡娛此無限,詩酒自相迎。"席豫《江行紀事二首》二:"古樹崩沙岸,新苔覆石磯。津途賞無限,征客暫忘歸。"

[編年]

　　《年譜》、《編年箋注》、《年譜新編》編年意見及編年理由同《樂府(有序)》所述,我們的編年意見以及編年理由也同《樂府(有序)》所表述。

◎ 和李餘古題樂府九首·出門行^①

　　兄弟同出門,同行不同志^②。悽悽分岐路,各各營所爲^③。兄上荊山巔,翻石辨虹氣^④。弟沉滄海底,偷珠待龍睡^⑤。出門不數年,同歸亦同遂^⑥。俱用私所珍,升沉自茲異^⑦。獻珠龍王宮,值龍覓珠次^⑧。但喜復得珠,不求珠所自^⑨。酬客雙龍女,授客六龍轡^{(一)⑩}。遣充行雨神,雨澤隨客意^⑪。雩夏鐘鼓繁^(二),禜秋玉帛積^{(三)⑫}。彩色畫廊廟,奴僮被珠翠^⑬。驊騮千萬雙,鴛鴦七十二^⑭。言者未搖舌^(四),無人敢輕議^⑮!其兄因獻璞,再刖不履地^⑯。門戶親戚疏,匡床妻妾棄^⑰。銘心有所待,視足無所愧^⑱。持璞自枕頭,淚痕雙血漬^⑲。一朝龍醒寤,本問偷珠事^⑳。因知行雨偏,妻子五刑備^㉑。仁兄捧屍哭,勢友掉頭諱^㉒。喪車黔首葬,吊客青蠅至^㉓。楚有望氣人,王前忽長跪^㉔。賀王得貴寶^(五),不遠王所莅^㉕。求之果如言,剖出浮筠膩^{(六)㉖}。白珩無顏色,垂棘有瑕累^㉗。在楚裂地封^(七),入趙連城貴^㉘。秦遣李斯書,書爲傳國瑞^㉙。秦亡漢魏傳,傳者得神器^㉚。卞和名永永,與寶不相墜^㉛。勸爾出門行,行難莫行易^㉜。易得還易失,難同亦難離^㉝。善賈識貪廉,良田無穢稗^㉞。磨劍莫磨錐,磨錐成小利^㉟。

録自《元氏長慶集》卷二三

[校記]

（一）授客六龍轡:楊本、叢刊本、《樂府詩集》、《全詩》、《全詩》樂府詩部份均同,宋蜀本作"授以六龍轡",語義不同,不改。

（二）雩夏鐘鼓繁:楊本、《樂府詩集》、《全詩》、《全詩》樂府詩部份均同,宋蜀本、《全詩》注作"雩下鐘鼓繁",叢刊本作"雩夏鍾鼓繁",語義不同或不佳,不改。

（三）榮秋玉帛積:楊本、叢刊本、《樂府詩集》、《全詩》、《全詩》樂府詩部份均同,宋蜀本、《全詩》注作"榮秩玉帛積",語義不同,不改。

（四）言者未搖舌:楊本、叢刊本、《全詩》同,錢校、《樂府詩集》、《全詩》樂府詩部份作"言者禾稼枯",語義難通,不從不改。

（五）賀王得貴寶:《樂府詩集》、《全詩》、《全詩》樂府詩部份同,楊本、叢刊本作"賀生得貴寶",語義不通,不從不改。

（六）剖出浮筠膩:楊本、叢刊本、《全詩》同,錢校、《樂府詩集》作"剖則浮筠膩",《全詩》樂府詩部份作"剖則浮雲膩",語義不同,不改。

（七）在楚裂地封:楊本、叢刊本、《全詩》同,宋蜀本、《樂府詩集》、《全詩》樂府詩部份作"在楚列地封",語義不同,不改。

[箋注]

① 出門行:孟郊有《出門行二首》,其一詩云:"長河悠悠去無極,百齡同此可嘆息。秋風白露沾人衣,壯心凋落奪顏色。少年出門將訴誰？川無梁兮路無岐。一聞陌上苦寒奏,使我佇立驚且悲。君今得意厭粱肉,豈復念我貧賤時!"其二詩云:"海風蕭蕭天雨霜,窮愁獨

坐夜何長！駈車舊憶太行險,始知遊子悲故鄉。美人相思隔天關,長
望雲端不可越。手持琅玕欲有贈,愛而不見心斷絶。南山峨峨白石
爛,碧海之波浩漫漫。參辰出没不相待,我欲橫天無羽翰。"兩位詩人
立意不同,但仍然可與本詩參讀。　出門:外出,走出門外,離開家鄉
遠行。《史記·淮陰侯列傳》:"信出門,笑曰:'生乃與噲等爲伍。'"白
居易《秦中吟·傷友》:"陋巷孤寒士,出門苦恓恓。"　行:古詩的一種
體裁。王灼《碧雞漫志》卷一:"古詩或名曰樂府,謂詩之可歌也。故
樂府中有歌有謡,有吟有引,有行有曲。"姜夔《白石詩話》:"體如行書
曰行,放情曰歌,兼之曰歌行。"

　②　兄弟:哥哥和弟弟。《爾雅·釋親》:"男子先生爲兄,後生爲
弟。"《詩·小雅·常棣》:"凡今之人,莫如兄弟。"鄭玄箋:"人之恩親,
無如兄弟之最厚。"　同行:一同行走,亦指同行之人。蘇頲《春晚送
瑕丘田少府還任因寄洛中鏡上人》:"聚散同行客,悲歡屬故人。少年
追樂地,遙贈一霑巾。"杜甫《垂老別》:"投杖出門去,同行爲辛酸。"這
裏指一同出門尋求生機與發展。　同志:志趣相同,志向相同。《國
語·晉語》:"同德則同心,同心則同志。"《後漢書·卓茂傳》:"初,茂
與同縣孔休、陳留蔡勛、安衆劉宣、楚國龔勝、上黨鮑宣六人同志,不
仕王莽時,並名重當時。"

　③　悽悽:悲傷貌,凄凉貌。《關尹子·三極》:"人之善琴者,有悲
心則聲悽悽然。"謝靈運《道路憶山中》:"悽悽明月吹,惻惻廣陵散。"
岐路:岔路。《列子·説符》:"楊子之鄰人亡羊,既率其黨,又請楊氏
之豎追之。楊子曰:'嘻! 亡一羊,何追者之衆?'鄰人曰:'多岐路。'"
曹植《美女篇》:"美女妖且閑,採桑岐路間。"指離別分手處。王勃《杜
少府之任蜀州》:"海內存知己,天涯若比鄰。無爲在岐路,兒女共沾
巾。"　各各:各自。《玉臺新詠·古詩〈爲焦仲卿妻作〉》:"執手分道
去,各各還家門。"孟郊《蜘蛛諷》:"萬類皆有性,各各禀天和。蠶身與
汝身,汝身何太訛?"

④ 荆山：我國以"荆山"命名的山脈有四處，這裏指今湖北省南漳縣西部的荆山，漳水發源於此，山有抱玉巖，傳爲楚人卞和得璞處。《書·禹貢》："導嶓冢，至於荆山。"孔傳："荆山在荆州。"酈道元《水經注·江水》："《禹貢》：'荆及衡陽惟荆州。'蓋即荆山之稱而制州名矣！故楚也。"李白《鞠歌行》："楚國青蠅何太多！連城白璧遭讒毁。荆山長號泣血人，忠臣死爲刖足鬼。"韋應物《雜體五首》五："碌碌荆山璞，卞和獻君門。荆璞非有求，和氏非有恩。"　虹氣：舊指天地的精氣。杜元穎《賦得玉水記方流》"斗回虹氣見，磬折紫光浮。"潘存實《賦得玉聲如樂》："不獨藏虹氣，猶能暢物情。後夔如爲聽，從此振琮琤。"

⑤ 滄海：大海。董仲舒《春秋繁露·觀德》："故受命而海內順之，猶衆星之共北辰，流之宗滄海也。"蘇軾《清都謝道士真贊》："一江春水東流，滔滔直入滄海。"我國古代對東海的別稱。曹操《步出夏門行》："東臨碣石，以觀滄海。"《初學記》卷六引張華《博物志》："東海之別有渤澥，故東海共稱渤海，又通謂之滄海。"東海所指因時而異，大抵先秦時代多指今之黃海，秦漢以後兼指今之黃海、東海，明以後所指始與今之東海相當，北起長江口北岸，南以廣東省南澳島至臺灣省南端一綫爲界，東至琉球群島。也指神話中的海島。《海內十洲記·滄海島》："滄海島在北海中，地方三千里，去岸二十一萬里，海四面繞島，各廣二千里，水皆蒼色，仙人謂之滄海也。"　偷珠待龍睡：徐元太《喻林》卷二五："人有見宋王者，賜車十乘，以其十乘驕穉莊子。莊子曰：'河上有家貧恃緯蕭而食者，其子没於淵，得千金之珠。其父謂其子曰：'取石來鍛之！夫千金之珠，必在九重之淵而驪龍頷下，子能得珠者，必遭其睡也。使驪龍而悟，子尚奚微之有哉！'今宋國之深非直九重之淵也，宋王之猛非直驪龍也，子能得車者，必遭其睡也！使宋王而寤，子爲齏粉矣（《莊子·列禦寇》)！"

⑥ 同歸：一同返回。《詩·豳風·七月》："女心傷悲，殆及公子同歸。"毛傳："豳公子躬率其民，同時出，同時歸也。"謝惠連《雪賦》：

"馳遙思於千里,願接手而同歸。"　遂:完成,成功。《墨子・修身》:"功成名遂,名譽不可虛假,反之身者也。"《漢書・胡母生傳》:"弟子遂之者,蘭陵褚大,東平嬴公,廣川段仲,温吕步舒。"顏師古注:"遂謂名位成達者。"

⑦ "俱用私所珍"兩句:意謂兄弟兩個各自拿出自己最珍重的東西,但兩人的前程也因此有了很大的不同。　升沉:升降,謂際遇的幸與不幸。元稹《寄樂天》:"榮辱升沉影與身,世情誰是舊雷陳?"莊季裕《雞肋編》卷下:"鄭碩道在此,某與之却是同年,與夢中所聞略無少異,則出處升沉、動静語默,悉皆前定也。"

⑧ 獻珠:呈獻珍珠。李群玉《題金山寺石堂》"白波四面照樓臺,日夜潮聲繞寺迴。千葉紅蓮高會處,幾曾龍女獻珠來!"黃庭堅《送石長卿太學秋補》:"漢文新覽天下圖,詔山采玉淵獻珠。再三可陳治安策,第一莫上登封書。"　龍王宫:龍王的宫殿。顧况《龍宫操》:"鮫人織綃采藕絲,翻江倒海傾吴蜀。漢女江妃杳相續,龍王宫中水不足。"劉禹錫《送鴻舉遊江南》:"從風卷舒來何處?繚繞巴山不得去。山川古寺好門居,讀盡龍王宫裏書。"　龍王:傳説中統領水族之神。《華嚴經・世主妙嚴品》:"復有無量諸大龍王,所謂毗樓博叉龍王,娑竭羅龍王,雲音妙幢龍王……如是等而爲上首,其數無量,莫不勤力,興雲布雨,令諸衆生,熱惱消滅。"趙彦衛《雲麓漫抄》卷一〇:"自釋氏書入中土,有龍王之説而河伯無聞矣!"　次:間,際。《莊子・田子方》:"喜怒哀樂不入於胸次。"段成式《酉陽雜俎續集・支諾皋中》:"於一日持鉢將上堂,闔門之次,有物墜檐前。"

⑨ 復得:重新得到。宋之問《幸岳寺應制》:"雅曲龍調管,芳樽蟻汎觥。陪歡玉座晚,復得聽金聲。"沈佺期《奉和春日幸望春宫應制》:"林香酒氣元相入,鳥囀歌聲各自成。定是風光牽宿醉,來晨復得幸昆明。"　所自:由來,來源。劉禹錫《因論七篇》:"劉子閑居,作因論,或問其旨曷歸歟?對曰:'因之爲言,有所自也。'"曾鞏《蒲宗孟

祖伸贈太子少傅制》:"流澤也遠,有孫而賢。進於中臺,摠國綱轄。善有所自,朕惟汝嘉。"

⑩ 酬:賞賜,酬謝。韓愈《國子助教河東薛君墓誌銘》:"後九月九日大會射,設標的,高出百數十尺,令曰:'中,酬錦與金若干。'"元稹《酬樂天書懷見寄》:"坼書八九讀,泪落千萬行。中有酬我詩,句句截我腸。" 龍女:傳説中指龍王的女兒。《古詩源·綿州巴歌》:"下白雨,取龍女,織得絹,二丈五。"梅堯臣《發長蘆江口》:"篙師柂工相整衣,龍女廟中來宰豨。" 授:給予,交付。《詩·周頌·有客》:"言授之縶,以縶其馬。"《國語·魯語》:"爲我予之邑,今日必授。"韋昭注:"授,予也。" 龍轡:神仙乘坐的龍駕的車。王筠《代牽牛答織女詩》:"奔精翊鳳軫,纖阿驚龍轡。"王勃《三月曲水宴得烟字》:"鳳琴調上客,龍轡儼群仙。"

⑪ 遣:派遣,差遣。《墨子·非儒》:"〔孔子〕乃遣子貢之齊,因南郭惠子以見田常,勸之伐吳。"《史記·孟嘗君列傳》:"孟嘗君乃約車幣而遣之。" 充:充當,擔任。《書·冏命》:"爾無昵於憸人,充耳目之官,迪上以非先王之典。"孔傳:"汝無親近於憸利小子之人,充備侍從在視聽之官,道君上以非先王之法。"韓愈《入關詠馬》:"歲老豈能充上駟?力微當自慎前程。" 行雨:降雨。左思《魏都賦》:"蓄爲屯雲,泄爲行雨。"神雨名。《尸子》卷下:"神農氏治天下,欲雨則雨,五日爲行雨,旬爲穀雨,旬五日爲時雨。" 雨澤:雨水。《禮記·禮器》:"是故天時雨澤,君子達亹亹焉!"賈思勰《齊民要術·大小麥》:"當種麥,若天旱無雨澤,則薄漬麥種以酢漿並蠶矢,夜半漬,向晨速投之,令與白露俱下。" 意:意思,見解。《易·繫辭》:"書不盡言,言不盡意。"柳宗元《桐葉封弟辯》:"吾意不然。"

⑫ 雩夏:夏天祈求下雨。王樵:《春秋輯傳》卷九"杜氏曰:雩夏,祭所以祈甘雨。若旱,則又修其禮,故雖秋雩,非書過也。雩而獲雨,故書雩而不書旱。" 鐘鼓:鐘和鼓,古代禮樂器。賈誼《新書·數

寧》："使爲治,勞知慮,苦身體,乏馳騁鐘鼓之樂,勿爲可也。"韓愈《奉和僕射裴相公感恩言志》："林園窮勝事,鐘鼓樂清時。"　禜秋:爲禳秋災而祭祀祈禱。　禜:古代禳災之祭,爲禳風雨、雪霜、水旱、癘疫而祭日月星辰、山川之神《左傳·昭公元年》："山川之神,則水旱、癘疫之災,於是乎禜之;日月星辰之神,則雪霜、風雨之不時,於是乎禜之。"《舊唐書·哀帝紀》："是月積陰霖雨不止,差官禜都門。"　玉帛:圭璋和束帛,古代祭祀、會盟、朝聘等均用之。《周禮·春官·肆師》："立大祭用玉帛牲牷。"《左傳·哀公七年》："禹合諸侯於塗山,執玉帛者萬國。"

⑬ 彩色:多種顏色。《文子·道原》："聽失於非譽,目淫於彩色。"段成式《酉陽雜俎·怪術》："〔術士〕乃合彩色於一器中,驟步抓目,徐祝數十言,方欻水再三噀壁上,成維摩問疾變相,五色相宜如新寫。"　廊廟:殿下屋和太廟。《國語·越語》："謀之廊廟,失之中原,其可乎? 王姑勿許也。"《後漢書·申屠剛傳》："廊廟之計,既不豫定,動軍發衆,又不深料。"李賢注:"廊,殿下屋也;廟,太廟也,國事必先謀於廊廟之所也。"　奴僮:即"僮奴",奴僕。《漢書·王莽傳》："僮奴衣布,馬不秣穀,食飲之用,不過凡庶。"王安石《禳襖》："勿妒市門人,綺紈被奴僮。當慚邊城戍,擐甲徂春冬。"　珠翠:珍珠和翡翠,婦女華貴的飾物。傅毅《舞賦》："珠翠的皪而炤燿兮,華袿飛髾而雜纖羅。"劉知幾《史通·雜說》："夫盛服飾者,以珠翠爲先;工繪事者,以丹青爲主。"

⑭ 驥騄:指良馬。王充《論衡·案書》："故馬效千里,不必驥騄;人期賢知,不必孔墨。"錢起《送沈仲》："夜光失隋掌,驥騄伏鹽車。"千萬:形容數目極多。王粲《從軍詩五首》四:"連舫踰萬艘,帶甲千萬人。"韓愈《秋懷詩十一首》三:"歸還閱書史,文字浩千萬。"　鴛鴦:鳥名,似野鴨,體形較小,嘴扁,頸長,趾間有蹼,善游泳,翼長,能飛。雄的羽色絢麗,頭後有銅赤、紫、綠等色羽冠,嘴紅色,腳黃色。雌的體

稍小,羽毛蒼褐色,嘴灰黑色。栖息于内陸湖泊和溪流邊,在我國内蒙古和東北北部繁殖,越冬時在長江以南直到華南一帶,爲我國著名特産珍禽之一。舊傳雌雄偶居不離,古稱"匹鳥",其實並非如此。《詩·小雅·鴛鴦》:"鴛鴦於飛,畢之羅之。"毛傳:"鴛鴦,匹鳥也。"崔豹《古今注·鳥獸》:"鴛鴦,水鳥,鳧類也。雌雄未嘗相離,人得其一,則一思而死,故曰匹鳥。"也常常比喻夫妻。司馬相如《琴歌二首》一:"室邇人遐獨我腸,何緣交頸爲鴛鴦?"温庭筠《南歌子》:"不如從嫁與,作鴛鴦。" 七十二:古以爲天地陰陽五行之成數,亦用以表示數量多。《史記·封禪書》:"古者封泰山禪梁父者七十二家,而夷吾所記者十有二焉!"《玉臺新詠·古樂府詩〈相逢狹路間〉》:"入門時左顧,但見雙鴛鴦。鴛鴦七十二,羅列自成行。"

⑮ 言者:指諫官。邵伯温《聞見前録》卷二:"仁宗以微物賜僧,尚畏言者,此所以致太平也。"岳珂《桯史·鴻慶銘墓》:"余在故府時,有同朝士爲某人作行狀,言者摘其事,以爲士大夫之不忍爲,即日罷去。" 揺舌:動舌,謂發言,出言。傅玄《墻上難爲趨》:"吐言若覆水,揺舌不可追。"无則《百舌鳥二首》二:"長截鄰雞叫五更,數般名字百般聲。饒伊揺舌先知曉,也待青天明即鳴。" 無人:没有人,没人在。《史記·范雎蔡澤列傳》:"秦王屏左右,宮中虛無人。"柳永《鬥百花》:"深院無人,黄昏乍拆鞦韆,空鎖滿庭花雨。" 輕議:隨便議論,輕易發表意見。韓琦《瓊花》:"草木稟賦殊,得失豈輕議!我來首見花,對花聊自醉。"蘇頌《議承重法》:"臣職在守藩,不當輕議禮典,然麗刑讞獄亦州郡之所得言也。"

⑯ 獻璞:又稱"獻玉"、"獻楚",春秋時楚人卞和得寶玉,先後獻給楚厲王、武王,都被認爲欺詐,前後兩次被分别截去雙脚。到楚文王即位,和抱玉璞哭於荆山下,楚王使人剖璞加工,果得寶玉。事見《韓非子·和氏》。後因以"獻玉"爲典,謂向君主或朝廷進獻才智。元稹《獻滎陽公主五十韵》:"會將連獻楚,深耻謬游燕。"陸暢《下第後

病中》："獻玉頻年命未通，窮秋成病悟真金。"　刖：砍掉脚或脚趾，古代酷刑之一。《漢書·刑法志》："今法有肉刑三。"顏師古注引孟康曰："黥、劓二，刖左右趾合一，凡三也。"葉適《文林郎前秘書省正字周君南仲墓誌銘》："抱和璧以並刖，扣牛鐸而偏聾。"　履：踩踏。《論語·鄉黨》："立不中門，行不履閾"。《魏書·太祖紀》："商人王霸知之，履帝足於衆中，帝仍馳還。"行走。《易·履》："跛能履，不足以與行也。"蘇軾《薦朱長文札子》："昔苦足疾，今亦能履。"

⑰ 門户：房屋墻院的出入處。《孟子·告子》："朝不食，夕不食，飢餓不能出門户。"杜甫《遣興五首》二："歸來懸兩狼，門户有旌節。"親戚：與自己有血緣或婚姻關係的人。《左傳·僖公二十四年》："昔周公吊二叔之不咸，故封建親戚，以屏藩周。"《南史·岑之敬傳》："之敬年五歲，讀《孝經》，每燒香正坐，親戚咸加嘆異。"親愛，親近。阮籍《鳩賦》："何依恃以育養，賴兄弟之親戚。"《續資治通鑒·宋孝宗乾道元年》："朕念兄弟無幾，於汝尤爲親戚；汝亦自知之，何爲而懷此心？"匡床：安適的床，一說方正的床。喬知之《倡女行》："願君駐金鞍，暫此共年芳。願君解羅襦，一醉同匡床。"劉禹錫《傷往賦》："坐匡床兮撫嬰兒，何所匄沐兮，何從仰飴。"　妻：舊指男子的嫡配。《詩·齊風·南山》："取妻如之何，必告父母。"班固《白虎通·嫁娶》："妻者，齊也，與夫齊體。"　妾：舊時男子在妻以外娶的女子。《吕氏春秋·慎勢》："妻妾不分則家室亂。"韓愈《元和聖德詩》："八月壬午，闔棄城走。載妻與妾，包裹稚乳。"

⑱ 銘心：銘記在心，形容永記不忘。《三國志·周魴傳》："銘心立報，永矣無貳！"葉適《上甯宗皇帝札子》："銘心既往，圖報方來。"有所待：即"有待"，有所期待，要等待。《禮記·儒行》："愛其死，以有待也；養其身，以有爲也。"孔穎達疏："愛其死以有待也者，此解不爭也，言愛死以待明時。"王適《江上有懷》："採蓮將欲寄同心，秋風落花空復情。櫂歌數曲如有待，正見明月度東海。"　無愧：沒有什麼慚愧

之處。《顏氏家訓·涉務》:"人性有長短,豈責具美於六塗哉!但當皆曉指趣,能守一職,便無愧耳!"韓愈《潮州刺史謝上表》:"〔臣之文〕編之乎《詩》《書》之策而無愧,措之乎天地之間而無虧。"

⑲ 璞:含玉的石頭,未雕琢的玉。《韓非子·和氏》:"王乃使玉工理其璞而得寶焉!"《戰國策·秦策》:"鄭人謂玉未理者璞。" 枕:以頭枕物。《左傳·襄公二十五年》:"門啓而入,枕屍股而哭。"柳宗元《始得西山宴遊記》:"到則披草而坐,傾壺而醉。醉則更相枕以臥,臥而夢。" 淚痕:眼淚留下的痕迹。蕭綱《和蕭侍中子顯春別四首》三:"淚痕未燥詎終朝,行聞玉珮已相要。"李白《怨情》:"但見淚痕濕,不知心恨誰。" 血漬:血液沾濡的痕迹。《舊唐書·王方翼傳》:"永淳二年,詔徵方翼,將議西域之事於奉天宮,謁見,賜食與語。方翼衣有戰時血漬之處,高宗問其故,方翼具對熱海苦戰之狀。"陸游《醉歌》二:"百騎河灘獵盛秋,至今血漬短貂裘。誰知老臥江湖上,猶枕當年虎髑髏!"

⑳ 一朝:一時,一旦。《淮南子·道應訓》:"使者謁之,襄子方將食而有憂色,左右曰:'一朝而兩城下,此人之所喜也;今君有憂色,何也?'"盧照鄰《詠史四首》一:"漢祖廣招納,一朝拜公卿。百金孰云重? 一諾良匪輕。" 醒寤:亦作"醒悟",謂從麻醉、昏迷、睡眠等狀態中清醒過來。吳質《在元城與魏太子箋》:"小器易盈,先取沈頓,醒寤之後,不識所言。"《法華經·信解品》:"於時窮子自念:'無罪而被囚執,此定必死。'轉更惶怖,悶絕躄地。父遙見之,而語使言:'不須此人,勿强將來,以冷水灑面令得醒悟,莫復與語。'" 本問:本來應該詢問。黃庭堅《書枯木道士賦後》:"比來子由作《御風詞》,以王事過列子祠下作,猶未見本問子瞻文作何體,子瞻云非詩非騷直是屬韵!"

㉑ 偏:不公正,偏袒。《書·洪範》:"無偏無陂,遵王之義。"《後漢書·霍諝傳》:"不偏不黨,其若乎?" 妻子:妻和子。《孟子·梁惠王》:"必使仰足以事父母,俯足以畜妻子。"《後漢書·吳祐傳》:"祐

問長有妻子乎？對曰：'有妻未有子也。'"　五刑：五種輕重不等的刑法。一、《書·舜典》："五刑有服。"孔傳："五刑：墨、劓、剕、宮、大辟。"二、秦漢時爲黥、劓、斬左右趾、梟首、菹其骨肉。《漢書·刑法志》："漢興之初……尚有夷三族之令。令曰：'當三族者，皆先黥、劓、斬左右止、笞殺之、梟其首、菹其骨肉於市。其誹謗詈詛者，又先斷舌，'故謂之具五刑。"三、隋唐以後爲死、流、徒、杖、笞。《舊唐書·刑法志》："有笞、杖、徒、流、死，爲五刑。"又指野刑、軍刑、鄉刑、官刑、國刑等五種治理百姓的法律。《周禮·秋官·大司寇》："以五刑糾萬民，一曰野刑，上功糾力；二曰軍刑，上命糾守；三曰鄉刑，上德糾孝；四曰官刑，上能糾職；五曰國刑，上願糾暴。"賈公彥疏："此五刑與尋常正五刑墨、劓之等別。刑亦法也，此五法者或一刑之中而含五，或此五刑全不入五刑者。"又指甲兵、斧鉞、刀鋸、鑽鑿、鞭撲。《國語·魯語》："五刑三次，是無隱也。"韋昭注："五刑，甲兵、斧鉞、刀鋸、鑽鑿、鞭撲也。"

　　㉒ 仁兄：弟对兄的尊稱。顏真卿《祭侄李明文》："爾父竭誠常山作郡，余時受命亦在平原，仁兄愛我，俾爾傳書。"姚合《成名後留別从兄》："却出關東悲復喜，歸尋弟妹別仁兄。"這裏是借用死者對兄長的稱呼。　勢友：以勢利而相交的朋友，義近"勢交"，攀權附勢之交。劉孝標《廣絶交論》："若其寵鈞董石，權壓梁竇……皆願摩頂至踵，隳膽抽腸，約同要離焚妻子，誓殉荊卿湛七族。是曰勢交。"《中説·禮樂篇》："子曰：以勢交者，勢傾則絶；以利交者，利窮則散：故君子不與也。"　掉頭：轉過頭，多表示不顧而去。杜甫《送孔巢父謝病歸游江東》："巢父掉頭不肯住，東將入海隨烟霧。詩卷長留天地間，釣竿欲拂珊瑚樹。"韓翃《送齊山人歸長白山》："舊事仙人白兔公，掉頭歸去又乘風。柴門流水依然在，一路寒山萬木中。"　諱：回避，顧忌。《墨子·非命》："福不可請，而禍不可諱。"杜甫《敬寄族弟唐十八使君》："物白諱受玷，行高無污真。"引申为嫌惡。王安石《示四妹》："孟光求

婿得梁鴻,廡下相隨不諱窮。”

㉓ 喪車:送葬者坐的車。《周禮·春官·巾車》:“王之喪車五乘……及墓,嘷啓關陳車。”孫詒讓正義:“喪車,生人所乘。”《禮記·雜記》:“端衰、喪車皆無等。”孔穎達疏:“喪車者,孝子所乘惡車也。”運載靈柩的車子。《南史·殷淑儀傳》:“上自於南掖門臨,過喪車,悲不自勝,左右莫不掩泣。”韓愈《祭董相公文》:“今公之歸,公在喪車。”黔首:古代稱平民、老百姓。《禮記·祭義》:“明命鬼神,以爲黔首則。”鄭玄注:“黔首,謂民也。”孔穎達疏:“黔首,謂萬民也。黔,謂黑也。凡人以黑巾覆頭,故謂之黔首。”《史記·秦始皇本紀》:“二十六年……更民名曰黔首。” 吊客:吊喪者。皇甫曾《哭陸處士》:“返照空堂夕,孤城吊客迴。漢家偏訪道,猶畏鶴書來。”錢起《故相國苗公挽歌》:“隴雲仍作雨,薤露已成歌。悽愴平津閣,秋風吊客過。” 青蠅:《三國志·虞翻傳》:“又爲《老子》、《論語》、《國語》訓注,皆傳于世。”裴松之注引《虞翻別傳》:“自恨疏節,骨體不媚,犯上獲罪,當長沒海隅,生無可與語,死以青蠅爲吊客,使天下一人知己者,足以不恨。”後因以“青蠅”爲生罕知己,死無吊客之典。李白《書情贈蔡舍人雄》:“遭逢聖明主,敢進興亡言。白璧竟何辜?青蠅遂成冤。”劉禹錫《遙傷丘中丞》:“馬鬣今無所,龍門昔共登。何人爲吊客?唯是有青蠅。”

㉔ 望氣:古代方士的一種占候術,觀察雲氣以預測吉凶。《墨子·迎敵祠》:“凡望氣,有大將氣,有小將氣,有往氣,有來氣,有敗氣,能得明此者,可知成敗吉凶。”《漢書·宣帝紀》:“至後元二年,武帝疾,往來長楊、五柞宮,望氣者言長安獄中有天子氣,上遣使者分條中都官獄繫者,輕重皆殺之。” 長跪:直身而跪,古時席地而坐,坐時兩膝據地,以臀部著足跟。跪則伸直腰股,以示莊敬。《戰國策·魏策》:“秦王色撓,長跪而謝之曰:‘先生坐,何至於此,寡人諭矣!’”《樂府詩集·飲馬長城窟行》:“長跪讀素書,書上竟何如?”

　　㉕ 貴寶：貴重的寶物。《周禮·秋官·大行人》：“九州之外，謂之蕃國，世壹見，各以其所貴寶爲摯。”鄭玄注：“所貴寶見傳者，若犬戎獻白狼白鹿是也，其餘則《周書·王會》備焉！”《子華子·大道》：“抱璧而徒乞，無爲於貴寶矣！”　涖：臨視，治理。《漢書·刑法志》：“臨之以敬，涖之以強。”《北齊書·蕭祗傳》：“于時江左承平，政寬人慢，祗獨涖以嚴切，梁武悅之。”

　　㉖ 剖：破開。《莊子·逍遙遊》：“剖之以爲瓢。”左思《吳都賦》：“剖巨蚌於回淵。”　浮筠：玉的彩色。王嘉《拾遺記·蓬萊山》：“有浮筠之簳，葉青莖紫，子大如珠，有青鸞集其上。”陸龜蒙《雙吹管》：“長短截浮筠，參差作飛鳳。”

　　㉗ 白珩：古代佩玉上部的橫玉，形似磬，或似半環。《國語·楚語》：“趙簡子鳴玉以相，問於王孫圉曰：‘楚之白珩猶在乎？’”韋昭注：“珩，珮上之橫者。”柳宗元《非國語·左史倚相》：“圉之言楚國之寶，使知君子之貴於白珩可矣！”　垂棘：春秋晉地名，以産美玉著稱，後借指美玉。《左傳·僖公二年》：“晉荀息請以屈産之乘與垂棘之璧，假道於虞以伐虢。”杜預注：“垂棘出美玉，故以爲名。”《文選·班固〈西都賦〉》：“翡翠火齊，流耀含英，懸黎垂棘，夜光在焉。”呂向注：“懸黎、垂棘，皆璧也。”　瑕累：玉上的斑痕，也泛指缺點，毛病。《文心雕龍·程器》：“諸有此類，並文士之瑕累。”劉禹錫《賀復吳少誠官爵表》：“瑕累咸滌，危疑獲安。”

　　㉘ “在楚裂地封”兩句：事見歐陽詢《藝文類聚》卷八三：“《琴操》曰：‘卞和者，楚野民，得玉獻懷王，懷王使樂正子占之，言玉石以爲欺，謾斬其一足。懷王死，子平王立，和復獻之平王，又以爲欺，斬其一足。平王死，子立爲荆王，和復欲獻之，恐復見害，乃抱其玉而哭，晝夜不止，涕盡續之以血。荆王遣問之，於是和隨使獻王，王使剖之，中果有玉，乃封和爲陵陽侯。卞和辭不就而去，作《退怨之歌》曰：悠悠沂水經荆山，精氣郁泱谷巖中。中有神寶灼明明，穴山采玉難爲

功。於何獻之楚先王，遇王暗昧信讒言。斷截兩足離余身，俛仰嗟嘆心摧傷。紫之亂朱粉墨同，空山歔欷涕龍鍾。天鑒孔明竟以彰，沂水滂沛流於汶。進寶得刑足離分，斷者不續豈不怨！"又見《史記‧廉頗藺相如列傳》："趙惠文王時，得楚和氏璧。秦昭王聞之，使人遺趙王書，願以十五城請易璧。趙王與大將軍廉頗諸大臣謀：欲予秦，秦城恐不可得，徒見欺；欲勿予，即患秦兵之來。計未定，求人可使報秦者，未得。宦者令繆賢曰：'臣舍人藺相如可使……'於是王召見，問藺相如曰：'秦王以十五城請易寡人之璧，可予不？'相如曰：'秦強而趙弱，不可不許。'王曰：'取吾璧，不予我城，奈何？'相如曰：'秦以城求璧而趙不許，曲在趙；趙予璧而秦不予趙城，曲在秦。均之二策，甯許以負秦曲。'王曰：'誰可使者？'相如曰：'王必無人，臣願奉璧往使。城入趙而璧留秦，城不入，臣請完璧歸趙。'趙王於是遂遣相如奉璧西入秦。秦王坐章臺見相如，相如奉璧奏秦王。秦王大喜，傳以示美人及左右，左右皆呼'萬歲'。相如視秦王無意償趙城，乃前曰：'璧有瑕，請指示王！'王授璧，相如因持璧卻立倚柱，怒髮上沖冠，謂秦王曰：'大王欲得璧，使人發書至趙王，趙王悉召群臣議，皆曰：秦貪負其強，以空言求璧償城，恐不可得議，不欲予秦璧。臣以爲：'布衣之交尚不相欺，況大國乎！且以一璧之故，逆強秦之歡，不可。'於是趙王乃齋戒五日，使臣奉璧拜送書於庭。何者？嚴大國之威以修敬也。今臣至，大王見臣，列觀禮節甚倨，得璧傳之美人以戲弄臣，臣觀大王無意償趙王城邑，故臣復取璧。大王必欲急臣，臣頭今與璧俱碎於柱矣！'相如持其璧，睨柱欲以擊柱。秦王恐其破璧，乃辭謝固請，召有司案圖指從此以往十五都予趙。相如度秦王特以詐佯爲予趙城，實不可得，乃謂秦王曰：'和氏璧，天下所共傳寶也，趙王恐不敢不獻。趙王送璧時齋戒五日，今大王亦宜齋戒五日，設九賓於廷，臣乃敢上璧。'秦王度之終不可強奪，遂許齋五日，舍相如廣成傳舍。相如度秦王雖齋，決負約不償城，乃使其從者衣褐懷其璧，從徑道亡歸璧於趙。

秦王齋五日後,乃設九賓禮於庭,引趙使者藺相如。相如至,謂秦王曰:'秦自繆公以來二十餘君,未嘗有堅明約束者也。臣誠恐見欺於王而負趙,故令人持璧歸間至趙矣!且秦強而趙弱,大王遣一介之使至趙,趙立奉璧來。今以秦之強而先割十五都予趙,趙豈敢留璧而得罪於大王乎?臣知欺大王之罪當誅,臣請就湯鑊,唯大王與群臣熟計議之!'秦王與群臣相視而嘻,左右或欲引相如去,秦王因曰:'今殺相如,終不能得璧也!而絕秦趙之歡,不如因而厚遇之,使歸趙,趙王豈以一璧之故欺秦邪?'卒廷見相如,畢禮而歸之。相如既歸趙王,以爲賢大夫,使不辱於諸侯,拜相如爲上大夫。秦亦不以城予趙,趙亦終不予秦璧。"　裂地:劃分土地。《晏子春秋·問》:"裂地而封之,疏爵而貴之。"《漢書·黥布傳》:"臣請與大王杖劍而歸漢王,漢王必裂地而分大王,又況淮南,必大王有也。"義近"裂土",分封土地。《商君書·賞刑》:"湯與桀戰於鳴條之野,武王與紂戰於牧野之中,大破九軍,卒裂土封諸侯。"《新唐書·李百藥傳》:"時議裂土與子弟功臣,百藥上《封建論》,理據詳切,帝納其言而止。"又作"裂土分茅",《書·禹貢》:"厥貢惟土五色。"孔穎達疏:"王者封五色土以爲社,若封建諸侯則各割其方色土與之,使歸國立社……四方各依其方色皆以黄土覆之,其割土與之時。且以白茅,用白茅裹土與之。"後因以"裂土分茅"謂帝王分封土地、建立諸侯。杜牧《李叔玟除太僕卿高証除均州刺史萬汾除施州刺史等制》:"我西平王功存社稷,慶流後嗣,子孫多賢,裂土分茅。"辛棄疾《洞仙歌·趙晉臣和李能伯韻有裂土分茅之句》:"況滿屋、貂蟬未爲榮,記裂土分茅、是公家世。"　連城:戰國時,趙惠文王得和氏璧,秦昭王寄書趙王,願以十五城易璧。事見《史記·廉頗藺相如列傳》。後以"連城"指和氏璧或珍貴之物。歐陽詹《瑾瑜匿瑕賦》:"終酬九年之積,不損連城之美。"趙蕃《次韻徐季純見貽》:"鄭人之璞周死鼠,昧者自謂懷連城。我于翰墨雖早嗜,四十五十今何情?"

㉙ 李斯:秦始皇時代的秦國宰相,爲秦國統一全國立下汗馬功

勞。《史記·李斯列傳》："李斯者,楚上蔡人也。年少時爲郡小吏,見吏舍厕中鼠食不潔,近人犬,數驚恐之。斯入倉,觀倉中鼠,食積粟,居大廡之下,不見人犬之憂,於是李斯乃嘆曰:'人之賢不肖譬如鼠矣! 在所自處耳!'乃從荀卿學帝王之術,學已成,度楚王不足事,而六國皆弱,無可爲建功者。欲西入秦,辭於荀卿曰:'……'至秦,會莊襄王卒,李斯乃求爲秦相文信侯吕不韋舍人,不韋賢之,任以爲郎,李斯因以得説,説秦王:'……'秦王乃拜斯爲長史,聽其計,陰遣謀士齎持金玉以游説諸侯,諸侯名士可下以財者,厚遺結之;不肯者,利劍刺之。離其君臣之計,秦王乃使其良將隨其後,秦王拜斯爲客卿。會韓人鄭國來間秦,以作注溉渠,已而覺。秦宗室大臣皆言秦王曰:'諸侯人來事秦者,大抵爲其主游間於秦耳,請一切逐客!'李斯議亦在逐中,斯乃上書曰:'……'秦王乃除逐客之令,復李斯官,卒用其計謀,官至廷尉,二十餘年,竟并天下,尊王爲皇帝,以斯爲丞相。"秦始皇病故,李斯落入趙高的計謀中,"二世二年七月,具斯五刑,論腰斬咸陽市。斯出獄,與其中子俱執,顧謂其中子曰:'吾欲與若復牽黄犬俱出上蔡東門逐狡兔,豈可得乎!'遂父子相哭,而夷三族。"李白《贈溧陽宋少府陟》:"李斯未相秦,且逐東門兔。宋玉事襄王,能爲高唐賦。"杜甫《故秘書少監蘇公源明》:"肅宗復社稷,得無逆順辨? 范曄顧其兒,李斯憶黄犬。" 書:書寫,記録,記載。《易·繫辭》:"書不盡言,言不盡意。"颜延之《三月三日曲水诗序》:"頳莖素毳、并柯共穗之瑞,史不絶書。" 傳國:古謂帝王傳位給子孫或讓位給他人。東方朔《非有先生論》:"傳國子孫,名顯後世。"《漢書·吴芮傳》:"至孝惠、高后時,封芮庶子二人爲列侯,傳國數世絶。" 瑞:古代用作符信的玉。《書·舜典》:"〔舜〕輯五瑞,既月乃日,觀四岳群牧,班瑞於群后。"陸德明釋文:"瑞,信也。"《文選·范雲〈贈張徐州稷〉》:"軒蓋照墟落,傳瑞生光輝。"李善注引鄭玄曰:"瑞,節信也。"

⑳ "秦亡漢魏傳"兩句:意謂秦朝滅亡,西漢、東漢之後緊接是

魏,每一位登基的皇帝都得到了那枚由和氏璧做成的傳國玉璽。
神器:猶言神物,代表國家政權的實物,如玉璽、寶鼎之類,借指帝位、
政權。《漢書・叙傳》:"世俗見高祖興於布衣,不達其故,以爲適遭暴
亂,得奮其劍,遊説之士至比天下於逐鹿,幸捷而得之,不知神器有
命,不可以智力求也。"顏師古注引劉德曰:"神器,璽也。"杜甫《送從
弟亞赴河西判官》:"經綸皆新語,足以正神器。"仇兆鰲注引《漢書
注》:"神器,政令也。"

　　㉛ 永永:謂長遠,長久。《大戴禮記・公符》:"陛下永永,與天無
極。"李翺《於湖州別女足娘墓文》:"鬼神有知,汝骨安全,永永終古,
無有後艱。"　寶:玉石、玉器的總稱。《國語・魯語》:"莒太子僕弒紀
公,以其寶來奔。"韋昭注:"寶,玉也。"《韓非子・和氏》:"王乃使玉人
理其璞而得寶焉! 遂命曰:'和氏之璧'。"印信符璽,古代天子諸侯以
圭璧爲符信,泛稱寶。秦始以帝后的印爲璽,唐改稱寶。《詩・大
雅・崧高》:"錫爾介圭,以爲爾寶。"《新唐書・車服志》:"至武后改諸
璽皆爲寶,中宗即位,復爲璽,開元六年,復爲寶。"　不相墜:猶"不
墜",不辱,不失。《國語・晉語》:"知禮可使,敬不墜命。"《北齊書・
李渾傳》:"〔梁武帝〕謂之曰:'伯陽之後,久而彌盛,趙李人物,今實居
多。常侍曾經將領,今復充使,文武不墜,良屬斯人。'"

　　㉜ "勸爾出門行"兩句:意謂奉勸那些遠離家門外出謀求發展的
人們,應該踏踏實實做人做事,絕不要投機取巧走捷徑,謀取不是自
己勞動所得的成果。王初《送王秀才謁池州吳都督》:"晴郊別岸鄉魂
斷,曉樹啼鳥客夢殘。南館星郎東道主,搖鞭休問路行難。"李咸用
《送河南韋主簿歸京》:"嚴風愛日泪闌干,去住情途各萬端。世亂敢
言離別易! 時清猶道路行難。"　出門:外出,走出門外。《易・同
人》:"出門同人,又誰咎也?"《史記・淮陰侯列傳》:"信出門,笑曰:
'生乃與噲等爲伍。'"白居易《秦中吟・傷友》:"陋巷孤寒士,出門苦
恓恓。雖云志氣高,豈免顏色低!"這裏指離開家鄉遠行。李白《幽州

胡馬客歌》：“雙雙掉鞭行，遊獵向樓蘭。出門不顧後，報國死何難！”殷少野《送蕭穎士赴東府得散字》：“出門時雨潤，對酒春風暖。感激知己恩，別離魂欲斷。” 行：行走。《詩·唐風·杕杜》：“獨行踽踽。豈無他人？不如我同父。”杜甫《無家別》：“久行見空巷，日瘦氣慘悽。但對狐與狸，豎毛怒我啼。” 難：困難，不易。《書·説命》：“禮煩則亂，事神則難。”孔傳：“事神禮煩，則亂而難行。”寇準《陽關引》：“嘆人生裏，難歡叙，易離別。” 易：容易，與“難”相對。《詩·大雅·文王》：“宜鑒於殷，駿命不易。”朱熹集傳：“不易，言其難也。”岑參《秋夜宿仙遊寺南》：“林晚栗初拆，枝寒梨已紅。物幽興易愜，事勝趣彌濃。”

㉝ “易得還易失”兩句：意謂凡是不費吹灰之力得來的東西，也非常容易失去；而凡是經過自己不懈努力最後得到的東西，才不會輕易喪失。陳希烈《省試白雲起封中》：“爲霖雖易得，表聖自難逢。冉冉排空上，依依疊影重。”張九齡《荆州作二首》一：“時來忽易失，事往良難分。顧念凡近姿，焉欲殊常勖？” 同：相同，一樣。《易·睽》：“天地睽而其事同也。”司馬光《功名論》：“然則人主有賢不能知，與無賢同；知而不能用，與不知同；用而不能信，與不用同。” 離：離開，分開。《史記·太史公自序》：“神大用則竭，形大勞則敝，形神離則死。”錢起《鑾駕避狄歲寄別韓雲卿》：“關山慘無色，親愛忽驚離。”

㉞ 善賈：便於經商，善於經商。《韓非子·五蠹》：“鄙諺曰：‘長袖善舞，多錢善賈。’此言多資之易爲工也。”這裏指善賈者。鮑照《觀圃人藝植》：“善賈笑蠶漁，巧宦賤農牧。” 貪：愛財。《説文·貝部》：“貪，欲物也。”姚合《新昌里》：“近貧日益廉，近富日益貪。以此當自警，慎勿信邪讒。” 廉：不苟取，不貪。《孟子·離婁》：“孟子曰：可以取，可以無取，取傷廉。可以與，可以無與，與傷惠。可以死，可以無死，死傷勇。”《漢書·賈誼傳》：“一寸之地，一人之泉，天子無所利焉！誠以定治而已，故天下咸知陛下之廉也。”崔顥《澄水如鑑》：“對泉能自誡，如鏡靜相臨。廉慎傳家政，流芳合古今。” 良田：土質肥沃的

田地。《商君書·墾令》:"農逸則良田不荒。"陶潛《桃花源記》:"土地
平曠,屋舍儼然,有良田美池桑竹之屬。"　稚:晚種的糧食作物,幼
禾。《詩·魯頌·閟宮》:"黍稷重穋,稙稚菽麥。"毛傳:"先種曰稙,後
種曰稚。"《穀梁传·僖公十年》:"晉獻公伐虢,得驪姬,獻公私之。有
二子,長曰奚齊,稚曰卓子。"

㉟　劍:古兵器名,屬短兵器,兩面有刃,中間有脊,短柄。曹冏
《六代論》:"漢祖奮三尺之劍,驅烏集之衆,五年之中而成帝業。"韓愈
《董公行狀》:"置腹心之士,幕於公庭廡下,挾弓執劍以須。"　錐:錐
子。《管子·海王》:"行服連軺輂者,必有一斤一鋸一錐一鑿,若其事
立。"白居易《四不如酒》:"刀不能剪心愁,錐不能解腸結。"　小利:小
利益。《論語·子路》:"見小利則大事不成。"齊己《荊渚病中因思匡
廬遂成三百字寄梁先輩》:"稽古堪求己,觀時好笑渠。埋頭逐小利,
没脚拖長裾。"元稹在文學創作活動中與劉猛、李餘等現實主義作家
交結往來,在唱和中互相學習,在酬答中切磋技藝。詩人不僅在寫作
技巧上學習繼承前代作家作品的長處,如沿用樂府詩中《出門行》、
《將進酒》、《田家詞》、《捉捕歌》等樂府古題和學習杜甫自創新題的創
作方法;而更主要的是繼承《詩經》、"漢樂府"、杜甫等人的優良現實
主義傳統,以"頌美刺惡"爲詩歌的主要任務,以"指論時事"爲詩歌的
主要內容。由此可知詩人受到《詩經》"漢樂府"等優秀作品的影響,
向陳子昂、杜甫等偉大作家學習,繼承的是自《詩經》"漢樂府"至杜甫
以來的現實主義傳統,同時又不停地向當時的作家學習,取其所長,
補己不足。

[編年]

《年譜》、《編年箋注》、《年譜新編》編年意見及編年理由同《樂府
(有序)》所述,我們的編年意見以及編年理由也同《樂府(有序)》所
表述。

◎ 和李餘古題樂府九首·捉捕歌①

捉捕復捉捕，莫捉狐與兔②。狐兔藏窟穴，豺狼妨道路③。道路非不妨，最憂螻蟻聚④。豺狼不陷阱，螻蟻潛幽蠹⑤。切切主人窗，主人輕細故⑥。延緣蝕欒櫨，漸入棟梁柱⑦。梁棟盡空虛，攻穿痕不露⑧。主人坦然意，晝夜安寢寤⑨。網羅布參差，鷹犬走迴互⁽⁽一⁾⁾⑩。盡力窮窟穴，無心自還顧⑪。客來歌捉捕，歌竟泪如雨⑫。豈是惜狐兔，畏君先後誤⑬。願君掃梁棟，莫遣螻蟻附⑭。次及清道途，盡滅豺狼步⑮。主人堂上坐，行客門前度⑯。然後巡野田，遍張畋獵具⑰。外無梟獍援。內有熊羆驅⑱。狡兔掘荒榛，妖狐薰古墓⑲。用力不足多，得禽自無數⑳。畏君聽未詳，聽客有明喻㉑。蟻虱誰不輕？鯨鯢誰不惡㉒？在海尚幽遐⁽⁽二⁾⁾，在懷交穢污㉓。歌此勸主人，主人那不悟㉔！不悟還更歌⁽⁽三⁾⁾，誰能恐違忤㉕！

錄自《元氏長慶集》卷二三

［校記］

（一）鷹犬走迴互：楊本、叢刊本同，《樂府詩集》、《全詩》作"鷹犬走回互"，語義相類，不改。

（二）在海尚幽遐：《樂府詩集》、《全詩》同，楊本作"狂海尚猶遐"，叢刊本作"在海尚猶遐"，"狂"、"猶"兩字語義難通，不從不改。

（三）不悟還更歌：楊本、叢刊本、《樂府詩集》、《全詩》同，《全詩》注作"不悟還更多"，語義難通，不從不改。

[箋注]

① 捉捕歌：本詩郭茂倩編入《樂府詩集·樂府雜題》。元稹以《捉捕歌》詩歌抨擊宦官，以"攻穿痕不露"、"延緣蝕欒櫨"的螻蟻爲喻，形象地揭示與抨擊宦官們禍國殃民暗蠹棟梁的本質和罪行。爲此詩人不怕"違忤"人主而再三勸諭，直到清除奸惡的宦官。本詩與《有鳥二十章》八、《蟲豸詩七篇·蟻子三首》等篇，是元稹元和初年反對宦官的繼續，是元稹元和後期堅決反對宦官的重要詩篇，爲歷來的元稹研究者所忽視，幸請讀者給予關注與重視。

② 捉捕：擒拿，捕捉。歐陽修《奏洺州盜賊事》："又聞前面馬鋪有賊四人，白日騎馬帶甲群行過往向東雞澤縣。賊勢如此交橫，其巡檢縣尉等並各未見向前捉捕。"劉過《題一犁春雨圖後》："畫田之外更畫牛，捉捕風影何時休？頭上安頭入詩軸，全家不應猶食粥。"　狐：獸名，形似狼，面部較長，耳朵三角形，尾巴長，毛色一般呈赤黃色。性狡猾多疑，晝伏夜出，雜食蟲類、小型鳥獸、野果等，毛皮極爲珍貴，通稱狐狸。王績《過漢故城》："餘基不可識，古墓列成行。狐兔驚魍魎，鴟鴞嚇獮狂。"劉希夷《洛川懷古》"昔時歌舞臺，今成狐兔穴。人事互消亡，世路多悲傷。"常常比喻壞人、小人，本詩也是以此比喻爲惡各地的地方邪惡勢力。司空圖《秦關》："形勝今雖在，荒涼恨不窮。虎狼秦國破，狐兔漢陵空。"蘇拯《獵犬行》："獵犬來成行，狐兔無奈何。獵犬今盈群，狐兔依舊多。"　兔：動物名，通稱兔子，頭部略似鼠，耳長，上唇中部裂豁，尾短而上翹，前肢較後肢短，能跑善躍，有野生，亦有家飼，肉可食，毛可以紡織，毛皮可以製衣物。《詩·王風·兔爰》："有兔爰爰，雉離於羅。"《韓非子·五蠹》："田中有株，兔走觸株，折頸而死。"

③ 窟穴：動物栖身的洞穴。王充《論衡·辨祟》："鳥有巢栖，獸有窟穴，蟲魚介鱗各有區處，猶人之有室宅樓臺也。"杜甫《又觀打魚》："日暮蛟龍改窟穴，山根鱣鮪隨雲雷。"　豺狼：豺與狼，皆凶獸。

《楚辭·招魂》:"豺狼從目,往來侁侁些。"比喻凶殘的惡人。《東觀漢記·陽球傳》:"願假臣一月,必令豺狼、鴟梟悉伏其辜。"李白《古風》一九:"俯視洛陽川,茫茫走胡兵。流血塗野草,豺狼盡冠纓。" 道路:這裏喻指達到某種目標的途徑。王勃《秋夜長》:"鶴關音信斷,龍門道路長。君在天一方,寒衣徒自香。"張謂《杜侍御送貢物戲贈》:"銅柱朱崖道路難,伏波橫海舊登壇。越人自貢珊瑚樹,漢使何勞獮豸冠!"

④ 不妨:表示可以、無妨礙之意。顏之推《顏氏家訓·風操》:"世人或端坐奧室,不妨言笑,盛營甘美,厚供齋食。"梅堯臣《睡意》:"虛堂净埽焚清香,安寢都忘世間欲。花時啼鳥不妨喧,清暑北窗聊避燠。" 憂:憂愁,憂慮。白居易《新樂府·賣炭翁》:"賣炭得錢何所營?身上衣裳口中食。可憐身上衣正單,心憂炭賤願天寒。"王讜《唐語林·補遺》:"德宗嘆曰:'卿理虢州而憂他郡百姓,宰相才也。'"螻蟻:螻蛄和螞蟻,泛指微小的生物。《莊子·列禦寇》:"在上爲烏鳶食,在下爲螻蟻食。"《淮南子·人間訓》:"千里之堤,以螻蟻之穴漏。"也常常被比作爲惡的小人。李白《枯魚過河泣》:"作書報鯨鯢,勿恃風濤勢。濤落歸泥沙,翻遭螻蟻噬。" 聚:謂朋黨。《韓非子·揚權》:"欲爲其國,必伐其聚;不伐其聚,彼將聚衆。"王先慎集解:"聚謂朋黨交結,伐之者,所以離散其朋黨也。"會合,聚集。《易·繫辭》:"方以類聚,物以群分。"《莊子·知北遊》:"人之生,氣之聚也,聚則爲生,散則爲死。"

⑤ 豺狼不陷阱:豺狼祇能自己中計險入陷阱,却不會設計陷阱捕獲獵物,故言。 陷阱:爲捕捉野獸或爲擒敵而挖的坑穴,上面浮蓋僞裝物,踩在上面就掉到坑裏,常比喻陷害人的羅網、圈套。《禮記·中庸》:"人皆曰予知,驅而納諸罟攫陷阱之中,而莫之知辟也。"孔穎達疏:"陷阱,謂坑也。穿地爲坎,豎鋒刃於中以陷獸也。"李白《君馬黃》:"猛虎落陷阱,壯夫時屈厄。相知在急難,獨好亦何益!"

幽:潛隱。阮籍《詠懷八十二首》三二:"朝陽不再盛,白日忽西幽。去此若俯仰,如何似九秋?"郭璞《山海經圖贊·猾褢》:"猾褢之獸,見則興役……天下有道,幽形匿迹。"　蟁:蚊蟲。孟郊《湘弦怨》:"嘉木忌深蟁,哲人悲巧誣。"這裏以螻蟻比喻禍國害民的人或事。《新唐書·盧懷慎傳》:"夫冒於寵賂,侮於鰥寡,爲政之蟁也。"

⑥ 切切:急切,急迫。桓寬《鹽鐵論·國疾》:"夫辯國家之政事,論執政之得失,何不徐徐道理相喻,何至切切如此乎?"朱熹《壬午應詔封事》:"切切然今日降一詔,明日行一事。"　主人:財物或權力的支配者。《易·明夷》:"君子于行,三日不食,有攸往,主人有言。"陶潛《乞食》:"主人解余意,遺贈豈虛來。"這裏喻指君主,下文義同。韓愈《祭穆員外文》:"主人信讒,有惑其下;殺人無罪,誣以成過。"元稹《蟲豸詩七篇·蟻子三首》一:"床上主人病,耳中虛藏鳴。雷霆翻不省,聞汝作牛聲。"　輕細:細微,細小。《漢書·孝成許皇后傳》:"蓋輕細微眇之漸,必生乖忤之患,不可不慎。"王嘉《拾遺記·虞舜》:"其珠輕細,風吹如塵起,名曰'珠塵'。"

⑦ 欒櫨:屋中柱頂承梁之木,曲者爲欒,直者爲櫨。劉禹錫《武陵觀火詩》:"騰烟透窗戶,飛焰生欒櫨。火山摧半空,星雨灑中衢。"白居易《遊悟貞寺詩》:"前對多寶塔,風鐸鳴四端。欒櫨與户牖,恰恰金碧繁。"　棟梁:房屋的大梁。《莊子·人間世》:"仰而視其細枝,則拳曲而不可爲棟梁。"《舊唐書·趙憬傳》:"大廈永固,是棟梁榱桷之全也;聖朝致理,亦庶官群吏之能也。"比喻擔任國家重任的人。柳宗元《行路難三首》二:"柏梁天灾武庫火,匠石狼顧相愁冤。君不見南山棟梁益稀少,愛材養育誰復論?"元稹《有鳥二十章》八:"穿墉伺隙善潛身,晝伏宵飛惡明燭。大廈雖存柱石傾,暗齧棟梁成蠹木。"

⑧ 空虛:空無,中空,不充實。《史記·龜策列傳》:"竹外有節理,中直空虛。"韓愈《符讀書城南》:"詩書勤乃有,不勤腹空虛。"　攻穿:穿越表面不留痕迹,攻擊内部不遺餘力。元稹《蟲豸詩七篇·蟻

子三首》二:"時術功雖細,年深禍亦成。攻穿漏江海,嚙食困蛟鯨。"鄭獬《禮法》:"使孔子而在,記今之變禮者,將操簡濡筆擇書之不暇,而天下方恬然不爲之怪,朝廷未嘗爲之禁令,而端使之攻穿壞敗。"

⑨ 坦然:形容心裏平静無顧慮。葛洪《抱朴子·安塉》:"怡爾執待兔之志,坦然無去就之謨。"安定。《南史·梁紀》:"公受言本朝,輕兵赴襲,排危冒險,剛柔遞用,坦然一方,還成藩服,此又公之功也。"晝夜:白日和黑夜。《論語·子罕》:"逝者如斯夫,不舍晝夜!"元稹《人道短》:"天道晝夜迴轉不曾住,春秋冬夏忙。" 寢:睡,卧。《詩·小雅·斯干》:"乃寢乃興,乃占我夢。"白行簡《李娃傳》:"生將馳赴宣陽……計程不能達。乃弛其裝服,質饌而食,賃榻而寢。" 寤:醒,睡醒,蘇醒。《詩·邶風·柏舟》:"静言思之,寤辟有摽。"崔鴻《十六國春秋·劉淵》:"其夜,夢所見魚變爲人,左手把一物,大如雞子,光景非常,授呼延氏曰:'此是日精,服之生貴子。'寤以告豹,豹曰:'吉徵也。'"

⑩ 網羅:捕捉鳥獸的工具。《淮南子·兵略訓》:"飛鳥不動,不絓網羅。"鮑照《代空城雀》:"高飛畏鴟鳶,下飛畏網羅。" 參差:不齊貌。《詩·周南·關雎》:"參差荇菜,左右流之。"孟郊《旅行》:"野梅參差發,旅榜逍遥歸。"紛紜繁雜。左延年《秦女休行》:"平生衣參差,當今無領襦。"杜牧《阿房宫賦》:"瓦縫參差,多於周身之帛縷。" 鷹犬:打獵時追捕禽獸的鷹和狗。《東觀漢記·和熹鄧皇后傳》:"太后臨朝,上林鷹犬悉斥放之。"葛洪《抱朴子·任能》:"尋飛逐走,未若假伎乎鷹犬。"比喻受驅使而奔走效勞的人。《後漢書·陳龜傳》:"臣龜蒙恩累世,馳騁邊垂,雖展鷹犬之用,頓斃胡虜之庭。" 迴互:回環交錯。《文選·木華〈海賦〉》:"乖蠻隔夷,迴互萬里。"李周翰注:"迴互,迴轉也。"高適《自淇涉黄河途中作十三首》六:"北風吹萬里,南雁不知數。歸意方浩然,雲沙更迴互。"往復,來回。《隋書·何妥傳》:"公孫濟迂誕醫方,費逾巨萬;徐道慶迴互子午,糜耗飲食。"

⑪ 盡力：竭盡全部能力。《史記·淮陰侯列傳》："今足下雖自以與漢王爲厚交,爲之盡力用兵,終爲之所禽矣!"杜甫《病馬》："乘爾亦已久,天寒關塞深。塵中老盡力,歲晚病傷心。"　無心：猶無意,沒有打算。陶潛《歸去來辭》："雲無心以出岫,鳥倦飛而知還。"杜甫《畏人》："門徑從榛草,無心走馬蹄。"佛教語,指解脫邪念的真心。修雅《聞誦法華經歌》："我亦當年學空寂,一得無心便休息。"齊己《送略禪者歸南岳》："勞生有願應回首,忍著無心與物違。"　還顧：回視,回頭看。劉向《九嘆·思古》："還顧高丘,泣如灑兮。"謝靈運《君子有所思行》："總駕越鍾陵,還顧望京畿。"後顧,顧及。《三國志·徐奕傳》："今使君統留事,孤無復還顧之憂也。"

⑫ 客：來賓,賓客。《易·需》："有不速之客三人來,敬之終吉。"韓愈《竹洞》："洞門無鎖鑰,俗客不曾來。"這裏是詩人自喻。　竟：終了,完畢。《詩·大雅·瞻卬》："鞠人忮忒,譖始竟背。"鄭玄箋："竟,猶終也。"《史記·項羽本紀》："於是項梁乃教籍兵法,籍大喜,略知其意,又不肯竟學。"謂自始至終的整段時間。《史記·齊太公世家》："竟頃公卒,百姓附,諸侯不犯。"《漢書·張湯傳》："吳楚已破,竟景帝不言兵,天下富實。"顏師古注："訖景帝之身,更不議征伐之事。"

⑬ 惜：哀傷,可惜。《論語·子罕》："子謂顏淵曰:'惜乎! 吾見其進也,未見其止也。'"何晏集解引包咸曰："孔子謂顏淵進益未止,痛惜之甚。"杜甫《洗兵馬》："田家望望惜雨乾,布穀處處催春種。"捨不得,吝惜。《後漢書·光武帝紀》："既至郾、定陵,悉發諸營兵,而諸將貪惜財貨,欲分留守之。"怕。李白《感興八首》三："不惜他人開,但恐生是非。"王安中《蝶戀花·長春花口號》："十二番花寒最好,此花不惜春歸早。"　君：古代大夫以上、據有土地的各級統治者的通稱,常用以專稱帝王。《儀禮·喪服》："君,至尊也。"鄭玄注："天子、諸侯及卿大夫有地者,皆曰君。"白居易《杜陵叟》："十家租稅九家畢,虛受吾君蠲免恩。"這裏與"主人"同義,都是指代當時在位的唐憲宗。

先後：前後。《禮記·大學》：“物有本末，事有終始，知所先後，則近道矣！”司馬相如《上林賦》：“車騎靁起，殷天動地，先後陸離，離散別追。”

⑭ 梁棟：屋宇的大梁。郭璞《遊仙詩七首》二：“青谿千餘仞，中有一道士。雲生梁棟間，風出窗戶裏。”黃庭堅《題王仲弓兄弟巽亭》：“里中多佳樹，與世作梁棟。” 附：依傍。《易·剝》：“象曰：山附於地。”《古詩十九首·冉冉孤竹生》：“與君爲新婚，兔絲附女蘿。”依附。王安石《次韵劉著作過茅山今平甫往遊因寄》：“遙想青雲知可附，坐看閭巷得名聲。”親近。《詩·大雅·縣》：“予曰有疏附，予曰有先後。”毛傳：“率下親上曰疏附。”

⑮ 清：治理，清理。《詩·小雅·黍苗》：“原隰既平，泉流既清。”毛傳：“水治曰清。”潘岳《藉田賦》：“乃使甸帥清畿，野廬掃路。” 滅：除盡，使不存在。《易·剝》：“剝床以足，以滅下也。”《史記·孟嘗君列傳》：“客與俱者下，斫擊殺數百人，遂滅一縣以去。” 步：通“酺”，災害之神名。《周禮·夏官·校人》：“冬祭馬步，獻馬講馭夫。”鄭玄注：“馬步，神爲災害馬者。”賈公彦疏：“步與酺字異音義同。”

⑯ 堂上：殿堂上，正廳上。《玉臺新詠·古詩〈爲焦仲卿妻作〉》：“府吏得聞之，堂上啓阿母。”韓愈《柳州羅池廟碑》：“廟成，大祭。過客李儀醉酒，慢侮堂上，得疾，扶出廟門即死。”這裏指唐憲宗坐朝的殿堂。 坐：古人鋪席於地，兩膝著席，臀部壓在脚後跟上，謂之“坐”。後來把臀部平放在椅子、凳子或其他物體上，以支援身體稱爲“坐”。《禮記·曲禮》：“先生書策，琴瑟在前，坐而遷之，戒勿越。”孔穎達疏：“坐亦跪也。”皇甫謐《高士傳·管寧》：“管寧自越海及歸，常坐一木榻，積五十餘年，未嘗箕股，其榻上當膝處皆穿。”這裏暗喻唐憲宗尸位而已，無所作爲。 行客：過客，旅客。《淮南子·精神訓》：“是故視珍寶珠玉猶礫石也，視至尊窮寵猶行客也。”高誘注：“行客，猶行路過客。”《南史·文身國》：“土俗歡樂，物豐而賤，行客不齎糧。”

這裏應該是詩人的自喻。　度:圖謀,謀劃。《國語·晉語》:"及其即位也,詢於八虞而諮於二虢,度於閎夭而謀於南宮,諏於蔡原而訪於辛尹,重之以周邵畢榮,億寧百神,而柔和萬民。"韋昭注:"度,亦謀也。"

⑰ 巡:巡閱,巡行。《國語·晉語》:"臣從君還軫,巡於天下,怨其多矣!"韋昭注:"巡,行也。"陳子昂《諫曹仁師出軍書》:"乃徵精卒十萬,北巡朔方,略地而還。"引申指審視,細看。江淹《蕭被侍中敦勸表》:"臣檢古少例,巡今逾疑。"巡視安撫,撫慰。《左傳·哀公元年》:"在國,天有菑癘,親巡孤寡而共其乏困。"楊伯峻注:"巡謂巡行安撫之。"　野田:猶田野。《南齊書·祥瑞志》:"永明二年八月,梁郡睢陽縣界野田中獲嘉禾,一莖二十三穗。"王維《偶然作六首》二:"得意苟爲樂,野田安足鄙!"這裏暗喻全國各地。　畋獵:打獵。葛洪《抱朴子·勖學》:"息畋獵博弈之遊戲,矯晝寢坐睡之懈怠。"杜甫《投贈哥舒開府翰》:"軒墀曾寵鶴,畋獵舊非熊。"

⑱ 梟獍:舊説梟爲惡鳥,生而食母,獍爲惡獸,生而食父,以此比喻忘恩負義之徒或狠毒的人。杜甫《草堂》:"焉知肘腋禍,自及梟獍徒!"杜光庭《醮名山靈化詞》:"猶賴上天垂祐,靈化督祚,不容梟獍之心,坐殄豺狼之黨。"　熊羆:熊和羆,皆爲猛獸,因以比喻勇士或雄師勁旅。楊炯《唐右將軍魏哲神道碑》:"勝殘去殺,上馮宗廟之威;禁暴戡奸,下藉熊羆之用。"也指帝王得賢輔,典出《史記·齊太公世家》:"西伯將出獵,卜之,曰'所獲非龍非彲,非虎非羆,所獲霸王之輔'。於是周西伯獵,果遇太公于渭之陽,與語大説……載與俱歸,立爲師。"西伯,指周文王。杜甫《贈崔十三評事公輔》:"燕王買駿骨,渭老得熊羆。"

⑲ 狡:狡猾。韓愈《賀徐州張僕射白兔書》:"兔,陰類也,又窟居,狡而伏,逆象也。"寒山《詩三百三首》一〇三:"柳郎八十二,藍嫂一十八。夫妻共百年,相憐情狡猾。"　荒榛:雜亂叢生的草木。孫綽

《游天台山賦》:"披荒榛之蒙蘢,陟峭崿之崢嶸。"孟郊《奉報翰林張舍人見遺之詩》:"品松位何高,翠宮没荒榛。" 妖:艷麗。《文選·宋玉〈神女賦〉》:"近之既妖,遠之有望。"李善注:"近看既美,復宜遠望。"曹植《美女篇》:"美女妖且閑,採桑歧路間。" 古墓:時代久遠的墳墓。盧照鄰《石鏡寺》:"古墓芙蓉塔,神銘松柏烟。鸞沉仙鏡底,花没梵輪前。"王維《過始皇墓》:"古墓成蒼嶺,幽宫象紫臺。星辰七曜隔,河漢九泉開。"

⑳ 用力:使用力氣,花費精力。《禮記·祭義》:"小孝用力,中孝用勞。"《史記·秦楚之際月表》:"以德若彼,用力如此,蓋一統若斯之難也。" 不足:不值得,不必。《史記·高祖本紀》:"章邯已破項梁軍,則以爲楚地兵不足憂,乃渡河,北擊趙,大破之。"劉餗《隋唐嘉話》卷上:"余自髫丱之年,便多聞往説,不足備之大典,故繫之小説之末。" 無數:無法計算,極言其多。《東觀漢記·張堪》:"珍寶珠玉,委積無數。"杜甫《秋雨嘆三首》一:"著葉滿枝翠羽蓋,開花無數黄金錢。"

㉑ 畏:憂慮,擔心。《史記·項羽本紀》:"今卒少惰矣!秦兵日益,臣爲君畏之。"杜甫《羌村三首》二:"晚歲迫偷生,還家少歡趣。嬌兒不離膝,畏我復却去。" 未詳:不知道或瞭解得不清楚。《宋書·禮志》:"至尊爲服總三月,成服,仍即公除。至三月竟,未詳當除服與不?"酈道元《水經注·涑水》:"水自山北流,五里而伏,云'潛通澤渚',所未詳也。"不够詳盡。 明喻:明白比方,清楚告知。宋祁《答并州韓太尉啓》:"伏自太尉建節洋道,開府并門,明喻上恩,申慰善俗,萬夫圜視以觀化,列將抃股而畏威。"王安石《論館職札子二》一:"陛下即以臣言爲可,乞明喻大臣,使各舉所知。"

㉒ 蟣虱:虱及其卵。王珪《詠漢高祖》:"蟣虱生介胄,將卒多苦辛。爪牙驅信越,腹心謀張陳。"李白《古風》六:"蟣虱生虎鶡,心魂逐旌旃。" 鯨鯢:即鯨,雄曰鯨,雌曰鯢,這裏比喻凶惡的敵人。元稹

《和樂天折劍頭》"風雲會一合,呼吸期萬里。雷震山岳碎,電斬鯨鯢死。"劉禹錫《美溫尚書鎮定興元以詩寄賀》:"旌旗入境犬無聲,戮盡鯨鯢漢水清。從此世人開耳目,始知名將出書生。"

㉓ 幽遐:僻遠,深幽。《晉書·禮志》:"故雖幽遐側微,心無壅隔。"包融《武陵桃源送人》:"武陵川徑入幽遐,中有雞犬秦人家。"穢污:不潔,骯髒。《尸子·治天下》:"故文王之見太公望也,一日五反;桓公之奉管仲也,列城有數。此所以其僻小,身至穢污,而爲正於天下也。"葛洪《抱朴子·論仙》:"以富貴爲不幸,以榮華爲穢污。"

㉔ 勸:勸諭,勸説。《書·顧命》:"柔遠能邇,安勸大小庶邦。"孔傳:"勸使爲善。"孫星衍疏:"勸者,《廣雅·釋詁》云:教也。"王維《送元二使安西》:"勸君更盡一杯酒,西出陽關無故人。" 那:疑問代詞,如何,怎麽。《東觀漢記·劉玄載記》:"更始韓夫人曰:'(王)莽不如此,帝那得爲之?'"張先《卜算子慢》:"恨私書,又逐東風斷。縱西北層樓萬尺,望重城那見?" 悟:理解,領會。班彪《王命論》:"悟戍卒之言,斷懷土之情。"謝混《游西池》:"悟彼蟋蟀唱,信此勞者歌。"

㉕ 違忤:違背,不順從,抵觸,不一致。《漢書·張敞傳》:"宣帝徵敞爲太中大夫,與于定國並平尚書事,以正違忤大將軍霍光。"劉知幾《史通·直書》:"寧順從以保吉,不違忤以受害也。"元稹以《捉捕歌》詩歌抨擊宦官,以"攻穿痕不露"、"延緣蝕樂櫨"的螻蟻爲喻,形象地揭示與抨擊宦官們禍國殃民暗齧棟梁的本質和罪行。爲此詩人不怕"違忤"人主而再三勸諭,直到清除奸惡的宦官。正因爲元稹一直堅持與宦官的鬥爭,所以元和年間當權的吐突承璀宦官集團對元稹恨之入骨,參與對元稹的殘酷打擊,先將元稹貶謫江陵,再貶通州,前後長達十年。直到元和十四年才由元稹摯友、時相崔群借平定淮西和因給唐憲宗上尊號兩次大赦天下的機會,將元稹先量移虢州長史,後調入京城爲膳部員外郎。本詩可與元稹本人的《蟲豸詩·蟻子三首》並讀,是元稹反對宦官的重要詩篇。

[編年]

《年譜》、《編年箋注》、《年譜新編》編年意見及編年理由同《樂府(有序)》所述,我們的編年意見以及編年理由也同《樂府(有序)》所表述。

◎ 和李餘古題樂府九首·古築城曲五解^{(一)①}

年年塞下丁,長作出塞兵②。自從冒頓強,官築遮虜城③。

築城須努力,城高遮得賊④。但恐賊路多,有城遮不得⑤。

丁口傳父口^(二),莫問城堅不⑥!平城被虜圍,漢齕城牆走⑦。

因兹請休和^(三),虜往騎來過^{(四)⑧}。半疑兼半信,築城猶嵯峨⑨。

築城安敢煩!願聽丁一言⑩:請築鴻臚寺,兼愁虜出關⑪。

錄自《元氏長慶集》卷二三

[校記]

(一) 古築城曲五解:楊本、叢刊本、《萬首唐人絕句》、《全詩》同,《全詩》樂府詩部份、《樂府詩集》作"築城曲五解",《唐文粹》、《古詩鏡·唐詩鏡》作"古築城曲五首",語義相類,不改。

(二) 丁口傳父口:楊本、叢刊本、《樂府詩集》、《古詩鏡·唐詩鏡》、《萬首唐人絕句》同,《全詩》、《唐文粹》作"丁口傳父言",語義相類,不改。

　　（三）因兹請休和：楊本、叢刊本、《唐文粹》、《樂府詩集》注、《全詩》、《萬首唐人絕句》、《古詩鏡·唐詩鏡》同，《樂府詩集》、《全詩》樂府詩部份作"因兹虜請和"。

　　（四）虜往騎來過：楊本、叢刊本、《唐文粹》、《古詩鏡·唐詩鏡》、《全詩》同，《樂府詩集》、《全詩》樂府詩部份作"虜往騎來多"，《萬首唐人絕句》作"敵騎往來過"，語義相類，不改。

［箋注］

　　① 古築城曲：張籍《築城曲》題下注："《築城曲》，以小鼓爲節，築者下杵以和之，謂爲《睢陽曲》。《唐書·樂志》曰：'睢陽操，用春牘是也。'"《樂府詩集》序云："馬縞《中華古今注》曰：'秦始皇三十二年，得讖書云：亡秦者胡。乃使蒙恬擊胡，築長城以備之。'《淮南子》曰：'秦發卒五十萬築修城，西屬流沙，北繫遼水，東結朝鮮，中國内郡挽車而餉之，後因有《築城曲》，言築長城以限胡虜也。又有《築城睢陽曲》與此不同。《古今樂録》曰：築城相杵者，出自漢梁孝王，孝王築睢陽城，方十二里，造唱聲以小鼓爲節，築者下杵以和之，後世謂此聲爲《睢陽曲》。'晉《太康地記》曰：'今樂家《睢陽曲》是其遺音。'《唐書·樂志》曰：'《睢陽操》，用春牘。'是也。按《漢書》曰：梁孝王廣睢陽城七十二里，而云十二里，未知孰是。"張籍《築城曲》詩云："築城去，千人萬人齊抱杵。重重土堅試行錐，軍吏執鞭催作遲。來時一年深磧裏，著盡短衣渴無水。力盡不得抛杵聲，杵聲未定人皆死。家家養男當門户，今日作君城下土。"此後歷代同題之作甚多，如陸龜蒙《築城詞二首》，其一云："城上一抔土，手中千萬杵。築城畏不堅，堅城在何處？"其二云："莫嘆築城勞，將軍要却敵。城高功亦高，爾命何處惜！"如陸游《古築城曲》，其一："築城聲酸嘶，漢月傍城低。白骨若不掩，高與長城齊。"其二："長城高際天，三十萬人守。一日詔書来，扶蘇先授首。"其三："百丈築城身，千步掘城壕。咸陽三月火，始悔此徒勞。"其四：

"嶧山訪秦碑，斷裂無完筆。惟有築城詞，哀怨如當日。"如陳起《築城曲》："日將西，杵聲急，一聲聲自死腸出。城高不特土累成，半是鋪填怨夫骨。儒坑戰地骨更多，十二金人隨鬼泣。"方回《築城謠》："從軍去築城，不如困長征。從軍去掘塹，不如鏖血戰。古今征戰立奇功，貂蟬多出兜鍪中。徒教力盡鍤與杵，主將策勛士卒苦。君不見每調一軍役百室，一日十人戕六七。草間髑髏飼螻蟻，主將言逃不言死。"又如葉朱《古築城曲二解》，其一云："長城三十萬人夫，版築罷勞骨已枯。萬里嘗憂絕地脉，丁夫命絕亦知無？"其二云："城周萬里勢嵳峩，董役功成奈虜何？還是管城爲計巧，至今文字策勛多。"再如元代僧人大圭《築城曲》："築城築城胡爲哉？使君日夜憂賊來。賊來猶隔三百里，長驅南下無一跬。吏胥督役星火催，萬杵哀哀亘雲起。賊來不來城且成，城下人語連哭聲。官言有錢顧汝築，錢出自我無聊生。收取人心養民力，萬一猶能當盜賊。不然共守城者誰？解體一朝救何得？吾聞金湯生禍樞，爲國不在城有無。君不見泉州閉門不納宋天子，當時有城乃如此。"甚至清代的最高統治者愛新覺羅·弘曆也來仿效，當然立場與元稹，也與歷代詩人絕然不同，其《古築城曲（效元微之體亦反其意也兼用其韵）》："伊犁無綽羅，駐我鎮撫兵。耕牧有餘閑，命之堅築城。守望不可□，其實非防賊。何曾捉民丁，事半功倍得。" 解：樂曲、詩歌或文章的章節。崔豹《古今注·音樂》："李延年因胡曲，更進新聲二十八解。"溫庭筠《西州曲》："一彈三四解，掩抑似含情。"據此，我們以爲本詩詩題"五解"，可以看作主旨相同五篇詩歌，而不是一首詩歌。

　　②年年：每年，一年又一年。趙彥昭《奉和幸安樂公主山莊應制》："靈泉巧鑿天孫渚，孝笋能抽帝女枝。幸願一生同草樹，年年歲歲樂於斯。"鄭愔《春怨》："曲中愁夜夜，樓上別年年。不及隨蕭史，高飛向紫烟。" 塞下：邊塞附近，亦泛指北方邊境地區。《史記·高祖本紀》："盧綰與數千騎居塞下候伺，幸上病癒自入謝。"韓愈《送水陸

運使韓侍御歸所治序》：“其冬來朝奏曰：得益開田四千頃，則盡可以給塞下五城矣！”　出塞：出邊塞。《史記·周本紀》：“今又將兵出塞，攻梁，梁破則周危矣！”李白《太原早秋》：“霜威出塞早，雲色渡河秋。”

③ 自從：介詞，表示時間的起點。陶潛《擬古九首》三：“自從分別來，門庭日荒蕪。”杜甫《韋諷錄事宅觀曹將軍畫馬圖》：“自從獻寶朝河宗，無復射蛟江水中。”　冒頓：西漢初年匈奴單于名，姓攣鞮。冒頓在秦二世元年弒父自立，建立軍政制度，東滅東胡，西逐月支，北服丁零，南服樓煩、白羊，西漢初年經常侵擾邊地。盧照鄰《戰城南》：“將軍出紫塞，冒頓在烏貪。笳喧雁門北，陣翼龍城南。”夏竦《復塞垣》：“臣聞匈奴以北有陰山，草木茂盛，冒頓依阻寇虐中州，漢奪其地，邊用少安。”　遮虜城：也就是人們常說的萬里長城，其主要作用是抵禦匈奴入侵，故名。春秋戰國時各國出於防禦目的，分別在邊境形勢險要處修築長城。《左傳·僖公四年》載有“楚國方城以爲城”的話，這是有關長城的最早記載。戰國時齊、楚、魏、燕、趙、秦和中山等國相繼興築。秦始皇滅六國完成統一後，爲了防禦北方匈奴的南侵，將秦、趙、燕三國的北邊長城予以修繕，連貫爲一，故城西起臨洮（今甘肅省岷縣），北傍陰山，東至遼東，俗稱“萬里長城”，至今尚有遺迹殘存。此後漢、北魏、北齊、北周、隋各代都曾在北邊與遊牧民族接境地帶築過長城。明代爲了防禦韃靼、瓦剌的侵擾，自洪武至萬曆時，前後修築長城達十八次，西起嘉峪關，東至遼東，稱爲“邊墙”。宣化、大同二鎮之南，直隸、山西界上，並築有內長城，稱爲“次邊”，總長約六千七百公里，大部分至今仍基本完好，爲世界歷史上偉大工程之一。賀知章《送人之軍》：“隴雲晴半雨，邊草夏先秋。萬里長城寄，無貽漢國憂。”劉禹錫《經檀道濟故壘》：“萬里長城壞，荒營野草秋。秣陵多士女，猶唱白符鳩。”

④ 築城：建城，多指構築城寨、城堡、城池和要塞等。《詩·大雅·文王有聲》：“築城伊淢，作豐伊匹。”裴澈《奉和御製旋師喜捷》：

"斬虜還遮塞,綏降更築城。從來攻必克,天策振奇兵。"王翰《飲馬長城窟行》:"秦王築城何太愚！天實亡秦非北胡。一朝禍起蕭牆內,渭水咸陽不復都。" 城高:即高城。王昌齡《宿京江口期劉眘虛不至》:"霜天起長望,殘月生海門。風靜夜潮滿,城高寒氣昏。"殷堯藩《還京口》:"黃鶴山頭雪未消,行人歸計在今朝。城高鐵甕江山壯,地接金陵草木雕。" 賊:謂對國家、人民、社會道德風尚造成嚴重危害的人。《周禮·秋官·士師》:"二曰邦賊。"鄭玄注:"為逆亂者。"《漢書·高帝紀》:"明其為賊,敵乃可服。"這裏指時時入侵的外族,亦即匈奴侵略者。

⑤"但恐賊路多"兩句:意謂侵略者入侵的路綫很多,並不固定,因此固定的長城恐怕很難阻擋侵略者的入侵。 遮:遏止,阻攔。《史記·楚世家》:"楚懷王亡逃歸,秦覺之,遮楚道,懷王恐,乃從閒道走趙以求歸。"李頎《古從軍行》:"聞道玉門猶被遮,應將性命逐輕車。"

⑥丁口:即人口,古代成年男子稱丁,女子及未成年男子稱口。《北齊書·文宣帝紀》:"丁口減於疇日,守令倍於昔辰。"韓愈《寄盧仝》:"國家丁口連四海,豈無農夫親耒耜！" 父口:父輩的口頭傳授。謝應芳《駣孫墓磚銘》:"龜巢謝第六孫名駣孫,生三歲而能言,父口授《周南》、《關雎》等篇,立能成誦。"楊士奇《從子之宜墓誌銘》:"之宜名相,余從兄思貽甫冢子也。母康氏,相幼聰慧,六歲,其父口授小學,能成誦不忘。" 莫問:不要問。岑參《稠桑驛喜逢嚴河南中丞便別得時字》:"馹馬映花枝,人人夾路窺。離心且莫問！春草自應知。"獨孤及《蕭文學山池宴集》:"主人邀盡醉,林鳥助狂言。莫問愁多少,今皆付酒樽。"

⑦"平城被虜圍"兩句:這裏講述的是劉邦遇險的故事。 平城:地名,漢高祖曾被圍困於此,地當今山西大同市附近。《史記·匈奴傳》:"是時漢初定中國⋯⋯匈奴⋯⋯因引兵南踰句注,攻太原,至

晉陽下。高帝自將兵往擊之,會冬大寒雨雪,卒之墮指者十二三。於是冒頓詳敗走誘漢兵,漢兵逐擊冒頓,冒頓匿其精兵,見其羸弱,於是漢悉兵多步兵,三十二萬北逐之。高帝先至平城,步兵未盡到,冒頓縱精兵四十萬騎圍高帝……漢兵中外不得相救餉……高帝乃使使間厚遺閼氏,閼氏乃謂冒頓曰:'兩主不相困,今得漢地而單于終非能居之也……'乃解圍之一角,於是高帝令士皆持滿傅矢外鄉,從解角直出,竟與大軍合,而冒頓遂引兵而去,漢亦引兵而罷。"　斸:原指鋤頭。韓愈《鳳翔隴州節度使李公墓誌銘》:"益市耕牛,鑄鎛、銍、鉬、斸以給農之不能自具者。"這裏是指掘。張碧《農父》:"運鋤耕斸侵星起,隴畝豐盈滿家喜。"也作斫、砍削解。牛殳《琵琶行》:"何人斸得一片木,三尺春冰五音足?"楊萬里《遠峰》:"誰將修月斧,斸取一尖來?"城墻:爲防衛而建築在城周圍的高峻堅厚的圍墻。王充《論衡·須頌》:"城墻之土,平地之壤也……國之功德崇於城墻。"白居易《春至》:"白片落梅浮澗水,黃梢新柳出城墻。"這裏指平城的城墻。

⑧ 休和:安定和平。《左傳·襄公九年》:"若能休和,遠人將至。"《舊唐書·玄宗紀》:"致君親於堯舜,濟黔首於休和。"猶言平息了事。司馬光《論皇城司巡察親事官札子》:"有百姓殺人,私用錢物休和。"　虜往騎來過:猶言匈奴的軍騎在長城內外來來往往。沈佺期《夏日都門送司馬員外逸客孫員外佺北征》:"二庭追虜騎,六月動周師。廟略天人授,軍麾相國持。"胡皓《大漠行》:"單于犯薊壖,虜騎略蕭邊。南山木葉飛,下地北海蓬。"以上五句,是父輩口頭傳授之言。

⑨ 半疑兼半信:猶言半信不信。　半疑:似疑不疑。呂溫《臨洮送袁七書記歸朝(時袁生作僧,蕃人呼爲袁師)》:"憶年十五在江湄,聞説平涼且半疑。豈料殷勤洮水上,却將家信託袁師。"　半信:似信不信。韓偓《惆悵》:"身情長在暗相隨,生魄隨君君豈知?被頭不暖空霑泪,釵股欲分猶半疑。"曾豐《贈五行家唐克壽》:"初心半信術家

流,百諾於茲未一酬。一行無非占不驗,北平終是命難侯。" 嵯峨:
山高峻貌。賀知章《採蓮曲》:"稽山罷霧鬱嵯峨,鏡水無風也自波。
莫言春度芳菲盡,別有中流采芰荷。"韋應物《送蘇評事》:"嵯峨夏雲
起,迢遞山川永。登高望去塵,紛思終難整。"

⑩ 安敢:怎麼敢。王維《重酬苑郎中》:"何幸含香奉至尊,多慚
未報主人恩。草木盡能酬雨露,榮枯安敢問乾坤?"高適《同李員外賀
哥舒大夫破九曲之作》:"威稜懾沙漠,忠義感乾坤。老將黯無色,儒
生安敢論!" 煩:厭煩,膩煩。杜甫《上白帝城二首》一:"不是煩形
勝,深慚畏損神。"韋應物《同德閣期元侍御李博士不至各投贈二首》
一:"庭樹忽已暗,故人那不來? 祇因厭煩暑,永日坐霜臺。" 一言:
一句話,一番話。《左傳·僖公二十八年》:"楚一言而定三國,我一言
而亡之。"魏徵《述懷》:"季布無二諾,侯嬴重一言。"謂陳述一次。《穀
梁傳·昭公四年》:"慶封曰:'子一息,我亦且一言。'"《孔子家語·屈
節解》:"遽發所愛之使告宓子曰:'自今以往,單父非吾有也,從子之
制,有便於民者,子決爲之,五年一言其要。'"

⑪ 鴻臚寺:官署名。《周禮》官名有大行人之職,秦及漢初稱典
客,景帝六年更名大行令,武帝太初元年改稱大鴻臚,主掌接待賓客
之事。東漢以後大鴻臚主要職掌爲朝祭禮儀之贊導,北齊始置鴻臚
寺,唐一度改爲司賓寺,主官或稱卿或稱正卿,副職爲少卿,屬官因各
朝代而異,或有鳴贊、序班,或置丞、主簿。溫庭筠《鴻臚寺有開元中
錫宴堂樓臺池沼雅爲勝絕荒涼遺址僅有存者偶成四十韻》:"明皇昔
御極,神聖垂耿光。沈機發雷電,逸躅陵堯湯。"《新唐書·百官志》:
"凡客還,鴻臚籍衣齎賜物多少以報主客,給過所。" 出關:出關口,
到塞外。《史記·孟嘗君列傳》:"孟嘗君得出,即馳去,更封傳,變姓
名以出關。"王維《送熊九赴任安陽》:"送車盈灞上,輕騎出關東。相
去千餘里,西園明月同。"

[編年]

《年譜》、《編年箋注》、《年譜新編》編年意見及編年理由同《樂府(有序)》所述,我們的編年意見以及編年理由也同《樂府(有序)》所表述。

◎ 和李餘古題樂府九首·估客樂①

估客無住著(一),有利身則行(二)②。出門求火伴,入戶辭父兄③。父兄相教示,求利莫求名④。求名有所避(三),求利無不營⑤。火伴相勒縛,賣假莫賣誠⑥。交關但交假(四),本生得失輕(五)⑦。自茲相將去,誓死意不更⑧。一解市頭語(六),便無鄉里情(七)⑨。鍮(鍮石,銅似金者)石打臂釧,糯米吹項瓔⑩。歸來村中賣,敲作金玉聲(八)⑪。村中田舍娘,貴賤不敢爭⑫。所費百錢本,已得十倍贏⑬。顏色轉光净(九),飲食亦甘馨⑭。子本頻蕃息,貨賂日兼并(一〇)⑮。求珠駕滄海,採玉上荆衡(一一)⑯。北買党項馬,西擒吐蕃鸚(一二)⑰。炎洲布火浣,蜀地錦織成⑱。越婢脂肉滑,奚僮眉眼明⑲。通算衣食費,不計遠近程⑳。經遊天下遍(一三),却到長安城㉑。城中東西市,聞客次第迎㉒。迎客兼說客,多財爲勢傾㉓。客心本明黠,聞語心已驚㉔。先問十常侍,次求百公卿㉕。侯家與主第,點綴無不精㉖。歸來始安坐,富與王者勍(一四)㉗。市卒酒肉臭(一五),縣胥家舍成㉘。豈唯絶言語,奔走極使令㉙。大兒販材木,巧識梁棟形㉚。小兒販鹽鹵,不入州縣征㉛。一身倚市利,突若截海鯨㉜。鈎距不敢下,下則牙齒横㉝。生爲估客樂,判爾樂一生㉞。爾又生兩子,錢刀何歲平㉟?

録自《元氏長慶集》卷二三

[校記]

（一）估客無住著：叢刊本、《全詩》、《樂府詩集》同，楊本作"估客無住着"、《全詩》注作"估客無住者"，語義相類，不改。

（二）有利身則行：楊本、叢刊本、《全詩》注同，《樂府詩集》、《全詩》作"有利身即行"，語義相類，不改。

（三）求名有所避：《樂府詩集》、《全詩》同，楊本、叢刊本、《全詩》注作"求名莫所避"，語義不同，不改。

（四）交關但交假：楊本、叢刊本、《全詩》同，《樂府詩集》、《全詩》注作"交關少交假"，語義不同，不改。

（五）本生得失輕：楊本、叢刊本、《全詩》同，《樂府詩集》、《全詩》注作"交假本生輕"，語義不同，不改。

（六）一解市頭語：原本作"亦解市頭語"，楊本、叢刊本、《全詩》同，據錢校、《樂府詩集》、《全詩》注改。

（七）便無鄉里情：叢刊本、《樂府詩集》同，楊本、《全詩》作"便無鄰里情"，語義相類，不改。

（八）敲作金玉聲：宋蜀本、蘭雪堂本、叢刊本、《樂府詩集》同，楊本、《全詩》作"敲作金石聲"，語義不佳，不改。

（九）顏色轉光净：原本作"顏色轉光静"，楊本、叢刊本同，據《樂府詩集》、《全詩》改。

（一〇）貨賂日兼幷：原本作"貨販日兼幷"，楊本、叢刊本、《全詩》同，據《樂府詩集》、《全詩》注改。

（一一）採玉上荆衡：宋蜀本、《樂府詩集》、《全詩》同，楊本、叢刊本作"採珠上荆衡"，與上句"求珠駕滄海"之"珠"重複，不從不改。

（一二）西擒吐蕃鷹：原本作"西擒吐蕃鸚"，楊本、叢刊本、《全詩》、《樂府詩集》、《全詩》注同，《後村詩話》作"西擒吐番鷹"，吐蕃以出產凶猛的鷹類名世；據改。

（一三）經遊天下遍：楊本、叢刊本、《全詩》同，《樂府詩集》、《全

4232

詩》注作“經營天下遍”，語義相類，不改。

（一四）富與王者勃：楊本、叢刊本、《全詩》同，《樂府詩集》、《全詩》注作“富與王家勃”，語義相類，不改。

（一五）市卒酒肉臭：宋蜀本、《樂府詩集》、《全詩》同，楊本、叢刊本、《全詩》注作“市卒醉肉臭”，語義不佳，不改。

［箋注］

① 估客樂：《樂府詩集》：“《古今樂錄》曰：‘《估客樂》者，齊武帝之所製也。帝布衣時嘗游樊鄧，登祚以後追憶往事而作歌，使樂府令劉瑤管弦被之教習，卒遂無成。有人啟釋寶月善解音律，帝使奏之，旬日之中便就諧合，敕歌者常重爲感憶之聲，猶行於世，寶月又上兩曲。帝數乘龍舟游五城江中放觀，以紅越布爲帆，綠絲爲帆，緯鏽石爲篙足。篙榜者悉著郁林布作淡黃袴，列開，使江中衣出，五城殿猶在，齊舞十六人，梁八人。’《唐書·樂志》曰：‘梁改其名爲《商旅行》。’”關於《估客樂》，齊武帝蕭頤《估客樂》：“昔經樊鄧役，徂潮梅根渚。感憶追往事，意滿辭不叙。”還有釋寶月《估客樂》，其一：“郎作十里行，儂作九里送。拔儂頭上釵，與郎資路用。有信數寄書，無信心相憶。莫作瓶落井，一去無消息。”其二：“大艑珂峨頭，何處發揚州？借問艑上郎，見儂所歡不？初發揚州時，船出平津泊。五兩如竹林，何處相尋博？”庾信《賈客詞》：“五兩開船頭，長檣發新浦。縣知岸上人，遙振江中鼓。”陳後主陳叔寶《估客樂》：“三江結儔侶，萬里不辭遙。恒隨鶖首舫，屢逐雞鳴潮。”李白《估客樂》：“海客乘天風，將船遠行役。譬如雲中鳥，一去無蹤迹。”劉禹錫《賈客詞》：“賈客無定游，所遊惟利並。眩俗雜良苦，乘時知重輕。心計析秋毫，搖鉤侔懸衡。錐刀既無棄，轉化日已盈。邀福禱波神，施財遊化城。妻約雕金釧，女垂貫珠纓。高貲比封君，奇貨通幸卿。趨時鶩鳥思，藏鏹盤龍形。大艑浮通川，高樓次旗亭。行止皆有樂，關梁似無征。農夫何爲者，辛

苦事寒耕?"張籍《賈客樂》:"金陵向西賈客多,船中生長樂風波。欲
發移船近江口,船頭祭神各澆酒。停杯共説遠行期,入蜀經蠻遠別
離。金多衆中爲上客,夜夜算緡眠獨遲。秋江初月猩猩語,孤帆夜發
滿湘渚。水工持檝防暗灘,直過山邊及前侶。年年逐利西復東,姓名
不在縣籍中。農夫税多長辛苦,棄業長爲販賣翁。"劉駕《賈客詞》:
"賈客燈下起,猶言發已遲。高山有疾路,暗行終不疑。寇盜伏其路,
猛獸來相追。金玉四散去,空囊委路岐。揚州有大宅,白骨無地歸。
少婦當此日,對鏡弄花枝。"我們以爲,劉禹錫的《賈客詞》、張籍的《賈
客樂》可以與元積本詩并名於世,其餘諸作,祇能作爲本詩的背景材
料而已。　估客:即行商。杜甫《灔澦》:"江天漠漠鳥雙去,風雨時時
龍一吟。舟人漁子歌迴首,估客胡商泪滿襟。"張繼《奉寄皇甫補闕》:
"京口情人別久,楊州估客來疏。潮至潯陽回去,相思無處通書。"

②　住著:佛教語,猶執著。希運《黃檗斷際禪師宛陵録》:"如今
但一切時中行住坐臥,但學無心……亦無住著,終日任運騰騰,如痴
人相似。"李頎《宿瑩公禪房聞梵》:"蕭條已入寒空静,颯遝仍隨秋雨
飛。始覺浮生無住著,頓令心地欲皈依。"謂拘管羈絆。杜甫《戲爲雙
松圖歌》:"松根胡僧憩寂寞,龐眉皓首無住著。偏袒右肩露雙脚,葉
裹松子僧前落。"　有利:有利益,有好處。桓寬《鹽鐵論·國疾》:"大
夫難罷鹽鐵者,非有利也,憂國家之用,邊境之費也。"徐夤《西寨寓
居》:"閑讀南華對酒杯,醉携筇竹畫蒼苔。豪門有利人争去,陋巷無
權客不來。"

③　出門:外出,走出門外。《易·同人》:"出門同人,又誰咎也?"
《史記·淮陰侯列傳》:"信出門,笑曰:'生乃與噲等爲伍。'"離開家鄉
遠行。劉復《長歌行》:"出門驅馳四方事,徒用辛勤不得意。三山海
底無見期,百齡世間莫虛棄。"白居易《秦中吟·傷友》:"陋巷孤寒士,
出門苦悽悽。"　火伴:北魏時,軍中以十人爲火,共灶炊食,故稱同火
者爲火伴,後泛指同伴。《樂府詩集·木蘭詩》:"出門看火伴,火伴皆

驚忙。"吳泳《夫遠征》:"朝同火伴去,莫獨衾裯隨。百夫十夫長,千里萬里期。"　入戶:進入門戶,回到家中。《北史·權會傳》:"會方處學堂講説,忽有旋風吹雪入戶。"沈佺期《夜宿七盤嶺》:"曉月臨窗近,天河入戶低。"　父兄:父親與兄長。《論語·子罕》:"出則事公卿,入則事父兄。"葛洪《抱朴子·酒戒》:"辱人父兄,則子弟將推刃矣!"也指伯父、叔父和堂兄弟。《禮記·喪大記》:"父兄堂下北面。"孔穎達疏:"謂諸父諸兄不仕者,以其賤,故在堂下而向北,以東爲上也。"《韓非子·八奸》:"何謂父兄? 曰:側室公子,人主之所親愛也。"陳奇猷集釋:"側室公子乃指君之伯叔及兄弟。"

④ 教示:教導,訓誨。元稹《哭子十首》五:"節量梨栗愁生疾,教示詩書望早成。鞭撲校多憐校少,又緣遺恨哭三聲。"曾鞏《策問》:"患風俗之敝也,正己以先百姓,而明於教示。"　求利:追求經濟方面的利益。白居易《閑坐看書貽諸少年》:"勸君少求利,利是焚身火。我心知已久,吾道無不可。"章孝標《駱谷行》:"山花織錦時聊看,澗水彈琴不暇聽。若比爭名求利處,尋思此路却安寧。"　求名:謂追求美名。《左傳·昭公三十一年》:"或求名而不得,或欲蓋而名章,懲不義也。"嚴維《贈送崔子向》:"旅食來江上,求名赴洛陽……何人作知己,送爾泪浪浪?"

⑤ "求名有所避"兩句:意謂追求美名,有些事情可以做,而有些事情却不能够去做。而追求經濟上的利益,衹要能够把錢搞到手,就可以放開手脚,任何事情都可以去做,不要顧及名聲。　避:躲開,回避。《管子·立政》:"罰避親貴,不可使主兵。"枚乘《上書諫吳王》:"忠臣不避重誅,以直諫,則事無遺策,功流萬世。"　營:經營。《左傳·襄公十四年》:"衛君其必歸乎! 有大叔儀以守,有母弟鱄以出。或撫其内,或營其外,能無歸乎!"梅堯臣《勉致仕李秘監》:"當營負郭田,漸可事水竹。"

⑥ 勒縛:約束,商定,義同"告誡"。顧況《露青竹杖歌》:"鮮于仲

通正當年,章仇兼瓊在蜀川。約束蜀兒採馬鞭,蜀兒採鞭不敢眠。"權德輿《唐故寶應寺上座內道場臨壇大律師多寶塔銘》:"將滅之夕,備申告誡,中夜累足,如期順化,其智惠歟? 其解脱歟?" 假:僞託,假冒。《禮記·王制》:"假於鬼神、時日、卜筮以疑衆,殺。"孔穎達疏:"謂假託鬼神、假託時日、假託卜筮以疑於衆。"蘇頲《禁斷妖訛等救》:"比有白衣長髮,假託彌勒下生,因爲妖訛,廣集徒侣,稱解禪觀,妄説灾祥。" 誠:誠實,真誠,忠誠。《易·乾》:"閑邪存其誠。"孔穎達疏:"言防閑邪惡,當自存其誠實也。"韓愈《爲裴相公讓官表》:"陛下知其孤立,賞其微誠,獨斷不謀,獎待踰量。"

⑦ 交關:猶交易。《三國志·公孫度傳》:"淵遣使南通孫權,往來賂遺。"裴松之注引魚豢《魏略》:"多持貨物,誑誘邊民。邊民無知,與之交關。"方干《贈山陰崔明府》:"用心何况兩衙間,退食孜孜亦不閑。壓酒曬書猶檢點,修琴取藥似交關。" 本生:猶個人,自身。白居易《答孟簡蕭俛等賀御製新譯大乘本生心地觀經序狀》:"昨因披尋,深得真諦,悟本生不滅之義,證心地無相之宗。"趙抃《次韻前人題曹娥廟二首》一:"天資孝友本生知,不愧周人七子詩。絶妙好辭旌至性,豐碑千古奉墳祠。" 得失:得與失,特指贏利與虧本。《列子·力命》:"然農有水旱,商有得失,工有成敗。"白居易《短歌曲》:"世人求富貴,多爲奉嗜欲。盛衰不自由,得失常相逐。"

⑧ 相將:相偕,相共。王符《潛夫論·救邊》:"相將詣闕,諧辭禮謝。"王安石《次韻答平甫》:"物物此時皆可賦,悔予千里不相將。"誓死:立誓至死不變。李白《山鷓鴣詞》:"紫塞嚴霜如劍戟,蒼梧欲巢難背違。我今誓死不能去,哀鳴驚叫泪沾衣。"貫休《塞上曲二首》二:"塞草萋萋兵士苦,横刀誓死清邊土。封侯十萬始無心,玉關生入君看取。" 不更:不改變。《商君書·墾令》:"迂者不飾,代者不更,則官屬少而民不勞。"秦系《宿雲門上方》:"禪室遥看峰頂頭,白雲東去水長流。松閑儻許幽人住,不更將錢買沃洲。"

⑨ 市頭：市井，市場。施肩吾《途中逢少女》：“市頭日賣千般鏡，知落誰家新匣中？”耐得翁《都城紀勝·鋪席》：“自融和坊到市南坊，謂之‘珠子市頭’，如遇買賣，動以萬數。”指賣藝人等會聚的茶肆。吳自牧《夢粱録·茶肆》：“又有茶肆專是五奴打聚處，亦有諸行借工賣伎人會聚行老，謂之‘市頭’。”　鄉里：周制，王及諸侯國都郊內置鄉，民衆聚居之處曰里，因以“鄉里”泛指鄉民聚居的基層單位。《周禮·地官·遺人》：“掌邦之委積以待惠施，鄉里之委積以恤民之囏阨。”鄭玄注：“鄉里，鄉所居也。”《吳子·治兵》：“鄉里相比，什伍相保。”家鄉，故里。《管子·立政》：“勸勉百姓，使力作毋偷，懷樂家室，重去鄉里，鄉師之事也。”《後漢書·劉盆子傳》：“〔楊音〕與徐宣俱歸鄉里，卒於家。”

⑩ 鍮石：指天然的黃銅礦或自然銅。《太平御覽》卷八一三引鍾會《芻蕘論》：“莠生似禾，鍮石像金。”《隋書·女國傳》：“出鍮石、朱砂、麝香、氂牛、駿馬、蜀馬。”指銅與爐甘石（菱鋅礦）共煉而成的黃銅。李時珍《本草綱目·爐甘石》〔集解〕引崔昉曰：“用銅一斤，爐甘石一斤，煉之即成鍮石一斤半。”　臂釧：手鐲。《舊唐書·崔光遠傳》：“將士肆其剽劫，婦女有金銀臂釧，兵士皆斷其腕以取之，亂殺數千人，光遠不能禁。”牛嶠《女冠子》：“額黃侵膩髮，臂釧透紅紗。柳暗鶯啼處，認郎家。”　糯米：糯稻碾出之米，富於黏性，可做糕點，亦可釀酒。白居易《劉蘇州寄釀酒糯米李浙東寄楊柳枝舞衫偶因嘗酒試衫輒成長句寄謝之》：“柳枝謾蹋試雙袖，桑落初香嘗一杯。金屑醅濃吳米釀，銀泥衫穩越娃裁。”司馬光《涑水記聞》卷一三：“守陵喜，運糯米以餉智高。”　項瓔：美化脖子的裝飾品，暫無書證。　瓔：似玉的美石。《玉篇·玉部》：“瓔，瓔琅，石似玉也。”即瓔珞，玉飾。陶弼《柳》：“柳子江頭流水嘶，長安陌上暖風吹。黃金瓔珞雪晴後，碧玉瓏瑽春盡時。”

⑪ 歸來：回來。《楚辭·招魂》：“魂兮歸來！反故居些！”李白

《長相思》:"不信妾腸斷,歸來看取明鏡前。" 金玉聲:喻聲音或詩文優美動人。錢起《送李四擢第歸覲省》:"齊唱陽春曲,唯君金玉聲。"白居易《題故元少尹集後二首》二:"遺文三十軸,軸軸金玉聲。"

⑫ 田舍娘:猶農家女。張養浩《敕賜極真萬壽宮碑》:"蓋真人本濟寧肥城農家女,俗姓田,後歸同邨孫氏。自合巹其家,數有妖,弗寧,以新婦爲不利,逐之,無所於適。"李東陽《賀感樓先生妻王氏墓誌銘》:"按狀:王氏諱正,江陰農家女也。賀本吳人,感樓之大父,大理評事,諱賢尚,爲江陰訓導,留居江陰。"農家婦女。 田舍:農舍。《史記・黥布列傳》:"番陽人殺布茲鄉民田舍,遂滅黥布。"白居易《答劉和州》:"我亦思歸田舍下,君應厭臥郡齋中。"泛指農家或農村。王維《送孟六歸襄陽》:"醉歌田舍酒,笑讀古人書。"王建《寒食》:"田舍清明日,家家出火遲。"引申爲粗俗。葛洪《抱朴子・疾謬》:"以傾倚申脚者爲妖妍標秀,以風格端嚴者爲田舍樸騃。"形容農家子女的粗獷。《世說新語・豪爽》:"大將軍少時,舊有田舍名,語音亦楚。" 貴賤:指價值的高低。《管子・小匡》:"料多少,計貴賤。"杜甫《解悶十二首》二:"商胡離別下揚州,憶上西陵故驛樓。爲問淮南米貴賤,老夫乘興欲東流。"

⑬ 費:花費,耗費。《左传・定公十五年》:"楚既定,胡子豹又不事楚,曰:'存亡有命,事楚何爲? 多取費焉!'"《淮南子・氾论训》:"古之善賞者,費少而勸衆;善罰者,刑省而奸禁。" 贏:經商獲得的利益。《管子・輕重乙》:"故善者不如與民量其重,計其贏,民得其十,君得其三。"《史記・龜策列傳》:"商賈不强,不得其贏。"

⑭ 顏色:面容,面色。江淹《古離別》:"願一見顏色,不異瓊樹枝。"張潮《長干行》:"自憐十五餘,顏色桃花紅。那作商人婦,愁水復愁風。" 飲食:吃喝。《書・酒誥》:"爾乃飲食醉飽。"張齊賢《洛陽縉紳舊聞記・焦生見亡妻》:"滿身及手足多棘刺,血污狼藉,不飲食,不知親疏。"指飲料和食品。《詩・小雅・楚茨》:"苾芬孝祀,神嗜飲

食。"鄭玄箋:"苾苾芬芬有馨香矣! 女之以孝敬享祀也,神乃歆嘗女之飲食。"蘇軾《和王鞏六首並次韵》一:"况子三年囚,苦霧變飲食。"甘馨:甘美芳香,泛言食物美好。白居易《蜀路石婦》:"藥餌自調節,膳羞必甘馨。"文同《牽牛織女》:"後世凡此節,兒女喧家庭。縱横且織鏤,花菓排甘馨。"指美味,佳餚。白居易《謝官狀(新授京兆府户曹參軍翰林學士白居易)》:"但以位卑俸薄,家貧親老,養闕甘馨之費,病乏藥石之資。"

⑮ 子本:利息和本金。韓愈《柳子厚墓誌銘》:"其俗以男女質錢,約不時贖,子本相侔,則没爲奴婢。"葉適《黄子耕墓誌銘》:"又别造安濟坊,以居病囚。凡此皆自有子本,使後不廢。"　蕃息:滋生,繁衍。《莊子・天下》:"以衣食爲主,以蕃息畜藏。"《淮南子・天文訓》:"萬物蕃息,五穀兆長。"　貨賂:財物。《荀子・富國》:"將修小大强弱之義以持慎之,禮節將甚文,珪璧將甚碩,貨賂將甚厚,所以説之者,必將雅文辯慧之君子也。"《史記・項羽本紀》:"漢擊之,大破楚軍,盡得楚國貨賂。"　兼并:并吞,指土地侵併,或經濟侵佔。晁錯《論貴粟疏》:"此商人所以兼併農人,農人所以流亡者也。"王安石《兼并》:"人主擅操柄,如天持斗魁。賦予皆自我,兼并巧奸回。"

⑯ 珠:珍珠,蛤蚌殼内由分泌物結成的有光小圓球,常作貴重飾物。《國語・楚語》:"珠,足以禦火災,則寶之。"韋昭注:"珠,水精。"李白《白胡桃》:"疑是老僧休念誦,腕前推下水精珠。"　滄海:大海。董仲舒《春秋繁露・觀德》:"故受命而海内順之,猶衆星之共北辰,流之宗滄海也。"蘇軾《清都謝道士真贊》:"一江春水東流,滔滔直入滄海。"　玉:温潤而有光澤的美石。《詩・小雅・鶴鳴》:"它山之石,可以攻玉。"泛指玉石的製品,如圭璧、玉佩、玉簪、玉帶等。《書・舜典》:"修五禮、五玉、三帛、二生、一死贄。"孔穎達疏:"五玉,公、侯、伯、子、男所執之圭璧也。"謝惠連《搗衣》:"簪玉出北房,鳴金步南階。"　荆:即荆山,山名,在今湖北省南漳縣西部,漳水發源於此,山

有抱玉巖，傳爲楚人卞和得璞處。庾抱《臥痾喜霽開扉望月簡宮内知友》："秋雨移弦望，疲痾倦苦辛。忽對荆山璧，委照越吟人。"李白《將遊衡岳過漢陽雙松亭留別族弟浮屠談皓》："秦欺趙氏璧，却入邯鄲宮。本是楚家玉，還来荆山中。" 衡：衡山。《書·禹貢》："荆及衡陽惟荆州。"孔傳："北據荆山，南及衡山之陽。"韓愈《送廖道士序》："南方之山，巍然高而大者以百數，獨衡爲宗。"

⑰ 党項：亦作"黨項"，古族名，西羌的一支。南北朝時，分佈在今青海、甘肅、四川邊緣地帶，從事畜牧。唐時遷居今甘肅、寧夏、陝北一帶。北宋時其族人李元昊稱帝，建立以黨項族爲主的地方政權，史稱西夏。據史籍記載，那裏出產優良的馬匹。李德裕《賜党項敕書》："敕：自爾祖歸款國家，依附邊塞，爲我赤子，編於黔黎，牛馬蕃孳，種落殷盛，不侵不叛，頗效信誠。"杜牧《聞慶州趙縱使君與党項戰中箭身死輒書長句》："將軍獨乘鐵驄馬，榆溪戰中金僕姑。死綏却是古来有，驍將自驚今日無。"在古代文獻中，"黨項"與"党項"並不嚴格區分，如白居易《代王佖答吐蕃北道節度論贊勃藏書》就有"且如党項久居漢界"，而朱鶴齡《李義山詩集注原序》也有"黨項興師有窮兵禍胎之戒"；至於在元稹的詩文中，"党項"與"黨項"也常常混用，如元稹《同州刺史謝上表》就用作"黨項"，而如元稹本詩又有"北買党項馬，西擒吐蕃鸚"之句，而又元稹《唐故使持節萬州諸軍事萬州刺史賜緋魚袋劉君墓誌銘》也有"至所治，党項諸羌来會聚"之言。 吐蕃：公元七至九世紀我國古代藏族所建政權，據有今西藏地區全部，盛時轄有青藏高原諸部，勢力達到西域、河隴地區。其贊普棄宗弄贊（後来史稱"松贊干布"）、棄隸縮贊先後與唐文成公主、金成公主聯姻，與唐經濟文化聯繫至爲密切。吐蕃政權崩潰後，宋、元、明史籍仍習慣沿稱青藏高原及當地土著族爲吐蕃。張説《送郭大夫元振再使吐蕃》："犬戎廢東獻，漢使馳西極。長策問酋渠，猜阻自夷殛。"王建《朝天詞十首寄上魏博田侍中》八："胡馬悠悠未盡歸，玉關猶隔吐蕃旗。老臣

一表求高卧,邊事從今欲問誰?" 鷹:鳥類的一科,一般指鷹屬的鳥類,上嘴呈鈎形,頸短,脚部有長毛,足趾有長而銳利的爪,性凶猛,捕食小獸及其他鳥類。楊巨源《贈鄰家老將》:"功成封寵將,力盡到貧鄉。雀老方悲海,鷹衰却念霜。"韓愈《雉帶箭》:"原頭火燒静兀兀,野雉畏鷹出復没。將軍欲以巧伏人,盤馬彎弓惜不發。"

⑱ 炎洲:神話中的南海炎熱島嶼。《海内十洲記·炎洲》:"炎洲在南海中,地方二千里,去北岸九萬里。"柳宗元《天對》:"爰有炎洲,司寒不得以試。"也泛指南方炎熱地區。李白《野田黄雀行》:"遊莫逐炎洲翠,栖莫近吴宫燕。"王琦注:"炎洲謂海南之地。" 浣:洗滌。《詩·周南·葛覃》:"薄污我私,薄澣我衣。"鄭玄箋:"澣,濯之耳!"陸德明釋文:"澣,本又作'浣'。"王符《潛夫論·實貢》:"且攻玉以石,治金以鹽,濯錦以魚,浣布以灰。夫物固有以賤治貴,以醜治好者矣!"蜀:朝代名,蜀漢的簡稱,漢末劉備據益州稱帝,國號漢,後爲魏所滅,史稱蜀漢。據史書記載,蜀地盛産蜀錦,歷來有"錦官城"的美稱。錦官城故址在今四川成都南,成都舊有大城、少城,少城古爲掌織錦官員之官署,因稱"錦官城",後用作成都的別稱。杜甫《春夜喜雨》:"曉看紅濕處,花重錦官城。"亦省稱"錦官"、"錦城"。常璩《華陽國志·蜀志》:"其道西城,故錦官也。"《初學記》卷二七引任豫《益州記》:"錦城在益州南笮橋東流江南岸,蜀時故錦官也。"庾信《奉和趙王途中五韵》:"錦城遙可望,迴鞍念此時。"李白《蜀道難》:"錦城雖云樂,不如早還家。"

⑲ 越婢:越地的女奴。褚遂良《請千牛不簡嫡庶表》:"今以母非正室,便言子無貴仕,則趙衰孕於越婢遥集(晉阮孚字遥集,其母即胡婢),産於胡嫗,田文枚皋皆妾子也,文則播美於强齊,皋則有聲於隆漢,未聞前載有所問,然此類甚多,備存史册,不敢煩引,輕瀆宸嚴。"韓翃《別李明府》:"胡兒夾鼓越婢隨,行捧玉盤嘗荔枝。羅山道士請人送,林邑使臣調象騎。" 婢:女奴,使女。《漢書·刑法志》:"妾願

没入爲官婢,以贖父罪,使得自新。"李端《王敬伯歌》:"侍婢奏箜篌,女郎歌宛轉。宛轉怨如何?中庭霜漸多。"王建《閑居即事》:"小婢偷紅紙,嬌兒弄白髭。有時看舊卷,未免意中嫌。" 脂:指面脂、唇脂一類的化妝品。蕭綱《箏賦》:"聞削成於斜嶺,照玉綴於鉛脂。"顧敻《甘州子》:"山枕上,私語口脂香。" 肉:指人體的皮膚、肌肉和脂肪層。嵇康《與山巨源絶交書》:"性復疏懶,筋駑肉緩,頭面常一月十五日不洗。"韓愈《故幽州節度判官贈給事中清河張君墓誌銘》:"同惡者,父母妻子皆屠死,肉餧狗鼠鴟鴉。" 奚僮:未成年的男僕。陳所聞《懶畫眉·王明府雲池命歌者携酒桃花下》:"王郎譜曲教奚童,不説周郎顧曲工。"趙翼《錦囊》:"怕人笑我詩才盡,特遣奚童背錦囊。" 眉眼:眉與眼,泛指容貌。韓愈《崔十六少府攝伊陽以詩及書見投因酬三十韵》:"嬌兒好眉眼,袴脚凍兩骭。"張先《醉紅妝》:"一般妝樣百般嬌。眉眼細,好如描。"

⑳ 通算:亦作"通筭",猶總計。顧清《晚歸即事》:"城頭官柳綠交加,日日斜陽集乳鴉。湖海書生羸馬背,春來通算九移家。"何瑭《宿州吏目仇公墓誌銘》:"公天性聰慧,八九歲即通筭,人皆奇其敏悟。" 衣食:衣服和食物,泛指基本生活資料。《左傳·莊公十年》:"衣食所安,弗敢專也,必以分人。"杜甫《客夜》:"計拙無衣食,途窮仗友生。" 遠近:遠方和近處。《易·繫辭》:"其受命也如響,無有遠近幽深,遂知來物。"《後漢書·劉虞傳》:"虞雖爲上公,天性節約,敝衣繩履,食無兼肉,遠近豪俊夙僭奢者莫不改操而歸心焉!"

㉑ 天下:古時多指中國範圍内的全部土地。張説《奉和聖製送宇文融安輯户口應制》:"至德臨天下,勞情遍九圍。念兹人去本,蓬轉將何依?"沈佺期《則天門赦改年》:"聖人宥天下,幽鑰動圜狴。六甲迎黄氣,三元降紫泥。" 長安:古都城名,漢高祖七年(公元前二〇〇年)定都於此,此後東漢獻帝初、西晉湣帝、前趙、前秦、後秦、西魏、北周、隋、唐皆於此定都,西漢末緑林、赤眉,唐末黄巢領導的農民起

義軍也曾建都於此。故城有二:漢城築於惠帝時,在今西安市西北。隋城築於文帝時,號大興城,故址包有今西安城和城東、南、西一帶。唐末就舊城北部改築新城,即今西安城。趙彥昭《奉和幸長安故城未央宮應制》:"鳳駕移天蹕,憑軒覽漢都。寒烟收紫禁,春色繞黃圖。"崔尚《奉和聖製同二相已下群臣樂游園宴》:"春日照長安,皇恩寵庶官。合錢承罷宴,賜帛復追歡。"

㉒ 東市:漢代在長安東市處決判死刑的犯人,後以"東市"泛指刑場。杜牧《河湟》:"元載相公曾借箸,憲宗皇帝亦留神。旋見衣冠就東市,忽遺弓劍不西巡。"蘇拯《金谷園》:"徒有敵國富,不能買東市。徒有絕世容,不能樓上死。"這裏應該指與西市一樣的商業貿易區域。　西市:封建時代在帝都西部商賈聚集貿易的特定商市。《漢書·惠帝紀》:"〔六年夏六月〕起長安西市,修敖倉。"《舊唐書·肅宗紀》:"(至德元年)己卯,京兆尹崔光遠、長安令蘇震等率府縣官吏大呼於西市,殺賊數千級,然後來赴行在。"　次第:依次。《漢書·燕剌王劉旦傳》:"及衛太子敗,齊懷王又薨,旦自以次第當立,上書求入宿衛。"劉禹錫《秋江晚泊》:"暮霞千萬狀,賓鴻次第飛。"規模。楊萬里《題嚴州新堂》:"新堂略有次第否? 忙裏從公一來覷。"頃刻,轉眼。白居易《觀幻》:"次第花生眼,須臾燭遇風。"緊急,急速。徐集孫《湖上》:"數日不來湖上看,西風次第水蒼茫。"

㉓ 迎客:迎接客人。《禮記·曲禮》:"客至於寢門,則主人請入爲席,然後出迎客。"岑參《漢川山行呈成少尹》:"山店雲迎客,江村犬吠船。"　說客:遊說之士,善於用言語說動對方的人。《史記·酈生陸賈列傳》:"酈生常爲說客,馳使諸侯。"杜甫《奉送郭中丞兼太僕卿充隴右節度使三十韵》:"圭竇三千士,雲梯七十城。耻非齊說客,祇似魯諸生。"　多財爲勢傾:意謂雖然有錢,但還是不得不屈服於權勢者。李觀《道士劉宏山院壁記》:"老莊之微言,先生決之如扣鐘;人間榮位與多財,先生視之如浮雲。"李彭《以形模婦女笑度量兒童輕爲韵

賦十詩》一〇:"舉世市道交,誰能保榮名? 譬之多財賈,惡嚚安得贏?"

㉔ 客心:旅人之情,游子之思。王粲《家本秦川貴公子孫遭亂流寓自傷情多》:"沮漳自可美,客心非外獎。常嘆詩人言,式微何由歸?"韓翃《和高平朱參軍思歸作》:"一雁南飛動客心,思歸何待秋風起。" 明黠:聰明而狡黠。元稹《酬樂天春寄微之》:"鸚心明黠雀幽蒙,何事相將盡入籠? 君避海鯨驚浪裏,我隨巴蟒瘴烟中。"

㉕ 十常侍:東漢靈帝時宦官張讓、趙忠等十二人都任中常侍,故稱,十取其成數。《後漢書·張讓傳》:"是時讓、忠及夏惲、郭勝、孫璋、畢嵐、栗嵩、段珪、高望、張恭、韓悝、宋典十二人皆爲中常侍,封侯貴寵,父兄子弟布列州郡,所在貪殘,爲人蠹害。黃巾既作,盜賊糜沸,郎中中山張鈞上書曰:'……宜斬十常侍,縣頭南郊以謝百姓。'"范祖禹《論宦官札子》:"桓帝、靈帝之時,十常侍擅天下,子弟親黨割剝百姓,毒流四海,附之者寵及三族,違之者滅及五宗,大考黨獄,夷戮天下名士。" 公卿:三公九卿的簡稱。《儀禮·喪服》:"公卿大夫室老士貴臣。"《論語·子罕》:"出則事公卿,入則事父兄。"《後漢書·陳寵傳》:"及竇憲爲大將軍征匈奴,公卿以下及郡國無不遣吏子弟奉獻遺者。"泛指高官。荀悅《漢紀·昭帝紀》:"始元元年春二月,黃鵠下建章宮太液池中,公卿上壽。"元稹《祭禮部庾侍郎太夫人文》:"公卿委累,賢彥駢繁。"

㉖ 侯家:猶侯門,指顯貴人家。盧照鄰《長安古意》:"長安大道連狹斜,青牛白馬七香車。玉輦縱橫過主第,金鞭絡繹向侯家。"盧藏用《夜宴安樂公主宅》:"侯家主第一時新,上席華年不惜春。珠釭綴日那知夜! 玉筝流霞畏底晨。" 主第:公主的住宅。《南史·賀琛傳》:"琛性貪嗇,多受賕賂;家產既豐,買主第爲宅。爲有司奏,坐免官。"《新唐書·竇懷貞傳》:"方太平公主干政,懷貞傾己附離,日視事退,輒詣主第,刺取所欲。"泛稱貴族之家。劉長卿《九日題蔡國公主

樓》:"主第人何在？重陽客暫尋。水餘龍鏡色,雲罷鳳簫音。"　點綴:加以襯托或裝飾,使原有事物更加美好。劉禹錫《柳絮》:"縈迴謝女題詩筆,點綴陶公漉酒巾。何處好風偏似雪？隋河堤上古江津。"李清照《漁家傲》:"雪裏已知春信至,寒梅點綴瓊枝膩。"這裏指打點送禮,疏通關係。

㉗ 安坐:安穩地坐著,謂不勞神費力。《史記·扁鵲倉公列傳》:"年四十當安坐,年五十當安臥。"韓愈《講學解》:"子不知耕,婦不知織,乘馬從徒,安坐而食。"　王者:帝王,天子。《公羊傳·成公元年》:"然則曷爲不言晉敗之？王者無敵,莫敢當也。"張説《奉和千秋節宴應制》:"五德生王者,千齡啓聖心。"錢的別稱。李冗《獨異志》卷中:"唐富人王元寶,玄宗問其家財多少？曰:'臣請以一縑繫陛下南山一樹,南山樹盡,臣縑未窮。'時人謂錢爲'王者',以有'元寶'字也。"　勍:强,有力。《左傳·僖公二十二年》:"且今之勍者,皆吾敵也。"司空圖《戊午三月晦二首》二:"牛誇棋品無勍敵,謝占詩家作上流。"

㉘ 市卒:看守市門的小吏。《漢書·梅福傳》:"變名姓,爲吳市門卒。"郭璞《客傲》:"嚴平澄漠於塵肆,梅真隱淪乎市卒。"　酒肉:酒和肉,亦泛指好的飲食。《孟子·離婁》:"其良人出,則必饜酒肉而後反。"丁謂《丁晉公談録》:"回日,並許進酒肉。"　縣胥:縣吏。錢起《初黃綬赴藍田縣作》:"賢尹正趨府,僕夫儼歸軒。眼中縣胥色,耳裏蒼生言。"蘇軾《論積欠狀》:"官之所得至微,而胥徒所取蓋無虛日,俗謂此等爲縣胥食邑户。"　家舍:家庭屋舍,亦借指家庭。白居易《井底引銀瓶》:"到君家舍五六年,君家大人頻有言。聘則爲妻奔是妾,不堪主祀奉蘋蘩。"元稹《連昌宮詞》:"兩京定後六七年,却尋家舍行宮前。莊園燒盡有枯井,行宮門閉樹宛然。"

㉙ 豈唯:難道祇是,何止。《左傳·襄公二年》:"吾子之請,諸侯之福也,豈唯寡君賴之。"《新唐書·突厥傳》:"誠能復兩渠之饒,誘農

夫趣耕,擇險要,繕城壘,屯田蓄力,河隴可復,豈唯自守而已。” 絕:
獨特,獨一無二。《世說新語·文學》:“或問顧長康。”劉孝標注引劉
彧《文章志》:“世云有三絕:畫絕、文絕、癡絕。”《新唐書·鄭虔傳》:
“〔鄭虔〕嘗自寫其詩並畫以獻,帝大署其尾曰‘鄭虔三絕’。” 言語:
言辭,話。《禮記·少儀》:“毋身質言語。”孔穎達疏:“凡言語有疑則
稱疑,無得以身質成言語之疑者;其言既疑,若必成之,或有所誤也。”
陸游《老學庵筆記》卷五:“安撫莫信,此是通判罵安撫飽食暖衣,逸居
而無教,則近於禽獸。是甚言語!” 奔走:謂爲一定的目的而忙碌。
《書·武成》:“丁未,祀于周廟,邦甸侯衛,駿奔走,執豆籩。”柳宗元
《捕蛇者説》:“永之人爭奔走焉!”趨附,迎合。《左傳·昭公三十一
年》:“攻難之士,將奔走之。”杜預注:“奔走,猶赴趣也。”韓愈《平淮西
碑》:“其告而長,而父而兄,奔走偕來,同我太平。” 極:引申爲達到
頂點、最高限度。《吕氏春秋·大樂》:“天地車輪,終則復始,極則復
反,莫不咸當。”《史記·李斯列傳》:“物極則衰,吾未知所税駕也。”
使令:差遣,使唤。《孟子·梁惠王》:“便嬖不足使令於前與?”强至
《上知府張少卿》:“下科踰十稔,薄況甚三生。尚壯羞乾没,雖駑願
使令。”

　　㉚ 大兒:長子,年長的兒子。杜甫《最能行》:“小兒學問止論語,
大兒結束隨商旅。”辛棄疾《清平樂·村居》:“大兒鋤豆溪東。中兒正
織雞籠。最喜小兒亡賴,溪頭卧剥蓮蓬。” 材木:可作木材的樹,木
材。《孟子·梁惠王》:“斧斤以時入山林,材木不可勝用也。”《漢書·
匈奴傳》:“匈奴有斗入漢地,直張掖郡,生奇材木,箭竿就羽,如得之,
於邊甚饒。”李覯《富國策》:“材木瓦石,兼收並采,市價騰踴,民無室
廬,其害八也。” 梁棟:屋宇的大梁。杜甫《古柏行》:“扶持自是神明
力,正直原因造化功。大廈如傾要梁棟,萬牛回首丘山重。”白居易
《有木詩八首》八:“重任雖大過,直心終不曲。縱非梁棟材,猶勝尋
常木。”

㉛　小兒:小兒子。《太平御覽》卷四九○引虞翻《與某書》:"此中小兒,年四歲矣!似欲聰哲。"沈佺期《赦到不得歸題江上石》:"翰墨思諸季,裁縫憶老妻。小兒應離褓,幼女未攀笄。"　鹽鹵:鹽的一種,亦泛指食鹽。《史記·貨殖列傳》:"山東食海鹽,山西食鹽鹵。"《宋史·食貨志》:"河朔土多鹽鹵,小民稅地,不生五穀,惟刮鹻煎鹽以納二稅。"　不入州縣征:意謂無論是州還是縣,都沒有把小兒子販鹽營業列入當地徵收稅收的範圍之內。　州縣:州與縣的合稱。韓愈《進士策問》:"今將自州縣始,請各誦所懷,聊以觀諸生之志。"歐陽修《吉州學記》:"今州縣之吏,不得久其職而躬親於教化也。"　征:徵收賦稅。《左傳·僖公十五年》:"於是秦始征晉河東,置官司焉!"杜預注:"征,賦也。"《國語·齊語》:"通齊國之魚鹽於東萊,使關市幾而不征,以爲諸侯利。"

㉜　一身:謂獨自一人。王維《老將行》:"一身轉戰三千里,一劍曾當百萬師。"于鵠《贈蘭若僧》:"一身禪誦苦,灑掃古花宮。静室門常閉,深蘿月不通。"　偃:覆蓋。張喬《尋桃源》:"水垂青靄斷,松偃綠蘿低。"蘇軾《過高郵寄孫君孚》:"故園在何處?已偃手種松。"　市利:貿易之利。《孟子·公孫丑》:"有賤丈夫焉!必求龍斷而登之,以左右望而罔市利。"趙岐注:"罔取市利。"《商君書·外內》:"故爲國者,邊利盡歸於兵,市利盡歸於農。"桓寬《鹽鐵論·園池》:"與百姓爭薦草,與商賈爭市利,非所以明主德而相國家也。"　突:襲擊。《墨子·備城門》:"今之世常所以攻者,臨、鉤、衝、梯、堙、水、穴、突、空洞、蟻傅、轒輼、軒車。"岑仲勉注:"突之義爲猝攻。"《後漢書·吳漢傳》:"即夜發精兵出營突擊,大破其衆。"　截海鯨:同"海鯨截",海鯨的突擊,意謂如鯨吞一般貪婪一般凶猛。　鯨:水栖哺乳綱動物,體形長大,外形似魚。《文選·左思〈吳都賦〉》:"於是乎長鯨吞航,修鯢吐浪。"劉逵注引楊孚《異物志》:"鯨魚……雄曰鯨,雌曰鯢。"韓愈《海水》:"豈無魚與鳥?巨細各不同。海有吞舟鯨,鄧有垂天鵬。"

③ 鉤距：即"鉤距"，亦作"鉤拒"，古代的一種兵器。《墨子·備穴》："爲鐵鉤距長四尺者，財自足，穴徹，以鉤客穴。"岑仲勉簡注："既通敵穴，即以鐵鉤距鉤敵方作穴之工兵。史樹青等曾説：'四川出土的鐵器中，有漢鉤鑲一件，在《武梁祠石刻》中我們曾見過這樣的武器，劉熙《釋名》説：兩頭曰鉤，中央曰鑲，或推鑲或鉤引。但據《墨子·魯問篇》説：公輸班作鉤距。其作用是退者鉤之，進者拒之……我們推測就是展覽會中陳列的鉤鑲，鉤拒是它的別名而已。'"《墨子·魯問》："公輸子自魯南游楚，焉始爲舟戰之器，作爲鉤拒之備，退者鉤之，進者拒之。"　牙齒：人類和某些動物口腔内外的、具一定形態的高度鈣化的堅硬組織，有撕咬、咀嚼功能。曹丕《十五》："號罷當我道，狂顧動牙齒。"陸游《雨夜南堂獨坐》："老夫眼暗牙齒疏，七十未滿六十餘。"這裏指鯨魚的牙齒。

㉞ 生爲估客樂：估客樂原爲樂府西曲歌名，南朝齊武帝蕭頤始作此歌，後世多有仿作，又名《賈客樂》，内容爲描寫商人謀利與享樂的情景。《文獻通考》卷一四二《樂考》："估客樂：齊武帝所作，帝爲布衣時常游樊鄧，踐祚以後追憶往事，作是歌。使太樂令劉瑤教習，百日無成。或啓釋寶月善音律，乃使寶月奏之，便就勅歌者重爲感憶之聲，梁改爲《商旅行其辭二首》。"《海録碎事》卷九下："估客樂，古樂府也。詞云：'有信數寄書，無信長相憶。莫作瓶落井，一去無消息。'"這裏指商人巧取豪奪百姓錢財的奸詐之樂，詩人的批判之義甚明，較其他同題詩篇更有其值得肯定的地方。　判：決定，斷定。《宋書·張暢傳》："義恭去意已判，唯二議未決，更集群僚謀之。"《資治通鑑·宋文帝元嘉二十七年》引此文，胡三省注云："判，亦決也。"王勃《河陽橋代竇郎中佳人答楊中舍》："判知秋夕帶啼還，那及春朝携手度。"裁定，評判。周密《癸辛雜識別集·銀花》："遇寒暑，本房買些衣著及染物，余判單子，付宅庫，正行支破。"　樂一生：快樂一輩子，詩人這裏是反話正説，意謂我不相信你如此橫行不法能夠快樂一輩子。　一生：一輩子。徐凝《答白公》：

"高景爭來草木頭，一生心事酒前休。山公自是仙人侶，携手醉登城上樓。"陸暢《籌筆店江亭》："九折巖邊下馬行，江亭暫歇聽江聲。白雲綠樹不關我，枉與樵人樂一生。"

㉟ 爾：代詞，你們，你。《詩·小雅·無羊》："誰謂爾無羊？三百維群！"鄭玄箋："爾，女也。"鮑照《代陳思王京洛篇》："寶帳三千所，爲爾一朝容。" 錢刀：錢幣，金錢，刀是古代一種刀形錢幣。《樂府詩集·白頭吟》："男兒重意氣，何用錢刀爲？"《舊唐書·李乂傳》："且鬻生之徒，唯利斯視，錢刀日至，網罟年滋，施之一朝，營之百倍。" 何歲：哪一年。于季子《南行別弟》："萬里人南去，三春雁北飛。不知何歲月，得與爾同歸？"王維《送崔九興宗遊蜀》："出門當旅食，中路授寒衣。江漢風流地，遊人何歲歸？"本詩和元稹白居易共同撰制的《策林·議鹽法之弊（論鹽商之幸）》一脈相承，都抨擊商人重利盤剝百姓、騙民營取私利、逃稅蠹害國家："臣伏以國家鹽之法久矣！鹽之利厚矣！蓋法久則弊起，弊起則法隳；利厚則奸生，奸生則利薄。臣以爲隳薄之由，由乎院場太多，吏職太眾故也。何者？今之主者，歲考其課利之多少而殿最焉！賞罰焉！院場既多，則各慮其商旅之不來也，故羨其鹽而多與焉！吏職既眾，則各懼其課利之不優也，故慢其貨而苟得焉！鹽羨則幸生，而無厭之商趨矣！貨慢則濫作，而無用之物入矣！所以鹽愈費而官愈耗，貨愈虛而商愈饒。法雖行而奸緣，課雖存而利失。今若減其吏職，省其院場，審貨帛之精麤，謹鹽量之出入，使月有常利，歲有常程，自然鹽不誘商，則出無羨鹽矣！吏不爭課，則入無濫貨矣！鹽不濫出，貨不濫入，則法自張而利復興矣！利害之效，豈不然乎？臣又見自關以東，上農大賈易其資産，入爲鹽商，率皆多藏私財，別營裨販，少出官利，唯求隸名。居無征徭，行無榷稅。身則庇於鹽籍。利盡入於私室。此乃下有耗於商農，上無益於筦榷明矣！蓋山海之饒，鹽鐵之利，利歸於人，政之上也；利歸於國，政之次也。若上不歸於人，次又不歸於國，使幸人奸黨得以自資，此

乃政之疵、國之蠹也。今若剗革弊法，沙汰奸商，使下無僥倖之人，上得柝毫之計，斯又去弊興利之一端也。唯陛下詳之！"一文一詩，讀者可以並讀。

[編年]

《年譜》、《編年箋注》、《年譜新編》編年意見及編年理由同《樂府（有序）》所述，我們的編年意見以及編年理由也同《樂府（有序）》所表述。

◎ 酬劉猛見送①

種花有顏色，異色即爲妖②。養鳥惡羽翮，翹翹不待高③。非無剪傷者，物性難自逃④。百足雖捷捷(一)，商羊亦翹翹⑤。伊余狷然質(二)，謬入多士朝⑥。任氣有憸憸，容身寡朋曹⑦。愚狂偶似直，靜僻非敢驕⑧。一爲毫髮忤，十載山川遙⑨。爍鐵不在火，割肌不在刀⑩。險心露山嶽，流語翻波濤(三)⑪。六尺安敢主？方寸由自調⑫。神劍土不蝕，異布火不燋(四)⑬。雖無二物姿，庶欲效一毫⑭。未能深懕懕，多謝相勞勞⑮。去去我移馬，遲遲君過橋⑯。雲勢正橫壑，江流初滿槽（江槽，楚語）⑰。持此慰遠道，此之爲舊交(五)⑱。

錄自《元氏長慶集》卷八

[校記]

（一）百足雖捷捷：宋蜀本、楊本、蘭雪堂本、叢刊本、《全詩》同，《唐詩紀事》作"百足雖健健"，語義不同，不改。

（二）伊余狷然質：宋蜀本、楊本、蘭雪堂本、叢刊本、《全詩》同，《唐詩紀事》作“伊予狷然質”，語義相類，不改。

（三）流語翻波濤：宋蜀本、楊本、蘭雪堂本、叢刊本、《全詩》同，《唐詩紀事》作“詖語翻波濤”，語義不同，不改。

（四）異布火不燋：宋蜀本、楊本、蘭雪堂本、叢刊本、《全詩》同，《唐詩紀事》作“異布火不燒”，語義不同，不改。

（五）此之爲舊交：宋蜀本、蘭雪堂本、叢刊本、《全詩》同，楊本、《唐詩紀事》作“比之爲舊交”，語義不同，不改。

[箋注]

① 劉猛：元和年間爲梁州進士，元和十二年前後在梁州亦即興元，元稹與其有詩歌唱和，元稹《樂府(有序)》：“昨梁州見進士劉猛、李餘，各賦古樂府詩數十首，其中一二十章咸有新意，予因選而和之。其有雖用古題全無古義者，若《出門行》不言離別，《將進酒》特書列女之類是也。其或頗同古義全創新詞者，則《田家》止述軍輸，《捉捕詞》先螻蟻之類是也。劉、李二子方將極意於斯文，因爲粗明古今歌詩同異之旨焉！”今存有元稹酬和劉猛的詩篇《織婦詞》、《田家詞》等詩篇十首。劉猛原唱已經散失，存世詩篇僅《月生》、《苦雨》、《曉》三篇。張爲《詩人主客圖》以孟雲卿爲高古奧逸主，而以劉猛與李餘等人爲入室。又《升庵集·蜀詩人》：“唐時蜀之詩人陳子昂、于季子、閭丘均、李白、阮咸、雍陶、劉灣、何兆、李餘、劉猛，人皆知之。”也可參考。

② 種花：栽種花苗。元稹《遣興十首》六：“買馬買鋸牙，買犢買破車。養禽當養鶻，種樹先種花。”白居易《東坡種花二首》一：“持錢買花樹，城東坡上栽。但購有花者，不限桃杏梅。”　顏色：色彩。杜甫《秋雨嘆三首》一：“雨中百草秋爛死，階下決明顏色鮮。著葉滿枝翠羽蓋，開花無數黃金錢。”花蕊夫人徐氏《宮詞》一〇七：“牡丹移向苑中栽，盡是藩方進入來。未到末春緣地暖，數般顏色一時開。”　異

色：異常的色彩，特出的美色。沈約《和劉中書仙詩二首》二：“殊庭不可及，風烟多異色。”韋絢《劉賓客嘉話錄》：“以二女託之，皆異色也。”猶變色。杜甫《渼陂行》：“天地黤慘忽異色，波濤萬頃堆琉璃。” 妖：指反常、怪異的事物。韓愈《後二十九日復上書》：“天災時變，昆蟲草木之妖，皆已銷息。”陸游《老學庵筆記》卷三：“蜀孟氏時，苑中忽生百合花一本，數百房，皆並蒂……至今尚存，乃知草木之妖，無世無之。”

③ 養鳥：豢養鳥類。白居易《和答詩十首・和雉媒》“勸君今日後，養鳥養青鸞。青鸞一失侶，至死守孤單。”李石《遷博士謝祭酒啓》：“飯牛者，豈問爵祿養鳥者！” 惡：討厭，憎恨。《易・謙》：“人道惡盈而好謙。”《史記・韓世家》：“公之所惡者張儀也。” 羽翮：指鳥羽，翮，羽軸下段不生羽瓣而中空的部分。《周禮・地官・羽人》：“羽人掌以時徵羽翮之政於山澤之農，以當邦賦之政令。”鄭玄注：“翮，羽本。”《荀子・王制》：“南海則有羽翮、齒革、曾青、丹干焉！然而中國得而財之。”指翅膀。何遜《仰贈從兄興甯寘南》：“相顧無羽翮，何由總奮飛！”杜甫《獨坐》：“仰羨黃昏鳥，投林羽翮輕。” 高：比高，爭勝。《史記・太史公自序》：“大臣宗室以侈靡相高，唯弘用節衣食爲百吏先。”袁宏《後漢紀・質帝紀》：“（梁）冀於洛陽城門內起甲第，而壽（冀妻）於對街起宅，競與冀相高。”

④ 非無：不是没有，雙雙否定，表示肯定。杜甫《鄜城西原送李判官兄武判官弟赴成都府》：“憑高送所親，久坐惜芳辰。遠水非無浪，他山自有春。”劉禹錫《樂天示過敦詩舊宅有感一篇吟之泫然追想昔事因成繼和以寄苦懷》：“向秀心中嗟棟宇，蕭何身後散圖書。本營歸計非無意，唯算生涯尚有餘。” 物性：事物的本性。韋應物《效陶彭澤》：“霜露悴百草，時菊獨妍華。物性有如此，寒暑其奈何！”白居易《京兆府新栽蓮》：“物性猶如此，人事亦宜然。託根非其所，不如遭棄捐。”

⑤ 百足：馬陸的別名，又稱馬蚿、馬蚰。馬陸是節肢動物，體圓

長。由二十多個環節構成,背面有黃黑相間的環紋。栖息在陰濕的地方,觸之則蜷曲如環,並放出臭味。晝伏夜出,吃草根或腐敗的植物。張華《博物志》卷二:"百足,一名馬蚿,中斷成兩段,其頭尾各異行而去。"皮日休《魯望昨以五百言見貽過有褒美内揣庸陋彌增愧悚因成一千言上述吾唐文物之盛次叙相得之歡亦迭和之微旨也》:"百足雖云衆,不救殺馬蚿。"黄庭堅《太平州蕪湖縣吉祥禪院記》:"百足之蟲,至死不僵。"　捷捷:舉動敏捷貌。《詩·大雅·烝民》:"征夫捷捷,每懷靡及。"孔穎達疏:"舉動敏疾之貌,行者或苦於役,則行動遲緩,故言捷捷,以見其勸樂於事也。"義近"敏捷",靈敏迅速。《漢書·嚴延年傳》:"延年爲人短小精悍,敏捷於事。"　商羊:傳説中的鳥名,據云大雨前常屈一足起舞。《孔子家語·辨政》:"齊有一足之鳥,飛集於宮朝下,止於殿前,舒翅而跳。齊侯大怪之,使使聘魯問孔子,孔子曰:'此鳥名曰商羊,水祥也。昔童兒有屈其一脚,振訊兩眉而跳,且謡曰:天將大雨,商羊鼓舞。今齊有之,其應至矣! 急告民趨治溝渠,修堤防,將有大水爲灾。'頃之大霖,雨水溢泛。"王充《論衡·變動》:"商羊者,知雨之物也。天且雨,屈其一足起舞矣!"蘇軾《次韵章傳道喜雨》:"山中歸時風色變,中路已覺商羊舞。"　翹翹:上舉貌。李德裕《孔雀尾賦》:"況復德輶如毛而輕舉,福輕乎羽而莫載,何必負斯尾之翹翹,冒長途而效愛。"李商隱《念遠》:"皎皎非鸞扇,翹翹失鳳簪。牀空鄂君被,杵冷女嬃砧。"

⑥ 伊余:自指,我。曹植《責躬詩》:"伊余小子,恃寵驕盈。"貫休《古離别》:"只恐長江水,儘是兒女泪。伊余非此輩,送人空把臂。"狷:拘謹無爲,引申爲孤潔。《論語·子路》:"不得中行而與之,必也狂狷乎! 狂者進取,狷者有所不爲也。"邢昺疏:"狂者進取於善道,知進而不知退;狷者守節無爲,應進而退也。"耿直,固執。《國語·楚語》:"彼(王孫勝)其父爲戮於楚,其心又狷而不絜。"韋昭注:"狷者,直己之志,不從人也。"應劭《風俗通·長沙太守汝南郅惲》:"《禮》諫

有五，風爲上，狷爲下。"偏急。《漢書·劉輔傳》："臣聞明王垂寬容之聽，崇諫争之官，廣開忠直之路，不罪狂狷之言。"顔師古注："狷，急也。"《文選·潘岳〈射雉賦〉》："若夫多疑少决，膽劣心狷。"李善注引《説文》："狷，急也。"應該説，元稹還有自知之明，對自己"狷然質"的評價應該是恰如其分的。　　謬：用爲謙詞。庾信《哀江南賦》："謬掌衛於中軍，濫尸丞於御史。"杜甫《題省中院壁》："腐儒衰晚謬通籍，退食遲迴違寸心。"　　多士：古指衆多的賢士，也指百官。盧諶《答魏子悌》："多士成大業，群賢濟弘績。"白行簡《李娃傳》："當礱淬利器，以求再捷，方可以連衡多士，争霸群英。"元稹這裏語含微諷，並非讚譽之意。

⑦ 任氣：謂處事縱任意氣，不加約束。《史記·陳丞相世家》："王陵者，故沛人……陵少文，任氣，好直言。"《新唐書·裴寬傳》："李林甫恐其遂相，又惡寬善李適之，乃漏寬語以激敦復，敦復任氣而疏。"　　愎戾：執拗不明事理。　愎：任性，執拗。《左傳·哀公二十六年》："君愎而虐，少待之，必毒於民，乃睦於子矣！"《史記·伍子胥列傳》："〔太宰嚭〕因讒曰：'而今王又復伐齊，子胥專愎强諫，沮毁用事，徒幸吳之敗以自勝其計謀耳！'"背戾。王禹偁《並諧》："汝率我化，從我教，我其賞；愎我政，違我道，我其刑。"　戾：愚，傻。《荀子·儒效》："狂惑戾陋之人，乃始率其群徒，辯其談説。"楊倞注："戾，愚也。"迂愚而剛直。《史記·高祖本紀》："王陵可，然陵少戾，陳平可以助之。"　　容身：安身，存身。《韓非子·詭使》："而斷頭裂腹，播骨乎平原野者，無宅容身，身死田奪。"張籍《移居静安坊答元八郎中》："作活每常嫌費力，移居祇是貴容身。"保全自身，喻指苟且偷安。袁康《越絶書·越絶請糴内傳》："不聽輔弼之臣，而信讒諛容身之徒，是命短矣！以爲不信，胥願廓目於邦門，以觀吳邦之大敗也。"《漢書·朱雲傳》："雲數上疏，言丞相韋玄成容身保位，亡能往來，而咸數毁石顯。"朋曹：猶朋輩。杜甫《雨》："針灸阻朋曹，糠粃對童孺。"蘇轍《送劉長

清敏》：“醉後胸中百無有，偃然嘯傲傾朋曹。中朝卿士足官府，君歸何處狂謳謠？”

⑧愚狂：愚昧狂妄。鮑照《建除詩》：“閉帷草太玄，茲事殆愚狂。”韓維《讀杜子美詩》：“讀之踴躍精膽張，徑欲追躡忘愚狂。”　直：公正，正直。《書·舜典》：“夙夜惟寅，直哉惟清。”《韓非子·解老》：“所謂直者，義必公正，公心不偏黨也。”　靜僻：幽靜偏僻。皮日休《臨頓五言》四：“靜僻無人到，幽深每自知。”皇甫松《大隱賦》：“聊疏放以安貧，冀靜僻而爲趣。”這裏意謂元稹冷靜下來反思，自己並沒有過分驕慢之處，祇是過分直白而已。

⑨毫髮：猶言絲毫，極少，極細微。王充《論衡·齊世》：“方今聖朝承光武，襲孝明，有浸酆溢美之化，無細小毫髮之虧。”杜甫《敬贈鄭諫議十韻》：“毫髮無遺恨，波瀾獨老成。”　忤：違逆，觸犯。《莊子·刻意》：“無所於忤，虛之至也。”成玄英疏：“忤，逆也。”韓愈《胡良公墓神道碑》：“以剛直齟齬不阿，忤權貴，除獻陵令。”　十載：十年，這是指元和四五間元稹對杜兼與房式等人的彈劾舉奏的“愚狂”，得罪了宰相杜佑，換來了十年貶謫的生涯。也就是説包括元稹元和元年在左拾遺任上多次陳述政見、批評朝政而被出貶爲河南尉，後因母喪守制在家，隨後在監察御史任上因懲辦橫行權貴、跋扈宦官、違制藩鎮而先被遠貶江陵，繼被遠貶通州，至元和十二年，已經十多年了，“十載”是舉其概數。元和七年杜佑病故，但政敵對元稹的迫害并沒有停止，元和十年出貶元稹爲通州司馬就是其中最有力的説明。山川：山岳、江河。《易·坎》：“天險，不可升也，地險，山川丘陵也，王公設險以守其國。”沈佺期《興慶池侍宴應制》：“漢家城闕疑天上，秦地山川似鏡中。”　遙：指距離遠。《禮記·王制》：“自江至於衡山，千里而遙。”杜光庭《虯髯客傳》：“妓遙呼（李）靖曰：‘李郎且來拜三兄。’”遙指距離遠，《舊唐書·地理志》：“荊州江陵府……在京師東南一千七百三十里，至東都一千三百一十五里。”《舊唐書·地理志》：

"通州……在京師西南二千三百里,去東都二千八百七十五里。"遙指指時間長,《莊子·秋水》:"故遙而不悶,掇而不跂,知時無止。"郭象注:"遙,長也。"歐陽修《和八月十五日齋宮對月》:"齋館心方寂,秋城夜已遙。"元稹自元和五年出貶至元和十二年,前後已經八個年頭,如果加上左拾遺任上的"毫髮忤",時間已經超過十年,元稹基本是在偏僻的貶地度過,是在死亡綫上掙扎著苟全性命。

⑩ 爍鐵:原指熔化鐵器。劉安《淮南鴻烈解·兵略訓》:"人無筋骨之強,爪牙之利,故割革而爲甲,爍鐵而爲刃。"這裏指讒言傷人。李昉《太平御覽》卷七五二:"埏埴而爲器,刳木而爲舟,爍鐵而爲刃,鑄金而爲鐘,因其可也。" 爍:熔化金屬。《周禮·考工記序》:"爍金以爲刃,凝土以爲器。"王充《論衡·物勢》:"火不爍金,金不成器。"元稹這裏指的是讒言傷人,如烈火熔化鐵器一般。《國語·周語》:"諺曰:'眾心成城,眾口鑠金。'"韋昭注:"眾心所好,莫之能敗,其固如城也。"又注曰:"鑠,銷也。眾口所毀,雖金石猶可消之也!" 割肌不在刀:意謂軟刀子殺人,亦即沒有任何根據就編造一個"理由",元稹《上門下裴相公書》:"且曩時之窒閣下及小生者,豈不以閣下疏有'居安思危'之字爲抵忌,對上以河南縣尉非貶官爲説乎?"在這樣莫名其妙的借口下,先出貶詩人爲河南縣尉,繼出貶元稹爲江陵士曹參軍,接著召回京城,沒有任何理由,又出貶元稹爲通州司馬。 割肌:用刀子割取人或者動物的肌肉。綦崇禮《北海集·忘身篇》:"張巡……曰:'諸君經年乏食而忠義不少衰,吾恨不割肌以啖眾!'"范祖禹《右監門率府率妻劉氏墓誌銘》:"截髮教子,陶氏之母;割肌愈舅,趙宗之婦。"

⑪ 險心:險惡的用心。黃庭堅《賈天錫惠寶薰乞詩予以兵衛森畫戟燕寢凝清香十字作詩報之久失此稿偶於門下後省故紙中得之》:"險心遊萬仞,躁欲生五兵。隱几香一炷,靈臺湛空明。"史浩《朋友篇》:"得喪自有天,人豈能禍福?險心懷五六,壽命多短促。" 山岳:

高大的山。《左傳·莊公二十二年》:"山岳則配天。"孫綽《游天台山賦》:"天台山者,蓋山岳之神秀也。"　流語:沒有根據的話。《鶡冠子·天則》:"聖王者有聽微決疑之道,能屏讒權實,逆淫辭,絕流語。"趙抃《次韻前人寓越廨宇有懷》:"越郡江南盡不如,樂天流語信非疏。人從鎖闥中間出,宅在蓬萊向上居。"這裏詩人指當政者誣陷自己"務作威福"而出貶自己的毫無根據的不實之詞。　波濤:水中的波瀾,這裏比喻突起的變故。高適《送柴司戶充劉鄉判官之嶺外》:"風霜驅癘瘴,忠信涉波濤。別恨隨流水,交情脫寶刀。"劉禹錫《觀八陣圖》:"波濤無動勢,鱗介避餘威。會有知兵者,臨流指是非。"這裏指突然將元稹召回西京,接著不容分說就將其出貶通州之事。

⑫ 六尺:這裏指成年男子之身軀,元稹自喻。柳宗元《讀書》:"書史足自悅,安用勤與劬?貴爾六尺軀,勿爲名所驅。"李山甫《下第獻所知三首》一:"虛教六尺受辛苦,枉把一身憂是非。"　安敢:怎麼敢。杜甫《垂老別》:"積屍草木腥,流血川原丹。何鄉爲樂土,安敢尚盤桓?"崔璞《蒙恩除替將還京洛偶叙所懷因成六韻呈軍事院諸公郡中一二秀才》:"遽蒙交郡印,安敢整朝衣?作牧慚爲政,思鄉念式微。"　方寸:這裏指心、腦海,心緒,心思,心得。儲光羲《漢陽即事》:"楚國千里遠,孰知方寸違?春遊歡有客,夕寢賦無衣。"岑參《送楊錄事充潼關判官》:"夫子方寸裏,秋天澄霽江。關西望第一,郡內政無雙。"　自調:自己調整,自己做主。花蕊夫人徐氏《宮詞》七九:"苑中排比宴秋宵,弦管挣搋各自調。日晚閤門傳聖旨,明朝盡放紫宸朝。"梅堯臣《兵》:"太平無戰陣,漢卒久生驕。金甲不曾擐,犀弓應自調。"

⑬ 神劍:神奇的寶劍,這裏詩人以神劍、異布自喻。《晉書·劉曜載記》:"〔劉曜〕以燭視之,劍長二尺,光澤非常,赤玉爲室,背上有銘曰:'神劍御,除衆毒。'曜遂服之,劍隨四時而變爲五色。"李商隱《利州江潭作》:"神劍飛來不易銷,碧潭珍重駐蘭橈。"　異布:即石棉布,古代又稱火浣布。《列子·湯問》:"火浣之布,浣之必投於火。"蔡

條《鐵圍山叢談》卷五:"及哲宗朝,始得火浣布七寸……大抵若今之木棉布,色微青黯,投之火中則潔白,非鼠毛也。"詩人在本詩中向送別的朋友劉猛等人抒發了詩人對當時社會的不滿,坦露了他自己内心的苦痛,抨擊了權貴們對自己的迫害,揭露了他們的陰險用心,表明了他自己保持鬥爭本色不同世俗同流的決心,值得重視。

⑭ 姿:指資質,才幹。《漢書·谷永傳》:"疏通聰敏,上主之姿也。"顏師古注:"姿,材也。"《文選·馬融〈長笛賦〉》:"唯笛因其天姿,不變其材,伐而吹之,其聲如此。"李善注:"天姿,天然之姿也。"杜甫《故著作郎貶台州司户滎陽鄭公虔》:"天然生知姿,學立游夏上。"庶:副詞,或許,也許。《左傳·桓公六年》:"君姑修政而親兄弟之國,庶免於難。"陶潛《庚戌歲九月中于西田獲早稻》:"四體誠乃疲,庶無異患幹。" 欲:欲望,願望。《孫子·謀攻》:"上下同欲者勝。"《孟子·梁惠王》:"吾何快於是? 將以求吾所大欲也。"桓寬《鹽鐵論·本議》:"農商工師,各得所欲。" 一毫:一根毫毛,比喻極小或很少。《列子·楊朱》:"古之人損一毫利天下不與也,悉天下奉一身不取也。人人不損一毫,人人不利天下,天下治矣!"蘇軾《前赤壁賦》:"且夫天地之間,物各有主,苟非吾之所有,雖一毫而莫取。"

⑮ 蹙蹙:局縮不舒展。《詩·小雅·節南山》:"我瞻四方,蹙蹙靡所騁。"鄭玄箋:"蹙蹙,縮小之貌。我視四方土地日見侵削於夷狄,蹙蹙然雖欲馳騁無所之也。"元稹《唐故使持節萬州諸軍事萬州刺史賜緋魚袋劉君墓誌》:"文詠詞調,有古時人氣候,不肯學蹙蹙近一題者。"憂懼不安貌。段成式《酉陽雜俎·壺史》:"秀才雖諾之,每呼指,色上面蹙蹙不安。" 勞勞:辛勞,忙碌。元稹《送東川馬逢侍御使回》:"流年等閑過,人世各勞勞。"梅堯臣《曉》:"人世紛紛事,勞勞只自爲。"

⑯ 去去:謂遠去。蘇武《古詩四首》三:"參辰皆已没,去去從此辭。"孟郊《感懷八首》二:"去去勿復道,苦飢形貌傷。" 遲遲:徐行

蘇門嘯，詎厭巴樹猿⑭。瀼水徒浩浩，浮雲亦軒軒⑮。長歌莫
長嘆！飲斛莫飲樽⑯！生爲醉鄉客，死作達士魂⑰。

録自《元氏長慶集》卷八

［校記］

（一）憎兔跳趯趯：宋蜀本、叢刊本、《全詩》同，楊本作"增兔跳趯
趯"，語義不佳，不改。

［箋注］

① 酬獨孤二十六送歸通州：獨孤二十六朗原唱今已不存，無法
得知其詳細內容。這是元稹在興元回酬獨孤二十六朗送別的詩歌，
時在元和十二年五月，元稹已經病愈，即將回到自己的貶謫之地通
州。所謂"送歸通州"，僅僅祇是"送別"而已，並非是獨孤二十六朗送
元稹一家一起回到通州，因爲獨孤二十六朗當時也貶職在興元，不可
能無緣無故離開興元。即使獨孤二十六朗不是貶職興元，任職興元
的獨孤二十六朗如無公幹，也不可能隨隨便便離開興元。　獨孤二
十六：《新唐書·獨孤朗傳》："朗字用晦，由處士辟署江西、宣歙、浙東
三府。元和中擢右拾遺……因勸罷兵，忤憲宗意，貶興元戶曹參軍。
久乃拜殿中侍御史兼史館修撰，坐與李景儉飲，景儉使酒慢宰相，出
爲韶州刺史。召還，再遷諫議大夫……王播賂權近，還判鹽鐵，朗連
疏論執，遷御史中丞……文宗初，遷工部侍郎，出爲福建觀察使，創發
背卒，贈右散騎常侍。"獨孤朗與元稹有關的事情主要有：一、獨孤朗
元和十一年九月"貶興元府倉曹"，與元和十年底到達興元的元稹相
遇。而權德輿元和十一年十月出任山南西道節度使，權德輿又是獨
孤朗兄長獨孤郁的岳丈，對獨孤朗自然應該有所照顧。而元稹又是
獨孤郁元和元年制科的同年，而權德輿元和年間執掌文柄，有文名於

當時,名重一時。又是元稹貞元十九年吏部乙科考試的座主之一,更是元稹歷來敬仰的長輩,元稹的"外諸翁"鄭雲逵是權德輿的"重表甥",權德輿自然是元稹輩分更高的長輩了,此後並與元稹有唱和,這也許是元稹此後得以權知通州州務的原因之一。二、獨孤朗又參與了長慶元年十二月爆發了中唐歷史上著名的"使酒罵座"事件,元稹事後曾經竭力救助,這是後話,我們將在別的詩文中談及。關於獨孤朗,岑仲勉《唐人行第錄》提及:"獨孤二十六,元氏集《酬獨孤二十六送歸通州》,名未詳。"而《舊唐書·獨孤郁傳》則云:"郁弟朗,嘗居諫官,請罷淮西用兵,不協旨,貶興元戶曹。"《資治通鑑》元和十一年:"九月乙亥,右拾遺獨孤朗坐請罷兵,貶興元府倉曹。"韓愈《唐故秘書少監贈絳州刺史獨孤府君墓誌銘》文云:"(元和)十年正月,病遂殆,甲午輿歸,卒於其家,贈絳州刺史,年四十……四月己酉,其兄右拾遺朗……謂愈曰:'子知吾弟久,敢屬以銘。'"《資治通鑑》元和九年六月:"翰林學士獨孤郁,權德輿之婿也。上嘆郁之才美曰:'德輿得婿郁,我反不及邪!'"《新唐書·考證》:"獨孤及子郁始生而孤與朗育于伯父氾,按此則郁爲朗之弟明矣!而《舊書》謂郁弟朗,疑誤。"由此我們得知:元和十二年五月送元稹歸通州的"獨孤二十六"爲獨孤朗,是元和十年已經謝世的獨孤郁的兄長。當時山南西道節度使權德輿與獨孤家族是兒女親家,故獨孤朗在興元,雖是貶謫,但相對還比較自由,故能親自送別元稹。據以上綜合,《舊唐書·獨孤郁傳》"郁弟朗"云云有誤,而《唐人行第錄》所云"獨孤二十六,名未詳"也失考。唐代節度使府有功曹、倉曹、戶曹、兵曹、法曹、士曹參軍,獨孤二十六朗在興元擔任的是倉曹參軍,還是戶曹參軍,《舊唐書·獨孤朗傳》、《新唐書·獨孤朗傳》與《資治通鑑》的記載並不相同,疑有一誤,但筆者愚鈍,不敢遽斷,有待智者破解。

② 再拜:這裏是敬詞,舊時用於書信的開頭或末尾。司馬遷《報任少卿書》:"太史公牛馬走司馬遷再拜言……略陳固陋,謹再拜。"韓

愈《與華州李尚書書》:"謹奉狀不宣,愈再拜。"　捧:兩手承托。韓愈
《和虞部盧四酬翰林錢七赤藤杖歌》:"歸來捧贈同舍子,浮光照手欲
把疑。"元稹《自責》:"犀帶金魚束紫袍,不能將命報分毫。他時得見
牛常侍,爲爾君前捧佩刀。"用在書信、回酬詩歌中以表示敬意。柳宗
元《謝李夷簡啓》:"過蒙承問,捧讀喜懼,浪然流涕。"元稹《答姨兄胡
靈之見寄五十韻》:"愧捧芝蘭贈,還披肺腑呈。此生如未死,未擬變
平生。"　兄:同輩男子間的尊稱。《南史·韋叡傳》:"此事大,非兄不
可。"韓愈《奉和虢州劉給事使君詠序》:"劉兄自給事中出刺此州。"
贈:贈送。白居易《贈元稹》:"自我從宦遊,七年在長安。所得惟元
君,乃知定交難。"元稹《臺中鞫獄憶開元觀舊事呈損之兼贈周兄四十
韻》:"憶在開元觀,食柏練玉顏。疏慵日高卧,自謂輕人寰。"這裏指
獨孤朗送別元稹回歸通州的原唱,今已散失。　珍重:鄭重地告述。
楊萬里《白蓮》:"珍重兒童輕手折,綠針刺手却渠憎。"鄭重,慎重。劉
正孚《兼道携古墨來感之爲作此詩》:"錦囊珍重出玄圭,雙虯刻作蜿
蜒態。"　言:説,説話。《書·無逸》:"〔殷高宗〕三年不言。"《左傳·
隱公六年》:"周桓公言於王曰:'我周之東遷,晉鄭焉依!'"這裏指元
稹向獨孤朗鄭重其事訴説自己的志向。

　③ 平生:指平素的志趣、情誼、業績等。韓思彥《酬賀遂亮》:
"古人一言重,嘗謂百年輕。今投歡會面,顧盼盡平生。"李嶠《餞駱
四二首》一:"平生何以樂? 斗酒夜相逢。曲中驚別緒,醉裏失愁
容。"　臨別:將要分別。《孔叢子·儒服》:"子高遊趙,平原君客有
鄒文季節者,與子高相友善……臨別,文節流涕交頤,子高徒抗手
而已。"朱熹《答范伯崇書》八:"區區所以相告者,不過如此,恐臨別
匆匆,不能盡舉,預以拜聞。"　具論:詳細討論。孟浩然《入峽寄
弟》:"未嘗冒湍險,豈顧垂堂言。自此歷江湖,辛勤難具論。"李白
《答從弟幼成過西園見贈》:"一笑復一歌,不知夕景昏。醉罷同所
樂,此情難具論。"

④ 十歲：元稹有《答姨兄胡靈之見寄五十韻（并序）》詩，序云：
"九歲解賦詩，飲酒至斗餘乃醉。時方依倚舅族，舅憐，不以禮數檢，
故得與姨兄胡靈之之輩十數人爲晝夜遊。"詩云："憶昔鳳翔城，齠年
是事榮。理家煩伯舅，相宅盡吾兄。詩律蒙親授，朋遊忝自迎。"元稹
《寄吳士矩端公五十韻》："昔在鳳翔日，十歲即相識。未有好文章，逢
人賞顏色。"《酬李甫見贈十首各酬本意次用舊韻》三："十歲荒狂任博
徒，挼莎五木擲梟盧。野詩良輔偏憐假，長借金鞍迓酒胡。"元稹《誨
侄等書》："吾尚有血誠，將告于汝：吾幼乏岐嶷，十歲知方。嚴毅之訓
不聞，師友之資盡廢。憶得初讀書時，感慈旨一言之歎，遂志于學。
是時尚在鳳翔，每借書於齊倉曹家，徒步執卷，就陸姊夫師授，栖栖勤
勤，其始也若此。至年十五，得明經及第，因捧先人舊書於西窗下，鑽
仰沉吟僅，於不窺園井矣！如是者十年，然後粗霑一命，粗成一名。"
元稹《唐故建州蒲城縣尉元君墓誌銘》："予與君伯季之間，十歲相得，
師學然諾，出入宴游，無不同也。"以上三首詩歌和兩篇文章，可與本
詩參讀。　倜儻：卓異，不同尋常。司馬遷《報任安書》："古者富貴而
名摩滅不可勝紀，惟倜儻非常之人稱焉！"《資治通鑑·晉惠帝永寧元
年》："〔劉殷〕博通經史，性倜儻有大志。"胡三省注："倜儻，卓異也。"
也指豪爽灑脫而不受世俗禮法拘束。《三國志·阮瑀傳》："瑀子籍，
才藻艷逸，而倜儻放蕩。"王周《自喻》："七歲辨聲律，勤苦會詩賦。九
歲執公卷，倜儻干名意。"　白：明白事理，聰明。劉向《列女傳·曹僖
氏妻》："僖氏（僖負羈）之妻，厥智孔白：見晉公子（晉文公）知其興作，
使夫饋飧，且以自託，文伐曹國，卒獨見釋。"元稹《四皓廟》："皆落子
房術，先生道何屯？出處貴明白，故吾今有云。"　昏：昏聵，糊塗，迷
亂。《呂氏春秋·誣徒》："昏於小利，惑於嗜欲。"高誘注："昏，迷；惑，
悖。"韓愈《上考功崔虞部書》："老而益昏，死而遂亡。"

⑤ 寧：寧可，寧願。《國語·晉語》："必報仇，吾寧事齊楚。"劉義
慶《世說新語·德行》："友人有疾，不忍委之，寧以我身代友人之命。"

寒:貧閑,低微。《史記·范雎蔡澤列傳》:"須賈曰:'今叔何事?'范雎曰:'臣爲人庸賃。'須賈意哀之,留與坐飲食,曰:'范叔一寒如此哉!'乃取其一綈袍以賜之。"柳宗元《宋清傳》:"吾觀今之交乎人者,炎而附,寒而棄,鮮有能類清之爲者。"　切:嚴酷,苛刻。韓愈《唐故檢校尚書左僕射右龍武軍統軍劉公墓誌銘》:"爲環橆李納,指摘切刻。"《新唐書·朱敬則傳》:"故不設鉤距,無以順人;不切刑罰,無以息暴。"　烈:厲害,猛烈。《孟子·萬章》:"《康誥》曰:'殺越人於貨,閔不畏死,凡民罔不譈。'……於今爲烈,如之何其受之?"《漢書·五行志》:"孝公始用商君攻守之法,東侵諸侯,至於昭王,用兵彌烈。"　暘:明亮。曹丕《愁霖賦》:"仰皇天而太息,悲白日之不暘。"江淹《丹砂可學賦》:"故從師而問道,冀幽路之或暘,測神宗之無緩,踐雲根之不賖。"　溫:溫和。《書·舜典》:"直而溫,寬而栗。"孔穎達疏:"正直者失於太嚴,故令正直而溫和。"《詩·邶風·燕燕》:"終溫且惠,淑慎其身。"鄭玄箋:"溫謂顏色和也。"　暾:和暖,溫暖。寒山《詩》一七六:"以我栖遲處,幽深難可論……午時庵內坐,始覺日頭暾。"蘇軾《花落復次前韵》:"松明照坐愁不睡,井華入腹清而暾。"

　　⑥ 二十:元稹二十歲前後逗留於西京與西河縣一帶,與吳士矩兄弟以及楊巨源等人遊覽,元稹《與吳侍御春遊》:"蒼龍闕下陪驄馬,紫閣峰頭見白雲。滿眼流光隨日度,今朝花落更紛紛。"又《贈別楊員外巨源》:"憶昔西河縣下時,青山顛領宦名卑。揄揚陶令緣求酒,結托蕭娘只在詩。"可以作爲本詩句的注解。　獵騎:這裏指騎馬行獵者。蘇頲《邊秋薄暮》:"浦暗漁舟入,川長獵騎稀。客悲逢薄暮,況乃事戎機!"李白《觀獵》:"江沙橫獵騎,山火繞行圍。箭逐雲鴻落,鷹隨月兔飛。"　海門:海口,內河通海之處。王昌齡《宿京江口期劉昚虛不至》:"霜天起長望,殘月生海門。風靜夜潮滿,城高寒氣昏。"王建《送顧非熊秀才歸丹陽》:"江城柳色海門烟,欲到茅山始下船。知道

君家當瀑布,菖蒲潭在草堂前。”而三十歲時元稹正在守制母喪期間,
似乎不能出遊海門? 也許這是元稹母喪二十七個月服滿亦即元和三
年十一月以後出遊海門,那是元稹正好三十歲。但以“海門”命名的
地方絕非潤州一處,浙東境內亦有以“海門”命名者,不知本詩所遊
“海門”爲何地。筆者不能回答,期待智者破解。

⑦ 趯趯:跳躍貌,跳動貌。《詩·召南·草蟲》:“喓喓草蟲,趯趯
阜螽。”曹植《孟冬篇》:“趯趯狡兔,揚白跳翰。” 翻翻:翻飛,飛翔貌。
《楚辭·九章·悲回風》:“漂翻翻其上下兮,翼遙遙其左右。”盧綸《賦
得白鷗歌送李伯康歸使》:“積水深源,白鷗翻翻。倒影光素,於潭
之間。”

⑧ 鼇釣:神話傳説謂天帝使十五隻巨鼇輪番頂戴五座仙山,而
伯龍之國巨人則一釣而連六鼇,見《列子·湯問》。後因以“鼇釣”比
喻豪邁的舉止或遠大的抱負。郭祥正《次韵元興十絶·種竹》“龍角
犀尖一夜長,爲憐剛節不須香。他時截作鯨鼇釣,豈止濃陰覆女墻!”
李曾伯《用談笑青油幙爲韵賀吳叔永制機》:“勛業登天難,易者付嬉
笑。公駕鷗鵬風,來把鯨鼇釣。” 鶻拳:鶻爪,也指善於搏擊的蒼鷹。
元稹《有鳥二十章》二:“弱羽長憂俊鶻拳,疽腸暗著鴆雛啄。千年不
死伴靈龜,梟心鶴貌何人覺?”白居易《代鶴答》:“鷹爪攫雞雞肋折,鶻
拳蹴雁雁頭垂。何如斂翅水邊立,飛上雲松栖穩枝。”

⑨ 犖鬇:猙獰、凶惡、可憎貌,原本所注“髮亂貌”是馬元調所爲,
可供參考。寒山《詩三百三首》五八:“我見百十狗,個個毛犖鬇……
投之一塊骨,相與咩喋争。”吳萊《女殺虎行》:“山深日落猛虎行,長風
振木威犖鬇。” 冀:希望,盼望。《楚辭·離騷》:“冀枝葉之峻茂兮,
願竢時乎吾將刈。”元稹《酬樂天餘思不盡加爲六韵之作》:“蔡女圖書
雖在口,于公門户豈生塵! 商瞿未老猶希冀,莫把籯金便付人!”

⑩ 名:名聲,名譽。《易·乾》:“不成乎名,遯世無悶。”孔穎達
疏:“不成乎名者,言自隱黜,不成就令名,使人知也。”元稹《陽城驛》:

"名落公卿口，湧如數萬舟。天子得聞之，書下再三求。"　冠：謂超出
眾人，居於首位。《韓非子·難》："夫堯之賢，六王之冠也。"《漢書·
魏相丙吉傳贊》："高祖開基，蕭曹爲冠。"　壯士：意氣豪壯而勇敢的
人。《戰國策·燕策》："風蕭蕭兮易水寒，壯士一去兮不復還。"《新唐
書·張巡傳》："〔賀蘭進明〕懼師出且見襲，又忌巡聲威，恐成功，初無
出師意。又愛霽雲壯士，欲留之。"　籍：書冊，書籍。《文選·班固
〈答賓戲〉》："劉向司籍，辨章舊聞。"李善注："項岱曰：'籍，書籍也。'"
左思《詠史詩八首》四："四賢豈不偉，遺烈光篇籍。"人名簿。《史記·
蒙恬列傳》："高有大罪，秦王令蒙毅法治之。毅不敢阿法，當高罪死，
除其宦籍。"　功：功勞，功績。《周禮·夏官·司勛》："王功曰勛，國
功曰功。"杜甫《八陣圖》："功蓋三分國，名成八陣圖。"　酬：報答。
《左傳·昭公二十七年》："令尹將必來辱，爲惠已甚，吾無以酬之，若
何？"《資治通鑑·晉惠帝永寧元年》："殷幼孤貧，養曾祖母以孝聞。
人以穀帛遺之，殷受而不謝，直云：'待後貴當相酬耳！'"　明主：賢明
的君主。張九齡《酬王履震遊園林見貽》："宅生惟海縣，素業守郊園。
中覽霸王説，上徹明主恩。"孟浩然《歲暮歸南山》"不才明主棄，多病
故人疏。白髮催年老，青陽逼歲除。"　恩：德澤，恩惠。《孟子·梁惠
王》："今恩足以及禽獸，而功不至於百姓者，獨何與？"曹植《求通親親
表》："誠可謂恕己治人，推惠施恩者矣！"

　　⑪ 不然：連詞，相當於"否則"。《國語·周語》："一合諸侯而有
再逆政，余懼其無後，不然余何私於衛侯？"陳標《僧院牡丹》："應是向
西無地種，不然爭肯種蓮花？"　合身：從頭到腳，從裏到外。李嶠《洛
州昭覺寺什迦牟尼佛金銅瑞像碑》："靈儀始畢，寶飾纔終。眉宇之
間，忽呈異彩。圓周植璧，囧若懸珠。合身之千光，連西門之五色。
官司駭視而愕立，遠近爭途而交赴。"義近"周身"。張九齡《出爲豫章
郡途次廬山東巖下》："孤根自靡託，量力況不任。多謝周身防，常恐
橫議侵。"　何況：用反問的語氣表達更進一層的意思。《後漢書·楊

終傳》:"昔殷民近遷洛邑,且猶怨望,何況去中土之肥饒,寄不毛之荒極乎?"元稹《酬樂天赴江州路上見寄三首》三:"雲高風苦多,會合難遽因。天上猶有礙,何況地上身!" 痕:瘡傷痊癒後留下的疤。舊題蔡琰《胡笳十八拍》一七:"沙場白骨兮,刀痕箭瘢。"泛指痕迹。岑參《長門怨》:"綠錢侵履迹,紅粉濕啼痕。"范成大《湘口夜泊》:"萬壑千巖詩不遍,惟有蒼苔痕屐齒。"這裏指元稹遭受政敵殘酷打擊留下的內心傷痕。

⑫ "金石有銷鑠"兩句:意謂金石可消熔,但內心的志向難於改變。 金石:金和美石之屬。《大戴禮記·勸學》:"故天子藏珠玉,諸侯藏金石,大夫畜犬馬,百姓藏布帛。"劉禹錫《送工部張侍郎入蕃吊祭》:"毳帳差池見,烏旗搖曳前。歸來賜金石,榮耀自編年。" 銷鑠:這裏指鑠金銷骨,形容譭謗之言害人之烈。李如璧《明月》:"已悲芳歲徒淪落,復恐紅顏坐銷鑠。可憐明月方照灼,向影傾身比葵藿。"元稹《戒勵風俗德音》:"士庶人無切磋琢磨之益,多銷鑠浸潤之讒。"肺腑:同"肺腑",比喻內心。元稹《答姨兄胡靈之見寄五十韻》:"愧捧芝蘭贈,還披肺腑呈。"蘇轍《送柳子玉》:"但求免譏評,豈顧愁肺腑!"寒溫:冷暖。杜甫《暮秋枉裴道州手札率爾遣興寄近呈蘇渙侍御》:"久客多枉友朋書,素書一月凡一束。虛名但蒙寒溫問,泛愛不救溝壑辱。"元稹《祭翰林白學士太夫人文》:"〔太夫人〕減旨甘之直,續鹽酪之資,寒溫必服,藥餌必時。"

⑬ 分畫:部署,調配。《三國志·魏武帝紀》:"兵多而分畫不明,將驕而政令不一。"司馬光《論錢穀宜歸一札子》:"故能知其(天下錢穀)大數,量入爲出,詳度利害,變通法度,分畫移用,取彼有餘,濟此不足。" 波濤:這裏比喻艱險的處境與突起的變故。孟郊《百憂》:"何必在波濤,然後驚沉浮。"韓愈《桃源圖》:"南宮先生忻得之,波濤入筆驅文辭。"

⑭ "嘗希蘇門嘯"兩句:意謂自己常常希望具備高士的情趣,並

沒有厭惡巴山蜀水的惡劣環境。因元稹馬上要回到通州去，故希望
通過獨孤朗向權德輿委婉道及自己的志向，這也許是元稹不久能夠
"權知州務"的一個原因吧！　嘗：通"常"。《史記·刺客列傳》："公
子光曰：'使以兄弟次邪？季子當立；必以子乎？則光真適嗣，當立。'
故嘗陰養謀臣以求立。"卿雲《送人遊塞》："塞深多伏寇，時静亦屯兵。
雪每先秋降，花嘗近夏生。"　希：希望。《顔氏家訓·文章》："必有盛
才重譽、改革體裁者，實吾所希。"賈島《代舊將》："落日收病馬，晴天
曬陣圖。猶希聖朝用，自鑷白髭鬚。"　蘇門嘯：《晉書·阮籍傳》："籍
嘗於蘇門山遇孫登，與商略終古及栖神導氣之術。登皆不應，籍因長
嘯而退。至半嶺，聞有聲若鸞鳳之音，響乎巖谷，乃登之嘯也。"後以
"蘇門嘯"指嘯詠，亦比喻高士的情趣。孟浩然《題終南翠微寺空上人
房》："風泉有清音，何必蘇門嘯！"杜甫《上後園山脚》："志士惜白日，
久客藉黄金。敢爲蘇門嘯，庶作梁父吟。"　詎：副詞，表示反詰，相當
於"豈"、"難道"。《莊子·齊物論》："雖然，嘗試言之，庸詎知吾所謂
知之非不知邪？庸詎知吾所謂不知之非知邪？"陶潛《讀山海經十三
首》一○："徒設在昔心，良辰詎可待？"　厭：嫌棄，憎惡，厭煩。《論
語·憲問》："夫子時然後言，人不厭其言；樂然後笑，人不厭其笑；義
然後取，人不厭其取。"《北史·周紀》："天厭我魏邦，垂變以告，惟爾
罔弗知。"　巴樹猿：《水經注》卷三四："自三峽七百里中，兩岸連山，
略無闕處，重巖迭嶂，隱天蔽日，自非停午夜分，不見曦月……每至晴
初霜旦，林寒澗肅，常有高猿長嘯屬引，淒異空谷傳響，哀轉久絕，故
漁者歌曰：'巴東三峽巫峽長，猿鳴三聲淚沾裳。'""巴樹猿"即"巴
猿"，本詩以"巴樹猿"描繪蜀地的艱苦而險惡的環境。張九齡《巫山
高》："神女去已久，雲雨空冥冥。唯有巴猿嘯，哀音不可聽。"元稹《哭
女樊》："秋天净緑月分明，何事巴猿不剩鳴？應是一聲腸斷去，不容
啼到第三聲。"
　　⑮瘴水：這裏指蜀地帶有瘴氣的山水。劉恂《嶺表録異》卷上：

"嶺表山川,盤鬱結聚,不易疏洩,故多嵐霧作瘴。人感之,多病腹脹成蠱。"楊萬里《明發龍川》:"山有濃嵐水有氛,非烟非霧亦非雲。北人不識南中瘴,只到龍川指似君。"　浩浩:水盛大貌。鮑照《夢還鄉》:"白水漫浩浩,高山壯巍巍。"儲光羲《過新豐道中》:"太陰蔽皋陸,莫知晚與早。雷雨杳冥冥,川谷漫浩浩。"　浮雲:飄動的雲。《楚辭·九辯》:"塊獨守此無澤兮,仰浮雲而永嘆。"《古詩十九首·西北有高樓》:"西北有高樓,上與浮雲齊。"　軒軒:舞貌,飛動貌。張說《奉和同皇太子過慈恩寺應制二首》二:"朗朗神居峻,軒軒瑞象威。聖君成願果,太子拂天衣。"韓愈《陸渾山火一首和皇甫湜用其韵》:"山狂谷很相吐吞,風怒不休何軒軒!"

⑯ 長歌:放聲高歌。張衡《西京賦》:"女娥坐而長歌,聲清暢而蜲蛇。"李賀《長歌續短歌》:"長歌破衣襟,短歌斷白髮。"　長嘆:深長地嘆息。鮑照《擬行路難》:"如今君心一朝異,對此長嘆終百年。"裴鉶《傳奇·昆侖奴》:"繡户不扃,金釭微明,惟聞妓長嘆而坐,若有所俟。"　斛:指斛形盆缽。孫光憲《北夢瑣言》卷五:"歸登尚書每浴,皆屏左右,自於浴斛中坐移時。"辛棄疾《添字浣溪沙·用前韵謝傅巖叟瑞香之惠》:"赤腳未安芳斛穩,蛾眉早把橘枝來。"這裹指較大的飲酒器皿。　樽:盛酒器。李白《詠山樽二首》二:"擁腫寒山木,嵌空成酒樽。愧無江海量,偃蹇在君門。"杜甫《嚴鄭公宅同詠竹》:"綠竹半含籜,新梢纔出墙。色侵書帙晚,陰過酒樽涼。"

⑰ 醉鄉:指醉酒後神志不清的境界。權德輿《跌傷伏枕有勸釀酒者暫忘所苦因有一絶》:"一杯宜病士,四體委胡床。暫得遺形處,陶然在醉鄉。"劉禹錫《閑坐憶樂天以詩問酒熟未》:"減書存眼力,省事養心王。君酒何時熱? 相携入醉鄉。"　達士:見識高超、不同於流俗的人。盧照鄰《詠史四首》四:"何必疲執戟,區區在封侯? 偉哉曠達士,知命固不憂。"杜甫《寫懷二首》一:"達士如弦直,小人似鉤曲。

曲直吾不知,負暄候樵牧。”

［編年］

　　《年譜》在元和十二年條下編年本詩“在興元府作”,沒有説明理由也沒有具體時間。《編年箋注》採用《年譜》的意見,認爲本詩“作於元和十二年(八一七),元稹任通州司馬,正寓居興元。見卞《譜》。”《年譜新編》亦編年本詩於元和十二年“在興元作”,沒有具體時間也沒有説明理由。

　　根據《年譜》自己考定的元稹自興元返回通州的具體時間是元和十二年九月或十月間,我們以爲詩題既然曰“送歸通州”,自然是臨別之作,按照《年譜》的考證結論,也應該作於元和十二年的九月或十月間,但《年譜》未作具體説明,僅僅是含糊其辭蒙混讀者。《編年箋注》編年本詩“作於元和十二年(八一七),元稹任通州司馬,正寓居興元。見卞《譜》”隨從他人現成的錯誤結論,固然省事,但不是對讀者不負責任嗎? 而且“正寓居興元”云云,與詩題“送歸通州”本來就無法一致。《年譜新編》也同樣如此,祇説元和十二年“在興元作”,也沒有指明是元和十二年九月或十月間,大概對自己元稹元和十二年九月或十月間回歸通州的結論缺乏自信吧!

　　我們以爲,根據元稹詩題,此詩應當作於元稹離開興元回歸通州之時,而根據我們的考證,元稹返回通州在元和十二年五月之時,本詩即應該作於其時,詳情請參閲緊接其後的《百牢關》編年。我們雖然也編年元和十二年,但具體的月份卻並不相同,幸請讀者注意區別。

◎ 百牢關^{(一)①}

天上無窮路,生期七十間②。那堪九年内,五度百
牢關③！

録自《元氏長慶集》卷一五

[校記]

(一) 百牢關:本詩存世各本,包括楊本、叢刊本、《全詩》等在内,均無異文。

[箋注]

① 百牢關:《元和郡縣志·西縣》:"百牢關:在縣西南三十步,隋置白馬關,後以黎陽有白馬關,改名百牢關。自京師趣劍南,達淮左,皆由此也。"元稹《漢江笛》"二月十五日夜于西縣白馬驛南樓聞笛,悵然憶得小年曾與從兄長楚寫《漢江聞笛賦》而有愴耳"中的"白馬驛"亦即"百牢關"。元稹另有同名詩篇《百牢關(奉使推小吏任敬仲)》,作於元和四年以監察御史出使東川之時:"嘉陵江上萬重山,何事臨江一破顔? 自笑只緣任敬仲,等閑身度百牢關。"武元衡《元和癸已余領蜀之七年奉詔徵還二月二十八日清明途經百牢關因題石門洞》:"昔佩兵符去,今持相印還。天光臨井絡,春物度巴山。"

② "天上無窮路"兩句:明代郁逢慶的題畫很能説明其内涵,其《書畫題跋記·吳興錢選舜舉畫并題鮮于伯機行書挂幅》:"青天無數,白天無數,緑水繞灣無數,灞陵橋上望西川,動不動八千里路。來時春暮,去時秋暮,歸去又還春暮,人生七十古來稀,好相看能得幾度?" 天上:天空中。崔顥《七夕》:"長安城中月如練,家家此夜持針

綫。仙裙玉佩空自知,天上人間不相見。"李白《將進酒》:"君不見黃河之水天上來,奔流到海不復迴。"　　無窮:無盡,無限,指空間沒有邊際或盡頭。《禮記·中庸》:"今夫天,斯昭昭之多,及其無窮也,日月星辰繫焉!萬物覆焉!"《荀子·禮論》:"故天者,高之極也;地者,下之極也;無窮者,廣之極也。"　　生期:在生之日,在世之年。竇群《晨遊昌師院》:"生期半宵夢,憂緒仍非一。若無高世心,安能此終畢!"許棠《寄趙能卿》:"我命同君命,君詩似我詩。俱無中道計,各失半生期。"　　七十:限於古代的生活及醫療條件,古人以"人生七十古來稀"爲至理名言,本詩句即化用此言而來。杜甫《曲江二首》二:"朝回日日典春衣,每日江頭盡醉歸。酒債尋常行處有,人生七十古來稀。"吳芾《老妻生朝爲壽》:"人生七十古來稀,我幸君今及見之。教得子能傳素業,養成孫亦守清規。"

③"那堪九年內"兩句:百牢關在今天四川陝西交界處,是唐代自長安至東西川的必經之處。元稹五度百牢關的時間依次是:元和四年春夏間元稹以監察御史出使東川,來回兩次經由百牢關;元和十年春夏間元稹司馬通州時,第三次路過百牢關;據元稹《感夢》,同年十月元稹自通州北上興元就醫治病,第四次經由百牢關;第五次經過百牢關即是元稹從興元返回通州之時。《百牢關》既云"九年內",從元和四年下推九年當爲元和十二年,故可斷定元稹從興元返回通州的時間是在元和十二年。元稹《遣行十首》七有"七過褒城驛,回回各爲情"之句,雖然"百牢關"與"褒城驛"同在梁州,但畢竟不是在同一個地方,因此元稹來回五度"百牢關",而在送別李復禮的時候提及"七過褒城驛",希望讀者注意辨別。　　那堪:怎堪,怎能禁受。李端《溪行遇雨寄柳中庸》:"那堪兩處宿,共聽一聲猿!"張先《青門引·春思》:"那堪更被明月,隔牆送過秋千影!"　　度:泛指過,用於空間或時間。《樂府詩集·木蘭詩》:"萬里赴戎機,關山度若飛。"王之渙《涼州詞》之一:"羌笛何須怨楊柳,春風不度玉門關。"

[編年]

《年譜》在元和十二年條下編年本詩,並根據元稹"那堪九年内,五度百牢關"的詩句,列表對元稹"五上兩漫天"、"五度百牢關"的情况進行了説明:

時　間	經過百牢關漫天嶺次數	事　由
元和四年	第一次	元稹出西京赴梓州鞠獄。
元和四年	第二次	元稹由梓州返西京。
元和十年	第三次	元稹出西京赴通州司馬任。
元和十一年	第四次	元稹暫離通州赴興元醫病。
元和十二年	第五次	元稹由興元府返通州。

《編年箋注》認爲本詩:"作於元和十二年(八一七)由興元返通州途中。見下《譜》。"《年譜新編》亦編年本詩於元和十二年,但與《年譜》、《編年箋注》一樣,都没有明確"元和十二年"内的具體時間,也没有説明理由。

我們以爲,《年譜》列表在"時間"欄内的標示有問題,我們不得不另行列表如下,請讀者加以比較:

時　間	經百牢關漫天嶺序次	事　由
元和四年三四月間	第一次	元稹出西京赴梓州鞠獄。
元和四年五月	第二次	元稹由梓州返西京。
元和十年四月	第三次	元稹出西京赴通州司馬任。
元和十年十月底	第四次	元稹離通州赴興元府醫病。
元和十二年五月	第五次	元稹由興元府返通州。

而我們在本詩的編年上,與《年譜》、《編年箋注》、《年譜新編》的其中一個分歧在於"元和十二年"的具體時間。根據現有資料,元稹返回通州在元和十二年的五月,爲了證明這個問題,有必要在這裏簡要回

顧元稹在通州任内的一段生平：元稹《灃西別樂天博戴樊宗憲李景信兩秀才仟谷三月三十日相餞送》：元稹於元和十年三月三十日“一身騎馬向通州”。白居易也有《城西別元九》絕句相送，末句：“通州獨去又如何？”可見其時元稹並沒有家室隨任。元稹剛到通州就“染瘴危重”，病情稍稍緩解就挣扎著西行蓬州，前往興元就醫，有詩《感夢》紀途中之實。當時跟隨元稹前往的僅僅祇有“童僕”一人而已，並無家室在旁。而元稹作於第二年，即元和十一年秋天的《景申秋八首》詩却云：“婢報樵蘇竭，妻愁院落通。”“啼兒冷秋簟，思婦問寒衣。”知道元稹已在興元續娶繼配，重新組成家庭，並且有了“啼兒”。又元稹“虢州長史時作”(即元和十四年，公元八一九年)的詩歌《哭女樊四十韵》：“四年已養育，萬里硤回縈。”從而推得，元稹之女樊卒於元和十四年，當生於元和十一年，故云“四年”。由此而知元稹成婚時間當在他元和十年到達興元之後、同年年底之前。而元稹《初除浙東妻有阻色因以四韵曉之》：“嫁時五月歸巴地，今日雙旌上越州。”元稹與裴淑在興元結婚的具體時間是在冬天，故詩中提到的“五月”肯定不應是元稹與繼配裴淑成婚的時間，而應是他們婚後“歸巴地”即回歸通州的時間。因此本詩應該作於元和十二年的五月。

◎ 漫天嶺贈僧^{(一)①}

　　五上兩漫天，因師懺業緣②。漫天無盡日，浮世有窮年③。

録自《元氏長慶集》卷一五

[校記]

　　(一) 漫天嶺贈僧：本詩存世各本，包括楊本、叢刊本、《全詩》、

《萬首唐人絕句》、《全蜀藝文志》、《蜀中廣記》在內諸本均無異文。

[箋注]

① 漫天嶺：《蜀中廣記·廣元縣》："又北三十里有大、小漫天，嶺極高峻。羅隱詩云：'西去休言蜀道難，此中危險已多端。到頭未會蒼蒼色，爭得禁他兩度漫？'高駢詩云：'萬水千山音信稀，空勞魂夢到京畿。漫天嶺上頻回首，不見虞封淚滿衣。'嶺上有寺，元稹《題漫天嶺智藏師蘭若僧云住此二十八年》云：'僧臨大道閱浮生，來往憧憧利與名。二十八年何限客，不曾閑見一人行。'又《漫天嶺贈僧》詩云："……"元稹《題漫天嶺智藏師蘭若僧云住此二十八年》作於元和四年，其《漫天嶺贈僧》即作於八年之後的元和十二年，前面詩題中的"智藏師、蘭若僧"即應該是本詩賦贈的對象。李賢《明一統志》卷六八："漫天嶺：在廣元縣東北三十五里，山極高聳，有大漫天、小漫天二山。" 僧：僧伽的省稱，一般指出家修行的男性佛教徒，通稱和尚。僧伽是梵語的譯音，意爲大眾，原指出家佛教徒四人以上組成的團體，後單個和尚也稱"僧伽"，簡稱爲僧。《魏書·釋老志》："僧譯爲和命眾，桑門爲息心，比丘爲行乞。"謝靈運《山居賦》："遠僧有來，近眾無闕。"

② 五上：五次登上。漫天嶺與百牢關在同一地點，故與元稹"五度百牢關"的次數相一致。僅不過百牢關是"度"，而漫天嶺是"上"，因兩者的地理高度不一樣的緣故。 上：升起，登上，由低處到高處。元稹《青雲驛》："岩巉青雲嶺，下有千仞谿。徘徊不可上，人倦馬亦嘶。"白居易《夢仙》："人有夢仙者，夢身升上清。坐乘一白鶴，前引雙紅旌。" 兩漫天：即大漫天與小漫天。《大清一統志》卷二九七："漫天嶺：在廣元縣東北三十五里，有大漫天、小漫天二山，皆極高聳，唐羅隱有詩，一名藥本山。舊志：小漫天在大漫天北，二嶺相連，爲蜀道之險。後唐清泰初，孟知祥置大、小漫天二砦，宋乾德中伐蜀，別將史

進德奪其小漫天砦,蜀人退保大漫天砦,即此。"元稹《酬樂天聞李尚書拜相以詩見賀》:"初因彈劾死東川,又爲親情弄化權。百口共經三峽水,一時重上兩漫天。" 師:對僧、尼、道士的尊稱。元稹《感夢》:"爲師陳苦言,揮涕滿十指。未死終報恩,師聽此男子!"白居易《恒寂師》:"舊遊分散人零落,如此傷心事幾條?會逐禪師坐禪去,一時滅盡定中消。" 懺:懺悔。《華嚴經·普賢行願品》:"衆生煩惱盡,我懺乃盡。"又僧尼爲人表示悔過所作的禮禱。《梁書·庾詵傳》:"宅內立道場,環繞禮懺,六時不輟。"《五燈會元·五禪慧可大祖禪師》:"弟子身纏風恙,請和尚懺罪。" 業緣:佛教語,謂苦樂皆爲業力而起,故稱爲"業緣"。《維摩經·方便品》:"是身如幻,從顛倒起;是身如夢,爲虛妄見;是身如影,從業緣現。"元稹《哭子十首》四:"蓮花上品生真界,兜率天中離世途。彼此業緣多障礙,不知還得見兒無?"

③ 無盡:原指没有窮盡,没有止境。《列子·湯問》:"然無極之外,復無無極,無盡之中,復無無盡……朕以是知其無極無盡也。"這裏是佛教語,指無爲法或無相。《維摩經·菩薩行品》:"何謂無盡,謂無爲法。"所謂無爲法是佛教語,同"有爲法"相對,指離生滅因緣造作、永恒不變的法性真理。《四十二章經》:"解無爲法,名曰沙門。"朱熹《久雨齋居誦經》:"門掩竹林出,禽鳴春雨餘。了此無爲法,身心同晏如。"又作"無相",也是佛教語,與"有相"相對,指擺脱世俗之有相認識所得之真如實相。蕭統《和梁武帝遊鍾山大愛敬寺詩》:"神心鑒無相,仁化育有爲。"姚合《過欽上人院》:"有相無相身,惟師説始真。"佛教語,謂没有邊際、界限。又作"無盡燈",也是佛教語,謂以一燈點燃千百盞燈,比喻以佛法度化無數衆生。《維摩經·菩薩品》:"無盡燈者,譬如一燈然百千燈,冥者皆明,明終不盡……夫一菩薩開導百千衆生,令發阿耨多羅三藐三菩提心,於其道意,亦不滅盡,隨所説法,而自增益一切善法。是名無盡燈也。"張説《游龍山静勝寺》:"但傳無盡燈,可使有情悟。"又作"無盡藏",佛教語,謂佛德廣大無邊,作